JANE EYRE

D0708982

CHARLOTTE BRONTË

Jane Eyre

TRADUCTION, PRÉFACE ET NOTES DE CHARLOTTE MAURAT
COMMENTAIRES DE RAYMOND LAS VERGNAS

LE LIVRE DE POCHE
Classique

Raymond Las Vergnas est agrégé d'anglais, docteur ès lettres,
dernier doyen de la Sorbonne, premier président de la Sorbonne
nouvelle, vice-président de l'Alliance française.
Il est l'auteur de plus de vingt ouvrages de critique littéraire,
d'histoire et de fiction.
Grand prix de la Société des Gens de lettres de France pour
l'ensemble de son œuvre et grand prix du Rayonnement français,
de l'Académie française.

© Librairie Générale Française, 1964 pour la traduction, la préface et les notes et 1984, pour les commentaires.

ISBN : 978-2-253-00435-6 - 1re publication - LGF

PRÉFACE

Les trois sœurs, Charlotte, Emily et Anne Brontë, ayant écrit chacune un roman : *The Professor, Wuthering Heights, Agnes Grey*, sous les pseudonymes respectifs de Currer, Ellis et Acton Bell, les avaient en vain présentés ensemble dans diverses maisons d'édition. Ils ne furent pas davantage acceptés lorsque les auteurs eurent décidé de les adresser séparément.

C'est à Manchester, où Charlotte avait accompagné son père pour le faire opérer de la cataracte, que, le jour même de l'opération, *The Professor* lui fut retourné, sans le moindre ménagement, par un nouvel éditeur. Elle exprima ainsi sa déconvenue : « Le livre de Currer Bell n'a trouvé accueil nulle part, aucun mérite ne lui a été reconnu ; aussi, quelque chose comme le froid du désespoir a commencé à envahir son cœur[1]. »

« Mais elle avait le cœur de Robert Bruce[2] », un courage toujours prêt à soutenir l'assaut, une énergie virile. Elle renvoya *The Professor* dans une autre direction, tenter une fois de plus sa chance, et se mit à écrire *Jane Eyre*.

Ce fut un nouveau refus d'éditer *The Professor* que Charlotte Brontë reçut de Messrs. Smith & Elder à qui elle s'était adressée en désespoir de cause. Mais, « comme elle l'écrira plus tard dans la préface à la seconde édition de *Wuthering Heights*, ce refus était si délicat, raisonnable et courtois, qu'il apportait plus de réconfort que certaines accepta-

1. Mrs. Gaskell, *The Life of Charlotte Brontë*, p. 213. N° 318 of Everyman's Library, J. M. Dent & Sons Limited, 10-13 Bedford Street, London W.C. 2.
Mrs. Gaskell a connu Charlotte Brontë, elle a été son amie, aussi son témoignage est-il d'une importance primordiale.
2. *Ibid.*, p. 213.

tions[1] ». Elle leur écrit alors. « J'ai un second roman en trois volumes, actuellement en cours, et presque terminé, auquel je me suis efforcée de communiquer un intérêt plus vif que celui du *Professor*. »

Le 24 août 1847, Charlotte Brontë écrivait à Messrs. Smith & Elder : « Messieurs, je vous envoie par chemin de fer un manuscrit intitulé *Jane Eyre*, roman en trois volumes, par Currer Bell[2]. »

« Quand le manuscrit de *Jane Eyre* fut reçu par les futurs éditeurs de ce remarquable roman, la première lecture en fut confiée à l'un des messieurs de la maison d'édition. Il fut puissamment frappé par le caractère du récit et, en termes chaleureux, fit part de son impression à Mr. Smith qui semble s'être beaucoup amusé de son admiration... Mais quand, un soir, un second lecteur, en la personne d'un Écossais à l'esprit lucide et peu enclin à l'enthousiasme, emporta le manuscrit chez lui, et fut si profondément intéressé qu'il veilla la moitié de la nuit pour en achever la lecture, la curiosité de Mr. Smith fut suffisamment excitée pour l'inciter à le lire lui-même ; il déclara alors que, si grandes qu'aient pu être les louanges dont ce manuscrit avait été l'objet, elles n'étaient pas au-delà de la vérité[3]. »

Le livre fut publié en octobre 1847. Il fit grand bruit. Personne ne savait qui était Currer Bell. Tout ce que l'Angleterre comptait alors de lecteurs faisait maintes conjectures pour tenter de déchiffrer l'énigme, de découvrir ce génie inconnu. Mr. Smith, lui-même, ne l'apprit qu'au début de l'été suivant, lorsque Charlotte Brontë et sa sœur Anne vinrent lui rendre visite pour prouver que Currer, Ellis et Acton Bell n'étaient pas un seul et même auteur. « Lorsque Charlotte fut en présence de Mr. Smith, elle lui remit la lettre qu'il lui avait adressée. « De qui tenez-vous ceci ? » lui dit-il, comme s'il lui était impossible de croire que ces deux jeunes femmes vêtues de noir, de mince silhouette et de petite taille... pouvaient être Currer et Acton Bell en personne[4]. »

Oui, cette créature timide, minuscule, de si frêle apparence, était bien l'auteur de *Jane Eyre* dont la lecture étonnait, ravissait, bouleversait, scandalisait même. Malgré sa fragilité extérieure, sa modestie excessive, la retenue qu'elle

1. *Ibid.*, p. 223.
2. *Ibid.*, p. 224.
3. *Ibid.*, pp. 225-226.
4. *Ibid.*, p. 248.

savait s'imposer, il y avait en Charlotte Brontë un frémissement, une ardeur de vie, une puissance de passion et d'imagination, une violence de sentiments, dont ses livres, seuls, peuvent donner idée.

D'où venait donc cette visiteuse qui intrigua si fort Mr. Smith ? Tous ceux qui admirent les Brontë le savent. Elle arrivait de Haworth, du presbytère entouré de tombes nues et donnant sur la lande sauvage où elle vivait avec son père le pasteur, son frère, ses deux sœurs. J'ai visité ces hauts lieux, et je ne puis décrire l'émotion qui m'étreignit en pénétrant dans cette demeure privilégiée où grandirent, vécurent, souffrirent, œuvrèrent pour l'éternité ces créatures exceptionnelles.

Nées à Hartshead, en 1813 et 1815, les deux aînées des enfants Brontë, Maria et Elizabeth, moururent en 1825.

Charlotte Brontë naquit à Thornton, le 21 avril 1816, Patrick Branwell, en 1817, Emily Jane, en 1818, Anne, en 1820. La famille vint s'installer à Haworth, ce village perdu du Yorkshire, situé au sommet d'une abrupte colline, en cette même année 1820.

Son père, irlandais, sa mère — qui mourut en septembre 1821 laissant six orphelins — née à Penzane en Cornouailles, étaient, l'un et l'autre, de race celtique, bien différents des rudes habitants du Yorkshire, descendants des Anglo-Saxons et des Danois. « Ainsi, chez les Brontë, l'apport de sang celtique, et l'éducation qu'ils reçurent dans le Yorkshire, constituèrent un singulier et saisissant mélange d'éléments fortement contrastés[1]. »

Mais *Jane Eyre* va révéler Charlotte Brontë qui est le sujet de son livre. « Elle est notre premier romancier subjectif... Le monde qu'elle crée est celui de sa propre vie intérieure[2]... »

Jane Eyre est une évocation puissante et délicieuse de l'Angleterre victorienne à ses débuts. Écrit à une époque où l'on avait tout loisir de vivre, ce roman peut, aujourd'hui, paraître long. De conception anglaise, il s'abandonne à lui-même, s'attarde, très différent en cela d'un récit à la française, lequel irait plus directement au but. Comme dans les romans d'alors, il y a d'abondantes et minutieuses descriptions, des situations souvent compliquées à plaisir, de nombreux incidents gratuits, des coups de théâtre, des

1. Phyllis Bentley, *The Brontës*, p. 18.
2. Lord David Cecil, *Early Victorian Novelists*, pp. 88-89.

digressions, des redondances, des appels au lecteur, et surtout une conclusion, heureusement courte, fade et inutile, alors que le roman est achevé. Tout cela est l'héritage du XVIIIᵉ siècle, de Richardson en particulier, dont la *Pamela* avait généreusement alimenté les récits que Tabby, fidèle servante du presbytère — la Bessie de *Jane Eyre* —, faisait aux petits Brontë ardents et émerveillés. Il ne faut pas oublier qu'en 1840, avant *The Professor* et *Jane Eyre*, Charlotte Brontë avait écrit un roman — il n'en reste que quelques fragments — dont « le commencement, comme elle-même le reconnaissait, était à l'échelle des romans de sept ou huit volumes de Richardson[1] ». Il ne faut pas oublier davantage que *The Professor*, plus court, plus simple, fut refusé. Il faut encore savoir que Charlotte Brontë retourna alors à la manière propre à son génie : elle se souvint de *Mina Laury* qu'elle avait écrit en 1838, du *Spell* (Le Sortilège) en 1834, d'*Albion and Marina*, sa première histoire d'amour, en 1830, des innombrables récits des royaumes de Glasstown et d'Angria, tous remplis de péripéties, d'épisodes surprenants, d'aventures extraordinaires, qu'elle avait commencé à écrire dès 1824, alors qu'elle était seulement âgée de huit ans.

Et *Jane Eyre* fut accepté d'enthousiasme.

Charlotte Brontë est inspirée, et suit irrésistiblement l'impulsion de son pouvoir créateur. Elle ne semble pas devoir s'arrêter à des considérations d'unité artistique et de vraisemblance. Dans une lettre à Mr. Lewes, elle parle de « ce pouvoir qui semble s'éveiller chez ceux qui écrivent lorsqu'ils sont inspirés, s'impose en maître avec son originalité, rejette toutes les prescriptions, sauf la sienne, dicte certains mots, véhéments ou mesurés, insiste pour leur emploi, forge de nouveaux caractères donnant un tour inattendu aux événements, dédaigne les idées rebattues, soigneusement élaborées, en a soudain de nouvelles qu'il adopte[2] ».

Ainsi est-il possible de trouver dans *Jane Eyre* deux romans dont l'action, également dramatique, est orientée par des faits souvent invraisemblables.

C'est que Charlotte, comme Emily, composa ses romans un peu de la même manière que les « Jeux » de leur enfance, où la fantaisie, seul démiurge, ne se préoccupait pas des contraintes qui régissent le monde réel.

1. Mrs. Gaskell, *op. cit.*, p. 126.
2. Mrs. Gaskell, *op. cit.*, pp. 239-240.

Quant à l'intrigue, qui alla jusqu'à choquer les contemporains, une note de la traduction en donnera la raison plausible.

Malgré une apparente incohérence, des invraisemblances, des longueurs, des inégalités, une intrigue mélodramatique, *Jane Eyre* est, à des titres divers, un livre aussi génial, quoique d'une moindre force, que les *Hauts de Hurle-Vent* d'Emily. Il offre un intérêt toujours grandissant par sa figure centrale, d'autant plus attachante qu'elle est celle de Charlotte Brontë elle-même. Pour la première fois dans le roman anglais, l'amour vibre à chaque page, et laisse le lecteur comme ébloui par l'intense mais pure lumière qu'il irradie. « La passion s'y incarne en des êtres réels... Ce récit tumultueux est nourri d'observations exactes, d'émotions, de tristesse et de désirs vécus [1]. »

Comme l'a écrit Miss Sinclair : « Quand les ennemis de Charlotte Brontë lui reprochaient de prôner ainsi l'amour, ils faisaient son éloge sans le savoir. Ce fut à son honneur de le glorifier. » L'imagination constructive de Charlotte Brontë surprenait ses contemporains : la psychologie de *Jane Eyre*, comme de toute son œuvre, appartient plus à notre temps qu'à l'ère victorienne.

Pour la première fois, aussi, Charlotte Brontë, devançant son temps, se fait dans *Jane Eyre* l'avocat de l'émancipation sociale de la femme.

La conscience de ses droits, le sentiment de son indépendance n'étaient que les manifestations d'un esprit clairvoyant, d'une âme fière. A cette époque, cela faisait scandale.

« Les femmes souffrent d'une contrainte trop rigide, dit Jane Eyre, d'une inertie trop absolue, exactement comme en souffriraient les hommes ; et c'est étroitesse d'esprit chez leurs compagnons plus privilégiés que de déclarer qu'elles doivent se borner à faire des puddings, à tricoter des bas, à jouer du piano, à broder des sacs. Il est léger de les blâmer, de les railler, lorsqu'elles cherchent à étendre leur champ d'action ou à s'instruire plus que la coutume ne l'a jugé nécessaire à leur sexe... » Et elle ajoute : « Je puis vivre seule, si le respect de moi-même et les circonstances m'y obligent ; je ne veux pas vendre mon âme pour acheter le bonheur [2]... »

---

1. Robert de Traz, *La Famille Brontë*, p. 125.
2. Toutes les citations entre guillemets, non suivies d'une référence, sont extraites de la présente traduction du texte anglais.

On ose à peine reprocher à Charlotte Brontë ses explications diffuses, ses descriptions naïves et puériles, qui ne manquent jamais d'aboutir, par d'imprévus ricochets, à des envolées rejoignant les plus grands ; non plus que la pauvreté de certains dialogues qui forment une trame de pensées sous-jacentes jaillissant au moment voulu, avec éclat, efficacité. Toutes ses faiblesses, si grandes soient-elles, semblent faire office de tremplin, se justifiant toujours par des rebondissements dont on demeure surpris, émerveillé.

Les personnages que nous présente Charlotte Brontë sont tous simples, comme elle. Vont-ils être sans intérêt ? Aucun d'entre eux n'est insignifiant, terne, banal ; Charlotte, la fée, en les effleurant de sa baguette — son extraordinaire imagination — les magnifie, les mue en des caractères passionnés, intrépides, ambitieux, d'une violente obstination, mystérieux aussi, secrets, si vrais qu'ils nous émeuvent autant que les héros des plus grands dramaturges.

Jane Eyre, « souriant avec une grâce simple et pourtant perspicace », est faite d'étranges contrastes. Elle est timide, mais ne manque pas d'audace ; soumise, mais garde jalousement son indépendance ; naïve, mais pleine de bon sens. Sa réserve cache une âme de feu, une âme généreuse, vaillante, ferme, incapable d'hypocrisie, de lâcheté. Au paroxysme de la passion, de l'adoration, du désespoir, Jane Eyre puise sa force dans la profondeur exaltante de son amour, mais aussi dans sa droiture, et « jamais il n'y eut créature plus fragile et plus indomptable ».

Mr. Rochester est le type du héros byronien, toujours en contradiction avec lui-même, avec la société, comme l'était le duc de Zamorna[1] du monde imaginaire de Charlotte. Il n'est pas resté ferme devant les assauts de la vie ; ses principes ont perdu de leur rigueur.

Il est fantasque, énigmatique, bourru, hautain, dur et sarcastique parfois, mais tendre, communicatif, plein de courage, coupable, mais torturé par le remords et, malgré d'accablantes apparences, foncièrement droit.

Charlotte Brontë a splendidement décrit St.-John Rivers, ce jeune pasteur d'aspect froid, mais, pour un observateur pénétrant comme Jane Eyre, agité intérieurement, insatisfait, n'ayant pas trouvé la sérénité, la paix qu'il prêche aux autres. D'une réserve peu engageante, ses yeux « lui servaient plutôt d'instrument pour chercher à deviner les pen-

1. Le duc de Zamorna : principal personnage du royaume d'Angria mentionné p. 8.

sées d'autrui que de moyen pour révéler les siennes ». Empressé dans l'accomplissement de ses devoirs, irréprochable dans sa vie, dans ses actes, bon et dévoué pour ses sœurs, il était ambitieux, inexorable, poursuivant son but avec une imperturbable volonté, une redoutable obstination, se souciant peu de ceux qu'il lui faudrait peut-être écraser dans son ascension trop rapide, prêt à tout sacrifier, même l'amour, à des fins qu'il jugeait plus hautes, plus dignes.

Charlotte Brontë a réussi là un caractère tout à fait exceptionnel. « Peindre un saint et montrer l'envers de sa sainteté, tel est le dessein presque impossible de Charlotte, et qu'elle a pourtant magnifiquement exécuté[1]. »

Certaines figures de second plan ne sont pas moins heureusement traitées. En quelques phrases inoubliables, avec la véhémence d'un pamphlétaire, elle stigmatise à jamais l'hypocrisie religieuse, la vanité, l'avarice, la sévérité du riche et tout-puissant pasteur de Lowood, Mr. Brocklehurst, tandis qu'avec l'acuité, la vérité de vision, le coup d'œil d'un grand caricaturiste elle burine son impressionnante effigie au masque dur et compassé d'inquisiteur.

Pour s'expliquer l'émouvante vérité des caractères de Jane Eyre, de Mr. Rochester, de St.-John Rivers, voici ce que nous révèle Jane Eyre : « Je n'ai jamais pu jouir du plaisir d'être en communication avec des âmes fortes, discrètes et élevées, qu'il s'agisse d'hommes ou de femmes, avant d'avoir franchi les derniers retranchements conventionnels de la réserve, d'avoir pénétré sur le seuil de leur confiance, et mérité une place au foyer même de leur cœur. » Charlotte Brontë, comme Emily, « va si profond dans la connaissance du cœur de l'homme qu'on en éprouve une sorte de vertige[2] ». « Car tel est le mystère de la grande poésie d'exprimer ce qu'elle n'a jamais appris et de retrouver la vérité humaine à travers le seul drame qui compte, le drame d'être[3]. »

Charlotte Brontë, cette belle âme noble et droite, pure et fière, avait une admirable idée du devoir, du respect que l'on se doit à soi-même. Elle se méfiait de la richesse, de la vie facile, des plaisirs, et même de la beauté. Si Mr. Rochester avait été « un jeune et beau gentleman d'allure héroïque,

1. Robert de Traz, *op. cit.*, p. 135.
2. Daniel-Rops, *Où passent des Anges* (Emily Brontë. Poésie et Solitude), p. 99.
3. *Ibid.*, p. 90.

je n'aurais pas osé rester ainsi à le questionner contre son gré, et à lui offrir des services qu'il ne demandait pas », fait-elle dire à Jane Eyre. Sa nature passionnée était cependant loin d'être insensible à leur magie, et c'est ce qui fait l'originalité et la richesse de son caractère. Si, pour Charlotte, l'amour est le meilleur de la vie, son souci constant n'en est pas moins de faire triompher le devoir sur la passion. Et c'est ainsi que cette romantique éperdue, dans une époque romantique, reste classique. Son classicisme se confond avec son honnêteté native, sa haute moralité, son puritanisme austère, l'intangibilité de ses principes. Charlotte Brontë exprime de façon pathétique les rigueurs, les délices aussi, de l'amour interdit, dangereux, qui possède Jane Eyre, comme il l'a possédée elle-même : « Sans cet amour désespéré, Charlotte n'eût écrit ni *Jane Eyre*, ni *Villette*... qui comptent parmi les plus remarquables ouvrages de l'époque victorienne [1]. » Ces refus cruels, douloureux, ne font qu'intensifier l'amour qui finit par consumer l'être en le purifiant à sa propre flamme. Jane Eyre, si fortement éprise, si fatalement éprise, pourrait-on dire, soutient la lutte avec stoïcisme, et, malgré son désespoir, finit, dans un sursaut de sublime énergie, par se dominer.

La morale qui filtre à travers ces redoutables sacrifices est cependant profondément humaine et revigorante. Elle fait prendre conscience de la source d'énergie qui nous rend capables de souffrir avec noblesse, sans amertume, pour éviter de transgresser la loi, la grande loi de l'Ordre. Si nous cédons et glissons dans l'abîme, nous n'en serons pas, pour autant, quittes avec la souffrance, et « le remords, ce poison de la vie », la rendra intolérable, désespérée. Une âcre odeur de soufre nous poursuivra.

Dans quel cadre évoluent donc ces héros à la personnalité si forte ?

Cette fois, Charlotte Brontë soulève le rideau de sa main légère pour laisser sa prodigieuse imagination — toujours elle — nous révéler des intérieurs, des sites, en harmonie avec leur caractère et que l'on ne peut oublier :

Voici, à Gateshead-Hall, la terrible chambre rouge avec « ses deux grandes fenêtres aux jalousies toujours bais-

---

1. Émilie et Georges Romieu, *La Vie des sœurs Brontë*, p. 152.

sées... dont le mystère en faisait un lieu si solitaire en dépit de sa somptuosité ».

Thornfield-Hall, avec ses corridors sombres, silencieux, sinistres, ses chambres du troisième étage, mystérieuses, inquiétantes, avec leurs petites portes noires, toujours fermées, comme dans « quelque château de Barbe-Bleue ».

Les *moors*, ces landes si chères aux Brontë où, tout enfants, se tenant par la main, ils erraient déjà, heureux de jouir de leur solitude libre et sauvage. Ces collines, où rien n'eût changé au cours des saisons si les jeunes fougères et les mousses n'avaient reverdi, çà et là, au printemps, si les bruyères n'avaient étalé leur somptueux tapis pourpre en été ; ces paysages désolés se sont, à jamais, gravés dans leur esprit et dans leur cœur. Loin des *moors*, loin de Haworth, Emily, en particulier, languissait, dépérissait.

De la lande brumeuse surgit Moor-House, la vieille maison, basse et grise, chère aux cœurs simples qui l'habitent, emplie d'ombres, sans doute, mais familières, secourables.

Certains détails, comme je l'ai déjà dit, peuvent sembler puérils, mais rien n'est insignifiant pour Charlotte Brontë qui sait découvrir dans les choses les plus simples le secret de leur énigme.

A Gateshead-Hall, à Lowood, à Thornfield-Hall, à Moor-House, on entend, au-dehors, tel un leitmotiv obsédant, la pluie battre contre les vitres, le vent hurler à travers bois, landes, collines. « La tempête augmentait toujours et semblait couvrir de sourdes plaintes... mais chaque fois que le vent se calmait, je réentendais ce vague et douloureux gémissement. » Comme tous les Brontë, Charlotte avait le don du tragique, le pouvoir de faire naître l'angoisse, la terreur. Il suffit de se pencher sur ces vies pour découvrir les sources d'où jaillit ce don, celles qui l'alimentèrent.

Mais elle avait aussi le don de peindre la nature qu'elle aimait avec ferveur et qui exaltait son âme élevée ; elle avait le don d'évoquer la vie intense, la sève ardente, qui rend, comme par miracle, leur parure de feuilles aux arbres apparemment morts. Et c'est le merveilleux printemps de Lowood, d'une si suave et fraîche poésie.

Elle avait le don suprême d'évoquer l'amour, ses fièvres, sa magie, ses extases. *Jane Eyre* est un hymne à l'amour.

« C'est sans doute dans le fruste folklore de Tabby que les Brontë puisèrent ce goût du fantastique, du surnaturel que l'on retrouve dans leurs romans : pressentiments, songes pathétiques, apparitions, voix mystérieuses[1]. »

1. Émilie et Georges Romieu, *op. cit.*, p. 47.

Oui, Charlotte Brontë garde le souvenir des contes de la nursery mêlé à tout un fatras ; mais, Charlotte, Emily, ces créatures d'exception, douées à la fois d'une sensibilité extrême — toujours exacerbée par la lutte, le refus, la solitude — et d'une imagination intense, fulgurante, ont bien pu, au paroxysme de l'émotion, avoir des visions illuminantes autant que caractéristiques, ainsi qu'en témoignent le poème d'Emily « La Prisonnière » et l'appel entendu par Jane Eyre au cours de l'exhortation de St.-John (chapitre XXXV). Tout ce passage est sublime.

*
**

Charlotte Brontë a un magnifique tempérament d'écrivain, de poète, et *Jane Eyre* est un roman d'un très grand lyrisme. Les descriptions, modèles réalistes et poétiques, sont innombrables, pleines d'aisance, et toujours si variées qu'elles donnent l'impression d'un tour de force. C'est d'une extrême habileté, et, dans ce domaine encore, l'auteur est un magicien. Le style n'a pas trace de vulgarité, il est imagé et évocateur : « Les petits oiseaux bruns qui, de temps en temps, voletaient dans les haies, ressemblaient à des feuilles rousses isolées, qui auraient oublié de tomber », plein de verve, de saveur, chaleureux, simple, clair, mais noble, digne, c'est du *king's English* excellemment. Des phrases simples, courtes, alternant avec de longues périodes qui ont du souffle et rebondissent, donnent de la variété à ce style, tandis que les métaphores, les comparaisons, les épithètes nombreuses, infiniment nuancées, de signification profonde, lui donnent de la couleur.

Charlotte Brontë était riche de lectures : la Bible, dont elle était nourrie, Shakespeare, Milton, Bunyan, Scott, Byron, Wordsworth. « Elle connaissait à fond la Bible, et une de ses prédilections allait au prophète Isaïe, à cause de son génie poétique, sans doute, autant que de sa ferveur. Et, peut-être, chez Charlotte, le tour dramatique de l'imagination, le pessimisme latent étaient-ils mieux accordés à l'Ancien Testament qu'à l'Évangile [1]... » Elle connaissait également bon nombre d'auteurs français. Elle jugeait George Sand « perspicace et profonde ». L'on retrouve dans *Jane Eyre*, souvent sans en être averti, des phrases de l'Écriture sainte, de Shakespeare, de Milton, de Scott, qui enrichissent le récit.

---

1. Robert de Traz, *op. cit.*, p. 50.

« Quiconque a étudié son œuvre... quiconque a joui du rare privilège de l'entendre parler, a été frappé par un singulier bonheur dans le choix de ses mots... Tel groupe était le miroir fidèle de ses pensées, nul autre, apparemment de signification identique, ne pouvait aller. A la recherche du terme qui convenait, elle attendait patiemment qu'il vînt à elle ; provincialisme, mot dérivé du latin, peu lui importait son origine, pourvu qu'il exprimât son idée de façon précise [1]... » Les mots usés, simples, repris par elle, deviennent neufs, ardents, clairs, vrais. Elle est, en cela, semblable à Racine, dont la Phèdre meurt des *feux* qui la consument.

Enfin, Charlotte Brontë est une incomparable conteuse. Dès les premières phrases, et jusqu'aux dernières, le lecteur est pris dans un réseau magique. Il est sous le charme. Sa curiosité s'éveille, son intérêt va croissant, le voici haletant et sur des charbons ardents, car la conteuse, avec art et maîtrise, sait le tenir en suspens, choisissant bien son moment pour lui laisser déchiffrer l'énigme, ou lui faire entendre les arrêts révélateurs du destin.

Que de dons réunis en Charlotte, en la grande Emily ! La douce Anne en avait sa part, et Branwell, qui manqua sa vie, en était comblé. On ne peut séparer ces sœurs et ce frère si étroitement unis. Dès leur âge le plus tendre ils vécurent dans des îles de rêve, dans des royaumes imaginaires, et écrivirent en collaboration un nombre incroyable d'histoires merveilleuses, de drames, de poèmes, de magazines.

Une centaine de petits manuscrits du monde secret de leur enfance et de leur adolescence, d'une écriture si fine qu'il est souvent impossible de la déchiffrer sans l'aide d'une loupe, ont été récemment mis au jour par des éditeurs anglais, et surtout par une Américaine, Miss Fannie Elizabeth Ratchford. Ils éclairent prodigieusement l'œuvre publiée des trois sœurs, qui apparaît comme l'épanouissement de ces déconcertantes prémices.

Qu'eussent fait Charlotte, Emily et Anne sans Branwell ? Il est impossible de le dire.

En fait, sa désastreuse expérience est devenue la leur. Il y a dans leurs romans des traits de caractère, des scènes dramatiques, des sentiments exacerbés, qu'elles lui doivent sans nul doute.

1. Mrs. Gaskell, *op. cit.*, pp. 214-215.

Lord David Cecil, tout en étant sévère pour Charlotte Brontë, n'a pas hésité à proclamer son « génie », à la déclarer « grande » et possédant « l'imagination créatrice à son plus haut degré d'intensité ». Il a tenté de déterminer la place qu'elle occupe dans la cohorte des élus des lettres : il la voit, tel un oiseau aux ailes éployées, « prédestinée à planer sans cesse au-dessus du cortège des grands écrivains, tantôt à la tête, tantôt à la fin[1] ».

Vaine question ! Charlotte Brontë fait partie du cortège, et cela seul compte.

Par-delà les jugements incertains des hommes, je ne puis que faire mienne la conclusion de *La Vie de Charlotte Brontë*, par Mrs. Gaskell : « Me détournant de la critique... je fais appel à ce public plus vaste et plus réfléchi, à ceux qui sont à même de considérer fautes et erreurs avec une humble sympathie, d'admirer avec générosité un étonnant génie et de rendre, le cœur débordant, un chaleureux hommage à toute noble vertu. C'est à eux que je confie la mémoire de Charlotte Brontë[2]. »

Charlotte MAURAT.

1. Lord David Cecil, *op. cit.*, p. 144.
2. Mrs. Gaskell, *op. cit.*, p. 402.

CHAPITRE PREMIER

Il n'était pas possible de faire une promenade ce jour-là. Nous avions bien passé une heure de la matinée à errer dans le bosquet dénudé, mais depuis le déjeuner (Mrs. Reed, quand il n'y avait pas d'invité, déjeunait de bonne heure) le vent froid de l'hiver avait amené de si sombres nuages et une pluie si pénétrante, que tout autre exercice en plein air était maintenant hors de question.

J'en étais heureuse, je n'ai jamais aimé les longues promenades, en particulier par les froids après-midi d'hiver. Je redoutais le retour à la maison dans le crépuscule mordant, les mains et les pieds gelés, le cœur attristé par les gronderies de Bessie, la nurse, et humilié par la conscience de mon infériorité physique en face d'Eliza, de John et de Georgiana Reed.

Ils étaient à présent tous les trois dans le salon, groupés autour de leur maman. Étendue sur un canapé près du feu, et entourée de ses chers enfants — qui, pour l'instant, ne se querellaient ni ne pleuraient —, Mrs. Reed semblait parfaitement heureuse. Quant à moi, elle m'avait dispensée de me joindre au groupe, disant qu'elle regrettait d'être obligée de me tenir à distance, mais se voyait contrainte à me refuser les avantages réservés aux petits enfants heureux et contents de leur sort, jusqu'au jour où Bessie lui dirait — et où elle aurait constaté par elle-même — que je faisais de sérieux efforts pour acquérir un caractère plus sociable, plus enfantin, une attitude plus avenante, plus enjouée, quelque chose de plus facile, de plus franc, de plus naturel, peut-être.

« Qu'ai-je donc fait, d'après Bessie ? demandai-je.

— Jane, je n'aime pas les ergoteurs, les questionneurs ; d'ailleurs il y a quelque chose de vraiment déplaisant à voir un enfant reprendre ainsi les grandes personnes. Allez vous asseoir quelque part, et demeurez silencieuse jusqu'à ce qu'il vous soit possible de parler gentiment. »

Une petite salle à manger où l'on prenait le déjeuner du matin était contiguë au salon ; je m'y faufilai. Comme il s'y trouvait une bibliothèque, je me saisis bientôt d'un volume, m'assurant qu'il était abondamment illustré. Je grimpai sur la banquette de la fenêtre où je m'assis à la turque en croisant les jambes et ramenant les pieds sous moi, et, ayant tiré presque complètement le rideau de damas rouge, je me trouvai comme enfermée dans une châsse qui m'isolait doublement.

A droite, ma vue était bornée par les plis de la draperie écarlate ; à gauche, les vitres claires me protégeaient, sans me séparer, de ce triste jour de novembre. De temps en temps, tout en tournant les pages de mon livre, j'étudiais l'aspect de cet après-midi d'hiver. Au loin, s'étendait un horizon blanchâtre fait de brumes et de nuages ; tout près, une pelouse trempée, des arbustes battus par la tempête, avec la pluie incessante, sauvagement fouettée par de longues et lugubres rafales.

Je repris mon livre l'*Histoire des oiseaux de Grande-Bretagne* de Bewick[1]. D'une façon générale, je me souciais peu de son texte, et pourtant, tout enfant que j'étais, il y avait certaines pages de l'introduction que je ne pouvais me dispenser de lire : celles qui décrivent les repaires des oiseaux de mer, les « rocs et promontoires solitaires » qu'ils sont seuls à habiter, la côte de Norvège, parsemée d'îlots depuis son extrémité méridionale, le cap Lindeness ou Naze, jusqu'au cap Nord.

> Où l'Océan du Nord, en vastes tourbillons,
> Bouillonne autour des îles nues et mélancoliques
> De la très lointaine Thulé ; où les vagues de l'Atlan-
> [tique en fureur
> Se précipitent parmi les orageuses Hébrides.

Je ne pouvais non plus passer sans m'y attarder sur l'évocation des rivages déserts de Laponie, de Sibérie, du Spitzberg, de la Nouvelle-Zemble, de l'Islande, du Groenland, avec « les vastes étendues de la zone arctique, ces

1. Thomas Bewick, dessinateur et graveur anglais (1753-1828). Il a exécuté un très grand nombre de gravures sur bois pour des ouvrages illustrés, notamment pour l'*Histoire des Oiseaux de Grande-Bretagne*, 1800. (*N.D.T.*)

régions désolées aux mornes espaces, ces réservoirs de gel et de neige où des champs de glace compacte amoncelée pendant des siècles d'hiver, véritables sommets alpestres vitrifiés, entassés les uns sur les autres, entourent le pôle et concentrent les rigueurs accumulées de l'extrême froid ». Je me faisais une idée à moi de ces royaumes blafards comme la mort, une idée imprécise, semblable à toutes les notions vagues et à demi intelligibles qui flottent dans le cerveau des enfants, mais singulièrement impressionnante. Ce qui était dit dans ces pages de l'introduction était en relation avec les images qui suivaient et donnait un sens au rocher qui se tenait debout, seul, dans une mer aux vagues écumantes ; au navire brisé, échoué sur une côte désolée ; à la lune froide et spectrale répandant un rayon de lumière, entre des barres de nuages, sur une épave qui sombrait.

Je ne puis dire quelle ambiance obsédante se dégageait du cimetière complètement à l'écart, avec sa stèle gravée, sa porte d'entrée, ses deux arbres, son horizon bas, son mur délabré, et l'apparition du croissant de la lune qui annonçait la fin du jour.

Les deux navires immobilisés sur une mer inerte m'apparaissaient comme des fantômes marins.

Je ne m'attardai pas à regarder le diable saisissant le ballot sur le dos du voleur ; c'était un objet de terreur. Il en était de même de l'être noir cornu, assis là-haut, sur un rocher, observant une foule lointaine qui se pressait autour d'un gibet.

Chaque image racontait une histoire, souvent mystérieuse pour mon intelligence encore peu développée et ma sensibilité imparfaite, mais toujours profondément intéressante, aussi intéressante que les histoires contées parfois par Bessie pendant les soirées d'hiver, quand elle était de bonne humeur et nous permettait de nous asseoir autour de la table à repasser qu'elle avait approchée de la cheminée de la nursery. Tout en glaçant les collerettes de dentelle de Mrs. Reed et en tuyautant les bords de ses bonnets de nuit, elle satisfaisait notre ardente attention avec des passages d'histoires d'amour et d'aventures, empruntés à de vieux contes de fées, et à des ballades plus vieilles encore, ou, comme je le découvris plus tard, à *Pamela* [1] et à *Henry, comte de Moreland.*

---

1. *Pamela*, roman sous forme de lettres « d'une belle demoiselle à ses parents », de Richardson (1689-1761), parut en 1741 et connut un grand succès en Angleterre et sur le continent. (*N.D.T.*)

Avec Bewick sur les genoux, j'étais alors heureuse, heureuse à ma façon, du moins. Je ne redoutais qu'une interruption ; elle arriva trop tôt. La porte de la petite salle à manger s'ouvrit.

« Hou ! Madame la Boudeuse ! » cria John Reed.

Il s'arrêta ; la pièce lui parut vide.

« Où diable est-elle ? continua-t-il. Lizzy ! Georgy ! (appelant ses sœurs) Jane n'est pas là, dites à maman qu'elle est sortie sous la pluie, la mauvaise gale ! »

« J'ai bien fait de tirer le rideau », pensai-je, souhaitant ardemment qu'il ne découvrît pas ma cachette. John Reed ne l'eût d'ailleurs pas trouvée de lui-même, il n'avait ni l'œil ni l'esprit vifs ; mais Eliza, passant simplement la tête dans l'ouverture de la porte, dit tout de suite :

« Elle est sur la banquette de la fenêtre, voyons, Jack[1]. »

Je sortis aussitôt de ma retraite, tremblant d'en être tirée violemment par ledit Jack.

« Que voulez-vous ? demandai-je timidement, tout hésitante.

— Dites : « Que voulez-vous, Master[2] Reed ? » répondit-il. Je veux que vous veniez ici. »

Il s'assit dans un fauteuil et, du geste, m'intima l'ordre de m'approcher et de rester debout devant lui.

John Reed était un écolier de quatorze ans ; il avait quatre ans de plus que moi, car je n'en avais que dix ; grand et corpulent pour son âge, avec une peau terne et malsaine, de gros traits dans un large visage, les membres lourds, les extrémités énormes. Il avait l'habitude de se gorger à table, ce qui lui donnait un teint bilieux, des yeux troubles et chassieux et des joues flasques. Il aurait dû, alors, être en classe, mais sa maman l'avait repris à la maison pour un mois ou deux « à cause de sa santé délicate ». Son maître, Mr. Miles, affirmait que John se porterait fort bien si on lui envoyait moins de gâteaux et de sucreries de la maison, mais, en son cœur, la mère repoussait un jugement aussi sévère, et inclinait plus délicatement à penser que le teint jaune de John était dû à une trop grande application, et, peut-être, à ce qu'il languissait loin du foyer.

John n'avait pas beaucoup d'affection pour sa mère et ses sœurs ; à mon égard, il éprouvait de l'antipathie. Il me menaçait brutalement, me malmenait, non pas deux ou

---

1. *Jack* : diminutif de John dont l'équivalent serait Jeannot.
2. *Master* (devant un nom propre) désigne un petit garçon ou un jeune homme. (*N.D.T.*)

trois fois par semaine, une ou deux fois par jour, mais continuellement. Toutes les fibres de mon être le redoutaient, toute ma chair se crispait sur mes os lorsqu'il s'approchait. Il y avait des moments où j'étais bouleversée par la terreur qu'il m'inspirait ; c'est que je n'avais aucun recours, quel qu'il fût, contre ses menaces ou contre ses châtiments. Il ne plaisait point aux domestiques d'offenser leur jeune maître en prenant mon parti contre lui, et Mrs. Reed était aveugle et sourde sur ce sujet ; elle ne le voyait jamais me frapper, ni ne l'entendait m'injurier, ce qu'il faisait cependant, de temps en temps devant elle, mais bien plus fréquemment quand elle avait le dos tourné.

Comme j'avais l'habitude d'obéir à John, je m'avançai jusqu'à son siège. Il passa quelque trois minutes à me tirer une langue aussi longue qu'il le pouvait sans en rompre les attaches. Je savais qu'il ne tarderait pas à frapper, et, tout en redoutant le coup, je méditais sur l'aspect laid et repoussant de celui qui allait l'assener. Peut-être lut-il cette pensée sur mon visage, car tout à coup, sans rien dire, il me frappa avec brutalité. Je chancelai, puis, reprenant mon équilibre, je reculai d'un ou deux pas de son fauteuil.

« Voici pour l'impudence avec laquelle vous avez répondu à maman, tout à l'heure, dit-il, pour votre façon sournoise de vous cacher derrière des rideaux, et pour le regard que vos yeux m'ont jeté, il y a deux minutes, espèce de rat ! »

Accoutumée aux injures de John Reed, je n'avais jamais l'idée d'y répondre ; mon unique souci était de supporter le coup qui allait certainement succéder à l'insulte.

« Que faisiez-vous derrière le rideau ? demanda-t-il.

— Je lisais.

— Montrez-moi le livre. »

Je retournai le chercher à la fenêtre.

« Vous n'avez pas à prendre nos livres ; vous vivez à nos dépens, c'est maman qui le dit ; vous n'avez pas de fortune, votre père ne vous a rien laissé ; vous devriez aller mendier, au lieu de vivre ici avec des enfants de noble naissance comme nous, de partager nos repas, et d'être habillée aux frais de notre maman. Et maintenant, je vais vous apprendre à fouiller dans ma bibliothèque, car elle est bien à moi ; toute la maison m'appartient, ou m'appartiendra dans quelques années. Allez vous mettre près de la porte, à l'écart de la glace et des fenêtres. »

J'obéis, sans me rendre compte tout d'abord de ce qu'il avait l'intention de faire, mais lorsque je le vis soulever et balancer le livre, se mettre debout, tout prêt à me le jeter à la face, je m'écartai d'instinct, poussant un cri d'alarme ; pas assez vite cependant ; déjà lancé, le volume m'atteignit et je tombai la tête contre la porte, me faisant une coupure. La blessure saignait, la douleur était vive, ma terreur avait passé son paroxysme et faisait place à d'autres sentiments.

« Méchant ! Cruel ! m'écriai-je. Vous me faites l'effet d'un assassin, d'un marchand d'esclaves, d'un empereur romain ! »

J'avais lu l'*Histoire de Rome* de Goldsmith et je m'étais formé une opinion sur Néron, Caligula, etc. J'avais également, en silence, fait des parallèles que je n'aurais jamais cru exprimer ainsi à haute voix.

« Quoi ! Quoi ! s'écria-t-il. C'est à moi qu'elle a dit cela ? Eliza, Georgiana, l'avez-vous entendue ? Je vais le dire à maman, mais avant... »

Il courut à moi tête baissée, me saisit par les cheveux et par l'épaule ; il avait étreint un être désespéré. Je voyais réellement en lui un tyran, un assassin. Je sentis une ou deux gouttes de sang couler de ma tête sur mon cou, tout en éprouvant une douleur assez cuisante ; ces sensations l'emportèrent à ce moment sur la crainte ; je lui tins tête avec frénésie. Je ne sais pas au juste l'usage que je fis de mes mains, mais il m'appela « Rat ! Rat ! » et se mit à pousser à pleine voix une sorte de beuglement. L'aide était proche ; Eliza et Georgiana avaient couru chercher Mrs. Reed qui était montée ; elle arrivait sur la scène, à présent, suivie de Bessie et de sa femme de chambre Abbot. On nous sépara, et j'entendis ces mots :

« Mon Dieu ! Quelle furie de se jeter ainsi sur Master John !

— Vit-on jamais semblable image de la passion ! »

Puis, Mrs. Reed ajouta :

« Emmenez-la dans la chambre rouge et enfermez-la à clef. »

Quatre mains s'abattirent aussitôt sur moi, et je fus emportée au premier étage.

CHAPITRE II

Je résistai tout le long du trajet, chose nouvelle pour moi, ce qui renforça beaucoup la mauvaise opinion que Bessie et Miss Abbot étaient disposées à entretenir à mon égard. En fait, j'avais un peu perdu la tête, ou plutôt j'étais *hors de moi*, comme diraient les Français ; je me rendais compte qu'un moment de révolte m'avait déjà fait encourir de singuliers châtiments, et, pareille à toute autre esclave rebelle, je me sentais résolue, dans mon désespoir, à lutter jusqu'au bout.

« Tenez-lui les bras, Miss Abbot, on dirait un chat enragé.

— Quelle honte ! Quelle honte ! s'écria la femme de chambre. Quelle affreuse conduite, Miss Eyre ; frapper un jeune gentleman, le fils de votre bienfaitrice ! Votre jeune maître !

— Mon maître ! En quoi est-il mon maître ? Suis-je une servante ?

— Non, vous êtes moins qu'une servante, car vous ne faites rien pour gagner votre subsistance. Là, asseyez-vous, et réfléchissez sur ce que vous venez de faire. »

Elles m'avaient alors introduite dans la chambre indiquée par Mrs. Reed, et poussée sur un siège : ma première impulsion fut de bondir comme un ressort, mais deux paires de mains m'arrêtèrent aussitôt.

« Si vous ne restez pas assise tranquille, il va falloir vous attacher, dit Bessie. Miss Abbot, prêtez-moi vos jarretières ; elle déchirerait les miennes tout de suite. »

Miss Abbot se détourna pour enlever d'une énorme jambe ce lien dont on avait besoin. Ces préparatifs pour me ligoter, le surcroît d'ignominie que cela impliquait, me calmèrent un peu.

« N'enlevez pas vos jarretières, m'écriai-je, je ne broncherai pas. »

En garantie de quoi, je me cramponnai des deux mains à mon siège.

« Faites bien attention de ne pas bouger », dit Bessie.

Lorsqu'elle se fut assurée que je m'apaisais réellement, elle relâcha son étreinte ; puis, elles restèrent là, toutes deux, les bras croisés, à me regarder d'un air sombre et perplexe, comme si elles doutaient de ma raison.

« Elle n'avait encore jamais fait ça, dit enfin Bessie, s'adressant à la femme de chambre.

— Mais elle l'a toujours eu en elle, répondit celle-ci. J'ai souvent dit à Madame ce que je pensais de cette enfant, et Madame a été d'accord avec moi. C'est une petite sournoise ; je n'ai jamais vu une fillette de son âge aussi dissimulée. »

Sans lui répondre, Bessie s'adressa bientôt à moi :

« Vous devriez vous rendre compte, Miss, que vous avez

des obligations envers Mrs. Reed : elle vous élève, et, si elle vous congédiait, vous seriez obligée d'aller à l'hospice. »

Je n'avais rien à répondre à ces paroles qui n'étaient pas nouvelles pour moi ; mes plus lointains souvenirs compor‑taient des allusions de ce genre. Ce reproche d'être à charge était devenu à mon oreille comme une vague complainte, très douloureuse et meurtrissante, mais seulement à demi intelligible. Miss Abbot revint à la charge.

« Il ne faudrait pas vous croire l'égale des Misses Reed et de Master Reed, sous le prétexte que Madame a la bonté de permettre que vous soyez élevée avec eux. Ils auront beau‑coup de fortune, et vous n'en aurez pas ; il vous convient d'être humble et d'essayer de leur être agréable.

— Ce que nous vous en disons, c'est pour votre bien, ajouta Bessie, d'une voix qui n'était pas sévère ; vous devriez vous efforcer de vous rendre utile, d'être aimable ; peut-être, alors, auriez-vous ici un foyer ; mais si vous devenez empor‑tée, violente, Madame vous renverra, j'en suis sûre.

— D'ailleurs, dit Miss Abbot ; Dieu la punira ; il se pour‑rait qu'il la frappât de mort au milieu de ses accès de colère, et alors, où irait-elle ? Venez, Bessie, laissons-la ; pour rien au monde je ne voudrais avoir un cœur comme le sien. Lorsque vous serez seule, Miss Eyre, faites votre prière, car, si vous n'avez pas de repentir, quelque pouvoir maléfique pourrait être incité à descendre par la cheminée pour vous emporter. »

Elles s'en allèrent en fermant la porte à clef.

La chambre rouge était une chambre de réserve dans laquelle on couchait rarement, je pourrais même dire jamais, sinon quand par hasard une affluence de visiteurs à Gateshead-Hall obligeait à tirer parti de toutes ses res‑sources ; c'était cependant une des plus grandes, une des plus majestueuses chambres du manoir. Un lit supporté par des pieds d'acajou massif, et garni de rideaux de damas rouge foncé, se détachait au centre de la pièce, semblable à un tabernacle ; les deux grandes fenêtres, aux jalousies tou‑jours baissées, étaient à demi ensevelies sous les encadre‑ments et les plis d'une draperie de même étoffe ; le tapis était rouge ; la table, au pied du lit, recouverte d'un tissu cramoisi ; les murs étaient d'un beige rosé délicat ; l'armoire, la table de toilette et les chaises, étaient en vieil acajou sombre et brillant. Des ombres profondes environ‑nantes émergeait, éblouissante de blancheur, une haute pile de matelas et d'oreillers recouverts d'une courtepointe de Marseille couleur de neige. Près de la tête du lit, et à peine moins proéminent que lui, se trouvait un vaste fauteuil rembourré, blanc lui aussi, avec un tabouret devant ; il me faisait l'effet d'un trône blafard.

Cette chambre était froide, parce qu'on y faisait rarement du feu ; elle était silencieuse, par suite de son éloignement de la nursery et des cuisines ; solennelle, parce qu'au su de tous on n'y entrait presque jamais. Seule, la femme de chambre y venait le samedi, pour enlever des miroirs et des meubles la tranquille poussière d'une semaine ; Mrs. Reed, elle-même, la visitait à de lointains intervalles, pour passer en revue le contenu d'un certain tiroir secret de l'armoire où étaient déposés divers parchemins, son coffret à bijoux et une miniature de son mari défunt ; et c'est dans ces derniers mots que réside le secret de la chambre rouge dont le mystère en faisait un lieu si solitaire en dépit de sa somptuosité.

Il y avait neuf ans que Mr. Reed était mort ; c'était dans cette chambre qu'il avait rendu le dernier soupir, qu'il avait été exposé en grand apparat ; c'est de là que son cercueil avait été emporté par les employés des pompes funèbres ; et depuis ce jour-là, le sentiment d'une sorte de consécration lugubre l'avait préservée de fréquentes intrusions.

Mon siège, auquel Bessie et l'inexorable Miss Abbot m'avaient laissée rivée, était une ottomane basse, près de la cheminée de marbre ; devant moi s'élevait le lit ; à ma droite était l'armoire haute et sombre avec des reflets adoucis et brisés qui mettaient de la variété dans l'éclat de ses panneaux ; à ma gauche, les fenêtres, entre lesquelles une immense glace répétait la majesté vide du lit et de la chambre, disparaissaient sous des draperies. Je n'étais pas tout à fait sûre qu'elles avaient fermé la porte à clef ; lorsque j'osai faire un mouvement, je me levai pour aller voir. Hélas ! oui, nulle prison ne fut jamais plus hermétique. Pour revenir à ma place, j'eus à traverser la pièce en passant devant le miroir ; mon regard fasciné explora involontairement les profondeurs qu'il révélait. Tout paraissait plus froid et plus sombre dans ce vide illusoire que dans la réalité ; et l'étrange petit personnage qui m'y regardait, tachant l'obscurité de sa face blême et de ses bras blancs, les yeux étincelants d'effroi, seuls mobiles dans l'immobilité environnante, me fit réellement l'effet d'un esprit. Je le pris pour un de ces minuscules fantômes, moitié fée, moitié lutin qui, dans les histoires contées par Bessie, à la veillée, surgissent du creux des fougères solitaires de la lande aux yeux des voyageurs attardés. Je regagnai mon siège.

A ce moment la superstition me gagna ; mais ce n'était pas l'heure de sa victoire complète, mon sang avait encore de la chaleur, l'humeur de l'esclave révolté m'animait encore de sa vigueur amère, j'avais à refouler un flot impétueux de souvenirs avant d'être vaincue par le terrible présent.

Les violentes tyrannies de John Reed, l'orgueilleuse indifférence de ses sœurs, l'aversion de sa mère, la partialité des domestiques, tout cela s'agitait dans mon esprit bouleversé, comme un sombre limon dans une source troublée. Pourquoi me fallait-il toujours souffrir, être traitée avec dédain, accusée, éternellement condamnée ? Pourquoi ne pouvais-je jamais réussir à plaire ? Pourquoi était-ce en vain que j'essayais d'obtenir la bienveillance de quelqu'un ? Eliza, obstinée, égoïste, était respectée ; Georgiana, enfant gâtée, rancunière avec aigreur, chicanière, arrogante, était choyée par tout le monde ; sa beauté, ses joues roses et ses boucles dorées semblaient charmer tous ceux qui la regardaient et racheter ses défauts. Quant à John, personne ne le contrecarrait ; on le punissait moins encore ; pourtant il tordait le cou aux pigeons, tuait les petits paons, lâchait les chiens sur les moutons, dépouillait les vignes de la serre de leurs raisins et arrachait les bourgeons des plantes les plus rares. Il appelait également sa mère « la vieille », l'invectivait parfois à cause de sa peau brune semblable à la sienne, faisait fi de ses désirs avec brutalité, déchirait, abîmait assez souvent ses toilettes de soie et restait toujours « son petit chéri ». Moi, je n'osais commettre aucune faute, je m'efforçais d'accomplir chacun de mes devoirs, et l'on me traitait de méchante, d'insupportable, de boudeuse, de sournoise, du matin au soir.

La tête me faisait encore mal et saignait par suite du coup que j'avais reçu dans ma chute. Personne n'avait réprimandé John pour m'avoir frappée par simple caprice, et, parce que je m'étais dressée contre lui pour arrêter cette folle violence, j'étais chargée de l'opprobre général.

C'est injuste ! injuste ! disait ma raison qui acquérait par ce douloureux stimulant une force précoce bien que passagère ; l'esprit de décision, également poussé à bout, me suggéra quelque expédient pour arriver à me soustraire à cette intolérable oppression : m'enfuir, ou, si cela était impossible, ne plus manger ni boire et me laisser mourir.

Quelle épouvante s'était emparée de mon âme en ce funeste après-midi ! Comme mon cerveau était agité, mon cœur révolté ! Et pourtant, dans quelles ténèbres, dans quelle épaisse ignorance se livrait ce combat intérieur ! J'étais incapable de répondre à cette incessante question que je me posais en moi-même : pourquoi souffrais-je ainsi ? A présent, avec le recul — je ne dirai pas de combien d'années — je le vois clairement.

Différente de tous ceux qui y vivaient, j'étais comme une note discordante à Gateshead ; il n'y avait aucune harmonie entre Mrs. Reed, ses enfants, le personnel de son choix et moi. S'ils ne m'aimaient pas, en fait je ne les aimais pas davantage. Ils n'étaient pas obligés de regarder avec affection un être qui ne pouvait sympathiser avec aucun d'entre eux, qui était d'une autre espèce, opposé à eux par son tempérament, ses facultés et ses inclinations, un être inutile, aussi incapable de servir leur intérêt que d'ajouter à leur plaisir, malfaisant, nourrissant les germes d'une indignation et d'un mépris que faisait naître leur manière d'agir et de penser. Je sais que si j'avais été une enfant vive, brillante, insouciante, exigeante, jolie, turbulente, bien que pareillement à charge et sans amis, Mrs. Reed aurait supporté ma présence avec plus de complaisance, ses enfants auraient eu pour moi plus de cette cordialité qu'engendre la sympathie ; les domestiques auraient été moins enclins à faire de moi le bouc émissaire de la nursery.

La lumière du jour commençait à abandonner la chambre rouge : il était plus de quatre heures, et l'après-midi nuageux se transformait en un triste crépuscule. J'entendais la pluie battre sans cesse contre la fenêtre de l'escalier et le vent hurler dans le bosquet derrière la maison ; je devins peu à peu froide comme une pierre, mon courage m'abandonna. Mon habituelle disposition d'esprit à m'humilier, à douter de moi-même, à être déprimée jusqu'à désespérer, tomba comme quelque chose d'humide sur les cendres ardentes de ma colère qui diminuait. Tout le monde disait que j'étais mauvaise ; je l'étais peut-être, en effet. N'avais-je pas eu, un instant auparavant, la pensée de me laisser mourir de faim ? Sans aucun doute cela était un crime ; étais-je, d'ailleurs, prête à mourir ? Le caveau sous le chœur de l'église de Gateshead était-il un port bien attirant ? Mr. Reed, m'avait-on dit, était enterré dans ce caveau. Ainsi amenée par cette pensée à me rappeler son image, mon attention s'y fixa avec une terreur croissante. Je ne pouvais pas me souvenir de lui, mais je savais qu'il était mon propre oncle, le frère de ma mère, qu'il m'avait accueillie chez lui lorsque j'étais devenue orpheline et que, à ses derniers moments, il avait fait promettre à Mrs. Reed de m'élever, de m'entretenir comme un de ses enfants. Mrs. Reed estimait sans doute qu'elle avait tenu cette promesse ; je crois effectivement qu'elle l'avait tenue aussi bien que sa nature le lui permettait ; mais comment pouvait-elle réellement aimer une intruse qui n'était point de sa race et qu'aucun lien, depuis la mort de son mari, ne rattachait à elle ? Cela devait avoir été très pénible de se trouver ainsi obligée, par une promesse qu'on lui avait arrachée, de tenir lieu de parent à une enfant bizarre, qu'elle ne pouvait pas aimer, et de voir une étrangère, d'une nature opposée à la sienne, introduite d'une façon permanente au sein de sa famille.

Une singulière notion se fit jour dans mon esprit. Je ne doutais pas, je ne doutai jamais que si Mr. Reed eût vécu il m'eût traitée avec bonté ; et maintenant, tandis que j'étais assise à regarder le lit blanc et les murs plongés dans l'ombre, jetant aussi, de temps en temps, un regard fasciné sur le miroir qui reflétait de faibles rayons de lumière, il me revint à la mémoire ce que j'avais entendu dire des morts qui, troublés dans leurs tombeaux par la violation de leurs dernières volontés, reviennent sur la terre pour punir les parjures et venger les opprimés ; je songeai que l'esprit de Mr. Reed, tourmenté par les injustices dont l'enfant de sa sœur était victime, pourrait quitter sa demeure — le caveau de l'église ou le monde inconnu des trépassés — et apparaître devant moi dans cette chambre. Je séchai mes larmes, étouffai mes sanglots, craignant que la moindre expression d'un violent chagrin n'éveillât une voix surnaturelle consolatrice, ou ne fît surgir de l'obscurité un visage auréolé qui se pencherait sur moi avec une étrange pitié. Je sentais que ces pensées, réconfortantes en elles-mêmes, seraient terribles si elles venaient à se réaliser ; je fis tous mes efforts pour les chasser, pour faire preuve de courage. Rejetant mes cheveux que j'avais sur les yeux, je levai la tête et tentai de regarder hardiment tout autour de la pièce sombre ; à cet instant, une lueur brilla sur le mur. Était-ce, me demandai-je, un rayon de lune qui aurait pénétré par quelque ouverture de la jalousie ? Non, la lumière de la lune est immobile, et celle-ci bougeait ; tandis que je la regardais fixement, elle glissa jusqu'au plafond et trembla au-dessus de ma tête. Je peux maintenant conjecturer sans hésiter que ce trait de lumière était, selon toute vraisemblance, la lueur d'une lanterne portée par quelqu'un qui traversait la pelouse ; mais alors, préparé à l'horreur comme l'était mon esprit, les nerfs ébranlés par l'agitation, je crus que le rayon qui s'avançait ainsi rapidement était le messager de quelque vision venant de l'autre monde. Mon cœur se mit à battre très vite, ma tête devint brûlante, un son, que je pris pour un bruissement d'ailes, emplit mes oreilles, j'eus l'impression que quelque chose était près de moi, j'étais oppressée, je suffoquais, mon endurance céda, je me précipitai à la porte et secouai la serrure d'un effort désespéré. Des pas rapides résonnèrent dans le corridor, la clef tourna, Bessie et Abbot entrèrent.

« Êtes-vous souffrante, Miss Eyre ? demanda Bessie.

— Quel bruit épouvantable ! j'en ai été toute retournée ! s'exclama Abbot.

— Emmenez-moi ! Laissez-moi aller dans la nursery, m'écriai-je.

— Pourquoi ? Avez-vous mal ? Avez-vous vu quelque chose ? demanda encore Bessie.

— Oh ! j'ai vu une lumière, et j'ai cru qu'un fantôme allait surgir. »

J'avais à présent saisi la main de Bessie qui ne me la retira pas.

« Elle a poussé ces cris avec intention, déclara Abbot, non sans dégoût. Et quels cris ! Si elle avait éprouvé une douleur aiguë on l'aurait excusée, elle a simplement voulu que nous venions tous ici ; je connais ses méchants tours.

— Que se passe-t-il ? » demanda une autre voix d'un ton péremptoire.

Mrs. Reed s'avançait le long du couloir, sa coiffe au vent, sa robe bruissant en tempête.

« Abbot, et vous Bessie, n'ai-je pas donné l'ordre de laisser Jane Eyre dans la chambre rouge jusqu'à ce que je vienne moi-même la chercher ?

— Miss Jane a crié si fort, Madame, plaida Bessie.

— Laissez-la, dit-elle pour toute réponse.

« Lâchez la main de Bessie, enfant, ce n'est pas de cette façon que vous réussirez à sortir d'ici, soyez-en persuadée. J'abhorre l'artifice, en particulier chez les enfants, et il est de mon devoir de vous montrer que vos tours ne prennent pas ; vous allez rester ici une heure encore, et ce n'est qu'après une soumission parfaite et un silence complet que je vous libérerai.

— Oh ! tante, pitié ! Pardonnez-moi ! Je ne peux pas supporter cela ; punissez-moi autrement ! Je mourrai si...

— Silence ! Cette violence est tout à fait odieuse. »

Elle éprouvait sans nul doute cette impression ; je lui faisais l'effet d'une comédienne précoce ; en toute sincérité,

elle me regardait comme un composé de passions viru-
lentes, d'esprit mesquin et de dangereuse mauvaise foi.

Bessie et Abbot s'étant retirées, Mrs. Reed, impatientée
par mon tourment devenu frénétique, par mes violents
sanglots, me rejeta brusquement dans la chambre et m'y
enferma à clef sans plus de discours. Je l'entendis s'éloigner
d'un pas digne. Peu après son départ, je dus avoir une sorte
de syncope qui termina cette scène dans l'inconscience.

CHAPITRE III

La première chose dont je me souviens, c'est de m'être
réveillée avec l'impression que je venais de faire un épouvantable cauchemar et que je voyais devant moi une lueur
rouge effrayante, rayée par des barreaux noirs épais.
J'entendais aussi des voix aux timbres assourdis, comme
couvertes par un coup de vent ou par un flot impétueux ;
l'agitation, l'incertitude et une sensation de terreur, qui
dominait tout le reste, troublaient mes facultés. Avant peu,
j'eus conscience que quelqu'un me touchait, me soulevait
et, lorsque je fus assise, me soutenait avec plus de délicatesse qu'on ne l'avait jamais fait. Ma tête reposait sur un
oreiller ou un bras, et je me sentais tranquillisée.

Cinq minutes plus tard le nuage de confusion se dissipa,
je me rendis très bien compte que j'étais dans mon propre
lit et que la lueur rouge était le feu de la nursery. Il faisait
nuit, une chandelle se consumait sur la table ; Bessie se
tenait au pied du lit, une cuvette à la main, et un monsieur,
assis sur une chaise près de mon oreiller, se penchait sur
moi.

J'éprouvai un soulagement inexprimable, une certitude
de protection et de sécurité qui m'apaisa lorsque je sus qu'il
y avait un étranger dans la chambre ; quelqu'un qui n'était
ni de Gateshead, ni apparenté à Mrs. Reed. Me détournant
de Bessie — bien que sa présence me fût bien moins désagréable que ne l'eût été celle d'Abbot, par exemple —, je
scrutai le visage du monsieur ; je le connaissais ; c'était
Mr. Lloyd, un apothicaire que Mrs. Reed faisait parfois
venir lorsque les domestiques étaient malades ; pour elle et
ses enfants elle avait un médecin.

« Eh bien ! Qui suis-je ? » demanda-t-il.

Je prononçai son nom, tout en lui offrant ma main qu'il prit en souriant.

« Nous irons très bien tout à l'heure », dit-il.

Il me fit alors étendre dans mon lit et, s'adressant à Bessie, la chargea de veiller avec soin à ce que je ne sois pas dérangée pendant la nuit. Après avoir donné encore quelques instructions et fait savoir qu'il repasserait le lendemain, il partit. J'en fus affligée ; je me sentais si bien protégée par sa sympathie tandis qu'il était assis sur la chaise près de mon oreiller ; aussi, lorsqu'il referma la porte derrière lui, toute la pièce s'assombrit et de nouveau mon cœur se serra, accablé d'une inexprimable tristesse.

« Croyez-vous que vous allez pouvoir dormir, Miss ? » demanda Bessie, assez doucement.

C'est à peine si j'osai répondre « Je vais essayer », tant je redoutais que son ton ne redevînt sévère.

« Voudriez-vous boire, pourriez-vous manger quelque chose ?

— Non, je vous remercie, Bessie.

— Alors, je crois que je vais aller me coucher, car il est minuit passé ; mais vous pourrez m'appeler, si vous avez besoin de quelque chose dans la nuit. »

Quelle merveilleuse prévenance ! Cela m'enhardit à poser une question.

« Bessie, qu'ai-je donc ? Suis-je malade ?

— Vous avez dû vous trouver mal dans la chambre rouge, à force de pleurer ; mais vous irez bientôt mieux. »

Bessie s'en alla dans la chambre de bonne qui était à proximité ; je l'entendis qui disait :

« Sarah, venez coucher avec moi dans la nursery ; pour rien au monde je n'oserais rester seule, cette nuit, avec cette pauvre enfant ; si elle allait mourir ! C'est bien étrange qu'elle ait eu cette syncope ; je me demande si elle a vu quelque chose, Madame a été un peu trop dure. »

Sarah revint avec elle, et toutes deux se couchèrent. Elles chuchotèrent pendant une demi-heure avant de s'endormir. Je saisis des bribes de leur conversation, d'après lesquelles je ne pus que trop clairement deviner le principal sujet de leur discussion :

« Quelque chose passa près d'elle, tout vêtu de blanc, et disparut... Un grand chien noir derrière lui... Trois coups sonores à la porte de la chambre... Une lumière dans le cimetière, juste au-dessus de sa tombe... », etc.

Enfin, toutes deux s'endormirent ; le feu et la chandelle s'éteignirent. Les heures de veille de cette longue nuit se passèrent pour moi dans une insomnie terrible, les oreilles, les yeux, l'esprit également tendus par l'épouvante, une épouvante comme, seuls, les enfants peuvent en éprouver.

Cet incident de la chambre rouge ne fut point suivi d'une maladie grave ou longue ; mon système nerveux en éprouva seulement un choc dont je ressens, aujourd'hui encore, la répercussion. Oui, Mrs. Reed, c'est à vous que mon âme torturée doit de connaître certaines angoisses redoutables. Sans doute devrais-je vous pardonner, vous ne saviez pas ce que vous faisiez ; tandis que vous me déchiriez le cœur, vous croyiez seulement extirper mes mauvais penchants.

Le jour suivant, vers midi, après m'être habillée et enveloppée d'un châle, je m'étais assise près de la cheminée de la nursery. Je me sentais physiquement faible et abattue, mais mon plus grand mal était une indicible détresse d'esprit qui ne cessait de m'arracher des larmes silencieuses ; à peine avais-je séché sur ma joue une larme amère, qu'une autre suivait. J'aurais dû être heureuse cependant, aucun des Reed ne se trouvait là ; ils étaient tous sortis en voiture avec leur maman ; Abbot, elle aussi, cousait dans une autre pièce, et Bessie, tout en allant et venant, serrant les jouets, rangeant les tiroirs, m'adressait, de temps en temps, une parole d'une bonté inaccoutumée. Pour moi, tout cela aurait dû représenter le paradis, la paix, habituée comme je l'étais à une vie faite de réprimandes incessantes, où mes efforts les plus méritoires étaient méconnus. En fait, mes nerfs mis à la torture étaient à présent dans un état tel que nul calme ne pouvait les apaiser, ni aucun plaisir les exciter agréablement.

Bessie, descendue à la cuisine, m'en rapporta une tarte posée sur une certaine assiette de porcelaine brillamment décorée, où un oiseau de paradis, niché dans une guirlande de volubilis et de boutons de roses, avait toujours suscité en moi un sentiment d'admiration enthousiaste. J'avais souvent demandé la permission de prendre cette assiette dans ma main afin de l'examiner de plus près, mais, jusqu'à ce jour, je n'avais jamais été jugée digne d'un tel privilège. Cette précieuse vaisselle était maintenant posée sur mes genoux et j'étais cordialement invitée à manger le petit cercle de délicate pâtisserie qu'elle contenait. Vaine faveur ! venant, comme presque toutes les autres faveurs longtemps différées et souvent désirées, trop tard ! Je fus incapable de manger la tarte ; le plumage de l'oiseau, les teintes des fleurs me parurent étrangement fanés ; je repoussai l'assiette avec la tarte. Bessie me demanda si je désirais un livre ; le mot *livre* agit sur moi comme un stimulant passager, et je la priai d'aller chercher *Les Voyages de Gulliver* dans la bibliothèque. C'est un livre que j'avais lu et relu avec délices ; je le regardais comme le récit de choses qui existaient réellement, j'y avais trouvé une source d'intérêt plus profonde que dans les contes de fées ; quant aux lutins, les ayant cherchés en vain dans les feuilles et les clochettes des digitales, sous les champignons et le lierre terrestre qui recouvre les angles des vieux murs, j'avais en définitive familiarisé mon esprit avec cette triste vérité qu'ils avaient tous quitté l'Angleterre pour quelque pays sauvage, aux forêts plus désertes et plus denses, à la population plus clairsemée. Au contraire, Lilliput et Brobdingnag étaient pour moi des parties solides de la surface terrestre, et je ne doutais nullement qu'un jour, au cours d'un long voyage, je pourrais voir de mes propres yeux, les champs, les maisons, les arbres minuscules, les pygmées, les vaches, les moutons, les oiseaux microscopiques de l'un de ces royaumes, ainsi que les champs de blé hauts comme des forêts, les puissants mâtins, les chats de taille monstrueuse, les hommes, les femmes semblables à des tours, qui peuplaient l'autre. Cependant, quand ce volume que j'aimais tant fut entre mes mains, quand, tournant les pages, je cherchai dans ses merveilleuses images le charme que, jusque-là, je n'avais jamais manqué d'y trouver, tout m'apparut étrange et morne ; les géants n'étaient que des fantômes décharnés, les pygmées, de malfaisants et terribles lutins ; Gulliver, le voyageur le plus solitaire dans les régions les plus redoutables et les plus dangereuses. Je refermai le livre que je n'osai plus lire et le posai sur la table, à côté de la tarte à laquelle je n'avais pas goûté.

Bessie avait à présent fini d'épousseter et de mettre la pièce en ordre. Elle se lava les mains, ouvrit un certain petit tiroir rempli de splendides morceaux de soie, de satin, et se mit à confectionner un nouveau chapeau pour la poupée de Georgiana. Tout en cousant elle chantait. Voici sa chanson :

> Au temps où nous errions comme des bohémiens,
> Il y a bien longtemps.

J'avais déjà souvent entendu cette chanson, et chaque fois avec un vif plaisir, car Bessie avait une jolie voix, du moins je le croyais. Maintenant, bien que sa voix fût toujours agréable, je trouvai à cette mélodie une indescriptible tristesse. Parfois, absorbée par son travail, elle chantait le refrain très bas, en traînant beaucoup. « Il y a bien long-temps » me fit l'effet du rythme infiniment triste d'un hymne funèbre. Elle se mit ensuite à chanter une autre ballade, vraiment lugubre, cette fois :

Mes pieds sont endoloris, mes membres sont las ;
Long est le chemin, les montagnes sont désertes.
Un crépuscule morne et sans lune va descendre
Sur le sentier du pauvre orphelin.

Pourquoi me fait-on fuir dans ces lointaines solitudes,
Sur les hauteurs où, parmi un amoncellement de
                  [roches grises, s'étend la lande ?
L'homme a le cœur dur, les bons anges, seuls,
Veillent sur les pas du pauvre orphelin.

Cependant, lointaine et douce, souffle la brise de nuit,
Le ciel est sans nuage, les claires étoiles brillent fai-
                           [blement.
Dieu, dans sa miséricorde, protège, soutient,
Remplit d'espoir le pauvre orphelin.

Même s'il m'arrivait de trébucher en passant sur le
                   [pont qui s'effondre,
Si, trompé par de fausses lueurs, je m'égarais dans les
                   [marécages,
Mon Père, selon ses promesses et sa grâce,
Prendra toujours sur son cœur le pauvre orphelin.

Cette pensée doit me donner du courage ;
Si je suis sans abri, sans famille,
Le ciel est ma demeure, le repos m'y attendra,
Dieu n'est-il pas l'ami du pauvre orphelin ?

« Allons, Miss Jane, ne pleurez pas », dit Bessie lorsqu'elle eut fini.

Elle aurait tout aussi bien pu dire au feu : « Ne brûle pas ! » Mais comment pouvait-elle deviner la souffrance morbide à laquelle j'étais en proie ? Au cours de la matinée, Mr. Lloyd revint.

« Quoi, déjà levée ! dit-il en entrant dans la nursery. Eh bien ! nurse, comment va-t-elle ? »

Bessie répondit que j'allais très bien.

« Alors, elle devrait avoir l'air plus gai. Venez ici, Miss Jane, vous vous appelez bien Jane, n'est-ce pas ?

— Oui monsieur, Jane Eyre.

— Eh bien ! vous avez pleuré, Miss Jane Eyre ; pouvez-vous me dire à propos de quoi ? Souffrez-vous ?

— Non, monsieur.

— Oh ! elle pleure sans doute parce qu'elle n'a pas pu sortir en voiture avec Madame, intervint Bessie.

— Certainement non ! Voyons, elle est trop grande pour faire un tel caprice. »

C'est ce que je pensais également, et, blessée dans mon amour-propre par cette fausse accusation, je répondis promptement :

« Je n'ai jamais pleuré de ma vie pour un tel motif. Je déteste sortir en voiture. Si je pleure, c'est que je suis malheureuse.

— Oh ! fi ! Miss », dit Bessie.

Le bon apothicaire parut quelque peu intrigué. Me tenant debout devant lui, il me fixa d'un regard scrutateur. Il avait de petits yeux gris, pas très vifs, que je ne manquerais sans doute pas de trouver pénétrants aujourd'hui ; son visage aux traits durs exprimait pourtant la bonté. M'ayant examinée à loisir, il dit :

« Qu'est-ce qui vous a rendue malade hier ?

— Elle est tombée, dit Bessie, plaçant de nouveau son mot.

— Tombée ! Allons, cela est encore d'un bébé ! Ne peut-elle se débrouiller pour marcher, à son âge ? Elle doit avoir huit ou neuf ans.

— On m'a jetée à terre ! »

Ce fut la brusque explication que m'arracha un nouvel accès d'amour-propre mortifié.

« Mais ce n'est pas ce qui m'a rendue malade », ajoutai-je, tandis que Mr. Lloyd prenait une prise de tabac.

Comme il remettait la boîte dans la poche de son gilet, une cloche, qui annonçait le déjeuner des domestiques, retentit avec force ; il savait ce dont il s'agissait.

« C'est pour vous, nurse, dit-il, vous pouvez descendre ; je vais sermonner Miss Jane en attendant votre retour. »

Bessie aurait bien préféré rester ; mais elle fut obligée de partir, car, à Gateshead-Hall, on exigeait une rigoureuse exactitude aux repas.

« Ce n'est pas la chute qui vous a rendue malade ; qu'est-ce, alors ? poursuivit Mr. Lloyd quand Bessie fut partie.

— On m'a enfermée, jusqu'après la tombée de la nuit, dans une chambre où il y a un fantôme. »

Je vis Mr. Lloyd à la fois sourire et froncer les sourcils.

« Un fantôme ! Allons, vous n'êtes qu'un bébé, après tout ! Vous avez peur des fantômes ?

— J'ai peur de celui de Mr. Reed ; il est mort dans cette chambre et son corps y fut exposé. Ni Bessie, ni personne n'y vient sans nécessité quand il fait nuit, et ce fut cruel de m'y enfermer seule, sans lumière, si cruel qu'il me semble que je ne l'oublierai jamais.

— Sottise ! Et c'est cela qui vous rend si malheureuse ? Avez-vous peur, en ce moment, en plein jour ?

— Non, mais la nuit reviendra bientôt ; d'ailleurs... je suis malheureuse... très malheureuse, pour d'autres raisons.

— Quelles raisons ? Pouvez-vous m'en donner quelques-unes ? »

Comme j'aurais voulu répondre pleinement à cette question ! Comme il était difficile de formuler une réponse ! Les enfants ressentent les choses, mais ne peuvent pas analyser leurs sensations ; si même l'analyse s'effectue partiellement dans leur esprit, ils ne savent pas comment exprimer en paroles le résultat de cette opération. Redoutant, malgré cela, de perdre cette première et unique occasion de soulager ma peine en la communiquant, je parvins, après un moment de confusion, à faire un maigre, mais véridique récit.

« D'abord, je n'ai ni père, ni mère, ni frère ni sœur.

— Vous avez une bonne tante, des cousins. »

Je me tus de nouveau, puis repris gauchement :

« Mais John Reed m'a jetée à terre, et ma tante m'a enfermée dans la chambre rouge. »

Mr. Lloyd prit une seconde fois sa tabatière.

« Ne trouvez-vous pas que Gateshead-Hall est une magnifique demeure ? demanda-t-il. Ne rendez-vous pas grâce au ciel d'y habiter ?

— Ce n'est pas ma maison, monsieur, et Abbot dit que la présence des domestiques y est plus justifiée que la mienne.

— Bah ! Vous n'êtes pas assez sotte pour avoir envie de quitter une aussi splendide résidence ?

— Si j'avais un autre endroit où aller, je serais heureuse de la quitter ; mais je ne pourrai jamais m'en aller avant d'être grande.

— Peut-être le pourrez-vous, qui sait ? Avez-vous d'autres parents, en dehors de Mrs. Reed ?

— Je ne crois pas, monsieur.

— Personne, du côté de votre père ?

— Je n'en sais rien ; je l'ai demandé une fois à tante

Reed, qui m'a répondu que j'avais peut-être des parents d'humble condition, pauvres, qui s'appelaient Eyre, mais qu'elle ne savait rien d'eux.

— Et s'ils existent, auriez-vous le désir d'aller les retrouver ? »

Je me mis à réfléchir. La pauvreté n'a rien d'attirant pour les grandes personnes, mais encore bien moins pour les enfants. Ils ne se représentent guère une pauvreté industrieuse, laborieuse, respectable ; ce mot ne leur suggère que des vêtements en haillons, une nourriture insuffisante, des grilles sans feu, des manières rudes, des vices dégradants. Pour moi, pauvreté était synonyme d'avilissement.

« Non, je ne voudrais pas appartenir à une famille pauvre.

— Même si elle vous témoignait de la bonté ? »

Je secouai la tête. Je n'arrivais pas à comprendre comment les pauvres pouvaient avoir les moyens de faire preuve de bonté. Et puis, il faudrait apprendre à parler comme eux, adopter leurs manières, être sans éducation, devenir semblable à l'une de ces malheureuses femmes que je voyais quelquefois allaiter leurs enfants ou laver leur linge à la porte de leurs cottages dans le village de Gateshead ; non, je n'étais pas assez héroïque pour acheter la liberté au prix de la caste.

« Mais vos parents sont-ils donc si pauvres ? Est-ce que ce sont des ouvriers ?

— Je n'en sais rien ; tante Reed dit que, si j'en ai, ce doit être une bande de miséreux ; je ne voudrais pas avoir à mendier.

— Vous plairait-il d'aller en pension ? »

Je réfléchis encore. Je savais à peine ce qu'était une pension. Bessie en parlait quelquefois comme d'un endroit où les jeunes demoiselles étaient mises au pilori, portaient une planche dans le dos, et devaient avoir une excellente éducation, des manières recherchées. John Reed avait son école en horreur, narguait son maître ; mais je n'étais pas tenue à modeler mes goûts sur ceux de John Reed. Si les récits de Bessie sur la discipline scolaire étaient quelque peu effrayants — au dire des jeunes demoiselles d'une famille où elle était avant de venir à Gateshead —, les détails de certains talents acquis par ces mêmes jeunes demoiselles me paraissaient offrir un attrait qui compensait. Elle vantait les magnifiques paysages, les fleurs qu'elles peignaient, les mélodies, les morceaux qu'elles chantaient et jouaient, les bourses en filet qu'elles savaient confectionner, les livres français dont elles faisaient la traduction, si bien que mon esprit en était excité jusqu'à l'émulation tandis que je l'écoutais. D'ailleurs, la pension constituerait un changement total, impliquant un long voyage, une séparation complète de Gateshead, l'entrée dans une nouvelle vie.

« J'aimerais bien aller en pension. »

Telle fut la conclusion audible de mes réflexions.

« Bien, bien, qui sait ce qui peut arriver ? » dit Mr. Lloyd, en se levant. « L'enfant aurait besoin de changer d'air et de milieu, ajouta-t-il, se parlant à lui-même, ses nerfs ne sont pas en bon état. »

Bessie revint alors ; au même moment, on entendit le roulement de la voiture qui montait l'avenue sablée.

« Est-ce votre maîtresse, nurse, demanda Mr. Lloyd, je voudrais lui parler avant de partir. »

Bessie l'invita à se rendre dans la petite salle à manger, et lui montra le chemin.

Je présume, d'après ce qui arriva par la suite, que, au cours de son entrevue avec Mrs. Reed, l'apothicaire s'aventura à donner le conseil de m'envoyer en pension, et que ce conseil fut accepté avec empressement. Voici, en effet, ce qu'Abbot dit un soir à Bessie, tout en cousant dans la nursery, alors que j'étais couchée, mais non endormie, comme elles le croyaient :

« Madame est sans doute bien contente de se débarrasser d'une enfant aussi pénible et antipathique, qui a toujours l'air d'espionner tout le monde et de comploter sournoisement. »

Je crois qu'Abbot me prenait pour une sorte de Guy Fawkes[1] enfant.

Par la même occasion, j'appris pour la première fois, d'après les révélations de Miss Abbot à Bessie, que mon père était un pasteur sans fortune. Ma mère l'avait épousé contre le gré de sa famille qui considérait ce mariage comme indigne d'elle ; mon grand-père Reed avait été si irrité de sa désobéissance qu'il l'avait laissée sans un sou. Après un an de mariage, pendant une épidémie de fièvre typhoïde qui sévissait dans une grande ville manufacturière

---

1. Guy Fawkes : officier catholique anglais, un des principaux acteurs de la Conspiration des poudres (5 novembre 1605), qui avait pour objet de faire cesser les mesures hostiles prises par Jacques Ier contre le catholicisme. Guy Fawkes, dénoncé par une lettre anonyme, fut arrêté au moment où il allait mettre le feu aux barils de poudre placés sous la salle des séances du Parlement, le jour où le roi et ses ministres devaient en ouvrir la session. Condamné à mort, et supplicié, il fit preuve d'une fermeté inébranlable. (N.D.T.)

où se trouvait sa paroisse, mon père contracta cette maladie en visitant les pauvres, la transmit à ma mère, et tous deux moururent à moins d'un mois d'intervalle.

En entendant ce récit, Bessie soupira et dit :

« Cette pauvre Miss Jane est bien à plaindre, elle aussi, Abbot.

— Oui, répondit Abbot, si c'était une petite fille jolie et aimable, on pourrait compatir à son abandon, mais, véritablement, il n'est guère possible de se soucier d'un tel petit crapaud.

— On ne peut beaucoup s'en soucier, bien sûr, acquiesça Bessie ; une beauté comme Miss Georgiana, par exemple, serait plus émouvante dans de semblables conditions.

— Oui, je suis folle de Miss Georgiana ! s'écria la fervente Abbot. Petite chérie ! avec ses longues boucles, ses yeux bleus, ce teint si merveilleux qu'on la croirait fardée... Bessie, pour mon souper, je mangerais bien un Welsh rabbit [1].

— Moi aussi, avec un oignon rôti. Allons, descendons. » Elles partirent.

CHAPITRE IV

Mon entretien avec Mr. Lloyd, la conversation de Bessie et d'Abbot rapportée antérieurement, me donnèrent assez d'espoir pour avoir une raison suffisante de désirer guérir. Un changement semblait proche, je le souhaitais et l'attendais en silence. Il tarda cependant : les jours et les semaines passèrent, j'avais recouvré mon état de santé habituel, mais on ne faisait aucune allusion nouvelle au sujet sur lequel je concentrais mes pensées. Mrs. Reed me considérait parfois d'un œil sévère, mais m'adressait rarement la parole. Depuis ma maladie, elle avait établi une séparation plus marquée que jamais entre ses propres enfants et moi. Elle m'avait désigné une petite chambre où je couchais seule, m'avait également condamnée à prendre mes repas seule et à passer tout mon temps dans la nursery tandis que mes cousins se tenaient toujours au salon. Elle ne laissait pourtant jamais échapper un mot au sujet de mon départ en

1. Welsh rabbit : fromage fondu avec un peu de bière sur du pain grillé chaud. (N.D.T.)

pension ; mais j'avais l'instinctive certitude qu'elle ne me supporterait pas longtemps sous son toit, car, plus que jamais, son regard, lorsqu'il se posait sur moi, exprimait une aversion insurmontable et profondément enracinée.

Eliza et Georgiana, agissant évidemment d'après des ordres reçus, me parlaient aussi peu que possible ; John gonflait sa joue avec sa langue chaque fois qu'il m'apercevait, et tenta même, une fois, d'exercer sur moi des sévices ; mais, m'étant retournée instantanément contre lui, soulevée par le même sentiment de profonde colère et de révolte désespérée qui avait déjà excité mes mauvais instincts, il jugea plus prudent d'abandonner la partie, s'éloigna en courant, proférant des imprécations et jurant que je lui avais cassé le nez. J'avais en effet décoché à cet appendice proéminent un coup aussi dur que mon poing était à même de le porter, et lorsque je vis que ce geste, sinon mon regard, l'avait dompté, j'eus la plus grande envie de tirer parti de mon avantage, mais il était déjà auprès de sa maman. Je l'entendis raconter en pleurnichant que « cette méchante Jane Eyre » s'était précipitée sur lui comme un chat enragé. Il fut interrompu assez sèchement.

« Ne me parlez pas d'elle, John, je vous ai dit de ne pas l'approcher, elle n'est pas digne d'attirer l'attention, je veux que ni vous ni vos sœurs n'ayez affaire à elle. »

Me penchant alors sur la rampe de l'escalier, je m'écriai soudain, sans prendre le temps de réfléchir à ce que j'allais dire :

« Ce sont eux qui ne méritent pas d'avoir affaire à moi. »

Mrs. Reed était assez corpulente, mais, en entendant cette étrange et audacieuse déclaration, elle monta lestement l'escalier, m'emporta en un tourbillon dans la nursery et, m'écrasant sur le bord de mon petit lit, m'interdit, d'une voix autoritaire, de me relever, et de prononcer une syllabe durant tout le reste de la journée.

« Que vous dirait oncle Reed s'il vivait encore ? »

Cette question fut presque involontaire. Je dis presque involontaire, car j'avais l'impression que ma langue prononçait les mots sans le consentement de ma volonté ; quelque chose s'exprimait par ma bouche, sur quoi je n'avais aucun contrôle.

« Quoi ? » dit Mrs. Reed à voix basse.

Ses yeux gris, calmes, habituellement froids, furent troublés par une sorte de crainte ; elle retira sa main de mon bras, me regarda fixement, ayant vraiment l'air de se demander si j'étais une enfant ou un démon.

Je n'avais plus maintenant qu'à continuer.

« Mon oncle Reed est au ciel, il voit tout ce que vous faites, ce que vous pensez ; papa et maman le voient également ; ils savent que vous m'avez enfermée tout un jour, et que vous souhaitez vivement me voir morte. »

Mrs. Reed reprit bientôt ses esprits, elle me secoua vigoureusement, me donna une paire de gifles, puis me laissa sans dire un mot. Bessie combla ce silence par une homélie d'une heure, qui eut pour effet de démontrer de manière certaine que j'étais l'enfant la plus désagréable, la plus réprouvée qui fût jamais élevée sous un toit. Je la crus à demi, car je ne sentais réellement s'agiter en moi que de mauvais instincts.

Novembre, décembre et la moitié de janvier s'écoulèrent. Noël et le jour de l'An avaient été célébrés à Gateshead avec l'entrain ordinaire des jours de fête ; on avait échangé des présents, donné des dîners et des soirées. J'avais, bien entendu, été tenue à l'écart de toutes ces réjouissances. Je participais à ces divertissements en assistant chaque jour à la toilette d'Eliza et de Georgiana, en les regardant descendre au salon, vêtues de leurs robes de fine mousseline aux ceintures écarlates, les cheveux soigneusement bouclés. J'écoutais les sons du piano et de la harpe dont on jouait en bas, les allées et venues du majordome et du valet, le cliquetis des verres et de la porcelaine lorsqu'on passait les rafraîchissements, les murmures interrompus de la conversation quand on ouvrait ou refermait les portes du salon. Lorsque j'étais fatiguée de cette occupation, je quittais le haut de l'escalier pour aller dans la nursery solitaire et silencieuse ; là, bien qu'un peu triste, je n'étais pas malheureuse. A vrai dire, je n'avais pas la moindre envie d'aller dans le monde, où l'on faisait très rarement attention à moi ; et si Bessie avait seulement été gentille et de bonne compagnie, j'aurais été très contente de passer tranquillement les soirées avec elle, au lieu d'être observée par l'œil redoutable de Mrs. Reed, dans un salon rempli de dames et de messieurs. Mais, dès que Bessie avait habillé ses jeunes maîtresses, elle s'enfuyait vers les régions animées de la cuisine et de la chambre de la gouvernante, emportant généralement la chandelle avec elle. Je restais alors assise, ma poupée sur les genoux, jusqu'à ce que le feu soit devenu très bas, jetant de temps en temps un coup d'œil à l'entour, afin de m'assurer que rien d'insolite ne hantait la chambre obscure ; lorsque les cendres étaient devenues d'un rouge sombre, je me déshabillais en hâte, me débattant de mon mieux avec les nœuds et les cordons, et cherchais un refuge contre le froid et l'obscurité dans mon petit lit, prenant toujours ma poupée avec moi. Les êtres humains ont besoin d'aimer quelque chose ; à défaut d'objets plus dignes de mon affection, je réussissais à trouver du plaisir en aimant, chérissant, cette figurine modelée, flétrie, usée, pareille à un épouvantail en miniature. Je suis intriguée, aujourd'hui, en me rappelant avec quelle absurde sincérité je raffolais de ce petit jouet, m'imaginant presque qu'il était vivant et capable d'éprouver des sensations. Je ne pouvais m'endormir que s'il était enveloppé dans ma chemise de nuit ; lorsqu'il reposait là, en sûreté et bien au chaud, j'étais relativement heureuse, le croyant heureux pareillement.

Les heures me semblaient longues tandis que j'attendais le départ des invités, que, l'oreille au guet, j'essayais de discerner le bruit des pas de Bessie dans l'escalier. Elle montait parfois dans l'intervalle, pour prendre son dé ou des ciseaux, ou peut-être pour m'apporter quelque chose en guise de souper : un petit pain au lait ou un gâteau au fromage ; elle s'asseyait alors sur le lit pendant que je me restaurais, et me bordait quand j'avais fini ; il lui arriva, par deux fois, de m'embrasser en disant : « Bonne nuit, Miss Jane. » Lorsque Bessie était de cette douce humeur, elle me paraissait la créature la meilleure, la plus bienveillante du monde, et je désirais bien vivement qu'elle demeurât toujours agréable, aimable, et cessât de me repousser, de me gronder ou de me faire travailler de façon déraisonnable, comme elle avait trop souvent l'habitude de le faire. Bessie Lee devait être, je pense, une fille naturellement bien douée ; elle était adroite dans tout ce qu'elle faisait ; elle avait un remarquable talent de conteuse, si j'en juge par l'impression que me produisaient ses récits de la nursery. Elle était jolie avec cela, si mes souvenirs de son visage et de sa personne sont exacts. Je la revois, jeune, élancée, avec des cheveux et des yeux noirs, des traits extrêmement délicats, un teint clair et sain ; mais elle était d'humeur capricieuse, se mettait facilement en colère, et ses idées sur les principes et la justice étaient incertaines ; cependant, telle qu'elle était, c'est encore elle que je préférais à Gateshead.

C'était le 15 janvier, vers neuf heures du matin ; Bessie était descendue déjeuner ; mes cousines n'avaient pas encore été appelées auprès de leur maman ; Eliza était en train de mettre sa toque et son confortable manteau de jardin pour aller nourrir la volaille, occupation qui lui plaisait beaucoup, non moins que celle de vendre les œufs à la gouvernante et d'amasser l'argent qu'elle recevait ainsi. Elle avait des dispositions pour le commerce et un goût marqué pour l'épargne qui se manifestaient, non seulement dans la vente des œufs et des poulets, mais aussi, à propos des oignons des fleurs, des graines et des boutures, dans de fructueuses tractations avec le jardinier, serviteur qui avait reçu l'ordre de Mrs. Reed d'acheter à sa jeune maîtresse tout ce qu'elle serait disposée à vendre des produits de son jardin. Or, Eliza aurait vendu ses cheveux si, par ce moyen, elle avait pu réaliser un bon profit. Quant à son argent, elle commença par le cacher dans des coins inattendus, enveloppé dans un chiffon ou dans une vieille papillote ; mais, quelques-uns de ces magots ayant été découverts par la servante, Eliza, dans la crainte de perdre quelque jour son précieux trésor, consentit à le confier à sa mère à un taux usuraire de cinquante ou soixante pour cent, dont elle exigeait l'intérêt tous les trimestres, car elle tenait ses comptes dans un carnet avec une exactitude inquiète.

Georgiana, assise sur un haut tabouret, se coiffait devant la glace, entremêlant à ses boucles de cheveux des fleurs artificielles et des plumes fanées dont elle avait trouvé une provision dans un tiroir du grenier. Je faisais mon lit, ayant reçu de Bessie des ordres formels d'en avoir terminé avant son retour. (Bessie, en effet, m'employait souvent à présent pour ranger la chambre, épousseter les chaises, etc. comme si j'avais été une seconde bonne d'enfant.) Après avoir mis la courtepointe et plié ma chemise de nuit, je me disposais à ranger quelques livres d'images et les meubles de la maison de poupée, éparpillés sur la banquette de la fenêtre, quand un ordre impératif de Georgiana, m'enjoignant de laisser ses jouets tranquilles — les petites chaises, les miroirs, les assiettes et les tasses de fée étaient sa propriété —, m'arrêta net. Alors, à défaut d'autre occupation, je me mis à souffler sur les fleurs de glace sculptées sur la fenêtre, rendant ainsi la transparence à une partie de la vitre à travers laquelle je pouvais regarder le parc, où tout était immobile et pétrifié sous l'influence d'une forte gelée.

De cette fenêtre on pouvait voir la loge du portier et l'allée carrossable, et juste au moment où je venais de dissoudre le feuillage argenté qui couvrait les carreaux, sur un espace assez grand pour permettre de regarder dehors, je vis les grilles s'ouvrir et une voiture entrer. Je la suivis du regard avec indifférence tandis qu'elle montait l'avenue. Il venait souvent des voitures à Gateshead, mais jamais aucune n'avait amené de visiteur qui m'intéressât. Celle-ci s'arrêta

43

devant la maison, la sonnette de la porte retentit vigoureusement, le nouveau venu fut introduit. Tout ceci ne représentant rien pour moi, mon attention oisive trouva bientôt un attrait plus vif à regarder un petit rouge-gorge affamé qui était venu gazouiller sur les branches d'un cerisier dénudé fixé en espalier sur le mur près de la fenêtre. Les restes de mon déjeuner composé de pain et de lait étant sur la table, je me mis à émietter un morceau de petit pain et je tirai sur le châssis inférieur [1] de la fenêtre afin de poser les miettes sur le rebord extérieur lorsque Bessie, montant l'escalier en courant, entra dans la nursery.

« Miss Jane, enlevez votre tablier. Que faites-vous là ? Vous êtes-vous lavé les mains et la figure ce matin ? »

Je donnai encore une secousse avant de répondre, car je voulais que le petit oiseau fût assuré de son déjeuner ; le châssis céda, je répandis les miettes, les unes, sur le rebord de pierre, les autres, sur la branche du cerisier, puis, refermant la fenêtre, je répondis :

« Non, Bessie, je viens seulement de finir d'épousseter.

— Quelle enfant pénible, insouciante ! Et que faites-vous, à présent ? Vous êtes toute rouge, comme si vous veniez de faire quelque sottise ; pourquoi avez-vous ouvert la fenêtre ? »

Je n'eus pas la peine de répondre, Bessie paraissait trop pressée pour écouter des explications : elle me poussa vers le lavabo, me frotta impitoyablement la figure et les mains avec de l'eau, du savon et une serviette rugueuse, ce qui fut heureusement vite fait, lissa mes cheveux avec une brosse dure, enleva mon tablier, puis, me menant en hâte sur le palier, m'enjoignit de descendre immédiatement dans la petite salle à manger où l'on me demandait.

J'aurais voulu savoir qui me réclamait, si Mrs. Reed était là, mais Bessie était déjà partie, et avait refermé sur moi la porte de la nursery ; je descendis lentement. Il y avait près de trois mois que je n'avais été appelée par Mrs. Reed ; reléguée depuis si longtemps dans la nursery, les salles à manger, le salon, étaient devenus pour moi des régions redoutables et j'étais épouvantée à l'idée d'y pénétrer.

Je me trouvais maintenant dans le vestibule désert, devant la porte de la petite salle à manger, où je restais intimidée et tremblante. Quelle malheureuse petite poltronne étais-je devenue alors, sous l'influence de la crainte

1. En Angleterre, les fenêtres sont presque toujours du type « à guillotine ».

engendrée par un injuste châtiment ! Je n'osais pas retourner à la nursery, je n'osais pas entrer. Je demeurai dix minutes dans un état de perplexité et d'agitation. Le coup de sonnette véhément qui retentit de l'intérieur me décida, il *fallait* entrer.

Qui donc pouvait bien me demander ? Ainsi questionnai-je en mon for intérieur, tandis que des deux mains, je tournais la dure poignée de la porte qui résista à mes efforts pendant une ou deux secondes. Qui allais-je voir dans la pièce, à part tante Reed ? Un homme ? Une femme ? La poignée tourna, la porte s'ouvrit ; je fis en entrant une profonde révérence, et levai les yeux sur... un noir pilier ! Telle m'apparut, du moins à première vue, la forme droite, étroite, vêtue de noir, qui se tenait debout sur le tapis du foyer ; le visage sinistre qui la surmontait ressemblait à un masque sculpté placé au-dessus de la colonne en guise de chapiteau.

Mrs. Reed occupait sa place habituelle au coin du feu ; elle me fit signe d'approcher, ce que je fis, et me présenta en ces termes à la personne étrangère qui était là impassible.

« Voici la petite fille à propos de laquelle je me suis adressée à vous. »

Il, car c'était un homme, tourna lentement la tête vers l'endroit où je me tenais, et, m'ayant examinée de ses yeux gris inquisiteurs qui brillaient sous des sourcils broussailleux, dit solennellement, d'une voix de basse :

« Elle est de petite taille, quel âge a-t-elle ?

— Dix ans.

— Tant que cela ? » répondit-il sceptique ; et il prolongea son examen durant quelques minutes.

Enfin, il s'adressa à moi :

« Votre nom, ma petite fille ?

— Jane Eyre, monsieur. »

Tout en prononçant ces mots, je levai les yeux : il me parut de haute taille ; il est vrai que j'étais très petite ; son visage, aux traits énormes, avait l'air aussi dur et compassé que toute sa personne.

« Eh bien ! Jane Eyre, dites-moi, êtes-vous sage ? »

Impossible de répondre à cette question par l'affirmative, le petit monde dans lequel je vivais en tenait pour une opinion contraire. Je restai silencieuse, Mrs. Reed répondit pour moi par un hochement de tête significatif, et ajouta bientôt :

« Peut-être que moins l'on en dira sur ce sujet mieux cela vaudra, monsieur Brocklehurst.

— Je regrette beaucoup d'apprendre cela ! Il faut que nous ayons un petit entretien, elle et moi. »

Étant debout, il se courba et installa sa personne dans un fauteuil, en face de celui de Mrs. Reed.

« Venez ici », me dit-il.

Je m'avançai sur le tapis où il me fit mettre bien d'aplomb, droit devant lui. Quel visage il avait, à présent qu'il était presque au niveau du mien ! Quel grand nez ! Quelle bouche ! Quelles énormes dents en saillie !

« Il n'y a rien de plus triste à voir qu'un enfant qui ne se conduit pas bien, commença-t-il, en particulier une petite fille. Savez-vous ou vont les méchants après leur mort ?

— Ils vont en enfer, répondis-je aussitôt, en toute orthodoxie.

— Qu'est-ce que l'enfer ? Pouvez-vous me le dire ?

— Un gouffre plein de feu.

— Voudriez-vous tomber dans ce gouffre pour y brûler à jamais ?

— Non, monsieur.

— Que faut-il faire pour l'éviter ? »

Je délibérai un instant ; ma réponse, quand je la fis, était de nature à soulever des objections :

« Il faut rester en bonne santé et ne pas mourir.

— Comment pouvez-vous rester en bonne santé ? Chaque jour il meurt des enfants plus jeunes que vous. Il n'y a pas plus d'un ou deux jours, j'ai enterré un petit enfant de cinq ans, un bon petit enfant dont l'âme est maintenant au ciel. Il est à craindre qu'on n'en puisse dire autant de vous, si vous étiez rappelée d'ici-bas. »

N'étant pas en état de lui enlever ce doute, je me contentai, en soupirant, de baisser les yeux sur les deux grands pieds plantés sur le tapis. Comme j'aurais voulu être loin de là !

« J'espère que ce soupir vient du cœur, et que vous vous repentez d'avoir été sans cesse une cause de trouble pour votre excellente bienfaitrice. »

« Bienfaitrice ! bienfaitrice ! me dis-je intérieurement ; tout le monde appelle Mrs. Reed ma bienfaitrice ; dans ce cas, une bienfaitrice est quelque chose de bien désagréable. »

« Faites-vous vos prières matin et soir ? continua mon interrogateur.

— Oui, monsieur.

— Lisez-vous votre Bible ?

— Quelquefois.

— Avec plaisir ? L'aimez-vous réellement ?

— J'aime les *Révélations*, le *Livre de Daniel*, la *Genèse*, *Samuel*, j'aime un peu l'*Exode*, quelques passages des *Rois* et des *Chroniques*, *Job*, *Jonas*.

— Et les Psaumes ? J'espère que vous les aimez.

— Non, monsieur.

— Non ? Oh ! quelle honte ! J'ai un petit garçon, plus jeune que vous, qui sait six Psaumes par cœur ; quand on lui demande s'il préférerait manger un pain d'épice à la noisette ou apprendre un verset de Psaume, il répond : « Oh ! je préfère apprendre le verset de Psaume ! Les anges chantent les Psaumes, je veux être un petit ange ici-bas. » On lui donne alors deux pains d'épice pour le récompenser de sa piété enfantine.

— Les Psaumes ne sont pas intéressants, fis-je observer.

— Cela prouve que votre cœur n'est pas ce qu'il doit être ; il vous faut donc prier Dieu de le changer, de vous donner un cœur nouveau, un cœur pur, de remplacer votre cœur de pierre par un cœur de chair[1]. »

J'étais sur le point de poser une question sur la manière dont cette opération devrait être conduite, lorsque Mrs. Reed, s'interposant, me dit de m'asseoir ; elle se mit alors en devoir de poursuivre elle-même l'entretien.

« Je crois, monsieur Brocklehurst, vous avoir laissé entendre, dans la lettre que je vous ai adressée il y a trois semaines, que cette petite fille n'a pas tout à fait le caractère et les dispositions que je souhaiterais. Je serais heureuse, si vous l'admettez à l'école de Lowood, que la directrice et les maîtresses fussent priées de la surveiller de près, de se tenir en garde, avant tout, contre le pire de ses défauts, une tendance à la dissimulation. Je dis ceci devant vous, Jane, afin que vous ne cherchiez pas à en imposer à Mr. Brocklehurst. »

Je pouvais bien redouter Mrs. Reed, je pouvais bien la détester ; il était dans sa nature de me blesser cruellement ; je n'étais jamais heureuse en sa présence ; j'avais beau obéir ponctuellement, mettre toute mon ardeur à essayer de lui plaire, mes efforts étaient toujours repoussés, récompensés par des phrases semblables à celle qu'elle venait de prononcer. Formulée, à présent, devant un étranger, cette accusation me fendit le cœur ; je voyais confusément que déjà Mrs. Reed vidait de tout espoir la vie nouvelle à laquelle elle

---

1. *Cf.* Bible : Ézéchiel, chapitre XI, verset 19. (*N.D.T.*) Toutes les références bibliques de cette traduction sont tirées de la Bible de Crampon.

me destinait ; je sentais, bien qu'il m'eût été impossible d'exprimer ce sentiment, qu'elle semait l'aversion et l'hostilité le long du sentier de mon avenir ; je me voyais transformée en une enfant fourbe, malveillante, aux yeux de Mr. Brocklehurst. Que pouvais-je pour remédier au tort qui m'était fait ?

Rien, certes, pensai-je, tout en luttant pour réprimer un sanglot, et essuyant rapidement quelques larmes, témoins impuissants de mon angoisse.

« La fourberie est, en vérité, un triste défaut chez un enfant, dit Mr. Brocklehurst, elle est de même nature que le mensonge, et tous les menteurs auront leur part de tourments dans le lac de feu et de soufre. Toutefois, Mrs. Reed, elle sera surveillée ; je parlerai à Miss Temple ainsi qu'aux maîtresses.

— Je désirerais qu'elle fût élevée d'une manière correspondant à ses perspectives d'avenir, reprit ma bienfaitrice, qu'elle arrive à se rendre utile en conservant son humilité ; quant aux vacances, avec votre permission, elle les passera toujours à Lowood.

— Vos décisions sont tout à fait judicieuses, madame, répondit Mr. Brocklehurst. L'humilité est une vertu chrétienne qui convient particulièrement aux élèves de Lowood ; c'est pourquoi j'exige que, pour elles, on la cultive avec un soin spécial. J'ai étudié les meilleures méthodes pour réprimer chez ces jeunes filles le sentiment mondain d'orgueil ; et, il y a seulement quelques jours, une preuve agréable de ma réussite m'a été donnée par ma seconde fille, Augusta, qui était allée visiter l'école avec sa maman ; à son retour, elle s'est écriée :

« Oh ! cher papa, comme les élèves de Lowood ont l'air « effacé ! Elles ne sont pas belles avec leurs cheveux tirés « derrière les oreilles, leurs longs tabliers, et ces petites « poches en toile de Hollande qu'elles portent sur leurs « robes ; on pourrait presque dire qu'elles appartiennent à « des familles pauvres ; elles regardaient mes vêtements et « ceux de maman, comme si elles n'avaient encore jamais « vu une robe de soie. »

— J'approuve entièrement tout cela, répliqua Mrs. Reed ; aurais-je cherché dans toute l'Angleterre, que je n'eusse sans doute pas trouvé une méthode convenant mieux à une enfant telle que Jane Eyre. La logique, cher monsieur Brocklehurst, je soutiens que la logique est nécessaire en toutes choses.

— La logique, madame, est le premier devoir d'un chrétien ; et il en a été tenu compte dans toute l'organisation de l'établissement de Lowood ; la nourriture et l'habillement y sont simples, le genre de vie sain, les habitudes propres à stimuler l'énergie et l'endurance ; telle est la règle de la maison et de ses hôtes.

— Cela est tout à fait bien, monsieur. Je puis donc être assurée que cette enfant sera reçue comme élève à Lowood et y recevra l'éducation convenant à sa position et à son avenir.

— Vous le pouvez, madame, elle sera placée dans cette pépinière de plantes choisies, et j'espère qu'elle se montrera reconnaissante de l'inestimable privilège que représente son admission.

— Je l'y enverrai donc aussitôt que possible, monsieur Brocklehurst ; il me tarde, je vous assure, d'être délivrée d'une responsabilité qui devenait trop pénible.

— Je n'en doute pas, madame, je n'en doute pas. Je vous salue bien. Je serai de retour à Brocklehurst-Hall dans une semaine ou deux ; mon bon ami l'archidiacre ne voudra pas que je le quitte plus tôt. J'informerai Miss Temple qu'elle aura bientôt à recevoir une nouvelle élève, cela ne fera donc aucune difficulté. Au revoir, madame.

— Au revoir, monsieur Brocklehurst, veuillez me rappeler au bon souvenir de Mrs. et de Miss Broklehurst, d'Augusta, de Theodore, et de Master Broughton Brocklehurst.

— Je n'y manquerai pas, madame. Voici, petite, un livre intitulé *Le Guide de l'enfant*. Lisez-le lorsque vous ferez vos prières, lisez surtout le passage où est fait le récit de la mort, redoutable par sa soudaineté, de Martha G..., une enfant détestable, habituée à mentir et à dissimuler. »

Sur ces mots, Mr. Brocklehurst me mit dans la main un mince volume broché, sonna pour demander sa voiture et partit.

Je restai seule avec Mrs. Reed. Quelques minutes se passèrent en silence ; elle s'était mise à coudre et je l'observais. Mrs. Reed pouvait avoir à cette époque trente-six ou trente-sept ans ; c'était une femme robuste, carrée d'épaules, aux membres vigoureux, pas très grande, corpulente sans obésité. Elle avait le visage assez fort, la mâchoire inférieure très développée, massive, le front bas, le menton large et proéminent, la bouche et le nez assez réguliers ; sous les clairs sourcils brillaient des yeux dénués de compassion, sa peau était opaque et brune, ses cheveux d'un blond presque filasse. Solide comme une cloche sans fêlure, la maladie ne l'approchait jamais. Elle dirigeait sa maison avec ponctualité et habileté, tenait ses domestiques et ses fermiers sous son contrôle total ; seuls ses enfants défiaient parfois son autorité et s'en gaussaient avec mépris. Elle s'habillait bien, avait un maintien et une allure faits pour mettre en valeur ses élégantes toilettes.

Assise sur un tabouret bas, à quelques mètres de son fauteuil, j'examinais sa personne, je scrutais ses traits. Je tenais à la main la brochure qui contenait le récit de la mort soudaine de la Menteuse sur lequel on venait, de façon opportune, d'attirer mon attention en manière d'avertissement. Ce qui venait de se passer, ce que Mrs. Reed avait dit de moi à Mr. Brocklehurst, la teneur de leur conversation, me piquaient encore au vif ; tous ces mots s'étaient gravés dans mon esprit avec autant d'acuité, de netteté, qu'ils avaient frappé mon oreille ; un violent ressentiment bouillonnait en moi.

Mrs. Reed leva les yeux de son ouvrage, les fixa sur les miens, ses doigts suspendant au même instant leurs mouvements agiles.

« Sortez de cette pièce, retournez à la nursery », ordonna-t-elle.

Mon regard, ou autre chose, avait dû la frapper par son expression agressive, car elle parla avec une irritation extrême, bien que contenue. Je me levai, j'allai à la porte, je revins ; je traversai la pièce jusqu'à la fenêtre ; enfin je m'approchai d'elle.

J'avais *besoin* de parler. J'avais été cruellement foulée aux pieds, je *devais* réagir ; mais comment ? Quelle force avais-je pour me venger de mon adversaire ? Je rassemblai toute mon énergie pour lancer cette apostrophe acerbe :

« Je ne suis pas fourbe ; si je l'étais, je dirais que je vous aime ; mais je déclare que je ne vous aime pas ; il n'y a personne au monde que je déteste plus que vous, si ce n'est John Reed ; quant à ce livre sur la menteuse, vous pourrez le donner à votre fille Georgiana, c'est elle qui ment et non pas moi. »

Les mains de Mrs. Reed demeuraient toujours inactives sur son ouvrage, ses yeux de glace continuaient à fixer froidement les miens.

« Qu'avez-vous encore à dire ? » demanda-t-elle d'un ton que l'on prend ordinairement avec un adversaire d'âge adulte plutôt qu'avec un enfant.

Ces yeux, cette voix, soulevèrent toute mon antipathie. Secouée de la tête aux pieds, toute frémissante sous l'effet d'une excitation incoercible, je continuai :

« Je suis contente que vous ne soyez pas de ma famille ; de ma vie je ne vous appellerai plus jamais « tante » ; quand je serai grande je n'irai jamais vous voir ; si quelqu'un me demande si je vous aimais, de quelle façon vous m'avez traitée, je répondrai que votre seul souvenir me fait mal, que vous m'avez traitée avec une abominable cruauté.

— Comment osez-vous affirmer cela, Jane Eyre ?

— Comment je l'ose, Mrs. Reed ? Comment je l'ose ? Parce que c'est la *vérité*. Vous croyez que je suis insensible, que je puis vivre sans un peu d'affection, de bonté ; mais cela m'est impossible ; vous n'avez aucune pitié. Je me rappellerai jusqu'au jour de ma mort comment vous m'avez rejetée — rejetée avec dureté et violence — dans la chambre rouge, enfermée à clef malgré mon angoisse, tandis que, suffocant de douleur, je criais « Pitié ! Pitié ! tante Reed. » Et cette punition, vous me l'avez infligée parce que votre méchant fils m'avait frappée, jetée à terre sans motif. Je ferai le récit exact de tout cela à qui me questionnera. On vous prend pour une bonne personne, mais vous ne l'êtes pas, vous avez le cœur dur. C'est *vous* qui êtes fourbe. »

Avant d'avoir achevé cette réplique, mon âme avait commencé à s'épanouir, à exulter ; j'éprouvais un sentiment de liberté, de triomphe, bien singulier, et que je n'avais jamais encore ressenti. Il me semblait qu'un lien venait de rompre au cours de cette lutte et que j'allais jouir d'une liberté inespérée. Ce n'était pas sans raison : Mrs. Reed paraissait effrayée, son ouvrage avait glissé de ses genoux, elle levait les mains, se balançait d'avant en arrière, et son visage se crispait comme si elle allait pleurer.

« Jane, vous vous trompez. Qu'avez-vous ? Pourquoi tremblez-vous si violemment ? Voulez-vous boire un peu d'eau ?

— Non, Mrs. Reed.

— Désirez-vous quelque chose, Jane ? Je vous assure que je veux être votre amie.

— Vous ? Non, non. Vous avez dit à Mr. Brocklehurst que j'avais mauvais caractère, une nature portée à la fourberie ; mais je dirai à tout le monde, à Lowood, ce que vous êtes, ce que vous avez fait.

— Vous ne comprenez rien à ces choses-là, Jane, les enfants ont besoin d'être corrigés de leurs défauts.

— Je ne suis pas fourbe ! m'écriai-je d'une voix aiguë et sauvage.

— Mais vous êtes emportée, Jane, vous devez convenir de cela ; allez, retournez à la nursery, ma chère petite fille, et reposez-vous un peu sur votre lit.

— Je ne suis pas votre chère petite fille, je ne peux pas me reposer, envoyez-moi en pension le plus tôt possible, Mrs. Reed, car j'ai horreur de vivre ici.

— Je l'y enverrai bientôt, certes », murmura Mrs. Reed, *sotto voce*, et, ramassant son ouvrage, elle quitta brusquement la pièce.

Je restai là, seule, maîtresse du champ de bataille. C'était le plus dur combat que j'eusse livré, la première victoire que j'eusse remportée. Je demeurai un instant sur le tapis du foyer, à la place où s'était tenu Mr. Brocklehurst, jouissant de ma solitude de conquérant. Tout d'abord, je me souris à moi-même, j'étais transportée ; mais ce violent plaisir diminua aussi vite que se ralentirent les battements accélérés de mes artères. Un enfant ne saurait se quereller avec ses aînés, ni donner libre cours à ses sentiments impétueux, comme je l'avais fait, sans éprouver ensuite l'angoisse du remords et le froid de la réaction. Une crête de bruyère en feu, jetant des flammes vives, rapides, dévorantes, eût parfaitement figuré mon esprit lorsque j'accusai et menaçai Mrs. Reed. La même crête, noircie et dévastée après l'incendie, eût représenté aussi bien mon état d'âme lorsqu'une demi-heure de silence et de réflexion m'eût montré la folie de ma conduite et la tristesse de mon odieuse situation.

Pour la première fois, j'avais goûté à la vengeance ; c'était comme un vin aromatisé ; en l'avalant, il était chaud, sentait le terroir, mais laissait un arrière-goût métallique, corrosif, donnant la sensation d'un empoisonnement. Je serais volontiers allée, à présent, demander pardon à Mrs. Reed ; mais je savais par expérience et aussi par instinct, que c'était là le moyen de me faire repousser avec un mépris redoublé, ce qui aurait excité de nouveau toutes mes tumultueuses impulsions.

J'aurais bien voulu exercer quelque activité plus justifiable que celle de parler avec violence, trouver à nourrir des sentiments moins diaboliques que ceux d'une sombre indignation. Je pris un livre — des contes arabes —, je m'assis et m'efforçai de lire. Je ne compris rien au récit, mes propres pensées flottaient sans cesse entre mes yeux et la page qu'habituellement je trouvais si fascinante. J'ouvris la porte vitrée de la petite salle à manger ; le bosquet était tout à fait calme, la gelée blanche régnait sur tout le domaine, sans être atténuée par le soleil ou le vent. Je me couvris la tête et les bras de ma jupe et je sortis pour aller dans un coin isolé du petit bois ; mais je ne pris aucun plaisir à contempler les arbres silencieux, les pommes de pin qui tombaient, toute les reliques de l'automne pétrifiées sous le gel, les feuilles rouillées, balayées en tas par le vent, raidies et pressées les unes contre les autres maintenant. Je m'appuyai à une barrière pour regarder un champ vide où nul mouton ne paissait, où l'herbe courte était rabougrie et décolorée. C'était une journée très grise ; du ciel, annonciateur de neige, complètement opaque et semblable à un immense dais, des flocons commençaient à tomber par intervalles et se posaient, sans fondre, sur le sentier durci ou sur le pré tout blanc. Je me tenais là, enfant infortunée, murmurant sans cesse en moi-même :

« Que vais-je faire ? Que vais-je faire ? »

Tout à coup, j'entendis une voix claire qui appelait :

« Miss Jane ! Où êtes-vous ? Il faut venir déjeuner ! »

C'était Bessie, je le savais bien, mais je ne bougeai pas ; elle descendait le sentier de son pas léger.

« Vilaine petite fille ! dit-elle, pourquoi ne venez-vous pas quand on vous appelle ? »

La présence de Bessie, comparée aux pensées que je venais de méditer, me parut agréable, bien que, comme d'habitude, elle fût un peu de mauvaise humeur. A dire vrai, après mon conflit avec Mrs. Reed et la victoire qui s'ensuivit, je n'étais pas disposée à me préoccuper outre mesure de l'accès de colère passager de la nurse, j'éprouvais, au contraire, le besoin de me réchauffer au contact de son cœur juvénile et insouciant. L'entourant de mes bras, je lui dis :

« Voyons, Bessie, vous n'allez pas me gronder ? »

Cette façon d'agir, plus franche, moins craintive, plut à Bessie.

« Vous êtes une enfant étrange, Miss Jane, dit-elle en me regardant, un petit être errant et solitaire... Et vous allez partir en pension, je suppose ? »

Je fis un signe de tête affirmatif.

« N'aurez-vous pas de chagrin de quitter la pauvre Bessie ?

— Est-ce que Bessie se soucie de moi ? Elle est toujours en train de me gronder.

— Vous êtes une petite fille si bizarre, apeurée, timide. Vous devriez avoir plus d'audace.

— Quoi ! pour recevoir plus de coups ?

— Sottise ! Il est vrai que vous êtes plutôt malmenée. Ma mère m'a dit, lorsqu'elle est venue me voir la semaine dernière, qu'elle ne voudrait pas qu'un de ses petits fût à votre place. Mais, à présent, rentrons, j'ai quelques bonnes nouvelles à vous annoncer.

— Est-ce possible, Bessie ?

— Que voulez-vous dire, mon enfant ? Quels tristes yeux vous fixez sur moi ! Eh bien ! voilà ! Madame, les jeunes demoiselles et Master John vont aller cet après-midi prendre le thé au dehors ; vous goûterez donc avec moi. Je vais demander à la cuisinière de vous faire un petit gâteau, puis vous m'aiderez à passer en revue vos tiroirs, car il va falloir que je fasse bientôt votre malle. Madame voudrait que vous quittiez Gateshead dans un ou deux jours ; vous choisirez les jouets que vous voulez emporter.

— Bessie, il faut me promettre de ne plus me gronder jusqu'à mon départ.

— Bon ! je le promets ; mais gare ! soyez très gentille, n'ayez pas peur de moi, ne sursautez pas lorsqu'il m'arrive de parler un peu vivement, c'est si agaçant !

— Je pense bien ne plus jamais avoir peur de vous, Bessie, je suis habituée à vous, ce sont d'autres personnes qu'il me faudra bientôt redouter.

— Si vous les redoutez, elles vous détesteront.

— Comme vous le faites, Bessie.

— Je ne vous déteste pas, Miss, je crois même que j'ai plus d'affection pour vous que pour tous les autres.

— Vous ne le laissez guère voir.

— Comme vous êtes caustique ! Vous avez une façon de parler toute nouvelle. Qu'est-ce qui vous rend si audacieuse, si osée ?

— C'est que je serai bientôt loin de vous, d'ailleurs... »

J'allais lui parler de ce qui s'était passé entre Mrs. Reed et moi, mais, après réflexion, je trouvai préférable de garder le silence à ce sujet.

« Alors, vous êtes contente de me quitter ?

— Pas du tout, Bessie, j'en éprouve même, en ce moment, presque du chagrin.

— En ce moment ! presque ! Comme ma petite demoiselle dit cela froidement ! Si je vous demandais un baiser, vous me le refuseriez sans doute, disant que vous préférez ne pas me le donner.

— Je ne demande pas mieux que de vous embrasser ; baissez un peu la tête. »

Bessie s'inclina et nous nous embrassâmes, puis je la suivis dans la maison, toute réconfortée. L'après-midi s'écoula dans la paix, dans l'harmonie ; au cours de la soirée Bessie me conta quelques-unes de ses plus captivantes histoires et me chanta certaines de ses plus belles chansons. Même pour moi, la vie avait des rayons de soleil.

CHAPITRE V

C'était le 19 janvier au matin. Cinq heures venaient à peine de sonner lorsque Bessie apporta une chandelle dans ma petite chambre et me trouva déjà debout presque habillée. Je m'étais levée une demi-heure avant son arrivée ; j'avais fait ma toilette et mis mes vêtements à la clarté d'une demi-lune, sur le point de disparaître, dont les rayons pénétraient par l'étroite fenêtre près de mon lit. Je devais quitter Gateshead ce jour même, par la diligence qui passait devant les grilles de la loge du portier, à six heures du matin. Bessie était la seule personne qui fût levée ; elle avait allumé le feu de la nursery où elle était en train de préparer mon petit déjeuner. Peu d'enfants peuvent prendre un repas lorsqu'ils sont surexcités à la pensée d'un voyage, et j'en fus incapable. Bessie, ayant vainement insisté pour me faire prendre quelques cuillerées de lait bouilli et de pain qu'elle m'avait servis, enveloppa des biscuits dans un papier et les rangea dans mon sac ; elle m'aida ensuite à mettre ma pelisse, ma capote, jeta un châle sur ses épaules et sortit avec moi de la nursery. En passant devant la chambre de Mrs. Reed, Bessie me dit :

« Voulez-vous entrer dire au revoir à Madame ?

— Non, Bessie, elle est venue, hier soir, près de mon lit lorsque vous étiez descendue souper, et m'a dit qu'il était inutile de la déranger ce matin, ni elle ni mes cousins. Elle m'a recommandé de me rappeler qu'elle avait toujours été ma meilleure amie, et de parler d'elle, de lui être reconnaissante en conséquence.

— Qu'avez-vous dit, Miss ?

— Rien, j'ai caché ma figure sous les couvertures, et me suis tournée vers le mur.

— Ce n'est pas bien, Miss Jane.

— Si, c'est très bien. Bessie, votre maîtresse n'a jamais été mon amie, elle m'a traitée en ennemie.

— Oh ! Miss Jane ! Ne dites pas cela !

— Adieu, Gateshead ! » m'écriai-je, lorsque, après avoir traversé le vestibule, nous sortîmes par la grande porte.

La lune s'était couchée et il faisait très noir ; Bessie portait une lanterne dont la lumière brillait sur les marches mouillées et sur l'allée sablée trempée par un récent dégel. Ce matin d'hiver était humide et glacial ; je claquais des dents tandis que je descendais l'avenue, en hâte. Il y avait de la lumière dans la loge du portier ; en y arrivant, nous trouvâmes sa femme en train d'allumer le feu ; ma malle toute cordée qui avait été descendue la veille au soir, était devant la porte. Il était six heures moins quelques minutes ; peu après qu'elles eurent sonné, un roulement lointain annonça l'arrivée de la diligence ; j'allai à la porte guetter ses lumières qui approchaient rapidement dans l'obscurité.

« Part-elle seule ? demanda la femme du portier.

— Oui.

— Est-ce loin ?

— A cinquante milles.

— Quel long parcours ! Je suis étonnée que Mrs. Reed ose l'envoyer si loin toute seule. »

La diligence s'arrêta ; elle était là devant les grilles, avec ses quatre chevaux et son impériale chargée de voyageurs ; le conducteur et le cocher criaient de se presser ; ma malle fut hissée là-haut, et je fus arrachée du cou de Bessie auquel je m'étais accrochée en l'embrassant.

« Prenez bien soin d'elle, surtout, cria Bessie au conducteur tandis qu'il me soulevait pour me faire monter dans la voiture.

— Oui, oui ! » répondit-il.

La portière claqua, une voix cria : « En route », et nous partîmes. C'est ainsi que je fus séparée de Bessie et de Gateshead, emportée comme en un tourbillon vers des régions inconnues qui me semblaient alors lointaines et mystérieuses.

Je ne me souviens que fort peu du voyage ; je sais seulement que la journée me parut d'une longueur extraordinaire et que j'eus l'impression d'avoir parcouru des centaines de milles sur la route. Nous traversâmes plusieurs villes et, dans l'une d'elles, une très grande cité, la diligence s'arrêta ; on détela les chevaux, et les voyageurs descendirent pour déjeuner. A l'auberge où je fus introduite, le conducteur aurait voulu me faire prendre un repas, mais je n'avais pas faim ; aussi me laissa-t-il dans une immense pièce ayant une cheminée à chaque extrémité, un lustre suspendu au plafond et, tout en haut, accrochée au mur, une petite étagère rouge remplie d'instruments de musique. J'arpentai longtemps cette salle de long en large, tout à fait dépaysée, et dans la mortelle appréhension de voir un intrus surgir et se saisir de moi : car je croyais aux voleurs d'enfants dont les exploits figuraient souvent dans les récits que Bessie nous faisait au coin du feu. Enfin le conducteur revint ; je fus entassée une fois de plus dans la diligence ; mon protecteur monta sur son siège, souffla dans sa trompe et nous roulâmes avec fracas le long des rues pavées de L...

L'après-midi fut humide et un peu brumeux ; lorsqu'il s'évanouit dans le crépuscule, je commençai à trouver que nous étions bien loin de Gateshead, il n'y avait plus de villes à traverser, le site changea, de hautes collines grises apparurent à l'horizon. A la tombée de la nuit nous descendîmes dans une vallée assombrie par des bois et, longtemps après, lorsque la nuit eut obscurci le paysage, j'entendis un vent furieux s'engouffrer parmi les arbres.

Bercée par le bruit, je finis par m'endormir. J'étais depuis peu assoupie lorsque l'arrêt soudain de la voiture me réveilla. La portière était ouverte ; une personne qui m'eut l'air d'une servante s'y tenait debout, je pus voir sa figure et la façon dont elle était vêtue à la lueur des lampes.

« Y a-t-il ici une petite fille qui s'appelle Jane Eyre ? demanda-t-elle.

— Oui », répondis-je.

Quelqu'un me souleva pour me faire sortir, on descendit ma malle, et la diligence repartit aussitôt.

J'étais engourdie d'être restée longtemps assise, étourdie par le bruit et le mouvement de la diligence. Je rassemblai mes esprits et regardai autour de moi. La pluie, le vent, l'obscurité remplissaient l'atmosphère ; malgré cela je pus distinguer vaguement, devant moi, un mur dont la porte était restée ouverte. Je franchis cette porte avec mon nouveau guide qui la poussa et la referma à clef derrière elle. Je vis alors une ou plusieurs maisons, car le bâtiment était très étendu, avec de nombreuses fenêtres dont quelques-unes étaient éclairées ; nous montâmes une large allée couverte de gravier où l'on s'éclaboussait d'eau et entrâmes dans la maison ; puis la servante me conduisit, par un couloir, dans une pièce où il y avait du feu et m'y laissa seule.

Je restai debout, réchauffant mes doigts engourdis à la chaleur de la flamme, et regardai autour de moi. Il n'y avait pas de lumière, mais la lueur incertaine du foyer révélait par intervalles les murs tapissés de papier, les rideaux, le tapis, le mobilier en acajou brillant. C'était un parloir assez confortable, mais ni aussi spacieux, ni aussi somptueux que le salon de Gateshead. J'étais en train de me demander ce que pouvait bien représenter un tableau accroché au mur, lorsque la porte s'ouvrit ; une personne entra, une lumière à la main, suivie de près par une autre.

La première était une dame de haute taille, aux cheveux et aux yeux noirs, au front haut et pâle ; elle était à demi enveloppée d'un châle, elle avait l'air grave et se tenait très droite.

« L'enfant est bien jeune pour avoir été envoyée seule ici », dit-elle, posant la chandelle sur la table.

Elle m'observa attentivement une minute ou deux, et ajouta :

« Le mieux est de la mettre au lit sans tarder, elle a l'air fatigué. Êtes-vous fatiguée ? demanda-t-elle, me posant la main sur l'épaule.

— Un peu, madame.

— Et vous avez faim, sans aucun doute ? Faites-lui prendre quelque chose avant de se coucher, Miss Miller. Est-ce la première fois que vous quittez vos parents pour aller en pension, ma petite fille ? »

Je lui expliquai que je n'avais pas de parents. Elle me demanda depuis combien de temps ils étaient morts, quel était mon âge, mon nom, si je savais lire, écrire et faire un peu de couture ; puis elle m'effleura doucement la joue de son index, me disant qu'elle espérait que je serais bien sage, et me laissa aller avec Miss Miller.

La dame que je venais de quitter pouvait avoir environ vingt-neuf ans ; celle qui m'accompagnait paraissait plus jeune de quelques années. La première m'impressionna par sa voix, son regard, son aspect. Miss Miller était plus ordinaire, elle avait un teint rouge florissant, mais le visage marqué par la fatigue ; dans sa démarche, son comportement, elle avait quelque chose de précipité, comme quelqu'un accablé par de multiples tâches ; elle avait l'air — ce que par la suite je découvris qu'elle était effectivement — d'une sous-maîtresse. Je la suivis de pièce en pièce, de couloir en couloir, dans un vaste bâtiment irrégulier lorsque, émergeant du silence complet et quelque peu lugubre qui remplissait cette partie de la maison que nous venions de traverser, nous entendîmes le bourdonnement de nombreuses voix. Nous nous trouvions à présent dans une longue et large salle ayant deux grandes tables en sapin à chaque extrémité ; sur chacune d'elles brûlaient deux chandelles ; des jeunes filles en grand nombre et de tous âges, de neuf ou dix ans jusqu'à vingt, étaient assises tout autour sur des bancs. Vues à la faible lueur des chandelles, elles me parurent innombrables ; en réalité, il n'y en avait pas plus de quatre-vingts ; elles étaient uniformément vêtues de robes d'étoffe brune d'une coupe bizarre, avec de longs tabliers en toile de Hollande. C'était l'heure de l'étude, elles repassaient leurs leçons du lendemain, et le murmure que j'avais entendu était le résultat de ces répétitions chuchotées.

Miss Miller me fit signe de m'asseoir sur un banc près de la porte, puis, se dirigeant vers l'autre extrémité de la longue salle, cria :

« Monitrices, ramassez les livres d'étude et rangez-les. »

Quatre grandes filles se levèrent des différentes tables, et firent le tour de la pièce pour recueillir les livres qu'elles emportèrent. Miss Miller donna un nouvel ordre :

« Monitrices, allez chercher les plateaux du souper. »

Les jeunes filles sortirent et revinrent bientôt, portant chacune un plateau où étaient disposées des portions de quelque chose — je ne savais pas quoi — autour d'un broc d'eau et d'un gobelet. Les portions furent distribuées ; celles qui le désiraient prirent une gorgée d'eau, le gobelet servant à tout le monde. Je bus, lorsque mon tour vint, car j'avais soif, mais ne touchai pas à la nourriture ; la fatigue, l'excitation, me rendaient incapable de manger ; je vis pourtant à ce moment-là, que le souper se composait d'une mince galette d'avoine partagée en morceaux.

Le repas terminé, Miss Miller lut les prières, et les élèves, se rangeant en files, montèrent l'escalier deux à deux. Accablée de fatigue, c'est à peine si je remarquai l'aspect du dortoir ; je vis toutefois qu'il était très long, comme la salle d'étude. Je devais pour cette nuit partager le lit de Miss Miller qui m'aida à me déshabiller. Lorsque je fus couchée, je jetai un coup d'œil sur les longues rangées de lits dont chacun reçut bientôt ses deux occupantes ; dix minutes plus tard on éteignit l'unique lumière ; et dans le silence, l'obscurité complète, je m'endormis. La nuit passa rapidement, j'étais trop fatiguée, même pour rêver ; je ne m'éveillai qu'une seule fois pour entendre le vent déchaîné souffler en furieuses rafales et la pluie tomber à torrents ; j'eus aussi conscience que Miss Miller avait pris sa place à côté de moi. Lorsque j'ouvris les yeux, une cloche sonnait bruyamment ; les élèves étaient levées et s'habillaient ; il ne faisait pas encore jour, une veilleuse ou deux éclairaient la pièce. Je me levai à mon tour, bien à contre-cœur ; le froid était très vif et, tout en grelottant, je m'habillai tant bien que mal ; je me lavai dès qu'il y eut une cuvette de libre, ce qui fut assez long, car il n'y en avait qu'une pour six élèves, sur les tables de toilette rangées au milieu de la pièce. La cloche sonna de nouveau, les rangs se formèrent et, deux par deux, en bon ordre, les élèves descendirent l'escalier pour entrer dans la salle de classe froide et faiblement éclairée ; là, Miss Miller lut les prières, et donna l'ordre de se grouper par classes.

Pendant quelques minutes il s'ensuivit un grand tumulte. Miss Miller cria alors à plusieurs reprises :

« Silence ! De l'ordre ! »

Lorsque tout fut redevenu calme, je vis toutes les pensionnaires disposées en quatre demi-cercles, devant quatre chaises placées devant les quatre tables : elles tenaient un livre à la main, et, sur chacune des tables, devant le siège vide, se trouvait un gros livre qui avait l'air d'une Bible. Une pause de quelques secondes fut remplie par le faible et vague murmure de cette foule ; Miss Miller alla de groupe en groupe faire cesser ce bruit confus.

Une cloche tinta au loin ; trois dames entrèrent aussitôt dans la pièce, chacune d'elles se dirigeant vers une table pour y occuper sa place ; Miss Miller prit la quatrième chaise vacante, la plus proche de la porte, et autour de laquelle les plus jeunes élèves étaient rassemblées ; je fus appelée à me joindre à cette classe élémentaire, et l'on m'y plaça au tout dernier rang.

C'est alors que le travail commença : on récita la Collecte du jour, ainsi que certains textes de l'Écriture, à quoi succéda une longue lecture de la Bible qui dura une heure. Lorsque tout fut terminé, il faisait grand jour. L'infatigable cloche retentit alors pour la quatrième fois ; les classes se remirent en rangs et se dirigèrent vers une autre pièce pour y déjeuner. Que j'étais heureuse à la perspective de manger quelque chose ! J'avais pris si peu de nourriture la veille que j'étais sur le point de tomber d'inanition.

Le réfectoire était une vaste pièce sombre au plafond bas ; sur deux longues tables se trouvaient des soupières fumantes dont le chaud contenu exhalait, à ma grande consternation, une odeur qui n'avait rien d'appétissant. Je vis une manifestation générale de mécontentement lorsque le fumet du repas arriva aux narines de celles à qui il était destiné ; de la tête de la procession, que formaient les grandes filles de la première classe, s'éleva un chuchotement :

« C'est dégoûtant ! Le porridge est encore brûlé !
— Silence ! » cria une voix.

Ce n'était point la voix de Miss Miller, mais celle d'une des maîtresses des classes supérieures, une petite personne brune, élégamment vêtue, mais d'aspect quelque peu morose, qui s'installa au bout d'une des tables, tandis qu'une dame plus rondelette en présidait une autre. Je cherchai vainement la personne que j'avais vue la veille au soir, elle n'était pas là. Miss Miller occupait une des extrémités de la table où j'étais assise, et une dame d'un certain âge, bizarre, qui avait l'air d'une étrangère — la maîtresse de français, comme je l'appris plus tard — prit la place correspondante à l'autre table. Quand nous eûmes dit une longue prière, chanté un hymne, une servante apporta le thé pour les maîtresses, et le repas commença.

Affamée, et me sentant à présent très faible, je dévorai une ou deux cuillerées de ma portion sans me préoccuper de sa saveur ; mais lorsque la première violence de la faim fut apaisée, je me rendis compte que j'avais devant moi une pitance nauséabonde ; le porridge brûlé est presque aussi détestable que les pommes de terre pourries ; même en temps de famine il vous donnerait bientôt la nausée. Les cuillers se soulevèrent lentement, je vis chaque élève goûter son porridge et essayer de l'avaler ; mais, dans la plupart des cas, l'effort était bientôt abandonné. Le petit déjeuner se termina sans que personne se fût restauré. Après avoir rendu grâces pour ce que nous n'avions pas reçu, et chanté un second hymne, nous quittâmes le réfectoire pour la salle de classe. Je fus l'une des dernières à sortir, et en passant devant les tables je vis l'une des maîtresses prendre une soupière de porridge et le goûter ; elle regarda ses collègues : le mécontentement se peignit sur tous les visages ; l'une d'elles, celle qui était assez corpulente, murmura :

« Quelle abominable cuisine ! Quelle honte ! »

Un quart d'heure s'écoula avant la reprise du travail ; pendant tout ce temps, la salle de classe fut plongée dans un beau tumulte ; sans doute était-il permis de parler à haute voix et avec plus de liberté à ce moment-là, et les élèves usaient de ce privilège. Toutes les conversations roulaient sur le petit déjeuner que chacune critiquait vivement. Pauvres créatures ! C'était leur unique consolation. Miss Miller était à présent la seule maîtresse restée dans la pièce ; un groupe de grandes filles l'entouraient qui parlaient avec des gestes graves et mécontents. J'entendis prononcer le nom de Mr. Brocklehurst, ce qui fit hocher la tête à Miss Miller en signe de désapprobation. Mais ses efforts pour réprimer la colère générale n'étaient pas bien grands ; sans doute y prenait-elle part aussi.

La pendule de la classe sonna neuf heures. Miss Miller quitta le groupe, et s'écria, debout au milieu de la pièce :

« Silence ! A vos places ! »

La discipline triompha. En cinq minutes la confusion prit fin, tout rentra dans l'ordre, et un silence relatif fit suite aux clameurs de cette foule de Babel. Les maîtresses des classes supérieures reprirent alors ponctuellement leurs places ; toutes semblaient cependant attendre encore quelque chose. Rangées sur des bancs, le long des murs de la salle, les quatre-vingts élèves étaient assises, droites et immobiles, formant un curieux assemblage. Leurs cheveux plats coiffés en arrière ne laissaient apparaître aucune boucle. Elles étaient vêtues de robes brunes montantes garnies d'une étroite collerette autour du cou, et de petites poches en toile de Hollande fixées sur le devant de la jupe, rappelant par leur forme la bourse que portent les Écossais des montagnes, leur servaient de sac à ouvrage. Toutes portaient des bas de laine et des souliers rustiques attachés avec des boucles de cuivre. Plus d'une vingtaine d'entre elles étaient de grandes jeunes filles, presque des femmes ; ce costume leur seyait mal et donnait, même aux plus jolies, un air bizarre.

Je continuais à les observer, à examiner aussi, de temps en temps, les maîtresses, dont aucune ne me plaisait tout à fait. L'une, corpulente, paraissait un peu vulgaire ; l'autre, la brune, n'était pas peu violente ; celle qui était étrangère avait l'air sévère et grotesque ; quant à Miss Miller, la pauvre fille, elle était cramoisie, flétrie, épuisée. Soudain, tandis que mon regard errait d'un visage à l'autre, toutes les élèves se levèrent simultanément, comme mues par un ressort.

Que se passait-il donc ? Je n'avais entendu donner aucun ordre, j'étais intriguée. Avant que je fusse revenue de ma surprise, tout le monde était de nouveau assis ; mais comme tous les yeux convergeaient vers un seul point, les miens suivirent la même direction et se posèrent sur la personne qui m'avait accueillie la veille au soir.

Elle se tenait au fond de la longue salle, devant la cheminée — il y en avait une à chaque extrémité. Elle observait les deux rangées d'élèves en silence, avec gravité.

Miss Miller s'approcha d'elle, parut lui poser une question et, revenant à sa place après avoir reçu la réponse, dit à haute voix :

« Monitrice de la première classe, allez chercher les globes terrestres. »

Pendant que l'ordre était exécuté, la dame qu'avait consultée Miss Miller s'avança lentement vers le haut de la salle. Je dois être douée d'une aptitude exceptionnelle pour la Vénération, car je ressens encore le sentiment d'admiration respectueuse et craintive avec lequel mes yeux suivaient ses pas. Vue maintenant en plein jour, elle paraissait grande, belle, bien faite ; ses yeux bruns dont l'iris brillait d'un doux éclat étaient entourés de longs cils d'un pur dessin, ils rehaussaient la blancheur de son grand front. Ses cheveux, d'un brun très foncé, formaient sur ses tempes des boucles rondes, à la mode de cette époque où les bandeaux plats, les anglaises, n'étaient pas en vogue. Sa robe, également à la mode du jour, était en drap pourpre, agrémentée d'une sorte de garniture en velours noir, à l'espagnole ; une montre en or — les montres n'étaient pas alors si communes qu'aujourd'hui — brillait à sa ceinture. Que le lecteur, pour compléter le portrait, y ajoute des traits délicats, un teint pâle mais clair, un air et un port majestueux, et il aura, aussi nettement que les mots peuvent l'exprimer, une idée exacte de l'extérieur de Miss Temple : Maria Temple, je pus en effet voir par la suite son nom inscrit sur un livre de prières confié à mes soins pour le porter à l'église.

La directrice de Lowood — telle était cette dame — ayant pris place devant une paire de globes posés sur une des tables, fit venir autour d'elle la première classe et commença à donner une leçon de géographie. Les classes élémentaires furent rassemblées par leurs maîtresses ; des répétitions de grammaire, d'histoire etc. se poursuivirent pendant une heure ; on fit ensuite de l'écriture et de l'arithmétique, et Miss Temple donna des leçons de musique à quelques-unes des grandes. La durée de chaque classe était mesurée par l'horloge qui sonna enfin midi. La directrice se leva :

« J'ai un mot à dire aux élèves », dit-elle.

Le tumulte de la fin des classes éclatait déjà, mais s'apaisa à sa voix. Elle continua :

« Vous avez eu ce matin un déjeuner que vous n'avez pas pu manger, vous devez avoir faim, aussi ai-je donné l'ordre que l'on vous serve à toutes un lunch de pain et de fromage. »

Les maîtresses la regardèrent avec quelque surprise.

« Cela se fera sous ma responsabilité », leur dit-elle en manière d'explication.

Elle sortit aussitôt.

On apporta et distribua sans tarder le pain et le fromage, à la vive satisfaction des élèves, qui s'en trouvèrent réconfortées. Puis ce fut l'ordre d'aller au jardin. Chacune mit une grossière capote de paille à brides de calicot de couleur et un manteau de frise grise. Équipée de la même façon, je suivis le courant et me trouvai bientôt en plein air.

Le jardin était un vaste enclos entouré de murs si hauts qu'ils ne laissaient rien voir du paysage ; une véranda couverte s'étendait sur l'un des côtés ; de larges allées bordaient l'espace central divisé en quelques vingtaines de petits parterres ; ces parterres étaient les jardins des élèves, qui avaient à les cultiver, et chacun avait son propriétaire. Lorsqu'ils étaient remplis de fleurs, ils offraient, sans nul doute, un coup d'œil charmant, mais, en cette fin de janvier, tout avait été dévasté par l'hiver et n'était plus qu'un résidu brunâtre. Je frissonnai tandis que je me tenais là, regardant autour de moi ; c'était une journée bien peu favorable aux exercices de plein air, non pas positivement pluvieuse, mais assombrie par un brouillard jaune résolu en pluie ; le sol était encore détrempé par le déluge de la veille. Les plus robustes parmi les élèves couraient çà et là, prenaient part à des jeux animés, mais d'autres, pâles et minces, se réfugiaient dans la véranda comme un troupeau, pour y chercher abri et chaleur, et, parmi celles-ci, tandis que le brouillard épais pénétrait leurs corps frissonnants, j'entendais fréquemment le son d'une toux caverneuse.

Jusque-là, je n'avais parlé à personne, nul n'avait semblé faire attention à moi, j'étais donc assez solitaire, mais ce sentiment d'isolement m'était familier et ne m'accablait pas à l'extrême. Je m'appuyai contre un pilier de la véranda, serrai mon manteau gris autour de moi et, essayant d'oublier le froid qui, au-dehors, me pinçait et la faim inapaisée qui, au-dedans, me rongeait, je m'abandonnai à l'observation et à la rêverie. Mes réflexions étaient trop incertaines, fragmentaires, pour mériter d'être rapportées ; à peine savais-je où j'étais ; Gateshead et ma vie passée semblaient flotter au loin, à une distance infinie ; le présent était vague, et, du futur, je ne pouvais rien conjecturer. Mes yeux firent le tour de ce jardin, vrai jardin de couvent, et remontèrent vers la maison, un grand bâtiment dont une moitié était grise et ancienne, l'autre, toute neuve. La partie nouvelle, contenant la salle de classe et le dortoir, était éclairée par des fenêtres à meneaux et à petits carreaux[1], qui lui donnaient l'aspect d'une église. Sur la tablette de pierre qui surmontait la porte, était gravée cette inscription :

INSTITUTION DE LOWOOD — CETTE PARTIE FUT REBÂTIE A.D.[2]... PAR NAOMI BROCKLEHURST DE BROCKLEHURST-HALL, DANS CE COMTÉ.

1. *Latticed windows* : fenêtres à petits carreaux en forme de losange et sertis de plomb.
2. *Anno Domini.* (*N.D.T.*)

Que votre lumière luise ainsi devant les hommes, afin qu'ils voient vos bonnes œuvres et glorifient votre Père qui est dans les cieux.

ST. MATT. V. 16.

Je lus et relus ces mots, sentant qu'ils avaient besoin d'une explication, mais j'étais tout à fait incapable d'en pénétrer le sens. Je continuais à méditer sur la signification du mot « Institution » et à m'efforcer de découvrir une liaison entre les premiers mots et le verset de l'Écriture, lorsque le bruit d'une toux derrière moi me fit tourner la tête. Je vis une petite fille, assise tout près sur un banc de pierre ; elle était penchée sur un livre dont la lecture paraissait l'absorber. De l'endroit où je me trouvais, j'en pouvais voir le titre ; c'était *Rasselas*[1], nom dont l'étrangeté me frappa et me séduisit. En tournant une page, elle leva par hasard les yeux, et je lui dis sans préambule :

« Votre livre est-il intéressant ? »

J'avais déjà formé le projet de lui demander de me le prêter quelque jour.

« Il me plaît », répondit-elle, après un silence d'une ou deux secondes, pendant lequel elle m'examina.

« De quoi parle-t-il ? » continuai-je.

Je me demande où je trouvai la hardiesse d'entamer ainsi une conversation avec une étrangère ; c'était là un fait contraire à ma nature et à mes habitudes, mais je suppose que cette occupation faisait vibrer en moi une corde de sympathie, car j'aimais également la lecture, d'un genre plus frivole, plus enfantin, il est vrai ; je ne parvenais pas à approfondir ni à comprendre ce qui était sérieux ou chargé de substance.

« Vous pouvez le regarder », répliqua la fillette en m'offrant le livre.

Je le pris, mais un bref examen me donna la conviction que le contenu était moins captivant que le titre. *Rasselas* parut fade à mon goût frivole ; je n'y vis rien ayant trait aux fées, aux génies ; aucune variété attrayante ne me semblait répandue dans ces pages à la typographie serrée. Je lui rendis le livre qu'elle prit tranquillement sans dire un mot ; elle allait se replonger dans sa lecture lorsque je m'aventurai de nouveau à la déranger.

1. Samuel Johnson (1709-1784), l'auteur du *Dictionnaire de la langue anglaise*, écrivit *Rasselas* en 1759 ; *Rasselas*, qui prétend être un conte oriental, n'est, en réalité, qu'une série de dissertations sur des sujets religieux et de morale. (*N.D.T.*)

« Pouvez-vous me dire ce que signifie l'inscription gravée sur cette pierre au-dessus de la porte ? Qu'est-ce que l'Institution de Lowood ?

— C'est la maison où vous êtes venue vivre.

— Et pourquoi l'appelle-t-on une Institution ? En quoi diffère-t-elle des autres écoles ?

— C'est en partie un établissement de charité ; vous et moi, toutes ici, nous sommes des enfants recueillies par charité. Je suppose que vous êtes orpheline ; n'avez-vous pas perdu votre père ou votre mère ?

— Ils sont morts tous deux avant que j'aie été en âge d'en garder le souvenir.

— Eh bien ! toutes les élèves qui sont ici ont perdu leur père ou leur mère, ou l'un et l'autre, et cette maison est une institution pour l'éducation des orphelines.

— Ne payons-nous pas ? Nous entretient-on pour rien ?

— Nous payons, ou des amis paient quinze livres par an pour chacune de nous.

— Alors, pourquoi dit-on que nos sommes des enfants élevées par charité ?

— Parce que quinze livres ne suffisent pas pour la pension et les études, le déficit est comblé par souscription.

— Qui souscrit ?

— Différentes personnes au cœur bienveillant, des dames et des messieurs des environs, et de Londres.

— Qui était Naomi Brocklehurst ?

— La dame qui fit bâtir la nouvelle partie de cette maison, comme le rappelle l'inscription, et dont le fils surveille et dirige tout ici.

— Pourquoi ?

— Parce qu'il est le trésorier et l'administrateur de l'établissement.

— Alors, cette maison n'appartient pas à cette grande dame qui porte une montre et qui nous a annoncé que nous allions avoir du pain et du fromage ?

— A Miss Temple ? Oh non ! je voudrais bien qu'elle lui appartînt, mais Miss Temple doit rendre compte de tout ce qu'elle fait à Mr. Brocklehurst, c'est lui qui achète toutes les victuailles, tous les vêtements.

— Habite-t-il ici ?

— Non, à deux milles, dans un grand manoir.

— Est-il bon ?

— Il est pasteur, et l'on dit qu'il fait beaucoup de bien.

— N'avez-vous pas dit que cette grande dame s'appelait Miss Temple ?

— Oui.

— Comment s'appellent les autres maîtresses ?

— Celle qui a les joues rouges s'appelle Miss Smith, elle a la charge des travaux d'aiguille, fait la coupe, car nous confectionnons tous nos vêtements, nos robes, nos pelisses ; celle qui est de petite taille avec des cheveux noirs, c'est Miss Scatcherd ; elle enseigne l'histoire, la grammaire et est répétitrice de la seconde classe ; la dame qui porte un châle et qui a un mouchoir attaché au côté par un ruban jaune, c'est Mme Pierrot, elle vient de Lille, en France, et enseigne le français.

— Aimez-vous vos maîtresses ?

— Assez.

— Aimez-vous la petite brune et la madame... ? Je n'arrive pas à prononcer son nom comme vous.

— Miss Scatcherd est vive, il faut prendre garde de ne pas l'irriter ; Mme Pierrot n'est pas une mauvaise personne.

— Mais Miss Temple est la mieux, n'est-ce pas ?

— Miss Temple est très bonne, très intelligente, elle est supérieure aux autres parce qu'elle sait beaucoup plus de choses qu'elles.

— Y a-t-il longtemps que vous êtes ici ?

— Depuis deux ans.

— Êtes-vous orpheline ?

— J'ai perdu ma mère.

— Êtes-vous heureuse ici ?

— Vous posez un peu trop de questions. Je vous ai donné assez de réponses pour aujourd'hui ; à présent, je veux continuer ma lecture. »

A ce moment la cloche annonça le déjeuner et tout le monde rentra dans la maison. L'odeur qui remplissait le réfectoire était à peine plus appétissante que celle dont notre odorat avait été gratifié au petit déjeuner. Le repas fut servi dans deux grands récipients étamés d'où s'élevait une forte buée au relent de graisse rance. Je vis que ce mets se composait de pommes de terre médiocres et de curieux morceaux de viande couleur de rouille, mélangés et cuits ensemble. Une assez bonne assiettée de cette mixture fut servie à chaque élève ; j'en mangeai ce que je pus, me demandant en moi-même si le menu de chaque jour serait semblable à celui-ci. Après le déjeuner, nous allâmes immédiatement dans la salle de classe où les leçons recommencèrent jusqu'à cinq heures.

Le seul événement marquant de l'après-midi fut que Miss Scatcherd renvoya d'une classe d'histoire l'élève avec qui j'avais conversé dans la véranda, et la contraignit à se tenir debout au milieu de la vaste salle de classe. La punition me parut ignominieuse au plus haut point, surtout pour une élève de cet âge — elle paraissait avoir treize ans, ou plus. Je m'attendais à la voir manifester une grande détresse, de la honte, mais, à ma surprise, elle ne pleura ni ne rougit ; elle restait là, calme, quoique grave, point de mire de tous les regards. « Comment peut-elle supporter cela aussi tranquillement, avec tant de fermeté ? me demandais-je. Si j'étais à sa place, il me semble que je voudrais voir la terre s'ouvrir pour m'engloutir. Elle a l'air de penser à quelque chose qui dépasse sa punition, qui dépasse sa situation, quelque chose qui n'est ni autour d'elle, ni devant elle. J'ai entendu parler de rêves que l'on fait en étant éveillé ; serait-elle, en ce moment, plongée dans un tel rêve ? Elle a les yeux fixés sur le plancher, mais je suis sûre qu'elle ne le voit pas ; on dirait que son regard est tourné en dedans, vers le fond de son cœur ; sans doute y voit-elle ce dont elle peut se souvenir, et non ce qui est réellement présent. Je me demande quel genre d'enfant elle peut être : est-elle bonne, ne l'est-elle pas ? »

Peu après cinq heures, on nous servit un autre repas composé d'un petit bol de café et d'une demi-tranche de pain bis. Je dévorai mon pain et bus mon café avec plaisir, mais j'aurais été heureuse d'en avoir encore autant, ma faim n'était pas apaisée. Il y eut alors une demi-heure de récréation, puis une étude ; enfin le verre d'eau et le gâteau d'avoine, les prières et le lit. Telle fut ma première journée à Lowood.

CHAPITRE VI

Le jour suivant commença comme le précédent, il fallut nous lever et nous habiller à la lueur de la veilleuse ; mais ce matin-là, nous fûmes obligatoirement dispensées de la cérémonie de la toilette, car l'eau était gelée dans les brocs. Le temps avait changé la veille au soir : un vent perçant du nord-est, sifflant toute la nuit par les fentes des fenêtres de notre dortoir, nous avait fait grelotter dans nos lits et avait transformé en glace le contenu des pots à eau.

Avant la fin des prières et de la lecture de la Bible qui

durèrent une bonne heure et demie, je crus que j'allais mourir de froid. L'heure du petit déjeuner vint enfin, et le porridge n'était pas brûlé ; il était mangeable, mais peu abondant ; comme ma portion était maigre ! J'en aurais mangé le double.

Au cours de la journée, je fus enrôlée dans la quatrième classe où l'on m'assigna des tâches, des travaux réguliers ; jusque-là, je n'avais été que spectatrice de ce qui se faisait à Lowood, mais j'allais à présent y jouer mon rôle. Tout d'abord, comme j'étais peu habituée à apprendre par cœur, les leçons me parurent à la fois longues et difficiles ; le changement fréquent d'occupation me désorientait aussi ; je fus heureuse lorsque, vers trois heures de l'après-midi, Miss Smith me mit entre les mains une bande de mousseline de deux mètres de long avec une aiguille, un dé, etc., et m'envoya m'asseoir dans un coin tranquille de la classe pour l'ourler. A cette heure-là, la plupart des élèves étaient de même occupées à coudre ; il n'y avait que celles de la classe de Miss Scatcherd qui étaient encore debout, autour de sa chaise, faisant la lecture. A la faveur du silence, on pouvait entendre le sujet de la leçon, la manière dont chaque élève s'acquittait de sa tâche, les critiques ou les éloges que Miss Scatcherd leur adressait. C'était de l'histoire d'Angleterre ; parmi celles qui lisaient, je remarquai la fillette dont j'avais fait connaissance dans la véranda. Au début de la leçon elle était en tête de la classe, mais, par suite de quelque erreur de prononciation ou de quelque inattention au sujet de la ponctuation, elle fut, soudain, envoyée tout au fond. Même lorsqu'elle fut reléguée dans cette humble position, Miss Scatcherd ne cessa d'avoir l'œil sur elle, lui adressant continuellement des phrases comme celles-ci :

« Burns — c'était sans doute son nom : on appelait ici les élèves par leur nom de famille, comme cela se fait dans les écoles de garçons —, Burns, ne vous tenez pas ainsi les pieds en dedans, redressez-les immédiatement ; Burns, ne restez pas avec le menton en l'air, rentrez-le ; Burns, j'insiste pour que vous leviez la tête, je ne vous supporterai pas devant moi dans cette attitude », etc.

Après une seconde lecture du chapitre, on ferma les livres et Miss Scatcherd interrogea les élèves. La leçon avait porté sur une partie du règne de Charles Ier, et diverses questions furent posées sur le *tonnage, poundage and ship money* [1],

1. *Tonnage and poundage* : droits fixes sur les laines et les cuirs votés par le Parlement, sous le règne de Jacques Ier.
Ship money : impôt naval. (*N.D.T.*)

auxquelles la plupart d'entre elles étaient incapables de répondre ; toutefois ces petites difficultés étaient instantanément résolues lorsque Burns était interrogée ; sa mémoire semblait avoir retenu l'essentiel de toute la leçon, elle avait la réponse prête sur chacun des points. J'attendais toujours que Miss Scatcherd louât son attention, mais, bien au contraire, elle s'écria tout à coup :

« Oh ! enfant malpropre et désagréable ! Vous ne vous êtes pas nettoyé les ongles ce matin. »

Burns ne répondit rien ; son silence m'étonna. Pourquoi, me dis-je, n'explique-t-elle pas qu'elle n'a pu se nettoyer les ongles, ni se laver la figure, parce que l'eau était gelée ?

Miss Smith détourna alors mon attention en me priant de lui tenir un écheveau de fil. De temps en temps, tout en le dévidant, elle m'adressait quelques paroles, me demandant si j'étais déjà allée en classe, si je savais marquer, coudre, tricoter etc. ; il me fut impossible de continuer à observer les mouvements de Miss Scatcherd avant d'être libérée. Quand je revins à ma place, cette dame donnait justement un ordre dont je ne saisis pas la teneur ; mais je vis Burns quitter immédiatement la classe, se rendre dans un petit cabinet où l'on rangeait les livres, et revenir une demi-minute plus tard portant dans sa main une poignée de verges liées à une extrémité. Elle présenta ce sinistre instrument à Miss Scatcherd en faisant une respectueuse révérence, puis, tranquillement, sans qu'on le lui ordonnât, elle détacha son tablier : la maîtresse lui infligea aussitôt, et avec violence, une douzaine de coups de verges sur la nuque. Pas une larme ne monta aux yeux de Burns, et, tandis que je cessai de coudre, mes doigts tremblant d'une impuissante et inutile colère à ce spectacle, pas un trait de son visage pensif ne changea d'expression.

« Quelle enfant endurcie ! s'écria Miss Scatcherd, rien ne peut vous corriger de vos habitudes de souillon. Emportez les verges. »

Burns obéit. Je la regardai attentivement lorsqu'elle sortit du cabinet aux livres ; elle remettait son mouchoir dans sa poche, et la trace d'une larme brillait sur sa joue amaigrie.

L'heure de la récréation du soir était pour moi le moment le plus agréable de la journée à Lowood. Le morceau de pain, la gorgée de café, pris à cinq heures, avaient ranimé notre vigueur s'ils n'avaient pas apaisé notre faim. La longue contrainte de la journée s'était relâchée, il faisait plus chaud dans la salle de classe que le matin, car on y laissait les feux brûler un peu plus activement afin de suppléer, dans une certaine mesure, aux chandelles que l'on n'avait pas encore apportées. Les foyers rougeoyant dans le crépuscule, la permission de s'ébattre, la confusion de tant de voix, donnaient une agréable sensation de liberté.

Le soir du jour où j'avais vu Miss Scatcherd fouetter son élève Burns, j'errais solitaire, selon mon habitude, parmi les bancs, les tables, et les groupes rieurs, sans pour cela me sentir isolée. En passant devant les fenêtres, je soulevais de temps en temps une jalousie pour regarder à l'extérieur. La neige tombait, rapide, et s'amoncelait déjà contre les vitres du bas ; approchant mon oreille tout près d'une fenêtre, et malgré le joyeux tumulte de l'intérieur, j'entendais, au dehors, la plainte désolée du vent.

Il est probable que si j'avais récemment laissé une maison aimée et de bons parents, c'est à cette heure que j'aurais regretté avec le plus d'amertume d'en être séparée ; ce vent m'aurait alors attristé le cœur, cet obscur chaos aurait troublé ma sérénité ; en fait, j'y puisais une excitation étrange, et, insouciante, fiévreuse, j'aurais voulu que le vent hurlât plus sauvagement, que l'obscurité se changeât en ténèbres, que la confusion devînt une immense clameur.

Sautant par-dessus les bancs, me glissant sous les tables, j'arrivai jusqu'à une des cheminées ; là, m'agenouillant devant le haut garde-feu en fer, je trouvai Burns absorbée, silencieuse, détachée de tout ce qui l'entourait, en compagnie d'un livre qu'elle lisait à la faible lueur de la braise.

« Est-ce toujours *Rasselas* ? demandai-je, arrivant derrière elle.

— Oui, dit-elle, je suis à la fin. »

Cinq minutes plus tard, elle ferma son livre, ce dont je fus ravie.

« A présent, pensai-je, je vais peut-être l'amener à parler. » Je m'assis près d'elle sur le plancher.

« Quel est votre prénom ?

— Helen.

— Venez-vous de loin ?

— Je viens d'un endroit situé plus au nord, tout près de la frontière d'Écosse.

— Y retournerez-vous un jour ?

— Je l'espère, mais personne ne peut répondre de l'avenir.

— Vous devez avoir envie de quitter Lowood ?

— Non, pourquoi en aurais-je envie ? J'ai été envoyée à Lowood pour y faire mon éducation. A quoi cela servirait-il de partir avant d'avoir atteint ce but ?

— Mais cette maîtresse, Miss Scatcherd, est si cruelle pour vous !

— Cruelle ? Pas du tout ! Elle est sévère, elle déteste mes défauts.

— Si j'étais à votre place, je la détesterais, je lui résisterais ; si elle me frappait avec ces verges, je les lui arracherais des mains et les briserais sous son nez.

— Vous ne feriez sans doute rien de semblable, mais si vous agissiez ainsi, Mr. Brocklehurst vous chasserait de l'école et ce serait un grand chagrin pour vos parents. Il vaut mieux endurer patiemment une vive douleur que vous êtes seule à éprouver, que de commettre une action inconsidérée dont les fâcheuses conséquences s'étendraient à tous les vôtres ; d'ailleurs, la Bible nous ordonne de rendre le bien pour le mal.

— Mais cela me paraît déshonorant d'être ainsi fouettée et d'avoir à rester debout au milieu d'une salle remplie de monde, surtout à votre âge ; je suis bien plus jeune que vous, mais je ne le supporterais pas.

— Pourtant, ce serait votre devoir de le supporter, si vous ne pouviez pas l'éviter ; c'est faiblesse et sottise de dire que l'on *ne peut supporter* ce que le destin nous impose. »

Je l'écoutais, étonnée ; je n'arrivais pas à saisir cette doctrine de stoïcisme, et encore moins à comprendre ou partager l'indulgence qu'elle exprimait pour celle qui la châtiait. Je sentais, cependant, qu'Helen Burns considérait les choses à la clarté d'une lumière invisible à mes yeux. Je soupçonnais qu'elle avait sans doute raison, et moi tort, mais je me refusais à réfléchir profondément sur cette question ; comme Félix[1] je remis cela à un moment plus opportun.

« Vous dites que vous avez des défauts, Helen ; quels sont-ils ? Vous me paraissez parfaite.

— Dans ce cas, apprenez, par mon propre exemple, à ne pas juger sur les apparences. Je suis désordonnée, comme le dit Miss Scatcherd, je mets rarement les choses à leur place et ne les y laisse jamais, je suis négligente, j'oublie le règlement, je lis quand je devrais apprendre mes leçons, je n'ai aucune méthode et je dis quelquefois, comme vous, que je ne puis *supporter* d'être assujettie à une règle. Tout cela

---

1. Félix, proconsul, gouverneur de la Judée pour les Romains, avait épousé Drusille, princesse juive, fille du vieux roi Agrippa Ier. C'est devant Félix que comparut saint Paul à Césarée ; il retint l'apôtre en prison pour plaire aux Juifs.

agace beaucoup Miss Scatcherd qui est naturellement soigneuse, minutieuse, ponctuelle.

— Et de mauvaise humeur, ainsi que cruelle », ajoutai-je.

Mais Helen Burns ne voulut pas admettre mon adjonction et garda le silence.

« Miss Temple est-elle aussi sévère avec vous que Miss Scatcherd ? »

En entendant prononcer le nom de Miss Temple, un doux sourire passa sur son grave visage.

« Miss Temple est pleine de bonté, il lui en coûte d'avoir à être sévère avec quiconque, même avec la plus mauvaise élève de l'école. Elle voit mes erreurs, me les signale avec douceur, mais si je fais quelque chose digne de louanges, elle m'en donne ma part avec largesse. Une preuve évidente de ma pauvre nature imparfaite, c'est que ses remontrances si douces, si raisonnables, n'ont aucune influence pour me corriger de mes défauts ; même ses éloges, que j'apprécie cependant infiniment, n'arrivent pas à créer en moi l'émulation suffisante pour être toujours attentive et ordonnée.

— C'est curieux, dis-je, c'est si facile d'être attentive.

— Pour *vous*, je n'en doute pas. Je vous ai observée ce matin au cours de votre classe et j'ai vu que vous étiez très attentive. Pendant que Miss Miller expliquait la leçon, vous interrogeait, vos pensées n'avaient jamais l'air de vagabonder. Les miennes s'égarent continuellement ; alors que je devrais écouter Miss Scatcherd et recueillir ses paroles avec soin, je perds souvent jusqu'au son de sa voix ; je tombe dans une sorte de rêverie. Quelquefois je crois être dans le Northumberland, je prends les bruits que j'entends autour de moi pour les murmures d'un petit ruisseau qui coule près de notre maison, en traversant Deepden ; aussi, quand mon tour arrive d'être interrogée, il me faut sortir de mon rêve et, n'ayant rien entendu de la lecture pour avoir écouté le ruisseau imaginaire, je ne sais que répondre.

— Cependant, vous avez joliment bien répondu, cet après-midi.

— C'est un simple hasard ; le sujet de la lecture m'avait intéressée. Cet après-midi, au lieu de rêver de Deepden, je me demandais comment un homme dont le désir était de faire le bien, avait pu agir d'une manière aussi injuste et si peu sage que l'a fait, parfois, Charles Ier ; et je pensais combien il était dommage qu'avec son intégrité, sa délicatesse de conscience, il n'eût pu voir au-delà des prérogatives de la couronne. Que n'a-t-il été seulement capable de regarder plus loin, de se rendre compte de la tendance de ce

qu'on appelle l'esprit du temps ! J'aime Charles cependant,
je le respecte, j'ai pitié de lui, pauvre roi dont le cou fut
tranché ! Oui, ses ennemis furent les plus coupables ; ils
versèrent un sang qu'ils n'avaient pas le droit de répandre.
Comment osèrent-ils le tuer ! »

Helen se parlait à elle-même maintenant ; elle avait
oublié que je ne pouvais pas très bien la comprendre, que
j'étais ignorante, ou presque, sur le sujet dont elle discutait.
Je la fis redescendre à mon niveau.

« Et lorsque c'est Miss Temple qui fait le cours, votre
esprit s'égare-t-il aussi ?

— Non, certes, pas souvent, parce que Miss Temple a
généralement quelque chose à dire de plus nouveau que
mes propres réflexions ; son langage m'est singulièrement
agréable, et ce qu'elle m'apprend est souvent ce que je
désirais savoir.

— Alors, avec Miss Temple, vous êtes appliquée ?

— Oui, d'une façon passive, je ne fais aucun effort, je suis
mon inclination. Il n'y a pas de mérite dans une telle application.

— Il y en a beaucoup. Vous êtes irréprochable avec ceux
qui sont bons pour vous. Je ne veux être rien de plus. Si l'on
était toujours bon et obéissant envers ceux qui sont cruels
et injustes, les méchants n'en feraient qu'à leur guise ; ils
n'auraient plus peur de rien ; loin de s'amender, ils devien-
draient de plus en plus redoutables. Quand on nous frappe
sans raison, nous devons frapper en retour, et très fort ;
cela, j'en suis sûre ; aussi fort qu'il est nécessaire pour
convaincre celui qui nous a frappés de ne jamais
recommencer.

— Vous changerez d'avis, je l'espère, lorsque vous serez
plus grande ; pour l'instant, vous n'êtes qu'une petite fille
ignorante.

— Mais, Helen, je sens qu'il me faut détester ceux qui
persistent à me détester, en dépit de tout ce que je fais pour
leur être agréable ; résister à ceux qui me punissent injustement. C'est aussi naturel que d'aimer ceux qui me
témoignent de l'affection, et de me soumettre à un châtiment mérité.

— Ce sont les païens et les tribus sauvages qui professent
cette doctrine-là ; les chrétiens et les peuples civilisés la
désavouent.

— Comment cela ? Je ne comprends pas.

— Ce n'est pas la violence qui triomphe le mieux de la
haine, ni la vengeance qui guérit le plus efficacement les
blessures...

— Qu'est-ce donc ?

— Lisez le Nouveau Testament, observez ce que dit le Christ, comment il agit ; que sa parole soit votre règle, sa conduite, votre exemple.

— Que dit-il ?

— Aimez vos ennemis ; bénissez ceux qui vous maudissent ; faites du bien à ceux qui vous haïssent et vous traitent avec mépris.

— Alors, je devrais aimer Mrs. Reed, ce que je ne puis ; je devrais bénir son fils John, ce qui est impossible. »

A son tour, Helen Burns me demanda de m'expliquer ; je me mis aussitôt à lui faire, à ma façon, le récit de mes souffrances et de mes ressentiments. Dans mon excitation, je fus amère et impitoyable, exprimant ce que je ressentais, sans réserve, sans adoucissement.

Helen m'écouta patiemment jusqu'au bout ; je m'attendais alors à une remarque de sa part, mais elle resta muette.

« Eh bien ! demandai-je avec impatience, Mrs. Reed n'est-elle pas une femme méchante, au cœur dur ?

— Elle a manqué de bonté envers vous, sans nul doute, parce que, voyez-vous, elle ne peut souffrir votre genre de caractère, de même que Miss Scatcherd ne peut souffrir le mien ; mais avec quelle minutie vous vous souvenez de tout ce qu'elle vous a fait et dit ! Quelle impression singulièrement profonde une injustice semble avoir produite dans votre cœur ! Aucun mauvais traitement ne laisse ainsi un souvenir imprimé en traits de feu sur ma sensibilité. Ne seriez-vous pas plus heureuse si vous essayiez d'oublier sa sévérité, ainsi que les émotions passionnées qu'elle a fait naître ? La vie me paraît trop courte pour la passer à entretenir la haine ou à enregistrer les torts. Tous, ici-bas, sans exception, nous portons le poids de nos fautes ; mais j'espère que nous en serons délivrés, comme de nos corps périssables, un jour prochain, à l'heure où la dégradation et le péché se détacheront de nous avec notre encombrante enveloppe de chair. Seule, alors, demeurera l'étincelle de l'esprit, l'impalpable principe de vie et de pensée, aussi pur qu'à l'origine, lorsque le Créateur en anima la créature ; là d'où il est venu il retournera, et sera, sans doute, retransmis à quelque être supérieur à l'homme pour gravir, de l'âme humaine obscure au brillant séraphin, les degrés de la gloire ! Il est sûr qu'il ne pourra jamais dégénérer en passant de l'homme au démon. Non, je ne puis le croire. J'ai une autre croyance que personne ne m'enseigna jamais, dont je parle rarement, mais qui fait ma joie et à laquelle je me tiens, parce qu'elle ne limite pas l'espérance ; elle fait de l'éternité un repos, une merveilleuse demeure, non un objet d'épouvante, un abîme. Avec cette croyance, je distingue nettement le criminel de son crime, je puis pardonner en toute sincérité au premier, tandis que j'abhorre le second. Avec cette croyance, l'esprit de vengeance ne me trouble jamais le cœur, le mal ne me fait jamais éprouver une aversion trop vive, l'injustice ne m'écrase jamais jusqu'à m'anéantir ; je vis en paix, en pensant à la mort. » En achevant cette phrase, la tête d'Helen, habituellement penchée, s'inclina davantage. Je vis à son regard qu'elle ne désirait pas me parler plus longtemps, mais préférait converser avec ses pensées. Peu de temps lui fut accordé pour sa méditation ; une monitrice, une grande fille rude, s'avança bientôt, s'écriant avec un fort accent du Cumberland :

« Helen Burns, si vous n'allez pas immédiatement ranger votre tiroir et plier votre ouvrage, je dirai à Miss Scatcherd de venir y jeter un coup d'œil ! »

Helen soupira tandis que sa rêverie s'enfuyait, se leva sans rien répondre et sans attendre, pour obéir à la monitrice.

CHAPITRE VII

Mon premier trimestre à Lowood me parut durer un siècle, et ce ne fut pas celui de l'âge d'or. J'eus à lutter péniblement contre bien des difficultés pour m'habituer à un nouveau règlement ainsi qu'à des tâches inaccoutumées. La crainte de n'y pas réussir me tourmenta plus que les souffrances physiques que j'eus à supporter, et qui n'étaient cependant pas sans importance.

Durant les mois de janvier, février, et une partie de mars, d'épaisses couches de neige, puis le dégel, rendirent les routes à peu près impraticables, interdisant toute sortie au-delà des murs du jardin, sauf pour se rendre à l'église ; mais dans ces limites, nous avions, chaque jour, à passer une heure en plein air. Nos vêtements étaient insuffisants pour nous préserver du froid rigoureux ; nous n'avions pas de bottines, aussi la neige pénétrait-elle dans nos souliers et y fondait ; nos mains, sans gants, s'engourdissaient, se couvraient d'engelures, comme nos pieds. Je me souviens très bien de la douleur intolérable que j'éprouvais, chaque soir, lorsque mes pieds étaient enflammés, et de ma torture quand, chaque matin, il me fallait faire rentrer mes orteils enflés, froids et raides, dans mes chaussures. L'insuffisance de nourriture était, d'autre part, désolante ; avec nos appétits dévorants d'enfants en pleine croissance, nous avions tout juste de quoi maintenir en vie un malade affaibli. Il en résulta un abus dont souffrirent durement les plus jeunes élèves : chaque fois que les grandes, affamées, en avaient l'occasion, elles contraignaient les petites, par cajoleries ou par menaces, à leur donner leur portion. Bien des fois ai-je ainsi partagé le précieux morceau de pain bis, distribué à l'heure du thé, entre deux quémandeuses, et, après avoir abandonné à une troisième la moitié de mon bol de café, bu le reste, en répandant secrètement des larmes que m'arrachaient les exigences de la faim.

Les dimanches étaient de tristes jours en cette saison d'hiver. Nous avions deux milles à parcourir pour aller à l'église de Brocklebridge où notre directeur officiait. Nous n'avions pas chaud en partant, mais en arrivant à l'église nous étions transies, et au cours du service du matin nous devenions presque paralysées. C'était trop éloigné pour retourner déjeuner ; aussi, entre les deux services, nous distribuait-on une ration de viande froide et de pain, aussi maigre qu'à l'ordinaire.

A la fin du service de l'après-midi, nous revenions par une route découverte et montueuse, où l'âpre vent d'hiver, soufflant du nord par-dessus une chaîne de sommets neigeux, nous coupait le visage.

Je vois encore Miss Temple marchant d'un pas léger et rapide le long de notre colonne qui fléchissait, serrant sur elle son manteau écossais que le vent glacial faisait flotter, et nous incitant, par ses préceptes et par son exemple, à garder bon courage et à aller de l'avant « comme de vaillants soldats », disait-elle. Les autres maîtresses, pauvres créatures, étaient en général trop abattues elles-mêmes pour tenter de nous ragaillardir.

Comme nous soupirions après la clarté et la chaleur d'un feu flambant lorsque nous rentrions ! Mais cela était, pour le moins, refusé aux petites ; chaque cheminée de la salle de classe était immédiatement entourée d'une double rangée de grandes élèves, derrière lesquelles les plus jeunes se blottissaient par groupes, enveloppant leurs bras glacés dans leurs tabliers.

Nous recevions un peu de réconfort à l'heure du thé, sous forme d'une double ration de pain — une tranche entière au lieu d'une moitié — avec le délectable supplément d'une mince couche de beurre. C'était le festin hebdomadaire que nous attendions d'un sabbat à l'autre. Je parvenais généralement à conserver pour moi-même une moitié de ce bienfaisant repas, mais j'étais invariablement obligée de donner l'autre.

La soirée du dimanche se passait à répéter par cœur le catéchisme, ainsi que les chapitres V, VI et VII de saint Matthieu, à écouter, enfin, un long sermon que lisait Miss Miller, dont les irrépressibles bâillements attestaient la fatigue. Au cours de ces exercices, un fréquent intermède était offert par une demi-douzaine de petites filles qui jouaient le rôle d'Eutychus [1] en tombant terrassées par le sommeil, non d'un troisième étage, mais du quatrième banc ; on les ramassait à demi mortes. Pour tout remède, on les poussait au centre de la classe où on les obligeait à rester debout jusqu'à la fin du sermon. Quelquefois leurs jambes fléchissaient, et elles s'effondraient en un tas ; on les soutenait alors avec les hauts tabourets des monitrices.

Je n'ai pas encore parlé des visites de Mr. Brocklehurst qui, en effet, fut absent la majeure partie du mois qui suivit mon arrivée ; sans doute prolongeait-il son séjour chez son ami l'archidiacre ; son absence était pour moi un soulagement. Je n'ai pas besoin de dire que j'avais mes propres raisons pour redouter sa visite ; il finit cependant par venir.

Un après-midi — il y avait alors trois semaines que j'étais à Lowood —, tandis que j'étais assise, une ardoise à la main, me cassant la tête à faire une division compliquée, mes yeux distraits se portèrent sur la fenêtre et aperçurent quelqu'un qui passait juste à ce moment-là. Je reconnus presque instinctivement cette silhouette décharnée ; et lorsque, deux minutes plus tard, toute l'école, maîtresses comprises, se leva *en masse* [2], je n'eus pas besoin de lever la tête pour savoir qui l'on saluait ainsi à son entrée. Un pas allongé arpenta la salle de classe, et bientôt, à côté de Miss Temple également debout, se dressa la même colonne noire qui, sur le tapis du foyer de Gateshead, m'avait regardée d'un air courroucé et de si mauvais augure. Je jetai alors un coup d'œil de côté sur ce morceau d'architecture. Oui, c'était bien Mr. Brocklehurst, boutonné jusqu'au menton

---

1. *Cf.* Bible : Actes des Apôtres, chap. XX, versets 6 à 12. (*N.D.T.*)
2. En français dans le texte.

dans sa redingote, et paraissant plus long, plus étroit, plus rigide que jamais.

J'avais mes raisons personnelles pour être consternée à cette apparition ; je ne me rappelais que trop bien les allusions perfides de Mrs. Reed au sujet de mon caractère, etc., et la promesse faite par Mr. Brocklehurst de mettre Miss Temple et les maîtresses au courant de ma nature perverse. J'avais sans cesse redouté l'accomplissement de cette promesse ; j'avais attendu de jour en jour l'« Homme qui devait venir » pour révéler les actes et propos de ma vie passée et me faire porter à jamais les stigmates d'une enfant réprouvée. Il était là, à présent ; il se tenait debout à côté de Miss Temple, lui parlant bas à l'oreille, lui découvrant ma vilenie, sans aucun doute ; j'observais les yeux de Miss Temple avec une pénible anxiété, m'attendant à tout moment à voir leurs noires prunelles jeter sur moi un regard d'aversion et de mépris. J'écoutais aussi, et, comme j'étais assise tout en haut de la salle, je ne perdais presque rien de ce qu'il disait ; la teneur de ses paroles me délivra d'une crainte immédiate.

« Je suppose, Miss Temple, que le fil que j'ai acheté à Lowton fera l'affaire ; il m'a semblé bien convenir pour les chemises de calicot ; j'ai également assorti les aiguilles. Vous pourrez dire à Miss Smith que j'ai oublié de noter les aiguilles à repriser, mais qu'elle en recevra quelques paquets la semaine prochaine ; il ne faut, sous aucun prétexte, qu'elle en distribue plus d'une à la fois à chaque élève ; si elles en ont davantage elles n'y font pas attention, et les perdent. Ah ! Et puis, mademoiselle, je voudrais bien que l'on entretienne mieux les bas de laine ! A ma dernière visite, je suis entré dans le potager pour y examiner le linge qui séchait sur la corde, et j'ai vu un grand nombre de bas noirs en très mauvais état ; à en juger par la dimension des trous, je suis sûr qu'ils n'avaient pas été reprisés avec régularité. »

Il s'arrêta.

« Vos ordres seront exécutés, monsieur, dit Miss Temple.

— Mademoiselle, continua-t-il, la blanchisseuse me dit que quelques-unes des élèves mettent deux collerettes propres par semaine, c'est trop ; le règlement n'en autorise qu'une seule.

— Je puis vous en donner la raison, monsieur. Agnès et Catherine Johnstone ont été invitées à prendre le thé chez des amis à Lowton, jeudi dernier, et je leur ai permis de mettre une collerette propre à cette occasion. »

Mr. Brocklehurst acquiesça d'un signe de tête.

« Bien, pour une fois, passons ; mais je vous prie de ne pas laisser le fait se reproduire trop souvent. Il y a encore une chose qui m'a surpris : en réglant les comptes avec la gouvernante, j'ai découvert que, deux fois au cours de la dernière quinzaine, un lunch composé de pain et de fromage, avait été servi aux élèves. Comment cela se fait-il ? J'ai compulsé le règlement qui ne prévoit pas ce genre de repas. Qui donc a fait cette innovation ? De quel droit ?

— J'en suis responsable, monsieur, répliqua Miss Temple ; le petit déjeuner était si mal préparé que les élèves n'ont absolument pas pu le manger, et je n'ai pas osé les laisser à jeun jusqu'à l'heure du déjeuner.

— Mademoiselle, veuillez m'accorder un instant. Vous savez que mon but en élevant ces jeunes filles n'est pas de les habituer au luxe, au confort, mais de les entraîner à l'endurance, à la patience, de les faire renoncer à elles-mêmes. Si, par hasard, il arrive que leur appétit éprouve un léger désappointement lorsqu'un repas n'est pas réussi, qu'un plat est plus ou moins bien cuisiné, il ne faut pas rendre cet incident inutile, ni amollir leur corps, en remplaçant ce bien-être perdu par quelque chose de plus délicat, ce qui va à l'encontre des fins de cette institution ; il faut qu'un tel incident soit mis à profit pour l'édification spirituelle des élèves, pour les encourager à montrer de la force d'âme à l'occasion d'une privation passagère. Dans ces circonstances, il ne serait pas inopportun de faire une brève allocution dans laquelle un judicieux éducateur ne manquerait pas de rappeler les souffrances des premiers chrétiens, les tourments des martyrs ; les exhortations de Notre-Seigneur lui-même, enjoignant à ses disciples de prendre leur croix et de le suivre ; les avertissements par lesquels il a proclamé que l'homme ne vit pas seulement de pain, mais de toute parole sortant de la bouche de Dieu ; ses divines consolations : « Heureux ceux qui souffrent la faim et la soif « pour l'amour de moi. » Oh ! mademoiselle, lorsque vous mettez du pain et du fromage, au lieu de porridge brûlé, dans la bouche de ces enfants, il se peut, certes, que vous nourrissiez leurs corps méprisables, mais vous songez bien peu que vous affamez leur âme immortelle. »

Mr. Brocklehurst, subjugué, peut-être, par ses sentiments, s'arrêta de nouveau. Miss Temple avait baissé les yeux lorsqu'il avait commencé à lui parler ; mais à présent, elle regardait droit devant elle, et son visage, naturellement pâle comme le marbre, parut en prendre aussi la froideur et la fixité ; sa bouche, en particulier, était à ce point fermée qu'il aurait fallu, semblait-il, un ciseau de sculpteur pour la rouvrir ; et peu à peu son front prit une sévérité pétrifiée. Pendant ce temps, Mr. Brocklehurst, debout devant la cheminée, les mains derrière le dos, passait majestueusement en revue l'école entière. Soudain il cligna de l'œil, comme si quelque chose l'eût ébloui ou choqué ; se retournant, il dit d'un ton plus rapide qu'il ne l'avait fait jusque-là :

« Miss Temple, Miss Temple, quelle... quelle est cette élève aux cheveux bouclés ? Des cheveux roux, mademoiselle, et bouclés, tout bouclés ? »

Et d'une main tremblante, il désigna cet affreux objet du bout de sa canne.

« C'est Julia Severn, répliqua tranquillement Miss Temple.

— Julia Severn, mademoiselle ! Et comment se fait-il qu'elle ait, elle ou toute autre, les cheveux bouclés ? Pourquoi, au mépris de toutes les règles, de tous les principes de cette maison, suit-elle aussi ostensiblement les lois du monde, ici, dans un établissement évangélique et de charité, en portant ainsi une masse de boucles ?

— Les cheveux de Julia bouclent naturellement, reprit Miss Temple plus tranquillement encore.

— Naturellement ! Oui, mais nous ne devons pas suivre la nature. Je désire que ces jeunes filles soient les enfants de la Grâce. Et pourquoi cette abondance de boucles ? J'ai dit et redit que je veux que les cheveux soient tirés avec modestie, avec simplicité. Miss Temple, il faut faire couper les cheveux de cette enfant, j'enverrai un barbier demain ; j'en vois d'autres qui ont beaucoup trop de cette superfluité ; dites à cette grande fille de se retourner. Dites à toutes les élèves de la première classe de se lever et de tourner la tête vers le mur.

Miss Temple passa son mouchoir sur ses lèvres, comme pour effacer le sourire involontaire qui les plissait ; elle transmit l'ordre, cependant ; et, quand les élèves de la première classe eurent compris ce qui leur était demandé, elles obéirent. Me penchant légèrement en arrière sur mon banc, je vis les regards et les grimaces dont elles commentèrent cette manœuvre ; il était dommage que Mr. Brocklehurst ne les vît pas lui aussi ; il eût peut-être compris que, malgré tout ce qu'il pouvait faire à l'extérieur de la coupe et du vase, l'intérieur lui échappait plus qu'il ne l'imaginait.

Il scruta l'avers de ces médailles vivantes pendant quelque cinq minutes, puis prononça la sentence dont les mots tombèrent comme le glas du destin :

« Il faut couper tous ces toupets. »

Miss Temple parut protester.

« Mademoiselle, poursuivit-il, j'ai à servir un Maître dont le royaume n'est pas de ce monde ; j'ai pour mission de mortifier chez ces jeunes filles les convoitises de la chair, de leur apprendre à se vêtir avec modestie, sans recherche, non à porter de riches vêtements et à se coiffer avec des tresses ; or, chacune des jeunes personnes qui sont devant nous porte des nattes que la coquetterie en personne n'eût pas mieux tressées. Il faut, je le répète, couper tout cela ; songez au temps perdu, à... »

Mr. Brocklehurst fut alors interrompu par l'entrée de trois autres visiteurs, trois dames. Elles auraient dû arriver un peu plus tôt, pour entendre son sermon sur la toilette, car elles étaient somptueusement vêtues de velours, de soie et de fourrures. Les deux plus jeunes du trio — de belles jeunes filles de seize et dix-sept ans — portaient des chapeaux de castor gris, alors à la mode, garnis de plumes d'autruche, et sous le bord de ces gracieuses coiffures s'échappaient à profusion de blonds cheveux soigneusement bouclés. La plus âgée était enveloppée d'un châle de velours d'un grand prix, bordé d'hermine, et portait sur le front une frange postiche de boucles à la française. Ces dames qui n'étaient autres que Mrs. et les Misses Brocklehurst, furent reçues avec déférence par Miss Temple qui les conduisit aux sièges d'honneur en haut de la salle. Elles avaient dû venir en voiture avec leur vénérable parent, et s'étaient livrées à une revue d'importance dans les pièces de l'étage pendant qu'il discutait affaires avec la gouvernante, interrogeait la blanchisseuse et sermonnait la directrice. Elles se mirent alors en devoir d'adresser diverses remarques et reproches à Miss Smith, chargée du soin du linge et de l'inspection des dortoirs ; mais je n'eus pas le temps d'écouter leurs discours : mon attention fut détournée et enchaînée par autre chose.

Tout en recueillant la conversation de Mr. Brocklehurst et de Miss Temple, je n'avais pas négligé de prendre les précautions nécessaires pour assurer ma sécurité, croyant que pour cela il me suffisait d'éviter d'être vue. Dans ce but, je m'étais bien installée au fond du banc et, tout en paraissant absorbée par mon calcul, je tenais mon ardoise de manière à cacher ma figure. J'aurais donc pu passer inaperçue, si, par hasard, je ne sais comment, ma perfide ardoise me glissant des mains n'était tombée avec un malheureux fracas qui attira aussitôt tous les regards sur moi. Je compris que c'en était fait à présent ; je me baissai pour ramasser les deux fragments de l'ardoise, et rassemblai mes forces pour supporter le pire ; ce qui ne tarda pas.

« Voilà une enfant négligente ! » dit Mr. Brocklehurst.

Puis aussitôt il ajouta :

« Mais, c'est la nouvelle élève ! »

Et avant que j'eusse pu reprendre haleine :

« Je ne dois pas oublier que j'ai un mot à dire à son sujet. »

Puis, à haute voix, oh ! qu'elle me sembla haute !

« Que l'élève qui a cassé son ardoise s'avance ! »

De moi-même, je n'aurais pu bouger, j'étais paralysée ; mais les deux grandes qui étaient assises de chaque côté de moi me mirent sur mes jambes et me poussèrent vers le juge redoutable ; Miss Temple m'aida alors gentiment à arriver jusqu'à lui, à ses pieds mêmes, et je l'entendis murmurer :

« N'ayez pas peur, Jane, j'ai vu que c'était un accident, vous ne serez pas punie. »

Ces douces paroles pénétrèrent dans mon cœur comme un poignard. « Un instant encore, et elle va me mépriser comme hypocrite », songeai-je. A cette idée, un accès de fureur contre Reed, Brocklehurst et Cie, fit battre mon pouls avec violence. Je n'étais pas Helen Burns.

« Apportez ici ce tabouret », dit Mr. Brocklehurst, montrant un très haut siège qu'une monitrice venait de quitter.

On l'apporta.

« Placez-y cette enfant. »

Je fus donc juchée, je ne sais par qui, sur ce tabouret ; je n'étais pas en état de noter ces détails ; je me rendis seulement compte que j'avais été hissée à la hauteur du nez de Mr. Brocklehurst, qu'il était à moins d'un mètre de moi, et qu'un déploiement de pelisses de soie chatoyante orange et pourpre, ainsi qu'un nuage de plumes argentées, ondulaient au-dessous de moi.

Mr. Brocklehurst toussota.

« Mesdames, dit-il, se tournant vers sa famille, Miss Temple, maîtresses et élèves, vous voyez toutes cette petite fille. »

Sans doute me voyaient-elles ! Je sentais leurs yeux dirigés comme des lentilles ardentes sur mon épiderme, qu'elles brûlaient.

« Vous voyez qu'elle est jeune encore ; vous remarquez qu'elle a l'aspect ordinaire de l'enfance ; Dieu, dans sa bonté, lui a donné le même extérieur qu'Il nous a donné à tous, aucune difformité apparente ne la signale à l'attention. Qui croirait que le Malin a déjà trouvé en elle un serviteur, un agent ? J'ai cependant le regret de vous dire que tel est son cas. »

Il y eut alors une pause, pendant laquelle je commençai à maîtriser un tremblement nerveux, et à sentir que j'avais franchi le Rubicon. Il fallait, avec fermeté, supporter l'épreuve qui ne pouvait être évitée plus longtemps.

« Mes chers enfants, poursuivit avec emphase le noir pasteur de marbre, c'est une chose triste et affligeante d'avoir à vous avertir que cette petite fille, qui pourrait être l'un des agneaux de Dieu, est une petite réprouvée, et ne fait pas partie du vrai troupeau où elle n'est manifestement qu'une intruse, une étrangère. Il faut vous méfier d'elle, fuir son exemple ; si cela est nécessaire, éviter sa compagnie, l'exclure de vos jeux, la tenir à l'écart de vos entretiens. Maîtresses, vous voudrez bien la surveiller, ne pas perdre un de ses mouvements, bien peser ses paroles, examiner ses actes avec rigueur, châtier son corps pour sauver son âme, si, vraiment, un tel salut est possible. Ma langue hésite à poursuivre... cette petite fille, cette enfant, née en terre chrétienne, pire que nombre de petits païens qui adressent leurs prières à Brahma et s'agenouillent devant Jaggernaut[1], cette enfant... est une menteuse ! »

Il y eut alors un silence d'une dizaine de minutes pendant lequel, ayant à présent pleinement recouvré mes esprits, j'observai toutes les dames Brocklehurst qui tiraient leurs mouchoirs pour les porter à leurs yeux, cependant que la plus âgée se balançait d'un côté à l'autre, et que les deux plus jeunes murmuraient « Quelle honte ! »

Mr. Brocklehurst reprit :

« Je tiens tout cela de sa bienfaitrice, la dame pieuse et charitable qui adopta l'orpheline, l'éleva comme sa propre fille, et dont la bonté, la générosité furent payées d'une si grande, d'une si terrible ingratitude par cette malheureuse, que l'excellente dame finit par être dans l'obligation de la séparer de ses propres enfants de peur que son mauvais exemple ne contaminât leur pureté. Elle l'a envoyée ici pour la guérir, comme les Juifs, jadis, envoyaient leurs malades à

---

1. Jaggernaut, en anglais *Juggernaut*, statue de Vichnou. Jaggernaut ou Diaggernat : ville de l'Inde, célèbre par son temple immense qui renferme la statue de Vichnou, et par ses pèlerinages au cours desquels de nombreux fanatiques allaient, rapporte-t-on, jusqu'à se faire écraser sous les roues du char sacré. (*N.D.T.*)

la piscine de Bethsaïda[1] au moment du trouble des eaux ; je demande donc à la directrice et aux maîtresses de ne point laisser les eaux stagner autour d'elle. »

Sur cette sublime conclusion, Mr. Brocklehurst boutonna le premier bouton de sa redingote, murmura quelques paroles à sa famille qui se leva en s'inclinant devant Miss Temple, après quoi tous ces importants personnages quittèrent la pièce en grande pompe. Quand mon juge fut devant la porte, il se retourna en disant :

« Qu'elle reste encore une demi-heure sur ce tabouret, et que personne ne lui adresse la parole pendant le reste de la journée. »

J'étais donc là, perchée, moi qui avais déclaré ne pouvoir supporter la honte de rester debout sur mes propres pieds au milieu de la salle ; j'étais là, exposée à la vue de tous, sur un piédestal d'infamie. Ce qu'étaient alors mes sensations, aucun langage ne saurait le décrire ; elles atteignaient leur paroxysme, me coupant la respiration, me contractant la gorge, lorsqu'une fillette s'avança, et leva les yeux en passant à côté de moi. Quelle étrange lumière les inspirait ! Quelle extraordinaire impression ce rayon fit pénétrer en moi ! Quelle énergie ce nouveau sentiment me donna ! Ce fut comme si un martyr, un héros, passant devant un esclave ou une victime, lui avait communiqué sa force. Je maîtrisai la crise nerveuse, et relevai la tête en m'affermissant sur le tabouret.

Helen Burns posa à Miss Smith quelque question banale au sujet de son travail, fut grondée pour l'insigniance de sa demande, retourna à sa place, et me sourit de nouveau en passant encore à côté de moi. Quel sourire ! Je m'en souviens encore ; il révélait, j'en suis certaine, une intelligence supérieure, un courage véritable ; il illumina son maigre visage, aux traits accusés, aux yeux gris enfoncés dans l'orbite, comme s'il était le reflet de quelque angélique vision. Pourtant, à ce moment même, Helen portait au bras l'insigne du désordre ; il y avait une heure à peine que j'avais entendu Miss Scatcherd la condamner au pain et à l'eau pour son déjeuner du lendemain, parce qu'elle avait fait des taches sur un devoir en le recopiant. Telle est la nature imparfaite de l'homme ! De semblables taches se

---

1. Allusion à l'Évangile selon saint Jean, chap. V, versets 2, 3 et 4, rapportant les guérisons qui s'accomplissaient dans la piscine de Bethsaïda quand, au temps marqué, l'eau en était agitée par un ange du Seigneur. (*N.D.T.*)

trouvent sur le disque des plus brillantes planètes, et des yeux comme ceux de Miss Scatcherd ne voient que ces légers défauts et restent aveugles au merveilleux éclat de l'orbe.

CHAPITRE VIII

Cinq heures sonnèrent avant la fin de la demi-heure ; les élèves mises en liberté se rendirent au réfectoire pour le thé. Je m'aventurai alors à descendre de mon tabouret ; l'obscurité était profonde ; je me retirai dans un coin et m'assis sur le parquet. Le charme qui m'avait soutenue jusqu'ici commençait à se dissiper ; la réaction se produisit ; bientôt, le chagrin qui me saisit fut si accablant que je tombai prostrée, la face contre terre, et me mis à pleurer. Sans Helen Burns, sans nul appui, livrée à moi-même, je m'abandonnai, mes larmes arrosèrent le plancher. J'avais si fermement résolu d'être sage, de bien travailler à Lowood, de m'y faire des amis, de mériter la considération, de gagner l'affection. J'avais déjà fait de sensibles progrès ; ce matin même, j'étais arrivée en tête de ma classe ; Miss Miller m'avait fait de chaleureux éloges, Miss Temple avait souri d'un air approbateur ; elle m'avait promis de m'enseigner le dessin et de me faire étudier le français si je continuais à progresser de la même façon pendant deux mois encore ; j'étais bien accueillie par mes compagnes, traitée en égale par celles de mon âge, sans qu'aucune me tourmentât ; et voilà que je me trouvais de nouveau écrasée, foulée aux pieds ; pourrais-je jamais me relever ?

« Jamais », me disais-je, et je désirais ardemment mourir. Tandis que j'exprimais ce souhait avec des mots entrecoupés de sanglots, quelqu'un venait vers moi ; je me relevai en sursaut ; de nouveau Helen Burns était près de moi ; je la vis s'avancer dans la longue pièce déserte, à la lueur des feux qui se consumaient ; elle m'apportait mon café et mon pain.

« Allons, mangez quelque chose », me dit-elle.

Mais je repoussai l'un et l'autre, ayant l'impression qu'une goutte de liquide ou une miette de pain m'auraient étouffée, dans l'état où je me trouvais. Helen me considérait probablement avec surprise ; il m'était impossible présentement de calmer mon agitation, en dépit de pénibles efforts ; aussi, continuai-je à pleurer tout haut. Elle s'assit par terre à côté de moi, entoura ses genoux de ses bras, y posa sa tête, et demeura dans cette attitude, silencieuse comme un Indien. Ce fut moi qui parlai la première.

« Helen, pourquoi restez-vous avec une petite fille que tout le monde prend pour une menteuse ?

— Tout le monde, Jane ? Mais il y a seulement quatre-vingts personnes à vous avoir entendu traiter ainsi ; le monde en contient des centaines de millions.

— Mais qu'ai-je à faire avec ces millions ? Les quatre-vingts que je connais me méprisent.

— Jane, vous vous trompez, il n'y a probablement pas une seule personne, dans cette école, qui vous méprise ou vous déteste ; et il y en a beaucoup, j'en suis sûre, qui vous plaignent extrêmement.

— Comment peuvent-elles me plaindre après ce qu'a dit Mr. Brocklehurst ?

— Mr. Brocklehurst n'est pas un dieu, ni même un grand homme que l'on admire ; il n'est guère aimé ici, et n'a jamais rien fait pour l'être. S'il vous avait témoigné une exceptionnelle bienveillance, vous auriez eu autour de vous des ennemies, déclarées ou secrètes ; tandis qu'ainsi, la plupart d'entre nous, si elles l'osaient, vous offriraient leur sympathie. Il se peut que les maîtresses et les élèves vous regardent avec froideur pendant un jour ou deux, cachant dans leurs cœurs les sentiments affectueux qu'elles ont pour vous ; mais avant peu, si vous continuez à bien agir, ces sentiments paraîtront d'une manière d'autant plus évidente qu'ils auront été temporairement contenus. D'ailleurs, Jane... »

Elle s'arrêta.

« Quoi donc, Helen ? » dis-je mettant ma main dans la sienne.

Elle me frotta doucement les doigts pour les réchauffer et continua :

« Quand le monde entier vous haïrait, vous tiendrait pour coupable, alors que vous auriez l'approbation de votre propre conscience ainsi que son absolution, vous ne seriez pas sans ami.

— Non ; je sais que j'aurais bonne opinion de moi-même ; mais cela ne suffit pas ; je préfère mourir, plutôt que vivre, si les autres ne m'aiment pas ; je ne puis pas supporter d'être seule, détestée, Helen. Voyez-vous, pour gagner un peu d'affection vraie, de vous, de Miss Temple, ou de toute autre personne que j'aime sincèrement, j'accepterais volontiers d'avoir le bras cassé, d'être bousculée par un taureau, de rester debout, derrière un cheval qui donne des ruades, de recevoir son sabot en pleine poitrine.

— Calmez-vous, Jane, vous vous préoccupez beaucoup trop de l'amour des êtres humains ; vous êtes trop impulsive, trop véhémente ; la souveraine main qui créa votre corps, lui insufflant la vie, vous a pourvue de richesses qui dépassent votre être fragile ou les créatures aussi faibles que vous. Par-delà cette terre, par-delà la race des hommes, il y a un monde invisible, un royaume des esprits ; ce monde nous entoure, car il est partout ; ces esprits veillent sur nous, car ils ont mission de nous protéger ; si nous mourions dans la douleur et la honte, en butte au mépris universel, accablés de haine, mais innocents, les anges, témoins de nos tortures, reconnaîtraient notre innocence. Or, je sais que vous êtes innocente, que vous ne méritez pas l'accusation que Mr. Brocklehurst a faiblement et pompeusement rapportée, d'après Mrs. Reed ; car vos yeux ardents, votre front pur, révèlent un naturel sincère ; et Dieu n'attend que la séparation de l'âme et du corps pour nous combler de ses récompenses en nous couronnant. Pourquoi serions-nous donc plongés dans une profonde détresse, alors que la vie passe si vite, et que la mort, nous n'en pouvons douter, est le commencement du bonheur, l'entrée dans la gloire ? »

Je restai silencieuse, Helen m'avait apaisée ; mais le calme qu'elle m'avait communiqué s'alliait à une inexprimable tristesse. Tandis qu'elle parlait, j'avais éprouvé une douloureuse impression sans pouvoir dire, d'ailleurs, d'où elle provenait, et lorsque, ayant fini de m'entretenir, elle se mit à respirer plus vite et fut prise d'une petite toux sèche, j'oubliai momentanément mes propres peines pour me laisser aller à une vague inquiétude à son sujet.

La tête appuyée sur l'épaule d'Helen, j'entourai sa taille de mes bras ; elle m'attira à elle, et nous restâmes ainsi en silence. Peu de temps s'était écoulé depuis que nous étions assises ainsi lorsque quelqu'un entra. D'épais nuages, balayés du ciel par un vent naissant, avaient dégagé la lune dont les rayons pénétraient par une fenêtre voisine et nous inondaient de lumière de même que la personne qui s'avançait, et n'était autre que Miss Temple.

« Je venais à votre recherche, Jane Eyre, dit-elle ; je voudrais que vous veniez chez moi ; puisque Helen Burns est avec vous, elle peut vous accompagner. »

Après avoir traversé des corridors compliqués sous la conduite de notre directrice, il nous fallut encore monter un escalier avant d'arriver à sa chambre ; un bon feu donnait à cette pièce un aspect riant. Miss Temple dit à Helen de s'asseoir sur un fauteuil bas, d'un côté de l'âtre, en prit elle-même un autre, et m'appela auprès d'elle.

« Est-ce fini ? demanda-t-elle en me regardant. Avez-vous calmé votre chagrin à force de pleurer ?

— J'ai bien peur de ne pouvoir jamais y arriver.

— Pourquoi ?

— Parce que j'ai été accusée injustement et que vous, mademoiselle, et tout le monde, allez maintenant me croire coupable.

— Nous vous croirons ce que vous montrerez que vous êtes, mon enfant. Continuez à agir comme une bonne petite fille, et je serai satisfaite.

— Vraiment, Miss Temple ?

— Vraiment, dit-elle, en passant son bras autour de moi. Et maintenant, dites-moi qui est cette dame que Mr. Brocklehurst a appelée votre bienfaitrice ?

— C'est Mrs. Reed, la femme de mon oncle. Mon oncle est mort ; il m'avait confiée à ses soins.

— Ne vous a-t-elle pas adoptée de son propre gré ?

— Non, mademoiselle, elle fut bien fâchée d'y être contrainte ; mais d'après ce que j'ai souvent entendu dire aux domestiques, mon oncle, avant de mourir, lui avait fait promettre de ne jamais m'abandonner.

— Eh bien ! Jane, vous savez, ou du moins je vais vous apprendre que, lorsqu'un criminel est accusé, on lui permet toujours de présenter sa défense. Vous avez été accusée de mensonge ; défendez-vous de votre mieux. Dites toute la vérité, telle que votre mémoire vous la rapporte ; n'ajoutez, n'exagérez rien. »

Je résolus dans le fond de mon cœur d'être très modérée, très exacte ; ayant réfléchi durant quelques minutes, afin de mettre de l'ordre dans ce que j'avais à dire, je lui racontai toute l'histoire de ma triste enfance. Épuisée par l'émotion, je m'exprimai avec moins de fougue que je ne le faisais généralement en développant ce pénible sujet ; avertie par Helen, de ne pas me complaire dans des sentiments de rancune, j'eus soin de mettre dans mon récit beaucoup moins d'aigreur et d'amertume qu'à l'ordinaire. Ainsi contenu, simplifié, il parut plus digne de foi ; en le poursuivant, je sentis que j'avais tout le crédit de Miss Temple.

Au cours de ce récit, j'avais parlé de la visite que m'avait faite Mr. Lloyd après ma syncope, n'oubliant jamais l'épisode, terrible pour moi, de la chambre rouge, dont les détails me causaient une excitation qui ne manquait pas d'être quelque peu excessive. Rien, en effet, ne pouvait atténuer dans mon souvenir les spasmes d'angoisse qui m'étreignirent le cœur lorsque Mrs. Reed repoussa avec dédain ma déchirante supplication pour obtenir mon pardon et m'enferma, pour la seconde fois, dans la chambre obscure et hantée.

J'avais terminé ; Miss Temple me regarda quelques minutes en silence et dit :

« Je connais un peu Mr. Lloyd ; je vais lui écrire ; si sa réponse confirme votre récit, vous serez publiquement lavée de toute imputation ; pour moi, Jane, vous l'êtes dès à présent. »

Elle m'embrassa, et me garda auprès d'elle où j'étais bien heureuse de demeurer, car je trouvais un plaisir enfantin à contempler son visage, sa robe, ses quelques bijoux, son front blanc, ses masses de boucles luisantes, ses yeux noirs rayonnants ; puis elle s'adressa à Helen Burns :

« Comment allez-vous ce soir, Helen ? Avez-vous beaucoup toussé aujourd'hui ?

— Pas tout à fait autant, je crois, mademoiselle.

— Et cette douleur dans la poitrine ?

— Elle a un peu diminué. »

Miss Temple se leva, lui prit la main, lui tâta le pouls et revint ensuite s'asseoir dans son fauteuil. Je l'entendis soupirer tout bas. Elle resta pensive quelques instants, puis, se ressaisissant, dit gaiement :

« Mais vous êtes toutes deux mes invitées, ce soir, il faut que je vous traite comme telles. »

Elle sonna :

« Barbara, dit-elle à la servante qui parut, je n'ai pas encore pris le thé, apportez le plateau avec des tasses pour ces deux demoiselles. »

Barbara apporta le plateau sans tarder. Que les tasses de porcelaine et la théière brillante posées sur la petite table ronde près du feu me paraissaient jolies ! Que la vapeur du thé était parfumée, et que le pain grillé sentait bon ! A ma grande consternation, cependant — car je commençais à avoir très faim —, je vis qu'il y en avait très peu. Miss Temple s'en aperçut, elle aussi.

« Barbara, dit-elle, pouvez-vous nous apporter un peu plus de pain et de beurre ? Il n'y en a pas assez pour trois personnes. »

Barbara sortit, et revint bientôt, disant :

« Mademoiselle, Mrs. Harden dit qu'elle a servi la quantité habituelle. »

Mrs. Harden, il faut le faire observer, était la gouvernante, une femme qui convenait parfaitement à Mr. Brocklehurst avec, à la fois, un aspect rigide comme les baleines d'un corset, un cœur dur comme le fer.

« Oh ! très bien, répliqua Miss Temple, il faudra donc nous en contenter, Barbara. »

Et, tandis que la servante s'éloignait, Miss Temple ajouta en souriant :

« Heureusement, il est en mon pouvoir, pour cette fois, de remédier à cette insuffisance. »

Elle nous invita, Helen et moi, à nous approcher de la table, plaça devant chacune de nous une tasse de thé avec un morceau de pain grillé délicieux, mais trop mince, et alla ouvrir un tiroir fermé à clef d'où elle tira un paquet enveloppé dans du papier : c'était un gâteau à l'anis de belle taille.

« J'avais l'intention de vous donner à chacune un morceau de ce gâteau pour l'emporter avec vous, dit-elle, mais il y a si peu de pain grillé, qu'il vous faut le manger maintenant. »

Elle se mit alors à en couper des tranches, d'une main généreuse.

Nous festoyâmes, ce soir-là, comme si l'on nous avait servi du nectar et de l'ambroisie, et le sourire heureux de notre hôtesse, qui nous regardait tandis que nous satisfaisions nos appétits voraces avec les mets délicats dont elle nous avait comblées, ne fut pas le moindre plaisir de cette réception.

Lorsque le thé fut terminé, le plateau enlevé, Miss Temple nous fit revenir près du feu ; nous nous assîmes à ses côtés, et il y eut alors une telle conversation entre elle et Helen que c'était véritablement un privilège d'être admise à la suivre.

Miss Temple avait toujours une certaine sérénité dans l'expression de son visage, quelque chose de noble dans son maintien, de raffiné dans son langage, qui la préservait d'une ardeur, d'une impatience, d'un empressement excessifs, quelque chose qui tempérait d'un respect dont on sentait l'emprise, le plaisir de ceux qui la regardaient, l'écoutaient ; c'est ce que j'éprouvais en cet instant ; quant à Helen Burns, elle m'émerveilla.

Le délicieux repas, le feu éclatant, la présence, la bonté de sa chère maîtresse, ou peut-être, plus que tout cela, un je ne sais quoi de son prodigieux esprit, avaient stimulé toutes ses facultés. Elles s'éveillèrent, s'embrasèrent, et tout d'abord, animèrent de leur chaleur ses joues, toujours pâles et exsangues jusqu'à cet instant, puis brillèrent dans le doux éclat de ses yeux devenus soudain d'une plus extraordinaire beauté que ceux de Miss Temple. Ce n'était pas l'admirable couleur, les longs cils, les sourcils finement dessinés qui faisaient la beauté de ces yeux, mais leur expression, leur mouvement, leur rayonnement. L'âme d'Helen était sur ses lèvres, ses paroles coulaient de je ne sais quelle source ; une enfant de quatorze ans possède-t-elle un cœur assez vaste, assez puissant, pour contenir le flux débordant de la pure, parfaite et ardente éloquence ? Tel était ce qui caractérisait la conversation d'Helen en cette soirée, mémorable pour moi ; son esprit semblait se hâter de vivre, en de courts instants, avec une intensité qui suffirait à animer la longue vie de beaucoup d'autres.

Elles s'entretinrent de choses dont je n'avais jamais entendu parler : des peuples anciens, des siècles passés, de contrées lointaines, des secrets de la nature, découverts ou devinés. Elles parlèrent de livres ; combien elles en avaient lus ! Quels trésors de connaissances elles possédaient ! Les noms, les auteurs français, leur semblaient très familiers ; mais mon étonnement fut à son comble lorsque Miss Temple demanda à Helen si elle trouvait parfois un instant pour se remémorer le latin que son père lui avait enseigné. Elle prit alors un livre sur un rayon, et lui dit de lire et traduire une page de Virgile ; Helen obéit ; à chaque ligne mon admiration croissait. A peine avait-elle terminé que la cloche sonna l'heure du coucher ; il fallait partir sans délai. Miss Temple nous prit dans ses bras et nous dit en nous attirant sur son cœur :

« Dieu vous bénisse, mes enfants. »

Elle retint Helen un peu plus longtemps que moi ; elle la laissa aller avec plus de regret ; ce fut Helen que ses yeux suivirent jusqu'à la porte ; ce fut pour elle que, une seconde fois, elle eut un soupir chargé de tristesse ; ce fut pour Helen qu'elle essuya une larme sur sa joue.

En arrivant au dortoir, nous entendîmes la voix de Miss Scatcherd qui passait les tiroirs en revue, et venait justement d'ouvrir celui d'Helen Burns. A notre entrée, Helen fut accueillie par une aigre réprimande et avertie qu'elle porterait le lendemain, épinglées à l'épaule, une demi-douzaine de choses qui n'étaient pas pliées avec soin.

« Mes affaires étaient en effet dans un affreux désordre,

me murmura Helen à voix basse, j'avais eu l'intention de les ranger, mais je n'y ai plus pensé. »

Le lendemain matin, Miss Scatcherd écrivit sur un morceau de carton, en gros caractères, le mot *Souillon*, l'attacha comme un phylactère sur le front d'Helen, large, doux, intelligent, empreint de bonté. Helen le porta jusqu'au soir, avec patience, sans le moindre ressentiment, le considérant comme une punition méritée. A l'instant même où Miss Scatcherd se retira après la classe de l'après-midi, je courus à Helen, arrachai l'écriteau, le déchirai et le jetai au feu. La colère, dont elle était incapable, avait bouillonné en moi tout le jour, et de grosses et chaudes larmes n'avaient cessé de brûler mes joues au spectacle de sa triste résignation qui me fendait le cœur.

Une semaine environ après les incidents que je viens de raconter, Miss Temple, qui avait écrit à Mr. Lloyd, reçut sa réponse. Il apparut que son récit confirmait le mien. Elle convoqua l'école entière, annonça qu'une enquête avait été faite au sujet de l'accusation portée contre Jane Eyre, et qu'elle était très heureuse de pouvoir la déclarer complètement lavée de toute imputation. Les maîtresses me serrèrent la main et m'embrassèrent, tandis qu'un murmure de plaisir parcourut les rangs de mes compagnes.

Ainsi délivrée d'un douloureux fardeau, je me remis au travail avec une ardeur nouvelle, résolue à me frayer un chemin à travers toutes les difficultés. Je travaillai ferme, et mon succès fut proportionné à mes efforts ; ma mémoire, qui n'était point naturellement sûre, s'améliora par l'exercice qui aiguisa aussi mon intelligence. Quelques semaines plus tard je passai dans une classe supérieure ; en moins de deux mois, j'eus l'autorisation de commencer l'étude du français et du dessin. J'appris, ce jour-là, les deux premiers temps du verbe *être*[1] et fis l'esquisse de mon premier cottage — dont les murs, soit dit en passant, rivalisaient en inclinaison avec ceux de la tour penchée de Pise. En allant me coucher, ce même soir, j'oubliai de me préparer le repas imaginaire : pommes de terre rôties, pain blanc, lait frais, digne banquet des Barmécides[2], dont l'illusion distrayait la faim dévorante qui me torturait ; au lieu de cela, je m'amu-

---

1. En français dans le texte.
2. Allusion à un récit des *Mille et Une Nuits* où un mendiant est convié, par un des Barmécides, à un banquet imaginaire. Les Barmécides : famille d'origine iranienne qui donna aux califes abbassides, successeurs de Mahomet, des hommes d'État remarquables par leurs talents et leur générosité.

sai à me représenter, dans l'obscurité, des tableaux de mon invention : des maisons, des arbres dessinés avec hardiesse, des rochers, des ruines pittoresques, des groupes d'animaux à la manière de Cuyp[1], de charmantes toiles où les papillons voltigeaient sur des roses non encore épanouies, où les oiseaux becquetaient des cerises mûres, où les nids de roitelets, faits de petites branches de lierre entrelacées, contenaient des œufs semblables à des perles. Et je me demandai quand il me serait possible de traduire couramment un certain petit livre de contes français que Mme Pierrot m'avait montré dans la journée.

Je m'endormis avant d'avoir résolu ce problème de façon satisfaisante.

Salomon avait bien raison de dire :

> Mieux vaut un dîner d'herbe et l'amour,
> Qu'un bœuf gras et la haine[2].

Je n'aurais pas, à présent, échangé Lowood et toutes ses privations, contre Gateshead et son luxe de chaque jour.

CHAPITRE IX

Mais les privations, ou plutôt les souffrances de Lowood diminuaient. Le printemps venait, à vrai dire il était déjà là ; les gelées de l'hiver avaient cessé, la neige avait fondu, les vents cinglants s'étaient adoucis. Mes misérables pieds écorchés et enflés sous l'influence de l'air mordant de janvier — j'avais été jusqu'à boiter — commençaient à présent à se guérir, à se calmer, sous l'influence des brises plus douces d'avril ; la nuit, le matin, notre sang ne se glaçait plus dans nos veines par une température canadienne. L'heure de récréation passée dans le jardin devenait supportable, agréable, bienfaisante même, par une journée ensoleillée. Les parterres brunâtres se recouvraient d'une verdure chaque jour plus vive, il semblait que l'Espoir les parcourait pendant la nuit, laissant chaque matin des traces

1. Aalbert Cuyp, célèbre peintre hollandais (1620-1691) dont de nombreux tableaux sont dans les musées d'Angleterre. (N.D.T.)
2. Cf. Bible : Proverbes de Salomon, chapitre XV, verset 17. (N.D.T.)

plus brillantes de ses pas. Les fleurs commençaient à se montrer parmi les feuilles : des perce-neige, des crocus, des oreilles-d'ours pourpres, et des pensées aux yeux d'or. Le jeudi après-midi — demi-journée de congé —, nous faisions maintenant des promenades, et trouvions des fleurs plus charmantes encore qui s'épanouissaient sous les haies au bord de la route.

Je découvris aussi que, par-delà les hauts murs hérissés de pointes de fer de notre jardin, il y avait un spectacle ravissant dont on pouvait jouir et que, seul, l'horizon limitait. De nobles sommets entouraient un large vallon riche en verdure et en ombrages, où coulait un ruisseau limpide rempli de pierres brunes, aux remous étincelants. Comme ce paysage m'avait paru différent quand je l'avais vu étendu sous le ciel de plomb de l'hiver, raidi par le gel, enseveli sous la neige ! quand des brouillards, aussi froids que la mort, erraient sous l'impulsion des vents d'est, le long des cimes empourprées et redescendaient en tournoyant vers les prairies, sur les bords du ruisseau, pour se fondre dans ses brumes glacées. Ce ruisseau lui-même était alors un torrent trouble, impétueux, qui divisait le bois en deux parties, et remplissait l'air de ses furieux mugissements, souvent renforcés par une pluie violente ou des tourbillons de grêle ; la forêt, sur ses rives, n'offrait à la vue que des rangées de squelettes.

Avril passa et ce fut mai, un mois de mai resplendissant et serein. Chaque jour un soleil placide brillait dans un ciel bleu, de douces brises soufflaient de l'ouest ou du sud. La végétation croissait maintenant avec vigueur ; Lowood dénoua ses tresses et devint tout vert, tout fleuri. Une vie majestueuse était rendue aux squelettes de ses grands ormes, de ses frênes, de ses chênes, les plantes jaillissaient à profusion dans ses profondeurs, d'innombrables variétés de mousses emplissaient ses creux, et la splendeur de ses primevères sauvages donnait l'étrange illusion que la lumière du soleil émanait de la terre ; j'ai vu l'or pâle de leurs pétales briller dans des endroits pleins d'ombre, comme des éparpillements de l'éclat le plus doux. Je jouissais de tout cela souvent et avec plénitude, librement, sans aucune surveillance, presque seule. Il y avait à cette liberté, à ce plaisir inaccoutumés, une cause dont il convient à présent de parler.

N'ai-je pas décrit là un lieu agréable à habiter, niché ainsi au milieu des collines, des bois, au bord d'un ruisseau ? Sans nul doute. Mais ce lieu était-il sain ? était-il malsain ? C'est là une autre question.

Ce vallon boisé dans lequel se trouvait Lowood était le berceau du brouillard et des épidémies qu'il engendrait ; les germes de maladie se développèrent sous l'influence d'un printemps fécond, s'infiltrèrent dans l'orphelinat, apportant le typhus dans ses salles de classe, ses dortoirs surpeuplés, et même avant le début de mai, l'école fut transformée en hôpital.

La plupart des élèves, mourant presque de faim, souffrant de rhumes que l'on ne soignait pas, étaient prédisposées à la contagion ; quarante-cinq sur quatre-vingts tombèrent malades en même temps. Les classes furent suspendues, le règlement se relâcha, et les quelques élèves qui continuèrent à se bien porter jouirent d'une liberté presque illimitée, parce que, pour les maintenir en bonne santé, le médecin insistait sur la nécessité de fréquents exercices ; en eût-il été autrement, que personne n'aurait eu le loisir de les surveiller ou de les retenir. Toute la sollicitude de Miss Temple allait aux malades ; elle vivait dans l'infirmerie qu'elle ne quittait jamais, sauf pour prendre quelques heures de repos pendant la nuit. Les maîtresses étaient entièrement occupées à faire des malles, à préparer le départ des élèves privilégiées qui avaient des amis ou des parents disposés à les éloigner du lieu de la contagion. Nombreuses furent celles qui, déjà touchées, ne rentrèrent chez elles que pour mourir ; d'autres moururent à l'école et furent enterrées rapidement et en silence, la nature de la maladie n'autorisant aucun délai.

Tandis que la maladie était ainsi devenue l'hôte de Lowood, que la mort y faisait de fréquentes visites, que la tristesse, la peur régnaient dans ses murs, que les chambres, les couloirs, dégageaient des vapeurs aux odeurs d'hôpital, médicaments et pastilles luttant en vain contre les émanations mortelles, le mois de mai, sans le moindre nuage au ciel, brillait sur les fières collines et les bois magnifiques. Le jardin, lui aussi, était resplendissant de fleurs : les roses trémières avaient atteint la hauteur des arbres, les lis s'étaient ouverts, les tulipes et les roses venaient de s'épanouir, les bordures des parterres s'égayaient de gazon d'Espagne rose et de marguerites doubles cramoisies, les églantiers odorants répandaient, matin et soir, leur parfum de pommes et d'épices ; mais tous ces trésors embaumés n'étaient rien pour la plupart des hôtes de Lowood, si ce n'est pour fournir de temps en temps une poignée de verdure et de fleurs destinées à un cercueil.

Quant à moi, et à toutes celles qui restèrent en bonne santé, nous jouissions pleinement des beautés du paysage et de la saison ; on nous laissait vagabonder dans le bois, comme des bohémiens, du matin au soir ; nous faisions ce que nous voulions, nous allions où bon nous semblait ; nous vivions mieux aussi. Mr. Brocklehurst et sa famille ne venaient plus jamais à Lowood à présent, les comptes n'étaient plus examinés d'aussi près ; la revêche gouvernante était partie, par peur de la contagion. Celle qui la remplaçait, une ancienne surveillante du dispensaire de Lowton, peu habituée aux usages de sa nouvelle résidence, nous distribuait la nourriture d'une main relativement plus généreuse. Il y avait, d'ailleurs, moins de monde à nourrir ; les malades mangeaient peu ; au petit déjeuner, nos bols étaient mieux remplis ; lorsque le temps manquait pour préparer un véritable repas, ce qui arrivait souvent, elle nous donnait un gros morceau de pâté froid, ou une épaisse tranche de pain et de fromage que nous emportions avec nous dans le bois ; là, chacune choisissait l'endroit qui lui convenait le mieux et déjeunait somptueusement.

Au milieu du ruisseau, émergeait une pierre, blanche, large, polie, dont j'avais fait mon siège favori, à laquelle on ne pouvait accéder qu'en marchant dans l'eau, exploit que j'accomplissais pieds nus. Cette pierre était juste assez large pour m'y installer aisément avec une autre élève, que j'avais alors choisie pour camarade et qui s'appelait Mary Ann Wilson, un petit personnage fin, observateur, dont la société me plaisait, parce qu'elle était à la fois spirituelle et originale, et savait me mettre à l'aise. De quelques années mon aînée, elle connaissait le monde mieux que moi, pouvait me dire beaucoup de choses intéressantes, satisfaisant ainsi ma curiosité. Elle était également pleine d'indulgence pour mes défauts, me laissait parler sans contrainte. Elle avait le don de conter, moi, celui d'analyser ; elle aimait à donner des explications tandis que je préférais poser des questions, aussi nous entendions-nous à merveille, et si ce commerce ne favorisait pas notre perfectionnement, il nous donnait beaucoup d'agrément.

Mais où, pendant ce temps, était Helen Burns ? Pourquoi ne passais-je pas ces charmantes journées de liberté avec elle ? L'avais-je oubliée, ou étais-je assez indigne pour m'être fatiguée de sa pure société ? Il est bien certain que Mary Ann Wilson dont j'ai parlé ne valait pas ma première amie ; elle ne savait raconter que des histoires amusantes, échanger avec moi de pittoresques et piquants bavardages auxquels il me plaisait de me laisser aller ; tandis que pour dire la vérité à son sujet, Helen avait le pouvoir de donner, à ceux qui jouissaient du privilège de sa conversation, le goût de choses infiniment plus nobles. En vérité, lecteur, je savais, je sentais tout cela et, bien que je sois une créature imparfaite, avec de nombreux défauts et peu de qualités pour les racheter, je ne me suis jamais lassée d'Helen Burns ; mon cœur ne fut jamais animé d'un sentiment d'affection plus fort, plus tendre et respectueux que celui que j'éprouvai sans cesse pour elle. Comment eût-il pu en être autrement, alors qu'en tout temps, en toutes circonstances, Helen m'avait manifesté une douce et fidèle amitié qui n'avait jamais été gâtée par la mauvaise humeur, ni troublée par un accès de colère ?

Mais Helen était malade, à présent ; il y avait plusieurs semaines que je ne la voyais plus ; on l'avait emmenée dans je ne savais quelle chambre d'en haut. Elle n'était pas, m'avait-on dit, dans la partie de la maison transformée en hôpital, avec les élèves malades de la fièvre, car elle était atteinte de consomption, non de la fièvre typhoïde ; dans mon ignorance, je m'imaginais que la consomption était un mal bénin, que le temps et les soins ne manqueraient pas de guérir.

Je fus confirmée dans cette idée en la voyant descendre une ou deux fois, par de chauds après-midi ensoleillés, pour aller au jardin avec Miss Temple. Dans aucune de ces occasions je n'eus la permission d'aller lui parler ; je ne la voyais qu'à travers la fenêtre de la salle de classe, assez vaguement d'ailleurs, car elle était dans la véranda, tout emmitouflée, et assise assez loin.

Un soir, au début de juin, j'étais restée très tard dans le bois avec Mary Ann ; nous nous étions, comme d'habitude, séparées des autres et nous avions vagabondé au loin, si loin que nous nous étions égarées, et il nous avait fallu demander notre chemin dans une maisonnette isolée où vivaient un homme et une femme, gardiens d'un troupeau de porcs à demi sauvages qui se nourrissaient des faînes de la forêt. A notre retour, la lune était déjà levée ; à la porte du jardin, nous reconnûmes le poney du médecin. Mary Ann me fit remarquer qu'il devait y avoir quelqu'un de bien malade pour que l'on eût fait venir Mr. Bates, à cette heure tardive. Elle rentra dans la maison, tandis que je restai encore quelques minutes pour planter dans mon parterre une poignée de racines que j'avais arrachées dans le bois, craignant qu'elles fussent flétries si je les laissais là jusqu'au lendemain matin. Cela fait, je m'attardai encore un moment. Les fleurs exhalaient un parfum si pénétrant alors que tombait la rosée ; la soirée était si agréable, douce et sereine ; l'horizon, encore embrasé au couchant, promettait à coup sûr une aussi belle journée pour le lendemain ; la lune montait au ciel avec tant de majesté dans l'orient solennel ! J'observais tout cela, j'en jouissais comme une enfant peut en jouir, lorsque je me mis à penser comme je ne l'avais encore jamais fait :

« Quelle tristesse d'être étendue à cette heure sur un lit de malade, en danger de mort ! Ce monde est agréable ; ce serait affreux d'en être rappelée pour aller... qui sait-où ? »

Alors mon intelligence fit pour la première fois un ardent effort pour comprendre ce qui lui avait été inculqué sur le ciel et l'enfer ; pour la première fois elle recula déconcertée, regarda de chaque côté, en arrière, en avant, et vit tout alentour un insondable abîme. Elle n'avait conscience que d'un point tangible : le présent ; tout le reste n'était qu'un nuage informe, un gouffre béant, et elle frémissait à la pensée qu'elle pourrait chanceler et tomber dans ce chaos. Tandis que je méditais ainsi sur cette idée nouvelle, j'entendis la porte d'entrée s'ouvrir. Mr. Bates sortit avec une infirmière qui l'accompagna jusqu'à son cheval. Quand il fut parti, elle allait fermer la porte, lorsque je courus à elle.

« Comment va Helen Burns ?

— Très mal, répondit-elle.

— Est-ce elle que Mr. Bates est venu voir ?

— Oui.

— Que dit-il à son sujet ?

— Il dit qu'elle n'est pas ici pour longtemps. »

Si cette phrase avait été prononcée devant moi la veille, elle m'aurait seulement suggéré qu'Helen allait retourner chez elle, dans le Northumberland, je n'aurais pas soupçonné qu'elle signifiait qu'Helen était mourante ; je le compris alors instantanément. Ce fut clair dans mon esprit qu'Helen Burns comptait ses derniers jours en ce monde, et qu'elle allait être emportée dans celui des âmes, s'il existe. Je fus frappée d'horreur, je tressaillis de douleur, puis j'eus le désir, le besoin de la voir. Je demandai dans quelle pièce elle était.

« Elle est dans la chambre de Miss Temple, dit l'infirmière.

— Puis-je monter lui parler ?

— Oh non ! mon enfant. Jamais de la vie ! Il est d'ailleurs l'heure de rentrer, vous attraperez la fièvre si vous restez dehors quand tombe la rosée. »

L'infirmière ferma la porte d'entrée ; je rentrai par la petite porte qui conduisait à la salle de classe où j'arrivai juste à temps, car il était neuf heures, et Miss Miller appelait les élèves pour les envoyer au lit.

Environ deux heures plus tard, il devait être près de onze heures, incapable de m'endormir, et supposant, d'après le parfait silence du dortoir, que mes compagnes étaient toutes plongées dans un profond sommeil, je me levai doucement, passai ma robe par-dessus ma chemise de nuit et, sans chaussures, me glissai hors de la pièce à la recherche de la chambre de Miss Temple. Elle était située à l'autre extrémité de la maison, mais je connaissais le chemin ; dans le ciel d'été sans nuages, la clarté de la lune, pénétrant çà et là par les fenêtres du corridor, me permit de la trouver sans difficulté. Une odeur de camphre et de vinaigre brûlé m'avertit que j'approchais de la salle des malades ; je passai rapidement devant cette porte, redoutant d'être entendue par l'infirmière qui était de garde la nuit. J'avais peur d'être découverte et renvoyée au dortoir. Or, il me *fallait* voir Helen, il me fallait la serrer dans mes bras avant sa mort, lui donner un dernier baiser, échanger avec elle une dernière parole.

Après avoir descendu un escalier, traversé une partie de la maison à l'étage inférieur, réussi à ouvrir et à fermer deux portes sans bruit, j'atteignis un autre escalier que je gravis, pour me trouver enfin en face de la chambre de Miss Temple. Une lumière brillait à travers le trou de la serrure et sous la porte ; une profonde tranquillité régnait alentour. M'étant approchée, je trouvai la porte légèrement entrouverte, sans doute pour laisser pénétrer un peu d'air frais dans l'atmosphère confinée où sévissait la maladie. Incapable d'hésitation, mue par une irrésistible impatience, l'âme et les sens frémissants de poignantes angoisses, je poussai la porte et regardai à l'intérieur. Mes yeux cherchaient Helen, appréhendant de trouver la mort.

Près du lit de Miss Temple, et à demi recouvert par ses rideaux blancs, il y avait un petit lit où je vis la forme d'un corps sous les couvertures, la figure était cachée par les rideaux. L'infirmière à laquelle j'avais parlé dans le jardin était endormie dans un fauteuil ; une chandelle, qui avait besoin d'être mouchée, brûlait faiblement sur la table. Miss Temple n'était pas là. J'appris plus tard qu'elle avait été appelée dans la salle des typhiques auprès d'une malade qui délirait. Je m'avançai, puis m'arrêtai au bord du petit lit, la main posée sur le rideau que je n'osai soulever avant de parler. J'hésitais encore, redoutant de voir un cadavre.

« Helen, murmurai-je doucement, êtes-vous éveillée ? »

Elle remua, repoussa le rideau, et j'aperçus son visage pâle, émacié, mais profondément calme ; elle paraissait si peu changée que mes craintes se dissipèrent aussitôt.

« Est-ce possible que ce soit vous, Jane ? » demanda-t-elle de sa voix douce.

« Oh ! pensai-je, elle ne va pas mourir, on se trompe, sinon sa voix et son regard ne seraient pas si calmes. »

Je me penchai sur son lit pour l'embrasser ; son front était froid ; sa joue, ses mains, ses poignets amaigris étaient froids aussi, mais elle souriait comme autrefois.

« Pourquoi êtes-vous venue ici, Jane ? Il est plus de onze heures, j'ai entendu sonner l'horloge il y a quelques minutes.

— Je suis venue vous voir, Helen ; j'ai appris que vous étiez bien malade, et je n'ai pu m'endormir avant de vous avoir parlé.

— Alors, vous êtes venue me dire adieu ; je crois que vous arrivez juste à temps.

— Allez-vous quelque part, Helen ? Allez-vous chez vous ?

— Oui, je vais au tombeau où j'aspire, pour l'ultime séjour.

— Non, non, Helen ! »

Désespérée, je ne pus poursuivre. Tandis que je m'efforçais de dévorer mes larmes, Helen fut prise d'une quinte de toux qui, cependant, ne réveilla pas l'infirmière ; quand l'accès fut passé, Helen demeura épuisée quelques minutes ; enfin elle murmura :

« Jane, vos petits pieds sont nus, couchez-vous et couvrez-vous de ma couverture. »

C'est ce que je fis. Elle passa son bras autour de moi et je me blottis tout contre elle. Après un long silence, elle murmura de nouveau :

« Je suis très heureuse, Jane ; quand vous apprendrez ma mort, gardez-vous bien de vous en affliger ; il n'y a pas lieu de se désoler. Nous devons tous mourir un jour, et la maladie douce et lente qui m'emporte n'est pas douloureuse ; j'ai l'esprit en repos. Je ne laisse à personne beaucoup de regret, je n'ai que mon père, qui vient de se remarier, et à qui je ne manquerai guère. En mourant jeune j'échapperai à de grandes souffrances. Je n'avais ni les qualités ni les talents nécessaires pour réussir pleinement dans le monde ; j'aurais été continuellement en défaut.

— Mais, où allez-vous, Helen ? Le voyez-vous ? Le savez-vous ?

— Je crois ; j'ai la foi ; je vais à Dieu.

— Où est Dieu ? Qu'est-ce que Dieu ?

— Mon créateur et le vôtre, qui ne peut détruire ce qu'il a créé. Je m'en remets à lui sans réserve et me confie tout entière à sa bonté ; je compte les heures dans l'attente de l'heure solennelle qui me rendra à lui, qui me le révélera.

— Alors, vous êtes sûre, Helen, que le ciel existe, qu'il sera le séjour de nos âmes lorsque nous mourrons ?

— Je suis sûre qu'il y a un état futur, je crois à la bonté de Dieu, je lui confie sans crainte mon âme immortelle. Dieu est mon père ; Dieu est mon ami, je l'aime, je crois qu'il m'aime.

— Vous reverrai-je, Helen, quand je mourrai ?

— Sans nul doute, ma chère Jane, vous viendrez, vous serez reçue, par le même Père tout-puissant, dans cette patrie des bienheureux. »

J'interrogeai encore, mais cette fois en pensée seulement : « Où est cette patrie ? Existe-t-elle ? »

Je serrai Helen encore plus étroitement dans mes bras, elle m'était plus chère que jamais ; j'avais l'impression de ne pouvoir la laisser partir et restai le visage blotti contre son cou. Elle dit alors d'un ton très doux :

« Que je me sens bien ! Cette dernière quinte de toux m'a un peu fatiguée ; je crois que je vais pouvoir dormir ; mais ne me quittez pas, Jane ; j'aime à vous sentir près de moi.

— Je resterai avec vous, ma *chère* Helen, personne ne pourra m'éloigner d'ici.

— Avez-vous chaud, chérie ?

— Oui.

— Bonne nuit, Jane.

— Bonne nuit, Helen. »

Elle m'embrassa, je lui rendis son baiser ; et nous nous endormîmes bientôt l'une et l'autre.

Lorsque je m'éveillai il faisait jour ; un mouvement inaccoutumé m'avait fait sortir de mon sommeil ; je vis que j'étais dans les bras de quelqu'un ; l'infirmière me tenait, m'emportant à travers les corridors jusqu'au dortoir. Je ne fus pas grondée pour avoir quitté mon lit, on avait bien autre chose à penser ; mes nombreuses questions demeurèrent sans réponse ; mais, un ou deux jours plus tard, j'appris que Miss Temple, en revenant dans sa chambre, à l'aube, m'avait trouvée couchée dans le petit lit, le visage contre l'épaule d'Helen Burns, les bras autour de son cou. J'étais endormie, et Helen était... morte.

Sa tombe est dans le cimetière de Brocklebridge. Pendant

quinze ans, elle ne fut recouverte que d'un gazon ; à présent, une dalle de marbre gris, où son nom est gravé avec le mot *Resurgam*, en marque l'endroit.

Jusqu'ici, j'ai rapporté en détail les événements de mon insignifiante existence. Aux dix premières années de ma vie j'ai consacré presque autant de chapitres. Je n'ai pas l'intention, toutefois, d'écrire une autobiographie complète, je ne ferai appel à ma mémoire que dans la mesure où je sais que ses réponses présenteront quelque intérêt. Je vais donc passer à peu près sous silence les huit années qui suivirent ; quelques lignes vont suffire à faire la liaison nécessaire.

Quand le typhus eut accompli son œuvre dévastatrice à Lowood, il disparut graduellement, mais non sans que sa virulence et le nombre de ses victimes n'eussent attiré l'attention générale sur l'école. On fit une enquête pour découvrir l'origine du fléau, et, peu à peu, vinrent au jour différents faits qui mirent à son comble l'indignation publique. La nature insalubre du lieu ; l'insuffisance et la mauvaise qualité de la nourriture ; l'eau saumâtre et fétide qui servait à la préparer ; l'habillement misérable des élèves, le manque de confort ; tout fut mis en évidence, et eut pour effet de confondre Mr. Brocklehurst, au bénéfice de l'institution.

Diverses personnes riches et charitables du comté souscrivirent généreusement pour l'érection d'un bâtiment mieux conçu, mieux situé. On fit de nouveaux règlements, on améliora le régime alimentaire et l'habillement ; la gestion des fonds de l'école fut confiée à un comité. Mr. Brocklehurst qui, en raison de sa fortune comme de ses relations, ne pouvait être écarté, conserva la charge de trésorier, mais il fut assisté dans ses fonctions par des personnalités à l'esprit plus large, plus bienveillant ; il partagea son poste d'inspecteur avec ceux qui savaient allier la raison à la sévérité, le bien-être à l'économie, la bonté à l'intégrité. L'école, ainsi réformée, devint bientôt une institution noble et utile. J'y restai huit ans après sa transformation, six ans comme élève, deux ans comme maîtresse ; en cette double qualité, je puis rendre témoignage de sa valeur et de son influence.

Durant ces huit années, ma vie fut monotone, mais non pas malheureuse, car elle ne fut pas inactive. J'étais à même d'acquérir une excellente éducation, incitée au travail, tant par l'amour de certaines études et mon désir d'exceller en tout, que par la vive satisfaction d'être agréable à mes maîtresses, en particulier à celles que j'aimais. Je profitai pleinement des avantages qui m'étaient offerts. Avec le temps, je parvins à être la première de la classe supérieure, et fus alors investie des fonctions de maîtresse dont je m'acquittai avec zèle pendant deux ans ; mais, à la fin de cette période, un changement se fit en moi.

Miss Temple n'avait cessé de diriger l'institution durant toute cette transformation ; c'était à son enseignement que je devais la meilleure part de mes connaissances ; son amitié, sa société avaient été pour moi un continuel réconfort ; elle m'avait tenu lieu de mère, d'institutrice et, plus tard, d'amie. C'est alors qu'elle se maria, s'en alla avec son mari — un pasteur, homme excellent, presque digne d'une telle femme — dans un comté éloigné, et fut ainsi perdue pour moi.

Du jour où elle partit, je ne fus plus la même ; avec elle s'en étaient allés tous les sentiments de confiance, tous les souvenirs qui, dans une certaine mesure, avaient fait de Lowood une maison pour moi. Quelque chose de sa nature, de son comportement surtout, avait pénétré et imprégné mon esprit ; des pensées plus harmonieuses, des sentiments moins impétueux, habitaient mon âme. Assujettie au devoir, à l'ordre, j'étais en paix, je me croyais satisfaite ; aux yeux des autres, souvent même à mes propres yeux, je me montrais disciplinée, soumise.

Mais la destinée, en la personne du révérend Mr. Nasmyth, vint s'interposer entre Miss Temple et moi. Je la vis en costume de voyage, monter dans une chaise de poste, peu après la cérémonie du mariage ; je suivis des yeux la voiture qui gravissait la colline, jusqu'à ce qu'elle eût disparu derrière sa crête ; puis je me retirai dans ma chambre où je passai dans la solitude la majeure partie de la demi-journée de congé qui avait été accordée en l'honneur de cet événement.

Allant et venant dans cette chambre presque sans discontinuer, je voyais dans la perte que je venais de faire la seule cause de mon affliction, et cherchais le moyen de m'en consoler. Toutefois, après avoir mené mes réflexions à leur conclusion, levé les yeux, vu que l'après-midi était passé, et la soirée fort avancée, je découvris autre chose :

une transformation venait entre-temps de se faire en moi ; mon esprit s'était libéré de tout ce qu'il avait reçu de Miss Temple ou, plus exactement, elle avait emporté avec elle l'atmosphère de sérénité que j'avais respirée dans son sillage, et je me retrouvais à présent livrée à mon élément naturel, et déjà replacée sous l'influence de mon émotivité première. J'avais plutôt l'impression d'avoir perdu un mobile d'action qu'un appui. Ce n'était pas la possibilité d'être calme qui me faisait défaut, je n'avais plus de raison d'être calme. Lowood avait été mon univers pendant quelques années ; je n'avais eu d'autre expérience que ses règlements et ses méthodes ; il me venait maintenant à l'esprit que le monde réel était immense, qu'une perspective changeante d'espoirs, de craintes, de sensations, d'exaltations, attendait ceux qui ont le courage de s'aventurer dans ses étendues pour y chercher, au milieu de ses périls, la véritable connaissance de la vie.

J'allai à ma fenêtre, l'ouvris et regardai dehors. Ici les deux ailes du bâtiment, le jardin ; là les limites de Lowood, l'horizon de collines. Mon regard, indifférent à tout le reste, s'arrêta au loin, sur les sommets bleus que je désirais tant franchir ! Tout ce qui était encadré par leurs rochers et leurs bruyères me semblait une prison, une terre d'exil. Je suivis des yeux la route blanche qui serpentait à la base de la montagne pour disparaître dans une gorge entre deux hauteurs. Comme j'eusse aimé la suivre plus loin ! Je me souvins du temps où j'avais parcouru cette même route en diligence ; je revoyais la descente de la colline au crépuscule ; un siècle semblait s'être écoulé depuis le jour où j'étais arrivée à Lowood, que je n'avais jamais quitté ; j'y avais passé toutes mes vacances, Mrs. Reed ne m'ayant jamais fait venir à Gateshead ; et ni elle, ni personne de sa famille, n'était venu m'y voir. Je n'avais échangé avec le monde extérieur ni lettre ni message ; je ne connaissais de l'existence que les règlements de l'école, ses obligations, ses habitudes, son esprit, ses visages, ses voix, son langage, son uniforme, ses préférences, ses antipathies. Tout cela ne me satisfaisait plus ! En un après-midi, la lassitude me vint de la routine de huit années. Je désirais la liberté, je soupirais après elle ; pour obtenir cette liberté je murmurai une prière qui sembla s'évanouir dans le vent qui soufflait alors faiblement. Sans la poursuivre, je fis une supplication plus humble : celle d'être gratifiée d'un changement, d'un stimulant ; mais elle aussi parut se perdre dans le vaporeux éther. Alors, m'écriai-je à demi désespérée : « Que me soit au moins accordée une autre servitude ! »

A ce moment, la cloche, sonnant l'heure du souper, m'appela en bas.

Ce ne fut qu'au moment du coucher que j'eus la liberté de reprendre le cours interrompu de mes réflexions ; même à ce moment-là, une maîtresse qui partageait ma chambre m'empêcha, par sa conversation insignifiante et prolongée sans mesure, de revenir au sujet que je brûlais de poursuivre. Je souhaitais ardemment que le sommeil la contraignît au silence. Il me semblait que si je pouvais seulement retrouver l'idée qui m'était venue à l'esprit lorsque j'étais à la fenêtre, une ingénieuse inspiration me viendrait en aide.

Enfin, Miss Gryce ronfla ; c'était une lourde Galloise dont je n'avais jamais manqué de regarder les habituels ronflements comme un fléau ; ce soir-là, j'en accueillis les premières notes graves avec satisfaction ; ainsi délivrée de toute interruption, mes pensées à demi effacées se ranimèrent aussitôt.

« Une servitude nouvelle ! Ces mots ne sont pas vides, me disais-je à moi-même — en pensée, bien entendu, je ne parlais pas à haute voix —, j'en suis certaine, leur résonance n'a pas une douceur exagérée ; il en est autrement des mots de liberté, d'exaltation, de plaisir ; quels sons merveilleux, vraiment ! mais, pour moi, rien de plus que des sons, si chimériques et fugitifs que c'est perdre son temps de les écouter. Tandis que la servitude ! Cela doit être quelque chose de positif. Chacun peut servir ; j'ai servi ici pendant huit années ; et tout ce que je demande à présent est de servir ailleurs. Ne puis-je obtenir cela par ma propre volonté ? Est-ce une chose irréalisable ? Non, non, ce but ne doit pas être difficile à atteindre, à la seule condition d'avoir un cerveau assez actif pour découvrir les moyens d'y parvenir. »

Je m'assis dans mon lit pour tenter d'exciter ledit cerveau ; la nuit était froide ; je mis un châle sur mes épaules et, de tout mon pouvoir, j'entrepris d'intensifier ma réflexion.

Qu'est-ce que je désire ? Un nouvel emploi dans une nouvelle maison, parmi de nouveaux visages, dans de nouvelles conditions ; je désire cela, parce qu'il est inutile de vouloir quelque chose de mieux. Que faire pour trouver un nouvel emploi ? Il faut avoir recours à ses amis, je suppose. Je n'en ai pas. Il y en a bien d'autres qui n'ont pas d'amis et qui sont obligés de se tirer d'affaire par eux-mêmes ; que font-ils, alors ?

Je ne pouvais le dire ; rien ne venait m'éclairer ; j'ordonnai alors à mon cerveau de trouver rapidement une réponse. Il faisait des efforts de plus en plus vifs ; je sentais le battement de mes artères dans la tête, aux tempes ; mais durant près d'une heure son activité s'exerça dans le chaos, sans aucun résultat. Enfiévrée par ces vaines recherches, je me levai, fis un tour dans la chambre, écartai le rideau, remarquai une ou deux étoiles, puis, frissonnante de froid, me remis au lit.

En mon absence, une aimable fée avait dû laisser tomber la suggestion tant désirée sur mon oreiller, car en me recouchant elle me vint doucement et tout naturellement à l'esprit : « Ceux qui veulent une situation mettent une annonce dans un journal : il faut en mettre une dans le *Shire Herald*. »

Mais, je ne sais comment m'y prendre.

La réponse fut alors prompte et facile.

« Il vous faut mettre sous enveloppe le texte de l'annonce et le montant des frais à l'adresse du directeur du *Herald*, et déposer cette lettre à la poste de Lowton à la première occasion ; les réponses devront être adressées à J.E., à ce bureau de poste ; vous pourrez y retourner une semaine après l'expédition de votre lettre, afin de voir si des réponses sont parvenues, et agir en conséquence.

J'examinai ce projet sous tous ses aspects, deux fois, trois fois ; il fut alors bien au point dans mon esprit ; la forme en était claire, précise ; je me sentis satisfaite, et m'endormis.

Je me levai au petit jour, rédigeai mon annonce et la mis sous enveloppe à l'adresse voulue, avant que la cloche n'eût sonné le lever de l'école. Cette annonce était ainsi conçue :

Une jeune fille habituée à l'enseignement (n'étais-je pas maîtresse depuis deux ans ?) *désire trouver une situation dans une famille particulière où les enfants auront moins de quatorze ans ;* (je pensais que, ayant à peine dix-huit ans, je ne pouvais entreprendre de diriger des élèves d'un âge plus proche du mien). *Elle est qualifiée pour enseigner les matières usuelles correspondant à une bonne éducation anglaise, ainsi que le français, le dessin et la musique.* (En ce temps-là, lecteur, cette liste de connaissances qui, aujourd'hui, peut paraître restreinte, devait être jugée assez complète.) *Adresse : J.E. Poste restante, Lowton, ... shire.* »

Ce document resta enfermé à clef dans mon tiroir toute la journée. Après le thé, je demandai à la nouvelle directrice l'autorisation, qui me fut aussitôt accordée, d'aller à Lowton faire quelques commissions pour moi-même et pour une ou deux de mes collègues ; je me mis donc en route. J'avais une distance de deux milles à parcourir et il pleuvait cet après-midi-là, mais les jours étaient encore longs ; je passai dans une ou deux boutiques, glissai ma lettre à la poste et rentrai sous une pluie battante, les vêtements ruisselants, mais le cœur soulagé.

La semaine qui suivit me parut longue ; mais comme toutes les choses de ce monde, elle eut cependant une fin ; et une fois de plus, par un beau soir d'automne, je me trouvai arpentant à pied la route pittoresque de Lowton qui longeait le ruisseau en suivant les courbes les plus charmantes du vallon. Ce jour-là je pensais plus aux lettres qui m'attendaient, ou ne m'attendaient pas, au petit bourg où je me rendais, qu'à l'attrait des prairies et de la rivière.

Cette fois-ci, le but apparent de ma course était de faire prendre mes mesures pour une paire de chaussures, ce que je fis d'abord ; puis je traversai la petite rue propre et tranquille qui menait au bureau de poste tenu par une vieille dame portant des lunettes de corne et des mitaines noires.

« Y a-t-il des lettres pour J.E. ? » demandai-je.

Elle me regarda avec curiosité, par-dessus ses lunettes, puis ouvrit un tiroir, dans lequel elle fouilla longtemps, si longtemps que mon espoir commençait à chanceler. Enfin, ayant tenu une enveloppe devant ses verres pendant près de cinq minutes, elle me la remit à travers le comptoir, accompagnant son geste d'un nouveau coup d'œil inquisiteur et plein de méfiance. C'était pour J.E.

« N'y en a-t-il qu'une ? demandai-je.

— Il n'y en a pas d'autres », répondit-elle.

Je la mis dans ma poche et repris le chemin de la maison ; je ne pouvais pas l'ouvrir à ce moment-là, le règlement m'obligeait à être de retour à huit heures, et il était déjà sept heures et demie.

Diverses tâches m'attendaient à mon arrivée : j'eus à surveiller les élèves durant l'heure de l'étude et comme j'étais de service, je dus lire les prières et assister au coucher ; après quoi, je soupai avec les autres maîtresses. Au moment de nous retirer pour la nuit, l'inévitable Miss Gryce était encore avec moi ; nous n'avions qu'un petit bout de chandelle dans le chandelier, et je tremblais de le voir se consumer entièrement avant qu'elle eût fini de parler. Heureusement, le lourd repas qu'elle venait de prendre produisit un effet soporifique ; elle ronflait déjà avant que j'eusse achevé de me déshabiller. Il restait encore un peu de chandelle ; je sortis donc ma lettre pour rompre le cachet qui portait l'initiale F. ; son contenu était bref :

Si J.E., qui a mis une annonce dans le Shire Herald *de jeudi dernier, possède les connaissances mentionnées, si elle est en mesure de fournir des références satisfaisantes sur son caractère et sa compétence, il pourra lui être offert une situation où elle n'aura qu'une seule élève, une petite fille âgée de moins de dix ans, avec un salaire de trente livres par an. J. E. est priée d'envoyer références, nom, adresse et tous renseignements à Mrs. Fairfax, Thornfield près Millcote, ... shire.*

J'examinai longuement ce document d'une écriture à la mode d'autrefois et un peu tremblée, comme celle d'une dame âgée. Ce détail me parut favorable ; j'avais été obsédée par la terreur secrète qu'en agissant ainsi pour mon propre compte et en suivant ma propre impulsion je ne courusse le risque de me mettre dans une situation embarrassante ; je désirais par-dessus tout que le résultat de mes tentatives fût honorable, convenable, *en règle*[1]. Je sentais qu'une dame d'un certain âge n'était pas un mauvais élément dans mon jeu.

Mrs. Fairfax ! Je me la représentais en robe noire avec une coiffe de veuve ; froide, peut-être, mais ne manquant point de courtoisie ; un modèle de la respectabilité anglaise de son temps.

Thornfield ! C'était sans doute le nom de sa demeure qui devait être propre et bien tenue, mais dont je ne parvenais pas à me faire une représentation précise.

Millcote ! ... shire. Je fis des efforts pour me remémorer la carte d'Angleterre ; oui, je voyais le comté, ainsi que la ville. Ce comté était plus proche de Londres, de soixante-dix milles, que le pays éloigné où je me trouvais. Je considérai cela comme un avantage. Je brûlais d'aller où il y avait de la vie, du mouvement. Millcote était une grande ville industrielle sur les bords de l'A..., un centre d'affaires sans aucun doute ; tant mieux, ce serait au moins un changement complet. Ce n'est pas que mon imagination fût très captivée à la pensée de hautes cheminées et de nuages de fumée, mais, conclus-je, Thornfield sera probablement à bonne distance de la ville.

---

1. En français dans le texte.

A ce moment la chandelle s'effondra et la mèche s'éteignit. Le lendemain il y eut de nouvelles dispositions à prendre ; mes projets ne pouvaient rester secrets plus longtemps, il fallait les faire connaître afin de pouvoir les réaliser. Ayant demandé un entretien à la directrice pendant la récréation de midi, ce qui me fut accordé, je lui appris que j'avais la perspective d'une nouvelle situation où le salaire serait le double de celui que je recevais présentement — à Lowood, je ne gagnais que quinze livres par an — et je la priai d'en parler à Mr. Brocklehurst ou à quelqu'un du comité afin de s'assurer auprès d'eux s'ils m'autoriseraient à donner leurs noms comme référence. Elle consentit obligeamment à jouer le rôle de médiatrice en cette affaire ; le lendemain elle s'acquitta de sa mission auprès de Mr. Brocklehurst qui déclara qu'il fallait écrire à Mrs. Reed, puisqu'elle était ma tutrice naturelle. Une lettre fut donc envoyée à cette dame qui se contenta de répondre qu'il y avait longtemps qu'elle avait renoncé à s'occuper de mes affaires, et que je pouvais agir à ma guise. Ce billet fit le tour du comité et, finalement, après un délai qui me parut interminable, j'obtins un congé régulier pour améliorer ma situation si j'en avais les moyens, et l'on me donna l'assurance que, puisque je m'étais toujours bien comportée à Lowood, tant comme élève que comme maîtresse, je recevrais un certificat de bonne conduite et de capacité signé par les inspecteurs de l'institution.

Au bout d'une semaine je reçus ce certificat dont j'envoyai copie à Mrs. Fairfax. Elle me répondit qu'elle était satisfaite et fixait à quinze jours le délai de prise en possession de mes fonctions d'institutrice chez elle.

Je procédai alors activement à mes préparatifs de départ ; la quinzaine passa rapidement. Ma garde-robe n'était pas très importante, bien qu'adéquate à mes besoins ; le dernier jour me suffit pour faire ma malle, celle-là même que j'avais apportée avec moi de Gateshead, huit ans auparavant.

Elle était cordée, l'adresse clouée. Dans une demi-heure le voiturier allait venir la chercher pour la transporter à Lowton, où je devais me rendre le lendemain matin de bonne heure, afin d'y rejoindre la diligence. J'avais brossé ma robe de voyage en lainage noir, préparé ma capote, mes gants, mon manchon, visité tous mes tiroirs pour m'assurer que je n'oubliais rien ; et à présent, n'ayant plus rien à faire, je m'assis pour essayer de me reposer. J'en fus incapable ; bien que je fusse restée debout toute la journée, je ne pus goûter un instant de repos, j'étais trop surexcitée. Une phase de ma vie se terminait ce soir, une autre allait commencer demain ; comment dormir dans l'intervalle ? Je ne pouvais que veiller fiévreusement tandis que ce changement s'accomplissait.

« Miss, me dit une servante venant à ma rencontre dans le corridor, où j'errais comme une âme en peine, il y a en bas une personne qui désire vous voir. »

« C'est sans doute le voiturier », pensai-je, et je descendis rapidement l'escalier sans en demander plus long. En passant devant la porte à demi ouverte de l'arrière-parloir réservé aux maîtresses, pour me rendre à la cuisine, je vis quelqu'un qui en sortait en courant.

« C'est elle, j'en suis sûre ! Je l'aurais reconnue n'importe où », s'écria cette personne qui m'arrêta, me prenant par la main.

Je la regardai ; c'était une femme ayant la mise d'une servante bien habillée, une bonne mère de famille, mais jeune encore, très jolie, avec des cheveux, des yeux noirs et un teint animé.

« Eh bien ! qui suis-je ? demanda-t-elle avec une voix et un sourire que je reconnus à demi ; j'espère que vous ne m'avez pas complètement oubliée, Miss Jane ? »

Un instant après, j'étais dans ses bras, l'embrassant avec ravissement.

« Bessie ! Bessie ! Bessie ! »

C'était tout ce que je pouvais dire, tandis qu'elle riait et pleurait à moitié. Nous entrâmes toutes deux dans le parloir où un petit garçon de trois ans, vêtu d'une veste et d'un pantalon écossais, se tenait debout près du feu.

« C'est mon petit garçon, me dit aussitôt Bessie.

— Alors, vous êtes mariée, Bessie ?

— Oui, depuis bientôt cinq ans, avec Robert Leaven, le cocher ; en plus de Bobby que voilà, j'ai une petite fille qui s'appelle Jane.

— Vous n'habitez pas Gateshead ?

— J'habite dans la loge ; le vieux portier est parti.

— Comment va-t-on à Gateshead ? Racontez-moi tout, Bessie ; mais d'abord, asseyez-vous ; et toi, Bobby, viens donc t'asseoir sur mes genoux, veux-tu ? »

Mais Bobby préféra retourner timidement vers sa mère.

« Vous n'êtes pas devenue très grande, ni très robuste, Miss Jane, continua Mrs. Leaven. Je me permets de dire que l'on ne vous a pas trop bien soignée ici ; Miss Reed[1] a la

1. Miss Eliza est appelée Miss Reed parce qu'elle est l'aînée.

tête et les épaules de plus que vous, et Miss Georgiana en ferait deux comme vous, pour ce qui est de la carrure.

— Georgiana doit être belle, Bessie ?

— Très belle. Elle est allée à Londres l'hiver dernier, avec sa maman, et là, elle a fait l'admiration de tout le monde ; un jeune lord en est tombé amoureux ; mais sa famille s'est opposée à ce mariage ; et, le croiriez-vous ? Miss Georgiana et lui avaient décidé de s'enfuir ; mais on a découvert leur projet, et tout s'est arrêté net. C'est Miss Reed qui a eu vent de la chose ; je crois qu'elle était jalouse ; aussi sa sœur et elle vivent-elles à présent comme chien et chat, elles se querellent tout le temps.

— Que devient John Reed ?

— Oh ! il ne réussit pas aussi bien que sa maman le désirerait. Il est allé à l'Université, mais il a été recalé, c'est bien ainsi qu'on dit, n'est-ce pas ? Ses oncles auraient voulu qu'il devienne avocat et qu'il fasse son droit ; mais, à mon avis, c'est un jeune homme tellement dissipé qu'on ne fera jamais grand-chose de lui.

— Comment est-il ?

— Il est très grand ; il y a des gens qui le trouvent beau garçon ; mais il a des lèvres si épaisses !

— Et Mrs. Reed ?

— Madame semble solide, bien portante, extérieurement ; mais elle doit avoir l'esprit inquiet ; la conduite de Mr. John ne lui plaît guère, il dépense beaucoup d'argent.

— Est-ce elle qui vous a envoyée ici, Bessie ?

— Oh non ! pas du tout ; mais il y a longtemps que je désirais vous revoir, aussi lorsque j'ai appris que vous aviez écrit, que vous alliez partir dans une autre région, j'ai décidé de me mettre vite en route pour vous retrouver quelques instants avant que vous ne soyez trop loin.

— Je crains, Bessie, que vous n'ayez été déçue en me revoyant », dis-je en riant.

Je voyais bien que son regard, tout en montrant de l'estime, n'exprimait aucune admiration.

« Non, Miss Jane, pas précisément ; vous êtes distinguée, vous avez l'air d'une dame ; je n'en ai jamais espéré davantage ; vous n'étiez pas une beauté lorsque vous étiez enfant. »

La franche réponse de Bessie me fit sourire ; je la sentais juste, mais j'avoue qu'elle ne me laissa pas tout à fait indifférente ; à dix-huit ans, qui ne désire plaire ? Aussi la conviction que l'on n'a pas un extérieur propre à favoriser ce désir procure tout autre chose que de la satisfaction.

« Mais je suis sûre que vous êtes instruite, ajouta Bessie en guise de consolation. Que savez-vous faire ? Jouez-vous du piano ?

— Un peu. »

Il y en avait un dans la pièce ; Bessie alla l'ouvrir, puis me pria de m'y asseoir et de lui faire entendre un air. Je lui jouai une ou deux valses qui la ravirent.

« Les Misses Reed ne jouent pas aussi bien que vous dit-elle, d'un air triomphant. J'ai toujours dit que vous les surpasseriez en savoir. Dessinez-vous ?

— Voici un de mes tableaux, là, au-dessus de la cheminée. »

C'était un paysage peint à l'aquarelle, dont j'avais fait présent à la directrice pour la remercier de son aimable intervention en ma faveur auprès du comité et qu'elle avait fait mettre sous verre et encadrer.

« Oh ! mais c'est splendide, Miss Jane ! Ce tableau est aussi beau que ceux de n'importe lequel des professeurs de dessin de Miss Reed ; ne parlons pas de ce que font ces demoiselles, elles n'en approchent que de loin. Avez-vous appris le français ?

— Oui, Bessie, je le lis et le parle.

— Savez-vous broder sur mousseline, faire de la tapisserie ?

— Mais oui.

— Vous êtes tout à fait une dame, Miss Jane ! J'en étais sûre ; vous ferez votre chemin, que votre famille s'occupe de vous ou non. J'ai une question à vous poser : N'avez-vous jamais entendu parler de la famille de votre père, les Eyre ?

— Jamais de ma vie.

— Vous savez que Madame a toujours dit qu'ils étaient pauvres et méprisables. Peut-être sont-ils pauvres, mais je les crois d'une aussi respectable famille que les Reed. Un jour, il y a environ sept ans, un certain Mr. Eyre est venu à Gateshead pour vous voir. Madame l'a informé que vous étiez en pension, à cinquante milles de Gateshead ; il en a paru d'autant plus contrarié qu'il ne pouvait prolonger son séjour, car il partait en voyage pour un pays étranger, et le bateau devait quitter Londres dans un ou deux jours. Il avait tout à fait l'air d'un gentleman ; je crois que c'était le frère de votre père.

— Dans quel pays étranger allait-il ?

— A des milliers de milles, dans une île où l'on fait du vin, m'a dit le sommelier.

— Madère ? suggérai-je.

— Oui, c'est cela, c'est exactement ce nom-là.

— Alors, il est parti ?

— Oui ; il n'est resté que quelques minutes à la maison. Madame s'est montrée très hautaine avec lui ; après son départ, elle l'a traité de vulgaire commerçant. Mon Robert croit que c'est un négociant en vins.

— Très probablement, répliquai-je. Peut-être est-il l'employé ou le commissionnaire d'un marchand de vins. »

Pendant une heure encore je parlai avec Bessie du bon vieux temps ; puis elle fut obligée de me quitter. Je la revis durant quelques minutes de lendemain matin, à Lowton, en attendant la diligence. Nous nous séparâmes définitivement à la porte de l'auberge des *Brocklehurst Arms*, pour aller chacune dans une direction différente. Elle partit pour la colline de Lowood où elle devait prendre la voiture qui la ramènerait à Gateshead, tandis que je montai moi-même dans celle qui allait me conduire vers de nouveaux devoirs, vers une nouvelle vie, dans les environs inconnus de Millcote.

CHAPITRE XI

Un nouveau chapitre est comparable dans un roman à une nouvelle scène dans une pièce de théâtre ; et cette fois-ci, lecteur, lorsque je lève le rideau, il faut vous imaginer que c'est une chambre de l'auberge de Millcote que vous voyez, l'auberge du Roi George, avec des murs tapissés d'un papier à gros motifs, un tapis, un mobilier, une garniture de cheminée, des gravures, comme en ont les chambres d'auberge ; parmi ces gravures, notons un portrait de George III, un portrait du prince de Galles, enfin la mort de Wolfe[1].

Tout ceci est visible pour vous à la lueur d'une lampe à huile suspendue au plafond et à celle d'un bon feu auprès duquel je suis assise, avec mon manteau et ma capote ; mon manchon et mon parapluie sont posés sur la table. Engourdie et transie, après seize heures de voyage durant les-

---

1. Wolfe : général anglais, commandant l'expédition contre Québec ; mortellement blessé au cours du combat où il vint à bout de l'héroïque résistance de Montcalm (1759). *(N.D.T.)*

quelles je fus exposée à l'humidité glaciale de ce jour d'octobre, j'essaie de me réchauffer. J'ai quitté Lowton à quatre heures du matin, et huit heures sonnent en ce moment à l'horloge de Millcote.

Bien que j'aie l'air d'être confortablement installée, lecteur, je n'ai pas l'esprit très tranquille. J'avais pensé que quelqu'un se serait trouvé à l'arrivée de la diligence pour me recevoir ; tout en descendant les marches de l'escabeau de bois que le jeune valet avait mis pour ma commodité, j'avais regardé anxieusement à l'entour, espérant entendre prononcer mon nom et voir quelque véhicule en attente pour me conduire à Thornfield. Je n'avais rien vu de tel et, quand je demandai à un garçon s'il était venu quelqu'un s'informer au sujet d'une certaine Miss Eyre, sa réponse fut négative. Il ne me resta donc qu'à me faire introduire dans une pièce particulière, celle où j'attends, tandis que toutes sortes de doutes, voire la crainte, troublent mes pensées.

C'est une sensation très étrange pour un être jeune et sans expérience que de se sentir tout à fait seul dans le monde, emporté à la dérive, tous liens rompus, incertain d'atteindre le port vers lequel il fait route, empêché par de nombreux obstacles de revenir vers ce qu'il a quitté. Le charme de l'aventure adoucit cette sensation, la flamme de l'orgueil l'anime de sa chaleur, mais bientôt les sourdes pulsations de la peur y apportent leur trouble ; aussi, lorsqu'une demi-heure se fut passée et que je me vis toujours seule, ce fut la peur qui domina en moi. J'eus alors l'idée de sonner.

« Y a-t-il dans le voisinage un endroit nommé Thornfield ? demandai-je au garçon qui répondit à mon appel.

— Thornfield ? Je ne sais pas, madame, je vais aller demander au bar. »

Il disparut mais revint aussitôt.

« Votre nom n'est-il pas Eyre, Miss ?

— Si.

— Il y a ici quelqu'un qui vous attend. »

Je me levai d'un bond, pris mon manchon, mon parapluie, me hâtant de gagner le couloir de l'auberge. Un homme était debout près de la porte ouverte, et dans la rue éclairée par une lampe j'aperçus vaguement une voiture attelée d'un unique cheval.

« C'est là votre bagage, je suppose ? dit cet homme assez brusquement lorsqu'il m'aperçut, désignant ma malle dans le couloir.

— Oui. »

Il chargea celle-ci sur la voiture, une sorte de fiacre, dans lequel je montai. Avant qu'il m'y enfermât, je lui demandai à quelle distance se trouvait Thornfield.

« A six milles environ.

— Combien mettrons-nous de temps pour y arriver ?

— A peu près une heure et demie. »

Il ferma la portière, monta sur son siège et nous partîmes. Nous avancions lentement, ce qui me donnait le temps de réfléchir. J'étais heureuse d'être enfin si près du terme de mon voyage ; m'adossant dans la voiture confortable, sinon luxueuse, je méditai tout à mon aise.

« A en juger par la simplicité du cocher et de la voiture, pensai-je, Mrs. Fairfax ne doit pas être une personne aimant beaucoup le faste ; tant mieux ; je n'ai vécu qu'une seule fois dans le beau monde et j'y ai été très malheureuse. Je me demande si elle vit seule avec cette petite fille ; dans ce cas, si elle est quelque peu aimable, je pourrai certainement m'entendre avec elle, je ferai de mon mieux ; il est bien dommage qu'il ne suffise pas toujours de faire de son mieux ! A Lowood, j'avais pris cette résolution, je l'ai tenue, et j'ai réussi à donner satisfaction ; mais avec Mrs. Reed, je me souviens que mes plus grands efforts étaient toujours repoussés avec mépris. Dieu veuille que Mrs. Fairfax ne soit pas une seconde Mrs. Reed ! Mais, s'il en était ainsi, je ne serais pas obligée de rester avec elle ; en mettant les choses au pire, je ferais paraître une autre annonce dans un journal. Je me demande si nous avons encore beaucoup de chemin à faire. »

Je baissai la vitre pour regarder dehors ; Millcote était derrière nous ; à en juger par le nombre de ses lumières, ce devait être une ville d'une importance considérable, beaucoup plus grande que Lowton. Autant que je pouvais le distinguer, nous traversions maintenant une sorte de lande, avec des maisons éparses sur tout le parcours ; je me rendis compte que nous étions dans une région différente de Lowood, plus populeuse, moins pittoresque, plus animée, moins romantique.

Les routes étaient difficiles, la nuit, brumeuse ; mon conducteur laissa son cheval aller au pas pendant tout le trajet, et l'heure et demie finit bien par en faire deux ; il se tourna enfin sur son siège pour dire :

« Vous êtes pu ben loin de Thornfield, à présent. »

Je regardai de nouveau au-dehors ; nous passions devant une église dont je vis la tour, large et basse, se découper sur le ciel ; la cloche sonnait un quart ; sur le versant d'une colline, j'aperçus un petit groupe de lumières brillantes qui indiquait un village ou un hameau. Au bout d'une dizaine de minutes, le cocher descendit pour ouvrir des grilles qui se refermèrent derrière nous en claquant. Nous montâmes ensuite lentement une allée qui aboutissait devant la longue façade d'une maison ; à travers une fenêtre en saillie garnie de rideaux filtrait la lumière d'une chandelle ; tout le reste était obscur. La voiture s'arrêta devant la porte d'entrée qu'une servante vint ouvrir ; je descendis et entrai dans la maison.

« Voulez-vous venir par ici, madame », dit la jeune fille.

Je la suivis à travers un vestibule carré avec de hautes portes tout autour. Elle m'introduisit dans une pièce éclairée à la fois par le feu et les chandelles, ce qui, par contraste avec l'obscurité à laquelle mes yeux avaient été habitués pendant deux heures, m'éblouit tout d'abord. Lorsque je pus enfin y voir, un charmant et gracieux tableau s'offrit à mes regards.

Une petite pièce intime, une table ronde près du feu qui réconfortait, un fauteuil ancien à haut dossier où était assise une petite dame d'un certain âge, la plus soignée qu'on puisse imaginer, avec une coiffe de veuve, une robe de soie noire et un tablier de mousseline d'une blancheur de neige, la représentation exacte que je m'étais faite de Mrs. Fairfax, mais moins imposante et avec l'air plus doux. Elle tricotait ; un gros chat se tenait gravement à ses pieds ; en un mot, rien ne manquait à cette image idéale du bien-être domestique. Il n'était guère possible à une nouvelle institutrice de concevoir une introduction plus rassurante ; il n'y avait aucun luxe pour écraser, aucune majesté pour déconcerter ; à mon entrée, la vieille dame se leva et s'empressa avec amabilité au-devant de moi.

« Comment allez-vous, ma chère ? dit-elle. Vous avez dû trouver le trajet ennuyeux, John conduit si lentement ! Vous devez avoir froid, venez près du feu.

— Mrs. Fairfax, je suppose ? dis-je.

— Oui, parfaitement, asseyez-vous. »

Elle me conduisit à son propre fauteuil, se mit à me débarrasser de mon châle et à dénouer les brides de ma capote ; je la priai de ne pas se donner tant de peine.

« Oh ! cela ne me donne aucune peine ; je suis sûre que vos mains sont engourdies par le froid. Leah, préparez un peu de vin chaud sucré aux épices et faites un sandwich ou deux, voici les clefs de l'office. »

Elle tira de sa poche un gros trousseau de clefs vraiment digne d'une bonne ménagère et les remit à la servante.

« Approchez-vous donc du feu, continua-t-elle. Vous avez apporté vos bagages avec vous, n'est-ce pas ma chère ?

— Oui, madame.

— Je vais les faire porter dans votre chambre », dit-elle ; et elle sortit, affairée.

« Elle m'accueille comme une invitée, pensai-je. Je ne m'attendais guère à une telle réception. Je n'avais pressenti que froideur, raideur, ce n'était pas du tout ce que j'avais entendu dire sur la façon dont sont traitées les institutrices. Mais ne nous réjouissons pas trop vite. »

Elle revint, débarrassa elle-même la table, enlevant son tricot et un ou deux livres, afin de pouvoir y poser le plateau que Leah apportait, et m'offrit de quoi me restaurer. Je me sentis un peu confuse d'être l'objet de plus d'égards qu'on ne m'en avait encore jamais témoigné, surtout de la part de la personne de qui j'allais dépendre. Mais comme Mrs. Fairfax avait l'air de trouver tout naturel d'agir ainsi, je pensai qu'il valait mieux accepter tranquillement ses politesses.

« Aurai-je le plaisir de voir Miss Fairfax ce soir ? demandai-je, après avoir pris ce qu'elle m'avait offert.

— Qu'avez-vous dit, ma chère ? Je suis un peu sourde », répondit la bonne dame approchant son oreille de ma bouche.

Je répétai ma question plus distinctement.

« Miss Fairfax ? Oh ! vous voulez dire Miss Varens ! Varens est le nom de votre future élève.

— Vraiment ! Alors, ce n'est pas votre fille ?

— Non, je n'ai pas d'enfants. »

J'aurais bien continué mon interrogatoire en lui demandant comment Miss Varens lui était parente, mais je me souvins qu'il n'était pas poli de poser trop de questions ; d'ailleurs, je ne manquerais certainement pas de l'apprendre plus tard.

« Je suis si contente, reprit-elle, s'asseyant en face de moi et prenant le chat sur ses genoux, je suis si contente que vous soyez venue ! Ce sera dorénavant très agréable de vivre ici, avec une compagne. Sans doute, est-ce toujours agréable ! Thornfield est un beau vieux manoir, un peu négligé, peut-être, depuis ces dernières années, mais encore respectable. Cependant, vous savez bien qu'en hiver on se sent triste, toute seule, même dans les plus belles résidences. Je dis, seule : Leah est une fille gentille, certes, et John et sa femme sont de très braves gens, mais, n'est-ce pas ? ce ne sont tout de même que des domestiques, et l'on ne peut pas converser avec eux sur le pied d'égalité ; il faut les tenir à quelque distance, de peur de perdre son autorité. Je vous assure que l'hiver dernier — il a été très rigoureux, si vous vous en souvenez, quand il ne neigeait pas, il pleuvait et faisait grand vent —, personne, à l'exception du boucher et du facteur, n'est venu à la maison de novembre à février ; aussi avais-je fini par devenir toute mélancolique, à rester là assise seule, soir après soir ; Leah venait bien de temps en temps pour me faire la lecture, mais je crois que la pauvre fille n'aimait guère cette besogne, c'était une contrainte pour elle. Au printemps, en été, tout allait mieux ; le soleil, les longs jours, cela fait une énorme différence ; puis, juste au début de l'automne, la petite Adèle Varens est venue avec sa nurse ; un enfant met aussitôt de la vie dans une maison ; mais maintenant que vous êtes là je vais être tout à fait gaie. »

Mon cœur était réellement attiré vers la digne dame en l'entendant parler ainsi ; j'approchai un peu ma chaise de la sienne pour lui exprimer mon sincère désir d'être pour elle une aussi agréable compagne qu'elle l'espérait.

« Je ne veux pas vous retenir trop tard ce soir, dit-elle, il va être minuit et vous avez voyagé toute la journée, vous devez être fatiguée. Si vous vous êtes bien réchauffé les pieds, je vais vous montrer votre chambre. J'ai fait préparer pour vous celle qui est à côté de la mienne ; elle est petite, mais j'ai pensé que vous la préféreriez à l'une des grandes chambres qui donnent sur la façade, mieux meublées certainement, mais si tristes et solitaires que je n'y couche jamais moi-même. »

Je la remerciai de son choix plein de sollicitude, et, me sentant réellement fatiguée de mon long voyage, je lui dis que j'étais prête à me retirer. Elle prit la chandelle et je la suivis. Elle alla d'abord voir si la porte du vestibule était bien fermée, en retira la clef, et me conduisit au premier étage. Les marches et la rampe de l'escalier étaient en chêne ; la haute fenêtre à petits carreaux qui l'éclairait, la longue galerie sur laquelle donnaient les portes des chambres à coucher, avaient l'air d'appartenir plutôt à une église qu'à une maison. Dans l'escalier et la galerie, l'air était froid comme dans un caveau, et suggérait de sombres pensées d'infini, de solitude ; aussi, fus-je bien aise, une fois introduite dans ma chambre, de la trouver de petites dimensions et meublée dans le style moderne ordinaire.

Lorsque Mrs. Fairfax m'eut aimablement souhaité une bonne nuit, je fermai ma porte et regardai à loisir autour de moi. L'aspect plus gai de ma petite chambre effaça, en partie, l'impression fantastique que m'avaient produite cet immense vestibule, cet obscur et spacieux escalier, cette longue et froide galerie. J'eus alors conscience qu'après une journée de fatigue physique et d'anxiété morale, j'étais enfin au port, en sécurité. Une impulsion de reconnaissance gonfla mon cœur, et je m'agenouillai près du lit pour adresser mes remerciements à Celui à qui ils étaient dus, sans oublier, avant de me relever, d'implorer secours pour effectuer le chemin que j'avais encore à parcourir et mériter la bienveillance que l'on paraissait me témoigner si franchement, avant même que je l'eusse gagnée. Ma couche fut sans épines cette nuit-là ; je n'éprouvai aucune frayeur dans ma chambre solitaire. A la fois lasse et satisfaite, je m'endormis bientôt d'un sommeil profond. Lorsque je m'éveillai, il faisait grand jour.

La chambre, alors que le soleil brillait à travers les jolis rideaux de cretonne bleue de la fenêtre, me fit l'effet d'une petite pièce riante avec ses murs tendus de papier et son parquet recouvert d'un tapis, si différents des planches nues et des plâtres tachés de Lowood, que j'en fus enthousiasmée. L'extérieur des choses a une grande influence sur la jeunesse ; je me mis à penser qu'une phase plus douce de ma vie allait commencer, avec ses fleurs et ses plaisirs, aussi bien que ses épines et ses labeurs. Mes facultés, excitées par ce changement de décor, ces perspectives nouvelles offertes à l'espoir, me semblaient en émoi. Sans pouvoir définir exactement ce que j'attendais, il s'agissait de quelque chose d'agréable, pas pour aujourd'hui, sans doute, ni même pour ce mois-ci, mais dans l'avenir, à une date encore vague.

Je me levai et m'habillai avec soin. Obligée d'être simple — tous mes vêtements étant d'une extrême simplicité —, j'avais, par nature, le souci d'être correcte. Il n'était pas dans mes habitudes de négliger les apparences, ni d'être indifférente à l'impression que je produisais ; j'ai toujours désiré, au contraire, paraître à mon avantage et plaire autant que le permettait mon manque de beauté. Je regrettais parfois de n'être pas plus jolie ; j'aurais voulu avoir des joues roses, un nez droit, une petite bouche rouge comme une cerise, j'aurais aimé être grande, avoir un port majestueux, une taille délicatement épanouie. C'était un malheur pour moi d'être si petite, si pâle, d'avoir des traits si irréguliers, si marqués. Pourquoi avais-je ces aspirations, ces regrets ? Il serait difficile de le dire ; je ne pouvais alors l'expliquer à moi-même de façon précise ; j'avais pourtant une raison, une raison logique, naturelle. Lorsque j'eus soigneusement brossé mes cheveux, mis ma robe noire — véritable robe de quakeresse, qui avait du moins le mérite de m'aller très bien —, ajusté ma collerette d'une blancheur immaculée, je me dis, cependant, que je pouvais décemment paraître devant Mrs. Fairfax, sans craindre de voir ma nouvelle élève s'éloigner de moi dans un sursaut d'antipathie. Après avoir ouvert la fenêtre de ma chambre et m'être assurée que je laissais tout en bon ordre sur la table de toilette, je m'aventurai à sortir.

Je traversai la longue galerie recouverte d'une natte, descendis les marches de chêne glissantes et gagnai le vestibule. Je m'y arrêtai un instant pour regarder quelques tableaux accrochés aux murs — l'un d'eux, je m'en souviens, représentait un homme à l'aspect farouche, portant cuirasse ; un autre représentait une dame aux cheveux poudrés qui avait un collier de perles —, une lampe de bronze suspendue au plafond et une grande horloge dont la caisse en chêne, curieusement sculptée, était devenue d'un noir d'ébène sous l'effet du temps et à force d'être frottée. Tout me paraissait imposant et superbe ; il faut dire que j'étais bien peu habituée au luxe à ce moment-là. La porte du vestibule vitrée jusqu'à mi-hauteur étant ouverte, j'en franchis le seuil. C'était une belle matinée d'automne ; le soleil, haut dans le ciel, brillait avec sérénité sur l'or bruni des bosquets et sur les prés encore verts ; m'avançant sur la pelouse, j'examinai la façade de la demeure. Elle était haute de trois étages et, sans être très vaste, avait d'imposantes proportions ; on eût plutôt dit le manoir d'un gentilhomme que le château d'un lord ; avec ses créneaux ceignant le faîte elle avait un air pittoresque. La façade grise se détachait distinctement sur le fond d'arbres dont les locataires croassants volaient alors au-dessus de la pelouse et du parc pour aller se poser sur une vaste prairie, par-delà le fossé qui les séparait, où une rangée de vieux aubépins, puissants, noueux et gros comme des chênes donnaient immédiatement l'étymologie du nom du manoir[1]. Au loin s'élevaient des collines, moins hautes, moins escarpées que celles qui entouraient Lowood, ne donnant pas l'impression d'une muraille qui séparait du monde vivant ; ces collines étaient cependant assez tranquilles et solitaires, et paraissaient

1. *Thorn*, aubépin ; *field*, champ. *(N.D.T.)*

121

enfermer Thornfield dans un isolement que je ne m'étais pas attendue à trouver aussi près de la ville mouvementée de Millcote. Les maisons d'un petit hameau dont les toits se mêlaient aux arbres, étaient éparpillées au flanc d'une de ces collines ; l'église du district était plus près de Thornfield ; au-delà d'un monticule, entre la maison et les grilles, on apercevait le sommet de sa vieille tour.

J'étais là, jouissant de ce calme paysage et de l'agréable fraîcheur de l'air, écoutant avec délices le croassement des corneilles, contemplant la grande façade grisâtre du manoir et pensant que c'était une bien vaste demeure pour une petite dame seule comme Mrs. Fairfax, lorsque celle-ci parut à la porte.

« Comment ! déjà dehors ? dit-elle. Je vois que vous vous levez tôt. »

J'allai à sa rencontre. Elle m'embrassa et me serra la main avec affabilité.

« Est-ce que Thornfield vous plaît ? me demanda-t-elle.

— Oh oui ! beaucoup, lui répondis-je.

— C'est en effet une belle résidence, dit-elle, mais je crains que tout ne s'y détériore si Mr. Rochester ne se décide pas à venir l'habiter continuellement ou, du moins, à y faire de plus fréquentes visites. Les grandes maisons, les belles terres, exigent la présence de leur propriétaire.

— Mr. Rochester ! m'écriai-je. Qui est-ce ?

— Le propriétaire de Thornfield, répondit-elle tranquillement. Ne saviez-vous pas qu'il s'appelait Mr. Rochester.

— Non, certes, je ne le savais pas ; je n'avais jamais encore entendu parler de lui. » La vieille dame semblait considérer son existence comme un fait universellement connu dont tout le monde devait être au courant d'instinct.

« Je croyais, continuai-je, que Thornfield vous appartenait.

— A moi, mon enfant ? Grand Dieu ! Quelle idée ! à moi ? Je ne suis que l'intendante, je ne fais que diriger la maison. Sans doute suis-je une parente éloignée des Rochester du côté maternel, ou, du moins, mon mari l'était ; il était pasteur de Hay, ce petit village, là-bas, sur la colline, et cette église près des grilles était la sienne. La mère de l'actuel Mr. Rochester était une Fairfax, cousine au second degré de mon mari, mais je ne fais jamais état de cette parenté ; en fait je la compte pour rien ; je me considère tout à fait comme une intendante ordinaire, mon maître est toujours courtois avec moi et je n'attends rien de plus.

— Et la petite fille, mon élève ?

— Elle est la pupille de Mr. Rochester ; il m'avait chargée de lui trouver une institutrice. Il a, je crois, l'intention de la faire élever dans le comté. La voici qui vient avec sa *bonne*[1] ; c'est ainsi qu'elle appelle sa nurse. »

Tel était donc le mot de l'énigme. Cette bonne et aimable petite veuve n'était pas une grande dame, mais une employée comme moi. Je ne l'en aimais pas moins pour cela ; bien au contraire, je me sentais plus satisfaite que jamais. Entre elle et moi l'égalité était réelle, et non le simple résultat d'une condescendance de sa part. Tant mieux, ma position n'en était que plus libre.

Tandis que je méditais sur cette découverte, une fillette, suivie de sa nurse, accourut sur la pelouse. Je regardai mon élève qui, de prime abord, ne parut pas faire attention à moi. C'était une enfant pouvant avoir sept ou huit ans, frêle, au visage pâle, aux traits fins, avec une abondante chevelure retombant en boucles jusqu'à la taille.

« Bonjour, Miss Adèle, dit Mrs. Fairfax. Venez parler à la demoiselle qui va vous faire travailler, afin que vous deveniez un jour une femme instruite. »

Elle s'approcha.

« *C'est là ma gouvernante*[2] ? » dit-elle en me désignant et en s'adressant à sa nurse qui répondit :

« *Mais oui, certainement*[3].

— Sont-elles des étrangères ? demandai-je, ébahie de les entendre parler français.

— La nurse est étrangère et Adèle est née sur le continent, qu'elle a dû quitter pour la première fois il y a moins de six mois. A son arrivée elle ne savait pas un mot d'anglais ; maintenant elle se débrouille et le parle un peu ; je ne la comprends pas, elle y mêle tant de mots français ! Mais vous arriverez très bien à la comprendre, j'en suis sûre. »

J'avais heureusement eu l'avantage d'apprendre le français avec une Française, prenant soin de saisir toutes les occasions de converser avec Mme Pierrot ; j'avais, en outre, durant ces sept dernières années, appris par cœur, chaque jour, un texte français, m'appliquant à soigner mon accent, à imiter d'aussi près que possible la prononciation de mon professeur, ce qui m'avait fait acquérir quelques facilités

1. En français dans le texte.
2. En français dans le texte.
3. En français dans le texte.

pour parler assez correctement cette langue ; il était donc peu probable que je fusse embarrassée avec Mlle Adèle.

Quand elle sut que j'étais son institutrice, elle vint me serrer la main. En la conduisant à la maison pour le petit déjeuner, je lui adressai quelques phrases en français ; tout d'abord, elle répondit brièvement, mais lorsque nous fûmes assises à table et qu'elle m'eut examinée pendant une dizaine de minutes de ses grands yeux brun clair, elle se mit soudain à bavarder.

« Ah ! s'écria-t-elle en français, vous parlez ma langue aussi bien que Mr. Rochester. Je puis causer avec vous comme avec lui, Sophie aussi ; elle va être contente, personne, ici, ne la comprend, Mme Fairfax ne parle qu'anglais. Sophie est ma bonne ; nous avons traversé la mer ensemble sur un grand bateau dont la cheminée fumait — comme elle fumait ! — J'ai été malade, Sophie aussi. Mr. Rochester aussi. Mr. Rochester s'était étendu sur un canapé dans une belle pièce qu'on appelait le salon, Sophie et moi avions des petits lits dans une autre pièce ; j'ai failli tomber du mien, une vraie planche. Et vous, mademoiselle, comment vous appelez-vous ?

— Eyre... Jane Eyre.

— Aire ? Bah ! je ne sais pas prononcer ce nom... Enfin, le matin au petit jour, notre bateau s'est arrêté dans une grande ville, aux maisons très noires et enfumées, qui ne ressemblait pas du tout à la jolie ville proprette que je venais de quitter ; Mr. Rochester m'a prise dans ses bras pour franchir la passerelle et me porter à terre ; Sophie suivait ; nous sommes alors tous montés dans une voiture qui nous a conduits dans une grande et belle maison, plus grande et plus belle que celle-ci, un hôtel. Nous y sommes restés près d'une semaine. J'allais tous les jours avec Sophie dans un endroit spacieux, rempli d'arbres et de verdure, qu'on appelait le parc ; beaucoup d'autres enfants y venaient aussi ; il s'y trouvait un bassin avec de jolis oiseaux que je nourrissais de miettes de pain.

— La comprenez-vous lorsqu'elle parle aussi vite ? » demanda Mrs. Fairfax.

Je la comprenais très bien, car j'avais été habituée à la volubilité de Mme Pierrot.

« J'aimerais bien, continua la bonne dame, que vous lui posiez une ou deux questions au sujet de ses parents ; je me demande si elle se souvient d'eux.

— Dites-moi, Adèle, avec qui viviez-vous quand vous habitiez cette jolie ville proprette dont vous avez parlé ?

« — Autrefois, je vivais avec maman, mais elle s'en est allée chez la Sainte Vierge. Maman m'apprenait à danser, à chanter et à dire des vers. Beaucoup de messieurs et de dames venaient voir maman, je dansais devant eux, ou bien je m'asseyais sur leurs genoux pour leur chanter quelque chose ; j'aimais bien ça. Voulez-vous que je chante ? »

Comme elle avait fini de déjeuner, je lui permis de me donner un échantillon de ses talents. Elle descendit de sa chaise, vint se mettre sur mes genoux, puis, croisant gravement ses petites mains devant elle, rejetant ses boucles en arrière et levant les yeux au plafond, se mit à chanter un air d'opéra. C'était la complainte d'une dame délaissée qui, après s'être lamentée sur la perfidie de son amant, appelle sa fierté à son aide, prie sa suivante de la parer de ses plus somptueux atours, de ses bijoux les plus étincelants, et prend la résolution de rencontrer le traître à un bal, le soir même, pour lui montrer, par sa joyeuse attitude, combien cet abandon l'a peu touchée.

Le sujet en paraissait étrangement choisi pour une enfant ; sans doute le piquant de la chose résidait-il dans le fait d'entendre les accents de l'amour et de la jalousie modulés par des lèvres enfantines ; c'était de très mauvais goût, du moins à mon avis.

Adèle chanta la canzonette d'une voix assez mélodieuse et avec la naïveté de son âge. Quand elle eut achevé, elle sauta de mes genoux et me dit :

« Maintenant, mademoiselle, je vais vous réciter une fable. »

Prenant une attitude, elle commença : « *La Ligue des rats ; fable de La Fontaine*[1]. » Elle déclama alors la petite pièce, prenant bien garde à la ponctuation, à l'intonation, avec des inflexions de voix, une justesse de gestes, très rares chez une enfant de son âge, et qui prouvaient qu'elle avait été formée avec soin.

« Est-ce votre maman qui vous a appris cette fable ? demandai-je.

— Oui, et voici comment elle la disait : « *Qu'avez-vous donc ? lui dit un de ces rats. Parlez*[2]. » Elle me faisait lever la main, comme cela, pour me rappeler qu'il fallait hausser la voix à cette question. Voulez-vous que je danse à présent ?

— Non, cela suffit. Mais, lorsque votre maman s'en est allée chez la Sainte Vierge, comme vous dites, avec qui avez-vous vécu ?

1. En français dans le texte.
2. En français dans le texte.

— Avec Mme Frédéric et son mari. Elle s'est occupée de moi, mais ne m'est pas parente ; elle devait être pauvre, car sa maison n'était pas aussi belle que celle de maman. Je ne suis pas restée longtemps chez elle ; Mr. Rochester m'a demandé si je voulais aller vivre avec lui en Angleterre, et j'ai dit oui, parce que j'avais connu Mr. Rochester bien avant Mme Frédéric, qu'il avait toujours été bon pour moi, me donnait de jolies robes et de beaux jouets. Mais vous voyez, il n'a pas tenu parole, après m'avoir amenée en Angleterre, il est reparti ; je ne le vois jamais. »

Après le petit déjeuner, nous nous retirâmes, Adèle et moi, dans la bibliothèque qui devait, paraît-il, selon les ordres de Mr. Rochester, servir de salle d'étude. La plupart des livres étaient enfermés sous clef dans des bibliothèques vitrées ; l'une d'elles, cependant, qui contenait tout ce qui était nécessaire à un enseignement élémentaire, ainsi que plusieurs volumes de littérature facile, de poésies, de biographies, de voyages, quelques romans, etc., n'était pas fermée. Mr. Rochester avait sans doute estimé que c'était là tout ce qu'il faudrait à l'institutrice pour ses lectures personnelles ; en effet, cela me suffisait amplement pour le moment. En comparaison des rares ouvrages que j'avais pu de temps en temps glaner à Lowood, ceux-ci semblaient m'offrir une abondante moisson pour me divertir et m'instruire. Dans cette pièce il y avait aussi un piano droit tout neuf, d'une excellente sonorité, un chevalet pour peindre et deux mappemondes.

Je trouvai mon élève assez docile, bien que peu disposée à l'application ; elle n'avait jamais pris l'habitude de se soumettre à une occupation régulière. Je sentis que, pour commencer, il serait peu judicieux de la retenir trop longtemps ; aussi, après avoir beaucoup parlé avec elle, et réussi à la faire travailler un peu, voyant que midi approchait, je lui permis de retourner auprès de sa nurse. Je me proposai alors d'occuper mon temps jusqu'à l'heure du déjeuner à faire quelques petits croquis à son intention.

Comme je montais chercher mon carton à dessin et mes crayons, Mrs. Fairfax m'appela :

« Votre classe du matin est terminée, je suppose », dit-elle.

La pièce dans laquelle elle se trouvait avait sa porte ouverte à deux battants. Je vis en entrant qu'elle était grande, majestueuse, avec des sièges et des rideaux pourpres, un tapis de Turquie, des boiseries en noyer, une immense fenêtre aux somptueux vitraux de couleur et un très haut plafond aux riches moulures.

Mrs. Fairfax époussetait des vases en beau spath rouge posés sur le buffet.

« Quelle pièce magnifique ! » m'écriai-je en regardant autour de moi, car je n'avais encore jamais rien vu de si imposant.

« Oui, c'est la salle à manger. Je viens d'ouvrir cette fenêtre pour laisser entrer un peu d'air et de soleil, tout devient si humide dans des appartements rarement habités. Le salon, là-bas, donne l'impression d'un caveau. »

Elle désigna du doigt une grande baie voûtée correspondant à la fenêtre et qui était tendue, comme elle, de draperies de Tyr, présentement relevées. J'y accédai par deux larges marches. La vision que j'eus à travers cette baie me parut féerique ; tout ce que j'apercevais au-delà se révélait une merveille à mes yeux inexpérimentés. Ce n'était cependant qu'un très joli salon ouvrant sur un boudoir, avec des tapis blancs sur lesquels d'élégantes guirlandes de fleurs semblaient posées. Les plafonds, ornés de moulures faites de grappes de raisin et de feuilles de vigne d'une blancheur de neige, formaient un splendide contraste avec les canapés et les ottomanes d'un rouge éblouissant. La cheminée, en marbre blanc de Paros, était ornée d'étincelants cristaux de Bohême couleur de rubis, et, entre les fenêtres, de grandes glaces reflétaient ce mélange de neige et de feu.

« Avec quel soin vous entretenez ces pièces, Mrs. Fairfax, dis-je. Pas de poussière, pas de housses ; si l'air n'y était si frais, on les croirait quotidiennement habitées.

— Voyez-vous, Miss Eyre, si les visites de Mr. Rochester sont rares, elles sont toujours soudaines et inattendues ; comme j'ai remarqué qu'il lui était désagréable de trouver les meubles recouverts de housses et d'assister à son arrivée au remue-ménage d'une installation, j'ai pensé qu'il valait mieux tenir la maison toujours prête à le recevoir.

— Mr. Rochester est-il un homme exigeant, difficile ?

— Non, pas spécialement, mais il a les goûts et les habitudes d'un gentleman et veut que tout soit fait en conséquence.

— Vous plaît-il ? L'aime-t-on, d'une façon générale ?

— Oh oui ! la famille a toujours été respectée dans le pays. Presque toutes les terres du voisinage, à perte de vue, appartiennent aux Rochester de temps immémorial.

— Mais, laissant ses terres en dehors de la question, l'aimez-vous ? L'aime-t-on pour lui-même ?

— Moi, je n'ai aucune raison de ne pas l'aimer ; je crois que ses fermiers le considèrent comme un maître juste, généreux ; mais il n'a jamais beaucoup vécu parmi eux.

— N'a-t-il aucune singularité ? Enfin, quel est son caractère ?

— Oh ! son caractère me paraît irréprochable. Il est peut-être un peu bizarre ; il a beaucoup voyagé et a dû voir pas mal de choses ; je le présume intelligent, mais je n'ai jamais beaucoup conversé avec lui.

— En quoi est-il bizarre ?

— Je ne sais pas, ce n'est pas facile à expliquer ; rien de bien frappant, mais cela se sent quand il vous parle ; on ne sait pas toujours s'il plaisante ou s'il parle sérieusement, s'il est satisfait ou non ; enfin l'on n'arrive pas à le comprendre tout à fait, c'est du moins mon cas, mais cela n'a pas d'importance, c'est un très bon maître. »

Ce fut tout l'éclaircissement que je pus obtenir de Mrs. Fairfax sur son maître et le mien. Il y a des gens qui semblent incapables de peindre un caractère, d'observer et de décrire les côtés saillants d'une personne ou d'une chose. La bonne dame appartenait évidemment à cette catégorie ; mes questions l'intriguaient, mais ne tiraient rien d'elle. Mr. Rochester était à ses yeux Mr. Rochester, un gentleman, un propriétaire terrien, rien de plus. Elle ne demandait, ne cherchait rien d'autre, et s'étonnait certainement de mon désir de me faire une idée plus précise de sa personnalité.

En quittant la salle à manger, Mrs. Fairfax proposa de me faire visiter le reste de la maison ; je la suivis donc en haut, en bas, tout en admirant partout le même goût, la même beauté. Les grandes chambres de la façade me parurent particulièrement somptueuses ; certaines pièces du troisième étage, bien que sombres et basses, étaient intéressantes par leur aspect ancien. Le mobilier, autrefois affecté aux pièces du bas, y avait été relégué de temps à autre au gré des changements de la mode ; la faible lumière qui y pénétrait par les étroites fenêtres laissait voir des lits datant d'un siècle, des coffres en chêne ou en noyer qui évoquaient l'arche des Hébreux par leurs étranges sculptures de feuilles de palmier et de têtes de chérubins, des rangées de chaises vénérables, étroites, à haut dossier, des tabourets plus vieux encore, dont le dessus rembourré gardait des traces de broderie à demi effacées, œuvre de doigts qui, depuis deux générations, n'étaient plus que poussière dans leurs cercueils. Toutes ces reliques donnaient au troisième étage de Thornfield-Hall l'aspect d'une demeure du passé, d'un temple du souvenir. Le silence, l'obscurité, la singularité de ces retraites me plaisaient tandis qu'il faisait jour, mais je n'ambitionnais nullement de passer la nuit sur un de ces lourds et immenses lits dont certains étaient clos par des portes en chêne, tandis que d'autres étaient tendus de rideaux incrustés de broderies en relief, à la mode anglaise d'autrefois, représentant des fleurs étranges, des oiseaux plus étranges encore et des êtres humains fantastiques. Tout cela eût paru insolite à la lueur blafarde de la lune.

« Les domestiques couchent-ils dans ces chambres ? demandai-je.

— Non, ils occupent une rangée de pièces plus petites situées derrière. Personne ne couche jamais ici ; on pourrait presque dire que s'il y avait un fantôme à Thornfield-Hall, c'est cet endroit qu'il hanterait.

— C'est bien ce que je pense ; ainsi donc, vous n'avez pas de fantôme.

— Pas à ma connaissance, reprit Mrs. Fairfax en souriant.

— La tradition n'en mentionne aucun ? Il n'y a pas de légendes, pas d'histoires de revenants ?

— Je ne crois pas. Cependant on dit que les Rochester ont été en leur temps une race plutôt violente que paisible ; c'est peut-être, d'ailleurs, la raison pour laquelle ils reposent tranquillement à présent dans leurs tombeaux.

— Oui, après l'agitation fiévreuse de la vie, ils dorment bien [1], murmurai-je. Où allez-vous maintenant, Mrs. Fairfax ? lui dis-je, la voyant s'éloigner.

— Je vais sur le toit. Voulez-vous venir voir le panorama que l'on a de là-haut ? »

Je la suivis encore par un escalier très étroit qui conduisait sous les combles, puis de là, par une échelle et à travers une trappe, jusque sur le toit du manoir. J'étais à présent au niveau de la colonie de corneilles et je pouvais voir dans leurs nids. Me penchant par-dessus les créneaux et regardant tout en bas, j'examinai la propriété, étalée comme une carte : la pelouse brillante et veloutée entourant étroitement la base grise de la maison ; la prairie, vaste comme un parc, ponctuée de ses vieux arbres ; le bois, bruni, flétri, coupé par un sentier visiblement abandonné et plus vert de mousse que les arbres ne l'étaient de feuillage ; l'église près des grilles, la route, les collines paisibles ; tout reposant

1. *Cf.* Shakespeare, *Macbeth*, acte III, scène II :
   Duncan is in his grave ;
   After life's fitful fever he sleeps well ;
   Duncan est dans sa tombe ;
   Après l'agitation fiévreuse de la vie il dort bien. (*N.D.T.*)

sous le soleil de cette journée d'automne et, à l'horizon, un doux ciel d'azur, marbré de nuages d'un blanc de perle. Il n'y avait rien d'extraordinaire dans ce paysage, mais tout était agréable. Lorsque je m'en détournai pour repasser par la trappe, j'y vis à peine clair pour redescendre l'échelle ; les combles paraissaient aussi noirs qu'un souterrain, comparés à cette voûte de ciel bleu vers laquelle j'avais levé les yeux, à ce tableau ensoleillé de bosquets, de pâturages, de vertes collines que je venais de contempler avec ravissement et dont le manoir était le centre.

Mrs. Fairfax demeura un moment en arrière pour fermer la trappe ; à force de tâtonner, j'arrivai à trouver l'issue des combles et me mis à descendre leur étroit escalier. Je m'attardai dans le long corridor auquel il aboutissait et qui, au troisième étage, séparait les chambres de la façade des chambres de derrière. Ce corridor étroit, bas et obscur, avec une seule fenêtre exiguë, à l'extrémité ses deux rangées de petites portes noires, toutes fermées, faisait songer à un corridor de quelque château de Barbe-Bleue.

Tandis que j'avançais doucement, un bruit, le dernier auquel je me serais attendue dans ce royaume du silence, frappa mon oreille. C'était un rire étrange, saccadé, affecté, sans gaieté. Je m'arrêtai. Le bruit cessa, un instant seulement, puis reprit plus fort, car au début, bien que distinct, il était très faible. Il s'acheva par un éclat violent qui sembla éveiller un écho dans chacune de ces chambres solitaires, bien qu'il ne vînt que d'une seule, dont j'aurais pu désigner du doigt la porte.

« Mrs. Fairfax ! » appelai-je, car je l'entendais maintenant descendre le grand escalier. « Avez-vous entendu cet éclat de rire ? Qui a pu rire ainsi ?

— Probablement quelque servante, répondit-elle, peut-être Grace Poole.

— L'avez-vous entendu ? demandai-je de nouveau.

— Oui, très bien. Je l'entends fréquemment. Grace Poole fait de la couture dans une de ces chambres. Quelquefois Leah est avec elle, et lorsqu'elles se trouvent ainsi ensemble elles sont souvent bruyantes. »

Le rire reprit, bas et martelé, et se termina dans un étrange murmure.

« Grace ! » s'écria Mrs. Fairfax.

Je ne m'attendais pas à vrai dire qu'une Grace, quelle qu'elle fût, répondît à ce nom, car ce rire était le plus tragique, le moins humain qu'il m'avait été donné d'entendre. Si ce n'eût été le plein midi, l'absence de tout phénomène surnaturel, un endroit, une heure où l'on ne pouvait avoir peur, ce rire étrange aurait fait naître en moi une frayeur superstitieuse. Quoi qu'il en soit, ce qui se passa par la suite me montra que j'étais sotte d'avoir éprouvé ne fût-ce qu'un sentiment de surprise.

La porte la plus proche de moi s'ouvrit et une servante apparut : une femme de trente à quarante ans, à la silhouette massive, aux épaules carrées, rousse, avec un visage dur et laid. Il n'était guère possible de concevoir une apparition aussi peu romantique ou fantomatique.

« Trop de bruit, Grace, dit Mrs. Fairfax. Souvenez-vous des ordres ! »

Grace s'inclina et rentra dans sa chambre.

« C'est une personne que nous avons ici pour faire de la couture et pour aider Leah dans ses travaux du ménage, continua la veuve. Elle n'est pas absolument irréprochable sur certains points, mais fait assez bien l'affaire. A propos, comment vous en êtes-vous tirée avec votre nouvelle élève, ce matin ? »

La conversation, ainsi détournée sur Adèle, continua jusqu'à ce que nous eussions atteint les régions claires et gaies d'en bas. Adèle accourut à notre rencontre dans le vestibule en s'écriant :

« *Mesdames, vous êtes servies* », ajoutant : « *J'ai bien faim, moi*[1]. »

Nous trouvâmes le déjeuner servi, qui nous attendait dans le petit salon de Mrs Fairfax.

CHAPITRE XII

La promesse d'une vie facile, dont l'accueil paisible que je reçus à mon arrivée à Thornfield me parut le gage, se confirma au fur et à mesure que je connus davantage la maison et ses habitants. Mrs. Fairfax se révéla telle qu'elle paraissait, une femme douce et bienveillante, de bonne éducation, d'intelligence moyenne. Mon élève était une enfant vive qui avait été gâtée, à qui l'on avait passé ses caprices et qui, de ce fait, était parfois volontaire ; mais

1. En français dans le texte.

comme elle était entièrement confiée à mes soins, sans que personne intervînt jamais pour s'opposer inconsidérément à mon plan d'éducation, elle oublia vite ses petites fantaisies, et devint obéissante et docile. Elle n'avait pas de talents exceptionnels, pas de traits saillants de caractère, aucune personnalité dans sa sensibilité et ses goûts pour l'élever d'un pouce au-dessus du niveau des enfants de son âge ; mais aucun défaut ni aucun vice ne la faisaient descendre au-dessous de ce niveau. Ses progrès étaient satisfaisants ; elle avait pour moi une affection vive, sinon très profonde, et par sa simplicité, son gai babillage, ses efforts pour me plaire, elle m'inspira en retour un attachement suffisant pour que nous soyons heureuses ensemble.

Ce langage, *par parenthèse* [1], va paraître froid à ceux qui professent de prétentieuses doctrines sur la nature angélique des enfants et sur le devoir des éducateurs de les aimer jusqu'à l'idolâtrie. Je n'écris pas pour flatter la vanité des parents, pour me faire l'écho des hypocrisies du langage, ni pour étayer des faux-semblants ; je dis simplement la vérité. Je ressentais une consciencieuse sollicitude pour le bonheur et les progrès d'Adèle, une douce affection pour sa petite personne, de même que j'étais reconnaissante à Mrs. Fairfax de sa bonté, que je me plaisais dans sa société en raison de la sereine amitié qu'elle me témoignait, ainsi que de la modération de son esprit et de son caractère.

Me blâmera qui voudra si j'ajoute que, de temps en temps, après m'être promenée seule dans le parc, être descendue jusqu'aux grilles pour regarder la route, tandis qu'Adèle jouait avec sa nurse et que Mrs. Fairfax s'occupait à faire des gelées dans l'office, je montais les trois étages, soulevais la trappe des combles et parvenais sur le toit, laissant mon regard se perdre au loin sur les champs, les collines et la ligne vague du ciel. Je désirais alors ardemment que ma vision pût aller au-delà et atteindre le monde affairé, les villes, les régions remplies d'animation dont j'avais entendu parler sans jamais les voir. Je souhaitais d'acquérir plus d'expérience que je n'en possédais, d'avoir des rapports plus fréquents avec mes semblables, de connaître une plus grande variété de caractères qu'il ne s'en trouvait autour de moi. J'appréciais ce qu'il y avait de bon chez Mrs. Fairfax et chez Adèle, mais je croyais à l'existence d'autres formes plus actives de la bonté, et j'aspirais à voir ce que je m'imaginais.

1. En français dans le texte.

Qui me blâmera ? Bien des gens, sans doute, et l'on dira que j'étais difficile à satisfaire. Je n'y pouvais rien ; cette agitation tenait de ma nature, et ce tumulte allait, parfois, jusqu'à me donner de l'angoisse. Mon seul soulagement était alors d'aller et venir le long du corridor du troisième étage ; je me sentais en sécurité dans ce lieu silencieux, solitaire, et laissais mon esprit s'attarder sur toutes les éblouissantes visions, quelles qu'elles fussent, qui se présentaient à lui, elles me venaient vraiment à profusion et dans tout leur éclat. J'abandonnais mon cœur à l'émotion qui le faisait exulter et l'emplissait de trouble en le faisant s'épanouir de vie. Mieux encore, j'écoutais intérieurement un récit sans fin que créait mon imagination et qu'elle me contait sans s'interrompre, l'animant d'événements, de vie, d'ardeur, de passion, toutes choses que je désirais et dont mon existence réelle était dépourvue.

Il est vain de dire que la tranquillité doit satisfaire les humains ; il leur faut de l'action, et s'ils n'ont pas de motif pour agir, ils s'en créeront. Des millions d'êtres sont condamnés à un destin plus paisible que le mien, et des millions se révoltent en silence contre leur sort. Nul ne sait combien de rébellions, en dehors des rébellions politiques, fermentent dans les masses des êtres vivants qui peuplent la terre. Généralement, on croit les femmes très calmes ; mais elles ont la même sensibilité que les hommes ; tout comme leurs frères, elles ont besoin d'exercer leurs facultés, il leur faut l'occasion de déployer leur activité. Les femmes souffrent d'une contrainte trop rigide, d'une inertie trop absolue, exactement comme en souffriraient les hommes ; et c'est étroitesse d'esprit chez leurs compagnons plus privilégiés que de déclarer qu'elles doivent se borner à faire des puddings, à tricoter des bas, à jouer du piano, à broder des sacs. Il est léger de les blâmer, de les railler, lorsqu'elles cherchent à étendre leur champ d'action ou à s'instruire plus que la coutume ne l'a jugé nécessaire à leur sexe.

Lorsque j'étais ainsi toute seule, il m'arrivait assez souvent d'entendre le rire de Grace Poole ; le même éclat de rire, avec ses « ha ! ha ! » graves et lents qui m'avait fait tressaillir la première fois que je l'avais perçu ; j'entendais aussi ses murmures bizarres, plus étranges encore que son rire. Il y avait des jours où elle était absolument silencieuse, mais il y en avait d'autres où je ne pouvais m'expliquer pourquoi elle riait et murmurait de cette façon. Je la voyais parfois sortir de sa chambre, tenant à la main un bol, une assiette ou un plateau, descendre à la cuisine, d'où elle revenait sans tarder, le plus souvent (oh ! romanesque lecteur, pardonnez-moi de vous dire la simple vérité) avec un pot de bière brune. Son aspect agissait toujours comme un éteignoir sur la curiosité excitée par ses bizarreries vocales ; ses traits durs, son air posé, rien en elle ne présentait d'intérêt. Je fis plusieurs tentatives pour entrer en conversation avec elle, mais elle paraissait peu loquace et, d'ordinaire, une réponse monosyllabique coupait court à chaque effort de ce genre.

Les autres domestiques, c'est-à-dire John et sa femme, Leah, la femme de chambre, Sophie, la bonne française, étaient de braves gens, sans plus. Je parlais français avec Sophie, lui posais parfois des questions sur son pays natal, mais elle n'avait aucune disposition pour conter ou décrire, ne faisant généralement que des réponses insipides et confuses, de nature à arrêter les questions plutôt qu'à les encourager.

Octobre, novembre, décembre s'écoulèrent. Un après-midi de janvier, Mrs. Fairfax me demanda de donner congé à Adèle, qui avait un rhume ; et comme Adèle appuya cette requête avec une ardeur qui me rappela combien ces jours de congé imprévu m'avaient été précieux dans mon enfance, je le lui accordai, estimant que je faisais bien de ne pas me montrer trop rigide sur ce point. C'était une belle et calme journée, quoique très froide ; j'en avais assez d'être restée assise sans bouger dans la bibliothèque pendant toute une longue matinée ; Mrs. Fairfax venait juste d'écrire une lettre qui attendait d'être postée, je mis ma capote, mon manteau et lui offris de la porter à Hay. Ce trajet de deux milles serait une agréable promenade par cet après-midi d'hiver. Je m'assurai qu'Adèle était confortablement installée dans son petit fauteuil, devant le feu du salon de Mrs. Fairfax, et lui donnai sa plus belle poupée de cire que je gardais habituellement dans un tiroir enveloppée d'un papier d'argent —, et un livre de contes, pour varier ses plaisirs.

« *Revenez bientôt, ma bonne amie, ma chère Mlle Jeannette* [1] », dit-elle.

Je lui répondis par un baiser et me mis en route.

Le sol était durci, l'air calme, ma route solitaire ; je marchai vite jusqu'à ce que je me fusse réchauffée, puis je ralentis le pas pour goûter et analyser les différents plaisirs

1. En français dans le texte.

que l'heure et le lieu me faisaient éprouver. Il était trois heures ; l'horloge de l'église avait sonné au moment où je passais sous le clocher. C'était un instant plein de charme, le crépuscule approchait et les pâles rayons du soleil descendaient lentement à l'horizon. J'étais à présent à un mille de Thornfield, dans un chemin connu pour ses églantines en été, ses noisettes et ses mûres en automne, et qu'enrichissaient, même en cette saison, les quelques précieuses perles de corail des fruits de l'églantier et des cenelles. Mais en hiver, sa complète solitude et le calme de ses buissons dénudés étaient encore son plus grand charme. Si une brise venait à souffler ici, elle était silencieuse, car il n'y avait pas un houx, pas un de ces arbres dont le feuillage toujours vert reste bruissant ; les aubépines et les coudriers dépouillés étaient aussi immobiles que les pierres blanches et usées qui pavaient le milieu du chemin. Au loin, de tous côtés, on ne voyait que des prés où le bétail ne venait plus brouter ; et les petits oiseaux bruns, qui, de temps en temps, voletaient dans les haies, ressemblaient à des feuilles rousses isolées qui auraient oublié de tomber.

Ce chemin gravissait la colline jusqu'à Hay. Parvenue à mi-côte, je m'assis sur un échalier qui conduisait à un champ. M'enveloppant dans mon manteau, les mains à l'abri dans mon manchon, je ne sentais pas le froid, bien qu'il gelât fortement, comme le prouvait une couche de verglas recouvrant les pavés à l'endroit où un ruisselet, maintenant pris de glace, avait débordé quelques jours auparavant à la suite d'un rapide dégel.

De l'échalier, je pouvais voir Thornfield ; le manoir gris et crénelé était le principal objet qui s'offrait à ma vue dans le vallon, à mes pieds ; ses bois et les arbres où nichaient les corneilles se détachaient sur le couchant. Je restai là jusqu'au moment où le soleil descendit parmi les arbres et disparut derrière eux dans un ciel empourpré et resplendissant. Je me dirigeai alors vers l'est.

Au sommet de la colline, au-dessus de moi, la lune, qui se levait, s'avançait dans le ciel, pâle encore comme un nuage, mais devenait plus brillante d'instant en instant ; elle planait sur Hay, à demi perdu dans les arbres, d'où une fumée bleuâtre s'élevait de ses quelques cheminées ; j'en étais encore éloignée d'un mille, mais, dans le silence absolu, j'entendais distinctement ses légers murmures de vie. Des bruissements d'eau parvenaient aussi à mon oreille ; de quelles vallées, de quelles profondeurs venaient-ils ? je l'ignorais, mais il y avait bien des collines au-delà de Hay et, sans doute, de nombreux ruisseaux s'y frayaient-ils un passage. La paix du soir révélait également le gazouillement des plus proches et le murmure des plus lointains.

Un bruit violent couvrit soudain ces légers clapotis, ces chuchotements, à la fois si éloignés et si distincts ; un trot de cheval très net, puis un son métallique, effacèrent les doux bruits des capricieux courants de l'onde ; ainsi, au premier plan d'un tableau, la lourde masse d'un rocher, ou le tronc rugueux d'un grand chêne vigoureusement dessiné et peint en couleur sombre fait-il disparaître dans les lointains aériens, les collines azurées, l'horizon lumineux, les nuages de formes confuses et de teintes fondues.

Ce bruit résonnait sur les pavés ; un cheval s'avançait ; les sinuosités du chemin le cachaient encore, mais il se rapprochait. Je me disposais à quitter l'échalier, mais comme le chemin était étroit, je restai assise immobile pour le laisser passer. J'étais jeune alors et toutes sortes d'images brillantes ou sombres emplissaient mon esprit ; les souvenirs des contes de la nursery s'y trouvaient mêlés à tout un fatras et, lorsqu'ils me revenaient en mémoire, l'épanouissement de la jeunesse les animait d'une puissance et d'une force que l'enfance n'avait pu leur donner. Tandis que ce cheval approchait, que je guettais son apparition dans le crépuscule, je me rappelai certaine histoire de Bessie où figurait un esprit du nord de l'Angleterre qu'elle appelait un *Gytrash*, lequel, sous la forme d'un cheval, d'une mule ou d'un énorme chien, hantait les sentiers solitaires et surprenait parfois les voyageurs attardés, comme ce cheval qui arrivait sur moi.

Il était tout proche, mais pas encore en vue, lorsque, outre le bruit du trot du cheval, j'entendis quelque chose s'élancer sous la haie, et je vis se glisser le long des coudriers un grand chien noir et blanc qui se détachait sur leurs branches nues. C'était exactement une des formes que revêtait le *Gytrash* de Bessie, une créature ressemblant à un lion, avec de longs poils et une énorme tête. Il passa cependant assez tranquillement devant moi, sans s'arrêter pour me regarder avec des yeux de l'autre monde, comme je m'y attendais presque. Le cheval suivait ; un grand coursier, monté par un cavalier. L'homme, l'être humain, rompit immédiatement le charme. Personne ne montait le *Gytrash*, il était toujours seul ; les lutins, selon les notions que j'avais, pouvaient bien habiter les muettes carcasses des bêtes, mais ne devaient guère convoiter de s'abriter sous la forme banale de la personne humaine. Non, ce n'était pas un

Gytrash, mais simplement un voyageur se rendant à Mill-cote par le raccourci. Il passa ; je continuai ma route ; quelques pas, et je me retournai ; un bruit de glissade, puis cette exclamation : « Que diable vais-je faire à présent ? » avaient attiré mon attention. L'homme et le cheval gisaient à terre ; ils avaient glissé sur le verglas qui recouvrait les pavés. Le chien revint en bondissant vers son maître ; le voyant ainsi en fâcheuse posture et entendant les gémisse-ments du cheval, il se mit à aboyer avec tant de force que les sombres collines répercutèrent avec intensité ces sons puissants. Il flaira le groupe prostré sur le sol et courut à moi ; c'était tout ce qu'il pouvait faire, il n'y avait pas d'autre secours à rechercher. Je répondis à son appel, et redescen-dis auprès du voyageur qui livrait combat pour se dégager de sa monture. Ses efforts étaient si vigoureux, que je pensai qu'il ne pouvait pas s'être fait beaucoup de mal ; je lui demandai cependant :

« Êtes-vous blessé, monsieur ? »

Je crois bien, sans en être certaine, qu'il avait lancé un juron ; quoi qu'il en soit, il proférait des paroles qui l'empê-chèrent de me répondre immédiatement.

« Puis-je faire quelque chose pour vous ? demandai-je de nouveau.

— Retirez-vous seulement sur le côté », répondit-il, en se mettant d'abord à genoux, puis debout.

J'obéis. Alors commença une série d'efforts, de piaffe-ments, de cliquetis accompagnés d'aboiements qui me firent effectivement reculer de quelques mètres ; mais je ne voulais pas partir sans avoir vu comment finirait l'aventure. Elle se termina bien. Le cheval se remit debout, et un « Couche-toi, Pilot » imposa silence au chien. Le voyageur se pencha, se tâta le pied et la jambe comme pour s'assurer qu'il n'avait rien de cassé. Sans doute souffrait-il, car il s'arrêta à l'échalier que je venais de quitter et s'y assit.

Je devais être en humeur de me rendre utile, ou du moins d'offrir mes services, car je m'approchai de nouveau de lui :

« Si vous êtes blessé, si vous avez besoin de secours, monsieur, je puis aller chercher quelqu'un, soit de Thorn-field-Hall, soit de Hay.

— Merci, cela ira, je n'ai rien de cassé, ce n'est qu'une entorse. »

De nouveau, il se leva et essaya de se servir de son pied, mais cette tentative lui arracha un « Aïe ! » involontaire.

Un reste de jour s'attardait encore, et la lune brillait d'un éclat croissant. Je le voyais distinctement. Il était enveloppé d'un manteau de cavalier à col de fourrure aux agrafes de métal ; les détails de sa personne n'étaient pas apparents, mais j'eus une vue d'ensemble : il était de taille moyenne et très large de poitrine. Il avait un visage sombre, aux traits sévères, un front massif ; ses yeux et ses sourcils froncés avaient alors une expression de colère et de contrariété ; il n'était plus tout jeune, mais n'avait pas encore atteint l'âge mûr ; il pouvait peut-être avoir trente-cinq ans. Je n'avais pas peur de lui, et me sentais à peine intimidée en sa présence. S'il s'était agi d'un jeune et beau gentleman d'allure héroïque, je n'aurais pas osé rester ainsi à le questionner contre son gré, et à lui offrir des services qu'il ne demandait pas. Avais-je jamais vu un homme jeune et beau ? De ma vie, je n'avais parlé à aucun. En principe, je vénérais la beauté, l'élégance, l'esprit chevaleresque, le charme, et je leur rendais hommage ; mais si j'avais rencontré ces qualités incarnées en un homme, j'aurais instinctivement éprouvé qu'elles n'avaient ni ne pouvaient avoir aucune correspondance en moi, et je les aurais fuies par antinomie, comme on fuit la flamme, l'éclair, ou tout ce qui éblouit.

Si même cet étranger m'eût souri et se fût montré de bonne humeur pendant que je lui parlais, s'il eût refusé mon offre de l'assister d'un ton jovial et en me remerciant, j'aurais continué mon chemin sans avoir le désir de renouveler mes questions ; mais la mine rébarbative du voyageur, sa rudesse, me mirent à l'aise ; quand il me fit signe de partir, je restai sans bouger en lui disant :

« Je ne puis songer à vous abandonner, monsieur, à une heure aussi tardive, dans ce chemin désert, avant d'avoir vu si vous êtes en état de vous remettre en selle. »

Pendant que je parlais ainsi il me regarda. C'est à peine s'il avait, auparavant, tourné les yeux vers moi.

« Il me semble que vous devriez vous-même être rentrée chez vous, dit-il, si vous habitez dans le voisinage. D'où venez-vous ?

— Du bas de la côte, et je n'ai nullement peur d'être dehors à cette heure tardive quand il fait clair de lune. C'est avec plaisir que je courrai pour vous jusqu'à Hay, si vous le désirez, je m'y rends précisément pour y mettre une lettre à la poste.

— Vous habitez au bas de la côte ; est-ce dans cette maison à créneaux ? »

Et il désignait du doigt Thornfield-Hall, tout blanc sous les rayons argentés de la lune et se détachant nettement sur les bois qui, par contraste avec l'occident resplendissant, formaient maintenant une masse d'ombre.

« Oui, monsieur.

— A qui appartient cette maison ?

— A Mr. Rochester.

— Connaissez-vous Mr. Rochester ?

— Non, je ne l'ai jamais vu.

— Il n'y habite donc pas ?

— Non.

— Pouvez-vous me dire où il est ?

— Je n'en sais rien.

— Vous n'êtes pas une servante du manoir, bien sûr. Vous êtes... ? »

Il s'arrêta, et examina mes vêtements très simples, comme toujours : un manteau de mérinos noir, une capote de castor noir, dont ni l'un ni l'autre n'eussent fait, bien loin de là, l'affaire d'une femme de chambre. Il paraissait embarrassé pour décider ce que je pouvais bien être. Je vins à son aide.

« Je suis l'institutrice.

— Ah ! l'institutrice ! répéta-t-il. Le diable m'emporte, si je m'en souvenais ! L'institutrice ! »

Et, de nouveau, il passa l'inspection de mes vêtements. Deux minutes après il se leva de l'échalier ; mais quand il essaya de marcher, son visage exprima de la douleur.

« Je ne puis vous charger d'aller chercher du secours, mais vous pouvez m'aider un peu vous-même, si vous le voulez bien.

— Oui, monsieur.

— N'avez-vous pas un parapluie qui pourrait me servir de canne ?

— Non.

— Essayez de prendre mon cheval par la bride pour l'amener jusqu'à moi ; vous n'avez pas peur ? »

J'aurais été effrayée d'avoir à toucher un cheval, si j'avais été seule, mais puisqu'il me le demandait, j'étais prête à lui obéir. Je posai mon manchon sur l'échalier, m'avançai vers le grand coursier, et tentai d'attraper la bride, mais c'était un fougueux animal, qui ne me laissa pas approcher de sa tête. Je fis effort sur effort, mais en vain, et j'étais mortellement épouvantée de ses piaffements. Le voyageur attendit, nous observa quelques instants ; enfin il se mit à rire.

« Je vois bien, dit-il, qu'on n'amènera jamais la montagne à Mahomet ; aussi, tout ce que vous pourrez faire, ce sera d'aider Mahomet à aller à la montagne. Il me faut vous prier de venir ici. »

J'y allai.

« Je m'excuse, continua-t-il, la nécessité m'oblige à recourir à vous. »

Il posa une lourde main sur mon épaule, s'appuya sur moi avec force et rejoignit son cheval en boitillant. Une fois qu'il eut saisi la bride, il se rendit aussitôt maître de l'animal et sauta en selle en faisant une grimace, car cet effort avait ravivé sa douleur.

« A présent, dit-il, cessant de mordre vigoureusement sa lèvre inférieure, passez-moi ma cravache ; elle est là, sous la haie. »

Je la cherchai et finis par la trouver.

« Je vous remercie ; maintenant, dépêchez-vous de porter votre lettre à Hay et revenez aussi vite que possible. »

Un coup d'éperon fit d'abord tressaillir son cheval qui se cabra, puis bondit en avant ; le chien s'élança sur ses traces et tous trois disparurent.

> Comme la bruyère de la lande sauvage,
> Que le vent impétueux emporte dans un tourbillon.

Je repris mon manchon et continuai ma route. L'incident était clos pour moi, incident sans importance, en aucune façon romanesque, sans intérêt en un sens. Pourtant, il marqua d'un changement une heure de ma vie monotone. On avait eu besoin de mon aide, on l'avait demandée et je l'avais donnée. J'étais contente d'avoir fait quelque chose ; si banale et passagère que fût cette action, c'était cependant une manifestation de mon activité, et j'étais lasse d'une existence toute passive. Ce nouveau visage, aussi, était comme un nouveau portrait introduit dans la galerie de mes souvenirs ; il était différent de tous ceux qui s'y trouvaient déjà, d'abord parce que c'était un visage d'homme, et aussi parce qu'il était sombre, énergique, sévère. Je l'avais encore devant les yeux lorsque j'arrivai à Hay et que je mis ma lettre à la poste ; je le voyais en redescendant rapidement la colline, tout le long du trajet de retour. Je m'arrêtai un instant en passant devant l'échalier, regardant autour de moi et prêtant l'oreille ; le bruit des sabots d'un cheval n'allait-il pas résonner à nouveau sur la chaussée ? un cavalier, enveloppé d'un manteau, et suivi d'un chien terreneuve ressemblant à un *Gytrash*, n'allait-il pas apparaître une seconde fois ? Je ne vis devant moi que la haie et un saule étêté se dressant silencieux sous les rayons de la lune ; je n'entendis qu'une très faible brise agitant au gré de ses caprices les arbres qui entouraient Thornfield à un mille de distance ; et jetant un coup d'œil dans le vallon d'où venait ce murmure, j'aperçus une lumière qui brillait à travers une fenêtre de la façade du manoir. Cela me rappela l'heure tardive et je hâtai le pas.

Je n'avais pas envie de rentrer à Thornfield. Franchir son seuil, c'était retourner à l'inertie ; traverser le vestibule silencieux, monter l'escalier obscur, regagner ma petite chambre solitaire, puis retrouver la tranquille Mrs. Fairfax, passer avec elle, et avec elle seulement, cette longue soirée d'hiver, c'était détruire entièrement la faible excitation qu'avait éveillée ma promenade, c'était enchaîner de nouveau mes facultés par les invisibles liens d'une existence uniforme et trop paisible, dont je n'étais même plus capable d'apprécier les privilèges de sécurité et de confort. Quel bien n'eussé-je pas tiré, alors, d'avoir été ballottée au milieu des orages et des luttes d'une vie incertaine, d'avoir ainsi acquis une rude et amère expérience, propre à me faire désirer le calme dont je me plaignais présentement ! Le même bien que celui qu'éprouve à faire une longue promenade un homme fatigué d'être assis, immobile, dans un fauteuil trop confortable. Désir d'action qui dans mon cas n'était pas moins naturel.

Je m'attardais aux grilles, je m'attardais sur la pelouse, j'allais et venais sur la terrasse. Les volets de la porte vitrée étaient clos ; je ne voyais rien de l'intérieur de la maison. Mes yeux et mon esprit semblaient vouloir fuir cette sombre demeure, qui m'apparaissait sous la forme d'une cavité grisâtre remplie de cellules obscures, pour se tourner au-dessus de moi vers l'étendue du ciel, mer bleue qu'aucun nuage n'altérait. La lune montait au firmament avec majesté et, tout en s'éloignant de plus en plus des sommets des collines derrière lesquelles elle était apparue, semblait avoir pour point de mire le zénith, vers lequel elle s'élançait, sombre comme la nuit dans sa profondeur insondable et son éloignement infini ; les tremblantes étoiles suivaient la course de l'astre. A cette vue mon cœur frémit, mon sang brûla dans mes veines.

Ce sont de petits riens qui nous rappellent sur terre : l'horloge du vestibule sonna, ce fut suffisant ; me détournant de la lune et des étoiles, j'ouvris une porte latérale et je rentrai.

Le vestibule n'était pas obscur ; il n'était cependant éclairé que par la lampe de bronze suspendue à une grande hauteur ; une chaude clarté s'y répandait, ainsi que sur les premières marches de l'escalier de chêne. Cette lumière rougeâtre venait de la grande salle à manger, dont la porte ouverte à deux battants laissait voir une grille où brûlait un feu sympathique, illuminant le marbre de l'âtre, la garniture de cuivre du foyer, révélant les tentures pourpres et le mobilier brillant dans toute leur agréable splendeur. Il révélait également un groupe qui se tenait près de la cheminée ; mais, à peine l'avais-je aperçu, à peine avais-je entendu un murmure joyeux et confus de voix, parmi lesquelles je crus reconnaître celle d'Adèle, que la porte se referma.

Je me rendis en hâte dans le petit salon de Mrs. Fairfax ; un feu y brûlait aussi, mais il n'y avait pas de lumière, et Mrs. Fairfax n'y était pas. A sa place, j'aperçus, assis tout seul sur le tapis du foyer, se tenant droit et contemplant gravement la flamme, un grand chien noir et blanc, à longs poils, tout pareil au *Gytrash* du chemin. Il lui ressemblait tellement que lorsque je m'avançai en disant : « Pilot », la bête se leva, vint à moi et me flaira. Je la caressai, et elle remua sa longue queue. Je ne me sentais cependant pas rassurée à l'idée de rester seule avec cette créature étrange ; je n'aurais pu dire, en effet, d'où elle venait. Je sonnai pour avoir une chandelle, ainsi que pour savoir qui était ce visiteur. Leah entra.

« Quel est ce chien ?

— Il est venu avec le maître.

— Avec qui ?

— Avec le maître, Mr. Rochester qui vient d'arriver.

— Vraiment : Mrs. Fairfax est-elle avec lui ?

— Oui, Miss Adèle aussi ; ils sont dans la salle à manger ; John est allé chercher un médecin, car le maître a eu un accident ; son cheval est tombé, et il s'est fait une entorse.

— Son cheval est-il tombé dans le chemin de Hay ?

— Oui, en descendant la côte ; il a glissé sur du verglas.

— Ah ! Apportez-moi une chandelle, s'il vous plaît, Leah. »

Leah revint avec la lumière, suivie de Mrs. Fairfax qui me répéta les nouvelles, ajoutant que Mr. Carter, le médecin, venait d'arriver et se trouvait à présent auprès de Mr. Rochester. Elle sortit en hâte afin de donner des ordres pour le thé, et je montai me débarrasser de mon manteau et de ma capote.

CHAPITRE XIII

Mr. Rochester, sans doute sur l'ordre du médecin, alla se coucher de bonne heure ce soir-là et se leva tard le lendemain matin. Lorsqu'il descendit, ce fut pour s'occuper de ses affaires ; son régisseur et quelques-uns de ses fermiers étaient là et attendaient pour lui parler.

Nous fûmes obligées, Adèle et moi, de quitter la bibliothèque, qui allait servir quotidiennement de salle de réception pour les visiteurs. On alluma du feu dans une pièce du premier étage, où je transportai nos livres, et que j'organisai pour en faire notre salle d'étude. Je me rendis compte au cours de la matinée que Thornfield-Hall était bien transformé. Il n'y régnait plus un silence d'église ; des coups frappés à la porte, ou le bruit de la sonnette, résonnaient presque d'heure en heure ; des pas traversaient fréquemment le vestibule et, en bas, de nouvelles voix parlaient sur des tons différents. Un courant du monde extérieur y avait pénétré ; le manoir avait un maître ; pour ma part, je l'aimais mieux ainsi.

Ce ne fut pas facile de faire travailler Adèle ce jour-là ; elle était incapable de concentrer son attention, courait à chaque instant à la porte, regardait par-dessus la rampe de l'escalier pour essayer d'apercevoir Mr. Rochester ; elle inventait des prétextes pour descendre et je soupçonnais, avec raison, que c'était pour aller dans la bibliothèque, où, je le savais, on n'avait pas besoin d'elle. Quand je me fus un peu fâchée, lui ordonnant de se tenir tranquille, elle ne cessa de me parler de son « *ami, monsieur Édouard Fairfax de Rochester*[1] » comme elle l'appelait (je n'avais jamais entendu dire ses prénoms auparavant) et de chercher à deviner quels cadeaux il lui avait apportés ; il avait, paraît-il, fait connaître la veille au soir, que, lorsque ses bagages arriveraient de Millcote, on y trouverait une petite boîte dont le contenu l'intéresserait.

« *Et cela doit signifier*, disait-elle, *qu'il y aura là-dedans un cadeau pour moi, et peut-être pour vous aussi, Mademoiselle. Monsieur a parlé de vous ; il m'a demandé le nom de ma gouvernante, et si elle n'était pas une petite personne, assez mince et un peu pâle. J'ai dit que oui : car c'est vrai, n'est-ce pas, Mademoiselle*[2] *? »*

1. En français dans le texte.
2. En français dans le texte.

Mon élève et moi déjeunâmes comme d'habitude dans le petit salon de Mrs. Fairfax. Le vent soufflait furieusement, la neige tombait, si bien que nous passâmes l'après-midi dans la salle d'étude. A la tombée de la nuit, je permis à Adèle de ranger ses livres et son ouvrage et de descendre bien vite, car, en raison du silence relatif qui régnait en bas — on n'entendait plus sonner à la porte —, je supposai que Mr. Rochester devait être libre. Demeurée seule, j'allai jusqu'à la fenêtre, mais on ne voyait rien ; le crépuscule, les flocons de neige, obscurcissaient l'air, empêchant même de distinguer les arbustes de la pelouse. Je laissai retomber le rideau et revins près du feu.

J'esquissais, sur les cendres rouges, un paysage non sans ressemblance avec un dessin, que je me souvenais avoir vu, du château d'Heidelberg sur le Rhin [1], lorsque Mrs. Fairfax entra, réduisant en pièces la mosaïque de feu que j'avais composée, dispersant en même temps quelques pensées accablantes, importunes, qui commençaient à envahir ma solitude.

« Mr. Rochester vous prie, ainsi que votre élève, de bien vouloir prendre le thé avec lui, ce soir, au salon, dit-elle. Il a été si occupé toute la journée, qu'il n'a pu demander à vous voir plus tôt.

— A quelle heure lui sert-on le thé ? demandai-je.

— Oh ! à six heures. Il prend son repas de bonne heure à la campagne.

« Vous feriez bien de changer de robe dès maintenant ; je vais vous accompagner pour vous l'agrafer. Voici une chandelle.

— Est-il indispensable de changer de robe ?

— Oui, vous ferez mieux ; je m'habille toujours, le soir, quand Mr. Rochester est ici. »

Ce cérémonial supplémentaire me parut quelque peu solennel. Je me rendis cependant dans ma chambre et, avec l'aide de Mrs. Fairfax, je remplaçai ma robe de lainage noir par une robe de soie noire, la plus belle et la seule que je possédais encore, à l'exception d'une robe gris clair que, d'après mes idées sur la toilette acquises à Lowood, je trouvais trop jolie pour la porter en dehors des grandes occasions.

« Il vous faut une broche », dit Mrs. Fairfax.

Je n'en possédais qu'une : une perle, que Miss Temple

1. Légère erreur : Heidelberg est sur le Neckar, non loin de son confluent avec le Rhin. (N.D.T.)

m'avait donnée en souvenir d'adieu ; je la mis, et nous descendîmes. Peu habituée aux étrangers, il m'était assez pénible de me présenter devant Mr. Rochester après une aussi cérémonieuse convocation. Je me laissai précéder par Mrs. Fairfax pour entrer dans la salle à manger, et me tins dans son ombre en traversant cette pièce ; puis, franchissant la baie voûtée dont le rideau était alors baissé, nous entrâmes dans l'élégant salon.

Il y avait deux chandelles de cire, allumées, sur la table, deux sur la cheminée. Pilot était couché devant un feu magnifique, comme baigné dans sa lumière et sa chaleur ; Adèle était à genoux près de lui. A demi étendu sur un canapé, se tenait Mr. Rochester, le pied soutenu par un coussin ; il regardait Adèle et le chien ; la flamme du foyer éclairait en plein son visage. Je reconnus mon voyageur, ses sourcils épais d'un noir de jais, son front carré, encore accentué par la coupe horizontale de ses cheveux noirs. Je reconnus son nez énergique, plus remarquable par le caractère que par la beauté ; ses narines ouvertes, qui paraissaient indiquer un tempérament irascible ; sa bouche, son menton et sa mâchoire sévères ; oui, sans aucun doute, tous les trois étaient réellement sévères. Maintenant qu'il était débarrassé de son manteau, je vis que la carrure de sa silhouette s'harmonisait avec sa physionomie. Il était apparemment bien bâti, au sens athlétique du terme, large de poitrine et étroit des hanches, ni grand, ni gracieux.

Mr. Rochester avait dû s'apercevoir de notre entrée, mais il n'était sans doute pas d'humeur à faire attention à nous, car il ne leva même pas la tête à notre approche.

« Voici Miss Eyre, monsieur », dit Mrs. Fairfax, de son air tranquille.

Il s'inclina, sans quitter des yeux le groupe que formaient l'enfant et le chien.

« Faites asseoir Miss Eyre », dit-il.

Et dans son salut raide et guindé, dans son ton impatient et pourtant cérémonieux, il y avait quelque chose qui semblait vouloir dire : « Que diable voulez-vous que cela me fasse que Miss Eyre soit là ou non ! Pour le moment, je ne suis pas disposé à m'occuper d'elle. »

Je m'assis sans plus d'embarras. Un accueil d'une parfaite politesse m'eût probablement remplie de confusion, car je n'aurais pu y répondre avec grâce ou élégance ; mais cette capricieuse rudesse me dispensait de toute obligation ; la dignité calme que j'opposais à ses manières fantasques me donnait, au contraire, l'avantage. De plus, la bizarrerie de cette façon d'agir était piquante ; j'étais curieuse de voir comment il allait se comporter par la suite.

Il se comporta comme l'eût fait une statue, c'est-à-dire qu'il ne parla ni ne bougea. Mrs. Fairfax parut estimer nécessaire que quelqu'un fût aimable, et se mit à causer. Bienveillante comme toujours, mais comme toujours aussi, assez banale, elle déplora qu'il eût été si absorbé par les affaires toute la journée, malgré cette entorse qui le faisait souffrir ; puis elle loua sa patience et son endurance en cette circonstance.

« Madame, je prendrais bien un peu de thé. »

Ce fut la seule réponse qu'elle obtint.

Elle se hâta de sonner. Quand on eut apporté le plateau, elle se mit à disposer les tasses, les cuillers, etc., avec une célérité empressée. Nous nous approchâmes, Adèle et moi, de la table, mais le maître ne quitta pas son canapé.

« Voulez-vous passer cette tasse à Mr. Rochester ? me dit Mrs. Fairfax ; Adèle risquerait de la renverser. »

Je fis ce qui m'était demandé. Comme il me prenait la tasse des mains, Adèle, croyant le moment propice pour présenter une requête en ma faveur, s'écria :

« *N'est-ce pas, monsieur, qu'il y a un cadeau pour Mademoiselle Eyre, dans votre petit coffre* [1] *?*

— Qui parle de *cadeaux* ? dit-il d'un ton bourru ; espériez-vous un cadeau, Miss Eyre ? Aimez-vous les cadeaux ? »

Et il scrutait mon visage de ses yeux sombres, courroucés et perçants.

« Je ne sais trop, monsieur, j'en ai peu l'expérience ; ils passent généralement pour des choses agréables.

— Généralement ? Mais vous, qu'en pensez-vous ?

— Il va me falloir réfléchir un instant, monsieur, avant de pouvoir vous donner une réponse digne de vous satisfaire. Un cadeau offre plusieurs aspects, n'est-ce pas ? et il faut les considérer tous, avant d'émettre une opinion sur sa nature.

— Miss Eyre, vous n'êtes pas aussi simple qu'Adèle ; elle réclame un *cadeau* à grands cris dès qu'elle m'aperçoit ; vous, vous prenez des détours.

— C'est que j'ai moins confiance en mes mérites qu'Adèle. Elle peut se réclamer d'une ancienne amitié, du privilège de la coutume ; elle dit que vous avez toujours eu

1. En français dans le texte.

146

l'habitude de lui donner des jouets ; mais moi, si je devais plaider ma cause, je serais bien embarrassée, je suis une étrangère, je n'ai rien fait pour avoir droit à la reconnaissance.

— Oh ! ne vous retranchez pas derrière un excès de modestie ! J'ai interrogé Adèle et je me suis rendu compte que vous vous étiez donné beaucoup de peine pour elle. Ce n'est pas une enfant brillante, elle n'a pas de dons particuliers, cependant, en peu de temps, elle a fait de grands progrès.

— Monsieur, vous venez de me le donner, mon cadeau ; je vous en remercie ; il n'y a pas pour les maîtres de plus douce récompense que d'entendre louer les progrès de leurs élèves.

— Hum ! » fit Mr. Rochester.

Et il prit son thé en silence.

« Approchez-vous du feu », dit le maître, lorsqu'on eut emporté le plateau et que Mrs. Fairfax se fut installée dans un coin avec son tricot, tandis qu'Adèle, me tenant par la main, me faisait faire le tour de la pièce pour me montrer les beaux livres et les objets d'art posés sur les consoles et les chiffonnières. Il était de notre devoir d'obéir ; Adèle voulut s'asseoir sur mes genoux, mais elle reçut l'ordre de jouer avec Pilot.

« Il y a trois mois que vous êtes chez moi ?

— Oui, monsieur.

— Et vous veniez de... ?

— De l'école de Lowood dans le comté de...

— Ah ! une institution de charité... Combien de temps y êtes-vous restée ?

— Huit ans.

— Huit ans ! Vous devez avoir la vie dure ! J'aurais cru que la moitié de ce temps passé dans un tel endroit fût suffisant pour ruiner la santé la plus robuste. Il n'est pas étonnant que vous ayez plutôt l'air de venir d'un autre monde. Je me demandais où vous aviez pu prendre un tel visage. Hier soir, lorsque vous êtes venue vers moi, dans le chemin de Hay, j'ai pensé sans savoir pourquoi aux contes de fées, et j'ai été sur le point de vous demander si vous n'aviez pas jeté un sort à mon cheval ; je n'en suis même pas encore bien sûr. Qui sont vos parents ?

— Je n'en ai pas.

— Et vous n'en avez jamais eu, je suppose ; vous souvenez-vous d'eux ?

— Non.

— C'est bien ce que je pensais. Vous attendiez sans doute ceux de votre espèce, lorsque vous étiez assise sur cet échalier.

— Que voulez-vous dire, monsieur ?

— Les verts farfadets ; il y avait un clair de lune qui leur était favorable. Ai-je donc pénétré dans un de vos cercles magiques, pour que vous ayez répandu ce maudit verglas sur la chaussée ? »

Je secouai la tête.

« Il y a cent ans, dis-je, parlant aussi sérieusement que lui, que tous les lutins ont quitté l'Angleterre, et ce n'est certes pas dans le chemin de Hay, ni dans le pré voisin, que vous pourriez en trouver la trace. Je ne pense pas que l'astre de la nuit, lune d'été, de la moisson ou d'hiver, éclaire encore leurs ébats. »

Mrs. Fairfax avait laissé tomber son tricot et, les sourcils relevés, semblait se demander ce que nous pouvions bien vouloir dire.

« Voyons, reprit Mr. Rochester, à défaut de père et de mère, vous avez bien quelque famille, des oncles, des tantes ?

— Non, personne que je connaisse.

— Et votre foyer ?

— Je n'en ai pas.

— Où habitent vos frères, vos sœurs ?

— Je n'ai ni frère, ni sœur.

— Qui vous a adressée ici ?

— J'avais fait insérer une annonce dans un journal et Mrs. Fairfax y a répondu.

— Oui, dit la bonne dame, qui savait maintenant sur quel terrain se situait notre conversation, et je remercie chaque jour la Providence du choix qu'elle m'a inspiré. Miss Eyre a été pour moi une compagne inestimable, et pour Adèle une institutrice bonne et dévouée.

— Ne prenez pas la peine de lui décerner un certificat, répliqua Mr. Rochester ; les éloges ne m'influenceront pas, je jugerai par moi-même. Elle a commencé par faire tomber mon cheval.

— Monsieur ! fit Mrs. Fairfax.

— Je lui suis redevable de cette entorse. »

La veuve eut l'air déconcerté.

« Miss Eyre, avez-vous jamais habité une ville ?

— Non, monsieur.

— Avez-vous beaucoup fréquenté le monde ?

— Je n'ai fréquenté personne, à part les élèves et les

maîtresses de Lowood, et maintenant, les hôtes de Thorn-field.

— Avez-vous beaucoup lu ?

— Je n'ai lu que les livres qui se sont trouvés à ma disposition ; ils n'ont été ni nombreux ni très remarquables.

— Vous avez vécu une vie de nonne ; sans doute êtes-vous très familière avec les rites religieux ; Brocklehurst, qui, à ce que je crois, dirige Lowood, est pasteur, n'est-ce pas ?

— Oui, monsieur.

— Et vous autres, jeunes filles, vous l'adoriez probablement, comme toutes les religieuses d'un couvent adorent leur directeur ?

— Oh non !

— Quelle froideur ! Non ! Comment ! Une novice qui n'adore pas son aumônier ! Cela résonne comme un blasphème.

— Je détestais Mr. Brocklehurst, et je n'étais pas la seule à éprouver ce sentiment. C'est un homme dur, à la fois solennel et indiscret. Il nous faisait couper les cheveux ; par économie, nous achetait des aiguilles et du fil de mauvaise qualité, avec lesquels il nous était à peine possible de coudre.

— C'était là une économie illusoire, fit remarquer Mrs. Fairfax, qui pouvait suivre de nouveau le courant de la conversation.

— N'est-il pas d'autres délits dont il ait été coupable ?

— Il nous affamait quand il avait la direction exclusive du service des approvisionnements, avant la nomination d'un comité. Une fois par semaine il nous assommait avec ses longues conférences, et chaque soir avec la lecture d'un livre — dont il était l'auteur — où il était question de morts soudaines, de jugements, si bien que nous n'osions plus aller nous coucher, tellement nous avions peur.

— Quel âge aviez-vous quand vous êtes entrée à Lowood ?

— Environ dix ans.

— Et vous y êtes restée huit ans ; vous en avez donc maintenant dix-huit ? »

Je fis signe que oui.

« L'arithmétique, comme vous le voyez, est utile ; sans son aide, j'aurais eu de la peine à deviner votre âge. C'est une chose difficile à déterminer, quand l'expression et les traits du visage sont aussi peu en harmonie que dans votre cas. Et qu'avez-vous appris à Lowood ? Jouez-vous du piano ?

— Un peu.

— Bien entendu, c'est là la réponse habituelle. Allez dans la bibliothèque, j'entends : si vous le voulez bien. (Excusez mon ton de commandement, j'ai l'habitude de dire : « Faites ceci » et on le fait ; je ne peux pas, pour un nouvel hôte, changer mes habitudes.) Allez donc dans la bibliothèque, emportez une chandelle, laissez la porte ouverte, mettez-vous au piano et jouez quelque chose. »

Obéissant à ses ordres, je partis.

« Cela suffit ! cria-t-il au bout de quelques minutes. Vous jouez *un peu*, je m'en rends compte, comme n'importe quelle pensionnaire anglaise, un peu mieux que certaines, peut-être, mais pas bien. »

Je fermai le piano et revins au salon. Mr. Rochester reprit :

« Adèle m'a montré, ce matin, quelques esquisses qui sont de vous, à ce qu'elle m'a dit. Je ne sais si elles sont entièrement de votre main ; un maître vous a probablement aidée ?

— Certes, non ! m'exclamai-je.

— Ah ! voilà qui pique votre amour-propre ! Eh bien ! allez me chercher votre carton à dessin, si, toutefois, vous pouvez prouver que son contenu est une œuvre personnelle ; mais si ce n'est pas sûr, ne m'en donnez pas votre parole, car je sais reconnaître les retouches.

— Alors je ne dirai rien, et vous en jugerez vous-même, monsieur. »

J'allai chercher mon carton à dessin dans la bibliothèque.

« Approchez-moi la table », dit-il.

Je la roulai près de son canapé. Adèle et Mrs. Fairfax s'approchèrent pour voir les croquis.

« Ne vous pressez pas ainsi autour de moi, dit Mr. Rochester ; je vous les passerai au fur et à mesure que je les aurai vus ; n'approchez pas ainsi vos têtes de la mienne. »

Il examina chaque dessin, chaque tableau, avec attention, sans hâte, et en mit trois de côté, rejetant le reste.

« Emportez-les sur l'autre table, Mrs. Fairfax, dit-il, et regardez-les avec Adèle. Vous, ajouta-t-il, me jetant un coup d'œil, reprenez votre place, et répondez à mes questions. Je constate que ces tableaux sont l'œuvre d'une même personne. En êtes-vous bien l'auteur ?

— Oui.

— Quand donc avez-vous trouvé le loisir de les faire ? Il a fallu beaucoup de temps, de la réflexion.

— Je les ai faits au cours des deux dernières périodes de

vacances que j'ai passées à Lowood, alors que je n'avais pas d'autre occupation.

— Où avez-vous trouvé vos sujets ?

— Dans ma tête.

— Cette tête que je vois à présent sur vos épaules ?

— Oui, monsieur.

— Contient-elle encore d'autre mobilier de ce genre ?

— Je pense que oui, j'espère même qu'elle en contient du meilleur. »

Il étala les tableaux devant lui et les examina, de nouveau, l'un après l'autre.

Tandis que Mr. Rochester est ainsi occupé, je vais vous les décrire, lecteur, en vous faisant tout d'abord observer qu'ils n'ont rien de remarquable. Les sujets, je dois le dire, avaient surgi avec force dans mon imagination. Lorsque je les contemplais en esprit, avant de tenter de leur donner une forme, ils étaient saisissants ; mais, dans chacun des cas, ma main avait trahi ma fantaisie, ce qu'elle avait exécuté n'était qu'un pâle reflet de ce que j'avais conçu.

Il s'agissait d'aquarelles. La première représentait des nuages bas, d'un gris bleuâtre, qui s'avançaient rapidement au-dessus d'une mer agitée ; les lointains, ainsi que le premier plan, ou plutôt les vagues les plus proches, car il n'y avait pas de terre, étaient dans l'ombre. Un rayon de lumière mettait en relief un mât à demi submergé, sur lequel était posé un grand cormoran noir aux ailes tachetées d'écume qui tenait dans son bec un bracelet d'or serti de pierres précieuses, auxquelles j'avais donné les teintes les plus brillantes de ma palette, toute l'éclatante netteté de mon crayon. Au-dessous de l'oiseau et du mât, à travers l'eau verdâtre, glissait un cadavre dont le seul membre nettement visible était un beau bras, d'où le bracelet avait été, soit balayé par les flots, soit arraché.

La seconde aquarelle avait pour premier plan le sommet faiblement éclairé d'une colline dont l'herbe et quelques feuilles semblaient s'incliner sous l'effet de la brise. Au-delà, et au-dessus, s'étendait le ciel bleu foncé d'un crépuscule. Le buste d'une femme, d'une harmonie de tons aussi profonde et douce que j'avais pu la réaliser, se dressait dans ce ciel. Le front incertain était couronné d'une étoile, les traits du visage qu'il surmontait apparaissaient comme à travers une brise vaporeuse, les yeux brillaient d'un éclat sombre et farouche, les cheveux flottaient vaguement comme un nuage obscur déchiré par l'orage ou par quelque phénomène électrique. Sur le cou tombait un pâle reflet semblable à un rayon de lune ; cette faible clarté effleurait aussi le cortège de nuages légers d'où s'élevait, inclinée, cette vision de l'Étoile du soir.

La troisième représentait la pointe d'un iceberg trouant un ciel polaire d'hiver ; les rayons arctiques en rangs serrés projetaient leurs légions de lances blafardes à l'horizon. Ils étaient rejetés dans le lointain par une tête colossale qui, au premier plan, s'inclinait vers le glacier en s'y appuyant. Deux mains frêles, jointes sous le front et le soutenant, couvraient d'un voile sombre le bas du visage ; on ne voyait qu'un front totalement exsangue, blanc comme l'ivoire et des yeux creux et fixes, sans expression, qui avaient l'immobilité du désespoir. Au-dessus des tempes, au milieu des plis entrelacés d'un noir turban dont la nature et la substance étaient aussi vaporeuses qu'un nuage, brillait un cercle de flammes blanches parmi lesquelles étincelaient des joyaux plus éclatants encore. Ce pâle diadème était « l'image d'une Couronne de Roi » : ce qu'il ceignait c'était « la forme qui n'a point de forme[1] ».

« Étiez-vous heureuse lorsque vous avez fait ces aquarelles ? demanda bientôt Mr. Rochester.

— J'étais absorbée, monsieur, et j'étais heureuse, oui. En un mot, en les peignant, j'ai éprouvé une des plus grandes joies que j'aie jamais ressenties.

— C'est peu dire. Vos plaisirs, d'après ce que vous m'avez dit, ont été rares. Mais vous avez dû vivre dans une sorte de pays de rêve, familier aux artistes, tandis que vous combiniez et disposiez ces teintes étranges. Y avez-vous consacré chaque jour de longues séances ?

— Je n'avais rien d'autre à faire, puisque nous étions en vacances, et j'y travaillais du matin au soir ; la longueur des jours d'été favorisait mon inclination au labeur.

— Avez-vous éprouvé de la satisfaction devant le résultat de vos ardents efforts ?

— Loin de là. Le contraste entre ce que j'avais conçu et sa réalisation, me faisait souffrir ; dans chacun des cas j'ai été tout à fait impuissante à réaliser ce que j'avais imaginé.

— Pas tout à fait : vous avez réussi à fixer l'ombre de votre pensée ; mais pas davantage, probablement. Vous n'aviez pas assez de métier ni de savoir pour lui donner un plein épanouissement. Pourtant, ces aquarelles sont fort curieuses de la part d'une élève. Quant aux idées, ce sont

1. *Cf.* **Milton** : *Paradise Lost (Le Paradis perdu)*, livre II, v. 666-673. (*N.D.T.*)

celles d'un elfe. Ces yeux, dans l'Étoile du soir, vous avez dû les voir en rêve. Comment avez-vous pu les rendre si clairs sans leur donner le moindre éclat ! La lune, là-haut, atténue leur rayonnement. Qu'exprime donc leur grave profondeur ? Et qui vous a appris à peindre le vent ? Le vent souffle en tempête dans ce ciel-là et au sommet de cette colline. Où avez-vous vu Latmos[1] ? Car c'est Latmos, cela. Bien... Rangez vos aquarelles. »

J'avais à peine renoué les cordons de mon carton lorsque, regardant sa montre, il dit brusquement :

« Il est neuf heures ; à quoi pensez-vous, Miss Eyre, de laisser Adèle veiller si tard ? Allez la coucher. »

Adèle alla l'embrasser avant de quitter la pièce ; il subit cette caresse sans paraître y prendre plus de plaisir que ne l'aurait fait Pilot, peut-être moins.

« Maintenant, je vous souhaite une bonne nuit à toutes », dit-il, faisant un geste de la main vers la porte, ce qui signifiait qu'il était fatigué de notre compagnie et désirait nous congédier.

Mrs. Fairfax rangea son tricot, je pris mon carton, et nous lui fîmes une révérence, à laquelle il répondit par un salut glacial ; sur quoi, nous nous retirâmes.

« Vous m'avez dit que Mr. Rochester n'avait pas de particularités frappantes, fis-je observer à Mrs. Fairfax lorsque je la rejoignis dans sa chambre, après avoir couché Adèle.

— Eh bien ! trouvez-vous qu'il en a ?

— Bien sûr, il est très fantasque, très brusque.

— C'est exact. Il peut, en effet, donner cette impression à un étranger, mais je suis tellement habituée à ses manières que je n'y fais pas attention. D'ailleurs, s'il a certaines bizarreries de caractère, il faut avoir de l'indulgence.

— Pourquoi ?

— D'une part, parce que c'est sa nature, et que personne ne peut changer sa nature ; d'autre part, il peut avoir de pénibles pensées qui le harcèlent et rendent son humeur inégale.

— A propos de quoi ?

— Des ennuis de famille, notamment.

— Mais il n'a pas de famille.

— Il n'en a plus, mais il en a eu. Il a perdu son frère aîné, il y a quelques années.

1. *Latmos* : montagne située sur les confins de l'Ionie et de la Carie, séjour d'Endymion, et célèbre par les visites que Diane venait y faire à son berger favori. (*N.D.T.*)

— Son frère *aîné* ?

— Oui, l'actuel Mr. Rochester n'est pas en possession de la propriété depuis très longtemps ; seulement depuis neuf ans, environ.

— Neuf ans, c'est un laps de temps assez considérable. Aimait-il donc son frère au point de ne s'être pas encore consolé de sa perte ?

— Eh bien ! non, cela n'est pas probable. Je crois qu'il y a eu des malentendus entre eux. Mr. Rowland Rochester n'a pas été très juste envers Mr. Edward, et peut-être avait-il prévenu son père contre lui. Le vieux gentleman aimait beaucoup l'argent et était très préoccupé de garder intact le domaine familial. Il ne voulait pas amoindrir la propriété en la morcelant ; cependant il tenait à ce que Mr. Edward eût de la fortune, lui aussi, pour conserver le prestige du nom ; peu de temps après sa majorité des mesures furent prises, mesures peu équitables, qui eurent de bien fâcheuses conséquences. Le vieux Mr. Rochester et Mr. Rowland manœuvrèrent de telle sorte, pour assurer la fortune à Mr. Edward, qu'ils le mirent dans une situation qu'il jugea pénible. Je n'ai jamais su au juste ce qu'était cette situation, mais Mr. Edward ne put supporter ce qu'il avait à subir. Il ne pardonne pas facilement ; aussi, rompit-il avec sa famille et mène-t-il, à présent, depuis bien des années, une vie agitée. Je ne crois pas qu'il soit jamais resté quinze jours de suite à Thornfield, depuis que la mort de son frère, décédé sans testament, l'a laissé maître du domaine. Et, vraiment, il n'est pas surprenant qu'il cherche à fuir ce vieux manoir.

— Pourquoi le fuirait-il ?

— Peut-être le trouve-t-il triste. »

La réponse était évasive ; j'aurais aimé quelque chose de plus clair, mais Mrs. Fairfax ne put pas, ou ne voulut pas, me donner des renseignements plus précis sur l'origine et la nature des épreuves de Mr. Rochester. Elle déclara qu'il y avait là un mystère pour elle-même, et que ce qu'elle en savait était fait surtout de conjectures. Il était évident, en tout cas, qu'elle désirait me voir abandonner ce sujet, ce que je fis en conséquence.

CHAPITRE XIV

Au cours des jours qui suivirent, je ne vis guère Mr. Rochester. Le matin, il paraissait très absorbé par ses affaires, l'après-midi, des gentlemen de Millcote ou du voisinage venaient le voir et restaient parfois à dîner avec lui. Lorsque son entorse fut en assez bonne voie de guérison pour lui permettre de remonter à cheval, il sortit beaucoup, probablement pour rendre ces visites, car il ne rentrait généralement que tard dans la nuit.

Durant cette période, Adèle elle-même fut rarement convoquée à paraître devant lui ; de mon côté, nos relations se bornèrent à quelques rencontres occasionnelles dans le vestibule, l'escalier ou la galerie. Parfois, il passait devant moi, hautain et froid, m'accordant juste un signe de tête distant ou un regard indifférent ; parfois, il me saluait et me souriait avec l'affabilité d'un vrai gentleman. Ces changements d'humeur ne m'offensaient pas, je voyais bien que je n'y étais pour rien ; ce flux et ce reflux provenaient de causes qui m'étaient étrangères.

Un jour qu'il avait eu des hôtes à dîner, il avait fait demander mon carton à dessin, sans doute pour leur en montrer le contenu. Ces messieurs partirent de bonne heure pour se rendre à une réunion publique à Millcote, ainsi que me l'apprit Mrs. Fairfax ; mais comme la soirée était pluvieuse et froide, Mr. Rochester ne les accompagna pas. Peu de temps après leur départ, il sonna, et me fit demander de descendre avec Adèle. Je brossai ses cheveux et ajustai un peu sa mise ; m'étant assurée, moi-même, de la correction de ma tenue de quakeresse, si austère dans sa simplicité qu'il n'y avait rien à y retoucher, mes cheveux nattés y compris, nous descendîmes. Adèle se demandait si le *petit coffre*[1] était enfin arrivé, car, par suite de quelque erreur, sa réception en avait été différée jusqu'à ce jour. Ses désirs furent comblés : le petit carton était là, sur la table, lorsque nous entrâmes dans la salle à manger. On eût dit qu'elle le savait d'instinct.

« *Ma boîte ! ma boîte*[2] ! s'exclama-t-elle en se précipitant sur le carton.

— Oui, la voilà enfin, *ta boîte*[3]. Emporte-la dans un coin, véritable fille de Paris, et amuse-toi à en vider les entrailles, dit la voix profonde et légèrement railleuse qui provenait du fond de l'immense fauteuil de Mr. Rochester, au coin du feu. Attention ! ne m'ennuie pas avec les détails de cette opération anatomique ni avec le bilan de l'état des entrailles ; que tout cela soit effectué en silence ! *Tiens-toi tranquille, enfant ; comprends-tu*[4] ? »

1. En français dans le texte.
2. En français dans le texte.
3. En français dans le texte.
4. En français dans le texte.

Adèle ne semblait pas avoir besoin d'un tel avertissement ; elle s'était déjà mise à l'écart sur un canapé avec son trésor, s'efforçant de dénouer la ficelle qui retenait le couvercle. Lorsqu'elle eut réussi à enlever cet obstacle et soulevé plusieurs feuilles de papier de soie argenté, elle se contenta de s'écrier :

« *Oh ! ciel ! que c'est beau*[1] ! »

Puis elle demeura extasiée dans cette contemplation.

« Miss Eyre est-elle ici ? » demanda alors le maître, se soulevant à demi dans son fauteuil pour se tourner vers la porte près de laquelle j'étais restée.

« Ah bien ! venez, asseyez-vous là, dit-il, en approchant un fauteuil du sien. Je n'aime pas le babil des enfants, continua-t-il, car, pour le vieux garçon que je suis, il n'évoque aucun souvenir agréable. Il me serait intolérable de passer une soirée entière en *tête-à-tête*[2] avec un marmot. Ne reculez pas ce fauteuil, Miss Eyre, asseyez-vous juste là où je l'ai placé, je veux dire, s'il vous plaît. Maudites soient ces politesses ! Je n'y pense jamais. Je n'affectionne pas non plus particulièrement les vieilles dames simples d'esprit. Je dois cependant faire venir celle qui est ici ; il ne faut pas que je lui manque d'égards, c'est une Fairfax, ou du moins elle a épousé un Fairfax, et le sang, dit-on, est plus épais que l'eau. »

Il sonna et fit demander Mrs. Fairfax qui arriva bientôt, sa corbeille à tricot à la main.

« Bonsoir, madame ; je vous ai fait appeler pour avoir recours à votre charité, j'ai défendu à Adèle de me parler de ses cadeaux, mais elle ne peut plus contenir son enthousiasme débordant ; ayez donc la bonté de l'écouter, d'être son interlocutrice, ce sera une des plus charitables actions que vous aurez jamais accomplies. »

En effet, dès qu'Adèle aperçut Mrs. Fairfax, elle l'appela, la fit asseoir sur le canapé et lui couvrit bientôt les genoux d'objets en porcelaine, en ivoire et en cire que contenait sa *boîte*, tout en donnant à profusion des explications et manifestant son ravissement aussi bien qu'elle le pouvait dans son anglais rudimentaire.

« Maintenant que j'ai rempli le rôle d'un bon maître de maison, en donnant à mes hôtes le moyen de se divertir, poursuivit Mr. Rochester, je devrais avoir la liberté de prendre aussi mon plaisir. Miss Eyre, avancez un peu votre

1. En français dans le texte.
2. En français dans le texte.

siège, vous êtes encore trop en arrière, je ne puis vous voir sans changer de position dans ce confortable fauteuil, et cela ne me plaît guère. »

Je fis ce qu'il me demandait, bien que j'eusse de beaucoup préféré rester un peu dans l'ombre, mais Mr. Rochester avait un ton si impératif pour donner des ordres, qu'il semblait tout naturel de lui obéir avec promptitude.

Nous étions, comme je l'ai dit, dans la salle à manger ; le lustre, qui avait été allumé pour le dîner, répandait avec largesse une joyeuse lumière dans la pièce ; le feu était splendide, rouge et brillant ; les somptueux rideaux pourpres retombaient avec ampleur devant les hautes fenêtres et la baie voûtée, plus haute encore ; tout était tranquille ; Adèle seule bavardait à voix basse — n'osant parler plus haut — et dans les moments de silence, on entendait la pluie d'hiver battre contre les vitres.

Assis dans son fauteuil recouvert de damas, Mr. Rochester semblait différent de ce que je l'avais vu jusqu'ici, pas tout à fait aussi sévère, beaucoup moins sombre. Un sourire errait sur ses lèvres, ses yeux brillaient. Était-ce l'effet du vin ou non, je ne le sais, mais cela me parut bien probable. Il était, en un mot, dans son humeur d'après-dîner, plus expansif, plus gai, plus indulgent pour lui-même que le matin, où il avait toujours l'air froid et austère. Il paraissait cependant encore passablement dur avec sa tête massive appuyée contre le dossier rembourré de son fauteuil, la lumière du foyer éclairant ses traits sculptés dans le granit, ainsi que ses grands yeux sombres. Il avait, en effet, de grands yeux sombres, de très beaux yeux, qui, dans leur profondeur, prenaient parfois une expression, sinon de douceur, du moins d'un sentiment qui l'évoquait.

Je l'avais observé pendant deux minutes, tandis qu'il contemplait le feu, lorsque, se retournant brusquement, il surprit mon regard, fixé sur lui.

« Vous m'examinez, Miss Eyre, dit-il, Me trouvez-vous beau ? »

Si j'avais réfléchi, j'aurais dû répondre à cette question par quelque formule conventionnelle, vague et polie ; mais la réponse s'échappa de mes lèvres avant que j'en eusse conscience.

« Non, monsieur.

— Ah ! ma parole ! il y a quelque chose d'étrange en vous, dit-il ; vous avez l'air d'une petite *nonnette*[1], bizarre, tran-

---

1. En français dans le texte.

quille, grave et simple, assise là, avec vos mains devant vous, les yeux généralement baissés sur le tapis — sauf quand leur regard perçant se fixe sur mon visage comme à l'instant, par exemple —, et quand on vous pose une question ou que l'on fait une remarque à laquelle vous êtes obligée de répondre, vous lâchez une réplique directe, imprévue, sinon brutale. Que voulez-vous dire par là ?

— J'ai été trop franche, je vous demande pardon, monsieur. J'aurais dû dire qu'il n'était pas facile de répondre à l'improviste à une question sur l'aspect des personnes ; que les goûts diffèrent ; que la beauté est de peu d'importance, ou quelque chose de semblable.

— Vous n'auriez dû dire rien de pareil. La beauté, de peu d'importance, vraiment ! Ainsi, sous prétexte d'atténuer le premier outrage, de me faire retrouver ma sérénité par de douces et consolantes paroles, vous enfoncez une lame sous mon oreille. Continuez donc ; quel défaut me trouvez-vous ? Il me semble que je possède tous mes membres, tous mes traits, comme les autres hommes ?

— Monsieur Rochester, veuillez me permettre de me rétracter ; je n'ai pas eu l'intention de vous dire quelque chose de blessant ; ne voyez là qu'une maladresse.

— C'est bien ce que je pense, mais je vous en tiens responsable. Faites votre critique de ma personne ; est-ce mon front qui vous déplaît ? »

Il souleva les mèches noires qui formaient sur son front une ligne horizontale et montra ce qui devait correspondre à une masse assez puissante de substance cérébrale, mais aussi une déficience très nette à l'endroit de ce qui aurait dû saillir comme indice de la bienveillance.

« Alors, mademoiselle, suis-je un sot ?

— Loin de là, monsieur. Peut-être estimeriez-vous impoli de ma part de vous demander en retour, si vous êtes philanthrope ?

— Cela continue ! Encore un coup de canif, alors qu'elle feignait de me tapoter gentiment la tête ; et cela parce que j'ai dit que je n'aimais pas la compagnie des enfants ni celle des vieilles femmes (parlons bas !). Non, jeune fille, je ne suis pas, généralement, philanthrope, mais j'ai une conscience. » Et il désigna du doigt les protubérances qui témoignent, dit-on, de cette faculté ; elles étaient assez en relief, heureusement pour lui, et donnaient une remarquable ampleur à la partie supérieure de sa tête.

« D'ailleurs, j'ai eu jadis une sorte de tendresse de cœur un peu rude. Lorsque j'avais votre âge, j'étais un garçon sensible, attiré vers tous ceux qui étaient sans expérience, sans appui, malheureux ; mais depuis lors, j'ai subi de toutes parts les assauts du destin qui m'a durement pétri, et je me flatte, à présent, d'être aussi dur, aussi inflexible qu'une balle de caoutchouc qui, pourtant, serait encore pénétrable par une ou deux fissures, avec un point sensible, au centre de sa masse. Eh bien ! cela me laisse-t-il quelque espoir ?

— Quelque espoir de quoi, monsieur ?

— De ma métamorphose finale, du changement du caoutchouc en chair. »

« Il a certainement pris trop de vin », pensai-je ; je ne savais que répondre à son étrange question. Comment pouvais-je savoir s'il était capable d'être métamorphosé ?

« Vous paraissez très intriguée, Miss Eyre, et, bien que vous ne soyez pas plus jolie que je ne suis beau, un air intrigué vous va bien ; il m'offre, d'ailleurs, l'avantage de détourner de mon visage ces yeux scrutateurs en les absorbant dans la contemplation des fleurs de laine du tapis ; demeurez donc intriguée.

« Jeune fille, je me sens d'humeur sociable et communicative, ce soir. »

Sur cette déclaration, il se leva de son siège et resta debout, le bras appuyé sur la cheminée de marbre ; dans cette attitude, on voyait nettement sa personne, son visage, la largeur extraordinaire de sa poitrine, presque disproportionnée avec la longueur de ses membres. Je suis sûre que la plupart des gens l'auraient trouvé laid ; il y avait cependant tant d'inconsciente fierté dans son port, tant d'aisance dans ses manières, un tel air d'indifférence pour son aspect extérieur, une si hautaine assurance dans le pouvoir de ses qualités propres ou acquises, pour racheter son manque d'attrait, qu'en le regardant, on partageait inévitablement cette indifférence, et que même, on accordait une foi aveugle à sa confiance en lui-même.

« Je me sens d'humeur sociable et communicative, ce soir, répéta-t-il, et c'est pourquoi je vous ai fait appeler. Je ne pouvais me contenter de la compagnie du feu et du lustre, non plus que de celle de Pilot ; aucun d'eux n'a l'usage de la parole. Adèle, tout en leur étant supérieure, est encore bien au-dessous du niveau désiré, Mrs. Fairfax, de même. Quant à vous, j'en suis persuadé, vous pouvez me donner satisfaction si vous le voulez. Vous m'avez rendu perplexe lorsque je vous ai invitée à venir ici, le premier soir. Je vous ai presque oubliée depuis, d'autres pensées vous ont chassée de ma mémoire ; mais ce soir, j'ai résolu d'être en paix, d'éloigner ce qui m'importune, d'évoquer ce qui m'est agréable. J'aurais plaisir à vous faire sortir de votre réserve, à vous connaître davantage. Parlez-moi donc. »

Au lieu de parler, je me mis à sourire ; et ce sourire n'avait rien d'aimable, rien de soumis.

« Parlez, insista-t-il.

— Mais de quoi, monsieur ?

— De ce que vous voudrez, je laisse le sujet, la manière de le traiter, entièrement à votre choix. »

En conséquence, je demeurai assise sans rien dire. « S'il espère que je vais parler pour le simple plaisir de parler et me faire valoir, il verra qu'il s'est trompé en s'adressant à moi », pensai-je.

« Êtes-vous muette, Miss Eyre ? »

Je restai silencieuse. Il pencha légèrement la tête vers moi, et, d'un coup d'œil rapide, pénétra mon regard.

« Entêtée ? dit-il ; contrariée ? Ah ! cela se comprend. J'ai présenté ma requête d'une manière absurde, presque insolente. Miss Eyre, je vous demande pardon. Sachez, une fois pour toutes, que je n'ai pas l'intention de vous traiter comme une inférieure, c'est-à-dire (se reprenant) que je prétends seulement à la supériorité qui doit résulter d'une différence d'âge de vingt ans et d'une expérience qui me donne sur vous l'avance d'un siècle. Celle-ci est légitime, et *j'y tiens*[1], comme dirait Adèle ; et c'est en vertu de cette supériorité, et de cela seul, que je vous prie d'avoir la bonté de me parler un peu, de changer le cours de mes pensées qui sont envenimées par l'obsession d'un même sujet et me rongent comme la rouille ronge un clou. »

Il avait daigné donner une explication, presque une excuse ; cette condescendance ne me laissa pas insensible, et je voulus lui en donner la preuve.

« S'il est en mon pouvoir de vous distraire, monsieur, j'y suis toute disposée, mais je ne puis choisir moi-même un sujet de conversation, ne sachant pas ce qui vous intéresse. Posez-moi des questions et j'y répondrai de mon mieux.

— Bien ; tout d'abord, voulez-vous reconnaître avec moi que j'ai le droit d'être un peu autoritaire, brusque parfois, même exigeant, pour les raisons que je vous ai données : à savoir que je suis assez vieux pour être votre père, que j'ai

1. En français dans le texte.

livré combat au cours de multiples expériences avec maints hommes de tous pays, que j'ai roulé ma bosse sur la moitié du globe, tandis que vous viviez tranquillement avec les même personnes dans une même maison.

— Comme vous voudrez, monsieur.

— Ce n'est pas une réponse, ou plutôt, c'est une réponse exaspérante, elle est trop évasive ; répondez-moi clairement.

— Il me semble, monsieur, que vous n'avez pas le droit de me donner des ordres, simplement parce que vous êtes plus âgé que moi ou parce que vous avez voyagé davantage ; ce droit à la supériorité dépend de l'usage que vous avez fait de votre temps et de votre expérience.

— Hum ! c'est vite dit. Mais je ne puis admettre ce principe qui, en l'occurrence, ne saurait me convenir, car j'ai fait un médiocre usage, pour ne pas dire mauvais, de ces deux avantages. Faisant donc abstraction de la supériorité, il faut que vous acceptiez néanmoins de recevoir mes ordres de temps en temps, sans être froissée ou blessée par le ton de commandement. Y consentez-vous ? »

Je souris, songeant en moi-même : « Mr. Rochester est vraiment extraordinaire, il semble oublier qu'il me donne trente livres par an pour recevoir ses ordres. »

« Le sourire est très bien, dit-il saisissant instantanément son expression passagère, mais il faut aussi parler.

— Je me disais, monsieur, que bien peu de maîtres s'inquiéteraient de savoir si leurs subordonnés salariés sont, ou non, froissés ou blessés de recevoir leurs ordres.

— Leurs subordonnés salariés ! Quoi ? vous êtes ma subordonnée salariée ? Oh oui ! j'avais oublié le salaire ! Eh bien ! pour cette raison mercenaire, consentez-vous à me laisser vous tyranniser un peu ?

— Non, monsieur, pas pour cette raison-là ; mais j'y consens de bon cœur pour la raison que vous aviez effectivement oublié ce salaire, que vous vous préoccupez de savoir si un subalterne est content de son sort.

— Voulez-vous aussi me dispenser de toutes formes et phrases conventionnelles, sans penser que cette omission est due à l'insolence ?

— Je suis sûre, monsieur, que je ne confondrai jamais l'absence de formes, qui ne me déplaît pas, avec l'insolence à laquelle aucun être né libre ne se soumettrait, même moyennant salaire.

— C'est une erreur ! La plupart des êtres nés libres se soumettent à n'importe quoi moyennant salaire ; donc, parlez pour vous, sans vous aventurer dans des généralités dont vous ignorez tout. Pourtant, bien qu'elle ne soit pas exacte, je vous félicite de votre réponse, de la manière dont vous l'avez faite, de ce qu'elle exprime ; vous m'avez répondu avec franchise, sincérité. Cela ne se rencontre pas souvent ; bien au contraire, l'affectation ou la froideur, la stupide et grossière incompréhension, sont la récompense habituelle de la franchise. Sur trois mille institutrices fraîchement émoulues de l'école, il n'y en a pas trois qui m'auraient répondu comme vous venez de le faire. Mais je ne dis pas cela pour vous flatter ; si vous avez été coulée dans un moule différent de la majorité, ce n'est pas à vous qu'en revient le mérite, c'est l'œuvre de la nature. Et puis, après tout, je me hâte trop de conclure, car, pour autant que je sache, il se peut que vous ne valiez pas mieux que les autres et que vous ayez d'insupportables défauts pour contre-balancer vos quelques bons côtés. »

« Et vous aussi », pensai-je.

Au moment même où cette idée me traversa l'esprit, nos yeux se rencontrèrent ; il parut lire ma pensée et y répondit comme si elle avait été exprimée en paroles.

« Oui, oui, vous avez raison, dit-il, j'ai moi-même beaucoup de défauts ; je le reconnais et ne cherche pas à les atténuer, je vous l'assure. Dieu sait que je n'ai pas à être trop sévère pour autrui ; j'ai à considérer au-dedans de moi-même un ensemble d'actes, un genre de vie, qui appellent sur moi, non sur mon entourage, les railleries, le blâme. Je suis parti, ou plutôt — comme tous les coupables, je me plais à rejeter la moitié de ma faute sur la mauvaise fortune et sur de malheureuses circonstances — j'ai été lancé sur une mauvaise voie à l'âge de vingt et un ans ; depuis lors, je n'ai jamais retrouvé la bonne route. Mais j'aurais pu être très différent, j'aurais pu être aussi bon que vous, plus sage, presque aussi pur. Je vous envie votre sérénité d'esprit, votre limpidité de conscience, vos souvenirs sans flétrissure. Petite fille, des souvenirs sans tache ni souillure doivent être un merveilleux trésor, une source inépuisable de souverain réconfort ?

— Comment étaient donc les vôtres, quand vous aviez dix-huit ans, monsieur ?

— Ils étaient clairs, sains, comme une eau pure qu'aucun flux trouble n'a encore polluée. J'étais comme vous à dix-huit ans, tout à fait comme vous. J'avais reçu de la nature les dispositions essentielles pour devenir, dans l'ensemble, un homme de bien, Miss Eyre, pour atteindre le but le plus noble. Mais, vous le voyez, je n'y suis pas parvenu. Vous me direz que vous ne le voyez pas ; du moins je me flatte de lire cela dans vos yeux — car, soit dit en passant, prenez garde à l'expression de votre regard, je suis prompt à en interpréter le langage. Croyez-moi sur parole, je ne suis pas un misérable, il ne faut pas le supposer, ni m'attribuer d'extraordinaires vilenies. Je crois réellement que, par suite des circonstances plutôt que de mon penchant naturel, je suis devenu un vulgaire et banal pécheur, habitué à mener une vie dissipée et sans intérêt, comme le font d'ordinaire les gens riches dépourvus de caractère. Cela vous étonne peut-être que je vous fasse de tels aveux ? Sachez qu'au cours de votre vie, vous serez souvent choisie comme confidente involontaire des secrets de ceux que vous connaîtrez ; d'autres sentiront instinctivement, comme je l'ai senti moi-même, que votre fort n'est pas de parler de vous-même mais de les écouter, non avec un malveillant mépris de leur abandon, mais avec une sorte de sympathie naturelle dont les manifestations discrètes n'en sont pas moins consolantes et réconfortantes.

— Comment le savez-vous ? Comment pouvez-vous deviner tout cela, monsieur ?

— Je l'ai deviné, voilà tout, et je poursuis à peu près aussi librement que si j'écrivais mes pensées dans un journal. Vous me direz que j'aurais dû dominer les circonstances ; c'est vrai, je l'aurais dû, mais vous voyez que je ne l'ai pas fait. Quand le destin m'a malmené, je n'ai pas eu la sagesse de garder mon sang-froid, je me suis laissé aller au désespoir, j'ai sombré. Et maintenant, quand n'importe quel sot débauché excite mon dégoût par son méprisable libertinage, je ne puis me flatter de valoir mieux que lui ; je suis obligé d'avouer que nous sommes sur un même plan, lui et moi. Que je voudrais être demeuré ferme ! Dieu m'en est témoin ! Redoutez le remords lorsque vous serez sur le point de succomber, Miss Eyre ; le remords est le poison de la vie.

— On dit que le repentir le guérit, monsieur.

— Non, pour le guérir, il faut se réformer. Je pourrais me réformer... J'en ai encore la force... si... mais à quoi bon y penser, enchaîné et maudit comme je le suis ? Toutefois, puisque le bonheur m'est irrévocablement refusé, j'ai droit au plaisir que peut donner la vie, et je le prendrai à n'importe quel prix.

— Alors, vous vous avilirez davantage, monsieur.

— C'est bien possible. Cependant, pourquoi m'avilirais-je, si je puis jouir d'un plaisir doux et frais ? Or, il m'est donné de pouvoir jouir d'un plaisir aussi doux et aussi frais que le miel sauvage que les abeilles vont butiner dans la lande.

— Ce miel aura une saveur âcre, amère, monsieur.

— Qu'en savez-vous ? Vous ne l'avez jamais goûté. Comme vous avez l'air sérieux et solennel ! Vous êtes cependant aussi ignorante de la question que la tête de ce camée », dit-il, en ayant pris un sur la cheminée. « Vous n'avez pas le droit de me faire un sermon, jeune néophyte qui n'avez pas franchi le portique de la vie et n'êtes pas initiée à ses mystères.

— Je ne fais que vous rappeler vos propres paroles, monsieur. Vous avez dit que l'erreur engendrait le remords et que le remords est le poison de la vie.

— Mais qui parle d'erreur à présent ? J'ai peine à croire que la pensée qui s'est glissée dans mon esprit soit une erreur. C'est une inspiration bienfaisante, apaisante, plutôt qu'une tentation, cela, j'en suis certain. La voici qui revient ! Ce n'est pas un démon, je vous l'assure, ou, si c'en est un, il a revêtu la robe d'un ange de lumière. J'ai le sentiment que je dois accueillir un hôte si merveilleux, quand il demande à entrer dans mon cœur.

— Soyez sur vos gardes, monsieur, ce n'est pas un ange véritable.

— Encore une fois, qu'en savez-vous ? Par quel instinct prétendez-vous distinguer un séraphin tombé dans l'abîme, d'un messager du trône éternel ; un guide, d'un séducteur.

— Je l'ai vu au trouble de votre visage, monsieur, lorsque vous avez dit que vous étiez de nouveau sous l'influence de cette inspiration. Je suis sûre que si vous vous y abandonnez elle sera pour vous une nouvelle source de misères.

— Pas du tout, elle m'apporte le plus gracieux message de ce monde ; du reste, vous n'êtes pas la gardienne de ma conscience ; ne soyez donc pas inquiète. Sois le bienvenu, adorable visiteur ! »

Il prononça ces paroles comme s'il parlait à une vision sensible pour lui seul ; puis, refermant sur sa poitrine ses bras qu'il avait entrouverts, il parut serrer sur son cœur l'hôte invisible.

« Voilà, continua-t-il, s'adressant de nouveau à moi, j'ai reçu le pèlerin qui, sous ces apparences, n'est autre, je le crois sincèrement, qu'un envoyé céleste. Il m'a déjà fait du bien ; mon cœur n'était qu'une sorte de charnier, il va devenir une châsse.

— A dire vrai, monsieur, je ne vous comprends pas du

tout ; je ne puis continuer une conversation qui dépasse mon entendement. Je ne sais qu'une chose : vous m'avez dit que vous n'étiez pas aussi bon que vous désiriez l'être, que vous regrettiez vos propres défauts ; vous avez déclaré aussi, et cela je le comprends, qu'une mémoire souillée était un perpétuel tourment ; il me semble donc que si vous faisiez de réels efforts, vous réussiriez bientôt à devenir ce que vous voulez être ; si, à partir de ce jour, vous vous mettiez résolument à réformer avec fermeté vos pensées et vos actes, vous arriveriez à vous constituer, d'ici quelques années, une moisson nouvelle de souvenirs sans tache, que vous évoqueriez avec plaisir.

— Voilà qui est bien pensé, bien dit, Miss Eyre. En ce moment je pave l'enfer avec énergie.

— Monsieur ?

— Oui, je le pave de bonnes intentions, que je crois aussi durables que le silex ! Sans aucun doute mes relations, mes actes vont être différents de ce qu'ils ont été.

— Seront-ils meilleurs ?

— Certainement, comme le pur minerai l'emporte sur ses grossières scories. Vous paraissez douter de moi ; je ne doute pas de moi-même ; je connais mon but, mes raisons d'agir, et, en ce moment même, je décrète par une loi aussi immuable que celle des Mèdes et des Perses que ce but et ces raisons sont honnêtes.

— Ils ne peuvent l'être, monsieur, s'ils exigent une loi nouvelle pour les légitimer.

— Ils le sont, Miss Eyre, bien qu'ils exigent absolument une loi nouvelle : à d'exceptionnels concours de circonstances il faut des lois exceptionnelles.

— Cela me paraît une dangereuse maxime, monsieur, car il est facile de voir tout de suite qu'elle peut mener à des abus.

— C'est vrai, philosophe sentencieuse ! Mais je jure, par mes dieux lares, de n'en pas abuser.

— Vous êtes un être humain faillible.

— Oui, mais vous aussi, et alors ?

— Les faillibles humains ne devraient pas s'arroger un pouvoir qui ne peut être confié en toute sécurité qu'à la seule perfection divine.

— Quel pouvoir ?

— Celui de déclarer honnête toute ligne de conduite singulière et, de ce fait, en marge de la loi.

— Honnête, c'est le mot exact, vous l'avez prononcé.

— Que cela puisse donc être honnête », dis-je alors, tandis que je me levais, estimant inutile de poursuivre une conversation totalement inintelligible pour moi. En outre, je me rendais compte que le caractère de mon interlocuteur m'était impénétrable, du moins pour le moment. Enfin, la conscience de mon ignorance me rendait perplexe et me faisait éprouver un vague malaise.

« Où allez-vous ?

— Je vais coucher Adèle, l'heure en est déjà passée.

— Vous avez peur de moi, parce.que je parle comme un sphinx.

— Vos propos sont énigmatiques, monsieur, et sans doute suis-je déconcertée, mais je vous assure que je n'ai pas peur.

— Si ! vous avez peur. Votre amour-propre vous fait redouter de commettre une méprise.

— Dans ce sens, oui, j'ai des appréhensions, je n'ai pas envie de dire des bêtises.

— Si vous en disiez, ce serait de façon si grave, si tranquille, que je les prendrais pour des paroles sensées. Ne riez-vous jamais, Miss Eyre ? Ne prenez pas la peine de me répondre ; vous riez rarement, je le vois, mais vous êtes capable de rire fort gaiement. Croyez-moi, vous n'êtes pas plus naturellement austère que je ne suis naturellement vicieux. C'est la contrainte de Lowood qui pèse encore sur vous ; elle modèle l'expression de votre visage, émousse l'éclat de votre voix, paralyse vos gestes, et vous craignez, en présence d'un homme, fût-il votre frère, votre père, votre maître, ou ce que vous voudrez, de sourire avec trop de joie, de parler trop librement, de vous mouvoir avec trop de vivacité ; mais avec le temps, j'espère que vous apprendrez à être naturelle avec moi, car il m'est impossible de ne pas l'être avec vous ; vous aurez alors plus de vie, plus d'aisance dans votre regard et vos gestes que vous n'osez en laisser paraître présentement. De temps en temps ce regard me fait penser à celui d'un étrange oiseau derrière les barreaux serrés de sa cage ; si ce captif vivace, inquiet, résolu, était seulement libre, il prendrait son vol jusqu'aux nuages. Avez-vous toujours l'intention de vous retirer ?

— Neuf heures ont sonné, monsieur.

— Peu importe, attendez un instant. Adèle n'est pas encore prête à aller se coucher. Ma position, Miss Eyre, le dos au feu, la figure tournée vers la pièce, favorise l'observation. Tout en vous parlant, j'ai aussi, de temps à autre, regardé Adèle. (J'ai mes propres raisons pour la considérer comme un curieux sujet d'étude, raisons que peut-être...

non, que certainement je vous ferai connaître quelque jour) ; elle a sorti de sa boîte, il y a une dizaine de minutes, une petite robe de soie rose, et, tandis qu'elle la dépliait, une expression de ravissement illuminait son visage ; la coquetterie coule dans ses veines, son cerveau en est pétri, la moelle de ses os en est imprégnée. « *Il faut que je l'essaie*, s'est-elle écriée, *et à l'instant même* [1] *!* », sur quoi elle se précipita hors de la pièce. Elle est en ce moment avec Sophie occupée à s'habiller ; elle va revenir dans quelques minutes, et je sais qui je vais voir : une Céline Varens en miniature telle qu'elle apparaissait sur les planches au lever du... mais qu'importe ! Quoi qu'il en soit, mes sentiments les plus tendres sont sur le point de recevoir un choc, j'en ai le pressentiment ; restez donc pour voir s'il va se réaliser. »

Bientôt on entendit Adèle traverser le vestibule de son petit pas léger. Elle entra, transformée, comme l'avait annoncé son tuteur. Une robe de satin rose, très courte, à la jupe très bouffante, remplaçait la robe brune qu'elle portait auparavant ; une guirlande de boutons de roses lui ceignait le front ; elle était chaussée de bas de soie et de petits souliers de satin blanc.

« *Est-ce que ma robe me va bien ?* s'écria-t-elle en bondissant vers nous. *Et mes souliers et mes bas ? Tenez, je crois que je vais danser* [2] *!* »

Elle déploya largement sa robe, traversa la pièce en dansant d'un pas glissant et, lorsqu'elle se trouva devant Mr. Rochester, fit légèrement demi-tour sur ses pointes et posa un genou en terre à ses pieds en s'écriant :

« *Monsieur, je vous remercie mille fois de votre bonté* [3]. »

Puis, se relevant, elle ajouta :

« *C'est comme cela que maman faisait, n'est-ce pas, monsieur* [4] *?*

— Pré-ci-sé-ment ! répondit Mr. Rochester, et c'est *comme cela* [5] que, par un sortilège, elle faisait sortir mon or anglais de la poche de ma culotte britannique. J'ai été naïf, aussi, Miss Eyre, oui, jeunet, comme l'herbe verte ; la fraîcheur de la jeunesse dont vous êtes parée, n'est pas plus printanière que la mienne ne l'était jadis. Mon printemps a fui, me laissant sur les bras cette petite fleur de France

1. En français dans le texte.
2. En français dans le texte.
3. En français dans le texte.
4. En français dans le texte.
5. En français dans le texte.

dont, selon mon humeur, je serais heureux d'être débarrassé. Je n'éprouve que peu d'affection pour cette fleurette, surtout lorsqu'elle a un air aussi artificiel qu'en ce moment, je n'apprécie plus ce qui fut la souche dont elle est issue depuis que j'ai découvert que, seule, la poussière d'or pouvait la fertiliser. Si je la garde et l'élève, c'est un peu d'après le principe catholique de l'expiation des péchés, mortels et véniels, par une bonne œuvre. Je vous expliquerai tout cela quelque jour. Bonne nuit. »

CHAPITRE XV

Mr. Rochester me l'expliqua, en effet, à la première occasion.

Ce fut un après-midi où le hasard voulut qu'il nous rencontrât dans le parc, Adèle et moi. Il me pria d'aller et venir avec lui dans une longue avenue de hêtres d'où je ne perdrais pas Adèle de vue tandis qu'elle jouait au volant avec Pilot. Il me dit alors qu'elle était la fille d'une Française, Céline Varens, danseuse à l'Opéra, pour qui il avait éprouvé autrefois ce qu'il appelait une « *grande passion* [1] ». Cette passion, Céline avait prétendu y répondre encore plus ardemment. Il s'était cru son idole, laid comme il l'était, et avait été persuadé qu'elle préférait sa « *taille d'athlète* [2] » à l'élégance de l'*Apollon du Belvédère*.

« Et je fus si flatté, Miss Eyre, de la préférence de la sylphide gauloise pour son gnome celtique, que je l'installai dans un hôtel, avec des domestiques, une voiture, des cachemires, des diamants, des dentelles, etc. En un mot, je m'engageai sur le chemin de la ruine dans le style voulu, comme n'importe quel autre nigaud d'amoureux. Je n'eus même pas l'originalité de prendre une route nouvelle pour me conduire à la honte, à la perdition ; je suivis la vieille voie avec une stupide exactitude, sans m'écarter d'un pouce de son axe rebattu. J'eus, comme je le méritais, le sort de tous les nigauds. Il m'arriva, un soir, de passer chez Céline alors qu'elle ne m'attendait pas. Elle était sortie. La nuit était chaude, j'étais fatigué d'errer dans Paris, je m'assis

1. En français dans le texte.
2. En français dans le texte.

donc dans son boudoir, heureux de respirer l'air qui venait d'être consacré par sa présence. Non, j'exagère, je n'ai jamais pensé qu'il y avait en elle un pouvoir de consécration ; c'était une sorte de parfum de pastille odorante qu'elle avait laissé, un parfum de musc et d'ambre, plutôt qu'une odeur de sainteté. L'atmosphère commençait à devenir étouffante sous les effluves des fleurs de serre et des essences répandues dans l'air ; j'eus alors l'idée d'ouvrir la fenêtre et d'aller sur le balcon. Il faisait clair de lune, les réverbères étaient allumés, tout était calme et serein. Je m'assis sur ce balcon où se trouvaient une ou deux chaises et pris un cigare. Je vais en prendre un maintenant, si vous le permettez. »

Il y eut alors une pause pendant laquelle il sortit un cigare et l'alluma. L'ayant porté à ses lèvres, il envoya dans l'air glacé et sans soleil une bouffée odorante de havane, puis continua :

« J'aimais également les bonbons dans ce temps-là, Miss Eyre, et j'étais là *croquant* [1] — pardonnez le barbarisme —, *croquant* [2] des bonbons de chocolat, tout en fumant et regardant défiler les équipages dans les rues à la mode qui avoisinent l'Opéra, lorsque dans une élégante voiture fermée, attelée de deux magnifiques chevaux anglais, que je distinguais très bien à la faveur de cette nuit parisienne resplendissante, je reconnus le *coupé* [3] donné par moi à Céline. Elle rentrait. Naturellement, mon cœur battit d'impatience contre la balustrade en fer à laquelle je m'appuyais. Comme je m'y attendais, la voiture s'arrêta à la porte de l'hôtel, et ma flamme — c'est bien le mot qui convient pour une *innamorata d'opera* — en descendit. Elle était enveloppée d'un manteau, embarras bien inutile, soit dit en passant, par une si chaude soirée de juin ; je la reconnus cependant aussitôt à son petit pied que je vis dépasser sous sa robe, lorsqu'elle sauta du marchepied de la voiture. Me penchant sur le balcon, j'étais sur le point de lui murmurer « *Mon ange* [4] » sur un ton que, seul, l'amour eût pu entendre, lorsqu'une autre personne, également enveloppée d'un manteau, sauta de la voiture derrière elle. Mais ce

1. En français dans le texte. L'introduction d'un mot étranger est un barbarisme.
2. En français dans le texte. L'introduction d'un mot étranger est un barbarisme.
3. En français dans le texte. L'introduction d'un mot étranger est un barbarisme.
4. En français dans le texte.

talon qui résonna sur le pavé portait éperon ; cette tête qui passa sous la voûte de la *porte cochère*[1] de l'hôtel, était couverte d'un képi.

« Vous n'avez jamais éprouvé la jalousie, n'est-ce pas, Miss Eyre ? Non, bien entendu ; je n'ai pas besoin de vous le demander, puisque vous n'avez jamais connu l'amour. Il vous reste encore à faire l'expérience de ces deux sentiments, à recevoir le choc qui éveillera votre âme en sommeil. Vous croyez que l'existence entière s'écoule comme le courant paisible sur lequel vous avez glissé durant toute votre jeunesse. Emportée par ce flot, les yeux fermés, les oreilles bouchées, vous ne voyez pas les récifs se hérisser à fleur d'eau, vous n'entendez pas les vagues déferler et bouillonner à leur base. Mais, je vous le dis, et retenez bien mes paroles, vous arriverez un jour dans une passe semée d'écueils, où tout le cours de votre vie sera brisé, transformé en tourbillons tumultueux, en écume, en fracas ; et alors, ou bien vous serez réduite en poussière sur les pointes des roches, ou bien vous serez soulevée, portée par quelque lame de fond dans un courant plus calme, comme je le suis à présent.

« J'aime cette journée, j'aime ce ciel d'acier, j'aime l'austérité et l'immobilité de la nature sous ce gel. J'aime Thornfield, son ancienneté, son isolement, ses vieux arbres où nichent les corneilles, ses vieux aubépins, sa façade grise et ses rangées de fenêtres sombres qui reflètent ce ciel métallique. Et, cependant, comme j'en ai longtemps abhorré jusqu'à l'idée : je l'ai fui comme un asile de pestiférés ! Combien ai-je encore en horreur... »

Il grinça des dents et se tut ; puis il interrompit sa marche, frappant du pied le sol durci. Quelque pensée maudite semblait l'étreindre si fortement qu'il ne pouvait plus avancer.

Nous montions l'avenue lorsqu'il s'arrêta ainsi. Le manoir était devant nous. Levant les yeux vers les créneaux, il leur jeta un regard tel que je n'en avais jamais vu et n'en vis jamais depuis. La souffrance, la honte, la colère, l'impatience, le dégoût, la haine semblaient en cet instant lutter avec frémissement dans la large pupille dilatée, sous les sourcils d'ébène. Terrible fut ce combat suprême ; il fit naître un sentiment nouveau qui triompha : quelque chose de dur, de cynique, d'obstiné, de résolu, qui calma son excitation et pétrifia son visage.

1. En français dans le texte.

Il continua :

« Durant l'instant où j'ai gardé le silence, Miss Eyre, je réglais une question avec ma destinée. Elle était là, debout, près du tronc de ce hêtre, comme une de ces sorcières qui apparurent à Macbeth sur la lande de Forres. « Vous aimez Thornfield ? » dit-elle, levant le doigt ; puis elle traça dans l'air une épigraphe évocatrice dont les lugubres hiéroglyphes coururent tout le long de la façade de la maison, entre les deux rangées de fenêtres. « Aimez-le si vous le « pouvez ! Aimez-le si vous l'osez ! »

« Je veux l'aimer, ai-je dit, j'ai cette audace. » Et, ajouta-t-il, d'un air morose, je tiendrai parole, je renverserai les obstacles au bonheur, à la bonté, oui, à la bonté ; je veux être meilleur que je ne fus, que je ne suis ; de même que le Léviathan de Job brisa la lance, l'épieu et le haubergeon, de même les résistances que les autres tiennent pour fer ou airain, ne seront pour moi que paille et bois pourri[1]. »

A ce moment, Adèle vint courir devant lui avec son volant.

« Va-t'en ! cria-t-il avec dureté ; tiens-toi à distance, enfant, ou rentre auprès de Sophie. »

Il continuait à marcher en silence ; je m'aventurai à le ramener au point de son récit dont il s'était brusquement écarté :

« Avez-vous quitté le balcon, monsieur, lorsque Mlle Varens est entrée ? » demandai-je.

Je m'attendais presque à une rebuffade pour cette question intempestive ; il sortit, au contraire, de son farouche aparté et, tournant les yeux vers moi, l'ombre parut se dissiper de son front.

« Oh ! j'avais oublié Céline ! Eh bien ! reprenons. Lorsque je vis mon enchanteresse rentrer ainsi accompagnée d'un cavalier, je crus entendre un sifflement : le serpent vert de la jalousie, s'élançant en replis onduleux du balcon éclairé par la lune, glissa sous mon gilet et, en deux minutes, se fraya un chemin jusqu'au tréfonds de mon cœur... C'est étrange ! » s'écria-t-il, s'écartant de nouveau et brusquement du sujet ; « c'est étrange que je vous choisisse comme confidente de tout ceci, jeune fille ; il est vraiment plus qu'étrange que vous m'écoutiez tranquillement, comme si c'était la chose la plus naturelle du monde qu'un homme comme moi raconte des histoires de danseuses d'opéra, ses

1. Allusion à la Bible : *cf.* Job, chapitre XLI, versets 17 à 19.

maîtresses, à une jeune personne naïve et sans expérience, comme vous ! Mais, comme je vous l'ai déjà dit une fois, cette dernière singularité explique la première, avec votre gravité, votre sollicitude pour autrui, votre discrétion, vous êtes faite pour être la confidente de secrets. Je sais, d'ailleurs, quel esprit j'ai mis en communication avec le mien ; je sais que la contagion du mal ne peut rien sur lui, c'est un esprit peu commun ; il est unique. Je n'ai heureusement pas l'intention de lui nuire, mais le voudrais-je, il resterait invulnérable.

« Plus nous converserons, vous et moi, mieux cela vaudra ; si je ne puis vous flétrir, vous pouvez, vous, me rénover. »

Après cette digression, il reprit :

« Je demeurai sur le balcon. Sans doute vont-ils entrer dans le boudoir, pensai-je ; je vais leur tendre un piège. Je passai alors la main par la fenêtre ouverte, tirai le rideau en laissant une étroite ouverture pour me permettre d'observer, puis fermai la fenêtre, tout en ménageant un léger entrebâillement par lequel m'arriveraient en un murmure les serments des amoureux. Je me faufilai sur ma chaise, et au moment où je m'y asseyais, le couple entra. Mon œil fut bien vite devant l'ouverture. La femme de chambre de Céline vint allumer une lampe qu'elle laissa sur la table et se retira. Le couple m'apparut ainsi nettement ; ils se débarrassèrent tous deux de leurs manteaux ; je vis alors « *la Varens* », étincelante de satin et de bijoux — mes cadeaux, bien entendu — et son compagnon en uniforme d'officier. Je le reconnus. C'était un jeune roué sans cervelle, un libertin, le vicomte... que j'avais quelquefois rencontré dans le monde, sans jamais songer à le haïr tant je le méprisais. A sa vue, le dard du serpent, la jalousie, se brisa aussitôt, car au même moment mon amour pour Céline s'était évanoui comme une flamme sous un éteignoir. Une femme capable de me trahir pour un tel rival n'était pas digne qu'on se la disputât ; elle ne méritait que mépris ; moins que moi, toutefois, qui avais été sa dupe.

« Ils entamèrent une conversation qui me mit tout à fait à l'aise ; frivole, cupide, sans cœur, sans esprit, elle était plutôt de nature à ennuyer celui qui écoutait qu'à le mettre en fureur. Une de mes cartes se trouvait sur la table ; ils s'en aperçurent, et mon nom devint ainsi le sujet de leur entretien. Ils n'avaient ni l'un ni l'autre assez d'énergie ou d'esprit pour me rosser de la bonne manière, mais, à leur façon mesquine, ils m'insultèrent aussi grossièrement qu'ils le pouvaient faire, Céline surtout, qui fut même brillante en discourant sur les défauts de ma personne, qu'elle qualifia de difformités. Or, elle avait l'habitude de célébrer avec ferveur ce qu'elle appelait ma « *beauté mâle* », en quoi elle différait diamétralement de vous, qui m'avez déclaré de but en blanc, à notre seconde entrevue, que vous ne me trouviez pas beau. Le contraste m'avait frappé sur le moment, et... »

Adèle accourut de nouveau.

« Monsieur, John est venu dire à l'instant que votre homme d'affaires est là et désire vous voir.

— Dans ce cas, il me faut abréger. Ouvrant la fenêtre, je m'avançai vers eux ; je rendis à Céline sa liberté, lui signifiai de quitter l'hôtel, lui remis une bourse pour ses besoins immédiats, sans souci de ses cris, de ses crises de nerfs, de ses prières, de ses protestations, de ses convulsions, et je pris rendez-vous avec le vicomte pour une rencontre au *Bois de Boulogne* [1] ». Le lendemain matin j'eus le plaisir de me battre avec lui, je logeai une balle dans un de ses pauvres bras étiolés et faibles comme l'aile d'un poussin dans l'œuf, et crus alors en avoir terminé avec tout l'équipage. Malheureusement, six mois auparavant, la Varens m'avait donné cette petite Adèle qu'elle affirmait être ma fille. Il se peut qu'elle le soit, bien que je ne voie nulles preuves d'une aussi farouche paternité marquées sur son visage : Pilot me ressemble davantage.

« Quelques années après notre rupture, la mère abandonna son enfant, et s'enfuit en Italie, avec un musicien ou un chanteur. Je n'ai reconnu à Adèle aucun droit naturel à bénéficier de ma protection et je ne lui en reconnais pas davantage aujourd'hui, car je ne suis pas son père. Pourtant, lorsque j'appris qu'elle était dénuée de tout, j'ai voulu soustraire la pauvre créature à la fange, à la boue de Paris, et l'ai transplantée ici pour la faire élever sainement sur le sol salubre d'un jardin de la campagne anglaise. Mrs. Fairfax vous a trouvée pour vous charger de son éducation ; mais à présent que vous savez qu'elle est l'enfant illégitime d'une danseuse d'opéra française, vous changerez peut-être d'opinion sur votre situation et sur votre protégée ; un de ces jours, vous viendrez m'annoncer que vous avez trouvé une autre place... que vous me priez de chercher une autre institutrice, etc., n'est-ce pas ?

— Non, Adèle n'est pas responsable des fautes de sa mère

1. En français dans le texte.

ni des vôtres ; j'ai de l'affection pour elle, et maintenant que je sais qu'elle est, en quelque sorte, sans parents, abandonnée par sa mère et reniée par vous, monsieur, je vais m'attacher à elle plus que jamais. Comment pourrais-je préférer l'enfant chérie, gâtée, d'une riche famille, qui haïrait son institutrice comme un fléau, à une petite orpheline, seule sur la terre, qui la regarde comme une amie et une protectrice ?

— Ah ! c'est là votre façon d'envisager la chose ? Bon ; il faut que je rentre à présent, et vous aussi, il commence à faire sombre. »

Je restai dehors encore quelques minutes avec Adèle et Pilot ; je jouai à la course avec elle et fis une partie de volant. Lorsque nous rentrâmes, je lui enlevai son manteau et sa capote, la pris sur mes genoux, et lui permis de babiller à son aise pendant une heure, sans même la gronder pour certaines petites libertés et vulgarités auxquelles elle se laissait aller lorsqu'on faisait trop attention à elle, et qui trahissaient un caractère superficiel, probablement hérité de sa mère, difficilement imputable, en tout cas, à une ascendance anglaise. Elle avait cependant ses mérites, et j'étais disposée à apprécier au plus haut point ce qu'il y avait de bon en elle. Je cherchai dans sa physionomie, dans ses traits, une ressemblance avec Mr. Rochester, mais n'en découvris aucune ; rien, dans son expression, ne marquait une parenté entre eux. C'était regrettable ; si quelque trait commun s'était révélé, il se serait davantage attaché à elle.

Ce n'est qu'après m'être retirée dans ma chambre pour la nuit que, à tête reposée, je me remémorai le récit que m'avait fait Mr. Rochester. Comme il l'avait dit, il n'y avait probablement rien d'extraordinaire dans la substance même de cette histoire : la passion d'un riche Anglais pour une danseuse française, la trahison de celle-ci, voilà, sans doute, des faits assez courants dans le monde. Mais il y avait quelque chose de vraiment étrange dans le paroxysme d'émotion dont il avait soudain été saisi au moment où il exprimait sa satisfaction actuelle et son plaisir, ravivé depuis peu, de se retrouver dans le vieux manoir et sur ses terres. Je méditai avec étonnement sur cet incident ; puis, le trouvant pour le moment inexplicable, je cessai peu à peu d'y penser et me mis alors à songer au comportement de mon maître à mon égard. La confidence qu'il avait jugé bon de me faire me semblait un hommage à ma discrétion ; je la regardai et l'acceptai comme telle. Au cours de ces dernières semaines il avait eu envers moi une attitude plus égale qu'au début. Je n'avais jamais l'air de le déranger ; il n'avait plus ses accès de froid dédain ; quand il me rencontrait par hasard il en paraissait heureux, m'adressait toujours la parole, parfois même un sourire. Lorsque j'étais invitée à me présenter devant lui de façon plus protocolaire, la cordialité de l'accueil dont j'étais honorée me donnait l'impression que je possédais réellement le pouvoir de le divertir, et qu'il recherchait ces entretiens du soir autant pour son plaisir que pour mon profit.

Il est vrai que je parlais relativement peu, mais je prenais un vif plaisir à l'écouter. Il était communicatif par nature ; s'adressant à un esprit sans contact avec le monde, il aimait à ouvrir des aperçus sur les scènes et sur les usages qu'on y voit — je ne veux pas dire les scènes de corruption, les usages coupables, mais ceux dont l'intérêt provenait de leur caractère général, de leur singularité ou de la nouveauté qu'ils présentaient — ; et j'étais ravie de recevoir les idées originales qu'il m'exprimait, d'imaginer les nouveaux tableaux qu'il dépeignait, de le suivre par la pensée dans les régions inconnues qu'il me faisait découvrir, sans qu'aucune pernicieuse allusion ne m'alarmât, ne me troublât jamais.

Ses façons aisées me libéraient d'une pénible contrainte, l'amicale franchise aussi irréprochable que cordiale avec laquelle il me traitait m'attirait vers lui. Par moments, je le considérais plutôt comme un parent que comme un maître ; il se montrait cependant, quelquefois encore, autoritaire ; mais je ne m'en inquiétais pas, je voyais bien que c'était là sa manière. Ce nouvel intérêt introduit dans ma vie me rendit si heureuse, satisfaite, que je cessai de languir après une famille ; le mince croissant de ma destinée semblait s'élargir ; les vides de mon existence se comblèrent, ma santé s'améliora, je pris des forces et de l'embonpoint.

Mr. Rochester était-il encore laid à mes yeux ? Non, lecteur. La reconnaissance, l'évocation de maintes choses charmantes, bienfaisantes, faisaient de son visage l'objet que j'avais le plus de plaisir à voir ; sa présence dans une pièce était plus réjouissante que le feu le plus brillant. Je n'avais pourtant pas oublié ses défauts, je ne le pouvais guère, car il m'en rendait bien souvent témoin. Il était hautain, sarcastique et dur à l'endroit de toute infériorité ; je savais dans le secret de mon âme que sa grande bonté pour moi était contrebalancée par une injuste sévérité envers beaucoup d'autres. Il était d'humeur fantasque aussi — de façon inexplicable. Plus d'une fois, alors qu'il m'avait fait appeler pour lui faire la lecture, je l'avais trouvé assis, seul, dans sa bibliothèque, la tête inclinée sur ses bras croisés, et quand il levait les yeux, un regard triste, farouche, presque méchant, assombrissait son visage. J'étais convaincue que cette mauvaise humeur, cette dureté, ses anciennes défaillances morales — je dis anciennes, car il semblait, maintenant, s'en être corrigé —, avaient leur source dans quelque contrariété cruelle du sort. Je croyais qu'il avait par nature de meilleurs penchants, des principes plus élevés et des goûts plus purs que ceux qui avaient été développés par son genre de vie, inculqués par son éducation, ou encouragés par sa destinée. Je jugeais qu'il y avait en lui des matériaux de choix qui, sans doute, gisaient là, gâtés et pêle-mêle. Je ne saurais nier que j'étais affligée de sa peine, quelle qu'elle fût, et que j'aurais payé cher pour pouvoir la soulager.

Bien que j'eusse alors soufflé ma chandelle et que je fusse couchée, je ne pouvais dormir. Je pensais au regard qu'il avait eu dans l'avenue quand il s'était arrêté pour me dire que son destin s'était dressé devant lui, le défiant d'être heureux à Thornfield.

« Pourquoi n'y serait-il pas heureux ? me demandai-je. Qu'est-ce qui le détourne de cette maison ? Va-t-il partir une fois de plus ? Mrs. Fairfax m'a dit qu'il y séjournait rarement plus de quinze jours consécutifs ; et voici plus de huit semaines qu'il y réside. Quel douloureux changement s'il s'en va ! Supposons qu'il soit absent au printemps, en été, en automne ; comme le soleil et les beaux jours me paraîtront sans joie ! »

Je ne sais trop si je m'étais endormie, ou non, après ces réflexions ; quoi qu'il en soit, je fus réveillée en sursaut en entendant un vague murmure, étrange, lugubre, qui me sembla provenir de la pièce juste au-dessus de la mienne. J'aurais voulu ne pas avoir éteint ma chandelle : la nuit était d'une obscurité sinistre, et je me sentais déprimée. Je m'assis dans mon lit, aux aguets. Le bruit avait cessé.

J'essayai de me rendormir, mais mon cœur battait d'angoisse, la paix de mon esprit était troublée. En bas, loin, dans le vestibule, l'horloge sonna deux heures. A ce moment précis j'eus l'impression que l'on avait effleuré la porte de ma chambre, que quelqu'un, marchant à tâtons le long du corridor obscur, en avait frôlé les panneaux avec ses doigts. « Qui est là ? » demandai-je. Personne ne répondit. Je frissonnai d'effroi.

Il me vint soudain à l'esprit que ce pouvait être Pilot qui, lorsqu'on laissait par hasard la porte de la cuisine ouverte, venait souvent sur le seuil de la chambre de Mr. Rochester ; je l'avais moi-même vu couché là, le matin. Cette idée me rassura un peu ; je m'allongeai à nouveau. Le silence calme les nerfs, il régnait maintenant de façon parfaite dans toute la maison, et je sentis le sommeil me gagner de nouveau. Mais il était écrit que je ne dormirais pas cette nuit-là. A peine avais-je prêté l'oreille au songe qui approchait, qu'il s'était enfui, effrayé, épouvanté par un incident capable, en effet, de glacer la moelle des os.

C'était un rire démoniaque, grave, contenu, profond, qui avait retenti, semblait-il, devant le trou de la serrure de la porte de ma chambre. Le chevet de mon lit était près de la porte et je crus tout d'abord que ce démon en mal de rire était debout près de mon lit ou plutôt, tapi contre mon oreiller ; je me mis sur mon séant et regardai autour de moi, sans rien voir ; au même moment le son extraordinaire se reproduisit ; je me rendis compte qu'il venait de l'autre côté de la porte. Ma première impulsion fut de me lever et de pousser le verrou ; la seconde de crier de nouveau : « Qui est là ? »

Un murmure et un gémissement se firent entendre. Des pas se dirigèrent presque aussitôt le long de la galerie, vers l'escalier du troisième étage ; une porte avait été posée depuis peu pour en fermer l'accès ; je l'entendis s'ouvrir, se refermer, et tout retomba dans le silence.

Était-ce Grace Poole ? « Est-elle possédée ? » pensai-je. Impossible, à présent, de rester seule plus longtemps ; il me fallait aller trouver Mrs. Fairfax. Je mis hâtivement ma robe et mon châle, je tirai le verrou et j'ouvris la porte d'une main tremblante. Juste en face, il y avait une chandelle allumée posée sur la natte de la galerie. J'en fus surprise, mais je fus encore plus abasourdie de constater que l'air était très opaque, comme rempli de fumée ; et tandis que je regardais à droite, à gauche, pour découvrir d'où sortaient ces volutes bleues, je sentis une forte odeur de brûlé.

Il y eut un craquement, celui d'une porte entrouverte, la porte de la chambre de Mr. Rochester, et c'était de là que s'échappait un nuage de fumée. Je ne songeai plus à Mrs. Fairfax, ni à Grace Poole, ni au rire ; en un instant je fus dans la chambre. Des langues de feu jaillissaient autour du lit, les rideaux flambaient. Au milieu des flammes et de la fumée, Mr. Rochester était étendu immobile, dormant d'un profond sommeil.

« Réveillez-vous ! Réveillez-vous ! » criai-je.

Je me mis à le secouer, mais il se contenta de murmurer quelque chose et de se retourner ; la fumée l'avait engourdi. Il n'y avait pas un moment à perdre, les draps eux-mêmes prenaient feu. Je me précipitai sur sa cuvette et sur son pot à eau, l'une par bonheur était grande et l'autre profond, tous les deux étaient pleins d'eau ; je les soulevai, j'inondai le lit et son occupant, courus en hâte dans ma chambre chercher mon pot à eau dont je baptisai à nouveau le lit, et, avec l'aide de Dieu, je réussis à éteindre les flammes qui le dévoraient.

Le sifflement de l'eau sur le feu, le bris d'un pot à eau que j'avais laissé choir après l'avoir vidé, et, plus que tout, le contact de l'eau résultant de la douche que je lui avais libéralement administrée firent revenir Mr. Rochester à lui. En dépit de l'obscurité, je me rendis compte qu'il était réveillé en l'entendant fulminer de curieuses imprécations lorsqu'il se vit étendu dans une mare d'eau.

« Y a-t-il une inondation ?

— Non, monsieur, répondis-je, mais il y a eu un incendie ; levez-vous, levez-vous donc ; tout est éteint à présent, je vais aller vous chercher une chandelle.

— Au nom de tous les lutins de la chrétienté, êtes-vous Jane Eyre ? demanda-t-il. Que m'avez-vous donc fait, magicienne, sorcière ? Qui est là dans la chambre avec vous ? Avez-vous comploté de me noyer ?

— Je vais aller vous chercher une chandelle, monsieur ; au nom du Ciel, levez-vous ! Quelqu'un, en effet, a formé un complot, et vous ne sauriez mettre trop de hâte pour essayer de découvrir qui en est l'auteur et de quoi il peut bien s'agir.

— Voilà ! je suis debout, à présent ; mais c'est à vos risques et périls si vous allez chercher une chandelle tout de suite ; attendez deux minutes que je mette des vêtements secs, s'il y en a... Ah oui ! voici ma robe de chambre ; courez-y à présent. »

Je m'empressai d'apporter la chandelle qui était encore dans la galerie. Il me la prit des mains, la souleva pour examiner le lit, tout noirci et brûlé, les draps trempés, le tapis qui l'entourait, ruisselant d'eau.

« Qu'est-il arrivé ? Qui a fait cela ? » demanda-t-il.

Je lui rapportai brièvement ce que je savais : le rire étrange que j'avais entendu dans la galerie, le bruit de pas montant au troisième étage, la fumée et l'odeur de brûlé qui m'avaient conduite à sa chambre, l'état dans lequel je l'avais trouvée et comment je l'avais inondé de toute l'eau à portée de ma main.

Il m'écouta avec beaucoup de gravité ; son visage, à mesure que mon récit se poursuivait, exprimait plus de tristesse que d'étonnement ; il ne parla pas tout de suite lorsque j'eus terminé.

« Voulez-vous que j'appelle Mrs. Fairfax ? demandai-je.

— Mrs. Fairfax ? Non, pourquoi diable l'appelleriez-vous ? Que pourrait-elle faire ? Laissez-la donc dormir en paix.

— Alors je vais aller chercher Leah et réveiller John et sa femme.

— Pas du tout ; restez tranquille. Avez-vous un châle sur vous ? Si vous n'avez pas assez chaud, vous pouvez prendre mon manteau qui est là-bas ; enveloppez-vous-en bien et asseyez-vous dans ce fauteuil, là... je vais vous en couvrir. Maintenant, mettez vos pieds sur ce tabouret, pour les préserver de l'humidité. Je vais vous laisser quelques minutes ; j'emporte la chandelle. Restez là où vous êtes jusqu'à mon retour et ne faites pas plus de bruit qu'une souris. Il faut que je fasse une visite au troisième étage ; surtout, ne bougez pas et n'appelez personne.

Il partit ; je regardai la lueur s'éloigner. Il longea tout doucement la galerie, ouvrit la porte de l'escalier avec le moins de bruit possible, la referma derrière lui, et le dernier rayon de lumière s'évanouit. Je restai dans une obscurité complète. Je tendis l'oreille au moindre bruit, mais n'entendis rien. Un temps très long s'écoula. La lassitude m'envahit. En dépit du manteau, j'avais froid ; d'ailleurs je ne voyais pas la nécessité de rester là, puisqu'il ne fallait réveiller personne. J'étais sur le point de désobéir aux ordres de Mr. Rochester, risquant ainsi de lui déplaire, lorsqu'une faible lueur éclaira de nouveau le mur de la galerie, et le bruit de ses pieds nus sur la natte se fit entendre. « J'espère que c'est lui, pensai-je, non quelque chose de pire. »

Il rentra, pâle et très sombre.

« J'ai tout découvert, dit-il, posant sa chandelle sur le lavabo ; c'est bien ce que je pensais.

— Comment cela, monsieur ? »

Il ne répondit pas, mais resta debout, les bras croisés, les yeux fixés à terre. Après quelques minutes, il me demanda d'un ton assez bizarre :

« Je ne me souviens plus si vous m'avez dit avoir vu quelque chose en ouvrant la porte de votre chambre ?

— Non, monsieur, je n'ai vu que le chandelier posé par terre.

— Mais vous avez entendu un rire étrange ? Vous avez

déjà entendu ce rire auparavant, je suppose, ou quelque chose comme cela ?

— Oui, monsieur, il y a ici une femme qui fait de la couture — elle s'appelle Grace Poole — qui rit de cette manière. C'est une personne bien singulière.

— Parfaitement, Grace Poole, vous l'avez deviné. Elle est, comme vous le dites, singulière, très singulière. Je vais réfléchir à cela. En attendant, je suis content que vous soyez la seule personne, en dehors de moi, à connaître les détails précis de l'incident de cette nuit. Vous n'êtes pas une sotte bavarde, n'en parlez pas. Je trouverai bien une explication à cet état de choses, ajouta-t-il, désignant le lit. Retournez dans votre chambre à présent ; je m'accommoderai très bien du canapé de la bibliothèque pour y passer le reste de la nuit. Il est près de quatre heures ; dans deux heures les domestiques seront levés.

— Alors, bonne nuit, monsieur », dis-je en me retirant.

Il parut surpris, ce qui était contradictoire, puisqu'il venait de me dire de partir.

« Comment ! s'écria-t-il, me quittez-vous déjà, et comme cela ?

— Vous m'avez dit que je pouvais m'en aller, monsieur.

— Mais non sans prendre congé, sans une ou deux paroles de reconnaissance, de cordialité, en un mot, pas de cette manière brève, sèche. Comment, vous m'avez sauvé la vie ! Vous m'avez arraché à une mort effroyable, atroce ! Et vous me quittez comme si nous étions des étrangers. Serrons-nous au moins la main. »

Il me tendit la main ; je lui donnai la mienne, qu'il prit d'abord dans une, puis dans ses deux mains.

« Vous m'avez sauvé la vie, et il m'est agréable d'avoir contracté envers vous cette immense dette. Je ne puis rien dire de plus. Il m'aurait été intolérable d'être ainsi l'obligé de toute autre créature pour une telle dette ! Mais avec vous c'est différent ; vos bienfaits ne sont pas un fardeau pour moi, Jane. »

Il s'arrêta, me regardant fixement ; des paroles presque visibles tremblaient sur ses lèvres, mais il ne put les articuler.

« Encore une fois, bonne nuit, monsieur. Il n'y a là ni dette, ni bienfait, ni fardeau, ni obligation.

— Je savais, continua-t-il, qu'un jour vous me feriez du bien, d'une façon ou d'une autre ; je l'ai vu dans vos yeux, la première fois que je vous ai aperçue ; leur expression, leur sourire n'avaient pas... (il s'interrompit de nouveau) n'avaient pas (il poursuivit rapidement) pour rien ravi mon cœur jusqu'en ses profondeurs. On parle de sympathies naturelles, de bons génies, il y a un peu de vrai dans la fable la plus fantaisiste. Bonne nuit, mon sauveur bien-aimé ! »

Il y avait dans sa voix une étrange énergie ; une étrange flamme animait son regard.

« Je suis heureuse de m'être trouvée par hasard éveillée, dis-je, me disposant à partir.

— Vous voulez donc vous en aller ?

— J'ai froid, monsieur.

— Froid ? Oui ! Et vous avez les pieds dans une mare d'eau ! Partez, Jane, partez ! »

Je ne pouvais dégager ma main qu'il retenait toujours. J'eus recours à un expédient.

« Il me semble avoir entendu remuer Mrs. Fairfax, dis-je.

— Alors, quittons-nous. » Il relâcha l'étreinte de ses doigts et je m'éloignai.

Je regagnai mon lit, sans jamais songer à dormir. Je fus ballottée jusqu'à l'aube sur une mer agitée, où des lames de fond redoutables roulaient sous des déferlements de joie. Je croyais parfois apercevoir, au-delà des courants impétueux, un rivage aussi enchanteur que les collines de Beulah[1]. De temps en temps, un frais zéphyr animé par l'espoir emportait triomphalement mon esprit vers le port, mais je ne parvenais pas à l'atteindre, même en imagination ; une brise contraire soufflant de terre me repoussait toujours. Le bon sens saurait résister au délire, le jugement saurait prémunir la passion. Trop fiévreuse pour prendre du repos, je me levai dès l'aurore.

CHAPITRE XVI

Le lendemain de cette nuit sans sommeil je souhaitais et redoutais à la fois de voir Mr. Rochester. J'aurais voulu entendre de nouveau sa voix, mais je craignais de rencontrer son regard. Au début de la matinée, c'était à chaque

---

1. John Bunyan (1628-1688) écrivit la grande allégorie *The Pilgrim's Progress* (*Le Voyage du pèlerin*). Le héros, Christian, voit, à un moment, la Cité Céleste du pays de Beulah, aux prés fleuris et remplis d'oiseaux chanteurs. (*N.D.T.*)

instant que je m'attendais à le voir paraître ; s'il ne venait pas souvent dans la salle d'étude, il y entrait pourtant parfois pendant quelques minutes, et j'avais l'impression qu'il ne manquerait pas d'y venir ce jour-là.

Mais la matinée se passa absolument comme de coutume, rien ne vint interrompre le cours paisible des études d'Adèle. Peu après le petit déjeuner, j'entendis seulement un remue-ménage du côté de la chambre de Mr. Rochester, la voix de Mrs. Fairfax, de Leah, de la cuisinière, c'est-à-dire la femme de John, et même la voix rude de celui-ci. Il y eut des exclamations : « Quelle bénédiction que le maître n'ait pas été brûlé dans son lit ! », « C'est toujours dangereux de laisser une chandelle allumée, la nuit », « C'est vraiment providentiel qu'il ait eu la présence d'esprit de penser au pot à eau ! », « Je me demande pourquoi il n'a réveillé personne ! », « Espérons qu'il n'aura pas pris froid en dormant sur le canapé de la bibliothèque », etc.

Après tous ces bavardages, je les entendis frotter, remettre les choses en place, et lorsque je passai devant la chambre, en descendant déjeuner, je vis par la porte ouverte que tout était de nouveau dans un ordre parfait ; seul, le lit n'avait plus de rideaux. Leah, debout sur la banquette de la fenêtre, nettoyait les vitres noircies par la fumée. J'étais sur le point de lui adresser la parole, pour connaître l'explication qui avait été donnée au sujet de cette affaire, quand, m'avançant, j'aperçus une seconde personne dans la chambre, une femme, assise sur une chaise à côté du lit qui cousait des anneaux à des rideaux neufs. Cette femme n'était autre que Grace Poole.

Elle était là, l'air sérieux et taciturne, comme toujours, avec sa robe brune, son tablier à carreaux, son fichu blanc et sa coiffe. Elle était absorbée par son travail sur lequel toutes ses pensées paraissaient concentrées. Sur son front dur, sur ses traits vulgaires, il n'y avait pas trace de la pâleur ou du désespoir, que l'on se serait attendu à trouver sur le visage d'une femme qui avait tenté de commettre un meurtre, et à qui celui dont elle voulait faire sa victime avait, la nuit dernière, été imputer jusque dans son repaire — comme je le croyais — le crime qu'elle avait eu l'intention de perpétrer. J'étais étonnée, confondue. J'avais encore les yeux fixés sur elle lorsqu'elle releva la tête : aucun tressaillement, aucune rougeur ou pâleur ne trahirent la moindre émotion, la moindre conscience de culpabilité ou la peur d'être découverte. Elle me dit « Bonjour, Miss », de la manière laconique et du ton flegmatique qui lui étaient habituels, et, prenant un autre anneau et du fil, elle continua son travail.

« Je vais la mettre à l'épreuve, pensai-je ; une telle impassibilité dépasse l'imagination. »

« Bonjour, Grace, dis-je. Est-il arrivé quelque chose ici ? Il m'a semblé entendre les domestiques qui parlaient tous ensemble, il y a un instant.

— C'est seulement le maître qui a lu dans son lit, hier soir ; il s'est endormi en laissant sa chandelle allumée et les rideaux ont pris feu ; mais, heureusement, il s'est réveillé avant que les draps, les couvertures et le bois de lit n'aient pris feu aussi, et il a réussi à éteindre l'incendie avec l'eau du broc.

— C'est une curieuse affaire », dis-je à voix basse.

Puis la regardant fixement :

« Mr. Rochester n'a-t-il réveillé personne ? Ne l'a-t-on pas entendu bouger ? »

Elle leva de nouveau les yeux vers moi ; et cette fois il y avait quelque chose de conscient dans leur expression. Elle parut m'examiner avec circonspection et répondit :

« Vous savez, Miss, les chambres des domestiques sont si éloignées qu'ils n'ont vraisemblablement pas pu entendre. C'est la chambre de Mrs. Fairfax et la vôtre qui sont les plus proches de celle du maître ; Mrs. Fairfax dit pourtant qu'elle n'a rien entendu. Quand on vieillit on dort souvent profondément. »

Elle s'arrêta, puis ajouta avec une indifférence affectée, mais d'un ton appuyé et significatif :

« Mais vous, Miss, vous êtes jeune, vous devez avoir le sommeil léger, vous avez peut-être entendu du bruit ?

— Oui, dis-je, baissant la voix afin que Leah qui continuait à frotter les vitres ne pût m'entendre, et j'ai cru, tout d'abord, que c'était Pilot ; mais Pilot ne rit pas, et je suis sûre d'avoir entendu un rire, un rire bien étrange. »

Elle prit une nouvelle aiguillée de fil, l'enduisit soigneusement de cire, enfila son aiguille d'une main assurée, et fit alors observer avec un calme parfait :

« Il est peu probable que le maître ait ri, alors qu'il courait un tel danger, vous avez dû rêver.

— Je n'ai pas rêvé », dis-je avec quelque chaleur, car sa froideur effrontée me provoquait.

Elle me regarda de nouveau d'un œil scrutateur et conscient :

« Avez-vous dit au maître que vous aviez entendu un rire ? me demanda-t-elle.

— Je n'ai pas eu l'occasion de lui parler, ce matin.

— N'avez-vous pas songé à ouvrir votre porte, pour regarder dans la galerie ? »

On eût dit qu'elle me faisait subir un contre-examen, essayant de me prendre au dépourvu afin de tirer de moi des renseignements. L'idée me vint que si elle découvrait que je la savais coupable, ou la soupçonnais, elle pourrait bien me jouer quelque méchant tour de sa façon ; aussi crus-je bon de me tenir sur mes gardes.

« Au contraire, dis-je, j'ai verrouillé ma porte.

— Vous n'avez donc pas l'habitude de la verrouiller chaque soir avant de vous coucher ? »

Démon ! Elle veut connaître mes habitudes, afin de pouvoir tirer ses plans en conséquence. De nouveau l'indignation l'emporta sur la prudence, et je répondis d'un ton tranchant :

« Jusqu'à présent, j'ai souvent oublié de tirer le verrou ; je ne pensais pas que ce fût nécessaire. Je ne me doutais pas qu'il y eût à redouter danger ou méfait quelconque, à Thornfield-Hall ; à l'avenir (et j'accentuai fortement ces mots) j'aurai grand soin de me mettre en sûreté avant de me hasarder à me coucher.

— Il sera sage d'agir ainsi, répondit-elle. Je ne connais pas pays plus tranquille que celui-ci, et n'ai jamais entendu dire que des voleurs aient tenté de pénétrer dans le manoir, depuis qu'il existe ; il est bien connu pourtant qu'il s'y trouve pour des centaines de livres de vaisselle d'argent dans l'armoire à argenterie. Et puis, pour une aussi grande maison, il y a très peu de domestiques, parce que le maître n'y a jamais beaucoup habité, et quand il y vient, comme il est célibataire, il n'a pas beaucoup d'exigence. Mais moi, je suis toujours d'avis qu'il vaut mieux pécher par excès de précautions ; une porte est vite verrouillée, et il est toujours bon d'avoir un verrou tiré entre soi et le malheur qui peut rôder alentour. Bien des gens, Miss, s'en remettent en toutes choses à la Providence ; moi, toutefois, je dis que la Providence ne nous dispense pas d'agir ; elle bénit d'ailleurs, souvent, nos prudentes initiatives. »

Elle termina là sa harangue, longue pour elle, et débitée avec la gravité d'une quakeresse.

Je demeurai absolument confondue, par ce qui me paraissait une extraordinaire maîtrise de soi et la plus impénétrable des hypocrisies. A ce moment la cuisinière entra :

« Mrs. Poole, dit-elle, s'adressant à Grace, le déjeuner des domestiques va être servi ; voulez-vous descendre ?

« — Non, mettez seulement mon pot de bière et un morceau de pudding sur un plateau, et je l'emporterai là-haut.

— Voulez-vous un peu de viande ?

— Juste un morceau, et un peu de fromage, c'est tout.

— Et le sagou ?

— Ne vous en inquiétez pas, pour l'instant ; je descendrai avant l'heure du thé, et le préparerai moi-même. »

La cuisinière se tourna alors vers moi pour me dire que Mrs. Fairfax m'attendait. Je quittai donc la pièce.

J'entendis à peine le récit que Mrs. Fairfax me fit de l'incendie des rideaux, au cours du déjeuner, tellement je me creusais la cervelle pour déchiffrer l'énigme du caractère de Grace Poole, et surtout pour chercher à résoudre le problème de ses activités à Thornfield. Je me demandais pourquoi elle n'avait pas été arrêtée dès le matin, ou tout au moins congédiée du service de son maître. Mr. Rochester m'avait laissé entendre la nuit dernière qu'il était convaincu de sa culpabilité ; quelle mystérieuse raison l'empêchait de l'accuser ? Pourquoi m'avait-il demandé, à moi aussi, de garder le secret ? N'était-il pas fort singulier qu'un gentleman intrépide, vindicatif et hautain, se révélât ainsi sous la domination de la dernière des servantes, à tel point que, même lorsqu'elle attentait à sa vie, il n'osait la déclarer ouvertement coupable de cette tentative, moins encore l'en punir ?

Si Grace avait été jeune et belle, j'aurais été portée à croire que c'étaient des sentiments plus tendres que la prudence ou la crainte qui influençaient Mr. Rochester en sa faveur ; mais à voir son visage dur et son air de matrone, cette idée ne pouvait être qu'exclue. « Cependant, pensai-je, elle a été jeune ; sa jeunesse a dû être contemporaine de celle de son maître ; Mrs. Fairfax m'a dit un jour qu'elle était ici depuis de nombreuses années. Je ne crois pas qu'elle ait jamais été jolie, mais, pour autant que je le sache, il est possible qu'elle possède une originalité, une force de caractère qui compensent son manque d'avantages extérieurs. Mr. Rochester aime l'audace, la singularité ; or, Grace est, pour le moins, singulière. Il se peut qu'un ancien caprice — chose très possible chez une nature aussi impétueuse et opiniâtre que la sienne — l'ait mis sous le joug de cette femme et qu'elle exerce à présent une secrète influence sur son comportement, conséquence de sa propre imprudence, dont il ne peut se délivrer et n'ose s'affranchir. » J'en étais là de mes hypothèses, quand se dessina dans ma pensée la silhouette carrée et plate de Mrs. Poole, sa figure peu avenante, sèche, vulgaire même. « Non, me dis-je, c'est impossible, ma supposition est inadmissible. » — « Cependant, me suggéra la voix secrète qui parle au « fond du cœur, toi non plus, tu n'es pas belle, et, peut-être « ne déplais-tu pas malgré cela à Mr. Rochester ; du moins « as-tu souvent pensé qu'il en était ainsi ; la nuit précédente « encore, rappelle-toi ses paroles, rappelle-toi son regard, « rappelle-toi sa voix ! »

Je me rappelais fort bien son langage, l'expression de ses yeux, son ton de voix, tout me revenait intensément en mémoire. Je me trouvais alors dans la salle d'étude ; Adèle dessinait, j'étais inclinée vers elle, guidant son crayon, lorsqu'elle releva la tête et s'écria avec une sorte de tressaillement :

« *Qu'avez-vous, Mademoiselle ? Vos doigts tremblent comme la feuille, et vos joues sont rouges ; mais rouges comme des cerises*[1].

— J'ai chaud, Adèle, parce que je viens de me pencher. »
Elle se remit à dessiner et je poursuivis ma rêverie.

Je me hâtai de chasser de mon esprit l'idée odieuse qui m'était venue au sujet de Grace Poole ; elle me répugnait. Je me comparai à elle et finis par conclure que nous étions différentes. Bessie Leaven m'avait dit que j'avais tout à fait l'air d'une dame ; et elle disait vrai. Or, maintenant, j'étais beaucoup mieux que lorsque Bessie m'avait vue, j'avais le teint plus éclatant, j'avais engraissé, j'étais plus vive, plus animée, parce que mes espoirs étaient plus brillants, mes joies plus ardentes.

« Le soir approche, me dis-je, regardant vers la fenêtre. Je n'ai entendu aujourd'hui ni la voix ni le pas de Mr. Rochester dans la maison, mais je le verrai certainement avant la nuit. Ce matin je redoutais cette rencontre, maintenant je la désire ; l'attente a si longtemps été déçue qu'elle est devenue de l'impatience. »

Quand la nuit fut venue, et qu'Adèle me quitta pour aller jouer dans la nursery avec Sophie, je la désirai ardemment. Je guettais le coup de sonnette du rez-de-chaussée, je guettais la venue de Leah avec un message. Parfois, je croyais entendre le pas de Mr. Rochester, me tournais vers la porte, m'attendant à la voir s'ouvrir devant lui. La porte resta fermée ; seule, à travers la fenêtre, l'obscurité envahissait la pièce. Il n'était pas tard, cependant, Mr Rochester me fai-

1. En français dans le texte.

sait souvent appeler à sept ou huit heures, et il n'en était encore que six. Non, mon espoir ne serait pas déçu ce soir, alors que j'avais tant de choses à lui dire. Je voulais lui parler encore de Grace Poole, pour savoir ce qu'il en dirait ; je voulais lui demander franchement s'il la croyait réellement l'auteur de l'horrible attentat de la veille, et, dans ce cas, pourquoi il gardait le secret sur son crime. Peu importait que ma curiosité l'irritât, je prenais plaisir à le taquiner et à le calmer tour à tour, c'était même dans ce plaisir que je goûtais le plus grand charme ; un instinct sûr m'empêchait toujours d'aller trop loin ; je ne m'aventurais jamais jusqu'à le provoquer, mais cela m'amusait d'exercer mon habileté à l'extrême limite. Tout en ne manquant jamais de lui témoigner un scrupuleux respect et de garder constamment une attitude conforme à ma position, je pouvais discuter sans crainte avec lui, sans nulle gêne, et nous nous en trouvions bien l'un et l'autre.

Enfin, un pas fit craquer l'escalier ; Leah parut, mais ce fut seulement pour m'annoncer que le thé était servi dans l'appartement de Mrs. Fairfax. Je m'y rendis, heureuse malgré tout de descendre, m'imaginant que je serais ainsi plus près de Mr. Rochester.

« Vous devez avoir besoin de prendre votre thé, me dit la bonne dame quand je la rejoignis, vous avez si peu mangé au déjeuner. J'ai peur, continua-t-elle, que vous ne soyez pas bien aujourd'hui, vous êtes toute rouge et vous paraissez fiévreuse.

— Oh ! je vais très bien, je ne me suis jamais mieux portée.

— Alors il faut le prouver en ayant bon appétit ; voulez-vous remplir la théière pendant que je finis de tricoter les mailles de cette aiguille ? »

Sa tâche terminée, elle se leva pour baisser la jalousie qu'elle avait laissée relevée afin, je le suppose, de profiter des dernières lueurs du jour ; mais le crépuscule qui s'était assombri rapidement avait fait place présentement à une obscurité complète.

« Il fait beau ce soir bien qu'il n'y ait pas d'étoiles, dit-elle, en regardant à travers les vitres. En somme Mr. Rochester a eu une belle journée pour faire son voyage.

— Son voyage ! Mr. Rochester est donc parti ? Je l'ignorais.

— Oh ! Il est parti aussitôt après le petit déjeuner. Il est allé aux Leas, la résidence de Mr. Eshton, à dix milles au-delà de Millcote. Je crois que toute une société y est réunie : Lord Ingram, Sir George Lynn, le colonel Dent et d'autres.

— Pensez-vous qu'il sera de retour ce soir ?

— Non, ni demain ; je pense qu'il y restera très probablement une semaine, ou davantage. Quand cette haute aristocratie mondaine s'assemble, c'est au milieu de tant d'élégance, de gaieté, de plaisirs et de divertissements de toutes sortes, que personne n'a hâte de se séparer. Les messieurs, en particulier, sont souvent fort recherchés en de telles occasions ; et Mr. Rochester est si spirituel et gai en société qu'on souhaite partout sa présence ; il est le grand favori des dames, bien que son extérieur ne semble pas fait pour le recommander particulièrement à leurs yeux ; sans doute ses talents, son intelligence, peut-être aussi sa fortune et sa naissance, compensent-ils quelques petites imperfections de sa personne.

— Y a-t-il des dames aux Leas ?

— Il y a Mrs. Eshton et ses trois filles, jeunes demoiselles fort élégantes, ma foi ; et il y a l'honorable Blanche et l'honorable Mary Ingram, qui doivent être de très belles femmes. J'ai vu Blanche, il y a six ou sept ans ; c'était alors une jeune fille de dix-huit ans, elle était venue ici, à un bal et à une soirée de Noël donnés par Mr. Rochester. Que n'avez-vous vu la salle à manger, ce soir-là, richement décorée, brillamment éclairée ! Il y avait bien là une cinquantaine de dames et de messieurs, appartenant tous aux plus grandes familles du comté ; Miss Ingram fut la *belle* [1] de la soirée.

— Vous l'avez vue, dites-vous, Mrs. Fairfax ? Comment était-elle ?

— Oui, je l'ai vue. Les portes de la salle à manger étaient grandes ouvertes, car c'était Noël, et les domestiques avaient eu la permission de se réunir dans le vestibule pour entendre les dames chanter et faire de la musique. Mr. Rochester avait désiré ma présence et je m'étais assise dans un coin tranquille, d'où je pouvais observer tout ce monde. Je n'ai jamais vu plus magnifique spectacle ; les dames avaient des toilettes splendides ; la plupart d'entre elles — du moins parmi les plus jeunes — me parurent belles ; mais Miss Ingram était certainement la reine.

— Comment était-elle ?

— Grande, avec une gorge admirable, des épaules tombantes, un cou allongé et gracieux, un teint olivâtre, foncé et mat, des traits pleins de noblesse, des yeux, un peu

1. En français dans le texte.

comme ceux de Mr. Rochester, grands, noirs et aussi étincelants que ses bijoux. Et puis, quelle magnifique chevelure elle avait, noire comme une aile de corbeau ! et comme sa coiffure lui allait bien : une couronne d'épaisses tresses par-derrière, et sur le devant, les boucles les plus longues, les plus soyeuses que j'aie jamais vues ! Elle avait une robe d'une blancheur éblouissante ; une écharpe couleur d'ambre, jetée sur une de ses épaules et passant sur sa poitrine, était fixée à la taille du côté opposé ; les extrémités garnies de franges tombaient au-dessus du genou. Dans ses cheveux, une fleur du même ton contrastait harmonieusement avec la masse de ses boucles de jais.

— Elle fut très admirée, naturellement ?

— Oui, bien sûr ; non seulement pour sa beauté, mais aussi pour ses talents. Elle fut une des dames qui chantèrent ; un des messieurs l'accompagna au piano ; ensuite elle chanta un duo, avec Mr. Rochester.

— Mr. Rochester ! Je ne savais pas qu'il chantât.

— Il a une belle voix de basse, et un goût musical très sûr.

— Et Miss Ingram, quelle voix avait-elle ?

— Une voix très timbrée, puissante, elle chanta délicieusement ; c'était un plaisir de l'entendre ; puis elle se mit au piano. Je ne suis pas juge en matière de musique, mais Mr. Rochester est connaisseur, et je l'entendis dire que son exécution était remarquable.

— Et cette belle jeune fille, si accomplie, n'est pas encore mariée ?

— Il paraît que non ; j'imagine que ni elle ni sa sœur n'ont beaucoup de fortune. Les biens du vieux Lord Ingram étaient presque exclusivement des majorats et c'est le fils aîné qui a hérité de la plupart.

— Mais comment se fait-il qu'aucun riche noble, qu'aucun riche gentleman, ne se soit épris d'elle ; Mr. Rochester, par exemple. Il est riche, n'est-ce pas ?

— Oh oui ! Mais, voyez-vous, il y a entre eux une différence d'âge considérable, Mr. Rochester a près de quarante ans ; elle, n'en a que vingt-cinq.

— Qu'importe ! on voit tous les jours des mariages plus disproportionnés.

— C'est vrai ; cependant, j'ai peine à croire que Mr. Rochester puisse avoir une telle idée... Mais vous ne mangez rien, vous avez à peine goûté à quelque chose depuis que le thé est servi !

— J'ai trop soif pour manger. Voulez-vous me donner une autre tasse de thé ? »

J'allais encore revenir sur les probabilités d'une union entre Mr. Rochester et la belle Blanche, lorsqu'Adèle entra. La conversation prit alors un autre cours.

Lorsque je fus seule, une fois de plus, je me remémorai les nouvelles que j'avais apprises. J'analysai les pensées, les sentiments que j'éprouvais dans le fond de mon cœur et, d'une main impitoyable, m'efforçai de ramener au bercail du bon sens ceux qui s'étaient égarés dans les stériles espaces sans chemins, sans limites, de l'imagination.

Appelée à ma propre barre, ma mémoire évoqua les espoirs, les désirs, les aspirations que j'avais nourris depuis la nuit précédente, l'état d'esprit auquel je m'étais abandonnée depuis bientôt quinze jours. Ma raison s'avança, à son tour, et, de sa voix tranquille, fit un récit simple et sans ornement, montrant comment j'avais repoussé la réalité, pour saisir la fiction avec une avidité proprement folle. Je prononçai alors ce jugement :

« Jamais plus grande insensée que Jane Eyre ne respira souffle de vie ; jamais sotte plus chimérique ne se grisa de mensonges agréables, et n'avala poison comme si ce fût nectar. »

« *Toi*, me dis-je, l'une des préférées de Mr. Rochester ! *Toi*, douée du pouvoir de lui plaire ! *Toi*, être de quelque importance pour lui ! Va, ta déraison me fait mal ! Et tu as pris plaisir à des marques occasionnelles de sympathie ! marques équivoques, données de la part d'un gentleman de grande famille, d'un homme du monde, à une subordonnée candide. Comment l'as-tu osé ? Pauvre dupe stupide ! Ton propre intérêt même n'a-t-il pu te rendre plus raisonnable ? Tu t'es répété ce matin la brève scène de la nuit passée ? Voile ta face et n'éprouve que honte ! Il t'a fait compliment de tes yeux, n'est-ce pas ? Aveugle poupée ! Ouvre tes paupières troublées, pour voir ta maudite extravagance. Il n'est bon pour aucune femme d'être flattée par son supérieur, qui ne peut songer à l'épouser ; chez toutes c'est folie de laisser s'allumer en leur cœur un amour secret, car, s'il n'est payé de retour et reste ignoré, il consumera la vie qui en est le support ; s'il est deviné, partagé, il ne pourra, tel un feu follet, qu'entraîner dans des solitudes aux marécages inextricables.

« Écoute donc, Jane Eyre, ta condamnation : demain, pose ton miroir devant toi ; dessine fidèlement au crayon ton propre portrait, sans atténuer aucun défaut, sans omettre une ligne dure, sans estomper les irrégularités disgracieuses ; écris dessous : *Portrait d'une institutrice sans famille, pauvre et laide*.

« Prends ensuite une plaque d'ivoire poli — tu en as une toute prête dans ta boîte —, mélange sur ta palette les tons les plus frais, les plus délicats, les plus clairs ; choisis tes pinceaux en poils de chameau les plus fins, dessine avec soin le visage le plus charmant que tu puisses imaginer, colore-le de tes teintes les plus suaves, des tons les plus doux, suivant la description que Mrs. Fairfax a faite de Blanche Ingram ; n'oublie pas les boucles noires comme des plumes de corbeau, les yeux d'Orientale. Comment ! tu songes à prendre pour modèle ceux de Mr. Rochester ! De la discipline ! Pas de pleurnicherie, pas de sensiblerie, pas de regrets ! Je ne tolère que raison, que courage. Rappelle-toi les traits nobles et harmonieux, le cou et le buste grecs, laisse voir l'arrondi du bras éblouissant, la délicatesse de la main, n'omets ni la bague de diamants, ni le bracelet d'or ; rends fidèlement la toilette, les dentelles aériennes, le satin brillant, la gracieuse écharpe et la rose dorée. Ce portrait sera celui de *Blanche Ingram, dame de qualité accomplie*.

« Chaque fois qu'à l'avenir il t'arrivera d'imaginer que Mr. Rochester pense quelque bien de toi, prends ces deux portraits, et compare-les ; dis-toi : « Mr. Rochester pourrait « sans doute obtenir l'amour de cette noble dame, s'il vou- « lait en prendre la peine ; est-il vraisemblable qu'il puisse « accorder une pensée sérieuse à cette pauvre et insigni- « fiante roturière ? »

« C'est ce que je vais faire », décidai-je.

Après avoir pris cette détermination, je devins plus calme et m'endormis.

Je tins parole. Une heure ou deux me suffirent pour esquisser mon propre portrait au crayon, et, en moins d'une quinzaine de jours, j'eus achevé une miniature sur ivoire d'une Blanche Ingram imaginaire. C'était un visage charmant ; quand on le comparaît à la tête dessinée au crayon, ma fidèle image, le contraste était aussi complet que ma raison pouvait le désirer. Ce travail me fut profitable ; il avait occupé mes mains, mon esprit, et avait donné force et fixité aux impressions nouvelles que je voulais graver dans mon cœur de façon indélébile.

J'eus bientôt des raisons de me féliciter d'avoir obligé ma sensibilité à se soumettre à cette saine discipline ; grâce à elle, je pus subir avec le calme qui convenait les événements qui suivirent. Si je n'y avais été préparée, je n'aurais probablement pas pu conserver ce calme, même extérieurement.

CHAPITRE XVII

Une semaine se passa sans nouvelles de Mr. Rochester. Après dix jours il n'était toujours pas revenu ; Mrs. Fairfax me dit qu'elle ne serait pas étonnée s'il se rendait directement des Leas à Londres, et, de là, sur le continent, sans reparaître à Thornfield avant l'année suivante ; il avait bien souvent quitté le manoir d'une façon aussi brusque et inattendue. En entendant cela, je sentis un froid étrange m'envahir ; mon cœur défaillait. Je ne pus m'empêcher d'éprouver une sensation de désappointement qui me faisait mal ; mais, me ressaisissant, je fis appel à mes principes, et remis de l'ordre dans mes sensations. Il fut surprenant de voir comme je parvins à maîtriser ma passagère erreur et à mesurer combien je me trompais en supposant que j'avais quelque raison de prendre un intérêt capital aux faits et gestes de Mr. Rochester. Ce n'est pas que je me fusse humiliée par une idée servile d'infériorité ; au contraire, je me disais simplement ceci :

« Tu n'as rien de plus à faire avec le maître de Thornfield que de recevoir les gages qu'il te donne pour instruire sa protégée, de lui être reconnaissante pour le respect et la bonté que tu es en droit d'attendre de lui si tu fais ton devoir. Sois sûre que c'est là le seul lien qu'il reconnaisse sincèrement entre lui et toi ; ne fais donc pas de lui l'objet de tes sentiments les plus purs, de ton ravissement, de ton angoisse, et ainsi de suite. Il n'est pas de ton rang ; reste dans ton milieu, et aie trop le respect de toi-même pour prodiguer tout ton amour, ton âme, ton énergie, là où un tel don n'est pas désiré et serait méprisé. »

Je repris ma tâche quotidienne avec tranquillité, mais, de temps en temps, mon cerveau était envahi de vagues suggestions pour trouver des raisons de quitter Thornfield ; malgré moi, je ne cessais de rédiger des annonces, me perdant en conjectures sur des situations nouvelles. Je ne trouvais pas nécessaire de chasser ces pensées-là ; elles pouvaient peut-être germer et porter des fruits.

Il y avait plus de quinze jours que Mr. Rochester était absent, lorsque Mrs. Fairfax reçut une lettre.

« Cette lettre est du maître, dit-elle, en regardant l'adresse. Nous allons sans doute savoir si nous devons attendre son retour, ou non. »

Et, tandis qu'elle brisait le cachet et lisait la lettre, je continuai à boire mon café — nous étions en train de prendre le petit déjeuner — il était chaud — aussi attribuai-je à ce fait la violente rougeur qui me monta soudain au visage. Pourquoi ma main tremblait-elle ? Pourquoi, sans le vouloir, renversai-je la moitié du contenu de ma tasse dans ma soucoupe ? C'est ce que je ne voulus pas approfondir.

« Si je trouve par moments que nous sommes trop tranquilles ici, nous risquons à présent, au moins pendant un certain temps, d'être fort occupées », dit Mrs. Fairfax, tenant toujours la lettre devant ses lunettes.

Avant de me permettre de demander une explication, je rattachai le cordon du tablier d'Adèle, qui s'était dénoué, je lui donnai un autre petit pain et remplis sa tasse de lait ; je dis alors d'un air indifférent :

« Mr. Rochester ne va sans doute pas revenir de sitôt ?

— Mais si ! il revient dans trois jours, c'est-à-dire jeudi prochain, et il ne reviendra pas seul. Je ne sais le nombre des élégantes personnes des Leas qui vont l'accompagner ; il m'ordonne de faire préparer les meilleures chambres ; de faire nettoyer à fond la bibliothèque et les salons ; il faut que je fasse venir des aides de cuisine de l'auberge du Roi George, à Millcote, et de partout où j'en trouverai ; les dames doivent amener leurs femmes de chambre ; les messieurs, leurs valets ; nous allons en avoir une pleine maison. »

Mrs. Fairfax avala son déjeuner et partit en hâte pour commencer les opérations.

Comme elle l'avait prédit, les trois journées furent bien remplies. Toutes les chambres de Thornfield m'avaient semblé merveilleusement propres et en ordre, mais il faut croire que je m'étais trompée. Trois femmes vinrent aider aux travaux, et jamais, auparavant ni depuis lors, je n'ai tant vu frotter, brosser, laver des peintures, battre des tapis, décrocher et remettre en place des tableaux, astiquer des miroirs et des lustres, allumer des feux dans les chambres à coucher, étendre des draps et des lits de plumes devant les cheminées. Adèle était déchaînée au milieu de tout cela : ces préparatifs pour la réception, la perspective de l'arrivée des invités la transportaient de joie. Sophie dut faire la révision de ses « *toilettes* [1] » — c'est ainsi qu'elle appelait ses robes —, rafraîchir celles qui étaient « *passées* [2] », sortir et préparer les neuves. Elle ne faisait que s'ébattre dans les chambres de .

1. En français dans le texte.
2. En français dans le texte.

la façade, sauter sur les lits et rebondir à terre, se coucher sur les matelas, sur les traversins et les oreillers empilés les uns sur les autres devant d'énormes feux qui ronflaient dans les cheminées. Elle était dispensée de ses leçons ; Mrs. Fairfax m'avait enrôlée à son service ; je passais toute la journée dans l'office, à l'aider, elle et la cuisinière, à les gêner plutôt ! J'apprenais à faire des flans, des tartelettes à la crème, de la pâtisserie à la française, à trousser le gibier et à garnir les compotiers pour le dessert.

On attendait l'arrivée des invités le jeudi après-midi, à six heures, pour dîner.

Dans cet intervalle, je n'eus pas le loisir de caresser des chimères ; je crois bien que je fus aussi active et aussi gaie que les autres, à l'exception d'Adèle, bien entendu. Pourtant, de temps à autre, ma gaieté recevait comme le coup d'arrêt d'une douche, et je me retrouvais, malgré moi, en proie au doute, aux tristes présages, aux sombres conjectures. Cela se produisait quand il m'arrivait de voir la porte de l'escalier du troisième étage — toujours fermée à clef depuis quelque temps — s'ouvrir lentement et livrer passage à Grace Poole, avec sa coiffe soignée, son tablier blanc et son fichu. Elle glissait silencieusement le long de la galerie, d'un pas tranquille, assourdi par ses chaussons de lisière, jetait un coup d'œil dans les chambres, où tout était en mouvement et sens dessus dessous, disant un mot, le cas échéant, à la femme de ménage, sur la meilleure manière de faire briller une grille, de nettoyer un marbre de cheminée, d'enlever les taches du papier des murs, et poursuivait son chemin. Elle descendait ainsi à la cuisine une fois par jour, y déjeunait, fumait une petite pipe au coin du feu, et s'en retournait, emportant son pot de bière avec elle pour égayer la solitude de sa sombre retraite. Elle ne passait qu'une heure sur vingt-quatre avec les autres domestiques, au rez-de-chaussée. Elle était le reste du temps au troisième étage, dans une des chambres lambrissées de chêne, à plafond bas, où elle cousait et, probablement, riait pour elle-même, de son rire lugubre, aussi solitaire qu'un prisonnier dans son cachot.

Ce qu'il y avait de plus surprenant, c'est que personne dans la maison, sauf moi, ne faisait attention à ses habitudes ou ne semblait s'en étonner ; personne ne discutait sa situation ni son emploi ; nul n'avait pitié de sa solitude ou de son isolement. Une fois, il est vrai, je surpris un fragment de conversation entre Leah et une des femmes de ménage dont Grace était le sujet. Leah venait de dire quelque chose que je n'avais pu saisir, et la femme de ménage fit cette remarque :

« Je suppose qu'elle doit avoir de bons gages ?

— Oui, dit Leah, je voudrais bien en avoir autant ; non pas que j'aie à me plaindre des miens ; on n'est pas avare, à Thornfield, mais ils ne sont pas le cinquième de ceux de Mrs. Poole. Elle met de l'argent de côté ; elle va tous les trimestres à la banque de Millcote. Je ne serais pas étonnée qu'elle eût assez d'économies pour mener une vie indépendante s'il lui plaisait de s'en aller ; mais elle s'est sans doute habituée à ce qu'elle fait ici, et puis, elle n'a pas encore quarante ans, elle est forte, capable de faire n'importe quoi. Il est trop tôt pour qu'elle se retire.

— C'est certainement une personne sur qui l'on peut compter, dit la femme de ménage.

— Oh ! elle comprend mieux que quiconque ce qu'elle a à faire, répliqua Leah d'un ton significatif, et en dépit de tout l'argent qu'elle gagne, n'importe qui ne pourrait chausser ses souliers.

— C'est vrai, répondit l'autre. Je me demande si le maître... »

Elle allait continuer, mais à ce moment Leah se retourna, m'aperçut, et lui poussa légèrement le coude.

« Ne sait-elle rien ? » chuchota la femme de ménage.

Leah fit un signe de tête négatif, et la conversation s'arrêta net.

Je conclus de tout cela qu'il y avait, à Thornfield, un mystère qu'on me celait à dessein.

Le jeudi arriva. Tous les préparatifs avaient été terminés la veille au soir. On avait remis les tapis, les rideaux des lits, étalé les courtepointes d'une éclatante blancheur, garni les tables de toilette, rempli les vases de fleurs ; le mobilier reluisait ; nulle main n'aurait pu ajouter à la fraîcheur et à la splendeur des chambres et des salons. Le vestibule, comme le reste, était admirable de netteté ; la grande horloge sculptée, les marches et la rampe de l'escalier, brillaient comme des miroirs. Dans la salle à manger, la crédence resplendissait des feux étincelants de l'argenterie ; dans le salon et le boudoir, des fleurs exotiques s'épanouissaient de tous côtés, dans des vases.

Puis ce fut l'après-midi ; Mrs. Fairfax mit sa plus belle robe de satin noir, ses gants, sa montre en or, car c'était elle qui devait recevoir les invités, conduire les dames dans leurs chambres, etc. Adèle voulut aussi qu'on l'habillât, mais, à mon avis, il y avait peu de chances pour qu'elle fût présentée dès le premier soir. Cependant, pour lui faire plaisir, je permis à Sophie de lui mettre une de ses robes de mousseline, courte et bouffante. Quant à moi, je n'avais pas besoin de changer de toilette, je n'aurais pas à quitter mon sanctuaire de la salle d'étude ; oui, elle était devenue pour moi un véritable sanctuaire, un bien agréable refuge en temps agité.

C'était une journée de printemps, douce et sereine, une de ces journées qui, vers la fin de mars ou le début d'avril, annoncent l'été. Elle allait s'achever, mais la soirée elle-même était tiède, je travaillais dans la salle d'étude avec la fenêtre ouverte.

« Il se fait tard, dit Mrs. Fairfax, entrant dans un frou-frou soyeux. Je suis contente d'avoir commandé le dîner pour une heure plus tard que celle fixée par Mr. Rochester, car il est déjà plus de six heures. J'ai envoyé John en bas, jusqu'aux grilles, voir s'il y a quelque chose sur la route ; de là, on peut distinguer assez loin dans la direction de Mill-cote. »

Elle s'avança vers la fenêtre.

« Le voici ! dit-elle. Eh bien ! John, continua-t-elle, en se penchant au-dehors, quelles nouvelles ?

— Ils arrivent, madame, répondit-il, ils seront ici dans dix minutes. »

Adèle se précipita à la fenêtre. Je l'y suivis, prenant la précaution de me mettre sur le côté, de façon à voir sans être vue, derrière l'écran du rideau.

Les dix minutes que John avait accordées parurent très longues. Enfin on entendit un bruit de roues, et quatre cavaliers, suivis de deux voitures découvertes, montèrent l'avenue au galop. Des voiles flottants, des plumes ondoyantes emplissaient les véhicules. Deux des cavaliers étaient de jeunes gentlemen à l'air audacieux ; le troisième était Mr. Rochester, monté sur son cheval noir Mesrour, avec Pilot bondissant devant lui ; à son côté chevauchait une dame dont l'amazone d'un rouge pourpre balayait presque le sol ; son voile flottait au vent dans toute son ampleur ; de magnifiques boucles d'un noir d'ébène se mêlaient à ses plis transparents et rayonnaient au travers. Tous deux ouvraient la marche.

« Miss Ingram ! » s'exclama Mrs. Fairfax ; et elle se hâta de descendre pour remplir son rôle.

La cavalcade, suivant la courbe de l'avenue, contourna rapidement l'angle de la maison, et je la perdis de vue. Adèle me supplia de la laisser descendre, mais je la pris sur mes genoux et lui fis comprendre qu'elle ne devait, sous aucun prétexte, et à quelque moment que ce fût, se risquer à paraître devant les dames sans y avoir été expressément invitée ; autrement, Mr. Rochester serait fort en colère, etc. Elle versa quelques larmes, bien naturelles, en m'écoutant, mais comme je commençais à prendre mon air grave, elle consentit enfin à les sécher.

Une joyeuse animation régnait à présent dans le vestibule. Les voix graves des messieurs et les accents argentins des dames se mêlaient harmonieusement et, sur le tout, sans qu'elle fût forcée, se reconnaissait la voix sonore du maître de Thornfield-Hall, souhaitant la bienvenue sous son toit à ses élégants et nobles hôtes. Puis des pas légers montèrent l'escalier et résonnèrent dans la galerie ; il y eut des éclats de rire délicats et joyeux ; des portes s'ouvrirent, se refermèrent et, pendant quelques instants, tout se tut.

« *Elles changent de toilette* [1] », s'écria Adèle qui, l'oreille attentive, avait suivi chaque mouvement. Elle ajouta en soupirant :

« *Chez maman, quand il y avait du monde, je le suivais partout, au salon et à leurs chambres* (sic) ; *souvent je regardais les femmes de chambre coiffer et habiller les dames, et c'était si amusant : comme cela on apprend* [2].

— N'avez-vous pas faim, Adèle ?

— *Mais oui, Mademoiselle : voilà cinq ou six heures que nous n'avons pas mangé* [3].

— Eh bien ! pendant que les dames sont dans leurs chambres, je vais me hasarder à descendre pour aller vous chercher quelque chose. »

Sortant avec précaution de ma retraite, je pris l'escalier de service qui conduisait directement à la cuisine. Dans cette région, tout était en effervescence et en mouvement ; le potage et le poisson avaient atteint leur dernier degré de cuisson, et la cuisinière, penchée sur ses creusets, était dans un état physique et moral faisant craindre qu'elle n'entrât en combustion spontanée. Dans la salle des domestiques, deux cochers et trois valets se tenaient debout ou assis autour du feu ; les femmes de chambre, je le suppose, étaient en haut avec leurs maîtresses ; les nouveaux domestiques engagés à Millcote allaient et venaient de tous côtés, affairés. Me frayant un passage à travers cette cohue, j'attei-

1. En français dans le texte.
2. En français dans le texte.
3. En français dans le texte.

gnis enfin l'office où je pris un poulet froid, un petit pain, quelques tartelettes, une ou deux assiettes, un couteau, une fourchette, et remontai en hâte avec mon butin. J'avais regagné la galerie et je venais de refermer la porte de l'escalier derrière moi, quand un murmure croissant m'avertit que ces dames allaient quitter leurs chambres. Je ne pouvais arriver à la salle d'étude sans passer devant quelques-unes de leurs portes et courir le risque d'être surprise avec toutes mes provisions. Je restai donc immobile à cette extrémité de la galerie qu'aucune fenêtre n'éclairait et qui était sombre, très sombre même, à présent, car le soleil était couché et le crépuscule tombait.

Bientôt les chambres se vidèrent l'une après l'autre de leurs belles occupantes, qui sortirent, gaies et légères, leurs robes brillant avec éclat dans la pénombre. Un instant, elles se groupèrent à l'autre bout de la galerie, causant sur un ton agréable de vivacité contenue, puis descendirent l'escalier sans faire plus de bruit qu'une brume lumineuse glissant au flanc d'une colline. La vue de cet essaim m'avait laissé une impression d'élégance raffinée, telle que je n'en avais encore jamais éprouvée.

Je trouvai Adèle aux aguets, à la porte de la salle d'étude qu'elle tenait entrouverte.

« Quelles belles dames ! s'écria-t-elle en anglais. Oh ! je voudrais bien aller auprès d'elles ! Croyez-vous que Mr. Rochester nous fasse appeler, tout à l'heure, après le dîner ?

— Non, vraiment, je ne le crois pas, Mr. Rochester a autre chose à penser. Ne songez plus à ces dames, ce soir ; peut-être les verrez-vous demain ; voici votre dîner. »

Elle était réellement affamée ; aussi le poulet et les tartelettes réussirent-ils à la distraire pendant un moment. Il était heureux que j'aie pu me procurer ces victuailles ; sans cela, Adèle et moi, ainsi que Sophie, à qui je remis sa part de notre repas, aurions été en danger de nous passer de dîner. Tout le monde, en bas, était trop occupé pour penser à nous. Le dessert ne fut servi qu'après neuf heures, et à dix heures, les valets allaient et venaient encore avec leurs plateaux et les tasses à café. Je permis à Adèle de veiller beaucoup plus tard qu'à l'ordinaire, car elle prétendait qu'elle ne pourrait s'endormir tant qu'elle entendrait les portes s'ouvrir et se refermer en bas, ainsi que le va-et-vient des uns et des autres ; ajoutant qu'un message de Mr. Rochester pourrait venir quand elle serait déshabillée ; *« et alors quel dommage* [1] *! »*

---

1. En français dans le texte.

Je lui racontai des histoires aussi longtemps qu'elle voulut les écouter ; puis, pour changer, je l'emmenai dans le corridor. La lampe du vestibule était maintenant allumée, et cela l'amusait de regarder par-dessus la balustrade, pour voir les domestiques aller et venir. Tard dans la soirée, des sons nous parvinrent du salon où l'on faisait de la musique, car le piano y avait été transporté. Nous nous assîmes toutes deux sur la première marche de l'escalier pour écouter. Une voix se mêla bientôt aux brillants accords de l'instrument : une dame chantait, et les sons étaient pleins de douceur. Le solo fut suivi d'un duo, puis d'un chant à plusieurs parties ; le murmure d'une joyeuse conversation remplissait les intervalles. J'écoutai longtemps ; soudain je découvris que mon oreille cherchait à analyser les timbres divers et essayait de distinguer, dans la confusion des accents, la voix de Mr. Rochester. Quand elle y réussit, ce qui ne fut pas long, elle eut encore bien à faire pour en saisir les paroles qui, à distance, lui arrivaient inarticulées.

L'horloge sonna onze heures. Je regardai Adèle dont la tête était appuyée sur mon épaule, les yeux de plus en plus alourdis par le sommeil. Je la pris dans mes bras et la portai dans son lit. Il était près d'une heure du matin quand les invités regagnèrent leurs chambres.

Le jour suivant fut aussi beau que le précédent ; les invités le consacrèrent à une excursion dans un site des environs. Ils partirent de bonne heure dans la matinée, les uns à cheval, les autres en voiture. J'assistai au départ ainsi qu'au retour. Miss Ingram, comme la veille, était la seule dame à cheval et, comme la veille, Mr. Rochester galopait à ses côtés ; tous deux chevauchaient un peu à l'écart des autres. J'en fis la remarque à Mrs. Fairfax, qui était à la fenêtre avec moi.

« Vous m'avez dit qu'il était peu probable qu'ils eussent l'intention de se marier ; vous voyez bien, cependant, que Mr. Rochester la préfère à toutes les autres dames.

— Oui, il l'admire, sans aucun doute.

— Et elle l'admire aussi, ajoutai-je ; voyez comme elle penche la tête vers lui, comme pour lui faire des confidences ; je voudrais bien voir son visage, je ne l'ai pas même encore aperçu.

— Vous la verrez ce soir, répondit Mrs. Fairfax. J'ai dit, par hasard, à Mr. Rochester combien Adèle désirait être présentée à ces dames, et il m'a répondu : « Qu'elle vienne au salon après dîner ; priez Miss Eyre de l'accompagner. »

— C'est par simple politesse qu'il a dit cela, mais je pense qu'il n'est pas nécessaire que j'y aille, répondis-je.

— Je lui ai fait observer, en effet, que vous n'aviez pas l'habitude du monde et qu'il ne vous plaîrait sans doute pas de vous trouver au milieu d'une société si gaie et uniquement composée d'étrangers. Il m'a répondu de sa façon brusque : « Niaiserie ! Si elle refuse, dites-lui que j'y tiens « particulièrement ; si elle persiste dans son refus, si elle « s'obstine à ne pas vouloir venir, ajoutez que j'irai moi- « même la chercher. »

— Je ne lui donnerai pas cette peine, répondis-je ; j'irai, puisque je ne puis faire autrement, mais cela ne me plaît guère. Y serez-vous Mrs. Fairfax ?

— Non, j'ai allégué diverses raisons, et Mr. Rochester a admis mes excuses. Je vais vous dire comment vous y prendre pour éviter l'ennui d'une entrée cérémonieuse, ce qui est la chose la plus désagréable en l'affaire. Il faut entrer au salon quand il n'y a encore personne, avant que les dames aient quitté la table, et choisir votre place dans un coin tranquille. Vous n'aurez pas besoin de rester long-temps après l'arrivée des messieurs, à moins que cela ne vous agrée ; il suffit que Mr. Rochester vous ait vue ; ensuite esquivez-vous, personne ne le remarquera.

— Ces invités vont-ils rester longtemps ?

— Peut-être deux ou trois semaines ; certainement pas davantage. Après les vacances de Pâques, Sir George Lynn, qui vient d'être élu membre du Parlement à Millcote, devra se rendre à Londres pour y siéger ; je suppose que Mr. Rochester l'accompagnera ; cela me surprend qu'il ait fait un séjour aussi prolongé à Thornfield. »

Ce ne fut pas sans une certaine appréhension que je vis approcher l'heure où je devais me rendre au salon avec mon élève, Adèle avait passé toute la journée dans le ravisse-ment, sachant qu'elle devait être présentée à ces dames dans la soirée ; elle ne retrouva son calme que lorsque Sophie eut commencé à l'habiller. L'importance de cette opération l'assagit rapidement ; et, lorsqu'elle fut coiffée avec ses boucles luisantes retombant en masse, qu'elle eut mis sa robe de satin rose, noué sa longue ceinture, ajusté ses mitaines de dentelle, elle eut l'air aussi grave qu'un juge. Il fut inutile de lui recommander de ne rien déranger à sa toilette ; elle s'assit d'un air sérieux dans son petit fauteuil, prenant soin de relever la jupe de sa robe, de peur de la froisser, et m'assura qu'elle n'en bougerait pas jusqu'à ce que je fusse prête. Ce fut vite fait ; j'eus bientôt mis ma plus jolie robe — la robe gris argent que j'avais achetée pour le mariage de Miss Temple, sans jamais l'avoir portée depuis —, lissé mes cheveux, épinglé ma broche, une perle, mon unique bijou. Nous descendîmes.

Fort heureusement, on pouvait accéder au salon autrement qu'en traversant la salle à manger où les invités étaient en train de dîner. Nous trouvâmes la pièce vide ; un beau feu brûlait silencieusement dans la cheminée de marbre et les chandelles de cire brillaient avec éclat dans cette solitude, parmi les fleurs exquises qui ornaient les tables. Le rideau cramoisi fermait la baie voûtée et, si légère que fût cette draperie qui nous séparait des hôtes réunis dans la salle à manger, ils parlaient d'un ton si bas qu'on ne distinguait rien de leur conversation, sinon un vague murmure.

Adèle, qui paraissait encore subjuguée par tant de solennité, s'assit, sans un mot, sur le tabouret que je lui désignai. Je me retirai sur la banquette d'une fenêtre, pris un livre sur une table voisine, et essayai de lire. Adèle apporta son tabouret à mes pieds et, peu après, me toucha le genou :

« Qu'y a-t-il, Adèle ?

— *Est-ce que je ne puis pas prendre une seule de ces fleurs magnifiques, Mademoiselle ? Seulement pour compléter ma toilette*[1].

— Vous pensez trop à votre « *toilette*[2] », Adèle, mais vous aurez tout de même une fleur. »

Je pris une rose dans un vase et la fixai à sa ceinture. Elle poussa un soupir d'ineffable satisfaction, comme si la coupe de son bonheur était maintenant comblée. Je détournai la tête pour dissimuler un sourire que je ne pus réprimer. Il y avait quelque chose de risible, et de pénible à la fois, dans l'amour ardent, inné, de cette petite Parisienne, pour la parure.

Le bruit léger d'un mouvement se fit entendre ; le rideau fut tiré et, à travers la baie, apparut la salle à manger avec son lustre allumé qui répandait sa lumière sur l'argenterie et les cristaux d'un magnifique service à dessert, couvrant une longue table. Un groupe de dames se tenait debout devant la baie ; elles pénétrèrent dans le salon et le rideau retomba derrière elles.

Elles n'étaient que huit, mais, je ne sais pourquoi, en les voyant entrer ainsi toutes ensemble, j'eus l'impression qu'elles étaient bien plus nombreuses. Quelques-unes étaient très grandes ; beaucoup étaient vêtues de blanc ; et,

1. En français dans le texte.
2. En français dans le texte.

à la manière de ces brouillards qui grossissent la lune, la majestueuse ampleur de leurs robes les faisait paraître plus imposantes. Je me levai et leur fis la révérence. Une ou deux y répondirent en inclinant la tête, les autres se contentèrent de me dévisager.

Elles se dispersèrent dans la pièce, et la légèreté, l'aisance de leurs mouvements, me firent penser à une nuée d'oiseaux au plumage blanc. Quelques-unes s'étendirent à demi sur les canapés et les ottomanes ; certaines se penchèrent sur les tables pour regarder les fleurs et les livres ; les autres se rassemblèrent en groupe autour du feu ; toutes parlaient sur un ton bas, mais clair, qui semblait leur être habituel. J'appris plus tard comment elles se nommaient ; je puis bien vous le dire dès à présent.

Il y avait d'abord Mrs. Eshton et deux de ses filles. Elle avait certainement été belle et était encore bien conservée. L'aînée de ses filles, Amy, plutôt petite, naïve, avec un visage et des façons d'enfant, avait quelque chose de piquant dans sa tournure ; sa robe de mousseline blanche, avec une ceinture bleue, lui allait à ravir. La seconde, Louisa, était plus grande, plus élégante d'allure et avait une de ces jolies figures que les Français appellent « un minois chiffonné », les deux sœurs avaient un teint de lis.

Lady Lynn était une grande et forte personne, d'une quarantaine d'années, très droite, l'air très hautain, somptueusement habillée d'une robe de satin moiré ; ses cheveux noirs, cerclés d'un diadème de pierreries, brillaient avec éclat à l'ombre d'une plume azurée.

Mrs. la colonelle Dent, moins fastueuse, me parut plus distinguée. Elle était élancée, avait un visage doux et pâle, des cheveux blonds ; sa robe de satin noir, son écharpe de magnifique dentelle de provenance étrangère, sa parure de perles, me plurent bien plus que l'irradiation d'arc-en-ciel de la dame titrée.

Mais les trois personnes qui retenaient le plus l'attention, peut-être à cause de leur haute taille, étaient la douairière Lady Ingram, et ses filles, Blanche et Mary. Toutes trois étaient des femmes extrêmement grandes. La douairière pouvait avoir de quarante à cinquante ans ; elle avait encore une jolie silhouette, des cheveux noirs — du moins à la lumière des chandelles — ; une denture apparemment encore parfaite. Presque tout le monde devait la trouver splendide, pour une femme de son âge ; et elle l'était, sans nul doute, physiquement ; mais il y avait dans son port et dans son visage une expression d'arrogance presque intolérable. Elle avait une tête de Romaine avec un double menton qui disparaissait dans un cou semblable à un pilier ; l'orgueil, qui gonflait et assombrissait ses traits, paraissait également y creuser des sillons ; par orgueil encore, elle tenait toujours son menton extraordinairement relevé. Ses yeux cruels et durs me rappelaient ceux de Mrs. Reed ; elle parlait d'une manière affectée, sa voix grave avait des inflexions prétentieuses et pontifiantes, en un mot, insupportables. Une robe de velours cramoisi et un cachemire des Indes, lamé d'or, qu'elle portait en turban, lui donnaient — du moins j'imagine qu'elle le croyait — une majesté vraiment impériale.

Blanche et Mary avaient la même stature ; elles étaient hautes et droites comme des peupliers. Mary était trop mince pour sa taille, mais Blanche était faite comme une Diane. Je la regardai, bien entendu, avec un intérêt spécial. Je voulais voir, tout d'abord, si son aspect correspondait bien à la description de Mrs. Fairfax : ensuite, si elle avait quelque ressemblance avec la miniature que j'avais exécutée d'après mon imagination, enfin... il faut bien le dire !... s'il y avait en elle quelque chose capable, selon moi, de plaire à Mr. Rochester.

Son extérieur répondait de point en point à mon portrait et à la description de Mrs. Fairfax. Le buste plein de noblesse, les épaules tombantes, le cou gracieux, les yeux noirs, les boucles brunes, tout y était. Mais son visage... ? Son visage était celui de sa mère, jeune toutefois et sans rides, avec le même front bas, les mêmes traits hautains, le même orgueil. Ce n'était pas, cependant, un orgueil aussi sombre : elle riait continuellement, d'un rire moqueur, et non moins moqueuse était l'expression habituelle de l'arc de ses lèvres dédaigneuses.

On dit que le génie a conscience de lui-même ; je ne sais si Miss Ingram était un génie, mais elle avait conscience de ce qu'elle était, et cela de façon vraiment évidente. Elle entama une conversation sur la botanique avec l'aimable Mrs. Dent ; il était visible que Mrs. Dent n'avait pas étudié cette science ; pourtant, comme elle le disait, elle aimait les fleurs, surtout les fleurs sauvages. Miss Ingram, qui l'avait étudiée, elle, se mit à débiter rapidement, d'un air pédant, tout un vocabulaire. Je m'aperçus bientôt qu'elle se moquait, en propres termes, de Mrs. Dent et se divertissait de son ignorance ; si sa raillerie était habile, elle ne révélait certainement pas une bonne nature. Elle joua du piano, son exécution fut brillante ; elle chanta, sa voix était belle ; elle parla français en aparté avec sa mère, elle le parlait bien, couramment et avec un bon accent.

Mary avait un visage plus doux et plus ouvert que celui de Blanche, des traits plus aimables aussi, un teint légèrement plus clair (Miss Ingram était brune comme une Espagnole) ; mais Mary manquait de vie ; sa physionomie était sans expression, ses yeux sans éclat ; elle n'avait rien à dire ; quand elle fut assise, elle resta rivée à son siège comme une statue dans sa niche. Les deux sœurs portaient des robes d'une blancheur immaculée.

Miss Ingram me paraissait-elle à présent la femme sur laquelle Mr. Rochester porterait vraisemblablement son choix ? Je ne pouvais le dire ; je ne connaissais pas ses goûts en matière de beauté féminine. S'il aimait ce qui est majestueux, elle était le type même de la majesté ; elle possédait de nombreux talents, elle était vivante. Je pensais que la plupart des hommes devaient l'admirer, et il me semblait avoir déjà la preuve que Mr. Rochester l'admirait, lui aussi. Pour m'enlever jusqu'à l'ombre d'un doute, il ne me restait qu'à les voir ensemble.

Vous pensez bien, lecteur, qu'Adèle n'était pas demeurée pendant tout ce temps assise immobile sur son tabouret, à mes pieds. Lorsque les dames avaient fait leur entrée, elle s'était levée pour aller à leur rencontre et avait fait une cérémonieuse révérence en disant gravement :

« *Bonjour, Mesdames* [1]. »

Miss Ingram l'avait regardée de haut, avec un air moqueur, en s'exclamant :

« Oh ! quelle petite poupée !

— C'est sans doute la pupille de Mr. Rochester, la petite Française dont il a parlé », avait fait observer Lady Lynn.

Mrs. Dent lui avait gentiment pris la main et l'avait embrassée ; Amy et Louisa Eshton s'étaient écriées ensemble :

« Quel amour d'enfant ! »

Après quoi elles l'avaient fait venir sur un canapé, où elle était à présent, confortablement installée entre elles deux, bavardant, tantôt en français, tantôt en mauvais anglais, accaparant non seulement l'attention des jeunes filles, mais encore celle de Mrs. Eshton et de Lady Lynn, et se faisant gâter à souhait.

Enfin, on sert le café, et les messieurs sont priés de venir

1. En français dans le texte.

au salon. Je suis assise dans l'ombre, si toutefois il y a de l'ombre dans cette pièce brillamment éclairée ; le rideau de la fenêtre me dissimule à demi. La draperie de la baie s'entrouvre à nouveau : ils entrent. Le groupe des messieurs paraît aussi important que celui des dames ; ils sont tous vêtus de noir ; la plupart d'entre eux sont de haute taille, quelques-uns sont jeunes. Henry et Frederick Lynn sont de brillants cavaliers, certes ; le colonel Dent est un bel homme à l'allure de soldat. Mr. Eshton, le juge du district, a l'air vraiment distingué : ses cheveux tout blancs, ses sourcils et ses favoris encore noirs, lui donnent quelque chose de l'aspect d'un « *père noble de théâtre*[1] ». Lord Ingram, comme ses sœurs, est très grand ; comme elles aussi, il est beau ; mais il a l'air apathique et indolent de Mary ; la dimension de ses membres l'emporte, semble-t-il, sur l'ardeur de son sang ou la vigueur de son cerveau.

Mais où est Mr. Rochester ?

C'est lui qui vient le dernier. Bien que ne regardant pas la baie, je le vois cependant entrer. J'essaie de concentrer mon attention sur mes aiguilles, sur les mailles du filet de la bourse à laquelle je travaille ; je ne veux penser qu'à l'ouvrage que j'ai dans les mains, ne voir que les perles d'argent et les fils de soie posés sur mes genoux ; mais c'est lui que je contemple, et j'évoque irrésistiblement le moment où je l'ai vu pour la dernière fois, juste après lui avoir rendu ce qu'il appelait un service insigne, quand il avait pris ma main et m'avait regardée avec des yeux qui trahissaient un cœur débordant, brûlant de s'épancher. J'avais alors été pour quelque chose dans ce trouble. Que j'avais été proche de lui en cet instant-là ! Que s'était-il passé, depuis, qui avait changé ainsi nos positions relatives ? Comme nous étions distants à présent, étrangers l'un à l'autre ! Si étrangers que je ne m'attendais pas à ce qu'il vînt me parler. Aussi ne fus-je pas surprise lorsque, sans même m'avoir regardée, il s'assit à l'autre extrémité de la pièce et se mit à causer avec quelques-unes de ces dames.

Dès que je vis que son attention était retenue par elles et que je pouvais regarder sans être observée, mes yeux se portèrent involontairement sur son visage ; je n'étais plus maîtresse de mes paupières ; elles se relevaient malgré moi, et mes prunelles se fixaient sur lui. Je le regardais et j'en éprouvais un plaisir aigu, rare, mais poignant — or pur

1. En français dans le texte.

avec une pointe d'acier mortelle —, plaisir comparable à celui que ressentirait un homme mourant de soif parvenu avec peine au bord d'une source qu'il sait empoisonnée et qui se penche cependant pour s'y abreuver de divines rasades.

Il est bien vrai que « la beauté est dans l'œil du spectateur ». Le visage mat et olivâtre de mon maître, son front carré et massif, ses sourcils épais et noirs comme le jais, ses yeux profonds, ses traits accusés, sa bouche ferme et sévère n'étaient qu'énergie, décision, volonté, sans être beaux selon les règles. Mais ils avaient pour moi quelque chose surpassant la beauté : un intérêt, une influence, qui me dominaient complètement et me retiraient la maîtrise de mes sentiments en les rivant aux siens. Je n'avais pas eu l'intention de l'aimer ; le lecteur sait que j'avais durement lutté pour extirper de mon âme les germes d'amour que j'y avais découverts ; et maintenant, sa vue seule leur redonnait spontanément vie, avec force et vigueur ! Il se faisait aimer de moi sans même me regarder.

Je le comparai à ses hôtes. Qu'étaient la noble grâce des Lynn, la nonchalante élégance de Lord Ingram, voire la distinction militaire du colonel Dent, comparées à son énergie native, à sa puissance naturelle ! Leur extérieur, l'expression de leur figure, n'éveillaient en moi aucune sympathie, et cependant je me rendais compte que presque tout le monde les trouverait pleins d'attraits, beaux, imposants, et déclarerait que Mr. Rochester avait les traits durs et l'air sombre. Je les vis sourire, rire. Quelle insignifiance ! La lumière des chandelles avait autant de vie que leur sourire ; le tintement de la cloche, autant d'expression que leur rire. Je vis Mr. Rochester sourire, son visage sévère s'illumina, ses yeux devinrent plus brillants et plus doux, leur rayonnement, délicieux et pénétrant. Il parlait à ce moment à Louisa et à Amy Eshton, et j'étais étonnée de les voir rester calmes sous ce regard qui me semblait si profond ; je m'attendais à les voir baisser les yeux, rougir ; cependant, j'étais heureuse de leur impassibilité. « Il n'est pas pour elles ce qu'il est pour moi, pensai-je, il n'est pas de leur espèce. Je crois qu'il est de la mienne ; j'en suis sûre ; je sens que nous avons des affinités, je comprends le langage de sa physionomie, de ses gestes, bien que le rang et la fortune nous séparent infiniment. Il y a dans mon cerveau, dans mon cœur, dans mon sang, dans mes nerfs, quelque chose qui décèle entre nous une parité d'esprit. Ai-je dit, il y a quelques jours, que je n'avais pas à m'occuper de Mr. Rochester, sinon pour recevoir des gages de ses mains ? Me suis-je interdit de penser à lui sous tout autre aspect que celui d'un trésorier ? C'est un blasphème contre la nature ! Tout ce qu'il y a en moi de vrai, de bon, de fort, va spontanément vers lui. Je sais que je dois cacher ce que j'éprouve, étouffer mon espoir, me rappeler qu'il ne peut se soucier beaucoup de moi. Quand je dis que je suis de son espèce, je ne prétends pas avoir sa force d'influence, son charme de séduction, j'entends simplement que nous avons certains goûts et certains sentiments en commun. Il me faut donc répéter sans cesse que nous sommes à jamais séparés ; et, cependant, tant que j'aurai souffle et pensée je ne pourrai m'empêcher de l'aimer. »

On sert le café. Depuis l'arrivée des messieurs, les dames sont devenues gaies comme des alouettes, la conversation s'anime joyeusement. Le colonel Dent et Mr. Eshton discutent politique, leurs épouses les écoutent. Les deux fières douairières, Lady Lynn et Lady Ingram, causent ensemble. Sir George, que, soit dit en passant, j'ai oublié de présenter, gentilhomme campagnard de très haute taille, à la mine épanouie, est debout devant leur canapé, sa tasse de café à la main et place son mot de temps à autre. Mr. Frederick Lynn s'est assis à côté de Mary Ingram pour lui montrer les gravures d'un splendide volume ; elle regarde, et de temps en temps sourit, mais parle peu apparemment. Le grand et flegmatique Lord Ingram, les bras croisés, s'appuie sur le dossier du fauteuil de la vive et petite Amy Eshton qui relève la tête pour le regarder et gazouille comme un roitelet. Elle le préfère à Mr. Rochester ! Henry Lynn a pris possession d'une ottomane aux pieds de Louisa ; Adèle la partage avec lui, qui s'essaie à parler français avec elle, tandis que Louisa rit des fautes qu'il fait. Qui va être le cavalier de Blanche Ingram ? Elle est debout, seule, auprès d'une table, gracieusement penchée sur un album. Elle semble attendre que quelqu'un vienne la quérir ; mais, ne voulant pas que l'attente se prolonge, elle choisit elle-même son partenaire.

Mr. Rochester, ayant quitté les Eshton, se tient debout près de la cheminée, aussi seul qu'elle l'est devant la table ; elle prend place de l'autre côté de la cheminée, lui faisant face.

« Monsieur Rochester, je croyais que vous n'aimiez pas les enfants ?

— C'est exact.

— Alors, pour quelle raison vous êtes-vous chargé d'une

telle petite poupée ? dit-elle en montrant Adèle. Où l'avez-vous prise ?

— Je ne l'ai pas prise, elle m'est restée sur les bras.

— Vous auriez dû l'envoyer en pension.

— Mes moyens ne me le permettaient pas, les pensions coûtent très cher.

— Comment ! Mais je crois que vous avez pris une institutrice ; à l'instant j'ai vu une personne avec elle... Est-elle partie ? Oh non ! Elle est toujours là, derrière le rideau de la fenêtre. Vous la payez, naturellement ; il me semble que cela doit revenir aussi cher, plus cher même, car vous avez en outre à les entretenir l'une et l'autre. »

Je craignais, ou, le dirai-je, j'espérais que cette allusion inciterait Mr. Rochester à regarder de mon côté et je me reculai involontairement dans l'ombre ; mais il ne tourna même pas les yeux.

« Je n'ai pas envisagé cela, dit-il avec indifférence, regardant droit devant lui.

— Non, vous autres hommes, vous n'avez jamais aucun souci de l'économie, ni du sens commun ; il vous faudrait entendre maman sur le chapitre des institutrices ; je crois bien que Mary et moi en avons eu au moins une douzaine, en notre temps ; la moitié d'entre elles étaient détestables, les autres ridicules ; toutes étaient de véritables cauchemars, n'est-ce pas, maman ?

— Avez-vous parlé, mon trésor ? »

La jeune personne que la douairière revendiquait ainsi pour sa propriété, réitéra sa question, sollicitant une explication.

« Ma chérie, ne me parlez pas d'institutrices ; ce mot seul me rend nerveuse. Leur incapacité et leurs caprices m'ont fait souffrir le martyre ; je remercie le Ciel d'en avoir fini maintenant avec elles ! »

Mrs. Dent, à ce moment, se pencha vers la pieuse dame pour lui murmurer quelque chose à l'oreille ; sans doute lui rappela-t-elle qu'il y avait là un spécimen de la race sur laquelle elle venait de lancer l'anathème, car la noble dame répondit :

« Tant pis ! J'espère que cela lui servira. »

Puis plus bas, mais encore assez haut pour que j'entendisse :

« Je l'ai observée ; je suis bon juge en matière de physionomie, et je vois dans la sienne tous les défauts de son espèce.

— Quels sont-ils, madame ? demanda à haute voix Mr. Rochester.

— Je vous le dirai en particulier, répliqua-t-elle, secouant trois fois son turban, ce qui avait une signification de mauvais augure.

— Mais ma curiosité sera tombée, c'est maintenant qu'il faut la satisfaire.

— Demandez à Blanche, elle est plus près de vous que moi.

— Oh ! ne lui dites pas de s'adresser à moi, maman ! Je n'ai qu'un mot à dire de toute la tribu : c'est un fléau. Non que j'aie jamais eu beaucoup à en souffrir, j'ai eu soin de renverser les rôles. Quels tours n'avons-nous pas faits, Theodore et moi, à Miss Wilson, à Mrs. Gray, à Mme Joubert ! Mary était trop endormie pour prendre une part active à nos complots. C'est aux dépens de Mme Joubert que nous nous sommes le plus amusés. Miss Wilson était une pauvre créature maladive, larmoyante, triste, qui, en un mot, ne méritait pas qu'on prît la peine de triompher d'elle. Mrs. Gray était vulgaire, insensible ; rien n'avait d'effet sur elle. Mais cette pauvre Mme Joubert ! Je la vois encore dans ses violents accès de colère, quand nous l'avions poussée à bout, que nous avions renversé notre thé, émietté nos tartines de pain et de beurre, lancé nos livres au plafond et fait un vrai charivari avec la règle et le pupitre, le garde-feu et le tisonnier, la pelle et les pincettes. Theodore, vous rappelez-vous ces joyeux jours ?

— Oui, bien sûr, je m'en souviens, répondit Lord Ingram, d'un ton traînant ; et la pauvre vieille entêtée s'écriait : « Oh ! les vilains enfants ! » Alors nous la sermonnions sur sa prétention à vouloir instruire des enfants brillants, intelligents comme nous, quand elle était si ignorante.

— C'est exact ; vous souvenez-vous aussi, Tedo, comme je me joignais à vous pour poursuivre, ou persécuter, votre précepteur, ce Mr. Vining, à figure de carême, ce pasteur en herbe, comme nous l'appelions. Lui et Miss Wilson avaient pris la liberté de s'éprendre l'un de l'autre, du moins, le croyions-nous, Tedo et moi. Nous avions surpris maints regards tendres, maints soupirs, que nous interprétions comme les signes de « *la belle passion*[1] », et je vous assure que le public profita bientôt de notre découverte ; nous nous en sommes servis comme d'une sorte de levier pour soulever ces deux poids morts et les chasser de la maison. Notre chère maman que voilà, aussitôt qu'elle eut vent de

---

1. En français dans le texte.

cette affaire, trouva qu'elle prenait une tournure immorale. N'est-ce pas, madame ma mère ?

— Certainement, ma chérie, et je n'avais pas tort ; il y a mille raisons, croyez-le, pour qu'une liaison entre un précepteur et une institutrice ne soit jamais tolérée, fût-ce un instant, dans une maison convenable. Premièrement...

— Oh ! excellente maman, faites-nous grâce de cette énumération. D'ailleurs, nous la connaissons : danger du mauvais exemple pour l'enfance innocente, distractions, ayant pour conséquence la négligence des devoirs de l'un et de l'autre, alliance et appui mutuel, confiance qui en résulte, accompagnée d'insolence, de mutinerie et d'un état général de révolte. N'ai-je pas raison, madame la baronne Ingram d'Ingram Park ?

— Mon lis, vous avez raison cette fois, comme toujours.

— Alors, il est inutile d'en dire plus long ; changeons de sujet. »

Amy Eshton n'entendant pas, ou ne tenant pas compte de cet impératif, dit à son tour, de sa douce voix d'enfant :

« Louisa et moi, nous taquinions aussi notre institutrice, mais c'était une si bonne créature qu'elle supportait tout, rien ne la mettait de mauvaise humeur ; elle ne se fâchait jamais avec nous, n'est-ce pas Louisa ?

— Non, jamais ; nous avions beau faire tout ce que nous voulions, fouiller dans son bureau, dans sa boîte à ouvrage, mettre ses tiroirs sens dessus dessous, elle avait si bon cœur qu'elle nous donnait tout ce que nous lui demandions.

— Et maintenant, dit Miss Ingram en plissant sa lèvre d'une manière railleuse, je suppose qu'on va nous gratifier d'un abrégé des mémoires de toutes les institutrices existantes. Aussi, pour éviter une telle calamité, je propose de nouveau de changer de sujet. Mr. Rochester appuyez-vous ma proposition ?

— Mademoiselle, je suis de votre avis sur ce point, comme sur tous les autres.

— Je prends donc la responsabilité du choix. Signor Eduardo, êtes-vous en voix, ce soir ?

— Donna Bianca, si telle est votre volonté, je le serai.

— Alors, Signor, je vous enjoins, par ordre souverain, de fourbir vos poumons et autres organes vocaux et de les mettre à mon royal service.

— Qui ne voudrait être le Rizzio[1] d'une si divine Mary ?

1. David Rizzio, petit violoniste italien, venu en Écosse à la suite du duc de Savoie, conseiller, puis favori de Marie Stuart. Il fut assassiné alors qu'il soupait avec la reine, à l'instigation de Darnley, son époux, par les seigneurs de la cour, outrés de se voir préférer un parvenu. (N.D.T.)

— Foin de Rizzio ! s'écria-t-elle, secouant sa tête chargée de boucles, tout en se dirigeant vers le piano. A mon avis, le ménétrier David devait être un compagnon bien insipide ; je préfère le ténébreux Bothwell[1]. J'estime qu'un homme n'est rien s'il n'a en lui quelque condiment diabolique, et l'histoire peut raconter ce qu'elle voudra de James Hepburn[2], il me semble que c'est justement là le genre de héros-bandit, indomptable, farouche, auquel j'aurais consenti à faire don de ma main.

— Vous entendez, messieurs ! Lequel d'entre vous ressemble le plus à Bothwell ? s'écria Mr. Rochester.

— C'est certainement vous, répondit le colonel Dent.

— Sur mon honneur, je vous suis très obligé », fit Mr. Rochester.

Miss Ingram, qui venait de s'asseoir au piano avec une grâce hautaine, étalant sa robe couleur de neige dans toute sa royale ampleur, commença à préluder brillamment, tout en continuant de parler. Elle prenait visiblement des airs importants ce soir-là ; ses paroles, son attitude semblaient vouloir exciter non seulement l'admiration, mais aussi l'étonnement des auditeurs. Elle cherchait évidemment à les frapper, en se montrant très audacieuse et entreprenante.

« Oh ! que je suis fatiguée des jeunes gens d'aujourd'hui ! s'exclama-t-elle tout en exécutant des traits sur le clavier. De pauvres êtres chétifs, incapables de faire un pas au-delà des grilles du parc de papa, et même d'aller jusque-là sans la permission et la protection de maman ! Des créatures uniquement préoccupées de leur joli visage, de leurs mains blanches, de leurs petits pieds ; comme si un homme avait quelque chose à voir avec la beauté. Comme si la beauté n'était pas le privilège essentiel de la femme, son apanage et son légitime bien ! Je vous accorde qu'une femme laide soit une tache sur le beau visage de la nature ; quant aux gentlemen, qu'ils se soucient uniquement de posséder la force et la valeur, que leur devise soit : chasser, tirer, combattre ; le reste ne vaut pas une chiquenaude. Telle serait ma devise si j'étais un homme.

« Si jamais je me marie, poursuivit-elle, après une pause que personne n'interrompit, je ne veux pas que mon mari

---

1. Le comte de Bothwell, redoutable seigneur écossais, aimé follement de Marie Stuart et qu'elle épousa trois mois après la mort de son mari Darnley, dont le meurtre avait été préparé par Bothwell lui-même. (N.D.T.)
2. James Hepburn, nom patronymique du comte de Bothwell. (N.D.T.)

soit pour moi un rival, je veux, au contraire, qu'il me mette en valeur. Je ne souffrirai aucun concurrent auprès du trône ; j'exigerai un hommage absolu, une adoration sans partage entre moi et l'image qu'il verra dans son miroir. Mr. Rochester, chantez, à présent, je vais vous accompagner.

— Je suis tout obéissance, répondit-il.

— Tenez, voici une chanson de corsaire. Sachez que je raffole des corsaires, et pour cette raison chantez-la *con spirito*.

— Des ordres sortis des lèvres de Miss Ingram donneraient de l'ardeur à une tasse de lait coupé d'eau.

— Alors, prenez garde, si vous ne me donnez pas satisfaction, je vous ferai honte en vous montrant comme ce genre de chanson *doit* être exécuté.

— C'est offrir une récompense à l'incapacité ; je vais m'efforcer, à présent, de ne pas réussir.

— *Gardez-vous-en bien*[1]. Si vous faites mal volontairement, j'inventerai une punition proportionnée à la faute.

— Soyez clémente, Miss Ingram, il est en votre pouvoir d'infliger un châtiment qui dépasse la résistance humaine.

— Comment ! expliquez-vous, ordonna la jeune fille.

— Veuillez m'excuser, mademoiselle, toute explication serait superflue ; vous avez l'esprit trop subtil pour ignorer qu'un seul froncement de vos sourcils équivaudrait à la peine capitale.

— Chantez », dit-elle.

Et, préludant de nouveau au piano, elle se mit à jouer un accompagnement animé.

« Voilà le moment de m'esquiver », pensai-je ; mais les sons qui emplirent l'air m'arrêtèrent. Mrs. Fairfax avait dit que Mr. Rochester avait une belle voix. C'était vrai : une voix de basse harmonieuse et puissante, dans laquelle il faisait passer sa sensibilité, sa force, et qui par-delà l'oreille, allait droit au cœur, y faisant mystérieusement naître l'émotion. J'attendis que la dernière note, riche et grave, se fût évanouie et que le flux de la conversation, suspendu un instant, eût repris son cours. Je quittai alors le coin où je m'étais réfugiée et sortis par la petite porte, heureusement proche. En traversant l'étroit couloir qui conduisait au vestibule, je m'aperçus que mon soulier était détaché ; je m'arrêtai et me mis à genoux sur le paillasson du bas de l'escalier pour le rattacher. J'entendis la porte de la salle à

1. En français dans le texte.

manger s'ouvrir ; un monsieur en sortait ; me relevant en hâte, je me trouvai face à face avec lui : c'était Mr. Rochester.

« Comment allez-vous ? me demanda-t-il.

— Je vais très bien, monsieur.

— Pourquoi n'êtes-vous pas venue me parler au salon ? »

J'aurais pu, me semble-t-il, lui renvoyer la question ; mais je ne voulus pas prendre cette liberté. Je lui répondis :

« Je n'ai pas osé vous déranger, monsieur, vous paraissiez occupé.

— Qu'avez-vous fait pendant mon absence ?

— Rien de particulier ; j'ai fait travailler Adèle, comme d'habitude.

— Vous êtes devenue beaucoup plus pâle que vous ne l'étiez ; je l'ai remarqué dès que je vous ai vue. Qu'y a-t-il ?

— Rien du tout, monsieur.

— Avez-vous pris froid la nuit où vous m'avez à moitié noyé ?

— Pas le moins du monde.

— Retournez au salon, vous partez trop tôt.

— Je suis fatiguée, monsieur. »

Il me regarda un instant.

« Et légèrement déprimée, dit-il. Qu'avez-vous ? Dites-le-moi.

— Rien, rien, monsieur. Je ne suis pas déprimée.

— Et moi je vous affirme que si ; tellement déprimée, que quelques mots de plus pourraient faire couler les larmes qui brillent déjà dans vos yeux, et débordent ; une perle a glissé de vos cils, elle est tombée sur la dalle. Si j'avais le temps, si je ne redoutais mortellement les bavardages d'un Tartuffe en livrée passant par ici, il me faudrait savoir ce que tout cela signifie. Enfin, pour ce soir, je vous excuse, mais comprenez bien que pendant tout le séjour de mes hôtes je tiens à ce que vous veniez au salon chaque soir. C'est là mon désir, ne le négligez pas. A présent, vous pouvez partir ; que Sophie vienne prendre Adèle. Bonne nuit, ma... » Il s'arrêta net, se mordit la lèvre et me quitta brusquement.

CHAPITRE XVIII

Les jours passaient joyeux, bien remplis, à Thornfield-Hall, combien différents des trois premiers mois de calme,

de monotonie et de solitude que j'avais passés sous son toit !
Toute tristesse semblait à présent bannie de la maison, tout
sombre souvenir, oublié ; partout, de la vie et, du matin au
soir, du mouvement. On ne pouvait maintenant traverser la
galerie, où régnait autrefois un si grand silence, ni entrer
dans les chambres de la façade, toujours si vides, sans
rencontrer une élégante femme de chambre ou un dandy de
valet.

La cuisine, l'office, la salle des domestiques, le vestibule,
étaient également animés, et les salons n'étaient désertés et
tranquilles que lorsque le ciel bleu et l'agréable soleil de cet
aimable printemps invitaient leurs hôtes à se rendre dans le
parc. Même lorsque le temps changea et qu'il se mit à
pleuvoir sans discontinuer pendant plusieurs jours,
l'entrain ne fut pas amoindri ; les jeux d'intérieur se firent
seulement plus animés, plus variés, par suite de l'impossibilité de se livrer aux plaisirs du dehors.

Je n'avais pas été sans me demander ce que les invités
allaient bien pouvoir imaginer le premier soir où ils eurent
à trouver de nouveaux passe-temps. Ils parlèrent de jouer
aux charades, mais dans mon ignorance, le sens de ce mot
m'échappait. On fit venir les domestiques ; les tables de la
salle à manger furent roulées à distance, les lumières disposées autrement, les chaises placées en demi-cercle devant la
baie. Tandis que Mr. Rochester et les autres messieurs
surveillaient ces changements, les dames montaient, descendaient les escaliers en courant et sonnaient leurs
femmes de chambre. On alla quérir Mrs. Fairfax, pour lui
demander quelles étaient les ressources de la maison en
châles, robes et draperies de toutes sortes ; certaines
armoires du troisième étage furent mises à sac : on y trouva
des jupes de brocart et à paniers, des robes flottantes en
satin, des manteaux noirs à capuchon, des morceaux de
dentelle, que les femmes de chambre descendirent à bras-
sées. Un choix fut fait, et ce qui avait été mis à part fut porté
dans le boudoir du salon.

Pendant ce temps Mr. Rochester avait rassemblé les
dames autour de lui, pour choisir celles qui feraient partie
de son groupe.

« Miss Ingram est avec moi, bien entendu », dit-il.

Il nomma ensuite Amy, Louisa Eshton et Mrs. Dent. Il me
regarda ; je me trouvais par hasard près de lui, car je venais
de remettre le bracelet de Mrs. Dent dont le fermoir s'était
ouvert.

« Voulez-vous jouer ? » me demanda-t-il.

Je secouai négativement la tête. Il n'insista pas, comme je le craignais un peu, et me permit de retourner tranquillement à ma place.

Il se retira derrière le rideau avec ses partenaires. L'autre groupe, que dirigeait le colonel Dent, s'assit sur les chaises disposées en croissant. Un des messieurs, Mr. Eshton, remarquant ma présence, parut proposer que l'on m'invitât à me joindre à eux, mais Lady Ingram repoussa aussitôt cette idée.

« Non, l'entendis-je dire, elle a l'air trop stupide pour comprendre ce genre de jeu. »

Peu après, une sonnette tinta et le rideau se leva. La vaste personne de Sir George Lynn, que Mr. Rochester avait également choisi, se montra à l'intérieur de la baie, enveloppée d'un drap blanc ; devant lui, sur une table, se trouvait un grand livre ouvert ; Amy Eshton, drapée dans le manteau de Mr. Rochester, un livre à la main, se tenait debout près de lui. Quelqu'un que l'on ne voyait pas sonnait joyeusement la cloche, et Adèle, qui avait insisté pour faire partie du groupe de son protecteur, bondissait en avant tout en répandant autour d'elle les fleurs d'une corbeille qu'elle avait sur le bras. Alors apparut l'admirable silhouette de Miss Ingram, vêtue de blanc, la tête recouverte d'un long voile, le front orné d'une couronne de roses ; à son côté marchait Mr. Rochester. Ils s'approchèrent ensemble de la table et s'agenouillèrent, tandis que Mrs. Dent et Louisa Eshton, vêtues aussi de blanc, prenaient place derrière eux. Suivit une cérémonie mimée, dans laquelle il était facile de reconnaître celle d'un mariage. Lorsqu'elle fut terminée, le colonel Dent et son groupe se consultèrent à voix basse pendant deux minutes, puis le colonel s'écria : « *Bride !* »

Mr. Rochester s'inclina et le rideau tomba.

Après un temps assez long il se releva pour laisser voir une seconde scène préparée avec plus de soin que la précédente. Le salon, comme je l'ai déjà fait observer, était de deux marches plus élevé que la salle à manger ; sur la plus haute de ces marches, à un mètre ou deux à l'intérieur du salon, se trouvait une grande vasque de marbre que je reconnus être un ornement de la serre où elle se trouvait habituellement, pleine de poissons dorés, au milieu de plantes rares ; on avait dû la transporter à grand peine en raison de ses dimensions et de son poids.

Mr. Rochester, enveloppé de châles, un turban sur la tête,

était assis sur le tapis auprès de cette vasque. Ses yeux noirs, sa peau brune, son faciès mauresque, étaient en parfaite harmonie avec le costume qu'il portait. Il représentait le type même d'un émir oriental, agent ou victime du lacet. Bientôt s'avança Miss Ingram, habillée, elle aussi, à la mode orientale ; une écharpe rouge enserrait sa taille en guise de ceinture ; un mouchoir brodé était noué sur ses tempes ; un de ses beaux bras nus, relevé, supportait une amphore posée gracieusement sur sa tête. Sa personne, ses traits, son teint, son attitude en général, faisaient penser à quelque princesse d'Israël au temps des patriarches ; et tel était sans doute le rôle qu'elle voulait interpréter.

Elle s'approcha et se pencha au-dessus de la vasque comme pour remplir son amphore qu'elle remit ensuite sur sa tête. Le personnage assis près de la vasque parut l'accoster et lui présenter une requête. « Elle se hâta de poser l'amphore dans sa main et lui donna à boire. » Il tira alors de son sein une cassette qu'il ouvrit et lui montra des bracelets et des boucles d'oreilles magnifiques ; elle joua l'étonnement, l'admiration ; et lui, s'agenouillant, déposa le trésor à ses pieds ; les regards, les gestes de la jeune fille exprimèrent l'incrédulité et le ravissement ; alors l'étranger mit les bracelets à ses bras et les boucles à ses oreilles. C'était Eliézer et Rébecca, il ne manquait que les chameaux.

On vit de nouveau se rapprocher les têtes du groupe qui avait à deviner la charade ; il ne semblait pas y avoir accord sur le mot ou la syllabe qu'illustrait cette scène. Le colonel Dent, son porte-parole, demanda alors « le tableau du Tout », sur quoi le rideau retomba.

Au troisième lever du rideau une partie du salon était seule visible ; le reste était dissimulé derrière un paravent tendu d'une sorte de draperie sombre et grossière. On avait enlevé la vasque de marbre ; on pouvait voir à sa place à la très faible clarté que répandait une lanterne de corne — toutes chandelles éteintes — une table en bois blanc et une chaise de cuisine. Au milieu de ce décor sordide un homme était assis, les poings fermés sur les genoux, les yeux fixés au sol. Je reconnus Mr. Rochester, bien que le visage barbouillé, les vêtements en désordre — la veste flottait sur le bras comme si elle avait été en partie arrachée du dos, dans une bagarre —, l'air farouche et désespéré, les cheveux hérissés, en broussaille, eussent suffi à le déguiser. Lorsqu'il se déplaça, on entendit un bruit de chaînes ; des fers liaient ses poignets.

« *Bridewell*[1] *!* » s'exclama le colonel Dent.

La charade était devinée.

Après un intervalle suffisant pour permettre aux acteurs de reprendre leur propre costume, ils revinrent dans la salle à manger. Mr. Rochester donnait le bras à Miss Ingram qui le complimentait sur la façon dont il avait joué.

« Savez-vous, dit-elle, que c'est dans le dernier des trois personnages que je vous ai préféré. Oh ! si vous aviez vécu quelques années plus tôt, quel vaillant gentleman-bandit de grands chemins vous auriez fait !

— Ne reste-t-il plus de suie sur ma figure ? demanda-t-il en se tournant vers elle.

— Hélas ! non, et c'est bien dommage ! Rien ne pouvait mieux convenir à votre teint que ce maquillage de brigand.

— Ainsi donc vous aimeriez un héros de grands chemins ?

— Un héros anglais de grands chemins est ce que je préférerais après un bandit italien, qui ne pourrait lui-même être surpassé que par un pirate levantin.

— Enfin, qui que je sois, souvenez-vous que vous êtes ma femme ; nous nous sommes mariés il y a une heure, en présence de tous ces témoins. »

Elle eut un petit rire nerveux et rougit.

« A votre tour maintenant, Dent », dit Mr. Rochester.

Et tandis que le colonel et les siens se retiraient, Mr. Rochester et ses partenaires occupèrent les sièges vides. Miss Ingram s'assit à la droite de son chef de bande ; les autres prirent les sièges de chaque côté du couple.

Je ne regardais plus les acteurs, à présent ; je n'attendais plus le lever du rideau avec intérêt ; les spectateurs absorbaient toute mon attention ; mes yeux, auparavant fixés sur la baie, étaient irrésistiblement attirés vers le demi-cercle des chaises. Quelle charade jouèrent le colonel Dent et sa troupe, quel mot choisirent-ils, comment s'acquittèrent-ils de leur tâche ? Je ne m'en souviens plus, mais je vois encore les délibérations qui suivirent chaque scène ; je revois Mr. Rochester se tourner vers Miss Ingram, et Miss Ingram se tourner vers lui ; je la vois pencher la tête si près de lui que

---

1. *Bridewell : bride* signifie *mariée*. La première scène avait représenté un mariage.

Well signifie *puits*. La deuxième scène avait représenté la rencontre d'Eliézer et de Rébecca au bord d'un puits.

Cette seconde syllabe n'ayant pas été devinée, on joua le mot complet, *Bridewell*, qui était le nom d'une prison, ce qui explique la troisième scène. *(N.D.T.)*

ses boucles de jais effleuraient presque son épaule et ondulaient sur sa joue ; j'entends leurs chuchotements ; je me souviens des regards qu'ils échangèrent, et il me revient même, présentement en mémoire, quelque chose du sentiment qu'avait provoqué en moi ce spectacle.

Je vous ai dit, lecteur, que j'avais appris à aimer Mr. Rochester. Je ne pouvais pas ne plus l'aimer, simplement parce que je m'étais rendu compte qu'il avait cessé de s'intéresser à moi ; parce que je pouvais passer des heures en sa présence sans qu'il tournât les yeux de mon côté ; parce que toute son attention était accaparée par une grande dame qui, par mépris, n'eût pas voulu que le bord de sa robe me frôlât au passage et qui, si jamais son œil noir et altier venait par hasard à se poser sur moi, le détournait aussitôt comme d'un objet trop vil. Je ne pouvais pas ne plus l'aimer, parce que j'étais certaine qu'il l'épouserait bientôt ; parce que je lisais en elle, journellement, l'orgueilleuse certitude des intentions de Mr. Rochester à son égard ; parce que j'étais témoin, d'heure en heure, de la façon dont il faisait sa cour : négligemment, la recherchant peu, se laissant plutôt désirer, cour captivante, irrésistible, par son insouciance même et son orgueil.

Dans tous ces faits, il n'y avait rien qui pût refroidir ou bannir l'amour, mais il y avait de quoi faire naître le désespoir, et aussi, penserez-vous, lecteur, engendrer la jalousie, dans la mesure où une femme de ma condition pouvait se permettre d'être jalouse d'une dame du rang de Miss Ingram. Mais je n'étais pas jalouse ; ou très rarement ; ce mot n'expliquait pas la nature de la souffrance que j'éprouvais. Miss Ingram se situait au-dessous du plan de la jalousie ; elle était trop bas pour la susciter. Pardonnez cet apparent paradoxe, je m'explique : elle était très brillante, mais sans naturel ; elle était belle, possédait de remarquables talents, mais son esprit était pauvre, son cœur sec ; aucune fleur ne s'épanouissait spontanément sur ce terrain ; aucun fruit, qui ne fût artificiel, n'apportait l'agrément de sa fraîcheur. Elle n'avait ni bonté, ni originalité ; elle répétait des phrases ampoulées prises dans des livres, sans avoir jamais d'opinion personnelle. Elle affectait d'être fort sentimentale sans ressentir ni sympathie ni pitié ; la tendresse, la sincérité lui étaient étrangères. Trop souvent elle s'était trahie en donnant injustement libre cours à l'antipathie presque haineuse qu'elle avait pour la petite Adèle ; s'il arrivait à l'enfant de l'approcher, elle la repoussait avec des épithètes méprisantes, allant même parfois jusqu'à la faire sortir de la pièce, la traitant toujours avec froideur et acrimonie.

D'autres yeux que les miens observaient les manifestations de son caractère, les suivaient attentivement, avec clairvoyance et malice. Oui, le futur époux, Mr. Rochester lui-même, exerçait sur celle qui allait être sa femme une incessante surveillance, et c'est de cette sagacité, de cette circonspection, de cette conscience parfaite et nette des défauts de sa belle amie, de l'évidente absence de passion dans ses sentiments pour elle, que naissait la douleur qui me torturait continuellement.

Je voyais qu'il allait l'épouser, pour des raisons de famille, voire politiques ; parce que son rang et ses relations lui convenaient. Je sentais qu'il ne lui avait pas donné son amour et qu'elle ne possédait pas les qualités propres à conquérir ce trésor. Là était le point douloureux où le nerf était atteint et rendu sensible à la souffrance, où la fièvre trouvait son origine et sa substance : *elle était sans charme pour lui.*

Si elle eût remporté une victoire immédiate, s'il eût mis loyalement son cœur à ses pieds, me voilant la face je me serais tournée vers le mur et j'aurais, en quelque sorte, été morte pour eux. Si Miss Ingram avait été une femme noble et bonne, douée de force, de ferveur, de tendresse, de bon sens, j'aurais eu à livrer un combat à mort avec ces deux tigres : la jalousie et le désespoir ; puis, le cœur déchiré, dévoré, je l'aurais admirée, j'aurais reconnu ses mérites et retrouvé le calme pour le reste de mes jours ; plus sa supériorité eût été grande, plus profonde eût été mon admiration, et plus parfait, mon repos.

Mais la réalité était bien différente. J'étais témoin des efforts de Miss Ingram pour fasciner Mr. Rochester, mais aussi de leurs échecs répétés, ce dont elle était inconsciente. Dans sa vanité, elle s'imaginait que chaque flèche atteignait son but, et elle était stupidement fière de son succès, alors que son orgueil et son contentement d'elle-même repoussaient de plus en plus celui qu'elle désirait attirer ; ce spectacle me faisait éprouver une incessante nervosité et une cruelle contrainte.

Je voyais trop bien, quand elle échouait, comment elle eût pu réussir. Les flèches qui sans cesse glissaient sur la poitrine de Mr. Rochester et tombaient, inoffensives, à ses pieds, auraient pu, je le savais, décochées par une main plus sûre, pénétrer toutes vibrantes dans son cœur orgueilleux, illuminer d'amour son œil sombre, adoucir son visage sardonique ; mieux encore, la conquête eût pu être faite sans armes, en silence.

Pourquoi Miss Ingram qui a le privilège d'approcher de si près Mr. Rochester n'arrive-t-elle pas à le captiver davantage ? songeais-je. Non, elle ne l'aime pas vraiment ; son affection pour lui n'est pas sincère, autrement elle n'aurait pas besoin de prodiguer ainsi d'artificiels sourires, de lancer d'aussi fréquentes œillades, de prendre des airs si étudiés, de faire de si nombreuses grâces. Il me semble que si elle demeurait tranquillement assise auprès de lui, parlant peu, le regardant moins encore, elle pourrait parvenir plus près de son cœur. J'ai vu sur le visage de Mr. Rochester une expression bien différente de celle qui le durcit en ce moment, tandis qu'elle s'adresse à lui avec tant de vivacité ; mais cette expression lui était venue naturellement, ne devait rien à des artifices de courtisane, à des manœuvres calculées ; il fallait savoir la saisir, répondre sans prétention à ce que le maître demandait, lui parler quand c'était nécessaire, sans affectation ; cette expression s'intensifiait alors, devenait de plus en plus bienveillante et douce, elle vous réchauffait le cœur comme un vivifiant rayon de soleil. Comment parviendra-t-elle à lui plaire lorsqu'ils seront mariés ? Je ne crois pas qu'elle y réussisse ; pourtant, cela serait possible, et son épouse, j'en suis certaine, pourrait être la femme la plus heureuse sous le soleil.

Je n'ai encore rien dit qui condamnât le projet de Mr. Rochester de se marier par intérêt et par souci des convenances. Je fus d'abord étonnée en découvrant que c'était là son intention ; je l'avais cru homme à ne pas se laisser influencer par des raisons aussi banales dans le choix d'une femme. Mais plus je considérais la position sociale et l'éducation des partis, moins je me sentais autorisée à juger ou à blâmer leur façon d'agir, en conformité avec les idées et les principes qui leur avaient sans doute été inculqués depuis leur enfance. La fidélité à ces principes était commune à tous ceux de leur classe ; je supposais donc que, pour s'attacher à eux, ils avaient des raisons que je ne pouvais approfondir. Il me semblait que, si j'avais été un gentleman tel que lui, je n'aurais pressé sur mon cœur qu'une femme aimée. L'évidence des avantages qu'offrait une pareille condition pour le bonheur d'un époux était telle que ma conviction fut que j'ignorais complètement les raisons qui s'opposaient, de toute évidence, à son adoption générale ; sinon, me disais-je avec assurance, tout le monde agirait comme j'eusse voulu agir.

Je devenais très indulgente envers mon maître, sur ce point-là comme sur bien d'autres ; j'oubliais tous ses défauts, que j'avais naguère guettés avec une si vive curiosité. Je m'étais efforcée autrefois d'étudier tous les aspects de son caractère, de prendre le mal avec le bien et, après avoir pesé le tout, de porter un jugement équitable. Présentement, je ne voyais plus rien de mauvais. Le ton sarcastique qui m'avait d'abord repoussée, la dureté qui m'avait effrayée, n'étaient plus pour moi que de forts condiments, dont la présence donnait une âcre saveur à un mets de choix, mais dont l'absence, par comparaison, l'aurait fait trouver fade. Quant à ce vague quelque chose — que ce soit une expression sinistre ou triste, trompeuse ou décourageante — qu'un observateur attentif pouvait discerner de temps en temps dans son regard, et qui disparaissait avant qu'il eût été possible d'en pénétrer l'étrange profondeur partiellement révélée, ce quelque chose, qui m'avait souvent apeurée, qui m'avait fait reculer comme si, errant sur des collines d'aspect volcanique, j'avais senti soudain la terre trembler et s'entrouvrir, je le découvrais encore par intervalles, le cœur palpitant, mais maîtresse de mes nerfs. Au lieu de vouloir l'éviter, j'avais un ardent désir d'oser... le deviner. Je trouvais Miss Ingram heureuse de pouvoir un jour sonder à loisir cet abîme, en explorer les secrets, en analyser la nature.

Cependant, tandis que je ne pensais qu'à mon maître et à sa future épouse, ne voyant qu'eux, n'entendant que leurs conversations, n'attachant d'importance qu'à leurs mouvements, les autres invités se laissaient accaparer par leurs propres intérêts et leurs plaisirs. Lady Lynn et Lady Ingram continuaient leurs solennels entretiens ; comme deux grandes marionnettes, elles inclinaient leurs deux turbans l'un vers l'autre, levaient leurs quatre mains et se confrontaient en des attitudes de surprise, de mystère ou d'horreur, selon le sujet sur lequel portait leur bavardage. La douce Mrs. Dent causait avec l'aimable Mrs. Eshton, et toutes deux m'adressaient de temps en temps un mot ou un sourire affable. Sir George Lynn, le colonel Dent et Mr. Eshton discutaient de politique et de justice, ou des affaires du comté. Lord Ingram flirtait avec Amy Eshton. C'était pour un des messieurs Lynn, avec qui elle se trouvait, que Louisa jouait et chantait, tandis que Mary Ingram écoutait, languissante, les galants propos de l'autre. Parfois, comme d'un commun accord, tous suspendaient leurs jeux ou leurs conversations pour observer et écouter les principaux acteurs : car, sans aucun doute, Mr. Rochester et — parce qu'elle était toujours à ses côtés — Miss Ingram demeuraient la vie et l'âme de la société. Si Mr. Rochester s'absentait de la pièce pour une heure, une visible apathie s'emparait insensiblement de ses hôtes ; son retour ne manquait jamais de donner une nouvelle impulsion à l'entrain de la conversation.

Le besoin de son influence animatrice fut particulièrement sensible un jour qu'il avait été appelé à Millcote pour affaires et ne devait vraisemblablement revenir que tard dans la soirée. L'après-midi était pluvieux ; aussi la promenade que la bande s'était proposé de faire pour aller voir un campement de romanichels, récemment installé sur la lande au-delà de Hay, fut-elle ajournée. Quelques-uns de ces messieurs étaient allés faire un tour aux écuries ; les plus jeunes, ainsi que les plus jeunes dames, jouaient dans la salle de billard. Les douairières Ingram et Lynn cherchaient à se distraire en faisant une paisible partie de cartes. Blanche Ingram, dont la réserve hautaine avait découragé les efforts de Mrs. Dent et de Mrs. Eshton pour entrer en conversation avec elle, se mit au piano, fredonna quelques mélodies sentimentales, quelques airs, et, après avoir pris un roman dans la bibliothèque, se jeta sur un sofa avec une dédaigneuse nonchalance, se disposant à tromper par le charme de la fiction les heures pénibles de l'absence. Le salon, toute la maison étaient silencieux ; on entendait seulement de temps à autre, venant de l'étage supérieur, les rires joyeux des joueurs de billard.

La nuit approchait ; l'horloge avait déjà fait savoir qu'il était l'heure de s'habiller pour le dîner, lorsque la petite Adèle, à genoux sur la banquette de la fenêtre du salon, à côté de moi, s'écria :

« *Voilà Monsieur Rochester qui revient* [1]. »

Je me retournai, et Miss Ingram, quittant son sofa, s'élança en avant tandis que les autres personnes présentes interrompaient leurs diverses occupations pour lever la tête, car, au moment même, on entendit un grincement de roues et le bruit des sabots d'un cheval pataugeant dans le gravier détrempé de l'allée. Une chaise de poste approchait.

« Quelle idée a-t-il en tête pour revenir en pareil équipage ? dit Miss Ingram. Il montait Mesrour, le cheval noir, n'est-ce pas, quand il est parti ? Pilot était avec lui. Qu'a-t-il fait de ces animaux ? »

---

1. En français dans le texte.

Disant cela, elle approcha sa haute personne et ses amples vêtements si près de la fenêtre que je dus, au risque de me rompre l'épine dorsale, me renverser en arrière ; dans son ardeur, elle ne m'avait pas tout d'abord remarquée, mais, en me voyant, elle eut un plissement des lèvres et se dirigea vers une autre fenêtre. La chaise de poste s'arrêta ; le conducteur sonna à la porte, et un gentleman en costume de voyage descendit de la voiture ; mais ce n'était pas Mr. Rochester ; c'était un homme de haute taille, d'élégante allure, un étranger.

« C'est exaspérant ! s'exclama Miss Ingram. Ennuyeux petit singe, continua-t-elle, apostrophant Adèle, qui vous a perchée sur la fenêtre pour annoncer ainsi de fausses nouvelles ? » Elle me jeta un regard courroucé, comme si j'eusse été fautive.

On entendit parler dans le vestibule, et bientôt le nouvel arrivant entra. Il s'inclina devant Lady Ingram qu'il jugeait sans doute la doyenne des dames.

« J'ai l'impression d'arriver à un moment inopportun, madame, dit-il, alors que mon ami Mr. Rochester est absent ; mais je viens de faire un très long voyage, et, à la faveur d'une ancienne et étroite amitié, je crois pouvoir me permettre de m'installer ici jusqu'à son retour. »

Ses manières étaient polies ; son accent me frappa par sa singularité ; sans être réellement étranger, il n'était pas parfaitement anglais. Il paraissait à peu près de l'âge de Mr. Rochester, entre trente et quarante ans ; son teint était particulièrement jaune, mais, cela mis à part, il avait un physique agréable, surtout à première vue. En l'examinant de plus près, on découvrait dans son visage quelque chose de déplaisant, ou plutôt, qui ne parvenait pas à plaire. Ses traits réguliers avaient trop de mollesse ; ses yeux, grands et bien fendus, avaient un regard vide et sans vie ; telle était toutefois mon impression.

Le tintement de la cloche annonçant l'heure de s'habiller dispersa les invités. Ce ne fut qu'après dîner que je revis l'étranger ; il semblait parfaitement à son aise, mais sa physionomie me déplut davantage, elle me frappa, comme étant à la fois agitée et inerte. Ses yeux toujours en mouvement, n'exprimaient rien, et cela lui donnait un air bizarre, que je n'avais pas souvenir d'avoir jamais vu. Bien que cet homme fût beau et qu'il eût l'air assez aimable, il m'inspirait une extrême répulsion. Il n'y avait pas d'énergie dans cette figure à la peau lisse, d'un ovale parfait ; pas de fermeté dans ce nez aquilin et dans cette petite bouche rouge comme une cerise, pas de pensée sous ce front bas et plat, pas d'autorité dans ces yeux bruns, atones.

Assise dans mon coin, je l'observais à la clarté des girandoles de la cheminée qui l'inondaient de lumière, car il occupait un fauteuil tout près du feu, vers lequel il ne cessait de se pencher en se recroquevillant, comme s'il avait froid ; je le comparai à Mr. Rochester. Je crois, respectueusement parlant, qu'il ne saurait y avoir de contraste plus grand entre un jars au plumage luisant et un faucon farouche ; entre un paisible mouton et le chien au poil rude, à l'œil perçant, qui le garde.

Il avait parlé de Mr. Rochester comme d'un vieil ami. Quelle étrange amitié avait dû être la leur ! Une piquante illustration, certes, du vieil adage : les extrêmes se touchent.

Deux ou trois des messieurs étaient assis près de lui ; de temps en temps, des bribes de leur conversation arrivaient jusqu'à moi. Je ne pus bien saisir, tout d'abord, le sens de ce que j'entendais, car les propos de Louisa Eshton et de Mary Ingram, assises plus près de moi, introduisaient de la confusion dans les lambeaux de phrases qui me parvenaient par intervalles. Elles parlaient de l'étranger ; l'une et l'autre le qualifiant de « bel homme ». Louisa déclarait que c'était « un amour » et qu'elle « l'adorait » ; Mary voyait dans « sa jolie petite bouche et son nez fin » le modèle parfait, selon son goût, de ce qui fascine.

« Quel caractère charmant son front révèle ! s'écria Louisa, un front parfaitement lisse, sans aucun de ces plissements produits par le froncement des sourcils, que je déteste tant. Quelle sérénité dans son regard, dans son sourire ! »

A ce moment, à mon grand soulagement, Mr. Henry Lynn les appela à l'autre extrémité de la pièce, pour régler quelque question au sujet de l'excursion différée à la lande de Hay.

Je pus alors concentrer mon attention sur le groupe qui était près du feu ; j'appris sans tarder que le nouveau venu s'appelait Mr. Mason, qu'il venait de débarquer en Angleterre et arrivait d'un pays chaud ; c'était sans doute pour cette raison qu'il avait le teint si jaune, qu'il se tenait si près du feu et portait un pardessus dans la maison. Les noms de la Jamaïque, Kingston, Spanish-Town, m'indiquèrent qu'il venait des Antilles ; ce ne fut pas sans une assez grande surprise que je compris, bientôt, que c'était dans ce pays qu'il avait, pour la première fois, rencontré Mr. Rochester et fait connaissance avec lui. Il parla de l'horreur qu'avait son ami pour les chaleurs torrides, les ouragans, les saisons pluvieuses de cette région. Je savais par Mrs. Fairfax que Mr. Rochester avait été un grand voyageur, mais je croyais qu'il avait borné ses voyages au continent européen ; je n'avais jamais encore entendu aucune allusion à des séjours sur de plus lointains rivages.

J'étais en train de méditer sur ces choses, lorsqu'un incident, plutôt inattendu, vint rompre le fil de ma rêverie. Mr. Mason, qui frissonnait chaque fois que quelqu'un ouvrait la porte, demanda du charbon pour raviver le feu qui ne flambait plus, bien qu'un amas de cendres chaudes et rouges brillât encore. Le domestique qui avait apporté le charbon s'arrêta, en sortant, près du fauteuil de Mr. Eshton, et lui parla à voix basse. Je n'entendis que ces mots : « vieille femme »... « bien ennuyeuse ».

« Dites-lui que si elle ne décampe pas elle sera mise au pilori, répliqua le magistrat.

— Non... attendez ! interrompit le colonel Dent. Ne la renvoyez pas, Eshton, nous pouvons tirer parti de cette affaire ; consultons plutôt ces dames. » Et, parlant à haute voix, il continua : « Mesdames, vous parliez d'aller visiter le campement des bohémiens dans la lande de Hay, eh bien ! Sam, que voici, vient de nous dire qu'une de ces vieilles commères est en ce moment dans la salle des domestiques et insiste pour être introduite en présence « des gens de qualité », afin de leur dire la bonne aventure. Vous plairait-il de la voir ?

— Oh ! colonel, s'écria Lady Ingram, vous n'allez certainement pas encourager cette vile drôlesse. Renvoyez-la immédiatement, et par n'importe quels moyens.

— Mais, madame, dit Sam, je ne puis la persuader de s'en aller ; les autres domestiques ne le peuvent pas davantage ; Mrs. Fairfax est justement avec elle en ce moment pour essayer de la faire partir ; mais elle s'est installée sur une chaise, au coin du feu, et dit que rien ne l'en fera bouger avant qu'elle ait été autorisée à venir ici.

— Que veut-elle donc ? demanda Mrs. Eshton.

— Elle veut dire la bonne aventure à ces messieurs et à ces dames, jure qu'il le faut et qu'elle le fera.

— Comment est-elle ? demandèrent ensemble les demoiselles Eshton, en un souffle.

— C'est une vieille femme horriblement laide, Miss, presque aussi noire qu'un vieux pot de terre couvert de suie.

— Mais c'est une vraie sorcière, alors, s'écria Frederick Lynn. Il faut la laisser entrer, bien sûr !

— Bien entendu, appuya son frère, ce serait grand dommage de ne pas profiter d'une pareille chance de s'amuser.

— Mes chers enfants, à quoi pensez-vous ? » s'exclama Lady Lynn.

Lady Ingram fit chorus, disant :

« Il ne m'est pas possible d'approuver une proposition d'une telle inconséquence.

— Si fait, maman, vous le pouvez et vous le ferez, dit Blanche de sa voix impérieuse, tout en pivotant sur le tabouret de piano où elle était jusque-là restée assise en silence, à examiner distraitement différentes pages de musique. Je suis curieuse de m'entendre dire la bonne aventure ; Sam, faites donc entrer la bonne femme.

— Blanche, ma chérie ! songez...

— Oui... je sais tout ce que vous allez dire, mais je veux que mon désir soit satisfait ; vite, Sam !

— Oui, oui, oui ! s'écrièrent jeunes gens et jeunes filles. Faites-la entrer, ce sera un excellent divertissement ! »

Le domestique s'attardait.

« Elle a l'air si grossier, dit-il.

— Allez ! » lança Miss Ingram ; et Sam s'éloigna.

L'agitation s'empara aussitôt de tout le monde ; les railleries et les plaisanteries fusaient de toutes parts et sans interruption, lorsque Sam reparut.

« Voilà qu'elle ne veut plus venir, dit-il. Elle déclare que ce n'est pas sa mission de paraître devant le « vil troupeau » — ce sont ses paroles — ; il faut que je la fasse entrer, toute seule dans une pièce, où les personnes qui désirent la consulter iront la trouver, l'une après l'autre.

— Vous voyez, Blanche, ma reine, commença Lady Ingram, elle devient exigeante. Suivez mon conseil, mon ange, et...

— Faites-la donc entrer dans la bibliothèque, interrompit sèchement l'ange. Ce n'est pas non plus ma mission de l'écouter devant le vil troupeau ; je prétends l'avoir pour moi seule. Y a-t-il du feu dans la bibliothèque ?

— Oui, mademoiselle ; mais elle n'a vraiment pas l'air rassurant.

— Cessez ce bavardage, lourdaud, et faites ce que je vous ordonne. »

Sam sortit de nouveau ; et le mystère, l'animation, l'impatience, atteignirent leur comble, une fois de plus.

« A présent, elle est prête, annonça le domestique en rentrant. Elle désire savoir qui va d'abord venir la consulter.

— Je crois que je ferais mieux de lui rendre une petite visite avant ces dames, dit le colonel Dent.

— Dites-lui, Sam, que c'est un monsieur qui va venir. »
Sam sortit et revint aussitôt.

« Elle dit, monsieur, qu'elle ne veut pas recevoir de messieurs ; ce n'est pas la peine qu'ils se dérangent ; ni, ajouta-t-il, réprimant à grand peine un petit rire, ni de dames non plus, sauf celles qui sont jeunes et pas mariées.

— Par Jupiter, elle a du goût ! » s'écria Henry Lynn.

Miss Ingram se leva solennelle :

« J'y vais la première, dit-elle sur le ton d'un capitaine montant à la brèche à la tête de son avant-garde, tout espoir perdu.

— Oh ! ma bien-aimée, oh ! mon trésor ! Attendez, réfléchissez », implora sa mère.

Mais Blanche passa rapidement devant elle dans un imposant silence, disparut par la porte que le colonel Dent tenait ouverte, et nous l'entendîmes entrer dans la bibliothèque.

Un silence relatif s'ensuivit. Lady Ingram songea que c'était le cas de se tordre les mains, ce qu'elle fit donc. Miss Mary déclara que, pour sa part, elle sentait qu'elle n'oserait jamais s'y aventurer. Amy et Louisa Esthon étouffaient de petits rires et paraissaient quelque peu effrayées.

Les minutes s'écoulèrent lentement ; j'en comptai quinze, avant que ne se rouvrît la porte de la bibliothèque. Miss Ingram revint en passant par la baie.

Allait-elle rire ? Allait-elle prendre la chose comme une plaisanterie ? Tous les yeux se fixèrent sur elle avec une ardente curiosité, mais son regard n'exprima en retour que refus et froideur ; elle n'avait l'air ni agitée ni gaie ; elle regagna son siège avec raideur et s'assit en silence.

« Eh bien ! Blanche ? dit Lord Ingram.

— Que vous a-t-elle dit, ma sœur ? demanda Mary.

— Qu'en pensez-vous ? Quelle est votre impression ? Est-ce une véritable diseuse de bonne aventure ? demandèrent les Misses Eshton.

— Allons, allons, bonnes gens, répliqua Miss Ingram, ne m'accablez pas ainsi de questions. Il est vraiment facile d'exciter votre émerveillement, votre crédulité ; vous semblez tous, par l'importance que vous donnez à cette affaire — ma bonne maman y compris —, être absolument convaincus que nous avons dans la maison une vraie sorcière, l'intime associée du diable. J'ai vu une bohémienne, une vagabonde, qui pratique de façon banale la science de la chiromancie, et elle m'a dit ce que disent habituellement les gens de cette sorte. Mon caprice est satisfait ; mais je crois que Mr. Eshton ferait bien de mettre cette sorcière au pilori demain matin, comme il l'en avait menacée. »

Miss Ingram prit un livre, se renversa dans son fauteuil, éludant ainsi toute conversation. Je l'observai pendant près d'une demi-heure. Durant tout ce temps elle ne tourna pas une page, et, d'instant en instant, son visage devenant plus sombre, plus mécontent, exprimait son désappointement avec plus d'amertume. Elle n'avait évidemment rien appris d'heureux pour elle ; son accès prolongé de mélancolie et de mutisme me donna à penser que, malgré sa prétendue indifférence, elle attachait elle-même une importance excessive aux révélations qui lui avaient été faites.

Pendant ce temps, Mary Ingram, Amy et Louisa Eshton déclarèrent qu'elles n'oseraient pas se rendre séparément auprès de la bohémienne ; toutes, cependant, désiraient aller la trouver. On entama des négociations dans lesquelles Sam joua le rôle d'ambassadeur ; et après tant d'allées et venues, que le susdit Sam dut, je pense, en avoir les jambes rompues, on arracha enfin, non sans grande difficulté, à la rigoureuse sibylle, l'autorisation pour les trois jeunes filles de se présenter ensemble.

Leur visite ne fut pas aussi silencieuse que celle de Miss Ingram. Nous entendions des rires nerveux, des petits cris, venant de la bibliothèque ; au bout de vingt minutes elles ouvrirent précipitamment la porte et traversèrent le vestibule en courant, comme si elles étaient à moitié folles de frayeur.

« Il est certain qu'il y a de la diablerie en elle ! s'écrièrent les jeunes filles toutes à la fois. Elle nous a dit de telles choses ! Elle sait tout de nous ! »

Et, haletantes, elles se laissèrent tomber dans les fauteuils divers que les jeunes gens se hâtaient de leur apporter.

Comme on les pressait de s'expliquer davantage, elles racontèrent que la bohémienne leur avait parlé de choses qu'elles avaient dites et faites lorsqu'elles étaient enfants ; elle leur avait décrit les livres, les bibelots, qui se trouvaient chez elles dans leurs boudoirs, les souvenirs que leur avaient offerts différentes personnes de leur famille. Elles affirmèrent aussi que la sorcière avait deviné jusqu'à leurs pensées ; qu'à chacune d'elles, elle avait murmuré à l'oreille le nom de la personne qu'elle aimait le mieux au monde, et fait connaître ce qu'elle désirait le plus.

Ici les messieurs intervinrent, les suppliant avec chaleur de leur donner de plus amples explications sur ces deux derniers points ; mais, en retour de leur insistance importune, ils n'obtinrent que rougeurs, exclamations, tremblements, rires étouffés. Pendant ce temps, les mères offraient des sels, agitaient leurs éventails, ne cessant de déplorer qu'on n'eût pas suivi leurs conseils quand il en était encore temps. Les vieux messieurs riaient, et les jeunes gens s'empressaient auprès des belles agitées.

Au milieu de ce tumulte, tandis que, tout yeux et tout oreilles, j'étais absorbée par la scène qui se déroulait devant moi, j'entendis un toussotement tout près de moi : je me retournai, et j'aperçus Sam.

« Miss, s'il vous plaît, la bohémienne déclare qu'il y a dans le salon une autre jeune personne non mariée qui n'est pas encore venue la trouver, et elle jure qu'elle ne partira pas avant de les avoir toutes vues. J'ai pensé que ce devait être vous, il n'y en a aucune autre que cela concerne. Que faut-il lui dire ?

— Oh ! je vais y aller, bien sûr », répondis-je ; et je fus ravie de cette occasion inattendue de satisfaire ma curiosité très excitée.

Je me glissai hors de la pièce sans être remarquée, tout le monde s'étant groupé autour du trio frémissant qui venait de rentrer, et refermai doucement la porte derrière moi.

« Si vous voulez, Miss, dit Sam, je vous attendrai dans le vestibule. Si elle vous fait peur, vous n'aurez qu'à m'appeler, et je viendrai.

— Non, Sam, retournez à la cuisine, je n'ai pas peur du tout. »

C'était vrai, mais j'étais très intriguée et surexcitée.

CHAPITRE XIX

La bibliothèque avait un aspect bien tranquille lorsque j'y pénétrai, et la sibylle, si c'en était une, était assise confortablement dans un fauteuil, au coin du feu. Elle avait un manteau rouge, un bonnet noir, ou plutôt un chapeau de bohémienne à larges bords maintenu par un foulard rayé, noué sous le menton. Une chandelle éteinte était posée sur la table. Penchée vers le feu, elle semblait lire dans un petit livre noir, pareil à un livre de prières, à la lueur de la flamme. Tout en lisant, elle marmottait des mots à mi-voix, comme font presque toutes les vieilles femmes, et ne s'interrompit pas à mon entrée ; elle voulait sans doute terminer un paragraphe.

Je restai debout sur le tapis du foyer et chauffai mes mains, qui s'étaient refroidies parce que j'étais restée assise assez loin du feu du salon. Je n'avais jamais été plus calme de ma vie ; il n'y avait d'ailleurs rien dans l'aspect de cette bohémienne pour troubler la sérénité de quiconque. Elle ferma son livre et releva lentement la tête ; le bord de son chapeau laissait dans l'ombre une partie de son visage ; je pus cependant voir alors, combien il était étrange. Il paraissait complètement bronzé, noirâtre ; des mèches folles s'échappaient, en se hérissant, d'un bandeau blanc qui passait sous le menton et lui couvrait à moitié les joues, ou plutôt les mâchoires. Elle fixa ses yeux droit dans les miens, d'un regard hardi et direct.

« Alors ! vous voulez que je vous dise la bonne aventure ? fit-elle, d'une voix aussi décidée que son regard, aussi dure que ses traits.

— Je n'y tiens pas, la mère, faites comme vous voudrez, mais je dois vous prévenir que je n'y crois pas.

— C'est bien de vous, d'avoir le toupet de parler ainsi. Je m'y attendais de votre part ; le bruit de vos pas, lorsque vous avez franchi le seuil, m'en avait avertie.

— Vraiment ? Vous avez l'oreille fine !

— Oui, et l'œil vif, ainsi que la cervelle.

— Vous avez besoin de tout cela dans votre métier.

— En effet, surtout quand j'ai affaire à des clientes comme vous. Pourquoi ne tremblez-vous pas ?

— Je n'ai pas froid.

— Pourquoi ne pâlissez-vous pas ?

— Je ne suis pas malade.

— Pourquoi ne voulez-vous pas consulter mon art ?

— Je ne suis pas une sotte. »

La vieille sorcière ricana sous son bonnet et son bandeau, puis sortit une pipe noire à tuyau court, l'alluma, et se mit à fumer. Après s'être abandonnée pendant quelques instants à l'influence de ce calmant, elle se redressa, ôta la pipe de ses lèvres, et, tout en regardant fixement le feu, dit d'un ton délibéré :

« Vous avez froid ; vous êtes malade ; vous êtes sotte.

— Prouvez-le, répliquai-je.

— Je vais vous le prouver en peu de mots. Vous avez froid, parce que vous êtes seule ; aucun contact ne fait jaillir la flamme qui est en vous. Vous êtes malade, parce que le sentiment le meilleur, le plus élevé, le plus doux qu'un être ait le privilège d'éprouver, n'est pas encore en vous. Vous êtes sotte, parce que, quelles que soient vos souffrances, vous ne voulez pas lui faire signe d'approcher, ni faire un pas pour aller le trouver là où il vous attend. »

Elle plaça de nouveau sa courte pipe entre ses lèvres et se remit à fumer avec vigueur.

« Vous pourriez dire cela à presque toutes les personnes qui, à votre connaissance, mènent une vie solitaire et dépendante dans une grande maison.

— Je pourrais le dire à presque toutes, mais serait-ce exact, même une fois ?

— Oui, si elles sont dans les mêmes conditions que moi.

— Oui, justement, dans les *mêmes* conditions que vous, mais trouvez-moi une autre personne qui soit tout à fait dans la même position que vous ?

— Il serait facile d'en trouver des milliers.

— Vous auriez bien de la peine à m'en trouver une seule. Vous ne savez pas que vous êtes dans une situation exceptionnelle, si près du bonheur, que vous pouvez l'atteindre. Tous les éléments en sont prêts ; un seul geste suffirait à les combiner. Le hasard les a quelque peu dispersés ; il ne reste qu'à les réunir pour jouir de la félicité.

— Je ne comprends pas les énigmes. Je n'ai jamais pu en déchiffrer une de ma vie.

— Si vous voulez que je vous parle plus clairement, montrez-moi la paume de votre main.

— Il faut sans doute que je vous donne une pièce d'argent.

— Bien entendu. »

Je lui donnai un shilling. Elle le mit dans un vieux pied de bas tiré de sa poche, qu'elle renoua et remit en place, puis me dit de tendre la main, ce que je fis. Elle approcha son visage de la paume et l'examina sans la toucher.

« Elle est trop fine, dit-elle, je ne peux rien voir dans une main comme celle-là, à peu près sans lignes ; d'ailleurs, qu'y a-t-il dans la paume d'une main ? Ce n'est pas là qu'est inscrite la destinée.

— Je vous crois, lui dis-je.

— Non, continua-t-elle, la destinée est inscrite sur le visage, sur le front, autour des yeux, dans les yeux mêmes, dans les lignes de la bouche. Mettez-vous à genoux et levez la tête.

— Ah ! vous en venez à la réalité maintenant, dis-je, en lui obéissant. Je vais commencer à vous faire quelque peu confiance. »

Je me mis à genoux à moins d'un demi-mètre de son siège. Elle tisonna le feu et un flot de lumière jaillit des braises remuées. Toutefois, dans la position où elle était assise, cette clarté ne fit que renforcer l'ombre où était plongée sa figure, tandis que la mienne en était illuminée.

« Je me demande de quels sentiments vous étiez animée lorsque vous êtes venue me trouver ce soir, dit-elle, après m'avoir examinée quelques instants. Je me demande quelles pensées emplissent votre cœur pendant les longues heures où vous êtes assise dans cette pièce là-bas, avec ces gens du beau monde, qui passent devant vous comme des images dans une lanterne magique ; de vous à eux, le courant de sympathie n'existe pas plus que s'ils étaient réellement les simples apparences d'êtres humains, sans en avoir l'essence.

— Je me sens souvent lasse, j'ai parfois sommeil ; mais je suis rarement triste.

— C'est donc que l'avenir vous murmure les promesses de quelque espoir secret qui vous soutient, vous enchante ?

— Non. Tout ce que je puis espérer de mieux, c'est de pouvoir faire assez d'économies sur mes gages, pour ouvrir un jour une école dans une petite maison que j'aurais en location.

— C'est une maigre nourriture pour alimenter la vie de l'esprit ! Et lorsque vous êtes assise sur la banquette de cette fenêtre — vous voyez que je connais vos habitudes...

— Ce sont les domestiques qui vous ont renseignée.

— Ah ! vous vous croyez astucieuse. Eh bien !... peut-être. Pour dire la vérité, je connais l'une d'entre elles... Mrs. Poole... »

Je me relevai d'un bond en entendant ce nom.

« Vous la connaissez... vous la connaissez ? songeai-je. Décidément, il y a de la diablerie dans cette affaire. »

« Ne vous alarmez pas, continua l'étrange créature, Mrs. Poole est une personne sûre, discrète et tranquille ; on peut avoir confiance en elle. Mais j'en reviens à ce que je disais : lorsque vous êtes assise près de la fenêtre, ne pensez-vous qu'à votre future école ? Parmi toutes ces personnes qui, sous vos yeux, occupent les canapés, les fauteuils, n'y a-t-il pas quelqu'un qui, présentement, vous inspire de l'intérêt, un visage que vous observez plus particulièrement, une silhouette dont vous suivez les évolutions, au moins avec une certaine curiosité ?

— J'aime à observer tous les visages, toutes les personnes.

— Mais n'en distinguez-vous jamais une... ou peut-être deux, parmi tout le reste ?

— Cela m'arrive fréquemment ; lorsque les gestes ou les regards d'un couple laissent deviner quelque intrigue, je m'amuse de ce spectacle.

— Mais à quoi trouvez-vous le plus d'intérêt ?

— Oh ! je n'ai pas grand choix ; le thème est toujours le même... faire sa cour, pour aboutir à la même catastrophe... le mariage.

— Aimez-vous ce thème monotone ?

— A vrai dire, il m'est indifférent, il ne me touche en rien.

— Il ne vous touche en rien ? Quand une dame jeune, pleine de vie, de santé, d'une séduisante beauté, parée de tout ce que peuvent donner le rang et la fortune, se montre empressée et sourit à un gentleman que vous...

— Que je... ?

— Que vous connaissez... et de qui, peut-être, vous pensez du bien.

— Je ne connais pas les messieurs qui sont ici. C'est à peine si j'ai échangé une syllabe avec l'un d'eux ; et quant à penser du bien d'eux, certains, d'un âge mûr, me paraissent respectables, pleins de dignité, les autres me semblent jeunes, audacieux, beaux et pleins d'entrain, mais tous sont certainement libres de recevoir les sourires de qui leur plaît, sans que je sois le moins du monde inclinée à penser que leur comportement a pour moi de l'importance.

— Vous ne connaissez pas les messieurs qui sont ici ? Vous n'avez échangé une syllabe avec aucun d'entre eux ? En direz-vous autant du maître de maison ?

— Il n'est pas ici.

— Voilà une réponse habile ! une très spirituelle échappatoire ! Il est parti pour Millcote ce matin, et sera de retour ici ce soir ou demain ; cette circonstance l'exclut-elle de la liste de vos connaissances, lui ôte-t-elle pour ainsi dire l'existence ?

— Non, mais je ne vois guère ce que vient faire Mr. Rochester dans le sujet d'un tel entretien.

— Je vous parlais des dames qui sourient aux messieurs ; or, ces jours-ci, tant de sourires se sont offerts aux regards de Mr. Rochester que, telles des coupes trop remplies, ses yeux ne peuvent plus les contenir ; vous n'avez jamais remarqué cela ?

— Mr. Rochester a bien le droit de jouir de la société de ses invités.

— Il ne s'agit pas de ses droits ; mais n'avez-vous pas

observé qu'entre tous ces propos matrimoniaux, ce sont ceux que Mr. Rochester a eu la faveur d'entendre qui ont été les plus animés, les plus tenaces.

— L'attention ardente de l'auditeur aiguise la langue du conteur », dis-je, me parlant plutôt à moi-même qu'à la bohémienne, dont la conversation, la voix et les manières étranges, m'avaient plongée dans une sorte de rêve. Les phrases inattendues qui se succédaient sur ses lèvres finissaient par m'envelopper dans un réseau de mystifications, et je me demandais quel esprit invisible avait ainsi, pendant des semaines, épié les battements de mon cœur, et enregistré chacune de ses pulsations.

« L'attention ardente de l'auditeur ! répéta-t-elle ; oui, Mr. Rochester a écouté, pendant des heures, les confidences que des lèvres fascinantes lui faisaient avec un si grand plaisir ; il les accueillait avec empressement et paraissait vivement reconnaissant des charmants instants que cela lui procurait. Vous l'avez bien remarqué ?

— Reconnaissant ! Je ne me souviens pas d'avoir décelé la gratitude sur son visage.

— Décelé ! Vous en avez donc fait l'analyse ? Et qu'y avez-vous surpris, sinon la gratitude ? »

Je ne répondis rien.

« Vous y avez vu l'amour, n'est-ce pas ? et, regardant l'avenir, vous l'avez vu marié, vous vous êtes fait une idée du bonheur de sa femme ?

— Hum ! Pas précisément. Votre habileté de sorcière est parfois légèrement en défaut.

— Que diable y avez-vous vu alors ?

— Peu importe. Je suis venue pour vous interroger, non pour me confesser. Sait-on si Mr. Rochester doit se marier ?

— Oui ; et avec la belle Miss Ingram.

— Bientôt ?

— Les apparences autoriseraient cette conclusion et, vraisemblablement — bien qu'avec une audace, qui mériterait un châtiment, vous paraissiez en douter —, ils formeront un couple heureux au suprême degré. Mr. Rochester ne peut manquer d'aimer une femme aussi belle, noble, spirituelle et accomplie ; elle l'aime aussi, probablement ; ou, sinon sa personne, du moins sa bourse. Je sais qu'elle considère le domaine des Rochester comme un bien extrêmement désirable, bien que — Dieu me pardonne ! — je lui aie dit à ce sujet, il y a environ une heure, certaines choses qui l'ont rendue singulièrement grave ; les coins de sa bouche s'en sont abaissés d'un demi-pouce. Je conseillerais à son ténébreux soupirant d'être sur ses gardes : s'il s'en présente un autre, avec une liste de revenus plus longue et mieux apurée, il sera évincé.

— Mais, la mère, je ne suis pas venue pour entendre dire la bonne aventure de Mr. Rochester, je suis venue pour entendre dire la mienne, et il n'en a pas été question.

— Votre destinée est encore incertaine ; en examinant votre visage, j'ai vu qu'un trait contredisait l'autre. Le destin vous a mesuré une part de bonheur, cela, je le sais. Je le savais avant de venir ici ce soir. Il l'a soigneusement mise de côté pour vous. Je l'ai vu faire. Il ne tient qu'à vous d'étendre la main pour la saisir ; mais ferez-vous ce geste ? Voilà le problème que je cherche à résoudre. Mettez-vous encore une fois à genoux.

— Ne m'y laissez pas longtemps, le feu me brûle. »

Je m'agenouillai. La sorcière, sans se pencher vers moi, se contenta de me regarder fixement en se renversant sur son siège et se mit à murmurer :

« La flamme vacille dans l'œil ; l'œil brille comme la rosée, il est doux et plein de tendresse ; il sourit à mon jargon ; il est sensible ; les impressions se succèdent avec rapidité dans sa sphère transparente ; quand il cesse de sourire, la tristesse l'envahit ; une lassitude inconsciente appesantit la paupière, signe d'une mélancolie qu'engendre la solitude. L'œil se détourne de moi pour se dérober à une plus complète investigation, et par son expression moqueuse ne semble pas ajouter foi à l'exactitude de découvertes que j'ai déjà faites, refusant ainsi d'admettre mon grief contre la sensibilité, la tristesse ; mais son orgueil et sa réserve ne font que confirmer mon opinion. L'œil est favorable.

« Quant à la bouche, elle est parfois ravie de rire ; elle est prête à révéler ce que le cerveau conçoit, bien qu'elle reste sans doute muette sur presque tout ce qui se passe dans le cœur. Mobile et flexible, elle ne fut jamais destinée aux contraintes de l'éternel silence de la solitude ; cette bouche est faite pour s'épancher auprès d'un être aimé auquel elle prodiguerait ses sourires. Voilà encore un trait qui est favorable.

« Rien ne s'opposerait à une heureuse destinée si ce n'était le front. Le front semble dire : je puis vivre seule, si le respect de moi-même et les circonstances m'y obligent ; je ne veux pas vendre mon âme pour acheter le bonheur. J'ai en moi un trésor, infus avec la vie, qui sera ma raison d'exister, si tous les plaisirs de ce monde doivent m'être refusés ou s'il me faut les obtenir à un prix que je ne puis donner. Le front déclare : la raison est bien en selle et tient les rênes, elle ne permettra pas aux sentiments de s'emporter, pour la précipiter dans de terribles abîmes. Les passions peuvent se déchaîner avec fureur, comme de vraies païennes, les désirs peuvent, dans leur fantaisie, poursuivre toutes sortes de choses vaines, le bon sens aura toujours le dernier mot dans chaque débat et la voix prépondérante dans chaque décision. Le vent peut souffler en tempête, la terre trembler, l'incendie faire rage ; mon guide sera toujours cette voix calme et légère, interprète des ordres de la conscience.

« Voilà qui est bien dit, front ; tes déclarations seront respectées. J'ai tracé mes plans, des plans que j'estime honnêtes, parce que j'ai tenu compte des exigences de la conscience et des conseils de la raison. Je sais avec quelle rapidité la jeunesse se fanerait, la fleur périrait si, au fond de la coupe enchantée qui lui est offerte, un peu de honte sous forme de lie, ou le moindre arrière-goût de remords y était découvert. Je ne veux pas de sacrifice, pas de tristesse, pas d'anéantissement ; ce n'est pas de mon goût. Je désire faire épanouir, et non pas flétrir, mériter la reconnaissance, non faire verser des larmes de sang, pas même des larmes amères ; il me faut une moisson de sourires, de caresses, de douceurs !... En voilà assez. J'ai l'impression qu'une merveilleuse folie me fait délirer. Je voudrais prolonger indéfiniment cet instant, mais je n'ose. J'ai réussi jusqu'à présent à rester maître de moi ; j'ai joué cette scène comme je m'étais juré de la jouer ; mais si je poursuivais, l'épreuve risquerait d'être au-dessus de mes forces. Relevez-vous, Miss Eyre, laissez-moi ; la comédie est terminée. »

Où étais-je ? Étais-je endormie ou éveillée ? Était-ce un rêve ? Rêvais-je encore ? La voix de la vieille femme s'était transformée ; son accent, ses gestes, tout m'était aussi familier que mon propre visage dans un miroir, que les paroles de mes propres lèvres. Je me relevai, mais ne partis pas. Je la regardai ; je ranimai le feu et la regardai encore ; mais elle enfonça son chapeau, ramena son bandeau sur sa figure et de nouveau me fit signe de partir. La flamme illumina sa main tendue ; sortie de ma torpeur à présent et à l'affût de nouvelles découvertes, je remarquai tout de suite cette main. Ce n'était pas plus la main desséchée d'une vieille femme que la mienne, mais une main ronde et souple, aux doigts lisses et bien faits ; une large bague brillait au petit doigt ; je m'inclinai pour la voir de plus près, et reconnus une pierre que j'avais déjà vue cent fois. Je regardai de nouveau le visage qui ne se détournait plus de moi ; au contraire, le chapeau était enlevé, le bandeau déplacé, la tête portée en avant.

« Eh bien ! Jane, me reconnaissez-vous ? demanda la voix qui m'était familière.

— Enlevez ce manteau rouge, monsieur, et alors...

— Mais les cordons se sont noués ; aidez-moi.

— Arrachez-les, monsieur.

— Voilà ! « Loin de moi, vêtements d'emprunt[1] ! » et Mr. Rochester sortit de son déguisement.

« Vraiment, monsieur, quelle étrange idée !

— Mais bien mise en œuvre, hé ? Ne trouvez-vous pas ?

— Vous n'avez pas dû manquer d'habileté avec ces dames !

— Et avec vous ?

— Vous n'avez pas joué le rôle d'une bohémienne avec moi.

— Quel rôle ai-je donc joué ? Le mien ?

— Non ; un rôle que je ne m'explique pas. Bref, je crois que vous avez tenté de me faire parler, ou de me circonvenir ; vous avez dit des choses qui n'ont pas de sens, pour que j'en dise à mon tour. C'est à peine loyal, monsieur.

— Me pardonnez-vous, Jane ?

— Je ne peux pas vous répondre à brûle-pourpoint. Si, après réflexion, je trouve que je n'ai pas dit trop de sottises, j'essaierai de vous pardonner ; mais cela n'est pas bien de votre part.

— Oh ! vous avez été très correcte, très circonspecte, très sensée. »

Je me mis à réfléchir, et, le tout bien considéré, je trouvai que c'était exact et j'en fus rassurée ; à dire vrai, j'avais été sur mes gardes presque depuis le début de cet entretien, soupçonnant une supercherie. Je savais que les bohémiennes et les diseuses de bonne aventure ne s'exprimaient pas comme cette prétendue vieille femme. J'avais remarqué sa voix contrefaite, son souci de dissimuler ses traits. Mais c'est à Grace Poole, cette vivante énigme, ce mystère des mystères, telle que je la considérais, que j'avais songé. Je n'avais pas pensé un instant à Mr. Rochester.

« Eh bien ! fit-il, à quoi songez-vous ? Que signifie ce grave sourire ?

1. *Cf.* Shakespeare, *Le Roi Lear*, acte III, scène IV :
   Off, off, you lendings !
   Loin de moi, vêtements d'emprunt ! (*N.D.T.*)

— La surprise et les félicitations que je m'adresse, monsieur. Vous me permettez de me retirer maintenant, je suppose ?

— Non, restez un moment, et dites-moi ce que font mes hôtes au salon.

— Ils parlent sans doute de la bohémienne.

— Asseyez-vous. Racontez-moi ce qu'ils ont dit à mon sujet.

— Il vaut mieux que je ne reste pas longtemps, monsieur ; il doit être près de onze heures... Oh ! savez-vous, Mr. Rochester, que depuis votre départ, ce matin, un étranger est arrivé ici ?

— Un étranger ! non ; qui peut-il être ? Je n'attendais personne ; est-il reparti ?

— Non, il a dit qu'il vous connaissait depuis longtemps et pouvait prendre la liberté de s'installer ici jusqu'à votre retour.

— Diable ! Il a dit cela ! A-t-il donné son nom ?

— Il s'appelle Mason, monsieur ; il vient des Antilles ; de Spanish-Town, à la Jamaïque, je crois. »

Mr. Rochester se tenait debout près de moi ; il m'avait pris la main, comme s'il voulait me faire asseoir. En entendant ces mots, il me serra convulsivement le poignet, son sourire se glaça sur ses lèvres, un spasme parut lui couper la respiration.

« Mason !... Les Antilles ! dit-il d'un ton qui donnait à penser que ces simples mots sortaient de la bouche d'un automate parlant. Mason !... Les Antilles ! » répéta-t-il, et il prononça encore ces syllabes par trois fois, devenant d'instant en instant plus pâle que la cendre, semblant à peine conscient.

« Vous sentez-vous mal, monsieur ? lui demandai-je.

— Jane, j'ai reçu un coup ; j'ai reçu un coup, Jane ! »

Et il chancela.

« Oh ! appuyez-vous sur moi, monsieur.

— Jane, une fois déjà, vous m'avez offert votre épaule, donnez-la-moi encore.

— Oui, monsieur, oui, et mon bras. »

Il s'assit et me fit asseoir auprès de lui. Il caressa ma main qu'il tenait dans les siennes, tout en me regardant avec une angoisse et une tristesse indicibles.

« Ma petite amie ! dit-il, je voudrais être seul avec vous, dans une île perdue, où les soucis, les dangers, les hideux souvenirs ne pourraient m'atteindre.

— Puis-je vous aider, monsieur ? Je donnerais ma vie pour vous servir.

— Jane, si j'ai besoin d'aide, c'est auprès de vous que je la chercherai ; je vous le promets.

— Merci, monsieur ; dites-moi ce qu'il faut faire... je puis au moins essayer de vous rendre service.

— Allez me chercher un verre de vin dans la salle à manger ; ils doivent être en train de dîner ; vous me direz si Mason est avec eux, et ce qu'il fait. »

J'y allai, et je trouvai les invités qui dînaient, comme me l'avait dit Mr. Rochester. Personne n'était assis à table ; le repas avait été disposé sur le buffet, où chacun s'était servi selon son goût ; tous étaient dispersés dans la pièce, par petits groupes, leur assiette et leur verre à la main. Pas un qui ne fût plein d'entrain ; le rire et la conversation, de toutes parts, étaient très animés. Mr. Mason était debout, à côté du feu, causant avec le colonel et Mrs. Dent, il semblait aussi gai que les autres. Tandis que je remplissais un verre de vin, je vis Miss Ingram me regarder en fronçant les sourcils ; elle trouvait sans doute que je ne me gênais guère. Je regagnai aussitôt la bibliothèque.

L'extrême pâleur de Mr. Rochester avait disparu ; il avait de nouveau retrouvé courage et fermeté. Il me prit le verre des mains.

« Je bois à votre santé, esprit secourable ! » dit-il.

Il but, me rendit le verre, et me demanda :

« Que font-ils, Jane ?

— Ils rient, ils causent, monsieur.

— Ils n'ont pas un air grave et mystérieux, comme s'ils avaient appris quelque chose d'étrange ?

— Pas du tout, ils sont pleins de gaieté, et ne font que plaisanter.

— Et Mason ?

— Il rit comme les autres.

— Si tous ces gens venaient ici en groupe me cracher au visage, que feriez-vous, Jane ?

— J'essaierais de les faire sortir, monsieur. »

Il ébaucha un sourire.

« Et si, voulant les joindre, ils se contentaient de me regarder avec froideur, de chuchoter entre eux d'un air méprisant, et de partir l'un après l'autre, me laissant seul, que feriez-vous ? Iriez-vous avec eux ?

— Je crois que non, monsieur ; j'aurais bien plus de plaisir à rester avec vous.

— Pour me consoler ?

— Oui, monsieur, pour vous consoler, autant que cela serait en mon pouvoir.

— Et s'ils vous mettaient au ban de la société pour m'être restée fidèle ?

— Je l'ignorerais probablement et, dans le cas contraire, je n'y attacherais aucune importance.

— Alors, vous braveriez le blâme, pour moi ?

— Je le braverais pour n'importe quel ami digne de mon attachement, comme je suis certaine que vous l'êtes.

— Retournez maintenant à la salle à manger, allez trouver tranquillement Mason et dites-lui à l'oreille que Mr. Rochester est de retour et désire le voir ; puis vous le ferez entrer ici, et vous nous laisserez.

— Bien, monsieur. »

J'exécutai son ordre. Tout le monde me regarda d'un air ébahi tandis que je passai au milieu des groupes. J'allai trouver Mr. Mason, je lui fis part de mon message et le précédai hors de la pièce ; je l'introduisis dans la bibliothèque, après quoi je montai.

Tard dans la nuit, alors que j'étais couchée depuis un certain temps, j'entendis les invités se retirer dans leurs chambres ; je distinguai la voix de Mr. Rochester qui disait :

« Par ici, Mason ; voilà votre chambre. »

Il parlait gaiement ; ce ton joyeux me rassura et je m'endormis bientôt.

CHAPITRE XX

J'avais oublié de tirer mon rideau et de baisser la jalousie, comme je le faisais d'habitude ; aussi, quand la lune pleine et brillante, suivant son cours — la nuit était belle — arriva devant ma fenêtre, ses rayons resplendissants pénétrèrent à travers les vitres nues et me réveillèrent. Dans la profondeur de la nuit, j'ouvris les yeux et vis son disque d'un blanc argenté, limpide comme le cristal. Admirable spectacle, trop solennel pourtant ; me soulevant à demi, j'étendis le bras pour tirer le rideau.

Dieu bon ! Quel cri !

La nuit, son silence, son repos, furent déchirés par un cri sauvage, aigu, strident, qui retentit d'un bout à l'autre de Thornfield-Hall.

Mon pouls s'arrêta ; mon cœur cessa de battre ; mon bras tendu resta paralysé. Le cri s'éteignit, et ne se renouvela pas. Quel que fût l'être qui avait poussé ce cri terrible, il n'aurait pu le répéter aussitôt ; le condor géant des Andes, lui-même, ne pourrait, à travers les nuages qui rendent son aire invisible, pousser deux fois de suite un tel hurlement. La créature qui exhale une telle clameur ne peut renouveler son effort sans prendre un temps de repos.

Ce cri provenait du troisième étage, car il était passé au-dessus de ma tête. Et là-haut, oui, dans la chambre juste au-dessus de la mienne, j'entendais à présent le bruit d'une lutte terrible, implacable, à en juger par le vacarme ; et une voix à demi étouffée cria précipitamment par trois fois :

« Au secours ! au secours ! au secours !... Personne ne viendra-t-il ? » continua cette voix.

Et à travers planches et plâtre, malgré le bruit de pas chancelants et de trépignements furieux, je distinguai ces mots :

« Rochester ! Rochester ! pour l'amour de Dieu, venez ! »

La porte d'une chambre s'ouvrit, quelqu'un courut, ou plutôt s'élança dans la galerie. Un autre pas résonna sur le plafond, j'entendis une chute et ce fut le silence.

Malgré l'effroi qui faisait trembler tous mes membres, j'avais mis quelques vêtements et je sortis de ma chambre. Tous les dormeurs étaient réveillés ; de chaque chambre venaient des exclamations et des murmures de terreur ; les portes s'ouvrirent l'une après l'autre ; tour à tour les invités regardaient dans la galerie qui se remplissait. Les messieurs comme les dames s'étaient levés ; de tous côtés, chacun demandait confusément :

« Qu'y a-t-il ? Qui est blessé ? Qu'est-il arrivé ? Allez chercher une lumière ! Est-ce le feu ? Y a-t-il des voleurs ? Où faut-il fuir ? »

Sans le clair de lune, ils se seraient trouvés dans une obscurité complète. Ils couraient çà et là, se pressaient les uns contre les autres, certains sanglotant, d'autres trébuchant ; le désordre était extrême.

« Où diable est Rochester ? s'écria le colonel Dent. Je ne l'ai pas trouvé dans son lit.

— Me voici, me voici, entendit-on crier. Calmez-vous, j'arrive. »

La porte de l'extrémité de la galerie s'ouvrit, et Mr. Rochester, qui venait de l'étage supérieur, s'avança, une chandelle à la main. Une des dames courut droit à lui, et saisit son bras ; c'était Miss Ingram.

« Quel malheur est-il arrivé ? dit-elle. Parlez ! Faites-nous connaître le pire, sans détours.

— Mais ne me faites pas tomber, ne m'étranglez pas », répliqua-t-il.

Les Misses Eshton s'agrippaient en effet à lui à présent, et les deux douairières, dans leurs amples robes de chambre blanches, fonçaient sur sa personne, semblables à des navires, toutes voiles dehors.

« Tout va bien ! tout va bien ! s'écria-t-il. C'est une simple répétition de *Beaucoup de bruit pour rien*. Mesdames, éloignez-vous, ou je vais devenir dangereux ! »

Il avait réellement l'air dangereux ; ses yeux noirs lançaient des étincelles. Faisant un effort pour se maîtriser, il ajouta :

« Une des servantes a eu un cauchemar, voilà tout. C'est une personne nerveuse et surexcitable ; elle a dû prendre son rêve pour une apparition, ou quelque chose de ce genre, sans nul doute, et cette soudaine terreur lui a donné une crise de nerfs. Allons, il faut maintenant que je m'assure que vous regagniez bien tous vos chambres ; tant que la maison n'aura pas retrouvé son calme, il ne sera pas possible de s'occuper de cette femme. Messieurs, ayez la bonté de donner l'exemple à ces dames. Miss Ingram, vous ne manquerez pas, j'en suis certain, de vous montrer au-dessus de vaines frayeurs. Amy et Louisa, retournez dans vos nids comme deux colombes que vous êtes. Mesdames, dit-il, s'adressant aux douairières, si vous restez plus longtemps dans ce corridor glacial, vous vous enrhumerez à coup sûr. »

Et ainsi, par des paroles tantôt suppliantes, tantôt impératives, il réussit à faire rentrer chacun dans sa chambre. Je n'attendis pas l'ordre de regagner la mienne, et je me retirai sans être remarquée, comme j'étais venue.

Cependant, je ne me recouchai pas, mais j'achevai de m'habiller. Les bruits, les paroles qui suivirent le cri n'avaient probablement été entendus que de moi seule, puisqu'ils provenaient de la chambre au-dessus de la mienne. Ils m'avaient donné la certitude que ce n'était pas le rêve d'une servante qui avait jeté ainsi l'effroi dans toute la maison, et que l'explication donnée par Mr. Rochester n'était qu'une fable inventée pour apaiser ses hôtes. Je m'habillai donc, pour être prête à toute éventualité, et je restai longtemps assise près de la fenêtre à regarder le parc silencieux, les champs argentés, attendant je ne savais trop quoi. J'avais le pressentiment que l'étrange cri, la lutte, les appels, auraient quelque suite.

Mais non ; le calme revint, tous les murmures, tous les

mouvements, s'évanouirent graduellement et, au bout d'une heure, Thornfield-Hall était redevenu silencieux comme un désert. Le sommeil et la nuit avaient, semblait-il, repris leur empire. Cependant la lune déclinait et allait bientôt disparaître. N'aimant pas rester assise dans le froid et l'obscurité, je songeai à m'étendre sur mon lit, tout habillée. Je quittai la fenêtre et traversai la pièce en marchant sans bruit sur le tapis ; comme je me baissais pour me déchausser, une main prudente frappa doucement à la porte.

« A-t-on besoin de moi ? demandai-je.

— Êtes-vous levée ? demanda la voix que je comptais entendre, celle de mon maître.

— Oui, monsieur.

— Et habillée ?

— Oui.

— Alors, sortez tout doucement. »

J'obéis. Mr. Rochester était dans la galerie, avec une chandelle.

« J'ai besoin de vous, dit-il, venez par ici ; prenez votre temps, ne faites pas de bruit. »

J'avais de minces pantoufles et je marchai sur la natte du corridor avec la légèreté d'un chat. Il se glissa le long de la galerie, monta l'escalier et s'arrêta dans le couloir sombre et bas de ce fatal troisième étage. Je l'avais suivi et me tenais à côté de lui.

« Avez-vous une éponge dans votre chambre ? me demanda-t-il à voix basse.

— Oui, monsieur.

— Avez-vous des sels, des sels volatils ?

— Oui.

— Retournez les chercher. »

Je regagnai ma chambre, pris l'éponge sur la table de toilette, les sels dans mon tiroir, et revins sur mes pas. Il m'attendait, tenant une clef à la main, s'approcha de l'une des petites portes noires et introduisit la clef dans la serrure ; après un court moment il me demanda :

« Supportez-vous la vue du sang ?

— Je le crois, répondis-je, mais je n'ai jamais encore été mise à l'épreuve. »

En disant ces mots, j'eus un tressaillement, mais je n'éprouvai ni froid, ni faiblesse.

« Donnez-moi votre main, dit-il ; il ne faudrait pas courir le risque d'un évanouissement. »

Je mis ma main dans la sienne.

« Elle est chaude et ferme », remarqua-t-il ; puis il tourna la clef et ouvrit la porte.

Je me rappelai avoir vu cette chambre, le jour où Mrs. Fairfax m'avait fait visiter toute la maison ; elle était tendue de tapisseries relevées en un endroit, laissant voir une porte jusqu'alors dissimulée. Cette porte était ouverte ; de la lumière s'échappait d'une pièce en retrait, d'où provenaient un grognement et un bruit semblables à ceux que fait un chien en querelle. Mr. Rochester, posant sa chandelle, me dit d'attendre une minute et pénétra dans la pièce secrète. Son entrée fut saluée par un bruyant éclat de rire, qui se termina par l'effrayant « ha ! ha ! » inhumain, de Grace Poole. C'était donc *elle* qui était là. Il intervint sans mot dire, bien que j'entendisse quelqu'un lui adresser la parole à voix basse, puis sortit et ferma la porte derrière lui.

« Par ici, Jane », me dit-il.

Je le suivis de l'autre côté d'un immense lit qui, avec ses rideaux tirés, masquait une grande partie de la chambre. Un homme tout habillé, mais sans veste, était assis dans un fauteuil au chevet du lit, immobile, la tête renversée en arrière, les yeux fermés. Mr. Rochester souleva la chandelle et, dans ce visage pâle qui paraissait sans vie, je reconnus l'étranger, Mason. Je vis également que d'un côté, et sur un de ses bras, son linge était presque trempé de sang.

« Tenez la chandelle », me dit Mr. Rochester.

Je la pris, tandis qu'il alla chercher une cuvette d'eau sur la table de toilette.

« Tenez-moi cela », dit-il encore.

J'obéis. Il prit l'éponge, la plongea dans l'eau, humecta ce visage semblable à celui d'un cadavre, et me demanda mon flacon de sels qu'il lui mit sous les narines. Mr. Mason ouvrit bientôt les yeux et poussa un gémissement ; Mr. Rochester, ouvrant la chemise du blessé dont le bras et l'épaule étaient bandés, épongea le sang, qui coulait rapidement.

« Est-ce grave ? murmura Mr. Mason.

— Mais non ! C'est une simple égratignure. Ne soyez pas ainsi prostré, mon cher ; un peu de courage ! Je vais moi-même aller vous chercher un médecin et j'espère bien qu'au matin vous serez transportable. Jane, continua-t-il.

— Monsieur ?

— Il va falloir que je vous laisse ici avec ce gentleman, pendant une heure, peut-être deux. Si le sang recommence à couler, vous l'épongerez comme je l'ai fait ; en cas de défaillance, vous approcherez de ses lèvres le verre d'eau qui est là sur le lavabo, et vous lui donnerez vos sels à respirer. Vous ne lui parlerez sous aucun prétexte ; quant à vous, Richard, si vous adressez la parole à cette jeune fille, ce sera au péril de votre vie ; ouvrez les lèvres, agitez-vous, et je ne réponds plus des conséquences. »

De nouveau, le pauvre homme se mit à gémir ; il n'osait pas bouger ; la peur de la mort ou de quelque autre chose le paralysait presque. Mr. Rochester me tendit l'éponge pleine de sang, et je le remplaçai. Il m'observa un instant, et quitta la pièce en disant :

« Rappelez-vous : pas de conversation. »

J'éprouvai une sensation étrange lorsque la clef grinça dans la serrure et que je cessai d'entendre le bruit des pas qui s'éloignaient.

J'étais donc enfermée dans une des cellules mystérieuses du troisième étage, entourée des ombres de la nuit, ayant sous les yeux, sous la main, cet être livide et sanglant ; à peine séparée d'une criminelle par une simple porte, ce qui était vraiment terrifiant ; je pouvais supporter le reste, mais je frémissais à la pensée de voir Grace Poole se précipiter sur moi.

Il fallait rester à mon poste, pourtant. Il fallait surveiller ce visage de spectre, ces lèvres bleuâtres et silencieuses, auxquelles il était interdit de s'ouvrir ; ces yeux vitreux voilés d'horreur qui tour à tour se fermaient, se rouvraient, erraient à travers la pièce ou se fixaient sur moi. Il me fallait plonger et replonger la main dans la cuvette d'eau rougie de sang, tout en épongeant celui qui continuait de couler. Il me fallait, en accomplissant ma tâche, voir baisser la lumière de la chandelle qui avait besoin d'être mouchée, voir les ombres s'obscurcir sur les tapisseries anciennes qui m'entouraient, devenir opaques sous les draperies du vaste et antique lit, trembloter étrangement au-dessus de la grande armoire qui lui faisait face, dont les portes étaient formées de douze panneaux, avec les têtes des douze apôtres d'un dessin austère, chacune incluse dans son panneau comme dans un cadre, cependant qu'au sommet du meuble, surmontant ces têtes, s'élevait une croix d'ébène avec un Christ en agonie.

Selon les variations de l'ombre et de la lumière produites par la flamme vacillante, c'était tour à tour Luc, le médecin barbu, qui penchait son front ; la longue chevelure de saint Jean qui paraissait flotter au vent ; le visage diabolique de Judas qui émergeait du panneau et semblait s'animer, faisant redouter que le traître insigne — Satan lui-même — n'apparût dans l'image de son valet.

Au milieu de tout cela, il me fallait écouter, aussi bien que surveiller, guetter les mouvements de la bête sauvage ou du démon, dans son repaire, de l'autre côté du mur. Mais, depuis la visite de Mr. Rochester, elle paraissait domptée comme par un charme magique. Durant toute la nuit je ne perçus que trois sons, à trois longs intervalles : le craquement d'un pas, un nouveau et bref grognement de chien, puis un profond gémissement humain.

Je fus alors accablée par mes propres pensées. Quel était donc cet être incarnant le crime qui vivait dans ce manoir solitaire, que le maître ne pouvait ni chasser, ni soumettre ? Quel était ce mystère qui soudain se manifestait, soit par le feu, soit par le sang, dans le plus profond silence de la nuit ? Quelle créature, empruntant le visage et la forme habituels d'une femme, prenait ainsi la voix d'un démon railleur ou faisait entendre le cri d'un oiseau de proie, avide de charognes ?

Et cet homme, sur lequel j'étais penchée, cet étranger banal et placide, comment se trouvait-il enveloppé dans ce tissu d'horreurs ? Pourquoi la Furie s'était-elle jetée sur lui ? Pour quelle raison s'était-il rendu à une heure aussi avancée de la nuit dans cette partie de la maison, alors qu'il aurait dû être dans son lit en train de dormir ? J'avais entendu Mr. Rochester lui désigner une chambre à l'étage en dessous ; qu'est-ce qui l'avait poussé à venir ici, et pourquoi était-il maintenant aussi subjugué par la violence ou la perfidie dont il avait été victime ? Pourquoi se soumettait-il si facilement au silence que lui imposait Mr. Rochester ? Pourquoi Mr. Rochester le lui imposait-il ? Son hôte venait d'être outragé, un effroyable complot avait été tramé quelque temps auparavant contre sa propre vie, et il ensevelissait ces deux tentatives dans le secret, les plongeait dans l'oubli ! J'avais remarqué que Mr. Mason était dominé par Mr. Rochester, dont l'impétueuse volonté exerçait un puissant ascendant sur son inertie. Les quelques mots qu'ils venaient d'échanger me confirmaient dans mon opinion. Il apparaissait évident qu'autrefois, dans leurs relations, la nature passive de l'un avait toujours subi l'influence de l'ardente énergie de l'autre. D'où venait donc l'effroi de Mr. Rochester en apprenant l'arrivée de Mr. Mason ? Comment le simple nom de cet homme sans volonté sur lequel, d'un seul mot, il avait empire comme sur un enfant, avait-il pu le frapper, telle la foudre qui frappe le chêne ?

Oh ! je ne pouvais oublier son regard et sa pâleur quand il avait murmuré : « Jane, j'ai reçu un coup. J'ai reçu un coup, Jane. » Je ne pouvais oublier comme son bras tremblait lorsqu'il l'avait appuyé sur mon épaule ; ce n'était pas un motif sans consistance qui avait pu ainsi accabler l'âme résolue, faire tressaillir le corps vigoureux de Fairfax Rochester.

« Quand reviendra-t-il ? Quand reviendra-t-il ? » me demandais-je, tandis que la nuit se prolongeait, s'éternisait, et que mon malade, qui perdait toujours son sang, s'affaissait, se plaignait, devenait de plus en plus faible ; mais le jour ne se montrait pas, personne n'accourait à mon aide. Bien souvent, j'avais approché le verre d'eau des lèvres pâles de Mason, bien souvent, je lui avais fait respirer les sels ; mais mes efforts paraissaient inutiles. Sous l'influence de souffrances physiques ou morales, ou par suite de la perte de sang, peut-être pour ces trois raisons réunies, ses forces déclinaient rapidement. Il poussait de tels gémissements, paraissait si faible, si étrange et égaré, que je craignais de le voir expirer ; et je ne pouvais même pas lui parler !

La chandelle acheva de se consumer et s'éteignit. J'aperçus alors, sur le bord des rideaux de la fenêtre, les rais d'une lumière blafarde ; l'aube approchait. Au même instant j'entendis aboyer Pilot, en bas, dans son chenil au fond de la cour ; cela raviva mon espoir. Ce ne fut pas en vain ; cinq minutes plus tard, le grincement de la clef dans la serrure qui cédait, m'avertit que j'allais être relevée de ma garde. Elle ne devait pas avoir duré plus de deux heures ; bien des semaines m'auraient paru plus courtes.

Mr. Rochester entra, avec le médecin qu'il était allé chercher.

« Maintenant, Carter, faites vite, dit-il à ce dernier ; je ne vous donne qu'une demi-heure pour panser la blessure, la bander, faire descendre le malade, etc.

— Mais est-il en état de marcher, monsieur ?

— Sans aucun doute ; ce n'est rien de grave ; il est inquiet, il faut lui remonter le moral. Allons ! au travail. »

Mr. Rochester tira les épais rideaux et releva la jalousie afin de laisser entrer le plus de jour possible. Je fus surprise et réconfortée de voir que l'aurore était aussi avancée : des traînées de lumière rose commençaient à éclairer l'orient. Mr. Rochester s'approcha de Mason qui était déjà entre les mains du médecin.

« Eh bien ! mon vieux, comment ça va-t-il ?

— Elle m'a tué, j'en ai bien peur, répondit-il faiblement.

— Mais non, du courage ! Dans quinze jours, ce sera tout juste si vous vous en ressentirez ; vous avez perdu un peu de sang, voilà tout. Carter, rassurez-le donc, dites-lui qu'il n'y a pas de danger.

— Je peux le lui affirmer en toute conscience, dit Carter qui venait de défaire les bandages ; je regrette seulement de n'avoir pu arriver plus tôt, il n'aurait pas perdu tant de sang... Mais qu'est-ce que cela ? La chair de l'épaule n'est pas seulement coupée, elle est aussi déchiquetée. Cette blessure n'a pas été faite par un couteau, il y a des marques de dents !

— Elle m'a mordu, murmura-t-il. Elle m'a labouré comme une tigresse, quand Rochester lui eut retiré le couteau.

— Vous n'auriez pas dû céder, vous auriez dû lutter avec elle tout de suite, dit Mr. Rochester.

— Mais que faire en de telles circonstances ? répliqua Mason. Oh ! c'était effroyable ! ajouta-t-il en frissonnant. Et puis je ne m'y attendais pas, elle avait l'air si calme, tout d'abord.

— Je vous avais averti, lui répondit son ami ; je vous avais dit d'être sur vos gardes quand vous l'approcheriez. D'ailleurs, vous auriez pu attendre jusqu'à demain et vous faire accompagner par moi ; c'était pure folie de tenter l'entrevue dès cette nuit, et tout seul.

— Je pensais pouvoir lui faire du bien.

— Vous pensiez ! vous pensiez ! cela m'exaspère de vous entendre parler ainsi ; quoi qu'il en soit, vous avez souffert et souffrirez sans doute encore pas mal, pour avoir négligé de suivre mon conseil ; aussi n'ajouterai-je rien. Carter, dépêchez-vous ! dépêchez-vous ! Le soleil sera bientôt levé et il faut que je l'expédie.

— Tout de suite, monsieur, le pansement de l'épaule est déjà fait. Il faut que je m'occupe de l'autre blessure, au bras ; je crois qu'elle l'a mordu là, également.

— Elle a sucé le sang, disant qu'elle assécherait mon cœur », dit Mason.

Je vis Mr. Rochester frémir ; une expression singulièrement marquée de dégoût, d'horreur et de haine tordit son visage qui devint presque grimaçant ; mais il se contenta de dire :

« Allons, taisez-vous, Richard ! ne faites pas attention à ces divagations, ne les répétez pas.

— Je voudrais bien pouvoir les oublier, répondit-il.

— C'est ce que vous ferez quand vous aurez quitté le pays ; lorsque vous serez de retour à Spanish-Town, vous n'aurez qu'à la tenir pour morte et enterrée, ou mieux encore, à ne plus penser à elle.

— Impossible d'oublier cette nuit !

— Ce n'est pas impossible ; ayez donc un peu d'énergie, mon vieux. Il y a deux heures, vous vous croyiez aussi mort qu'un hareng saur, et vous voilà bien vivant, bavardant. Là ! Carter en a fini avec vous, ou presque : je vais vous rendre présentable en un rien de temps. Jane, me dit-il (c'était la première fois qu'il se tournait vers moi depuis son retour), prenez cette clef, descendez dans ma chambre, allez directement dans mon cabinet de toilette, ouvrez le tiroir du haut de l'armoire, prenez-y une chemise, une cravate et apportez-les ici, en hâte. »

Je descendis, trouvai dans l'armoire, à la place indiquée, les effets dont il avait besoin, et les lui rapportai.

« A présent, dit-il, allez-vous-en de l'autre côté du lit, pendant que je m'occupe de sa toilette, mais ne quittez pas la chambre, je puis encore avoir besoin de vous. »

Je me retirai donc selon ses instructions.

« Avez-vous entendu bouger quelqu'un, lorsque vous êtes descendue, Jane ? interrogea bientôt Mr. Rochester.

— Non, monsieur, tout était parfaitement tranquille.

— Nous allons vous faire sortir à la dérobée, Dick ; cela vaudra mieux, tant pour vous que pour la pauvre créature qui est là, à côté. Il y a longtemps que je m'efforce d'éviter un scandale, et je ne voudrais pas qu'il éclatât maintenant. Venez, Carter, aidez-le à mettre son gilet. Où avez-vous laissé votre pelisse ? Vous ne pouvez pas faire un mille sans elle, sous ce maudit climat glacé, je le sais bien. Dans votre chambre ? Jane, courez donc dans la chambre de Mr. Mason, celle qui est à côté de la mienne, allez chercher le manteau que vous y trouverez. »

Je partis de nouveau en courant et revins encore une fois, portant un vaste manteau, doublé et bordé de fourrure.

« J'ai encore quelque chose à vous demander, me dit mon infatigable maître : il faut que vous retourniez dans ma chambre. Heureusement que vous êtes chaussée de velours, Jane ! un gros lourdaud de messager ne ferait pas du tout l'affaire, en l'occurrence. Vous ouvrirez le tiroir du milieu de ma table de toilette, vous y trouverez une petite fiole et un petit verre que vous m'apporterez au plus vite ! »

J'y volai, et revins bientôt avec ce qu'il désirait.

« C'est parfait ! Maintenant, docteur, je vais prendre la liberté et la responsabilité d'administrer à Mr. Mason une dose de ce cordial que m'a remis, à Rome, un charlatan italien, un individu que vous, Carter, auriez envoyé promener d'un coup de pied. C'est une chose qu'il ne faut pas employer à la légère, mais qui a du bon dans une occasion comme celle-ci. Jane, un peu d'eau ! »

Je pris la carafe d'eau qui était sur la toilette, et remplis à moitié le petit verre qu'il me tendait.

« Cela suffit ; maintenant, humectez le bord de la fiole. »

Je l'humectai, et il mesura douze gouttes d'un liquide rouge dans le verre qu'il présenta à Mason.

« Buvez, Richard, cela vous donnera le cœur qui vous manque, pendant une heure peut-être.

— Mais cela ne me fera-t-il pas de mal ? n'est-ce pas irritant ?

— Buvez ! buvez ! buvez ! »

Mr. Mason obéit, car de toute évidence il était inutile de résister. Une fois habillé, il était encore pâle, mais non plus souillé de sang. Quand il eut avalé le cordial, Mr. Rochester le laissa reposer trois minutes, puis le prit par le bras.

« Je suis sûr que vous pouvez vous tenir debout maintenant, dit-il, essayez. »

Le malade se leva.

« Carter, prenez-le sous l'autre épaule. Courage Richard ; avancez. Là, c'est bien.

— Je me sens vraiment mieux, dit Mason.

— J'en suis persuadé. Maintenant, Jane, descendez avant nous, par l'escalier de service, tirez le verrou de la porte du couloir, et dites au cocher de la chaise de poste que vous verrez dans la cour — ou juste à l'entrée, car je lui ai dit de ne pas faire résonner ses roues sur le pavé — de se tenir prêt, que nous arrivons ; si vous rencontrez quelque autre personne, vous viendrez au bas de l'escalier et vous tousserez discrètement. »

Il était déjà cinq heures et demie et le soleil allait se lever, mais je trouvai la cuisine encore sombre et silencieuse ; j'ouvris aussi doucement que possible la porte du couloir qui était verrouillée : la cour était tranquille, mais dehors, près des grilles grandes ouvertes, stationnait une chaise de poste avec des chevaux attelés et un cocher sur le siège. Je m'approchai pour lui dire que ces messieurs venaient, à quoi il me répondit en inclinant la tête ; puis je jetai alentour un regard circonspect en prêtant l'oreille. Tout reposait encore dans le calme du jour naissant ; les rideaux demeuraient tirés devant les fenêtres des chambres des domestiques ; les petits oiseaux commençaient à peine à gazouiller dans les arbres du verger, blancs de fleurs, dont les branches retombaient en guirlandes sur le mur qui fermait un côté de la cour ; de temps en temps les chevaux de trait piaffaient dans les écuries closes ; tout le reste était silencieux.

Ces messieurs parurent bientôt : Mason, soutenu par Mr. Rochester et le médecin, paraissait marcher avec assez d'aisance ; ils l'aidèrent à monter dans la voiture et Carter l'y suivit.

« Prenez soin de lui, dit Mr. Rochester à ce dernier, et gardez-le chez vous jusqu'à ce qu'il soit complètement remis ; j'irai y faire un tour, à cheval, dans un jour ou deux, pour juger de son état ; comment vous sentez-vous, Richard ?

— L'air frais me ranime, Fairfax.

— Laissez la fenêtre ouverte de son côté, Carter, il n'y a pas de vent. Au revoir, Dick.

— Fairfax...

— Eh bien ! qu'y a-t-il ?

— Qu'on prenne bien soin d'elle ; qu'elle soit traitée aussi doucement que possible ; qu'elle soit... »

Il s'arrêta et fondit en larmes.

« Je fais de mon mieux ; je l'ai toujours fait et continuerai », répondit Mr. Rochester.

Il ferma alors la portière, et la voiture démarra.

« Plût à Dieu que tout cela fût à jamais terminé ! » ajouta-t-il en refermant et verrouillant les lourdes grilles de la cour.

Puis d'un pas lent, l'air absent, il se dirigea vers un portail du mur qui entourait le verger. Supposant qu'il n'avait plus besoin de moi, je me disposais à rentrer, lorsque, de nouveau, je l'entendis appeler « Jane ». Il avait ouvert le portail et m'attendait sur le seuil.

« Venez pendant quelques instants là où il y a un peu de fraîcheur, dit-il. Cette maison est une véritable prison, ne trouvez-vous pas ?

— Pour moi, c'est une splendide demeure, monsieur.

— La magie de l'inexpérience met un voile sur vos yeux, reprit-il. Vous la voyez avec un regard fasciné. Vous ne pouvez discerner que les dorures sont de la boue visqueuse ; les tentures de soie, des toiles d'araignée ; le marbre, de la vile ardoise, et les boiseries brillantes, de simples copeaux de rebut, de l'écorce rugueuse. Tandis qu'ici, dit-il, désignant du doigt l'enclos feuillu où nous venions de pénétrer, tout est vrai, charmant et pur. »

Il descendit d'un air distrait une allée bordée de buis ; d'un côté, il y avait des pommiers, des poiriers, des cerisiers ; de l'autre, une plate-bande remplie de toutes sortes de fleurs à la mode d'autrefois : giroflées, œillets de poète, primevères, pensées, auxquelles se mêlaient l'armoise, des églantiers et diverses herbes odorantes. Toutes ces fleurs étaient alors aussi fraîches que les pouvait rendre une alternance d'ondées d'avril et de rayons de soleil, suivis d'une radieuse matinée de printemps. A l'orient, dans un ciel aux nuages floconneux, le soleil commençait à paraître, illuminant les arbres du verger couverts de fleurs et mouillés de rosée, éclairant par en dessous les paisibles allées.

« Jane, voulez-vous une fleur ? »

Il cueillit une rose à demi épanouie, la première du rosier, et me l'offrit.

« Merci, monsieur.

— Aimez-vous ce lever de soleil, Jane ? ce ciel, avec ses nuages très hauts, légers, qui vont certainement se dissiper à la chaleur croissante du jour, cet air calme et embaumé ?

— Oh oui ! beaucoup.

— Vous avez passé une étrange nuit, Jane ?

— Oui, monsieur.

— Et c'est pour cela que vous êtes toute pâle. Avez-vous eu peur, lorsque je vous ai laissée seule avec Mason ?

— J'avais peur de voir surgir quelqu'un de la chambre intérieure.

— Mais j'en avais verrouillé la porte ; j'en avais la clef dans ma poche. J'aurais été un berger bien insouciant si j'avais ainsi laissé un agneau, mon agneau favori, si près de l'antre d'un loup, sans rien pour le protéger ; vous n'aviez rien à craindre.

— Grace Poole va-t-elle continuer à vivre ici, monsieur ?

— Oh oui ! ne vous creusez pas la tête à son sujet ; chassez-la de vos pensées.

— Cependant, il me semble que votre vie n'est guère en sûreté tant qu'elle sera là.

— Ne craignez rien ; je serai sur mes gardes.

— Le danger que vous redoutiez hier soir est-il écarté maintenant, monsieur ?

— Je ne puis en répondre tant que Mason n'aura pas quitté l'Angleterre, et encore ! Vivre, pour moi, Jane, c'est être debout sur le cratère d'un volcan qui peut, d'un jour à l'autre, faire éruption et cracher du feu.

— Mais Mr. Mason a l'air d'être un homme facile à mener. De toute évidence, vous avez une puissante influence sur lui, il ne vous bravera jamais, ni ne vous fera du tort, volontairement.

— Oh non ! Mason ne me bravera pas ; ni, sciemment, ne me fera du mal ; mais il peut, sans en avoir l'intention et par une seule parole imprudente, me ravir à jamais le bonheur, sinon la vie.

— Recommandez-lui la prudence, monsieur, dites-lui ce que vous craignez, montrez-lui comment il peut écarter le danger. »

Il eut un rire sardonique, me prit hâtivement la main, qu'il repoussa avec la même hâte.

« Si je pouvais agir ainsi, naïve enfant, où serait le danger ? Il cesserait aussitôt d'exister. Depuis que je connais Mason, je n'ai eu qu'à lui dire « Faites cela » pour qu'il le fît. Mais dans ce cas il m'est impossible de lui donner un ordre ; je ne peux pas lui dire : « Gardez-vous de me nuire, Richard », car il est absolument nécessaire de lui laisser ignorer qu'il peut me nuire. Vous voilà intriguée, et je vais vous intriguer davantage. Vous êtes ma petite amie, n'est-ce pas ?

— J'ai plaisir à vous servir, monsieur, et à vous obéir en tout ce qui est bien.

— Parfaitement, je le vois. Lorsque vous m'aidez et me faites plaisir, que vous travaillez pour moi et avec moi « *en tout ce qui est bien* », comme vous le dites d'une manière si caractéristique, votre allure, votre air, vos yeux, votre visage expriment une réelle satisfaction. Mais si je vous demandais de faire quelque chose qui vous paraîtrait mal, il n'y aurait plus de pieds agiles toujours prêts à courir, plus de mains habiles empressées, plus de regards joyeux, ni de teint animé. Mon amie se tournerait alors vers moi, calme et pâle, et me dirait : « Non, monsieur, cela est impossible, je ne puis pas faire ce qui n'est pas bien », et demeurerait aussi immuable que le cours d'une étoile. Vous aussi, avez pouvoir sur moi ; vous pouvez me faire du mal ; mais je n'ose vous révéler où je suis vulnérable, de peur que le coup ne me vienne de vous, en dépit de votre fidélité et de votre affection.

— Si vous n'avez rien de plus à craindre de Mr. Mason que de moi, monsieur, vous êtes en parfaite sécurité.

— Dieu veuille qu'il en soit ainsi ! Jane, voici un abri ; asseyez-vous. »

C'était une niche voûtée, creusée dans le mur et tapissée de lierre, avec un banc rustique. Mr. Rochester s'y assit, me ménageant une place ; mais je restai debout devant lui.

« Asseyez-vous, dit-il, le banc est assez grand pour deux personnes. Hésiteriez-vous à vous asseoir à côté de moi ? Y a-t-il du mal à cela, Jane ? »

Je lui répondis en m'asseyant ; je sentais qu'il eût été maladroit de refuser.

« En cet instant, ma petite amie, où le soleil boit la rosée, où toutes les fleurs de ce vieux jardin s'éveillent et s'épanouissent, où les oiseaux vont chercher le déjeuner de leurs petits dans Thornfield, où les abeilles matinales commencent à butiner, je vais vous soumettre un cas de conscience que vous essaierez de faire vôtre. Mais d'abord, regardez-moi, dites-moi que vous vous sentez à votre aise, que vous ne me faites pas grief de vous retenir, que vous croyez pas mal agir en restant.

— Non, monsieur, je suis sans crainte.

— Eh bien ! Jane, appelez votre imagination à l'aide ; supposez que vous ne soyez plus une jeune fille bien élevée et disciplinée, mais un jeune homme indompté, gâté depuis son enfance ; imaginez que vous vous trouvez dans un lointain pays, à l'étranger, où vous commettez une erreur capitale — peu importe de quelle nature ou pour quelles raisons — mais une erreur dont les conséquences vous poursuivront toute votre vie et l'empoisonneront. Remarquez bien, je ne dis pas : *un crime* ; je ne parle pas de sang versé, ni de l'un de ces actes coupables qui rendraient son auteur justiciable de la loi ; le mot que j'ai employé est : *erreur*. Les suites de cette erreur deviennent pour vous, au bout d'un certain temps, absolument insupportables ; vous prenez des mesures pour obtenir un apaisement, des mesures exceptionnelles, mais qui ne sont ni illégales ni répréhensibles. Vous continuez, pourtant, à être malheureux, car l'espoir vous a abandonné au seuil même de la vie ; pour vous, le soleil en son plein midi est assombri par une éclipse qui, vous le sentez, se prolongera jusqu'à l'heure de son coucher. Des souvenirs mauvais et amers sont le seul aliment de votre mémoire, vous errez çà et là, cherchant le repos dans l'exil, le bonheur dans le plaisir, je veux dire un plaisir sans amour, un plaisir sensuel qui obscurcit l'intelligence et émousse la sensibilité. Le cœur las, l'âme flétrie, vous revenez au foyer après des années de bannissement volontaire ; vous faites connaissance — peu importe où et comment — d'une nouvelle personne en laquelle vous trouvez la plupart des sérieuses et rayonnantes qualités que vous avez vainement cherchées depuis vingt ans, des qualités toutes fraîches, saines, sans souillure, sans tache. Sa fréquentation vous revigore, vous régénère ; vous avez conscience que de meilleurs jours sont revenus ; vous éprouvez des désirs plus élevés, des sentiments plus purs, vous voulez commencer une vie nouvelle et passer le reste de vos jours d'une façon plus digne d'un être dont l'âme est immortelle. Pour atteindre ce but, avez-vous le droit de passer outre à un obstacle dû uniquement à la coutume, de ne pas tenir compte d'un empêchement exclusivement conventionnel dans lequel votre conscience ne reconnaît aucune obligation sacrée et que votre jugement désapprouve ? »

Il se tut, attendant une réponse. Que me fallait-il dire ? Oh ! que ne me fût-il suggéré, par quelque bon génie, une judicieuse et opportune réponse ! Vain souhait ! Le vent d'ouest faisait entendre ses murmures dans le lierre, tout autour de moi, mais nul charmant Ariel ne se fit l'interprète de son langage ; les oiseaux chantaient au sommet des arbres, mais leur chant si doux m'était impénétrable.

Mr. Rochester posa de nouveau sa question :

« Cet homme errant et coupable, qui à présent se repent et cherche le repos, a-t-il le droit de braver l'opinion publique, pour s'attacher à jamais cet être doux, gracieux, bienfaisant et, assurant ainsi la paix de son âme, transformer sa vie ?

— Monsieur, répondis-je, le repos d'un homme errant, ou la régénération d'un pécheur ne dépend jamais d'un de ses semblables. Les hommes, les femmes, sont mortels ; la sagesse des philosophes est chancelante, non moins que la bonté des chrétiens ; si quelqu'un que vous connaissez a souffert, s'il a commis des erreurs, qu'il ne cherche pas la force pour se régénérer, le remède pour se guérir, auprès des créatures ; qu'il porte son regard plus haut.

— Mais l'instrument... l'instrument ! Dieu désigne un instrument pour faire son œuvre. J'ai été moi-même, je vous le dis sans parabole, un homme frivole, dissipé, agité ; et je crois avoir trouvé l'instrument de mon salut en... »

Il s'arrêta ; les oiseaux continuèrent à chanter, le feuillage à bruire légèrement ; je fus presque étonnée qu'ils n'eussent pas cessé leurs chants et leurs murmures pour surprendre la révélation attendue. Mais combien longue eût été leur attente, tant se prolongea le silence qui suivit ! Je levai enfin la tête vers Mr. Rochester, toujours silencieux ; son regard ardent était posé sur moi.

« Petite amie, me dit-il, d'un ton tout différent, tandis que son visage, se transformant également, perdait toute sa douceur, toute sa gravité, pour devenir dur et sarcastique, vous avez remarqué mon tendre penchant pour Miss Ingram ; ne pensez-vous pas que, si je l'épousais, elle me régénérerait pour de bon ? »

Là-dessus il se leva, s'éloigna jusqu'à l'autre extrémité de l'allée, et revint en fredonnant un air.

« Jane, Jane, dit-il s'arrêtant devant moi, vous êtes toute

pâle, à force d'avoir veillé ; ne me maudissez-vous pas de troubler ainsi votre repos ?

— Vous maudire ? Non, monsieur.

— Allons, serrons-nous la main, pour consacrer cette parole. Comme vos doigts sont froids ! Ils étaient plus chauds, cette nuit, lorsque je les tenais dans ma main, à la porte de la chambre mystérieuse ; Jane, quand viendrez-vous encore veiller avec moi ?

— Chaque fois que je pourrai être utile, monsieur.

— Par exemple, la nuit qui précédera mon mariage ! Je suis sûr que je ne pourrai pas dormir. Voulez-vous me promettre de veiller alors avec moi, pour me tenir compagnie ? Je pourrai vous parler de ma belle, à vous, qui l'avez vue, qui la connaissez.

— Oui, monsieur.

— C'est un objet rare, n'est-ce pas, Jane ?

— Oui, monsieur.

— Une gaillarde, une vraie gaillarde, Jane ! grande, brune et forte, avec des cheveux comme devaient en avoir les dames de Carthage... Mon Dieu ! voilà Dent et Lynn dans les écuries ! Rentrez par le bosquet, en passant par ce portillon. »

Je partis d'un côté, lui de l'autre, et je l'entendis qui disait gaiement dans la cour :

« Mason vous a tous devancés, ce matin ; il s'en est allé avant le lever du soleil ; j'étais debout à quatre heures pour le voir partir. »

CHAPITRE XXI

Les pressentiments, les affinités, les signes, sont choses étranges qui, en se combinant, forment un mystère dont l'humanité n'a pas encore trouvé la clef. De ma vie, je n'ai ri des pressentiments, car j'en ai eu moi-même de singuliers. Je crois qu'il existe des affinités, par exemple, entre des parents qu'une grande distance, qu'une longue absence, ont rendus complètement étrangers les uns aux autres ; affinités qui, en dépit du manque de relations, attestent l'unité de la source à laquelle chacun fait remonter son origine. Ce jeu échappe à la raison. Quant aux signes, pour autant que nous le sachions, ils ne sont sans doute que l'expression des affinités entre la nature et l'homme.

Quand j'étais petite, à l'âge de six ans, j'entendis un soir Bessie Leaven dire à Martha Abbott qu'elle avait rêvé d'un petit enfant, ce qui était un signe certain de malheur, pour soi-même ou pour les siens. Ce dicton aurait pu s'effacer de ma mémoire, si un événement ne s'était produit aussitôt après qui l'y fixa d'une manière indélébile. Le lendemain, Bessie dut aller chez elle au chevet de sa petite sœur qui venait de mourir.

Depuis quelque temps, ce dicton et cet incident m'étaient souvent revenus à la mémoire, car, durant toute la semaine précédente, il ne s'était guère passé de nuit qui ne m'eût fait rêver d'un enfant. Tantôt je le calmais en le prenant dans mes bras, tantôt je le faisais sauter sur mes genoux, tantôt je le regardais jouer avec des pâquerettes, sur une pelouse, ou tremper ses mains dans l'eau courante. Une nuit, c'était un enfant pleurnicheur, la nuit suivante, c'était un bébé rieur ; il se blottissait contre moi ou me fuyait en courant. Quelle que fût son humeur, quel que fût son aspect, cette apparition ne manqua pas de se présenter à moi pendant sept nuits consécutives, dès que je pénétrais au pays du sommeil.

Cette persistance d'une même idée, ce curieux retour d'une même image ne m'étaient pas agréables ; je devenais nerveuse à mesure que l'heure du coucher approchait, car c'était le moment où la vision revenait. C'est en compagnie de ce bébé fantôme que j'avais entendu le cri qui m'éveilla pendant la nuit de clair de lune ; et ce fut l'après-midi du jour suivant que l'on vint me dire de descendre dans le petit salon de Mrs. Fairfax, où quelqu'un me demandait.

En y arrivant, je trouvai un homme qui m'attendait ; il avait l'aspect d'un serviteur de bonne maison ; il était en grand deuil, et tenait à la main un chapeau entouré d'une bande de crêpe.

« Vous ne me devez guère vous souvenir de moi, Miss, dit-il, se levant à mon entrée ; je m'appelle Leaven, j'étais cocher chez Mrs. Reed quand vous habitiez Gateshead, il y a de cela huit ou neuf ans, et j'y suis toujours.

— Oh ! Robert, comment allez-vous ? Je me souviens très bien de vous ; de temps en temps vous me faisiez faire un petit tour sur le poney bai de Miss Georgiana. Et comment va Bessie ? N'avez-vous pas épousé Bessie ?

— Oui, Miss ; ma femme se porte très bien, je vous remercie ; elle m'a donné un autre bébé, il y a deux mois ; nous en avons trois, à présent, et la mère est en bonne santé, ainsi que les enfants.

— Comment vont-ils tous, au manoir, Robert ?

— Je regrette de ne pouvoir vous donner de meilleures nouvelles ; tout va mal pour eux, en ce moment, ils ont de graves ennuis.

— J'espère que personne n'est mort ? » dis-je, portant les yeux sur ses vêtements noirs.

Il regarda, lui aussi, le crêpe qui entourait son chapeau et répondit :

« Il y a eu hier huit jours que Mr. John est mort, dans son appartement de Londres.

— Mr. John ?

— Oui.

— Comment sa mère supporte-t-elle ce coup ?

— Voyez-vous, Miss Eyre, ce n'est pas un malheur ordinaire ; Mr. John a mené une vie déréglée ; depuis trois ans, il s'est conduit d'une manière étrange, et sa mort a été horrible.

— Bessie m'avait appris qu'il ne se conduisait pas bien.

— Il ne pouvait guère se conduire plus mal ; il a ruiné sa santé et perdu sa fortune en compagnie d'hommes et de femmes les plus abjects qui soient. Il a fait des dettes et a été mis en prison. Grâce à sa mère, il a pu en sortir deux fois ; mais aussitôt qu'il était libre, il retournait à ses anciens compagnons et reprenait ses mauvaises habitudes. Il avait la tête faible, et les coquins parmi lesquels il vivait, l'ont roulé au-delà de tout ce que j'ai jamais entendu dire. Il est venu à Gateshead, il y a environ trois semaines, pour demander à madame de tout lui abandonner. Madame a refusé ; ses moyens sont depuis longtemps réduits par les extravagances de son fils ; il s'en est donc retourné, et les premières nouvelles furent celles de sa mort. Comment est-il mort ? Dieu seul le sait !... On dit qu'il s'est suicidé. »

Je demeurai silencieuse. Ces nouvelles étaient terribles. Robert Leaven reprit :

« Madame elle-même ne va pas bien, depuis quelque temps ; elle était devenue très forte, sans être pour autant résistante ; les pertes d'argent, la crainte de la pauvreté, l'avaient complètement accablée. Lorsqu'elle apprit si brusquement la mort de Mr. John, la façon dont elle s'était produite, elle a eu une attaque. Elle est restée trois jours sans parler ; mais, mardi dernier, elle a eu l'air d'aller mieux, et semblait vouloir dire quelque chose ; elle n'a cessé de faire des signes à ma femme, tout en marmonnant. C'est seulement hier matin que Bessie a compris qu'elle prononçait votre nom et a fini par saisir ces mots : « Amenez-moi

« Jane... Allez chercher Jane Eyre, je veux lui parler. » Bessie se demande si elle a bien toute sa tête, si ses paroles ont vraiment un sens ; elle en informa cependant Miss Eliza et Miss Georgiana, en leur conseillant de vous envoyer chercher. Les jeunes demoiselles ont d'abord remis cela à plus tard, mais leur mère devint si agitée et répéta tant de fois « Jane, Jane », qu'à la fin elles y ont consenti. Je suis parti hier de Gateshead, et s'il vous est possible d'être prête, Miss, je voudrais bien repartir avec vous demain matin, de bonne heure.

— Oui, Robert, je serai prête ; il me semble que je dois y aller.

— A moi aussi, Miss. Bessie avait bien dit que vous ne refuseriez certainement pas de venir ; mais je suppose qu'il vous faudra demander la permission avant de pouvoir partir ?

— Oui, et je vais le faire tout de suite. »

Je le conduisis dans la salle des domestiques et le recommandai aux bons soins de la femme de John et de John lui-même ; puis, je me mis à la recherche de Mr. Rochester.

Il n'était dans aucune des pièces du bas, il n'était pas dans la cour, ni aux écuries, ni dans le parc. Je demandai à Mrs. Fairfax si elle l'avait vu ; oui, elle croyait qu'il faisait une partie de billard avec Miss Ingram. J'allai en hâte à la salle de billard, d'où venaient le cliquetis des billes et le murmure des voix ; Mr. Rochester, Miss Ingram, les deux Misses Eshton et leurs admirateurs étaient tous absorbés par leur jeu. Il fallait un certain courage pour interrompre une partie aussi intéressante, mais je ne pouvais remettre à plus tard le soin de m'acquitter de mon message ; je me dirigeai donc vers mon maître qui était debout à côté de Miss Ingram. A mon approche, elle se retourna et me dévisagea avec dédain ; ses yeux semblaient interroger : « Que peut bien vouloir cette créature rampante ? » et lorsque j'eus dit à voix basse : « Mr. Rochester », elle fit un mouvement comme si elle avait envie de me chasser. Je la vois encore, pleine de grâce, attirant vraiment les regards ; elle portait une robe du matin, en crêpe bleu ciel ; une écharpe de gaze de même couleur s'enroulait dans ses cheveux ; le jeu l'avait animée, et son orgueil irrité n'atténuait pas l'expression hautaine de ses traits.

« Cette personne a-t-elle besoin de vous ? » demanda-t-elle à Mr. Rochester qui se tourna pour voir qui était cette « personne ». Il fit une de ces curieuses grimaces, d'une expression étrange et équivoque, qui lui étaient propres, laissa tomber la queue de billard qu'il tenait, et quitta la pièce derrière moi.

« Eh bien ! Jane ? dit-il, en s'appuyant le dos contre la porte de la salle d'étude, qu'il avait refermée.

— Voulez-vous m'accorder une ou deux semaines de congé, monsieur ?

— Pour quoi faire ? Pour aller où ?

— Pour aller voir une dame malade qui m'envoie chercher.

— Quelle dame malade ? Où habite-t-elle ?

— A Gateshead dans le comté de...

— Dans le comté de... c'est à cent milles d'ici ! Qui peut-elle bien être, pour vous demander d'aller la voir si loin ?

— Elle s'appelle Reed, monsieur : Mrs. Reed.

— Reed, de Gateshead ? Il y avait un Reed, de Gateshead, qui était magistrat.

— C'est sa veuve, monsieur.

— Et qu'avez-vous à faire avec elle ? Comment la connaissez-vous ?

— Mr. Reed était mon oncle, le frère de ma mère.

— Diable ! Il était le frère de votre mère ! Vous ne m'en avez jamais parlé, vous m'avez toujours dit que vous n'aviez pas de parents.

— Pas de parents qui veuillent me reconnaître, monsieur, Mr. Reed est mort, et sa femme m'a rejetée.

— Pourquoi ?

— Parce que j'étais pauvre, j'étais un fardeau pour elle, enfin elle me détestait.

— Mais Reed a laissé des enfants ; vous devez avoir des cousins ? Sir George Lynn parlait hier d'un Reed, de Gateshead, qui, disait-il, était un des plus fieffés mauvais sujets de la ville ; et Ingram a parlé d'une Georgiana Reed, de Gateshead également, qui a été très admirée à Londres pour sa beauté, il y a une saison ou deux.

— John Reed est mort, monsieur, il s'est ruiné et a ruiné à demi sa famille ; on suppose qu'il s'est suicidé. Cette nouvelle a porté un tel coup à sa mère qu'elle a provoqué une attaque d'apoplexie.

— Mais en quoi pouvez-vous lui être utile ? C'est une folie, Jane ! L'idée ne me viendrait jamais de parcourir cent milles pour aller voir une vieille dame qui sera peut-être morte avant que vous ne soyez auprès d'elle. D'ailleurs, vous dites qu'elle vous a rejetée.

— Oui, monsieur, mais il y a longtemps de cela ; sa

situation était bien différente alors ; je ne serais pas tranquille si je ne répondais pas, à présent, à son désir.

— Combien de temps serez-vous absente ?

— Aussi peu que possible, monsieur.

— Promettez-moi de ne rester qu'une semaine.

— Je préférerais ne pas m'engager, je puis me trouver dans l'impossibilité de tenir ma parole.

— En tout cas vous *reviendrez*, n'est-ce pas ? vous ne vous laisserez persuader, sous aucun prétexte, de rester définitivement auprès d'elle ?

— Oh non ! je reviendrai certainement, si tout va bien.

— Et qui va vous accompagner ? Vous n'allez pas faire ce voyage de cent milles toute seule ?

— Non, monsieur, Mrs. Reed a envoyé son cocher.

— Est-ce un homme en qui l'on peut avoir confiance ?

— Oui, monsieur, voilà dix ans qu'il est dans la famille. »

Mr. Rochester réfléchit.

« Quand désirez-vous partir ?

— Demain matin, de bonne heure, monsieur.

— Mais il vous faut de l'argent ; vous ne pouvez pas voyager sans argent, et je suppose que vous n'en avez guère ; vous n'avez pas encore reçu vos gages. Combien possédez-vous en tout et pour tout, Jane ? » demanda-t-il en souriant.

Je sortis ma bourse qui était bien plate.

« Cinq shillings, monsieur. »

Il prit la bourse, versa le trésor dans sa main ouverte, avec un petit rire, comme s'il était content de la voir aussi peu garnie. Il tira alors son portefeuille.

« Tenez », dit-il, m'offrant un billet de banque, un billet de cinquante livres, alors qu'il ne m'en devait que quinze. Je lui dis que je n'avais pas de monnaie.

« Je ne veux pas de monnaie, vous le savez bien. Ce sont vos gages. »

Je refusai d'accepter plus qu'il ne m'était dû. Il commença par froncer le sourcil, puis, se ravisant, dit :

« Bien, bien ! Il vaut mieux ne pas tout vous donner maintenant ; si vous aviez cinquante livres, vous resteriez peut-être absente trois mois. En voici dix, n'est-ce pas suffisant ?

— Si, monsieur, mais à présent vous m'en devez encore cinq.

— Vous reviendrez les chercher, alors ; je suis votre banquier pour quarante livres.

— Mr. Rochester, je voudrais vous parler aussi d'une autre affaire, puisque l'occasion s'en présente.

— Quelle affaire ? Je suis curieux de savoir ce dont il s'agit.

— Ne m'avez-vous pas dit, monsieur, que vous alliez bientôt vous marier ?

— Oui, et alors ?

— Dans ce cas, monsieur, il faudrait qu'Adèle allât en pension ; je suis sûre que vous en verrez vous-même la nécessité.

— Pour que ma femme ne la trouve pas sur son chemin, sinon elle risquerait de la piétiner un peu trop lourdement. C'est assez sensé ce que vous proposez là ; cela ne fait pas l'ombre d'un doute, il faudra, comme vous le dites, qu'Adèle aille en pension, et vous, bien entendu, il faudra que vous alliez tout droit... au diable ?

— J'espère que non, monsieur, mais il va falloir que je cherche une situation ailleurs.

— Naturellement ! » s'exclama-t-il d'un ton nasillard, tout en grimaçant d'une manière à la fois curieuse et comique.

Il me regarda pendant quelques minutes.

« Et vous allez prier la vieille Mrs. Reed ou les Misses ses filles de vous chercher une situation, je suppose ?

— Non, monsieur, je ne suis pas en assez bons termes avec elles pour me permettre de leur demander un service ; mais je ferai paraître une annonce dans un journal.

— Vous allez escalader les pyramides d'Égypte ! dit-il en maugréant. Vous ferez paraître une annonce à vos risques et périls ! Que ne vous ai-je donné un souverain au lieu de dix livres ! Rendez-moi neuf livres, Jane, j'en ai l'emploi.

— Et moi aussi, monsieur, répliquai-je en mettant mes mains et ma bourse derrière mon dos. Je ne peux me passer de cette somme sous aucun prétexte.

— Petite avare, dit-il, vous me refusez une aide pécuniaire ! Donnez-moi cinq livres, Jane.

— Pas cinq shillings, monsieur, ni même cinq pence.

— Laissez-moi seulement jeter un coup d'œil sur votre fortune.

— Non, monsieur, on ne peut pas se fier à vous.

— Jane !

— Monsieur ?

— Promettez-moi une chose.

— Je vous promettrai tout ce que je crois pouvoir vraisemblablement tenir.

— Ne faites pas paraître d'annonce ; remettez-vous-en à moi pour la recherche d'une situation. Le moment venu, je vous en trouverai une.

— Bien, monsieur, je serai heureuse de m'en remettre à vous si, à votre tour, vous voulez bien me promettre qu'Adèle et moi serons en sécurité hors de la maison, avant que votre femme n'y entre.

— Très bien ! Très bien ! Je vous en donne ma parole. Alors, vous partez demain ?

— Oui, monsieur, de bon matin.

— Descendrez-vous au salon après dîner ?

— Non, monsieur, je dois faire mes préparatifs de voyage.

— Alors, il faut nous dire adieu pour quelque temps ?

— Je le pense, monsieur.

— Comment s'effectue donc cette cérémonie des adieux, Jane ? Apprenez-le-moi, je ne suis guère au courant.

— On dit adieu, ou ce que l'on veut.

— Alors, dites-le.

— Adieu, Mr. Rochester, du moins pour le moment.

— Et moi, que dois-je dire ?

— La même chose, si cela vous plaît, monsieur.

— Adieu, Miss Eyre, du moins pour le moment. Est-ce tout ?

— Oui.

— Cela me paraît bien insignifiant, sec et peu amical. J'aimerais quelque chose d'autre ; une petite addition au rite. Si nous nous serrions la main, par exemple ; mais non, cela ne me satisferait pas non plus. Alors vous ne dites rien d'autre qu'adieu, Jane ?

— C'est suffisant, monsieur ; un mot qui part du cœur peut exprimer autant de souhaits que de nombreuses paroles.

— Sans doute, mais ce mot « adieu » est si vide, si glacial ! »

« Combien de temps va-t-il demeurer là, le dos contre la porte ? me demandai-je. Il faut que je commence à préparer mes bagages. » La cloche du dîner retentit alors, aussi sortit-il brusquement, sans ajouter une syllabe. Je ne le revis plus ce soir-là, et je partis le lendemain, avant qu'il fût levé.

J'arrivai à la loge du portier, à Gateshead, vers cinq heures de l'après-midi, le premier mai. Je m'y arrêtai avant de monter au manoir. Tout y était très propre, bien tenu ; les fenêtres décorées de vitres de couleur étaient garnies de petits rideaux blancs ; on ne voyait pas une tache sur le dallage ; la grille, la pelle et les pincettes reluisaient et un feu clair brûlait dans la cheminée. Bessie, assise près du foyer, allaitait son dernier-né, tandis que Robert et sa sœur jouaient tranquillement dans un coin.

« Dieu vous bénisse ! Je savais bien que vous viendriez ! s'écria Mrs. Leaven dès que j'entrai.

— Oui, Bessie, dis-je, après l'avoir embrassée. J'espère que je n'arrive pas trop tard. Comment va Mrs. Reed ? J'espère qu'elle est encore en vie.

— Oui, elle est encore en vie. Elle est même plus lucide et plus calme qu'elle ne l'était. Le docteur dit qu'elle pourra traîner encore une semaine ou deux, mais il ne croit guère qu'elle puisse guérir.

— A-t-elle parlé de moi, récemment ?

— Elle parlait de vous ce matin encore, souhaitant que vous veniez, mais elle dort à présent, ou du moins elle dormait il y a dix minutes, lorsque je suis montée au manoir. Elle reste ordinairement plongée dans une sorte de léthargie pendant tout l'après-midi et se réveille vers six ou sept heures. Voulez-vous vous reposer ici pendant une heure, Miss, et je monterai ensuite avec vous ? »

Robert entra à ce moment ; Bessie posa dans son berceau l'enfant endormi, pour souhaiter la bienvenue à son mari ; après quoi elle insista pour me faire enlever ma capote et prendre le thé, disant qu'elle me trouvait pâle et fatiguée. J'étais heureuse d'accepter son hospitalité ; je la laissai me débarrasser de mes vêtements de voyage, aussi passivement que je me laissais déshabiller par elle dans mon enfance.

Les souvenirs du vieux temps me revenaient en foule tandis que je la regardais s'affairer, mettre son plus beau service de porcelaine sur le plateau, couper le pain et le beurre, préparer des toasts avec le gâteau pour le thé. Donner de temps en temps au petit Robert, ou à Jane, une légère tape ou bien les envoyer promener, comme elle faisait autrefois avec moi. Bessie avait conservé son tempérament vif, son pas léger, son joli visage.

Lorsque le thé fût prêt, j'allais m'approcher de la table quand, du même ton péremptoire que jadis, Bessie me dit de rester tranquillement assise. Elle déclara que je devais être servie au coin du feu, et plaça devant moi une petite table ronde, avec une tasse et une assiette de toasts, tout comme jadis elle disposait à mon intention, sur une chaise de la nursery, quelques friandises secrètement dérobées. Je souris et lui obéis, comme au temps passé.

Elle voulut savoir si j'étais heureuse à Thornfield-Hall, quel genre de personne était ma maîtresse ; quand je lui eus dit qu'il n'y avait qu'un maître, elle me demanda s'il était sympathique et s'il me plaisait. Je lui répondis qu'il était plutôt laid, mais se comportait en véritable gentleman, me traitant avec bonté, et que j'étais satisfaite. Puis je lui décrivis la brillante société qui séjournait à Thornfield ; Bessie, qui était friande de ce genre de détails, les écoutait avec intérêt.

Tout en conversant ainsi, l'heure fut vite passée. Bessie me rendit ma capote, etc., et nous quittâmes la loge ensemble pour nous rendre au manoir. C'était également en sa compagnie que, près de neuf ans auparavant, j'avais descendu l'allée que je remontais à présent. Par un matin obscur, brumeux et glacial de janvier, j'avais laissé ce toit hostile, le cœur désespéré, rempli d'amertume, me sentant proscrite et réprouvée, pour aller à la recherche du froid refuge de Lowood, cette retraite inconnue et si lointaine. Le même toit hostile se dressait de nouveau devant moi ; mon avenir était encore incertain, mon cœur toujours angoissé ; j'avais encore l'impression d'errer sur la terre, mais j'éprouvais plus de confiance en moi-même, en mes propres forces ; l'oppression ne me faisait plus si terriblement peur. La blessure béante des torts subis était maintenant complètement cicatrisée, la flamme du ressentiment, éteinte.

« Vous allez d'abord entrer dans la petite salle à manger, me dit Bessie, qui me précédait dans le vestibule, les jeunes demoiselles doivent y être. »

Un instant après, j'étais dans cette pièce. Rien n'avait été modifié dans le mobilier, depuis le matin où j'avais été présentée pour la première fois à Mr. Brocklehurst : le tapis même sur lequel il se tenait debout couvrait toujours le devant du foyer. Jetant un coup d'œil sur la bibliothèque, je crus reconnaître les deux volumes des *Oiseaux de Grande-Bretagne*, de Bewick, à leur ancienne place, sur le troisième rayon ; et *Les Voyages de Gulliver*, *Les Mille et Une Nuits*, juste au-dessus. Les objets inanimés n'avaient pas changé ; mais il était difficile de reconnaître les êtres vivants.

Deux jeunes femmes parurent devant moi ; l'une très grande, presque aussi grande que Miss Ingram, très mince aussi, avec un teint jaunâtre, l'air austère. Elle avait dans son aspect quelque chose d'ascétique qu'accentuaient encore l'extrême simplicité d'une robe de laine noire à jupe droite, avec un col de toile empesé, les cheveux tirés en arrière, découvrant les tempes, enfin, un chapelet à grains d'ébène et un crucifix, ornement digne d'une religieuse. J'étais sûre que c'était Eliza, bien que j'eusse de la peine à découvrir une ressemblance entre ce visage allongé, sans couleur et ce qu'il avait été autrefois.

L'autre était non moins certainement Georgiana ; mais

non pas la Georgiana dont je me souvenais, la fillette de onze ans, svelte, aux allures de fée. C'était une jeune fille parfaitement épanouie, très potelée, belle comme une figure de cire, avec de jolis traits réguliers, des yeux bleus pleins de langueur et des boucles blondes. Elle portait aussi une robe noire, mais d'une coupe si différente de celle de sa sœur, tellement plus ample, plus seyante, qu'elle était aussi élégante que l'autre était sévère.

Chez l'une et l'autre sœur on ne retrouvait qu'un seul trait de leur mère : l'aînée, pâle et mince, avait ses yeux, ceux des Cairngorm ; la luxuriante cadette, resplendissante de beauté, avait la même contexture des mâchoires et du menton, légèrement atténuée peut-être, mais donnant pourtant une inexprimable dureté à ce visage par ailleurs si voluptueux et si souriant.

Lorsque je m'avançai, les deux jeunes demoiselles se levèrent pour me saluer, et m'appelèrent « Miss Eyre ». Eliza m'accueillit d'un ton brusque et sec, sans un sourire ; après quoi elle se rassit, fixa les yeux sur le feu et parut m'oublier. Georgiana ajouta à son « Comment allez-vous ? » quelques remarques banales sur mon voyage, sur le temps, et ainsi de suite, d'une voix un peu traînante, tout en me jetant des regards de côté qui me toisaient de la tête aux pieds, se posaient avec insistance sur les plis de mon manteau de mérinos brun, ou s'attardaient sur la garniture toute simple de ma capote campagnarde. Les jeunes femmes du monde ont un remarquable talent pour vous laisser entendre qu'elles vous trouvent ridicule, sans le formuler expressément. Un certain dédain dans le regard, la froideur des manières, un ton indifférent, expriment parfaitement leur pensée à cet égard, sans leur faire courir le risque de se compromettre par des paroles ou des actes réellement offensants.

Mais un air méprisant, direct ou dissimulé, n'avait plus sur moi le même pouvoir qu'autrefois ; tandis que j'étais ainsi assise entre mes cousines, je fus étonnée de me trouver autant à l'aise devant la complète indifférence de l'une, et les attentions à demi railleuses de l'autre. Eliza n'arrivait pas plus à m'humilier que Georgiana ne réussissait à me décontenancer. A vrai dire, j'avais bien autre chose à penser ; depuis quelques mois j'avais été secouée par des émotions bien plus fortes, j'avais ressenti des peines et des joies beaucoup plus violentes et aiguës que celles qu'il était en leur pouvoir de me faire éprouver, de m'infliger, de me donner, et leurs manières affectées ne pouvaient me toucher.

« Comment va Mrs. Reed ? demandai-je bientôt, regardant tranquillement Georgiana qui, devant cette question directe, jugea bon de se rengorger, comme si j'avais pris une liberté à laquelle elle ne s'attendait pas.

— Mrs. Reed ? Ah ! vous voulez dire maman ; elle est extrêmement mal, je ne crois pas que vous puissiez la voir ce soir.

— Si vous vouliez bien monter lui dire que je suis arrivée, je vous en serais fort obligée. »

Georgiana faillit sursauter et ouvrit tout grands ses yeux bleus pleins de surprise.

« Je sais qu'elle tenait particulièrement à me voir, ajoutai-je, et je ne voudrais pas tarder plus qu'il n'est absolument nécessaire à répondre à son désir.

— Maman n'aime pas qu'on la dérange le soir », fit observer Eliza.

Je me levai bientôt et, sans y être invitée, j'enlevai avec calme ma capote, mes gants, me disant que j'allais demander à Bessie, qui devait être à la cuisine, de s'assurer si Mrs. Reed était disposée, ou non, à me recevoir ce soir. Je partis donc trouver Bessie, la chargeai de mon message et me mis en devoir de prendre d'autres dispositions. L'arrogance, jusque-là, m'avait toujours effarouchée ; si j'avais, l'an dernier, reçu un accueil semblable à celui d'aujourd'hui, j'aurais décidé de quitter Gateshead le lendemain matin même ; mais j'eus soudain conscience que ce serait folie d'agir ainsi. J'avais fait un voyage de cent milles pour voir ma tante, je devais rester jusqu'à ce qu'elle se sentît mieux, ou qu'elle fût morte ; je n'avais qu'à prendre mes initiatives, sans tenir compte de l'orgueil et de la sottise de ses filles. Je m'adressai donc à la gouvernante, lui demandant de m'indiquer une chambre pour la durée de mon séjour qui pourrait être d'une ou deux semaines ; je fis porter ma malle dans ma chambre et j'allais m'y rendre moi-même lorsque je croisai Bessie sur le palier.

« Madame est réveillée, me dit-elle ; je lui ai dit que vous étiez là ; venez, nous allons voir si elle va vous reconnaître. »

Il était inutile de me montrer le chemin de cette chambre bien connue où j'avais été si souvent appelée, jadis, pour recevoir un châtiment ou une réprimande. J'y allai en hâte, suivie de Bessie, et j'ouvris doucement la porte. Une lumière voilée était sur la table, car la nuit tombait. Il y avait là le grand lit à quatre colonnes avec ses rideaux couleur d'ambre, comme autrefois, la table de toilette, le fauteuil, et le tabouret sur lequel j'avais cent fois été condamnée à m'agenouiller, pour demander pardon de fautes que je n'avais pas commises. Je regardai dans un certain coin, près de moi, m'attendant presque à y voir la mince silhouette d'une baguette jadis fort redoutée, toujours là, aux aguets, et prête à fondre sur moi, tel un méchant lutin, pour lacérer ma main tremblante ou mon cou qui se dérobait. Je m'approchai du lit ; j'écartai les rideaux et me penchai sur la haute pile d'oreillers.

Je me souvenais bien du visage de Mrs. Reed et je cherchais ardemment à en retrouver l'image familière. Il est heureux que le temps calme les désirs de vengeance, fasse taire les sursauts de colère et de haine ; j'avais quitté cette femme le cœur plein d'amertume et d'aversion, et voici que je revenais vers elle sans éprouver d'autre émotion qu'une sorte de compassion pour ses grandes souffrances et un vif désir d'oublier, de pardonner toutes les injures, de nous réconcilier, de nous serrer amicalement les mains.

Le visage bien connu était là, sévère, inflexible comme toujours : l'œil si personnel que rien ne pouvait attendrir, le sourcil légèrement arqué, impérieux, despotique. Que de fois n'avait-il pas abaissé sur moi un regard chargé de menaces, de haine ! et comme le souvenir de mes terreurs, de mes chagrins d'enfant, revivait en moi tandis que j'en retrouvais le contour plein de dureté. Et pourtant, je me penchai pour l'embrasser. Elle me regarda.

« Est-ce là Jane Eyre ? dit-elle.

— Oui, tante Reed. Comment allez-vous, ma chère tante ? »

J'avais un jour fait le serment de ne plus jamais l'appeler tante ; mais j'estimai qu'il n'y avait aucun mal à oublier et à rompre, à présent, ce serment. Mes doigts avaient saisi sa main qui reposait sur le drap ; si elle avait pressé la mienne avec bonté, j'aurais, à ce moment, éprouvé un plaisir véritable. Mais les natures insensibles ne se laissent pas émouvoir si vite, les antipathies naturelles ne s'extirpent pas aussi aisément ; Mrs. Reed retira sa main, puis, détournant légèrement la tête, fit remarquer que la nuit était chaude. Elle me regarda de nouveau, d'un air si glacial que je sentis aussitôt qu'elle avait, et aurait toujours, la même opinion de moi, que ses sentiments à mon égard n'avaient pas changé et ne changeraient pas. Je vis dans ses yeux inexorables, impénétrables à la tendresse, impuissants à céder aux larmes, qu'elle était résolue à me juger à jamais avec défaveur ; un changement d'opinion ne lui aurait fait éprouver qu'un sentiment d'humiliation, sans aucun généreux plaisir.

J'en ressentis de la peine, puis de la colère ; je résolus de la vaincre, de la dominer, en dépit de sa nature et de sa volonté. J'avais les larmes aux yeux, comme dans mon enfance, mais je les fis refluer vers leur source. Je pris une chaise, m'assis au chevet du lit et me penchai sur l'oreiller.

« Vous m'avez fait appeler, lui dis-je ; je suis venue ; et je me propose de rester le temps de voir comment vous allez vous porter.

— Oh ! bien sûr. Avez-vous vu mes filles ?

— Oui.

— Vous pouvez leur dire que je désire vous garder jusqu'à ce que je puisse causer avec vous de certaines choses qui me préoccupent : ce soir, il est trop tard, et j'éprouve de la difficulté à me les rappeler. Il y a pourtant quelque chose que j'aurais voulu dire... Voyons... »

Son air égaré et l'altération de sa parole révélaient les ravages faits dans ce corps, autrefois si robuste. Elle se tourna, se retourna avec agitation, chercha à ramener sur elle draps et couvertures, et s'irrita soudain parce que mon coude, appuyé sur un coin de la courtepointe, la retenait.

« Redressez-vous donc ! dit-elle, ne m'agacez pas en vous accrochant ainsi aux couvertures ; vous êtes bien Jane Eyre ?

— Je suis Jane Eyre.

— J'ai eu avec cette enfant-là plus d'ennuis que nul ne pourrait l'imaginer. Quel fardeau m'avait été laissé sur les bras ! Que de tourments elle m'a causés chaque jour et à toute heure, avec sa nature incompréhensible, ses soudains accès de colère, sa manière étrange d'épier continuellement vos faits et gestes ! J'affirme qu'elle m'a parlé un jour comme une folle, ou comme un démon ; jamais un enfant n'a proféré de telles paroles, avec un tel regard ; j'ai été bien contente de me débarrasser d'elle. Qu'a-t-on fait d'elle à Lowood ? Il y a eu une épidémie de fièvre, beaucoup d'élèves sont mortes. Elle, pourtant, n'est pas morte ; mais j'ai dit qu'elle l'était. Que n'est-elle morte !

— Quel singulier souhait, Mrs. Reed ! Pourquoi la haïssez-vous ainsi ?

— J'ai toujours détesté sa mère, qui avait toutes les faveurs de mon mari dont elle était l'unique sœur. Il fut en désaccord avec sa famille quand celle-ci la désavoua en raison de sa mésalliance ; lorsque la nouvelle de sa mort est arrivée, il a pleuré comme un sot. Il a voulu faire venir le bébé, bien que je l'eusse supplié de le mettre plutôt en nourrice, en subvenant à son entretien. Dès que je vis cette

269

créature chétive, gémissante, souffreteuse, je la pris en grippe. Elle geignait toute la nuit dans son berceau, pleurnichait, se plaignait, au lieu de crier franchement, comme font les autres enfants ; Reed en avait pitié, il la berçait, il s'en occupait comme si elle avait été sa propre enfant, bien plus même, qu'il ne s'était occupé des siens à cet âge. Il essaya de faire aimer cette petite pauvresse, de mes enfants, mais les chéris ne pouvaient la souffrir ; aussi se fâchait-il chaque fois qu'ils laissaient voir leur aversion. Durant sa dernière maladie, il aurait voulu l'avoir sans cesse à son chevet ; et une heure seulement avant de mourir, il me fit jurer de la garder. J'aurais autant aimé me charger d'un marmot venant de l'hospice. Il était faible, faible par nature. John ne ressemble pas du tout à son père, et j'en suis bien contente. John est comme moi, comme mes frères, un vrai Gibson. Oh ! je voudrais bien qu'il cessât de me harceler de lettres pour me demander de l'argent. Je n'en ai plus à lui donner ; nous sommes sur le point d'être pauvres. Il faut que je renvoie la moitié des domestiques, que je ferme une partie de la maison ou que je la loue. Je ne m'y résoudrai jamais ; cependant, qu'allons-nous pouvoir faire ? Les deux tiers de mes revenus servent à payer les intérêts des hypothèques. John joue d'une façon terrible, et perd toujours, le pauvre garçon ! Il est la proie d'aigrefins ; John est tombé bien bas, il s'est avili... Il a un regard effrayant... J'en ai honte pour lui quand je le vois. »

Elle devenait très excitée.

« Je crois que je ferais mieux de la laisser, maintenant, dis-je à Bessie qui se tenait debout de l'autre côté du lit.

— Peut-être feriez-vous mieux, Miss ; mais elle parle souvent ainsi à l'approche de la nuit ; le matin, elle est plus calme. »

Je me levai.

« Attendez ! s'écria Mrs. Reed, il y a une autre chose que je voulais dire. Il me menace, me menace sans cesse de se tuer ou de me tuer moi-même ; je rêve parfois que je le vois étendu, une large blessure à la gorge, ou le visage enflé et noirci. Me voici dans une étrange impasse, je suis accablée de tourments. Que faire ? Comment se procurer de l'argent ? »

Bessie s'efforça alors de l'amener à prendre un sédatif et y réussit non sans peine. Bientôt Mrs. Reed se calma un peu, et finit par s'assoupir. C'est alors que je la quittai.

Il s'écoula plus de dix jours avant que j'eusse un nouvel entretien avec elle. Elle demeura la proie du délire ou d'un sommeil léthargique, et le docteur interdit tout ce qui était capable de l'impressionner péniblement.

Pendant tout ce temps, je fis aussi bon ménage que possible avec Georgiana et Eliza. Elles s'étaient montrées d'abord pleines de froideur. Eliza passait la moitié de ses journées assise à coudre, à lire ou à écrire, et c'est à peine si elle nous adressait la parole, à sa sœur, comme à moi-même. Georgiana tenait des propos absurdes à son canari, durant des heures entières, sans faire la moindre attention à moi. J'étais cependant résolue à n'être pas en peine d'occupation ou de distraction ; j'avais apporté tout ce qu'il fallait pour dessiner, et j'en trouvai l'emploi pour ces fins.

Munie d'une boite de crayons et de quelques feuilles de papier, je m'asseyais un peu à l'écart, près de la fenêtre ; je composais de petites vignettes de fantaisie dont les sujets m'étaient suggérés, au hasard et à tous moments, par le kaléidoscope sans cesse mouvant de mon imagination : une échappée sur la mer entre deux rochers ; un navire passant sur le disque de la lune à son lever ; une touffe de roseaux et de glaïeuls d'où émergeait la tête d'une naïade couronnée de fleurs de lotus ; un elfe assis dans le nid d'un moineau des bois, sous une guirlande d'aubépine en fleur.

Un matin, je me mis à dessiner un visage, sans savoir ni me soucier de ce que serait ce visage. Je pris un crayon noir, tendre que je taillai en pointe large et commençai à travailler. Bientôt apparurent sur le papier un front large et proéminent, ainsi qu'un bas de figure au contour carré ; cette ébauche me fit plaisir et mes doigts s'empressèrent d'y ajouter les traits. Il fallait tracer sous ce front des sourcils horizontaux fortement accentués, un nez de ligne droite et ferme, aux larges narines, une bouche assez grande et flexible, puis un menton volontaire, nettement marqué en son milieu par un sillon ; il fallait, bien entendu, quelques noirs favoris, des cheveux de jais, en touffes sur les tempes, et ondulés au-dessus du front. Quant aux yeux, je les avais gardés pour la fin, car ils exigeaient la plus minutieuse application. Je dessinai de grands yeux bien fendus, je traçai de longs cils noirs, des iris larges et brillants. Bien ! mais ce n'est pas tout à fait cela, pensai-je, en regardant l'effet qu'ils produisaient, il faut à ces yeux plus d'ardeur, de vie ; aussi accentuai-je les ombres afin d'aviver l'éclat des parties lumineuses ; une ou deux touches heureuses m'assurèrent le succès. J'avais là, sous les yeux, un visage ami ; ces jeunes demoiselles pouvaient bien me tourner le dos, que m'importait ! Je le contemplais, je souriais devant cette éloquente ressemblance ; j'étais absorbée et satisfaite.

« Est-ce là le portrait de quelqu'un que vous connaissez ? » demanda Eliza qui s'était approchée de moi à mon insu.

Je lui répondis que cette tête n'était que le produit de mon imagination et m'empressai de la faire disparaître sous les autres feuilles de papier. Naturellement je mentais : ce portrait était en fait une représentation très fidèle de Mr. Rochester ; mais cela n'était d'aucun intérêt pour elle, ni pour personne, sauf pour moi. Georgiana, elle aussi, s'était avancée pour regarder. Les autres dessins lui plurent beaucoup, mais, de celui-là, elle dit que « cet homme était laid ». Toutes deux parurent surprises de mon savoir-faire. Je leur offris d'esquisser leurs portraits au crayon, et chacune posa à son tour. Georgiana m'apporta alors un album sur lequel je promis d'ajouter une aquarelle, ce qui la mit tout de suite de bonne humeur. Elle me proposa de faire un tour dans le parc. Nous n'étions pas sorties depuis deux heures que la conversation était devenue tout à fait confidentielle. Elle me gratifia de la description du brillant hiver qu'elle avait passé à Londres, il y avait deux saisons, me parla de l'admiration dont elle avait été l'objet, des hommages qu'elle avait reçus ; elle alla même jusqu'à faire des allusions au gentleman titré dont elle avait fait la conquête. Au cours de l'après-midi et de la soirée, ces allusions s'amplifièrent, elle me rapporta de tendres conversations, évoqua des scènes sentimentales ; bref, elle improvisa ce jour-là, à mon intention, tout un roman de la vie mondaine. Ces confidences se renouvelèrent chaque jour et roulaient toujours sur le même thème : elle-même, ses amours, ses chagrins. Chose singulière, elle ne parlait jamais de la maladie de sa mère, de la mort de son frère, de l'avenir de la famille qui se trouvait présentement dans une situation désastreuse. Son esprit paraissait complètement absorbé par les souvenirs de ce joyeux passé et par ses aspirations vers de nouveaux plaisirs. Elle ne passait pas plus de cinq minutes par jour dans la chambre de sa mère malade.

Eliza parlait toujours peu ; elle n'en avait manifestement pas le temps. Je n'ai jamais vu quelqu'un ayant l'air plus occupé. Il était cependant difficile de dire ce qu'elle faisait, ou plutôt de voir le résultat de son activité. Elle avait un réveil pour se lever de bonne heure. Je ne sais à quoi elle s'occupait avant le petit déjeuner, mais après ce repas, son temps était distribué avec méthode, chaque heure avait sa tâche déterminée. Trois fois par jour elle se plongeait dans un petit livre qui, je le vis après l'avoir examiné, était la

Liturgie. Je lui demandai un jour quel était le grand attrait de ce livre ; elle me répondit que c'était « la Rubrique ». Elle passait trois heures à broder avec du fil d'or le bord d'un carré de drap rouge presque assez grand pour servir de tapis. En réponse à ma question pour savoir à quoi elle le destinait, elle me dit que c'était un dessus d'autel pour une nouvelle église récemment bâtie près de Gateshead. Elle consacrait deux heures à son journal, deux heures à travailler toute seule dans le jardin potager, une heure à faire ses comptes. Elle n'éprouvait aucun besoin de société, ni de conversation. Je crois qu'elle était heureuse à sa façon ; cette routine lui suffisait et rien ne la contrariait plus qu'un incident l'obligeant à varier son travail qui avait la régularité d'une horloge.

Un soir, où elle était d'humeur plus communicative qu'à l'ordinaire, elle me dit que la conduite de John et la ruine qui menaçait la famille l'avaient profondément affligée, mais qu'elle avait, à présent, recouvré sa sérénité d'esprit et pris une décision. Elle avait mis sa propre fortune en sécurité ; de la sorte, après la mort de sa mère — car, remarquait-elle tranquillement, celle-ci ne pourrait probablement pas recouvrer la santé, ni traîner longtemps — elle pourrait réaliser le projet longuement caressé de chercher un asile où rien ne viendrait troubler la ponctualité de ses habitudes, mettant ainsi des barrières sûres entre elle et un monde frivole. Je lui demandai si Georgiana l'accompagnerait.

« Non, bien entendu, me répondit-elle ; Georgiana et moi n'avons jamais eu rien de commun. Je ne voudrais, pour rien au monde, subir le fardeau de sa société. Georgiana agira à sa guise, et moi, à la mienne. »

Georgiana, lorsqu'elle n'allégeait pas son cœur en me confiant ses secrets, passait la majeure partie de son temps étendue sur le canapé, déplorant la tristesse de la maison et espérant toujours que sa tante Gibson lui enverrait une invitation pour se rendre à Londres. Ce serait tellement mieux, disait-elle, si elle pouvait désencombrer la maison de sa personne pour un mois ou deux, jusqu'à ce que tout fût fini. Je ne lui demandai pas ce qu'elle voulait dire par là, je suppose qu'elle faisait allusion à la mort attendue de sa mère et aux tristes cérémonies funèbres qui s'ensuivraient. Eliza ne faisait généralement pas plus attention à l'indolence et aux plaintes de sa sœur que si cet être oisif et gémissant n'avait pas été là. Un jour, pourtant, tout en rangeant son livre de comptes et prenant sa broderie, elle la sermonna soudain en ces termes.

« Georgiana, jamais animal plus vain, plus stupide que vous n'a, certes, eu le loisir d'encombrer la terre. Vous n'aviez aucun droit à naître, car vous ne savez pas employer votre vie. Au lieu de vivre pour vous, en vous, avec vous, comme tout être raisonnable doit le faire, vous ne cherchez qu'à accrocher votre faiblesse à la force d'autrui ; s'il ne se trouve personne pour accepter de porter le faix d'une créature aussi replète, aussi faible, aussi molle et inutile, vous clamez que vous êtes maltraitée, négligée, misérable. Si l'existence n'est pas pour vous une scène sans cesse changeante et une source d'excitation, le monde vous paraît une prison. Vous avez besoin d'être admirée, courtisée, flattée ; si vous n'avez pas de musique, de danse, de société, vous languissez, vous dépérissez. N'avez-vous donc pas assez de bon sens pour imaginer un système de vie dans lequel tous vos efforts seraient soumis à votre volonté propre, vous libérant ainsi de la tutelle d'autrui ? Prenez une journée, divisez-la en plusieurs parties, assignez à chacune sa tâche, ne laissez perdre ni un quart d'heure, ni dix, ni cinq minutes, chaque instant devant y être inclus ; faites chaque chose à son tour, avec méthode, avec une inflexible régularité. Vous arriverez alors à la fin de la journée presque avant d'avoir eu conscience qu'elle a commencé, et vous n'aurez aucun merci à dire à personne pour vous avoir aidée à passer un seul moment inoccupé ; vous vous serez passée de la compagnie, de la conversation, de la sympathie, de l'indulgence d'autrui ; en un mot vous aurez vécu comme doit vivre un être indépendant. Suivez ce conseil, le premier et le dernier que je vous donne, et, quoi qu'il arrive, vous n'aurez pas besoin de moi, ni de personne. Négligez-le, continuez à vivre comme vous l'avez fait jusqu'ici, à être insatisfaite, à vous lamenter, à rester oisive, et vous subirez les conséquences de votre sottise, si tristes et insupportables qu'elles puissent être. Je vais vous parler franchement ; écoutez mes paroles, car, sans jamais les répéter, j'agirai résolument en accord avec elles : après la mort de ma mère, je me laverai les mains de vous ; du jour où son cercueil aura été déposé dans le caveau de l'église de Gateshead, la séparation entre nous sera aussi grande que si nous ne nous étions jamais connues. N'allez pas croire, parce que le hasard nous a fait naître des mêmes parents, que je souffrirai de vous être assujettie, fût-ce par le plus léger des liens. Je puis ajouter ceci : si la race humaine tout entière, à l'exception de nous deux, était détruite, si nous restions seules sur la terre, je vous abandonnerais dans le vieux monde, pour gagner le nouveau. »

Elle se tut.

« Vous auriez pu vous éviter la peine de débiter cette tirade, répondit Georgiana. Chacun sait que vous êtes la créature la plus égoïste, la plus dénuée de cœur qui soit au monde. Je sais que vous me haïssez avec dépit, j'en ai eu la preuve dans le tour que vous m'avez joué à propos de Lord Edwin Vere ; vous ne pouviez supporter l'idée de me voir accéder à un rang supérieur au vôtre, porter un titre, être reçue dans des milieux où vous n'oseriez pas montrer votre visage ; aussi m'avez-vous espionnée, m'avez-vous dénoncée, avez-vous ruiné à jamais mon avenir. »

Georgiana prit alors son mouchoir et, pendant une heure, ne cessa de se moucher ; Eliza resta assise, froide, impassible, assidue dans son travail.

Il en est, sans doute, qui attachent peu d'importance aux sentiments sincères, généreux ; il se trouvait pourtant ici deux natures qui, pour ne pas posséder ces sentiments, étaient, l'une, d'une intolérable acrimonie, l'autre, d'une méprisable fadeur. La sensibilité sans la raison est vraiment un insipide breuvage, mais la raison que ne tempère la sensibilité est, pour l'homme, une bouchée trop coriace et amère à déglutir.

Par un après-midi de pluie et de vent, Georgiana s'était endormie sur le canapé en lisant un roman. Eliza était allée assister à un service en l'honneur d'un saint, à la nouvelle église. En matière de religion, elle était d'un formalisme rigide ; le temps ne l'empêchait jamais d'accomplir régulièrement ce qu'elle considérait comme ses devoirs religieux ; qu'il fît beau ou mauvais, chaque dimanche elle se rendait trois fois à l'église et, durant la semaine, suivait tous les offices.

J'eus l'idée de monter voir dans quel état se trouvait cette femme mourante qui gisait là presque abandonnée ; les domestiques eux-mêmes ne s'en occupaient que de loin en loin ; la garde que l'on avait engagée, peu surveillée, ne manquait pas une occasion de s'esquiver de la chambre. Bessie était fidèle, mais elle avait le souci de sa propre famille et ne pouvait venir au manoir qu'occasionnellement. Comme je m'y attendais, je trouvai la chambre de la malade sans surveillance ; la garde n'était pas là ; la malade reposait tranquillement, comme dans un sommeil léthargique, le visage livide enfoui dans les oreillers ; le feu se mourait dans la grille. J'y ajoutai du combustible, je remis en ordre les draps et les couvertures et considérai un instant celle qui, à présent, ne pouvait me voir ; enfin, je m'éloignai pour aller à la fenêtre.

La pluie battait violemment contre les vitres, le vent soufflait en tempête. « Là gît un être, songeai-je, qui sera bientôt au-delà des éléments terrestres déchaînés. Où va s'envoler, à l'heure de sa libération, cet esprit qui lutte en ce moment pour quitter sa matérielle enveloppe ? »

Tout en méditant sur ce grand mystère, je me mis à penser à Helen Burns ; les paroles prononcées par ses lèvres expirantes me revinrent en mémoire ainsi que sa foi, sa doctrine sur l'égalité des âmes dans la désincarnation. Il me semblait entendre sa voix dont je me souvenais si bien... je revoyais Helen, diaphane, spiritualisée, je revoyais son visage émacié, son regard sublime, sa sérénité, tandis qu'étendue sur son lit de mort elle murmurait son ardent désir de retourner au sein de son divin Père, lorsqu'une faible voix, venant du lit qui était derrière moi, murmura :

« Qui est là ? »

Je savais que Mrs. Reed n'avait pas parlé depuis plusieurs jours ; allait-elle revenir à la vie ? Je m'approchai d'elle.

« C'est moi, tante Reed.

— Qui, moi ? répondit-elle. Qui êtes-vous ? »

Elle me regarda avec surprise, un peu alarmée, sans cependant avoir l'air égaré.

« Vous êtes tout à fait une étrangère pour moi ; où est Bessie ?

— Elle est à la loge, tante.

— Tante ! répéta-t-elle ; qui donc m'appelle tante ? Vous n'êtes pas une Gibson ; cependant je vous connais... ce visage, ces yeux, ce front me sont très familiers, vous ressemblez à... mais vous ressemblez à Jane Eyre ! »

Je ne dis rien, craignant de provoquer un choc si je déclarais mon identité.

« Pourtant, continua-t-elle, j'ai peur que ce ne soit une erreur, je suis le jouet d'illusions. Je désirais voir Jane Eyre et j'imagine une ressemblance là où il n'en existe point ; d'ailleurs, elle doit avoir beaucoup changé en huit années. »

Je l'assurai alors avec douceur que j'étais bien la personne qu'elle croyait reconnaître et voulait voir. Je vis qu'elle me comprenait ; elle avait réussi à rassembler parfaitement ses idées, aussi lui expliquai-je que c'était Bessie qui avait envoyé son mari me chercher à Thornfield.

« Je suis très malade, je le sais, dit-elle, presque aussitôt. J'ai essayé de me retourner il y a quelques minutes et j'ai constaté que je ne pouvais pas remuer un seul membre. Il vaut mieux que je soulage mon esprit avant de mourir ; il y a des choses auxquelles nous pensons peu quand nous sommes en bonne santé, qui deviennent accablantes à une heure telle que celle-ci l'est pour moi. La garde est-elle là, ou êtes-vous seule dans la chambre ? »

Je lui dis que nous étions seules.

« Eh bien ! à deux reprises je vous ai porté tort, je le regrette à présent. La première fois, ce fut en violant la promesse que j'avais faite à mon mari, de vous élever comme ma propre enfant ; la seconde fois... »

Elle s'arrêta.

« Après tout, murmura-t-elle pour elle-même, c'est peut-être sans grande importance ; et puis, il se peut que je me remette ; il m'est si pénible de m'humilier devant elle. »

Elle fit un effort pour changer de position, mais n'y réussit pas ; sa figure s'altéra ; elle sembla en proie à un trouble intérieur, signe précurseur, peut-être, des affres de la mort.

« Soit, il faut en finir. L'éternité est devant moi ; il vaut mieux le lui dire. Voyez mon nécessaire de toilette, ouvrez-le et prenez une lettre que vous y trouverez. »

Je suivis ses instructions.

« Lisez cette lettre », dit-elle.

Elle était courte et ainsi conçue :

> *Madame,*
>
> *Voudriez-vous avoir la bonté de m'envoyer l'adresse de ma nièce, Jane Eyre, et de me donner de ses nouvelles. J'ai l'intention de lui écrire bientôt pour la prier de venir avec moi à Madère. La Providence a béni mes efforts et j'ai pu m'assurer l'aisance ; comme je ne suis pas marié et n'ai pas d'enfants, je désire l'adopter et lui léguer, à ma mort, tout ce que je laisserai.*
>
> *Je suis, Madame, etc., etc.*
>
> JOHN EYRE, *Madère.*

La date de cette lettre remontait à trois ans.

« Pourquoi n'ai-je jamais entendu parler de cette lettre ?

— Parce que je vous détestais trop profondément, trop absolument, pour vous aider jamais à accéder au bien-être. Je n'ai pu oublier votre conduite envers moi, Jane ; la fureur avec laquelle vous m'avez résisté, un jour ; le ton dont vous avez déclaré qu'il n'y avait personne au monde que vous abhorriez plus que moi ; le regard, la voix, qui n'avaient rien de ceux d'un enfant, avec lesquels vous avez affirmé que mon seul souvenir vous rendait malade, et avez prétendu que je vous avais traitée avec une indigne cruauté. Je n'ai pu oublier l'impression de frayeur que j'avais éprouvée en vous voyant ainsi vous dresser et déverser le venin de votre âme, comme si un animal frappé ou repoussé par moi me regardait avec des yeux humains, me maudissait avec une voix humaine... Apportez-moi un peu d'eau ! Oh ! vite !

— Chère Mrs. Reed, dis-je en lui offrant le breuvage qu'elle réclamait, ne pensez plus à toutes ces choses, chassez-les de votre esprit. Pardonnez-moi mon langage véhément, je n'étais qu'une enfant alors ; il s'est passé huit ans, neuf ans, depuis ce jour-là. »

Elle ne tint aucun compte de ce que je disais ; lorsqu'elle eut bu une gorgée d'eau et repris le souffle, elle continua ainsi :

« Je vous dis que je n'ai pu l'oublier ; et je me suis vengée. Il m'eût été insupportable de vous voir adoptée par votre oncle, vivant dans l'aisance, le confort. Je lui ai écrit que je regrettais la déception qu'il allait éprouver, mais que Jane Eyre était morte de la fièvre typhoïde, à Lowood. Maintenant, faites ce que vous voudrez, écrivez pour contredire mon assertion, démasquez mon mensonge dès qu'il vous plaira. Je crois que vous avez été mise au monde pour être mon tourment ; ma dernière heure est torturée par le souvenir d'un acte que, sans vous, je n'aurais jamais été tentée de commettre.

— Si au moins je pouvais vous persuader de n'y plus penser, ma tante, et de me regarder avec bonté, avec indulgence.

— Vous avez une nature détestable, continua-t-elle, une nature que, jusqu'à ce jour, je suis incapable de comprendre ; comment, pendant neuf ans, avez-vous pu tout supporter avec patience et douceur, et, la dixième année, devenir soudain d'une violence frénétique ? C'est ce que je n'ai jamais compris.

— Je n'ai pas une aussi mauvaise nature que vous le pensez ; je suis passionnée, mais non vindicative. Bien des fois, lorsque j'étais petite, j'aurais été heureuse de vous aimer si vous n'aviez pas arrêté mes élans ; je désire ardemment me réconcilier avec vous, à présent ; embrassez-moi, ma tante. »

J'approchai ma joue de ses lèvres ; elle ne voulut même pas l'effleurer. Elle me dit que je l'oppressais en me penchant ainsi sur le lit, et, de nouveau, demanda de l'eau. En la faisant étendre dans son lit — je l'avais soulevée et soutenue de mon bras pendant qu'elle buvait —, je posai ma main sur sa main moite et glacée ; les faibles doigts se dérobèrent à mon contact, les yeux déjà vitreux évitèrent mon regard.

« Aimez-moi ou haïssez-moi, à votre gré, dis-je enfin ; vous avez mon pardon total, spontané ; demandez maintenant celui de Dieu, et soyez en paix. »

Pauvre malheureuse femme ! Il était trop tard ; ce n'était pas à présent qu'elle pouvait faire un effort pour changer son habituelle disposition d'esprit : vivante, elle m'avait toujours détestée ; mourante, il fallait qu'elle me détestât encore.

La garde entra à ce moment, suivie de Bessie. Je m'attardai encore une demi-heure dans l'espoir de déceler quelque signe d'amitié, mais elle n'en donna aucun. Elle retomba rapidement dans son état léthargique et ne reprit pas conscience. Elle mourut cette nuit-là, à minuit. Aucune de ses deux filles, ni moi-même, ne fut là pour lui fermer les yeux. On vint nous dire au matin que tout était fini. La toilette funèbre était déjà faite. Eliza et moi allâmes la voir ; Georgiana, qui avait éclaté en bruyants sanglots, déclara qu'elle n'osait pas y aller. Là était étendu, rigide, immobile, le corps, autrefois robuste et alerte, de Sarah Reed. Ses yeux, durs comme le silex, étaient recouverts par leurs froides paupières ; son front, ses traits accusés, gardaient encore l'empreinte de son âme inexorable. Ce cadavre était pour moi quelque chose d'étrange et de solennel. Je le considérais avec tristesse, avec amertume ; il n'inspirait aucun sentiment de tendresse, de douceur, de pitié, d'espoir, de soumission, mais seulement un poignant chagrin pour les épreuves de cette femme — non pour la perte que je venais de faire — et une sombre épouvante, sans larmes, devant l'horreur d'une telle mort.

Eliza regarda sa mère avec calme. Après quelques minutes de silence, elle fit remarquer :

« Avec sa constitution, elle aurait dû parvenir à un âge avancé ; sa vie a été abrégée par les soucis. »

Un spasme contracta un instant sa bouche ; dès qu'il eut cessé, elle se retourna et quitta la chambre ; je la suivis. Ni elle ni moi n'avions versé une larme.

CHAPITRE XXII

Mr. Rochester ne m'avait donné qu'une semaine de congé ; je ne quittai pourtant Gateshead qu'au bout d'un mois. J'aurais voulu partir aussitôt après les funérailles, mais Georgïana me supplia de rester jusqu'au moment de son départ pour Londres, où elle venait enfin d'être invitée par son oncle, Mr. Gibson, venu pour s'occuper de l'enterrement de sa sœur et régler les affaires de famille. Georgiana disait qu'elle redoutait de rester seule avec Eliza, auprès de qui elle ne trouvait pas de sympathie dans sa tristesse, pas de soutien dans ses effrois, pas d'aide dans ses préparatifs ; je supportai donc, dans la mesure du possible, les découragements de ce caractère faible, ainsi que ses égoïstes lamentations, et me mis à coudre et à emballer ses robes de mon mieux. Il est vrai que pendant que je travaillais, elle restait oisive, ce qui me faisait dire en moi-même : « Si vous et moi étions destinées à vivre toujours ensemble, ma cousine, nous partirions sur un autre pied. Je n'accepterais pas de tout supporter aussi servilement, je vous assignerais votre part de labeur et je vous obligerais à l'accomplir, sinon personne ne la ferait à votre place ; j'insisterais également pour que vous enfermiez dans le silence de votre cœur certaines de vos jérémiades languissantes, à demi sincères. C'est seulement parce que nos relations sont tout à fait passagères, à un moment particulièrement douloureux, que je consens à me montrer patiente et conciliante. »

Enfin, je vis partir Georgiana ; à son tour Eliza me pria de rester encore une semaine. Ses projets, disait-elle, exigeaient tout son temps, tous ses soins, car elle était sur le point de partir pour un endroit inconnu ; elle passait toute la journée enfermée dans sa chambre, la porte verrouillée à l'intérieur, remplissant des malles, vidant des tiroirs, brûlant des papiers, sans communication avec personne. Elle me demanda donc de m'occuper de la maison, de recevoir les visiteurs, et de répondre aux lettres de condoléances.

Un matin, elle me dit que je pouvais reprendre ma liberté, puis ajouta :

« Je vous suis bien obligée pour vos précieux services ainsi que pour votre discrétion. Il est bien différent de vivre avec quelqu'un comme vous ou de vivre avec Georgiana ; vous accomplissez votre tâche dans la vie, vous, et n'êtes un fardeau pour personne. Demain, continua-t-elle, je pars pour le continent, je vais m'installer dans une maison religieuse, près de Lille, dans un couvent, diriez-vous ; j'y serai tranquille et en paix. Je consacrerai quelque temps à l'examen des dogmes de l'Église catholique romaine, à une étude attentive de leurs rouages, et si, comme je suis portée à le croire, ils me paraissent les plus propres à assurer l'accomplissement satisfaisant et équilibré de tous nos actes, j'adopterai la doctrine de Rome et je prendrai probablement le voile. »

Je ne manifestai aucune surprise devant cette décision, et n'essayai pas de la dissuader. « La vie en religion vous conviendra tout à fait, pensai-je ; grand bien vous fasse ! »

Au moment de nous séparer elle me dit :

« Au revoir, cousine Jane Eyre, vous avez du bon sens, je vous souhaite d'être heureuse. »

A quoi je répliquai :

« Vous n'êtes pas dépourvue de bon sens, vous-même, cousine Eliza, mais ce que vous en possédez sera, je le suppose, emmuré vivant, d'ici un an, dans un couvent de France. Cependant, cela ne me regarde pas ; si c'est ce qui vous convient, je n'ai pas à m'en préoccuper.

— Vous avez raison », dit-elle.

Sur ces mots, nous nous dirigeâmes chacune de notre côté.

Comme je n'aurai plus l'occasion de reparler d'elle ni de sa sœur, je puis aussi bien dire maintenant que Georgiana fit un avantageux mariage en épousant un homme riche, mondain, et sur le retour ; qu'Eliza prit effectivement le voile, et qu'elle est actuellement supérieure du couvent où elle avait fait son noviciat, et auquel elle légua sa fortune.

Ce que l'on éprouve en rentrant chez soi après une longue ou brève absence m'était inconnu ; je n'avais jamais éprouvé cette sensation. Je savais ce qu'était, dans mon enfance, le retour à Gateshead après une longue promenade où j'étais grondée pour mon air triste et abattu ; et, plus tard, le retour de l'église à Lowood, avec l'ardent et vain désir d'un copieux repas et d'un bon feu. Aucun de ces retours n'était bien agréable, ni désirable ; nul aimant, dont la force d'attraction croît à mesure que l'on approche, ne m'attirait en un endroit déterminé. Il restait à faire l'expérience du retour à Thornfield.

Mon voyage fut ennuyeux, très ennuyeux : cinquante milles dans la journée, une nuit passée à l'auberge, encore cinquante milles le lendemain. Durant les douze premières heures, je pensai aux derniers moments de Mrs. Reed, je revoyais son visage pâle et défait, j'entendais sa voix étrangement changée. J'évoquai le jour des funérailles, le cercueil, le char funèbre, le cortège des fermiers et des domestiques en deuil — les parents étaient peu nombreux —, le caveau béant, l'église silencieuse, le service solennel. Ma pensée se reporta alors sur mes cousines : je voyais Georgiana, point de mire d'une salle de bal, Eliza, hôte d'une cellule de couvent ; ma réflexion se porta alors sur les différentes particularités de leurs personnes et de leurs caractères que je me mis à analyser. En arrivant, le soir, dans la grande ville de... ces souvenirs s'évanouirent, et la nuit fit prendre à mes pensées un tout autre cours. Couchée dans le lit de l'auberge, j'oubliai le passé pour interroger l'avenir.

Je revenais à Thornfield, mais pour combien de temps ? Pas longtemps, cela, j'en étais sûre. Pendant mon absence, j'avais reçu des nouvelles de Mrs. Fairfax ; les invités du manoir s'étaient dispersés ; Mr. Rochester était à Londres depuis trois semaines et devait revenir dans quinze jours. Mrs. Fairfax supposait qu'il était allé prendre des dispositions en vue de son mariage, car il avait parlé d'acheter une nouvelle voiture. Elle disait que l'idée de Mr. Rochester d'épouser Miss Ingram lui paraissait toujours singulière ; mais, d'après ce que tout le monde racontait, d'après ce qu'elle-même avait vu, elle ne pouvait plus douter que l'événement n'eût lieu prochainement.

« Vous seriez d'une extraordinaire incrédulité si vous en doutiez, pensai-je. Moi, je n'en doute pas. »

Une question se posait dès lors : où aller ? Je rêvai toute la nuit de Miss Ingram ; dans un rêve du matin, d'une vivante réalité, je la vis fermant sur moi les grilles de Thornfield, me montrant du doigt une autre direction ; Mr. Rochester, les bras croisés, nous regardait, elle et moi, avec un sourire qui me parut sardonique.

Je n'avais pas informé Mrs. Fairfax du jour précis de mon retour, car je ne voulais pas qu'une voiture, charrette ou carrosse, vînt m'attendre à Millcote. Je me proposais de faire le chemin à pied, tranquillement et seule ; et ce fut très tranquillement, après avoir confié ma malle aux soins du valet, que je sortis sans bruit de l'auberge du Roi George, vers six heures, un soir de juin, et pris la vieille route de Thornfield qui passait à travers champs dans presque tout son parcours et était, à présent, peu fréquentée.

Cette soirée d'été, sans être splendide, éclatante, était cependant douce et belle ; tout le long de la route les faneurs étaient au travail ; le ciel, loin d'être sans nuages, promettait du beau temps pour le lendemain ; le bleu de ce ciel, visible par endroits, était doux et stable, ses nuages, de légers stratus, flottaient à une grande hauteur. L'occident annonçait la chaleur ; nulle trace d'humidité ne refroidissait l'atmosphère ; il semblait que derrière un écran de vapeurs marbrées un feu était allumé, un autel embrasé ; à travers les interstices rayonnait une rougeur dorée.

J'étais heureuse de voir le chemin diminuer devant moi, si heureuse, que je m'arrêtai soudain pour me demander ce que signifiait cette joie et rappeler à ma raison que la maison vers laquelle je me dirigeais n'était pas la mienne, ni un lieu de repos où je pourrais demeurer toujours, où de tendres amis m'attendaient, guettant mon retour. « Sans doute, me disais-je, Mrs. Fairfax va-t-elle t'accueillir avec un calme sourire et Adèle va-t-elle battre des mains et bondir en te voyant ; mais tu sais fort bien que c'est à un autre que tu penses qui, lui, ne pense pas à toi. »

Mais qu'y a-t-il de plus obstiné que la jeunesse, de plus aveugle que l'inexpérience ? Et toutes deux proclamaient que le seul privilège de revoir Mr. Rochester, qu'il pensât à moi ou non, était un plaisir suffisant. Elles me disaient aussi de me hâter, de me hâter pour être près de lui pendant que je le pouvais encore, que, dans quelques jours, quelques semaines au plus, je serais séparée de lui pour toujours. J'étouffai alors l'angoisse qui venait de naître en moi, chose informe, que je ne voulais ni faire mienne ni entretenir, et je pressai le pas.

On fait aussi les foins dans les prairies de Thornfield, ou plutôt, les faneurs quittent juste leur travail pour s'en retourner chez eux, le râteau sur l'épaule, au moment où j'arrive. Je n'ai plus qu'un champ ou deux à parcourir avant de traverser la route et d'atteindre les grilles. Comme les haies sont pleines de roses ! Mais je n'ai pas le temps d'en cueillir, il me tarde d'être à la maison. Après avoir passé à côté d'un grand églantier qui projetait en travers du sentier ses branches couvertes de feuilles et de fleurs, j'aperçois l'étroit échalier avec ses degrés de pierre, et je vois... Mr. Rochester, assis là, un carnet et un crayon à la main : il est en train d'écrire.

Voyons, ce n'est pas une apparition, et pourtant tout mon système nerveux est ébranlé ; pendant un instant je ne suis plus maîtresse de moi. Qu'est-ce que cela signifie ? Je ne m'attendais pas à trembler ainsi en le voyant, ni à perdre la voix et la faculté d'avancer en sa présence. Je vais faire demi-tour dès que je pourrai bouger, je ne tiens pas à me couvrir ainsi de ridicule. Je connais un autre chemin qui conduit à la maison. En aurais-je connu vingt, peu importe, il m'a vue.

« Holà ! crie-t-il, levant son carnet et son crayon. Vous voilà ! Approchez, je vous en prie. »

Je suppose que je m'approche, mais je ne puis dire comment ; je suis à peine consciente de mes mouvements, uniquement préoccupée de paraître calme, et surtout de contrôler le jeu des muscles de mon visage que je sens en insolente rébellion contre ma volonté, parce qu'ils expriment avec trop d'évidence ce que je voulais dissimuler. Mais j'ai une voilette ; elle est baissée ; peut-être vais-je arriver à cacher décemment mon trouble ?

« Et voici donc Jane Eyre ? Venez-vous de Millcote, à pied ? Oui, c'est bien là un de vos tours ; au lieu de demander qu'on vous envoie chercher et de rentrer, comme le commun des mortels, dans une voiture dont le bruit résonne sur les rues et les routes, vous vous glissez furtivement vers votre maison, à la nuit tombante, tel un rêve, telle une ombre. Que diable avez-vous fait pendant ce dernier mois ?

— J'étais auprès de ma tante, qui est morte, monsieur.

— Voilà une réponse digne de Jane ! Bons anges, secourez-moi ! Elle vient de l'autre monde, du séjour des morts, et m'annonce cela quand elle me rencontre ici, tout seul, au crépuscule. Si j'osais, je vous toucherais afin de m'assurer si vous êtes une réalité ou un esprit, elfe que vous êtes !... mais autant essayer de saisir la lueur bleue d'un feu follet des marais ! »

Après s'être tu un moment, il ajouta :

« Vagabonde ! Vagabonde ! Absente, loin de moi tout un mois, et m'ayant complètement oublié, je le jurerais ! »

Je savais que ce serait un plaisir de revoir mon maître, en dépit de la crainte de ne l'avoir plus bien longtemps pour maître, en dépit de la certitude de n'être rien pour lui, qui gâtaient ce plaisir. Mais Mr. Rochester avait toujours — je le pensais du moins — le don si merveilleux de dispenser le bonheur, que goûter seulement aux miettes qu'il répandait devant un oiseau errant et étranger, tel que moi, devenait un festin délectable. Ses dernières paroles étaient un baume, elles semblaient sous-entendre qu'il ne lui était pas tout à fait indifférent de savoir si je l'avais oublié, ou non. Puis il avait parlé de Thornfield comme de ma maison. Comme j'eusse voulu que ce fût ma maison !

Il ne quittait pas l'échalier, et je n'avais guère envie de le prier de me laisser passer. Je lui demandai bientôt s'il n'était pas allé à Londres.

« Si, me répondit-il, vous l'avez sans doute deviné, grâce à votre don de seconde vue.

— Mrs. Fairfax me l'a écrit.

— Vous a-t-elle dit quel était le but de mon voyage ?

— Oh oui ! monsieur ; tout le monde le savait.

— Il faudra que je vous montre cette voiture, Jane, et que vous me disiez si vous trouvez qu'elle conviendra bien à Mrs. Rochester. N'aura-t-elle pas l'air de la reine Boadicée[1] quand elle s'appuiera sur ces coussins pourpres ? Je voudrais bien, Jane, que mon physique soit un peu mieux assorti au sien. Voyons, dites-moi, fée que vous êtes, ne pouvez-vous me donner un charme, un philtre, ou quelque chose de ce genre, pour faire de moi un bel homme ?

— Cela dépasse la puissance de la magie, monsieur. »

Et j'ajoutai, en moi-même : « Des yeux aimants, voilà tout le charme requis ; pour de tels yeux, vous êtes assez beau, ou plutôt, votre air sombre a un pouvoir qui dépasse la beauté. »

Mr. Rochester avait parfois deviné mes pensées avec une pénétration que je n'arrivais pas à comprendre ; aussi, dans la circonstance présente, ne tint-il aucun compte de ma soudaine réponse et me sourit-il d'un certain sourire qui lui était particulier et qu'il n'avait qu'en de rares occasions. Sans doute le jugeait-il trop précieux pour exprimer de banales intentions. Ce sourire était le vrai soleil de la tendresse, et en cet instant Mr. Rochester m'inondait de ses rayons.

« Passez, Janet, dit-il, en faisant de la place pour me permettre de franchir l'échalier ; allez à la maison et reposez sur un seuil ami vos petits pieds errants et fatigués. »

Je n'avais plus maintenant qu'à lui obéir en silence ; il était inutile de poursuivre la conversation. Désirant le quitter avec calme, je gravis sans un mot les marches de l'échalier. Une impulsion violente, irrésistible, m'obligea à me retourner et à dire, ou plutôt quelque chose en moi prononça pour moi, malgré moi, ces paroles :

« Je vous remercie de votre grande bonté, Mr. Rochester. Je suis étrangement heureuse de revenir auprès de vous ; en quelque lieu que vous soyez, là sera ma maison, là seulement. »

Je me mis alors à marcher si vite que, l'eût-il voulu, il aurait eu de la peine à me rejoindre. La petite Adèle fut à moitié folle de joie en me voyant. Mrs. Fairfax me reçut avec son amicale simplicité habituelle. Leah me sourit, Sophie elle-même me dit « *bonsoir*[2] » d'un air joyeux. Cela

---

1. *Boadicée*, reine des Icéniens, peuple puissant de la Grande-Bretagne ; elle opposa une résistance farouche aux conquérants romains. Vaincue par le gouverneur Suetonius, elle s'empoisonna, en l'an 61. (*N.D.T.*)
2. En français dans le texte.

me fit vraiment plaisir ; il n'y a pas de bonheur comparable à celui d'être aimé de ses semblables et de sentir que votre présence ajoute à leur satisfaction.

Ce soir-là, je fermai résolument les yeux pour ne pas voir l'avenir ; je me bouchai les oreilles pour ne pas entendre la voix qui ne cessait de me parler de proche séparation et de chagrin futur.

Après le thé, Mrs. Fairfax prit son tricot ; j'étais assise près d'elle sur une chaise basse ; Adèle se tenait à genoux sur le tapis, blottie contre moi ; notre mutuelle affection créait une atmosphère qui semblait nous entourer d'un cercle de paix merveilleux, et je priai Dieu en silence de ne jamais nous séparer. C'est dans cette attitude que nous surprit Mr. Rochester, entrant sans s'être fait annoncer.

Il parut prendre plaisir à regarder le groupe si uni que nous formions, et dit alors que la vieille dame devait être heureuse d'avoir retrouvé sa fille d'adoption, qu'Adèle était « *prête à croquer sa petite maman anglaise*[1] ». J'osai presque espérer que, même après son mariage, il nous garderait ensemble, quelque part, à l'abri de sa protection, sans nous bannir complètement de sa radieuse présence.

Après mon retour à Thornfield, quinze jours se passèrent dans un calme incertain. Personne ne parlait du mariage du maître et je ne voyais aucun préparatif en cours, en vue d'un tel événement. Presque chaque jour, je demandais à Mrs. Fairfax si elle n'avait pas entendu dire qu'une décision eût été prise, mais sa réponse était toujours négative. Un jour, disait-elle, elle avait effectivement demandé à Mr. Rochester quand il allait amener sa fiancée au manoir ; il lui avait alors répondu par une plaisanterie accompagnée d'un de ses regards bizarres, si bien qu'elle ne savait pas ce qu'il fallait en penser.

J'étais surtout étonnée de l'absence d'allées et venues entre Thornfield et Ingram Park. Mr. Rochester ne se rendait jamais à Ingram Park, éloigné, il est vrai, de vingt milles, et à la limite d'un autre comté. Mais que signifiait cette distance pour un amoureux plein d'ardeur ? Pour un cavalier entraîné et infatigable comme Mr. Rochester, ce n'était qu'une promenade d'une matinée. Je me mis à caresser de chimériques espoirs : le mariage était peut-être rompu ; les rumeurs étaient sans doute sans fondement ; Miss Ingram ou Mr. Rochester avait pu changer d'avis.

1. En français dans le texte.

J'observais souvent le visage de mon maître pour voir s'il était triste ou courroucé, mais je ne me souvenais pas de l'avoir jamais vu d'une sérénité aussi constante, n'exprimant aucun sentiment d'amertume. Si, au cours des instants que je passais auprès de lui avec mon élève, je manquais d'entrain, si je tombais dans un inévitable abattement, il devenait même gai. Jamais il ne m'avait appelée aussi souvent en sa présence, jamais il n'avait été meilleur pour moi, et jamais, hélas ! je ne l'avais autant aimé.

CHAPITRE XXIII

Un admirable été resplendissait en Angleterre. Notre pays, avec sa ceinture de vagues, est rarement favorisé, même pendant un jour entier, d'un ciel aussi pur, d'un soleil aussi radieux que ceux dont nous jouissions depuis longtemps. On eût dit que des journées nous arrivaient d'Italie, comme une bande d'éblouissants oiseaux de passage, pour se poser et prendre un instant de repos sur les falaises d'Albion. Les foins étaient rentrés ; les champs avoisinant Thornfield étaient verts et tondus ; les routes, blanches et durcies par le soleil ; les arbres étaient dans tout leur sombre éclat ; les haies, les bois de tons soutenus, couverts de feuilles, contrastaient à souhait avec la teinte dorée des prairies vides qui les séparaient.

La veille de la Saint-Jean, Adèle, fatiguée d'avoir cueilli des fraises sauvages dans le chemin de Hay pendant la moitié de la journée, s'était couchée en même temps que le soleil. Quand elle fut endormie, je la quittai pour aller au jardin.

Entre toutes, cette heure était la plus agréable. « Les flammes brûlantes du jour s'étaient apaisées », une fraîche rosée tombait sur les plaines pantelantes et sur les sommets desséchés. La pourpre solennelle qui revêtait le ciel à l'endroit où le soleil venait de disparaître sans apparat — il n'avait pas son cortège de nuages — s'embrasait en un point, au haut d'une colline, semblable à une fournaise dont les flammes avaient tout l'éclat du rubis, et s'étendait sur l'autre moitié du ciel, de l'horizon au zénith, en teintes de plus en plus dégradées. L'orient, d'un admirable bleu foncé, avait aussi son charme avec son modeste joyau : une étoile solitaire qui venait d'apparaître ; bientôt, la lune, encore au-dessous de l'horizon, allait ajouter à sa gloire par sa présence.

Je me promenai pendant quelques instants sur la terrasse, mais une odeur subtile et familière — celle d'un cigare — m'arriva furtivement d'une fenêtre. Je vis celle de la bibliothèque s'entrouvrir de la largeur d'une main. Je me rendis compte que je pouvais être observée, aussi m'éloignai-je pour me rendre dans le verger. Il n'y avait pas dans tout le parc de coin plus abrité, plus semblable à l'Éden ; il était plein d'arbres couverts de fleurs ; un mur très élevé le séparait de la cour, d'un côté ; de l'autre, une avenue plantée de hêtres formait écran devant la pelouse. Au fond, il n'était séparé des champs solitaires que par un fossé, et l'allée bordée de lauriers qui y descendait en serpentant se terminait par un gigantesque marronnier d'Inde entouré d'un banc à sa base. Là on pouvait errer à l'abri des regards. La rosée tombait, douce comme le miel ; le silence était profond, l'obscurité, grandissante ; j'aurais passé ma vie dans cette ombreuse retraite. Mais en parcourant ces parterres de fleurs et de fruits dans le haut de l'enclos, où m'avait attirée la clarté de la lune naissante dont les rayons se répandaient en cet endroit plus dégagé, je suis arrêtée, non par un bruit, non par la vue de quelque chose, mais une fois encore par une odeur révélatrice.

L'églantier odorant, l'armoise, le jasmin, l'œillet et la rose ont depuis longtemps offert leur encens à l'office du soir. Ce nouvel arôme n'émane ni des arbustes ni·des fleurs ; c'est... je le connais bien... celui du cigare de Mr. Rochester. Je regarde autour de moi ; j'écoute. Je vois des arbres, chargés de fruits mûrissants ; j'entends un rossignol qui chante dans un bois, à près d'un demi-mille ; aucune forme mouvante n'est visible, nul bruit de pas perceptible ; pourtant cette odeur devient plus pénétrante ; il faut fuir. Je me dirige vers la petite porte qui mène au bosquet ; je vois Mr. Rochester entrer. Je me retire dans la niche tapissée de lierre ; il ne va pas rester là longtemps, il s'en retournera bientôt là d'où il est venu ; si je m'assieds sans bouger, il ne me verra pas.

Mais non ; la soirée est aussi agréable pour lui que pour moi, ce vieux jardin, aussi séduisant ; il continue à se promener, tantôt soulevant les branches d'un groseillier à maquereau pour regarder les fruits, gros comme des prunes, dont elles sont chargées, tantôt cueillant une cerise mûre sur le mur, tantôt se baissant sur une touffe de fleurs, soit pour en respirer le parfum, soit pour admirer les perles de rosée sur leurs pétales. Un grand papillon de nuit passe à côté de moi en bourdonnant ; il se pose sur une plante aux pieds de Mr. Rochester qui se penche pour l'examiner.

« Maintenant qu'il me tourne le dos, pensai-je, et que le voilà absorbé, peut-être pourrai-je m'esquiver sans être remarquée, si je vais doucement. » Je me mis donc à marcher sur une bordure de gazon pour ne pas être trahie par le craquement du gravier ; je le vis là, debout, au milieu des parterres, à un ou deux mètres de l'endroit où je devais passer ; le papillon paraissant retenir son attention, je crus pouvoir me retirer facilement. Au moment où je traversai son ombre allongée, que la lune encore basse dans le ciel profilait sur le sol du jardin, il dit d'un ton tranquille, sans se retourner :

« Jane, venez donc voir ce citoyen. »

Je n'avais fait aucun bruit ; il n'avait pas d'yeux derrière la tête ; son ombre était-elle sensible ? Je tressaillis tout d'abord, puis je m'approchai de lui.

« Regardez ses ailes, dit-il, il me rappelle un peu un insecte des Antilles ; on ne voit pas souvent en Angleterre un papillon de nuit de cette taille et avec de si brillantes couleurs. Là ! le voilà envolé ! »

Le papillon reprit sa course vagabonde. Timidement, je me préparais également à me retirer, mais Mr. Rochester me suivit ; en arrivant à la petite porte, il me dit :

« Revenons ; par une si belle nuit, ce serait pitié d'aller s'asseoir dans la maison ; qui donc désirerait aller dormir à l'heure où le soleil couchant rencontre la lune qui se lève ? »

Bien que ma langue soit parfois assez prompte à la riposte, il y a des moments, c'est là un de mes défauts, où elle me trahit piteusement pour formuler une excuse ; et cette défaillance se produit toujours dans une circonstance critique, alors qu'un mot adroit ou un prétexte plausible serait tout particulièrement requis pour me tirer d'un embarras pénible. Je n'aurais pas voulu me promener seule à cette heure avec Mr. Rochester, dans le verger plein d'ombre ; mais je ne pus trouver aucune raison à lui donner pour le quitter. Je le suivis d'un pas traînant, l'esprit préoccupé de découvrir un moyen de m'échapper ; mais, lui-même paraissait si calme, si grave aussi, que j'eus honte de ma confusion ; le mal, s'il existait, ou menaçait d'exister, n'était sensible que pour moi, son esprit tranquille n'en avait pas conscience.

« Jane, continua-t-il, comme nous pénétrions dans l'allée bordée de lauriers et que nous descendions à pas lents dans la direction du fossé et du marronnier d'Inde, Thornfield est bien agréable en été, ne trouvez-vous pas ?

— Oui, monsieur.

— Vous devez, dans une certaine mesure, vous être attachée à cette maison, vous qui savez voir les beautés de la nature et qui avez le don de vous identifier aux choses.

— Je m'y suis attachée, en effet.

— Et, bien que je ne comprenne pas pourquoi, je vois que vous vous êtes prise aussi d'une certaine affection pour cette petite frivole d'Adèle, et même pour la simpliste Mrs. Fairfax.

— Oui, monsieur, je les aime l'une et l'autre, de façon différente.

— Et vous auriez du chagrin s'il vous fallait les quitter ?

— Oui.

— C'est dommage ! » fit-il en soupirant.

Après un moment de silence il continua :

« Il en est toujours ainsi dans la vie : à peine vous êtes-vous installé dans un endroit agréable pour y trouver le repos, qu'une voix vous intime de vous lever et de vous en aller plus loin ; l'heure du repos est passée.

— Dois-je partir, monsieur ? demandai-je. Dois-je quitter Thornfield ?

— Je crois qu'il le faut, Jane. J'en suis désolé, Janet, mais je crois vraiment qu'il le faut. »

Cela me porta un coup ; mais je ne me laissai pas abattre.

« Bien, monsieur. Quand je recevrai l'ordre de m'en aller, je serai prête.

— L'heure en est venue, je suis obligé de vous donner cet ordre, ce soir même.

— Vous allez donc vous marier, monsieur ?

— E-xac-te-ment, pré-ci-sé-ment. Avec votre pénétration habituelle, vous avez deviné juste.

— Bientôt, monsieur ?

— Très prochainement, ma... Miss Eyre, veux-je dire ; vous vous souvenez bien, Jane, que la première fois que vous avez réellement su, par moi ou par la rumeur publique, que mon intention était de mettre à mon cou de vieux célibataire des liens sacrés, d'entrer dans le saint état de mariage, en un mot, de presser Miss Ingram sur mon cœur — mes bras y suffiront à peine ; mais là n'est pas la question, on ne saurait trop avoir d'une créature aussi parfaite que ma belle Blanche —, eh bien ! comme je le disais... écoutez-moi donc, Jane ! Est-ce pour chercher d'autres papillons que vous détournez la tête ? Ce n'était qu'une coccinelle, mon enfant, qui s'en retournait au logis. Je tiens à vous rappeler que c'est vous la première qui m'avez dit, avec cette discrétion que je respecte en vous, avec cette prévoyance, cette prudence, cette humilité qui conviennent à votre position dépendante mais non sans responsabilité, que, si j'épousais Miss Ingram, vous n'auriez plus, vous et la petite Adèle, qu'à décamper au plus vite. Je passe sur ce que cette suggestion avait de peu flatteur pour le caractère de ma bien-aimée ; mais quand vous serez loin, Janet, j'essaierai d'oublier cela, pour n'en retenir que la sagesse ; elle est telle que j'en ai fait ma règle de conduite. Il faut qu'Adèle aille en pension, et que vous, Miss Eyre, vous cherchiez une nouvelle situation.

— Oui, monsieur, je vais faire paraître tout de suite une annonce ; et en attendant, je suppose... »

J'allais dire : « je suppose que je pourrai rester ici jusqu'à ce que j'aie trouvé un autre abri » ; mais je ne poursuivis pas, sentant qu'il ne fallait pas risquer une longue phrase, ma voix n'était plus sous mon contrôle.

« Dans un mois, j'espère être marié, continua Mr. Rochester ; d'ici là, je vais vous chercher moi-même un emploi, un asile.

— Je vous remercie, monsieur, je regrette de vous donner...

— Oh ! ne vous excusez pas. J'estime que lorsqu'une subordonnée s'acquitte de ses devoirs aussi bien que vous l'avez fait, elle est en droit d'attendre de son employeur l'aide qu'il est à même de lui donner. A dire vrai, j'ai déjà entendu parler, par ma future belle-mère, d'une place qui, je le crois, ferait l'affaire ; il s'agirait d'entreprendre l'instruction des cinq filles de Mrs. Dionysius O'Gall[1], de Bitternut Lodge[2], Connaught, en Irlande. L'Irlande vous plaira, je pense ; les gens y ont le cœur très chaud, dit-on.

— C'est bien loin, monsieur.

— Peu importe ; une jeune fille aussi raisonnable que vous ne va pas soulever d'objection au sujet du voyage ou de la distance.

— Ce n'est pas au sujet du voyage, mais de la distance ; et puis la mer est une barrière qui me séparerait...

— De quoi, Jane ?

1. 2. Les noms imaginés ici par l'auteur, constituent des jeux de mots dont la traduction littérale est : Mme de la Bile ; villa Noix Amère. (N.D.T.)

— De l'Angleterre, de Thornfield et...
— Eh bien !
— De *vous*, monsieur. »

J'avais dit cela presque involontairement ; malgré moi, aussi, mes larmes jaillirent. Réprimant mes sanglots, je pleurai en silence. A la pensée de Mrs. O'Gall et de Bitternut Lodge, je ressentais un froid au cœur qui augmentait encore lorsque j'évoquais l'embrun salé et l'écume, destinés, semblait-il, à surgir entre moi et le maître auprès duquel je marchais à cette heure et atteignait son paroxysme au souvenir de cet autre océan plus vaste : la fortune, la naissance, les usages, qui me séparait de ce que j'aimais spontanément, irrésistiblement.

« C'est bien loin, dis-je de nouveau.
— Oui, c'est vrai, et quand vous serez à Bitternut Lodge, Connaught, Irlande, je ne vous reverrai plus jamais, Jane, c'est moralement certain ; je ne vais jamais en Irlande, c'est un pays qui ne me dit rien... Nous avons été de bons amis, n'est-ce pas, Jane ?
— Oui, monsieur.
— Et lorsque des amis sont à la veille de se séparer, ils aiment à passer l'un près de l'autre le peu de temps qui leur reste. Venez, nous allons parler tranquillement du voyage et de la séparation, pendant une demi-heure, tandis que, là-haut dans le ciel, les étoiles vont commencer leur course brillante ; voici le marronnier, voici le banc qui entoure ses vieilles racines, venez, asseyons-nous là en paix ce soir, même si notre destin est de ne plus nous y retrouver jamais ensemble. »

Il me fit asseoir et prit place à côté de moi.

« C'est loin d'ici l'Irlande, Janet, et je suis peiné de faire entreprendre un aussi pénible voyage à ma petite amie ; mais, si je ne puis mieux faire, comment l'empêcher ? Ne croyez-vous pas, Jane, qu'il y a des affinités entre nous ? »

Je n'osai me risquer à répondre, mon cœur débordait.

« C'est que, dit-il, vous me faites éprouver parfois une curieuse sensation, surtout lorsque vous êtes près de moi, comme en ce moment ; il me semble avoir là, à gauche, quelque part sous les côtes, un lien étroitement et inextricablement noué à un lien identique qui part d'un même point de votre petite personne. Si un tumultueux détroit, et peut-être deux cent milles de terre viennent s'interposer entre nous, j'ai bien peur que ce lien qui nous unit ne se brise, et alors mon cœur saignera, j'en ai la douloureuse perception. Mais vous, vous m'oublierez.

— Cela, jamais, monsieur ! vous savez... »

Il me fut impossible de continuer.

« Jane, entendez-vous ce rossignol qui chante dans le bois ? Écoutez. »

Tout en écoutant, je me mis à sangloter convulsivement, je ne pouvais réprimer plus longtemps ma souffrance et fus obligée de m'y abandonner, je tremblais de la tête aux pieds sous l'influence d'une détresse extrême. Lorsque je pus enfin parler, ce ne fut que pour exprimer avec véhémence combien j'eusse souhaité n'avoir jamais été mise au monde ou n'être jamais venue à Thornfield.

« Avez-vous donc du chagrin de le quitter ? »

L'émotion violente, suscitée en moi par la douleur et l'amour, aspirait à l'emporter, luttait pour régner en maîtresse absolue ; elle affirmait son droit à triompher, à vivre, à être souveraine, enfin, oui, à parler.

« Je suis désolée de quitter Thornfield ; j'aime Thornfield ; je l'aime, parce que j'y ai vécu une vie intense, délicieuse, momentanément du moins. Je n'y ai pas été foulée aux pieds, je n'y ai pas été pétrifiée. Je n'ai pas été reléguée au rang des esprits inférieurs, ni exclue de toutes les occasions de jouir d'une amitié rayonnante, forte, noble. J'ai parlé en face avec ce que je révère, avec ce qui fait mes délices, avec un esprit original, vigoureux, aux vues larges. Je vous ai connu, monsieur Rochester, et je suis saisie de terreur et d'angoisse à l'idée que je dois m'arracher à vous, à tout jamais. Je vois la nécessité de partir, qui se confond pour moi avec la nécessité de mourir.

— Où en voyez-vous la nécessité ? demanda-t-il soudain.

— Où ? C'est vous, monsieur, qui me l'avez mise sous les yeux.

— Sous quelle forme ?

— Sous la forme de Miss Ingram, une femme noble et belle, votre fiancée.

— Ma fiancée ! Quelle fiancée ? Je n'ai pas de fiancée !

— Mais vous allez en avoir une.

— Oui... j'en aurai une !... j'en aurai une !... dit-il en serrant les dents.

— Donc, je dois partir ; vous l'avez dit vous-même.

— Non, il faut que vous restiez ! Je le jure ; et le serment sera tenu.

— Je vous dis que je dois partir ! répliquai-je, emportée par une sorte de passion. Croyez-vous que je puisse rester ici et n'être plus rien pour vous ? Croyez-vous que je sois un automate, une machine privée de sentiments, que je puisse supporter de voir arracher de mes lèvres la bouchée de pain, vider de ma coupe la goutte d'eau vivifiante ? Croyez-vous, parce que je suis pauvre, humble, sans agrément, petite, que je sois sans âme, sans cœur ? Vous vous trompez ! J'ai une âme comme vous, et autant de cœur ! Et si Dieu m'avait favorisée de quelque beauté et d'une grande fortune, je vous aurais rendu cette séparation aussi douloureuse qu'elle l'est maintenant pour moi. En vous parlant ainsi, je ne tiens pas compte des usages, des conventions, ni même de mon enveloppe de chair mortelle, c'est mon esprit qui s'adresse à votre esprit, absolument comme si nous nous trouvions tous les deux de l'autre côté de la tombe, devant Dieu, égaux... comme nous le sommes !

— Comme nous le sommes ! répéta Mr. Rochester, comme cela, ajouta-t-il, m'entourant de ses bras, m'attirant sur son cœur, pressant ses lèvres sur mes lèvres, comme cela, Jane !

— Oui, monsieur, comme cela, répondis-je ; et pourtant, non ; car vous êtes un homme marié, ou tout comme, à une femme qui vous est inférieure, avec laquelle vous n'avez rien de commun, que, selon moi, vous n'aimez pas vraiment, car je vous ai vu et entendu la railler. Je n'aurais que mépris pour une telle union, je suis donc meilleure que vous !... Laissez-moi partir !

— Partir pour où, Jane ? Pour l'Irlande ?

— Mais oui, pour l'Irlande. J'ai dit ce que j'avais sur le cœur ; je puis aller n'importe où à présent.

— Soyez calme, Jane, ne vous débattez pas ainsi comme un oiseau sauvage, affolé, qui s'arrache les plumes de désespoir.

— Je ne suis pas un oiseau, je ne suis prise en aucun filet ; je suis un être humain, libre, avec une volonté indépendante, qui se manifeste dans ma décision de vous quitter. »

Un autre effort me libéra, et je me trouvai debout devant lui.

« Cette volonté va décider de votre destinée, dit-il. Je vous offre ma main, mon cœur, et tous mes biens en partage.

— C'est une plaisanterie dont je me contente de rire.

— Je vous demande de parcourir le chemin de la vie à mes côtés, d'être un autre moi-même et ma meilleure compagne sur cette terre.

— Vous avez déjà choisi celle qui doit accomplir cette destinée, vous devez lui rester fidèle.

— Vous êtes surexcitée, Jane, restez calme pendant quelques instants ; je serai calme, moi aussi. »

Une bouffée de vent, s'engouffrant le long de l'allée de lauriers, agita les branches du marronnier, puis alla se perdre au loin... très loin... à une distance incertaine et s'apaisa. A cette heure, le rossignol, seul, faisait entendre son chant ; en l'écoutant, je me remis à pleurer. Mr. Rochester, assis en silence, me regardait d'un air doux et sérieux. Il resta quelque temps encore sans parler, et me dit enfin :

« Venez près de moi, Jane, tâchons de nous expliquer, de nous comprendre.

— Je ne reviendrai plus jamais près de vous, je m'en suis arrachée et ne puis y revenir.

— Mais, Jane, c'est à ma femme que je demande de venir ; c'est vous seule que je veux épouser. »

Je ne dis rien, je croyais qu'il se moquait de moi.

« Venez, Jane, venez ici.

— Votre fiancée est entre nous. »

Il se leva et, d'une enjambée, m'atteignit.

« Ma fiancée est ici, dit-il, m'attirant de nouveau à lui, parce que celle qui est mon égale et me ressemble est ici, Jane, voulez-vous m'épouser ? »

J'étais toujours muette et ne cessais de faire effort pour me dégager de son étreinte, car je continuais à être incrédule.

« Doutez-vous de moi, Jane ?

— Complètement.

— Vous n'avez pas confiance en moi ?

— Pas du tout.

— Suis-je un menteur à vos yeux ? demanda-t-il avec passion. Petite sceptique, vous allez être convaincue. Quel amour ai-je pour Miss Ingram ? Aucun, et cela vous le savez. Quel amour a-t-elle pour moi ? Aucun ; j'ai pris la peine d'en avoir la preuve ; j'ai fait répandre à ses oreilles le bruit que ma fortune n'était pas le tiers de ce qu'on supposait ; après quoi je me suis présenté pour voir le résultat : ce ne fut que froideur de sa part, aussi bien que de celle de sa mère. Je ne voudrais pas... je ne pourrais pas épouser Miss Ingram. Vous, petit être étrange, presque irréel, je vous aime comme ma propre chair. Vous, pauvre, obscure, petite, sans beauté comme vous l'êtes, je vous supplie de m'accepter pour mari.

— Comment, moi ? m'exclamai-je, commençant à ajouter foi à sa sincérité, en raison de son ardeur et surtout de son incivilité ; moi, qui n'ai d'autre ami au monde que vous, si vous êtes mon ami, et qui ne possède pas un shilling que vous ne m'ayez donné ?

— Vous, Jane. Il faut que vous soyez à moi, entièrement à moi. Voulez-vous être mienne ? Dites oui, bien vite.

— Monsieur Rochester, laissez-moi regarder votre visage, tournez-vous vers la clarté de la lune.

— Pourquoi ?

— Parce que je veux essayer d'interpréter l'expression de votre physionomie ; tournez-vous.

— Voilà ; elle vous sera presque aussi difficile à déchiffrer qu'une page froissée, griffonnée. Faites, mais hâtez-vous, car je souffre. »

Son visage, très rouge, était plein de trouble, ses traits étaient fortement contractés, ses yeux brillaient d'un étrange éclat.

« Oh ! Jane, s'écria-t-il, vous me mettez à la torture ! Avec ce regard inquisiteur, loyal et généreux pourtant, vous me torturez !

— Comment puis-je vous torturer ? Si vous êtes sincère, si ce que vous m'avez offert est réel, je ne puis avoir pour vous que des sentiments de reconnaissance et d'ardent attachement ; ils ne peuvent vous torturer.

— De la reconnaissance ! » s'écria-t-il, et il ajouta avec véhémence : « Jane, acceptez-moi tout de suite. Dites : Edward — appelez-moi par mon prénom —; dites : « Je « veux bien vous épouser. »

— Parlez-vous sérieusement ? M'aimez-vous vraiment ? Désirez-vous sincèrement que je sois votre femme ?

— Oui, et pour vous satisfaire, s'il vous faut un serment, je le jure.

— Alors, monsieur, je veux bien vous épouser.

— Dites : Edward... ma petite femme !

— Cher Edward !

— Venez à moi, soyez toute à moi à présent », dit-il. Puis il ajouta, de son accent le plus profond, me parlant à l'oreille, sa joue contre la mienne :

« Faites mon bonheur, je ferai le vôtre. Que Dieu me pardonne ! dit-il encore peu après ; que nul ne se mêle de mes affaires ; elle est à moi et j'entends la garder.

— Personne ne pourra s'en mêler, monsieur, je n'ai pas de famille qui puisse intervenir.

— Non, et c'est ce qu'il y a de mieux », dit-il.

Si je l'avais moins aimé, j'aurais remarqué quelque chose de sauvage dans sa voix, dans son transport ; mais, assise près de lui, délivrée du cauchemar de la séparation, conviée au bonheur paradisiaque de notre union, je ne pensais qu'à la félicité qui m'était donnée de pouvoir me désaltérer à une

source aussi abondante. A chaque instant il me demandait :
« Êtes-vous heureuse, Jane ? », chaque fois, je lui répondais : « Oui. » Je l'entendis ensuite murmurer :

« Cela rachètera tout ; cela rachètera tout. Ne l'ai-je pas
trouvée sans ami, sans amour, sans joie ? Ne vais-je pas la
protéger, la chérir, la consoler ? N'y a-t-il pas d'amour dans
mon cœur, de constance dans mes résolutions ? Ce sera une
expiation devant le tribunal de Dieu. Je sais que mon créateur approuve ce que je fais. Quant au jugement du monde,
je m'en lave les mains, je défie l'opinion des hommes. »

Mais qu'était-il advenu de la nuit ? La lune n'était pas
encore couchée et nous étions dans une obscurité
complète ; bien que je fusse tout près de mon maître, je
distinguais à peine son visage. Qu'arrivait-il au marronnier ? Il se tordait en gémissant, tandis que le vent mugissait dans l'allée de lauriers et s'abattait sur nous en rafales.

« Il nous faut rentrer, dit Mr. Rochester : le temps
change. J'aurais pu rester assis là, auprès de toi, jusqu'au
matin, Jane. »

« Et moi aussi, pensai-je, auprès de vous. » Je l'aurais dit,
sans doute, mais une étincelle bleuâtre, éblouissante, jaillit
d'un nuage que je regardais, et un craquement, un grand
fracas, puis un grondement tout proche se firent entendre,
si bien que je ne songeai qu'à cacher mes yeux aveuglés
contre l'épaule de Mr. Rochester.

La pluie tombait avec violence. Il m'entraîna rapidement
en haut de l'allée, à travers le parc et jusqu'à la maison,
mais nous étions complètement trempés avant d'en avoir
franchi le seuil. Il était en train de me débarrasser de mon
châle, dans le vestibule et de secouer mes cheveux dénoués
afin que l'eau s'en écoulât, lorsque Mrs. Fairfax sortit de son
appartement. Pas plus que Mr. Rochester, je ne l'avais vue
tout d'abord. La lampe était allumée, l'horloge allait sonner
minuit.

« Dépêchez-vous d'aller enlever vos vêtements ; et, avant
que vous ne me laissiez, je vous dis : bonne nuit... bonne
nuit, ma chérie. »

Il m'embrassa à plusieurs reprises. Lorsque je levai les
yeux, en quittant ses bras, la veuve était là, debout, pâle,
grave, l'air stupéfait. Je me contentai de lui sourire et montai l'escalier en courant. « Je lui donnerai des explications
une autre fois », pensai-je. Cependant, en arrivant dans ma
chambre, je fus angoissée à l'idée qu'elle avait pu, fût-ce un
seul moment, se méprendre sur la scène dont elle avait été

témoin. Mais la joie effaça bientôt tout autre sentiment ; le vent pouvait souffler avec rage, le tonnerre gronder avec force et tout près, les éclairs furieux se succéder avec éclat, la pluie tomber en véritables cataractes pendant les deux heures que dura cet orage, je n'éprouvai qu'un peu de religieuse terreur, mais aucune crainte. Par trois fois Mr. Rochester vint à ma porte au cours de cet ouragan me demander si je n'avais pas peur, si je me sentais en sécurité ; et c'était là un réconfort, une force, permettant de tout affronter.

Au matin, avant que je fusse levée, la petite Adèle entra en courant pour me dire que le grand marronnier d'Inde, au fond du verger, avait été frappé par la foudre durant la nuit, et fendu en deux.

CHAPITRE XXIV

Tout en me levant et m'habillant, je réfléchissais à ce qui s'était passé et je me demandais si ce n'était pas un rêve. Je ne pouvais être sûre de la réalité avant d'avoir revu Mr. Rochester, avant de l'avoir entendu répéter ses paroles d'amour, ses promesses.

Je me regardai dans la glace en me coiffant et ne me trouvai plus laide : mon visage rayonnait d'espoir, mon teint était animé ; on eût dit que mes yeux avaient contemplé la fontaine du bonheur et qu'ils avaient emprunté leur éclat à ses ondes étincelantes. Bien souvent j'avais hésité à regarder mon maître, craignant de ne pas lui plaire ; mais j'avais à présent la certitude de pouvoir lever mon visage vers le sien sans que son expression refroidît son amour. Je pris dans mon tiroir une robe d'été très simple, mais fraîche, de couleur claire, et je la mis ; il me sembla que jamais je n'avais eu une robe aussi seyante ; il est vrai que jamais je n'en avais porté dans un tel état de bonheur.

Lorsque je descendis en courant dans le vestibule, je ne fus pas surprise de voir qu'une radieuse matinée de juin avait succédé à la tempête de la nuit, et de sentir par la porte vitrée ouverte le souffle d'une brise douce et parfumée. La nature ne pouvait qu'être en liesse alors que j'étais si heureuse. Une mendiante et son petit garçon, tous deux pâles et en haillons, montaient l'avenue ; je me précipitai vers eux et leur donnai tout ce qui se trouvait dans ma bourse : trois ou quatre shillings, peut-être ; bons ou mauvais, ils devaient partager mon allégresse. Les corneilles croassaient, d'autres oiseaux plus enjoués chantaient ; mais rien n'était aussi joyeux, aussi mélodieux, que mon cœur ravi.

Je fus étonnée de voir Mrs. Fairfax regarder à la fenêtre d'un air triste et me dire avec gravité :

« Miss Eyre, voulez-vous venir déjeuner ? »

Pendant le repas elle fut silencieuse et froide, mais je ne pouvais pas encore la désabuser ; il fallait attendre que mon maître lui donnât des explications. Je mangeai ce que je pus et me hâtai de monter. Je rencontrai Adèle qui sortait de la salle d'étude.

« Où allez-vous ? C'est l'heure de travailler.

— Mr. Rochester m'a dit d'aller dans la nursery.

— Où est-il ?

— Là », dit-elle, désignant la pièce qu'elle venait de quitter.

J'entrai et l'y trouvai debout.

« Venez me dire bonjour », dit-il.

Je m'avançai tout heureuse ; je ne fus pas accueillie simplement par de banales paroles, par une poignée de main, il me prit dans ses bras et me donna un baiser. Je trouvais tout naturel, et cela me semblait bien doux, d'être ainsi aimée, caressée par lui.

« Vous avez l'air épanoui, Jane, vous êtes souriante et jolie, dit-il, oui, vraiment jolie. Est-ce là mon pâle petit elfe, est-ce là mon « Gain de Moutarde [1] », cette petite fille au visage radieux, aux joues pleines de fossettes, aux lèvres roses, aux cheveux satinés de couleur noisette, aux yeux bruns rayonnants ? »

J'avais les yeux verts, lecteur, mais il faut excuser cette erreur, je suppose qu'ils avaient changé de couleur, pour lui.

« C'est Jane Eyre, monsieur.

— Qui sera bientôt Jane Rochester, ajouta-t-il ; dans quatre semaines, pas un jour de plus, Janet ! Entendez-vous ? »

1. « Grain de Moutarde », *Mustardseed*, nom d'un des sylphes du cortège de Titania, la reine des fées, dans *Le Songe d'une nuit d'été* de Shakespeare. (*N.D.T.*)

J'entendais, mais ne pouvais le concevoir, cela me donnait le vertige. Le sentiment que j'éprouvai à cette déclaration avait quelque chose de trop violent pour être de la joie, c'était comme un choc qui me laissait tout étourdie, c'était, je le crois, presque de l'effroi.

« Vous avez rougi, et vous voilà toute pâle, à présent, Jane, pourquoi donc ?

— C'est que vous m'avez donné un nouveau nom : Jane Rochester, et cela me paraît si étrange !

— Oui, Mrs. Rochester, dit-il, la jeune Mrs. Rochester, la femme-enfant de Fairfax Rochester.

— Cela ne pourra jamais être, monsieur, ce nom n'a pas la résonance d'une réalité. Les êtres humains ne jouissent jamais d'un bonheur complet en ce monde. Je ne suis pas née pour un destin différent de celui de mes semblables ; imaginer qu'un pareil sort m'échoit, ne peut être qu'un conte de fées, un rêve que l'on fait en étant éveillé.

— Que je puis et veux réaliser. Je vais commencer dès aujourd'hui. Ce matin, j'ai écrit à mon banquier, à Londres, de m'envoyer certains bijoux de famille qu'il a en garde, et qui sont l'apanage des dames de Thornfield. Dans un ou deux jours j'espère pouvoir les répandre sur vos genoux, car je veux que vous ayez tous les privilèges, toutes les attentions que j'accorderais à la fille d'un pair, si j'en épousais une.

— Oh ! monsieur, peu importe les bijoux ! j'aime mieux qu'il n'en soit pas parlé. Des bijoux pour Jane Eyre, cela paraît peu naturel et étrange ; je préférerais n'en pas avoir.

— Je mettrai moi-même le collier de diamants autour de votre cou et le diadème sur votre front qui en est digne, car la nature, du moins, a mis sur ce front son cachet de noblesse ; j'attacherai les bracelets à ces minces poignets, je chargerai de bagues ces doigts de fée.

— Non, non, monsieur ! ne pensez plus à cela, parlez-moi d'autre chose, et sur un autre ton. Ne vous adressez pas à moi comme si j'étais belle ; je suis une institutrice sans beauté, une vraie quakeresse.

— Vous êtes belle à mes yeux, d'une beauté délicate, vaporeuse, telle que mon cœur la désire.

— Vous voulez dire frêle et insignifiante. Vous rêvez, monsieur, ou vous raillez. Pour l'amour de Dieu, ne soyez pas ironique.

— J'obligerai le monde à reconnaître votre beauté, continua-t-il, tandis que je devenais réellement mal à l'aise devant le ton qu'il avait pris, car je sentais qu'il s'abusait, ou tentait de m'abuser.

« Je parerai ma Jane de satin, de dentelles ; elle aura des roses dans les cheveux et je couvrirai d'un voile sans prix cette tête bien-aimée.

— Alors, vous ne me reconnaîtrez plus, monsieur, je ne serai plus votre Jane Eyre, mais un singe en habit d'arlequin, un geai paré de plumes d'emprunt. J'aimerais autant vous voir, vous, monsieur Rochester, affublé d'oripeaux de théâtre, que d'être, moi, vêtue d'une robe de dame de la cour. Je ne dis pas que vous êtes beau, monsieur, bien que je vous aime très tendrement, beaucoup trop tendrement pour vous flatter. Ne me flattez donc pas. »

Mais il continua à parler sur le même sujet, sans tenir compte de mes prières.

« Aujourd'hui même, je vais vous conduire en voiture à Millcote où il faudra que vous vous choisissiez quelques robes. Je vous ai dit que nous allions nous marier dans quatre semaines. Le mariage aura lieu dans l'église qui est là, en bas, tout simplement ; après quoi, je vous emmènerai à Londres. A la fin d'un court séjour, je vous emporterai, mon trésor, dans des régions plus proches du soleil. Nous irons vers les vignobles de France, les plaines d'Italie, vous verrez tout ce qui a été célèbre dans l'Antiquité, ce qui l'est de nos jours, vous goûterez aussi à la vie des villes, vous y apprendrez à vous estimer par une juste comparaison avec autrui.

— Je vais donc voyager ? Et avec vous, monsieur ?

— Vous séjournerez à Paris, à Rome, à Naples, à Florence, à Venise, à Vienne. Vous foulerez de vos pieds tous les sols où j'ai porté mes pas errants. Partout où la corne de mon sabot a imprimé sa marque, se posera votre pied de sylphide. Il y a dix ans, je me suis enfui en Europe, à demi fou, avec le dégoût, la haine, la rage pour seuls compagnons ; maintenant, je la reverrai, guéri, purifié, en compagnie d'un ange véritable pour me consoler. »

Je me mis à rire en l'entendant parler ainsi.

« Je ne suis pas un ange, déclarai-je, et je ne veux pas en être un, je veux être moi-même tant que je vivrai. Monsieur Rochester, il ne faut pas espérer trouver en moi, ni exiger de moi quelque chose de céleste, cela serait aussi vain que si j'avais les mêmes prétentions à votre endroit, ce que je n'attends d'ailleurs pas le moins du monde.

— Qu'attendez-vous donc de moi ?

— Pendant quelque temps, vous resterez peut-être ce que vous êtes aujourd'hui, pendant un temps très court, puis vous deviendrez froid, puis vous serez capricieux, puis vous serez sévère, et j'aurai fort à faire pour vous plaire. Lorsque vous serez bien habitué à moi, peut-être aurez-vous de nouveau de l'*affection* pour moi, je ne dis pas de l'*amour*. Je suppose que l'effervescence de votre amour se calmera au bout de six mois, peut-être avant. J'ai appris dans des livres, dont les auteurs étaient des hommes, que telle était la plus longue durée accordée à l'ardeur d'un mari. Pourtant, comme amie, comme compagne, j'espère bien, après tout, ne devenir jamais tout à fait déplaisante à mon cher maître.

— Déplaisante ! Avoir de nouveau de l'affection pour vous ! Je sais bien que je vous aimerai encore et toujours ; je vous obligerai à reconnaître que ce ne sera pas seulement de l'*affection* que je vous témoignerai, mais de l'*amour*, un amour vrai, fervent, constant.

— Cependant, n'êtes-vous pas capricieux, monsieur ?

— Pour les femmes dont le seul visage a pu me plaire, je suis un véritable démon quand je m'aperçois qu'elles n'ont ni âme ni cœur, quand elles me laissent découvrir toute une perspective de platitude, de banalité, peut-être même de sottise, de grossièreté, d'humeur détestable. Mais pour des yeux limpides, une parole persuasive, une âme de feu, une nature qui plie et ne rompt pas, à la fois souple et ferme, malléable et résolue, je suis toujours tendre et fidèle.

— Avez-vous jamais connu une telle nature, monsieur ? Avez-vous jamais aimé une telle femme ?

— J'en aime une à présent.

— Mais avant moi, si tant est que, si peu que ce soit, j'atteigne ce haut degré d'excellence ?

— Je n'ai jamais rencontré votre pareille, Jane. Vous me plaisez, vous me dominez, vous avez l'air soumis ; j'aime l'impression de souplesse que vous donnez ; et tandis que j'enroule à mon doigt le doux écheveau soyeux, je ressens tout au long du bras un tressaillement qui va jusqu'au cœur. Je suis en votre pouvoir, je suis conquis ; l'ascendant que vous exercez sur moi est d'une douceur inexprimable ; la conquête que je subis a un charme qui surpasse tous les triomphes que je pourrais remporter. Pourquoi souriez-vous, Jane ? Que signifie ce changement de votre visage, inexplicable, mystérieux ?

— Je pensais, monsieur, — vous excuserez cette idée involontaire —, je pensais à Hercule, à Samson et à leurs enchanteresses.

— Vraiment, petit elfe...

— Chut, monsieur. En ce moment la sagesse n'inspire pas plus votre langage qu'elle n'inspira les actes de ces héros ! Mais s'ils s'étaient mariés, leur sévérité d'époux aurait sans doute compensé leur mollesse d'amants ; il en sera ainsi de vous, j'en ai peur. Je voudrais bien savoir ce que vous me répondriez dans un an, si je vous demandais une faveur qu'il ne vous conviendrait ou ne vous plairait pas de m'accorder.

— Demandez-moi quelque chose maintenant, Janet, la moindre bagatelle ; je désire que l'on me sollicite.

— Bien, monsieur, ma demande est toute prête.

— Parlez ! mais si vous me regardez, si vous me souriez avec cet air-là, je puis jurer qu'il y sera fait droit avant même de la connaître, en quoi j'agirais comme un insensé.

— Pas du tout, monsieur, je ne demande que ceci : ne faites pas venir de bijoux, ne me couronnez pas de roses ; vous pourriez tout aussi bien border d'une dentelle d'or le mouchoir de poche tout simple que vous avez là.

— Je pourrais tout aussi bien redorer l'or le plus fin. Je le sais ; votre requête sera donc accordée, pour le moment. Je vais donner contre-ordre à mon banquier. Mais vous ne m'avez encore rien demandé ; vous m'avez seulement prié de ne pas vous faire de cadeau. Demandez-moi autre chose.

— Eh bien ! alors, monsieur, ayez la bonté de satisfaire ma curiosité qui est très vive sur un point. »

Il eut l'air troublé.

« Quoi ? Quoi ? dit-il sans attendre. Satisfaire votre curiosité, voilà une dangereuse requête ; il est heureux que je n'aie pas fait le serment de tout vous accorder.

— Mais il n'y a aucun danger à répondre à ce que je vous demande.

— Je vous écoute, Jane ; que ne souhaitez-vous avoir la moitié de mes biens ! je préférerais cela à ce simple désir de vouloir, peut-être, pénétrer un secret.

— Voyons, roi Assuérus ! Quel besoin ai-je de la moitié de vos biens ? Me prenez-vous pour un usurier juif qui chercherait à faire un bon placement dans des terres ? J'aimerais bien mieux avoir toute votre confiance. Vous ne me la refuserez pas, si vous m'accueillez dans votre cœur ?

— Ce sera un bonheur pour moi de vous confier tout ce qui mérite de l'être, Jane ; mais, pour l'amour de Dieu, ne désirez pas porter un fardeau inutile. Ne recherchez pas le poison, ne vous transformez pas en une Ève véritable, sous ma responsabilité.

— Pourquoi donc, monsieur ? Vous me disiez à l'instant combien il vous plaît d'être conquis, comme il vous est agréable de vous laisser persuader. Ne croyez-vous pas que je ferais bien de profiter de cet aveu en me mettant à vous cajoler, à vous supplier, voire à pleurer, à bouder si c'est nécessaire, simplement pour éprouver mon pouvoir.

— Je vous mets au défi de tenter une telle expérience. Gagnez du terrain, soyez indiscrète, et le jeu prendra fin.

— Vraiment, monsieur, vous vous rendez bien vite. Comme vous avez l'air sévère à présent ! Vos sourcils sont devenus de l'épaisseur de mon doigt et votre front ressemble à ce que j'ai vu qualifier, dans un étonnant poème, « un amoncellement de nuages d'orage, couleur de plomb ». Je suppose que vous aurez cet air-là quand vous serez marié, monsieur ?

— Si vous avez, vous-même, cet air-là quand vous serez mariée, je vais être obligé, moi, en ma qualité de chrétien, d'abandonner sans tarder l'idée de m'unir à un simple elfe ou à une salamandre. Mais que vouliez-vous savoir, vous, espèce de petite créature ? Allons, dites-le.

— Ah ! vous n'êtes même plus poli à présent, mais j'aime beaucoup mieux l'impolitesse que la flatterie. J'aime mieux être une espèce de petite créature qu'un ange. Voici ce que j'ai à vous demander : pourquoi avez-vous pris tant de peine pour me faire croire que vous vouliez épouser Miss Ingram ?

— Est-ce tout ? Dieu merci, ce n'est que cela ! »

Il cessa alors de froncer ses noirs sourcils, me regarda en souriant, caressa mes cheveux, comme s'il était heureux de voir un danger écarté.

« Je crois que je puis en faire l'aveu, reprit-il, quand bien même vous en éprouveriez un peu d'indignation ; j'ai vu comme votre âme peut s'enflammer, Jane, quand vous êtes indignée. Vous étiez toute brûlante d'ardeur, hier soir, dans la fraîcheur du clair de lune, lorsque vous vous êtes révoltée contre le destin, vous proclamant de même rang que moi. Janet, c'est vous, soit dit en passant, qui me l'avez déclaré.

— C'est moi, bien entendu. Mais venons-en au fait, venons-en à Miss Ingram, je vous prie, monsieur.

— Eh bien ! j'ai feint de courtiser Miss Ingram, parce que je voulais vous rendre aussi follement amoureuse de moi que je l'étais de vous, et je savais que la jalousie était le meilleur recours pour y parvenir.

— On ne peut mieux !... Que vous voilà rapetissé ! Vous n'avez pas un iota de plus que le bout de mon petit doigt.

C'est une cuisante honte, un scandale déshonorant que d'agir ainsi. N'avez-vous pas pensé aux sentiments de Miss Ingram, monsieur ?

— Ses sentiments se réduisent à un seul : l'orgueil ; et l'orgueil a besoin d'être rabaissé. Étiez-vous jalouse, Jane ?

— Peu importe, monsieur Rochester ; il ne peut en aucune façon être intéressant pour vous de le savoir. Répondez-moi franchement une fois encore. Croyez-vous que Miss Ingram ne souffrira pas de votre galanterie déloyale ? Ne se sentira-t-elle pas abandonnée, délaissée ?

— C'est impossible ! Je vous ai dit que c'est elle, au contraire, qui m'avait délaissé ; la pensée seule de mon peu de fortune a refroidi, ou plutôt éteint sa flamme en un instant.

— Vous avez un esprit singulier, tortueux, monsieur Rochester. J'ai bien peur, qu'à certains égards, vos principes ne soient bizarres.

— Mes principes n'ont jamais été dirigés, Jane, ils peuvent avoir subi des déviations, du fait de ce manque d'attention.

— Encore une fois, bien sérieusement, puis-je jouir de l'immense bonheur qui m'a été donné sans craindre que quelqu'un ait à souffrir la douleur amère que j'ai endurée moi-même il y a si peu de temps ?

— Vous le pouvez, ma bonne petite fille ; nul être au monde n'a pour moi un amour aussi pur que le vôtre, et ma foi en votre tendresse est un baume bienfaisant dont j'ai imprégné mon âme. »

Je mis mes lèvres sur la main qui était posée sur mon épaule. Je l'aimais tant... plus que je n'osais le dire... plus que les mots n'avaient le pouvoir de l'exprimer.

« Demandez-moi encore quelque chose, me dit-il, j'adore céder quand on m'a supplié. »

Une fois de plus ma requête était prête.

« Mettez Mrs. Fairfax au courant de vos intentions, monsieur ; elle m'a vue avec vous, hier soir, dans le vestibule, et en a été choquée. Donnez-lui quelque explication avant que je ne la revoie. Cela me fait de la peine d'être mal jugée par une aussi excellente femme.

— Allez dans votre chambre mettre votre capote, répondit-il ; je désire que vous m'accompagniez à Millcote ce matin ; pendant que vous vous préparerez pour cette promenade, je vais éclairer l'esprit de la vieille dame. Penset-elle, Janet, que vous avez sans regrets sacrifié le monde à l'amour[1] ?

— Elle a dû croire que j'avais oublié votre rang et la place que j'occupe.

— Votre place ! votre place ! votre place est dans mon cœur, et vous mettrez le pied sur le cou de ceux qui, dans le présent comme dans l'avenir, voudraient vous insulter[2]. Allez vite. »

Je fus bientôt habillée ; et dès que j'entendis Mr. Rochester sortir du petit salon de Mrs. Fairfax, je me hâtai d'y descendre. La vieille dame venait de lire un passage de l'Écriture — la leçon du jour — ainsi qu'elle le faisait chaque matin ; sa Bible était ouverte devant elle, avec ses lunettes posées dessus. Elle semblait avoir oublié sa lecture qui avait été interrompue par la communication de Mr. Rochester ; ses yeux, fixés sur le mur nu qui lui faisait face, exprimaient la surprise d'un esprit tranquille troublé par d'extraordinaires nouvelles. En me voyant, elle se ressaisit et fit une sorte d'effort pour sourire et formuler quelques paroles de félicitations ; mais le sourire s'évanouit, et la phrase ne fut pas achevée. Elle remit ses lunettes, ferma la Bible, et éloigna sa chaise de la table.

« Je suis tellement étonnée, dit-elle tout d'abord, que je sais à peine quoi vous dire, Miss Eyre. Je n'ai cependant pas rêvé, n'est-ce pas ? Il m'arrive parfois de m'endormir à demi lorsque je suis assise toute seule, et de m'imaginer des choses qui n'ont jamais existé. Plus d'une fois, lorsque j'étais ainsi assoupie, j'ai cru que mon cher mari, mort depuis quinze ans, était venu s'asseoir auprès de moi, m'appelait par mon nom, Alice, selon son habitude. Voyons, pouvez-vous me dire s'il est bien vrai que Mr. Rochester vous a demandé de l'épouser ? Ne vous

---

1. *Cf.* Shakespeare, *Antoine et Cléopâtre*, acte I, scène IV, réplique de César à Lépide :

Let us grant it is not
Amiss... to give a kingdom for a mirth...

« Accordons qu'il n'y ait pas
de mal... à sacrifier un royaume au plaisir... »
et acte III, scène XII, réplique d'Antoine à Cléopâtre :

Fall not a tear, I say ; one of them rates
All that is won and lost : give me a kiss ;
Even this repays me.

« Ne pleure pas, te dis-je ; une seule de tes larmes vaut tout ce qui a été gagné et perdu : donne-moi un baiser ; il me dédommagera de tout. » (*N.D.T.*)

2. *Cf.* Bible, Josué, chapitre X, verset 24. (*N.D.T.*)

306

moquez pas de moi ; mais j'ai réellement cru qu'il était venu ici, il y a cinq minutes, et qu'il m'avait dit que dans un mois vous seriez sa femme.

— Il m'a dit la même chose, répondis-je.

— Vraiment ! L'avez-vous cru ? Avez-vous accepté ?

— Oui. »

Elle me regarda avec stupéfaction.

« Je n'aurais jamais cru cela possible. C'est un homme fier ; tous les Rochester ont été fiers, et son père, tout au moins, aimait l'argent. Lui-même n'a jamais passé pour prodigue. A-t-il l'intention de vous épouser ?

— Il me l'a dit. »

Elle jeta sur toute ma personne un regard investigateur, et je lus dans ses yeux qu'elle n'y avait trouvé aucun charme assez puissant pour résoudre cette énigme.

« Cela me dépasse ! continua-t-elle ; mais ce doit être vrai, puisque vous le dites. Qu'en adviendra-t-il ? Je ne puis le dire, je n'en sais vraiment rien. En l'occurrence, une équivalence de situation et de fortune est souhaitable ; puis, il y a vingt ans de différence d'âge entre vous, il pourrait presque être votre père.

— Non, en vérité, Mrs. Fairfax, m'exclamai-je, piquée au vif ; il n'a pas du tout l'air d'être mon père ! Aucun de ceux qui nous ont vus ensemble ne supposerait cela un seul instant. Mr. Rochester paraît aussi jeune, et est aussi jeune que bien des hommes de vingt-cinq ans.

— Est-ce vraiment par amour qu'il va vous épouser ? » demanda-t-elle.

Je fus si blessée par sa froideur et son scepticisme que les larmes me vinrent aux yeux.

« Je regrette de vous faire de la peine, poursuivit la veuve, mais vous êtes si jeune, vous connaissez si peu les hommes, que je voulais vous mettre en garde. Un vieux proverbe dit que « tout ce qui brille n'est pas or » et, dans le cas présent, je crains beaucoup que l'avenir ne nous réserve quelque chose de bien différent de ce que, vous et moi, nous espérons.

— Pourquoi ? Suis-je un monstre ? dis-je ; est-il impossible que Mr. Rochester éprouve pour moi une affection sincère ?

— Non, vous êtes très bien, vous avez beaucoup gagné depuis quelque temps, et Mr. Rochester, sans doute, vous aime beaucoup. J'ai toujours remarqué qu'il avait une sorte de prédilection pour vous. Quelquefois même, par égard pour vous, j'ai été un peu inquiète de cette préférence sensible et j'aurais désiré vous mettre sur vos gardes, mais je n'ai même pas voulu suggérer la possibilité du mal. Je savais qu'une telle idée vous froisserait, vous offenserait, peut-être ; et vous étiez si discrète, si foncièrement modeste et sensée, que j'ai espéré que l'on pouvait vous faire crédit pour assurer vous-même votre sauvegarde. Je ne puis vous dire ce que j'ai souffert, hier soir, quand je vous ai cherchée dans toute la maison sans pouvoir vous trouver nulle part, non plus que le maître, et qu'à minuit, je vous ai vue rentrer avec lui.

— Enfin, peu importe tout cela, maintenant, interrompis-je avec impatience. Il suffit que tout ait été correct.

— J'espère que tout sera correct en fin de compte, dit-elle, mais, croyez-moi, vous ne sauriez être trop prudente. Mettez Mr. Rochester à l'épreuve, tenez-le à distance, défiez-vous de vous-même aussi bien que de lui. Les gentlemen de son rang n'ont pas l'habitude d'épouser l'institutrice. »

Je commençais vraiment à perdre patience ; heureusement, Adèle entra en courant.

« Permettez-moi d'aller... Permettez-moi d'aller aussi à Millcote ! s'écria-t-elle. Mr. Rochester ne veut pas, bien qu'il y ait beaucoup de place dans la nouvelle voiture. Suppliez-le de me permettre d'y aller, Mademoiselle.

— Je vais le faire, Adèle. »

Je sortis en hâte avec elle, contente de quitter ma sombre admonitrice. La voiture était prête, on l'amenait devant la maison, et mon maître faisait les cent pas sur la terrasse, tandis que Pilot le suivait dans ses allées et venues.

« Adèle peut bien nous accompagner, n'est-ce pas, monsieur ?

— Je lui ai dit que non. Je ne veux pas de marmots ! Je ne veux que vous.

— Permettez-lui de nous accompagner, monsieur Rochester, je vous en prie, cela vaudrait mieux.

— Non, elle nous gênera. »

Son regard, sa voix étaient tout à fait péremptoires. J'étais encore sous le coup des avertissements et des doutes de Mrs. Fairfax qui m'avaient glacée, déprimée. Mon espoir me semblait irréel et incertain ; je perdais à demi le sentiment de mon pouvoir sur mon maître. J'allais lui obéir machinalement sans plus insister, mais en m'aidant à monter dans la voiture, il me regarda.

« Qu'avez-vous ? demanda-t-il ; tout le soleil a disparu de votre visage. Tenez-vous vraiment à emmener la petite ? Cela vous contrariera-t-il si je la laisse ici ?

— J'aimerais bien mieux qu'elle vînt, monsieur.

— Alors, cours chercher ta capote, et reviens avec la rapidité de l'éclair. »

Elle lui obéit avec toute la célérité dont elle était capable.

« Après tout, qu'importe la contrainte d'une matinée ! dit-il, alors que d'ici peu je pourrai prétendre à vous avoir à moi, vous, vos pensées, votre conversation, votre compagnie, pour toute la vie. »

Lorsque Adèle fut montée dans la voiture, elle s'empressa de m'embrasser pour m'exprimer sa reconnaissance d'être intervenue en sa faveur, mais Mr. Rochester la relégua aussitôt près de lui, dans le coin opposé. Elle regarda alors à la dérobée du côté où j'étais assise ; elle se sentait prisonnière auprès d'un voisin aussi sévère et, le voyant de mauvaise humeur, n'osait pas s'adresser à lui, même à voix basse, pour faire quelques remarques ou poser des questions.

« Laissez-la venir près de moi, dis-je d'un ton suppliant, elle va peut-être vous gêner, monsieur, et il y beaucoup de place de ce côté-ci. »

Il me la passa comme s'il se fût agi d'un petit chien de salon.

« Je vais, malgré tout, l'envoyer en pension », dit-il. Mais, à présent, il souriait.

Adèle l'entendit et demanda si elle irait en pension « *sans Mademoiselle* [1] » ?

« Mais oui, répliqua-t-il, *sans Mademoiselle* [2], car je vais emmener Mademoiselle dans la lune ; je lui chercherai une grotte dans une blanche vallée, au milieu de sommets volcaniques, et Mademoiselle y vivra avec moi, avec moi seul.

— Elle n'aura rien à manger, vous la ferez mourir de faim, fit observer Adèle.

— Matin et soir, je recueillerai pour elle de la manne ; les plaines, les pentes des collines de la lune en sont blanches, Adèle.

— Elle aura besoin de se chauffer, comment fera-t-elle du feu ?

— Le feu jaillit des montagnes lunaires ; quand elle aura froid je la porterai sur un pic et la poserai au bord d'un cratère.

— *Oh ! qu'elle y sera mal, peu confortable* [3] ! Ses habits vont s'user, comment pourra-t-elle en avoir de neufs ? »

1. En français dans le texte.
2. En français dans le texte.
3. En français dans le texte.

Mr. Rochester fit mine d'être embarrassé.

« Hum ! fit-il. Que ferais-tu, toi, Adèle ? Creuse-toi la tête pour trouver un moyen. Que dirais-tu d'un nuage blanc ou rose pour une robe ? Il serait en outre facile de se tailler une assez jolie écharpe dans un arc-en-ciel ?

— Elle est beaucoup mieux comme elle est, conclut Adèle, après avoir réfléchi pendant quelques instants. D'ailleurs, elle se lasserait de vivre rien qu'avec vous dans la lune. Si j'étais à la place de Mademoiselle, je ne consentirais jamais à y aller avec vous.

— Elle y a consenti et m'a donné sa parole.

— Mais vous ne pouvez pas l'y conduire, il n'y a pas de route pour aller dans la lune, il n'y a que de l'air, et ni vous ni elle ne pouvez voler.

— Adèle, regarde ce champ. »

Nous avions à ce moment dépassé les grilles de Thornfield, roulant vite et légèrement sur la bonne route de Millcote dont toute poussière avait été abattue par l'orage ; aussi les haies basses, les arbres majestueux qui la bordaient de part et d'autre, faisaient-ils resplendir leur vert feuillage rafraîchi par la pluie.

« Il y a une quinzaine de jours, Adèle, le soir où tu m'as aidé à faire les foins dans les prairies du verger, je me promenais dans ce champ-là, il était assez tard et j'étais fatigué d'avoir ratissé des andins ; je m'assis donc sur un échalier pour m'y reposer ; là, prenant un carnet, un crayon, je me mis à écrire sur un malheur qui m'était arrivé autrefois, et sur le désir que j'avais de voir revenir des jours meilleurs ; j'écrivais très vite, bien que la lumière du jour diminuât sur ma page, lorsque quelque chose s'avança dans le sentier et s'arrêta à deux mètres de moi. C'était une petite créature qui portait sur la tête un voile tissé de fils de la Vierge. Je lui fis signe d'approcher : elle se trouva bientôt à la hauteur de mon genou. Sans nous parler, je lus dans ses yeux, elle lut dans les miens ; voici les révélations de ce muet entretien :

« Je suis une fée, me dit-elle, venue du pays des Elfes, ma « mission est de vous apporter le bonheur. Venez avec moi, « hors de ce monde, dans un lieu solitaire, dans la lune, par « exemple », et elle inclina sa tête vers la corne de la lune qui se levait sur la colline de Hay. Elle me parla de la grotte d'albâtre et du val d'argent où nous pourrions vivre. Je lui dis que j'irais bien volontiers, mais lui rappelai, comme tu viens de le faire, que je n'avais pas d'ailes pour voler.

« Oh ! répliqua la fée, qu'à cela ne tienne ! Voici un talis-

« man qui fera s'évanouir toutes les difficultés » ; et elle me tendit un bel anneau d'or. « Mettez-le, dit-elle, au quatrième « doigt de ma main gauche, et je serai à vous, vous serez à « moi ; nous quitterons la terre, et ferons notre paradis « là-haut », ajouta-t-elle, en faisant un nouveau signe de tête vers la lune.

« L'anneau, Adèle, est dans la poche de mon pantalon, sous la forme d'un souverain, mais je me propose de le faire redevenir anneau.

— En quoi cela concerne-t-il Mademoiselle ? Je me moque de la fée ; vous avez dit que c'était Mademoiselle que vous vouliez emmener dans la lune.

— Mademoiselle est une fée », murmura-t-il mystérieusement.

Sur ce, je dis à Adèle de ne pas attacher d'importance à ce badinage. Elle, de son côté, fit preuve d'un fonds de scepticisme bien français en traitant Mr. Rochester de « *vrai menteur* [1] » et en l'assurant qu'elle ne prenait aucun de ses « *contes de fées* » au sérieux, et que, « *du reste, il n'y avait pas de fées, et quand même il y en avait* [2] » (sic), elle était bien sûre qu'elles ne lui apparaîtraient jamais, ni ne lui donneraient des bagues, ni ne lui offriraient de vivre avec lui dans la lune.

L'heure passée à Millcote me fut assez pénible. Mr. Rochester me contraignit à entrer dans un certain magasin de soieries où il m'enjoignit de choisir une demi-douzaine de robes. Ces achats m'étaient odieux, je le priai de les remettre à plus tard ; mais non, il fallait que ce fût fait dès à présent. A force de supplications, que je lui chuchotais avec énergie, je réussis à réduire la demi-douzaine à deux robes, qu'il jura alors de choisir lui-même. Je le regardais avec anxiété parcourir des yeux le somptueux étalage ; son choix se fixa sur une soie splendide d'une teinte améthyste des plus brillantes et sur un magnifique satin rose. Je lui murmurai à nouveau qu'il ferait aussi bien de m'acheter tout de suite un tissu d'or pour la robe et un tissu d'argent pour la capote ; que je n'oserais jamais porter ce qu'il avait choisi. Au prix de difficultés infinies, car il était obstiné comme un roc, j'arrivai à le persuader de prendre de préférence un sobre satin noir et une soie gris de perle. Cela pouvait passer, pour cette fois, mais il tenait à me voir étinceler comme un parterre.

1. En français dans le texte.
2. En français dans le texte.

Je fus heureuse de l'entraîner hors de ce magasin de soieries, puis de la boutique d'un bijoutier ; plus il me comblait, plus je rougissais, me sentant gênée et humiliée. Lorsque, fiévreuse et lasse, je m'assis de nouveau dans la voiture, je me souvins que, dans la précipitation de ces événements sombres ou merveilleux, j'avais complètement oublié la lettre de mon oncle John Eyre, à Mrs. Reed ; son intention de m'adopter et de faire de moi son héritière, « Ce serait un réel soulagement, pensai-je, si je pouvais seulement avoir une très modeste indépendance. Je ne pourrai jamais me faire à l'idée d'être habillée, comme une poupée, par Mr. Rochester, ou d'être assise chaque jour sous une pluie d'or, comme une seconde Danaé [1].

« En rentrant, j'écrirai à Madère et je dirai à mon oncle John que je me marie, et qui j'épouse. Si j'avais, pour le moins, un espoir d'apporter un jour quelque fortune à Mr. Rochester, je supporterais mieux de tout recevoir de lui présentement. » Un peu rassérénée par cette idée que je ne manquai pas de mettre à exécution le jour même, je me hasardai encore une fois à rencontrer le regard de mon maître, de mon amoureux, qui cherchait obstinément le mien, bien que mon visage et mes yeux se fussent détournés de lui. Il sourit ; il me sembla que ce sourire était pareil à celui dont un sultan pourrait, dans un moment de bonheur et d'amour, gratifier une esclave enrichie par son or et ses joyaux. Je pressai avec force sa main qui ne cessait de rechercher la mienne, puis la repoussai, toute rouge de l'étreinte passionnée.

« Vous n'avez pas besoin de me regarder ainsi, dis-je, sinon, je ne porterai que mes vieilles robes de Lowood jusqu'à la fin du chapitre. Je me marierai avec cette robe de cotonnade lilas ; vous pourrez vous faire une robe de chambre avec la soie gris-de-perle et toute une série de gilets avec le satin noir. »

Il eut un petit rire et se frotta les mains.

« Oh ! c'est impayable de la voir, de l'entendre ! s'écriat-il. Est-elle originale ! Est-elle spirituelle ! Je ne donnerais pas cette unique petite Anglaise pour tout le sérail du Grand Turc, les yeux de gazelle, les formes de houris et tout le reste ! »

---

1. Danaé, fille d'Acrisios, roi d'Argos, fut enfermée dans une tour d'airain par son père à qui l'oracle avait prédit qu'il serait tué par l'enfant qui naîtrait d'elle. Zeus pénétra dans cette tour sous la forme d'une pluie d'or, et séduisit Danaé : de cette union naquit Persée, qu'Acrisios voulut faire périr en l'exposant aux flots ainsi que sa mère, mais il fut sauvé et plus tard il devint en effet, par accident, le meurtrier d'Acrisios.

Cette allusion à l'Orient me piqua à nouveau.

« Je ne vous tiendrai pas le moins du monde lieu d'un sérail, dis-je ; ne voyez donc aucune équivalence entre un sérail et moi ; si vous avez du goût pour ce genre de choses, partez vite, monsieur, pour les bazars de Stamboul, et consacrez à d'importants achats d'esclaves un peu de cet argent que vous avez en réserve et que vous ne savez dépenser ici de façon satisfaisante.

— Et que ferez-vous, Janet, pendant que je marchanderai tant de tonnes de chair et un tel assortiment d'yeux noirs ?

— Je me préparerai à partir comme missionnaire pour prêcher la liberté à celles qui sont en esclavage, aux femmes de votre harem, comme aux autres. Je m'y ferai introduire, j'y fomenterai la révolte ; et vous, tout pacha à trois queues[1] que vous soyez, monsieur, vous vous trouverez en un clin d'œil enchaîné, livré à nous ; pour ma part, je ne consentirai à briser vos liens que lorsque vous aurez signé une charte, la plus libérale qu'un despote ait encore jamais octroyée.

— Je consentirais à être à votre merci, Jane.

— Si vous m'imploriez avec un pareil regard, je serais sans pitié, monsieur Rochester ; car j'aurais la certitude que, quelle que fût la charte donnée sous l'effet de la contrainte, votre premier acte, après votre libération, serait d'en violer les clauses.

— Alors, Jane, que voudriez-vous donc ? Je crains que vous ne vous contentiez pas du mariage à l'autel et que vous m'obligiez à subir la cérémonie d'un mariage privé pour stipuler vos conditions particulières. Que seront-elles ?

— Je désire seulement avoir l'esprit libre, exempt du poids d'obligations multiples. Vous souvenez-vous de ce que vous m'avez dit de Céline Varens, des diamants et des cachemires que vous lui aviez donnés ? Je ne veux pas être votre Céline Varens anglaise. Je continuerai d'être l'institutrice d'Adèle, gagnant ainsi mon pain, mon gîte, et encore trente livres par an. De cette façon je subviendrai aux dépenses de ma toilette et vous n'aurez rien à me donner, si ce n'est...

— Si ce n'est quoi ?

— Votre amitié ; et si je vous donne la mienne en retour, nous serons quittes.

— Eh bien ! dit-il, pour ce qui est de la froide impudence native et de l'orgueil inné, vous n'avez pas votre pareille. »

1. Pacha : titre donné, chez les Turcs, aux gouverneurs de province. Le rang des pachas est déterminé par le nombre de queues de cheval qui forment leur étendard. (N.D.T.)

Nous approchions maintenant de Thornfield.

« Vous plairait-il de déjeuner avec moi aujourd'hui ? me demanda-t-il comme nous franchissions les grilles.

— Non, merci, monsieur.

— Et pourquoi ce : « non merci », s'il m'est permis de m'informer ?

— Je n'ai jamais déjeuné avec vous, monsieur, et je ne vois aucune raison pour le faire à présent, jusqu'à...

— Jusqu'à quoi ? Vous prenez plaisir aux phrases inachevées.

— Jusqu'à ce que je ne puisse faire autrement.

— Croyez-vous que je mange comme un ogre, ou une goule, pour redouter ainsi d'être ma compagne pendant mon repas ?

— Je n'ai fait aucune supposition à ce sujet, monsieur, mais je désire conserver mes habitudes pendant un mois encore.

— Vous allez abandonner tout de suite votre esclavage d'institutrice.

— Comment ! Je vous en demande pardon, monsieur, mais je n'en ferai rien. Je ne veux pas changer ma manière de vivre. Je continuerai à demeurer à l'écart dans la journée, comme je l'ai toujours fait ; vous pourrez me faire appeler le soir, quand vous le désirerez ; je ne viendrai à aucun autre moment.

— J'ai besoin de fumer, Jane, ou de prendre une pincée de tabac, pour m'aider à supporter tout cela, « *pour me donner une contenance* [1] » comme dirait Adèle ; malheureusement je n'ai ni mon étui à cigares, ni ma tabatière. Écoutez, murmura-t-il, c'est votre heure à présent, petit tyran, mais ce sera bientôt la mienne ; quand je me serai emparé de vous tout de bon, que je vous aurai en ma possession, je vous attacherai — au figuré bien entendu — à une chaîne comme celle-ci (il prit sa chaîne de montre). Oui, adorable petite créature, je vous porterai sur mon cœur, dans la crainte de perdre mon précieux joyau. »

Il dit cela tout en m'aidant à descendre de voiture ; et tandis qu'il soulevait Adèle pour la mettre à terre à son tour, j'entrai dans la maison et assurai ma retraite en montant au premier étage.

Il me fit appeler dans la soirée, à l'heure habituelle. Je lui avais préparé une occupation, résolue que j'étais à ne pas

1. En français dans le texte.

passer tout notre temps en une causerie en « *tête-à-tête*[1] ».
Je m'étais souvenue qu'il avait une belle voix ; je savais qu'il
aimait chanter, comme d'ailleurs tous les bons chanteurs.
Je ne chantais pas moi-même et, selon lui, juge difficile, je
n'étais pas musicienne ; mais je prenais beaucoup de plaisir
à entendre une bonne exécution. A peine le crépuscule,
cette heure merveilleuse, irréelle, eut-il commencé à abais-
ser sa bannière bleue et étoilée au-dessus de la fenêtre, que
je me levai, ouvris le piano, et suppliai mon maître, pour
l'amour du Ciel, de me chanter quelque chose. Il me dit que
j'étais une capricieuse magicienne, qu'il aimerait mieux
chanter à un autre moment ; mais j'affirmai qu'aucun
moment ne serait plus favorable.

« Ma voix vous plaît-elle ? demanda-t-il.

— Beaucoup. »

Je n'aimais pas flatter cette vanité ombrageuse, mais,
pour une fois, j'étais prête à l'encourager, à l'exciter, elle
allait servir à mes fins.

« Alors, Jane, vous allez m'accompagner ?

— Très bien, monsieur, je vais essayer. »

J'essayai, en effet, mais je fus bientôt enlevée du tabouret
et traitée de petite maladroite. M'ayant ainsi repoussée sans
cérémonie — ce que j'avais précisément désiré —, il prit ma
place et se mit à s'accompagner lui-même, car il jouait aussi
bien qu'il chantait. Je me retirai dans l'embrasure de la
fenêtre et, tandis que j'étais assise, regardant les arbres
immobiles, la pelouse sombre, il chanta de sa voix pleine et
mélodieuse, sur une douce musique, les paroles que voici :

> L'amour le plus vrai, dont en sa profondeur
> un cœur fut jamais embrasé,
> d'un mouvement impétueux propulsait
> dans mes veines le flux de la vie.
>
> Sa venue chaque jour était mon seul espoir,
> son départ, ma peine.
> Tout ce qui pouvait retarder ses pas
> glaçait mon sang dans chaque veine.
>
> J'avais rêvé de cet indicible bonheur :
> être aimé comme j'aimais ;
> avec une aveugle impatience

---

1. En français dans le texte.

sa poursuite hantait mes songes.

Mais l'espace qui s'étendait entre nous,
sans nul chemin, était aussi immense,
plein de périls, que l'océan furieux
dont l'écume blanchit les vertes vagues,

aussi redoutable que les sentiers des bois
et les lieux solitaires hantés des voleurs ;
car entre nos âmes se trouvaient dressées :
la Force, la Loi, le Malheur, la Vengeance.

Je bravai les dangers, méprisai les résistances ;
des mauvais présages je me ris ;
impétueux, je fis front aux menaces ;
aux tourments, aux avertissements.

Rapide comme la lumière surgit mon arc-en-ciel.
Ainsi qu'en un rêve, je m'élançai dans les airs :
devant mes yeux, plein de gloire,
était apparu cet enfant de la Pluie et du Soleil.

Sur les nuages sombres de la douleur
cette clarté brille toujours, joie douce et solennelle ;
qu'importe si, nombreux et terribles,
tout près de moi, s'amoncellent les malheurs !

En ce doux instant j'oublie
que tout ce que j'ai renversé sur mon passage
peut d'une aile puissante et rapide
venir exercer une dure vengeance.

La Haine orgueilleuse peut m'abattre,
la Loi peut dresser ses obstacles,
la Force qui broie le front irrité,
me vouer une éternelle inimitié,

Celle que j'aime, avec une noble confiance
a placé sa petite main dans la mienne,
et m'a juré que de l'hymen
les liens sacrés uniraient nos âmes.

Mon amour a juré, un baiser a consacré ce serment,
de vivre et mourir avec moi.
Je possède enfin ce bonheur infini :
être aimé comme j'aime.

Il se leva et vint vers moi ; son visage était brûlant d'ardeur, ses grands yeux de faucon étincelaient, tous ses traits exprimaient une tendresse passionnée. Je me sentis faiblir un instant, mais me ressaisis aussitôt. Je voulais éviter les scènes attendrissantes, les démonstrations audacieuses dont le péril me menaçait également ; il fallait préparer une arme pour ma défense ; j'aiguisai ma langue ; quand il fut près de moi, je lui demandai, d'un ton assez âpre, qui il allait épouser, maintenant.

C'était une étrange question que lui posait sa Jane bien-aimée.

En vérité, je la trouvais bien naturelle et nécessaire. Il avait parlé de sa future femme mourant avec lui. Qu'entendait-il par une idée aussi païenne ? Je n'avais nullement l'intention de mourir avec lui, il pouvait en être certain.

Oh ! tout ce qu'il désirait, tout ce qu'il implorait du Ciel, c'était que je vive avec lui ! La mort n'était pas faite pour un être tel que moi.

Mais si ! J'avais aussi bien le droit de mourir que lui, quand mon heure serait venue, mais j'attendrais le moment, je ne le devancerais pas par un *suttee*[1].

Consentirais-je à lui pardonner cette idée égoïste, et à confirmer mon pardon par un baiser de réconciliation ?

Non, je le priais de bien vouloir m'excuser.

« Cruelle petite créature ! » lança-t-il, ajoutant que toute autre femme se serait laissée attendrir jusqu'à la moelle en s'entendant ainsi célébrer par le murmure de semblables strophes. Je lui déclarai que j'étais naturellement dure, dure comme le silex, qu'il aurait souvent l'occasion de s'en apercevoir et que, d'ailleurs, durant les quatre semaines qui allaient suivre, j'étais résolue à lui montrer diverses aspérités de mon caractère, ainsi saurait-il vraiment quelle sorte de marché, il avait conclu, alors qu'il était encore temps de l'annuler.

Accepterais-je de me taire, ou de parler raisonnablement ?

Je me tairais, s'il le désirait ; quant à parler raisonnablement, je me flattais de ne pas faire autre chose en ce moment.

1. Suttee ou satî : nom donné au sacrifice funèbre de la femme qui s'immole sur le bûcher funéraire de son mari par amour conjugal et fidélité, à l'instar de la déesse indienne Satî, épouse de Çiva. (*N.D.T.*)

Il s'irritait, poussait des « bah ! » des « pouah ! » méprisants. « Très bien, pensai-je, vous pouvez rager, vous agiter tant qu'il vous plaira, je suis persuadée que c'est la meilleure méthode à employer avec vous. Je vous aime plus que je ne puis le dire, mais je ne veux pas me laisser aller à un pathétisme sentimental ; avec mes mordantes réparties, je vous retiendrai, vous aussi, au bord du gouffre, et grâce à leurs pointes acérées, je maintiendrai entre nous une distance on ne peut plus favorable à notre commune félicité. »

Je fis si bien, qu'il finit par être tout à fait furieux ; aussi lorsqu'il se fut retiré, en colère, à l'autre extrémité de la pièce, je me levai, lui dis tout naturellement, avec mon respect habituel : « Je vous souhaite une bonne nuit, monsieur », sortis à la dérobée par la porte de côté, et m'éloignai.

Ayant adopté ce système, je m'y tins pendant toute la période d'épreuve, et avec le meilleur succès. Sans doute, cela entretenait-il son humeur maussade et bourrue, mais, dans l'ensemble, je pus me rendre compte que c'était pour lui une excellente diversion, et qu'une soumission d'agneau, une sensibilité de tourterelle, tout en encourageant son despotisme, eussent moins satisfait son jugement, son bon sens, et même moins convenu à ses goûts.

En présence d'autres personnes j'étais, comme auparavant, pleine de déférence et de calme ; toute autre ligne de conduite eût été déplacée ; ce n'est que dans les entretiens du soir que je lui résistais et l'affligeais ainsi. Il continua à me faire appeler ponctuellement dès que l'horloge sonnait sept heures, mais à présent, lorsque je paraissais devant lui, les douces expressions « mon amour », « ma chérie », ne lui venaient plus aux lèvres ; les meilleurs mots réservés à mon service étaient : « provocante marionnette », « elfe malicieux », « lutin », « rejeton de fée substitué à un enfant dans son berceau », etc. Les grimaces avaient remplacé les caresses ; il ne me pressait plus la main, mais me pinçait le bras ; il ne me donnait plus un baiser sur la joue, mais me tirait vigoureusement l'oreille. C'était très bien ainsi ; pour le moment, je préférais nettement ces acerbes faveurs à quelque chose de plus tendre. Mrs. Fairfax, je le voyais, m'approuvait ; elle cessa d'être inquiète à mon sujet ; ainsi étais-je certaine de bien agir. Pendant ce temps, Mr. Rochester affirmait que je le faisais dépérir, qu'il n'avait plus que la peau et les os, et me menaçait d'une terrible vengeance, dans un avenir tout proche, pour ma présence conduite. Je riais sous cape de ses menaces. « J'arrive à vous tenir raisonnablement en échec maintenant, songeais-je, et je ne doute pas de pouvoir en faire autant par la suite ; si un moyen perd sa vertu, il faudra en imaginer un autre. »

Cependant, malgré tout, ma tâche n'était pas facile ; souvent, il m'eût été plus agréable de lui plaire que de l'exaspérer. Mon futur époux devenait mon univers, plus encore que mon univers : presque une espérance du ciel. Il s'interposait entre moi et toute aspiration religieuse, comme une éclipse masque à l'homme le vaste soleil. Dieu me devenait invisible alors, parce que j'avais fait de sa créature une idole.

CHAPITRE XXV

Le mois consacré à la conquête de l'amour était écoulé, ses dernières heures elles-mêmes étaient comptées. On ne pouvait retarder la marche du jour qui approchait, le jour du mariage ; tous les préparatifs en vue de son arrivée étaient achevés. Je n'avais, pour ma part, plus rien à faire ; mes malles étaient là, remplies, fermées à clef, cordées, alignées contre le mur de ma petite chambre ; demain, à cette heure-ci, elles seraient déjà loin en direction de Londres, et moi de même — D. V.[1]... ou plutôt, non, pas moi, mais une certaine Jane Rochester, une personne que je ne connaissais pas encore. Il n'y avait plus qu'à clouer les cartes portant l'adresse, quatre petits carrés posés sur la commode. Mr. Rochester avait écrit de sa main sur chacune d'elles : Mrs. Rochester, Hôtel..., Londres. Je ne pouvais me résoudre à les fixer, ou à les faire fixer. Mrs. Rochester ! Elle n'existait pas ; elle n'allait naître que demain, un peu après huit heures du matin, et je voulais attendre d'être certaine qu'elle viendrait au monde bien vivante, avant de lui attribuer la propriété de toutes ces choses. Il suffisait que là-bas, dans la penderie, en face de ma table de toilette, des vêtements qu'on disait être à elle eussent déjà remplacé ma robe de lainage noir de Lowood et ma capote de paille ; car ce n'est pas à moi qu'appartenait

_____
1. D. V. : *Deo volente*, si Dieu le permet.

cette toilette de mariée — la robe gris de perle, le voile léger — suspendue au portemanteau qu'elle avait usurpé. Je fermai le cabinet, pour ne plus voir ces étranges atours, semblables à ceux d'une apparition, et qui, à cette heure tardive — il était alors neuf heures —, répandaient une lueur vraiment spectrale dans l'ombre de la pièce. « Je vais te laisser seul, pâle rêve, dis-je ! J'ai la fièvre, j'entends le vent souffler, je vais sortir pour sentir son haleine. »

Ce n'était pas seulement la hâte des préparatifs qui me rendait fiévreuse, ni l'avant-goût du grand changement : la vie nouvelle qui allait commencer demain. Sans doute ces deux choses avaient-elles contribué à me mettre dans l'état d'agitation, d'excitation, qui me poussait dehors à cette heure tardive, dans le parc devenu sombre ; mais il y avait une troisième raison dont l'influence pesait davantage sur mon esprit.

Une étrange angoisse m'étreignait le cœur. Il s'était passé quelque chose que je ne pouvais comprendre ; un événement que j'étais seule à connaître, dont j'avais été l'unique témoin, s'était produit au cours de la nuit précédente. Mr. Rochester, absent cette nuit-là, n'était pas encore rentré ; appelé dans un petit domaine de deux ou trois fermes qu'il possédait à une trentaine de milles, il avait dû aller, en personne, régler certaines affaires en prévision de son projet de quitter l'Angleterre. J'attendais alors son retour, impatiente d'alléger mon esprit en lui demandant de résoudre l'énigme qui m'intriguait. Attendez qu'il revienne, lecteur ; lorsque je lui révélerai mon secret, vous partagerez avec lui ma confidence.

Je me rendis dans le verger, à la recherche d'un abri contre le vent qui n'avait cessé de souffler du sud avec force tout le jour sans pourtant amener une goutte de pluie. Loin de se calmer à la tombée de la nuit, ses rafales étaient devenues plus violentes, ses hurlements, plus profonds. Les arbres demeuraient fortement penchés d'un même côté, sans se relever ni se tordre ; c'est à peine si d'heure en heure leurs branches se redressaient, tant leurs faîtes étaient inclinés vers le nord sous la poussée incessante du vent. Chassés d'un pôle à l'autre, les nuages, dans leur course rapide, pressaient leurs masses les unes contre les autres ; pas un coin de ciel bleu n'avait été visible durant toute cette journée de juillet.

Ce n'était pas sans un certain plaisir sauvage que je courais dans le vent ; ce torrent d'air infini qui grondait comme un tonnerre à travers l'espace libérait mon esprit troublé. Descendant l'allée de lauriers, je me trouvai en face de l'épave du marronnier qui se dressait, noire et fracassée ; le tronc, fendu en son milieu, béait convulsivement de façon effrayante. Les deux moitiés n'étaient pas séparées, la base solide de l'arbre et ses racines vigoureuses les unissaient encore, mais la communauté de leur vie était détruite, la sève n'allait plus de l'une à l'autre, leurs grosses branches, de chaque côté, étaient mortes, les tempêtes du prochain hiver ne manqueraient pas d'en terrasser une, sinon les deux. Pour le moment, on pouvait toujours dire qu'elles ne faisaient qu'un seul arbre ; une ruine, mais une ruine aux éléments encore intacts.

« Vous avez bien fait d'avoir tenu fortement l'un à l'autre », dis-je, comme si ces monstrueux éclats de bois étaient des êtres vivants pouvant m'entendre. « Dévastés, carbonisés, roussis comme vous êtes, il me semble pourtant qu'il doit y avoir encore en vous une légère sensation de vie que vous tenez par vos attaches aux fidèles et loyales racines. Vos feuilles ne reverdiront plus, vous ne verrez plus jamais d'oiseaux faire leurs nids dans vos branches, vous ne les entendrez plus chanter leurs idylles ; le temps du plaisir et de l'amour est passé pour vous ; mais vous n'êtes pas solitaires, chacun de vous a un compagnon pour sympathiser avec lui dans sa déchéance. » Tandis que je levais la tête pour les regarder, la lune apparut un instant dans la partie du ciel qui comblait leur fissure ; son disque à demi obscurci était d'un rouge sang ; elle sembla me jeter un regard ébahi, sinistre, et se plongea aussitôt dans l'épais amoncellement des nuages. Le vent tomba un moment autour de Thornfield ; mais au loin, sur les bois, sur les eaux, on entendait des gémissements sauvages, lugubres, si tristes que je m'enfuis.

J'errai çà et là dans le verger et je ramassai des pommes qui, en abondance, jonchaient l'herbe au pied des arbres ; puis je m'employai à trier les mûres pour les porter à la maison et les ranger dans l'office. Je me rendis alors dans la bibliothèque pour m'assurer qu'on y avait fait du feu ; bien que ce fût l'été, je savais que Mr. Rochester, par une soirée aussi mélancolique, aurait plaisir à trouver en rentrant un feu donnant de la gaieté. Oui, il était déjà allumé et flambait bien. Je mis son fauteuil au coin de la cheminée, je roulai la table à côté, baissai le rideau, et fis apporter les chandelles, toutes prêtes à être allumées. Plus agitée que jamais, lorsque j'eus terminé ces préparatifs, je ne pus rester assise tranquille, ni même demeurer dans la maison ; une petite pendule dans la pièce, et la vieille horloge du vestibule, sonnèrent dix heures en même temps.

« Comme il se fait tard ! dis-je ; je vais descendre en courant jusqu'aux grilles ; il y a clair de lune à certains moments, je verrai à une bonne distance sur la route. Il doit être en train de revenir maintenant ; j'éviterai quelques minutes d'anxiété en allant à sa rencontre. »

Le vent mugissait avec violence dans les grands arbres qui faisaient voûte au-dessus des grilles, mais, aussi loin que je pouvais voir, à droite, à gauche, la route était complètement silencieuse et déserte ; sans l'ombre des nuages qui la traversaient de temps en temps, quand la lune apparaissait, elle n'eût été qu'une longue ligne pâle, qu'aucun point mouvant n'animait.

Une larme d'enfant voila mes yeux tandis que je regardais, larme de désappointement, d'impatience ; j'en eus honte et la séchai rapidement. Je demeurai là ; la lune s'enferma définitivement chez elle et tira hermétiquement son rideau d'épais nuages ; la nuit s'assombrit, la pluie se mit à tomber, fouettée par la tempête.

« Oh ! que je voudrais qu'il arrive ! Oh ! que je voudrais qu'il arrive ! » m'exclamai-je, me sentant envahir par un sinistre pressentiment. J'avais pensé qu'il rentrerait avant le thé, et maintenant il faisait nuit ; qu'est-ce qui pouvait le retenir ? Était-il arrivé un accident ? L'événement de la nuit précédente me revint à l'esprit comme un présage de malheur. J'eus peur que mes espoirs ne fussent trop beaux pour se réaliser ; j'avais été comblée d'un tel bonheur ces derniers temps, qu'il me semblait que mon destin avait passé son apogée et devait à présent décliner.

« Je ne puis retourner à la maison, pensai-je ; je ne peux pas m'asseoir au coin du feu pendant qu'il est dehors par ce mauvais temps ; il vaut mieux fatiguer mes membres que torturer mon cœur ; je vais aller au-devant de lui. »

Je partis sur la route ; je marchai vite, mais n'allai pas loin ; avant d'avoir fait un quart de mille, j'entendis le martèlement des sabots d'un cheval ; un cavalier arrivait au grand galop, un chien courait à son côté. Plus de tristes pressentiments ! C'était lui ; il était là, monté sur Mesrour, et suivi de Pilot. Il m'aperçut, car la lune s'était ouvert un chemin azuré dans le ciel et s'avançait en répandant une humide clarté. Il ôta son chapeau et l'agita au-dessus de sa tête. Je courus alors à sa rencontre.

« Là ! s'exclama-t-il, se penchant sur sa selle et me tendant la main ; il est bien évident que vous ne pouvez pas vous passer de moi. Mettez le pied sur le bout de ma botte, donnez-moi les mains, et montez. »

J'obéis, la joie me rendait agile ; je sautai devant lui où je fus accueillie par un cordial baiser ; il était fier de son triomphe et s'en vantait quelque peu, ce que j'acceptai de mon mieux. Il domina cependant son exaltation pour me demander :

« Mais que se passe-t-il, Janet, pour que vous soyez venue à ma rencontre à pareille heure ? Y a-t-il quelque chose qui ne va pas ?

— Non, mais je croyais que vous ne reviendriez jamais. Je ne pouvais plus supporter de rester à la maison à vous attendre, surtout par cette pluie et ce vent.

— La pluie, le vent, en effet ! Oui, vous êtes ruisselante comme une sirène ; enveloppez-vous dans mon manteau ; mais je crois que vous êtes fiévreuse, Jane, votre joue et votre main sont brûlantes. Encore une fois, que se passe-t-il ?

— Rien, je ne suis plus effrayée à présent, je ne suis plus malheureuse.

— Mais vous l'avez été ?

— Oui, en effet, mais je vous raconterai tout cela bientôt, monsieur ; sans doute, rirez-vous de mon inquiétude.

— Je rirai de vous de bon cœur lorsque demain sera passé ; jusque-là, je ne l'ose pas, ma victoire n'est pas certaine. Vous voilà donc, vous qui pendant ce dernier mois avez été aussi fuyante qu'une anguille, aussi épineuse qu'une églantine ! Je ne pouvais vous toucher sans me piquer les doigts, et voilà que j'ai l'impression d'avoir recueilli dans mes bras un petit agneau égaré. Errant aussi loin du bercail, vous étiez à la recherche de votre berger, n'est-ce pas, Jane ?

— Je désirais vous retrouver, mais ne vous vantez pas. Nous voici à Thornfield, laissez-moi descendre. »

Il me déposa sur la terrasse. Tandis que John emmenait son cheval, et qu'il entrait après moi dans le vestibule, il me dit d'aller bien vite mettre des vêtements secs et de revenir auprès de lui dans la bibliothèque. Il m'arrêta encore au moment où je me dirigeais vers l'escalier, me faisant promettre de me hâter. Au bout de cinq minutes, ce qui ne fut pas long, je le rejoignis.

Il était en train de souper.

« Asseyez-vous et tenez-moi compagnie, Jane. S'il plaît à Dieu, c'est l'avant-dernier repas que vous prendrez à Thornfield-Hall, avant longtemps. »

Je m'assis auprès de lui, mais déclarai qu'il m'était impossible de manger.

« Est-ce la perspective de votre prochain voyage, Jane ? Est-ce l'idée d'aller à Londres qui vous coupe l'appétit ?

— Je n'arrive pas à voir clairement tout cela ce soir, monsieur. Je ne sais trop quelles pensées s'agitent dans mon esprit. Tout, dans la vie, me paraît irréel.

— Sauf moi, je ne suis pas immatériel, touchez-moi.

— Vous, monsieur, plus que tout le reste, me semblez une illusion, un simple rêve. »

Il étendit sa main, en riant.

« Est-ce un rêve, cela ? » dit-il, l'approchant tout près de mes yeux.

Il avait la main arrondie, musclée, vigoureuse, le bras long et fort.

« Oui, bien que je la touche, c'est un rêve, dis-je en l'éloignant de mon visage. Avez-vous fini de souper, monsieur ?

— Oui, Jane. »

Je sonnai et fis enlever le plateau. Lorsque nous fûmes de nouveau seuls, je tisonnai le feu et m'assis sur un siège bas, aux genoux de mon maître.

« Il est près de minuit, dis-je.

— Oui, mais rappelez-vous, Jane, que vous m'avez promis de veiller avec moi, la nuit qui précéderait mon mariage.

— C'est vrai ; je tiendrai ma promesse, du moins pendant une heure ou deux ; je n'ai aucune envie d'aller me coucher.

— Avez-vous terminé tous vos préparatifs ?

— Oui, monsieur.

— Et, pour ma part, répliqua-t-il, j'ai également tout réglé ; nous quitterons Thornfield demain, une demi-heure à peine après notre retour de l'église.

— Très bien, monsieur.

— Avec quel extraordinaire sourire n'avez-vous pas prononcé ces mots Jane ! Quelle rougeur fiévreuse sur chacune de vos joues ! Comme vos yeux rayonnent étrangement ! Vous sentez-vous bien ?

— Je crois que oui.

— Vous croyez ! Mais qu'y a-t-il donc ? Dites-moi ce que vous ressentez.

— Je ne le puis, monsieur, aucun mot ne saurait exprimer ce que j'éprouve. Je voudrais que cette heure ne s'achevât jamais ; qui sait de quel destin la suivante sera chargée ?

— C'est de la mélancolie, Jane. Vous êtes surexcitée, fatiguée à l'excès.

— Et vous, monsieur, vous sentez-vous calme, heureux ?

— Calme ? non ; mais heureux, jusqu'au fond du cœur. »

Je le regardai, et lus sur son visage ardent, enfiévré, les marques du bonheur.

« Confiez-vous à moi, Jane, dit-il ; allégez votre esprit de tout souci qui lui pèse, en m'en faisant part. Que craignez-vous ? Que je ne sois pas un bon mari ?

— Nulle idée n'est plus éloignée de ma pensée.

— Avez-vous des appréhensions au sujet du nouveau milieu dans lequel vous allez entrer, de la vie nouvelle qui va commencer pour vous ?

— Non.

— Vous m'intriguez, Jane, votre air, votre ton, à la fois tristes et pleins de courage, me déconcertent et me peinent. Il me faut une explication.

— Alors, monsieur, écoutez-moi. Vous n'étiez pas à la maison la nuit dernière ?

— Non, je le sais ; et vous avez fait allusion, il y a un moment, à quelque chose qui s'est passé en mon absence ; rien d'important, sans doute ; mais, en bref, cela vous a troublée. Mettez-moi au courant. Peut-être des propos de Mrs. Fairfax ou des bavardages de domestiques, que vous avez surpris, ont-ils blessé votre amour-propre, votre susceptibilité ?

— Non, monsieur. »

Minuit sonnait ; j'attendis que la pendule eût cessé son carillon argentin, et l'horloge, les rauques vibrations de ses coups, et je continuai :

« Toute la journée d'hier j'ai été très occupée, très heureuse dans mon incessante agitation, car je ne suis ni tourmentée, ni obsédée par la peur d'une vie nouvelle, et cætera, comme vous paraissez le croire. C'est pour moi une chose merveilleuse que d'avoir l'espoir de vivre avec vous, parce que je vous aime. Non, monsieur, ne me caressez pas maintenant, laissez-moi parler sans m'interrompre. Hier, j'avais foi en la Providence, je croyais que tous les événements se conjuguaient pour jouer en faveur de notre bonheur mutuel ; c'était une belle journée, si vous vous le rappelez, le calme de l'air et du ciel interdisait toute inquiétude sur la sécurité et l'agrément de votre voyage. Après le thé, je me promenai pendant quelques instants sur la terrasse, en pensant à vous ; je vous voyais si proche, en imagination, qu'à peine avais-je conscience que vous n'étiez pas effectivement présent. Je songeais à cette vie qui s'offrait à moi, *votre vie*, monsieur, une existence plus étendue, plus intense que la mienne ; ainsi les profondeurs de la mer, où le ruisseau se jette, sont-elles plus vastes, plus agitées que les hauts-fonds de son détroit resserré. Je me demandais pourquoi les moralistes appellent ce monde un triste désert ; il m'apparaissait comme une rose épanouie. Au coucher du soleil, l'air devint froid, le ciel se couvrit de nuages ; je rentrai. Sophie me demanda de monter pour voir ma robe de mariée qu'on venait d'apporter. Au fond de la boîte, je trouvai votre présent, ce voile que, dans votre extravagance princière, vous aviez fait venir de Londres, décidé, supposai-je, puisque j'avais refusé les bijoux, à me faire accepter quelque chose d'aussi précieux. Je souris en le dépliant, et je cherchai comment vous railler sur vos goûts aristocratiques, sur vos efforts pour dissimuler l'origine plébéienne de votre fiancée sous des parures de pairesse. Je ne savais comment m'y prendre pour vous apporter le carré de blonde[1] sans nulle broderie que j'avais préparé moi-même pour couvrir ma tête d'humble lignage, et vous demander s'il n'était pas suffisant pour une femme qui n'apportait à son époux ni fortune, ni beauté, ni relations. Je voyais nettement l'air que vous prendriez, j'entendais vos impétueuses et démocratiques réponses, votre hautaine déclaration : que vous n'aviez pas besoin d'augmenter votre fortune ou d'occuper un rang plus élevé en épousant une bourse ou une couronne nobiliaire.

— Comme vous lisez bien en moi, petite sorcière ! interrompit Mr. Rochester. Mais qu'avez-vous trouvé dans le voile, en dehors de sa broderie ? Y avez-vous trouvé du poison, ou un poignard, pour avoir à présent l'air si triste ?

— Non, non, monsieur ; en dehors de la délicatesse et de la richesse de la dentelle, je n'ai rien trouvé, si ce n'est l'orgueil de Fairfax Rochester, et je n'en fus pas effrayée, car la vue de ce démon m'est familière. Cependant, monsieur, quand la nuit fut venue, le vent se leva ; il soufflait, hier soir, non pas comme il souffle à présent, furieusement et avec violence, mais il faisait entendre un gémissement lugubre, bien plus impressionnant. J'aurais voulu que vous fussiez à la maison. Je vins dans cette pièce, et la vue de votre fauteuil vide, du foyer sans feu, me glaça. Peu après, j'allai me coucher, mais je ne pus dormir ; j'étais la proie d'une excitation angoissée qui me plongeait dans la détresse. La tempête augmentait toujours et semblait cou-

1. Blonde : dentelle de soie ainsi nommée d'après sa couleur. Une blonde d'Angleterre. (*N.D.T.*)

vrir de sourdes plaintes qui venaient de la maison ou du dehors, je ne pus m'en rendre compte tout d'abord, mais, chaque fois que le vent se calmait, je réentendais ce vague et douloureux gémissement. Il me vint alors à l'idée que ce pouvait être un chien hurlant au loin. Je fus heureuse lorsque ce bruit cessa. Une fois endormie, le souvenir de cette nuit sombre, de ses bourrasques, me poursuivit dans mes rêves. Je désirais toujours vivre avec vous, mais j'avais en même temps la sensation étrange et pénible de quelque barrière qui nous séparait. Durant mon premier sommeil, je suivais les détours d'une route inconnue ; une obscurité totale m'environnait, il pleuvait à torrents ; j'avais à supporter le poids d'un petit enfant, une minuscule créature, trop jeune et trop faible pour marcher, qui grelottait dans mes bras glacés et poussait tristement des cris plaintifs. Je croyais, monsieur, que vous étiez loin devant moi sur la route et je tendais tous mes nerfs pour vous rejoindre ; je faisais effort sur effort pour prononcer votre nom et vous supplier de vous arrêter, mais mes mouvements étaient enchaînés, ma voix s'étranglait sans articuler les paroles ; à chaque instant, je sentais que vous vous éloigniez un peu plus.

— Et ce sont ces rêves qui pèsent à présent sur votre esprit, Jane, alors que je suis près de vous ? Nerveuse petite personne ! Oubliez ces malheurs imaginaires et ne pensez qu'à la réalité du bonheur ! Vous m'avez dit que vous m'aimiez, Janet, oui, je ne l'oublierai jamais ; vous ne pouvez le nier. Ces paroles-là n'ont pas expiré sur vos lèvres sans être prononcées. Je les entends encore, claires, douces, un peu trop solennelles, peut-être, mais suaves comme une musique : « C'est pour moi une chose merveilleuse que « d'avoir l'espoir de vivre avec vous, Edward, parce que je « vous aime. »

« M'aimez-vous, Jane ? Répétez-le-moi.

— Je vous aime, monsieur... Je vous aime de tout mon cœur.

— Eh bien ! dit-il, après quelques minutes de silence, c'est étrange, mais cette phrase m'a fait mal. Pourquoi ? Peut-être est-ce parce que votre ton si énergique était plein d'une religieuse ardeur, parce que le regard que vous levez vers moi a la sublimité même de la foi, de la sincérité, de l'adoration ; vous me donnez trop l'impression qu'un pur esprit est à mes côtés. Prenez votre air malicieux, Jane, comme vous savez si bien le faire ; trouvez un de vos sourires bizarres, timides, provocants ; dites-moi que vous me haïssez... taquinez-moi, irritez-moi, faites n'importe quoi, mais il ne faut pas m'émouvoir. J'aime mieux être exaspéré qu'attristé.

— Je vous taquinerai, je vous exaspérerai à souhait, lorsque j'aurai achevé mon récit ; mais écoutez-moi jusqu'au bout.

— Je croyais que vous m'aviez tout dit, Jane, et que ce rêve était la cause de votre mélancolie. »

Je hochai la tête.

« Quoi ! y a-t-il autre chose ? J'ai de la peine à croire que ce soit bien important. Je vous préviens d'avance de mon incrédulité. Continuez. »

Son air troublé, l'impatience un peu inquiète que décelait son attitude, me surprirent ; je poursuivis cependant.

« J'ai fait un autre rêve, monsieur : Thornfield était une ruine déserte, un repaire de chauves-souris et de hiboux. Il ne restait de son imposante façade qu'un pan de mur très haut, mince comme une coquille et d'aspect très fragile. Par une nuit de clair de lune, j'errais dans l'enceinte envahie par l'herbe, me heurtant, ici et là, contre un marbre de cheminée ou un fragment de corniche écroulée. J'étais enveloppée d'un châle, et portais toujours le petit enfant inconnu ; si fatigués que fussent mes bras, et bien que son poids ralentît considérablement ma marche, je ne pouvais le poser nulle part, il me fallait le garder. Au loin, sur la route, j'entendais le galop d'un cheval ; j'étais certaine que c'était vous ; vous partiez pour de longues années, dans un pays lointain. Avec une hâte frénétique, et non sans péril, je me mis à escalader la frêle muraille, poussée par le désir ardent de vous apercevoir de là-haut ; les pierres roulaient sous mes pieds, les branches de lierre auxquelles je m'agrippais cédaient, l'enfant, terrifié, s'accrochait à mon cou et m'étranglait presque ; enfin, je parvins au sommet. Je vous vis comme un point sur une piste blanche, diminuant d'instant en instant. La tempête soufflait avec une telle violence que je ne pus rester debout. Je m'assis sur l'étroit rebord ; je calmai l'enfant effrayé en le prenant sur mes genoux ; vous arriviez à ce moment à un tournant de la route ; je me penchai en avant pour vous apercevoir une dernière fois ; le mur s'écroula, je fus toute secouée, l'enfant glissa de mes genoux, je perdis l'équilibre, tombai, et m'éveillai.

— Et maintenant, Jane, est-ce tout ?

— Ce n'était là que la préface, monsieur, l'histoire va seulement commencer. En m'éveillant, une lueur frappa mes yeux ; je me dis que c'était le jour ; mais je me trompais, ce n'était que la lumière d'une chandelle. Sophie, supposai-je, avait dû entrer dans ma chambre. Il y avait une chandelle sur la table de toilette, et la porte de la penderie, dans laquelle j'avais suspendu ma robe de mariée et mon voile avant de me coucher, était ouverte ; un léger bruissement venait de là. « Sophie, que faites-vous ? » demandai-je. Personne ne répondit, mais une forme s'y montra, prit la chandelle, la souleva et examina les vêtements suspendus au portemanteau. « Sophie ! Sophie ! » m'écriai-je de nouveau ; mais le silence persista. Je me dressai sur mon lit et me penchai en avant : la surprise tout d'abord, puis l'effarement, s'emparèrent de moi ; mon sang se glaça dans mes veines. Monsieur Rochester, ce n'était pas Sophie, ce n'était pas Leah, ce n'était pas Mrs. Fairfax ; ce n'était pas... non, j'en étais sûre, je le suis encore, ce n'était même pas Grace Poole, cette femme étrange.

— Il fallait bien que ce fût l'une d'elles, interrompit mon maître.

— Non, monsieur, je vous jure le contraire. La personne qui se tenait devant moi n'avait jamais paru devant mes yeux dans l'enceinte de Thornfield-Hall ; la taille, la silhouette, tout était nouveau pour moi.

— Faites-m'en la description, Jane.

— C'était en apparence une grande et forte femme, monsieur, avec une chevelure épaisse et sombre qui tombait au bas de son dos. Je ne sais quel vêtement elle portait : il était blanc, étroit, mais était-ce une robe, un drap ou un suaire ? je ne pourrais le dire.

— Avez-vous vu son visage ?

— Non, pas tout de suite. Mais elle ne tarda pas à prendre mon voile, à le soulever, à le contempler longuement, puis, le jetant sur sa tête, se tourna vers la glace. A ce moment je vis très distinctement le visage et les traits reflétés dans le rectangle du sombre miroir.

— Comment étaient-ils ?

— Ils me parurent effrayants, horribles ! Oh ! monsieur, je n'avais jamais vu pareil visage ! C'était un visage décoloré, un visage farouche. Je voudrais pouvoir oublier le roulement de ces yeux rouges, ces traits affreusement boursouflés, noirâtres.

— Les fantômes sont pâles, d'habitude, Jane.

— Celui-ci, monsieur, était violacé, les lèvres étaient noires et gonflées, le front sillonné de rides ; les sombres sourcils largement arqués au-dessus des yeux injectés de sang. Vous dirai-je à quoi il me fit penser ?

— Vous pouvez le dire.

— A ce hideux spectre germanique : le vampire.

— Ah !... Et que fit-il ?

— Monsieur, il enleva mon voile de sa tête décharnée, le déchira en deux, et, jetant les morceaux à terre, les piétina.

— Et ensuite ?

— Il écarta le rideau de la fenêtre et regarda dehors ; peut-être vit-il que l'aube approchait, car, prenant la chandelle, il recula jusqu'à la porte. Il s'arrêta tout à côté de mon lit ; ses yeux flamboyants me lancèrent des regards courroucés ; puis brusquement, il approcha la chandelle tout près de mon visage et l'éteignit sous mes yeux. J'eus la vision de sa face sinistre, enflammée de colère, au-dessus de la mienne, et je perdis connaissance ; pour la seconde fois de ma vie... la seconde fois seulement... je m'évanouis de terreur.

— Qui était auprès de vous lorsque vous avez repris connaissance ?

— Personne, monsieur, si ce n'est le grand jour. Je me levai, me baignai la tête et le visage et bus une longue gorgée d'eau ; je sentis que, en dépit de ma faiblesse, je n'étais pas souffrante, et je résolus de ne dire qu'à vous seul ce que j'avais vu. Maintenant, monsieur, dites-moi qui était cette femme ?

— Le produit d'un cerveau surexcité, cela est certain. Il me faudra prendre grand soin de vous, mon trésor ; des nerfs comme les vôtres ne sont pas faits pour être soumis à dure épreuve.

— Croyez bien, monsieur, que mes nerfs n'étaient pas en cause ; il s'agit d'un fait réel ; cet incident a eu effectivement lieu.

— Et vos précédents rêves, étaient-ils réels, eux aussi ? Thornfield-Hall est-il une ruine ? Suis-je séparé de vous par d'insurmontables obstacles ? Vais-je vous quitter sans une larme, sans un baiser, sans un mot ?

— Pas encore.

— Suis-je sur le point de le faire ? Le jour qui doit nous lier indissolublement est déjà commencé ; et quand nous serons unis, vous n'aurez plus de ces terreurs imaginaires, je vous le garantis.

— Des terreurs imaginaires, monsieur ! Je voudrais pouvoir croire que ce n'est que cela ; je le voudrais, maintenant plus que jamais, puisque vous-même ne pouvez m'expliquer le mystère de cette terrible visiteuse.

— Si je ne puis l'expliquer, Jane, c'est que tout cela est irréel.

— Mais, monsieur, lorsque ce matin en me levant je me disais la même chose, tout en parcourant ma chambre du regard pour affirmer mon courage et tirer réconfort de l'aspect joyeux que le grand jour donnait à tous les objets familiers, que vis-je sur le tapis, et qui démentait formellement mes hypothèses ? je vis le voile déchiré de haut en bas en deux morceaux. »

Mr. Rochester tressaillit, frissonna, et, me pressant dans ses bras avec fougue, s'exclama :

« Dieu soit loué ! si quelque être malfaisant s'est introduit auprès de vous la nuit dernière, seul, le voile en a souffert ! Oh ! quand je pense à ce qui aurait pu arriver ! »

Il était haletant, et me serrait si fort contre lui que je pouvais à peine respirer. Après quelques minutes de silence, il reprit, d'un ton enjoué :

« Maintenant, Janet, je vais tout vous expliquer. C'était à moitié un rêve, à moitié une réalité ; sans nul doute, une femme est entrée dans votre chambre, et cette femme était... ne pouvait être que Grace Poole. Vous dites vous-même que c'est une créature bizarre, et, d'après tout ce que vous savez, vous avez des raisons pour la qualifier ainsi. Que m'a-t-elle fait ? Qu'a-t-elle fait à Mason ? Dans un demi-sommeil, vous avez remarqué son entrée, ses faits et gestes, mais, fiévreuse comme vous l'étiez, presque déli-rante, vous lui avez prêté l'apparence d'un esprit malfaisant, apparence différente de la sienne. La longue chevelure flot-tant en désordre, le visage bouffi et noirâtre, la stature exagérée, tout cela, enfanté par votre imagination, était le simple effet d'un cauchemar. Le voile déchiré par dépit est bien une réalité, et de sa façon. Vous allez me demander pourquoi je garde une telle femme chez moi ; je vous le dirai quand nous serons mariés depuis un an et un jour, mais pas à présent. Êtes-vous satisfaite, Jane ? Acceptez-vous mon explication de ce mystère ? »

Je réfléchis, et elle me parut réellement la seule possible ; satisfaite, je ne l'étais pas ; mais, pour lui faire plaisir, je m'efforçai de le paraître. Il est certain que je me sentais soulagée, aussi lui répondis-je par un sourire de contente-ment. Puis, comme il était bien plus d'une heure, je me disposai à le quitter.

« Sophie ne couche-t-elle pas avec Adèle dans la nursery ? me demanda-t-il, pendant que j'allumais ma chandelle.

— Si, monsieur.

— Il y a assez de place pour vous dans le petit lit d'Adèle. Partagez-le avec elle cette nuit, Jane ; il n'y a rien de surprenant à ce que l'incident que vous m'avez raconté vous ait rendue nerveuse ; j'aimerais mieux que vous ne couchiez pas seule ; promettez-moi d'aller dans la nursery.

— J'irai très volontiers, monsieur.

— Fermez bien la porte à l'intérieur, pour votre sécurité. Réveillez Sophie quand vous monterez, sous le prétexte de lui demander de vous appeler en temps voulu demain matin ; il faudra que vous soyez prête et que vous ayez déjeuné avant huit heures. Et maintenant, plus de sombres pensées, chassez les tristes soucis, Janet. N'entendez-vous pas que le vent calmé n'est plus qu'un doux murmure ? La pluie a cessé de battre contre les vitres ; regardez (il souleva le rideau), quelle nuit merveilleuse ! »

C'était vrai. La moitié du ciel était dégagée et pure ; le vent avait changé de direction et soufflait à présent de l'ouest, chassant devant lui toute une cohorte de nuages qui fuyaient vers l'est en longues colonnes argentées. La lune brillait paisiblement.

« Eh bien ! me dit Mr. Rochester, en plongeant dans mes yeux un regard interrogateur, comment va ma petite Jane, maintenant ?

— La nuit est sereine, monsieur ; je le suis aussi.

— Et vous ne rêverez plus de séparation, de chagrin, cette nuit, mais d'amour heureux, d'union parfaite. »

Cette prédiction ne se réalisa qu'à demi ; je ne fis pas de pénibles rêves, il est vrai, mais je n'en fis pas non plus de joyeux, car je ne dormis pas du tout. Tenant la petite Adèle dans mes bras, je contemplais le sommeil de l'enfance, si calme, si pur, si innocent, et j'attendis que vînt le jour. Une vie frémissante faisait vibrer tout mon être, et dès que le soleil fut levé je me levai aussi. Je me souviens qu'Adèle s'accrocha à moi quand je voulus la quitter, je me souviens de l'avoir embrassée en détachant ses petites mains de mon cou, et, penchée sur elle, en proie à une étrange émotion, je me mis à pleurer et la laissai de peur de troubler son repos encore profond par mes sanglots. Elle m'apparaissait comme le symbole de ma vie passée ; et lui, pour qui j'allais me parer avant d'aller à sa rencontre, me semblait l'emblème redouté, mais adoré, de mon avenir inconnu.

CHAPITRE XXVI

A sept heures, Sophie vint m'habiller ; elle fut très longue dans l'accomplissement de sa tâche, si longue que Mr. Rochester, impatienté sans doute par mon retard, fit demander pourquoi je ne descendais pas. Elle était précisément en train de fixer le voile dans mes cheveux, avec une broche — le simple carré de blonde finalement. Dès que je le pus, je m'échappai en hâte de ses mains.

« Attendez, cria-t-elle en français. Regardez-vous dans le miroir, vous n'y avez même pas jeté un coup d'œil ! »

Je me retournai avant de franchir la porte et je vis quelqu'un revêtu d'une robe et d'un voile, qui me ressemblait si peu que je crus presque voir l'image d'une étrangère. Mais une voix appela : « Jane ! » et je m'empressai de descendre. Je fus reçue au bas de l'escalier par Mr. Rochester.

« Petite flâneuse, dit-il, mon cerveau brûle d'impatience, vous m'avez fait attendre si longtemps ! »

Il me conduisit dans la salle à manger, m'examina avec attention des pieds à la tête, me déclara belle comme un lis, et non seulement l'orgueil de sa vie, mais la joie de ses yeux, puis, tout en disant qu'il ne m'accordait que dix minutes pour prendre mon petit déjeuner, il sonna. L'un des domestiques nouvellement engagés, un valet de pied, répondit à son appel.

« John prépare-t-il la voiture ?

— Oui, monsieur.

— Les bagages sont-ils descendus ?

— On est en train de les descendre, monsieur.

— Allez à l'église : voyez si le pasteur, Mr. Wood, et le sacristain sont arrivés, et venez me le dire. »

L'église, le lecteur le sait, se trouvait juste après les grilles ; le valet de pied fut bientôt de retour.

« Mr. Wood est dans la sacristie, monsieur, il est en train de mettre son surplis.

— Et la voiture ?

— On attelle les chevaux.

— Nous n'en avons pas besoin pour aller à l'église, mais il faut qu'elle soit prête à notre retour, avec les malles, tous bagages chargés, attachés, et le cocher sur son siège.

— Oui, monsieur.

— Jane, êtes-vous prête ? »

Je me levai. Il n'y avait ni garçons, ni demoiselles d'honneur, ni parents, pas de parents, pour nous attendre et faire cortège, personne, sauf Mr. Rochester et moi. Mrs. Fairfax se tenait dans le vestibule lorsque nous passâmes. J'aurais bien voulu lui parler, mais une étreinte de fer retenait ma main ; j'étais entraînée à si grands pas que je pouvais à peine suivre ; et il suffisait de regarder Mr. Rochester pour sentir qu'il ne tolérerait sous aucun prétexte une seconde de retard. Je me

demande si jamais futur époux eut une expression semblable à la sienne, témoignant d'une pareille volonté dans
l'accomplissement de son dessein, d'une résolution aussi
opiniâtre. Quel autre, sous un front pareillement inflexible,
révéla jamais des yeux aussi pleins de feu, aussi étincelants ?

Je ne sais si la journée était belle ou non ; je ne regardais
ni le ciel ni la terre en descendant l'avenue ; mes yeux, avec
mon cœur, avaient pour ainsi dire émigré dans l'être même
de Mr. Rochester. J'aurais voulu découvrir la chose invisible
sur laquelle il semblait fixer un regard courroucé et sauvage
tandis que nous avancions. J'aurais voulu connaître les
pensées contre la violence desquelles il avait l'air de se
débattre, refusant de leur céder.

Au portillon du cimetière, il s'aperçut que j'étais hors
d'haleine et s'arrêta.

« Combien je suis cruel dans mon amour ! dit-il. Reposez-
vous un instant, appuyez-vous sur moi, Jane. »

Je vois encore la maison de Dieu, vieille et grise, qui se
dressait paisible devant moi, une corneille tournoyant autour du clocher, et au-delà le ciel tout rose en ce matin. Je
me souviens aussi des tertres verts des tombes ; je n'ai pas
oublié davantage les silhouettes de deux inconnus qui
erraient parmi les monticules, lisant les épitaphes gravées
sur quelques pierres tombales moussues. Je les remarquai,
parce que, dès qu'ils nous virent, ils contournèrent l'église
par-derrière pour entrer vraisemblablement par la porte
latérale et assister à la cérémonie. Mr. Rochester ne les vit
pas ; il regardait ardemment mon visage d'où le sang avait
dû momentanément se retirer, car je sentais perler la sueur
sur mon front et j'avais les joues, les lèvres froides. Quand je
fus remise, ce qui ne tarda pas, il remonta doucement avec
moi le sentier qui conduisait au porche de l'église.

Nous entrâmes dans ce temple simple et tranquille où le
pasteur en surplis blanc nous attendait devant le modeste
autel, avec le sacristain à ses côtés. Tout était silencieux ;
seules, deux ombres s'étaient glissées dans un coin retiré.
J'avais deviné juste, les étrangers étaient entrés doucement
dans l'église avant nous et se tenaient à présent près du
caveau des Rochester, nous tournant le dos, et examinant à
travers les grilles le vieux monument de marbre, terni par le
temps, où un ange à genoux veillait sur la dépouille de
Damer de Rochester, tué à Marston Moor au temps des
guerres civiles, et sur celle d'Elizabeth, son épouse.

Nous prîmes nos places à la table de communion. Entendant un pas discret derrière moi, je regardai par-dessus mon épaule : un des étrangers, un gentleman, selon toute évidence, s'avançait vers le sanctuaire. Le service commença. Après la lecture de l'exposé sur les fins du mariage, le pasteur avança d'un pas, s'inclina légèrement vers Mr. Rochester et poursuivit :

« Je vous demande et vous adjure tous deux — comme vous aurez à répondre au jour redoutable du Jugement, quand les secrets de tous les cœurs seront révélés — de confesser présentement si vous connaissiez un empêchement à votre union légale par le mariage, car soyez bien assurés que tous ceux qui sont unis en marge de la loi divine, ne le sont pas par Dieu, et leur mariage n'est pas légitime. »

Il fit une pause, selon l'usage. Quand arrive-t-il que le silence qui succède à cette phrase soit rompu par une réplique ? Peut-être pas une fois en un siècle. Le pasteur, qui n'avait pas levé les yeux de son livre et n'avait retenu son souffle qu'un moment, se disposait à continuer, la main déjà tendue vers Mr. Rochester, les lèvres entrouvertes pour demander : « Consentez-vous à prendre cette femme pour légitime épouse ? » quand une voix distincte et très proche, dit :

« Ce mariage est impossible, je déclare qu'il existe un empêchement. »

Le pasteur leva les yeux sur celui qui venait de parler et demeura muet, ainsi que le sacristain. Mr. Rochester vacilla légèrement, comme si un tremblement de terre avait produit sous ses pieds une commotion soudaine ; mais, reprenant son équilibre, sans tourner la tête ni les yeux, dit :

« Continuez. »

Un profond silence s'ensuivit ; le mot avait été prononcé d'une voix grave et sourde. Alors Mr. Wood dit à son tour :

« Je ne puis continuer sans rechercher si cette déclaration est vraie ou fausse.

— La cérémonie ne peut continuer, reprit la même voix derrière nous. Je suis en mesure de prouver ce que j'avance : il y a un empêchement insurmontable à ce mariage. »

Mr. Rochester avait entendu, mais n'en tenait nul compte ; il demeurait là, debout, rigide, obstiné, sans faire un mouvement, si ce n'est de me prendre la main. Que son étreinte était ardente et forte ! Son front pâle, massif, résolu, était semblable à un bloc de marbre ! En dessous, brillaient des yeux à la fois immobiles, circonspects et furieux.

Mr. Wood avait l'air perplexe.

« Quelle est la nature de cet empêchement ? demanda-t-il. Peut-être sera-t-il possible de passer outre, après explication.

— Je ne le pense pas, lui fut-il répondu. J'ai dit qu'il était insurmontable et j'en parle en connaissance de cause. »

L'inconnu s'avança, s'appuya sur la balustrade et poursuivit, articulant chaque mot distinctement, avec calme et fermeté, mais sans hausser le ton :

« Cet empêchement consiste simplement en un mariage antérieur, et la femme de Mr. Rochester vit encore. »

A ces mots prononcés à voix basse, mes nerfs furent ébranlés comme ils ne l'avaient jamais été par le tonnerre ; mon sang réagit à leur déchirante violence plus qu'il ne l'eût fait à la glace et au feu ; je demeurai cependant maîtresse de moi, sans courir le risque de m'évanouir. Je regardai Mr. Rochester, le contraignant à me regarder aussi. Le roc de son visage était sans couleur, le silex de ses yeux étincelait. Il ne désavoua rien ; il semblait vouloir défier toutes choses. Sans une parole, sans un sourire, sans paraître reconnaître en moi un être humain, il passa seulement son bras autour de ma taille et me riva à son côté.

« Qui êtes-vous ? demanda-t-il à l'intrus.

— Mon nom est Briggs, je suis avoué à Londres, rue...

— Et vous avez la prétention de m'attribuer une femme ?

— Je vous rappelle l'existence de votre épouse, monsieur ; la loi la reconnaît, si vous ne la reconnaissez pas vous-même.

— Veuillez me donner quelques précisions sur elle : dire quel est son nom, quelle est sa famille et où elle réside.

— Certainement. »

Mr. Briggs sortit tranquillement un papier de sa poche et lut d'une voix quelque peu sentencieuse et nasillarde :

« *Je déclare et puis prouver que le 20 octobre A.D.*[1]... (la date remontait à quinze ans), *Edward Fairfax Rochester, de Thornfield-Hall, dans le comté de... et du manoir de Ferndean dans le comté de..., Angleterre, a épousé ma sœur Bertha Antoinette Mason, fille de Jonas Mason, négociant, et d'Antoinette, son épouse, créole, à l'église de..., Spanish-Town, Jamaïque. Le procès-verbal du mariage se trouve dans les registres de cette église ; une copie en est présentement en ma possession. Signé :* RICHARD MASON.

1. *Anno Domini.* (*N.D.T.*)

— Cela, si le document est authentique, peut prouver que j'ai été marié ; mais non que la femme, désignée comme mon épouse, soit encore vivante.

— Elle était vivante il y a trois mois, répliqua l'avoué.

— Comment le savez-vous ?

— J'ai un témoin dont vous-même, monsieur, pourrez difficilement récuser la déclaration.

— Produisez-le, ou allez au diable !

— Je vais d'abord le produire, il est ici même. Monsieur Mason, ayez la bonté d'approcher. »

En entendant ce nom, Mr. Rochester serra les dents et fut pris d'un violent tremblement convulsif ; j'étais si près de lui que je sentis ce spasme de fureur ou de désespoir secouer tout son corps. Le second étranger, qui s'était tenu jusque-là à l'écart, s'avança ; un visage pâle se montra par-dessus l'épaule de l'avoué ; oui, c'était Mason lui-même.

Mr. Rochester se retourna, lui lançant un regard terrible. Ses yeux, comme je l'ai souvent dit, étaient noirs, mais dans leur sombre éclat se voyait alors une lueur fauve, plus encore, une lueur de sang ; son visage s'empourpra, s'embrasa, comme si le feu qui brûlait dans son cœur était monté jusque dans ses joues olivâtres et sous son front blême, pour s'y répandre. Il fit un mouvement, leva son bras vigoureux... Il eût pu frapper Mason, le jeter violemment sur les dalles de l'église, et d'un coup impitoyable retirer la vie à ce corps ; mais Mason se déroba, s'écriant d'une voix faible :

« Dieu bon ! »

Un froid mépris envahit Mr. Rochester, sa colère s'évanouit, anéantie comme l'est la plante atteinte de la rouille.

« Qu'avez-vous à dire ? »

Une réponse que l'on ne put entendre s'échappa des lèvres blanches de Mason.

« Le diable est de la partie si vous ne pouvez répondre distinctement. De nouveau, je vous demande : Qu'avez-vous à dire ?

— Monsieur... Monsieur... interrompit le pasteur, n'oubliez pas que vous êtes dans un lieu saint. » Puis, s'adressant à Mason, il lui demanda doucement :

« Savez-vous, monsieur si, oui ou non, la femme de ce gentleman vit encore ?

— Courage ! dit l'avoué en insistant ; parlez sans détours.

— Elle vit actuellement à Thornfield-Hall, dit Mason, en articulant plus nettement ; je l'ai vue en avril dernier. Je suis son frère.

— A Thornfield-Hall ! s'exclama le pasteur. C'est impossible ! Il y a longtemps que j'habite dans le voisinage, monsieur, et je n'ai jamais entendu parler d'une Mrs. Rochester à Thornfield-Hall. »

Je vis un sourire amer tordre les lèvres de Mr. Rochester qui murmura :

« Non, par Dieu, j'ai pris soin que personne n'entendît parler d'elle sous ce nom. »

Il s'absorba dans ses pensées, il tint conseil avec lui-même pendant dix minutes, prit une résolution et dit :

« Cela suffit ; tout va venir au jour d'un seul trait, comme le boulet sort du canon. Wood, refermez votre livre, enlevez votre surplis ; John Green (s'adressant au sacristain), quittez l'église ; il n'y aura pas de mariage aujourd'hui. »

Le sacristain obéit, Mr. Rochester continua avec dureté et d'un ton détaché :

« La bigamie, quel vilain mot ! Et pourtant j'ai eu l'intention d'être bigame ; mais le destin a déjoué mes plans ; à moins, et je le crois plutôt, que ce ne soit la Providence qui m'ait tenu en échec. Je ne vaux guère mieux qu'un démon présentement et — mon pasteur que voilà ne manquera pas de me le dire — je mérite sans nul doute les plus sévères jugements de Dieu ; je mérite le feu inextinguible, le ver qui ne meurt point [1]. Messieurs, mon projet est anéanti. Ce que disent cet avoué et son client est vrai : je suis marié, et la femme que j'ai épousée est vivante ! Vous dites, Wood, que vous n'avez jamais entendu parler d'une Mrs. Rochester vivant là-haut au manoir, mais, sans doute, avez-vous plus d'une fois prêté l'oreille à ce qui a été raconté sur la folle mystérieuse enfermée là sous bonne garde. Certains vous auront chuchoté qu'elle est ma demi-sœur, une bâtarde, d'autres, que c'est une maîtresse abandonnée ; je vous apprends à présent qu'elle est ma femme, que je l'ai épousée il y a quinze ans ; elle s'appelle Bertha Mason, elle est la sœur de ce résolu personnage qui, là, tremblant et blême, témoigne de quelle vaillance le cœur des hommes peut être animé. Courage, Dick ! n'ayez pas peur de moi ! J'aimerais autant frapper une femme que vous. Bertha Mason est folle ; elle est issue d'une famille de fous, d'idiots, de maniaques, depuis trois générations. Sa mère, la créole, était à la fois folle et ivrogne, ainsi que je le découvris après avoir épousé sa fille, car les secrets de famille avaient été

1. *Cf.* Bible : Isaïe, chap. LXVI, verset 24 ; et Nouveau Testament, Marc, chap. IX, versets 44 à 48. (*N.D.T.*)

bien gardés. Bertha, en fille soumise, imita sa mère en tous points. Quelle charmante compagne j'ai eue... pure, sage, modeste ! vous pouvez vous imaginer quel homme heureux je fus ! J'ai subi de savoureuses scènes ! Expérience paradisiaque que la mienne ; si vous pouviez le savoir ! Mais je ne vous dois pas d'autres explications. Briggs, Wood, Mason, je vous invite tous à monter à la maison pour rendre visite à celle que garde Mrs. Poole : *à ma femme !* Vous verrez quelle sorte de créature on m'a fait épouser en m'abusant, et vous jugerez si j'avais, ou non, le droit de rompre ce lien pour chercher de la sympathie auprès d'un être qui, du moins, était humain. Cette jeune fille, poursuivit-il en me regardant, ne connaissait pas plus que vous, Wood, ce répugnant secret ; elle croyait que tout était loyal, légitime, et n'a jamais pensé qu'elle allait tomber dans le piège d'une fausse union avec un misérable trompé lui-même et déjà lié à une partenaire exécrable, démente, pareille à une brute ! Venez, vous tous, suivez-moi[1]. »

Me tenant toujours serrée contre lui, il quitta l'église, suivi des trois messieurs. A la porte d'entrée du manoir, la voiture attendait.

« Reconduisez-la dans la remise, John, dit froidement Mr. Rochester, nous n'en aurons pas besoin aujourd'hui. »

A notre arrivée, Mrs. Fairfax, Adèle, Sophie, Leah, s'avancèrent pour nous saluer.

« Que chacun fasse demi-tour à droite ! s'écria le maître ; pas de félicitations ! Pour qui seraient-elles ? Pas pour moi ! Elles viennent quinze ans trop tard ! »

Il poursuivit son chemin et monta l'escalier, sans cesser

1. « En 1835, Charlotte, alors âgée d'un peu plus de dix-neuf ans, alla comme institutrice chez Miss Wooler, à Roe Head, où Emily l'accompagna comme élève... Ce fut alors que se produisit, dans les environs de Leeds, un événement qui passionna l'opinion. Une jeune fille, institutrice dans une très respectable famille, fut recherchée en mariage, puis épousée, par un monsieur qui occupait une position subalterne dans la maison de commerce à laquelle appartenait le maître de cette jeune fille. Un an après, alors qu'elle avait mis un enfant au monde, on découvrit que celui qu'elle appelait son mari était déjà marié. Le bruit courut que sa première femme était folle et que ce fait avait justifié à ses yeux son second mariage. Quoi qu'il en soit, la situation de l'épousée qui n'était pas l'épouse, de la mère irresponsable de l'illégitimité de l'enfant, suscita la plus profonde commisération ; il en fut parlé alentour, au loin, à Roe Head comme ailleurs... »
MRS. GASKELL : *The Life of Charlotte Brontë*, pp. 89-91.
« Je crois avoir déjà dit que quelques-uns de ses amis survivants pensent que cet événement dont elle entendit parler pendant son séjour à l'école de Miss Wooler fut le point de départ de l'intrigue de Jane Eyre... »
MRS. GASKELL : *The Life of Charlotte Brontë*, p. 213.

de me tenir par la main et de faire signe à ces messieurs de le suivre ; ce qu'ils firent. Après avoir atteint le haut du premier escalier et longé la galerie, nous nous dirigeâmes vers le troisième étage. Mr. Rochester ouvrit une petite porte noire avec son passe-partout et nous introduisit dans la chambre tendue de tapisseries, avec son vaste lit et son grand meuble aux panneaux peints.

« Vous connaissez cet endroit, Mason, dit notre guide ; c'est ici qu'elle vous a mordu et frappé d'un coup de couteau. »

Il souleva les tentures qui dissimulaient la seconde porte, qu'il ouvrit aussi. Dans une pièce sans fenêtre, brûlait un feu qu'entourait une haute et solide grille ; une lampe était suspendue au plafond par une chaîne. Penchée sur ce feu, Grace Poole semblait occupée à faire cuire quelque chose dans une casserole. Dans l'ombre épaisse, à l'autre extrémité de la chambre, une forme allait et venait. A première vue, on ne pouvait dire si c'était un animal ou un être humain ; cela semblait se traîner à quatre pattes, se jetant sur ce qui l'entourait, grognant comme une curieuse bête sauvage. Mais cette forme était vêtue ; une masse de cheveux noirs grisonnants, épais comme une crinière, lui cachait la tête et le visage.

« Bonjour, Mrs. Poole, dit Mr. Rochester. Comment allez-vous ? Comment va votre malade, aujourd'hui ?

— Nous allons assez bien, monsieur, je vous remercie, répondit Grace en soulevant la casserole bouillante qu'elle posa avec soin sur une plaque à côté ; un peu hargneuse, mais pas furieuse. »

Un cri féroce parut donner un démenti à ce rapport favorable ; l'hyène portant vêtement se leva, se dressant de toute sa haute taille sur ses pieds de derrière.

« Ah ! monsieur, elle vous voit ! s'écria Grace, vous feriez mieux de ne pas rester.

— Quelques instants seulement, Grace, accordez-moi quelques instants.

— Alors, prenez garde, monsieur ! Pour l'amour de Dieu, prenez garde ! »

La démente poussa un rugissement, écarta de son visage ses mèches embroussaillées et dévisagea les visiteurs d'un regard effrayant. Je reconnus bien cette figure violacée, ces traits bouffis. Mrs. Poole s'avança.

« Éloignez-vous, dit Mr. Rochester en la repoussant. J'espère qu'elle n'a pas de couteau en ce moment, et je suis sur mes gardes.

— On ne sait jamais ce qu'elle a, monsieur, elle est si rusée ; il n'est pas au pouvoir d'un mortel de pénétrer sa malice.

— Nous ferions mieux de la laisser, murmura Mason.

— Allez au diable ! fut le conseil que lui donna son beau-frère.

— Attention ! » cria Grace.

Les trois hommes reculèrent en même temps. Mr. Rochester me rejeta derrière lui ; la folle fit un bond et, rageusement, le saisit à la gorge, tout en essayant de lui mordre la joue ; une lutte s'ensuivit. C'était une femme forte et corpulente, presque aussi grande que son mari, et qui fit preuve dans ce combat d'une force virile ; plus d'une fois elle faillit l'étrangler, tout athlète qu'il fût. Avec un coup bien asséné, il aurait pu avoir raison d'elle, mais il voulait la maîtriser, non la frapper. Il finit par s'emparer de ses bras, les lui lia derrière le dos avec une corde que lui tendit Grace Poole, et l'attacha à une chaise avec ce qui restait de corde disponible. Tout ceci se passa dans un paroxysme de hurlements sauvages et de soubresauts convulsifs. Mr. Rochester se tourna alors vers les spectateurs, les regardant avec un sourire amer et désolé.

« Voilà *ma femme*, dit-il. Telles sont les seules étreintes conjugales que je connaîtrai jamais ; telles sont les caresses qui seront la joie de mes heures de loisir ! Et *voici* ce que j'ai désiré posséder, dit-il (me posant la main sur l'épaule) : cette jeune fille, qui demeure si grave, si calme au seuil de l'enfer, qui garde sa sérénité devant les contorsions d'un démon. Je la voulais, précisément pour me changer de ce ragoût trop épicé. Wood et Briggs, voyez la différence ! Comparez ces yeux limpides à ces prunelles rougies, ce visage, à ce masque, ces formes, à cette masse ; puis, jugez-moi, ministre de l'Évangile et vous, homme de la loi, et rappelez-vous que vous serez jugés sur votre jugement. A présent, hors d'ici, il faut que j'enferme mon trophée. »

Nous nous retirâmes tous. Mr. Rochester demeura un moment après nous, donnant encore des ordres à Grace Poole. En descendant l'escalier, l'avoué s'adressa à moi :

« Quant à vous, mademoiselle, dit-il ; vous êtes exempte de tout reproche ; votre oncle sera heureux de l'apprendre, si toutefois il est encore de ce monde, quand Mr. Mason retournera à Madère.

— Mon oncle ! Que savez-vous de lui ? Le connaissez-vous ?

— Mr. Mason le connaît. Mr. Eyre est, depuis plusieurs

années, le correspondant de sa maison à Funchal. Mr. Mason, avant de regagner la Jamaïque, fit un séjour à Madère pour se soigner ; il se trouvait par hasard avec votre oncle lorsque celui-ci reçut la lettre dans laquelle vous lui annonciez votre projet de mariage avec Mr. Rochester. Mr. Eyre lui fit part de la nouvelle, car il savait que mon client que voici connaissait un gentleman du nom de Rochester. Mr. Mason, surpris et peiné, comme vous pouvez le supposer, lui révéla quelle était la situation réelle. J'ai le regret de vous dire que votre oncle est actuellement malade et alité ; étant donné la nature et le degré de sa maladie — il est atteint de consomption —, il est peu probable qu'il puisse s'en relever. Il n'a donc pu venir lui-même, en toute hâte, en Angleterre, pour vous tirer du piège dans lequel vous étiez tombée, mais a supplié Mr. Mason de ne pas perdre un instant pour prendre les mesures nécessaires afin d'empêcher ce faux mariage, et me l'a adressé pour que je lui prête assistance. J'ai fait diligence, et je me félicite, comme vous-même bien certainement, de n'être pas arrivé trop tard. Si je n'étais pas moralement certain que votre oncle sera mort avant que vous n'arriviez à Madère, je vous conseillerais d'y accompagner Mr. Mason ; mais, au point où en sont les choses, je crois que vous feriez mieux de rester en Angleterre jusqu'à ce que Mr. Eyre vous ait écrit ou donné de ses nouvelles. Y a-t-il encore quelque chose qui nous retienne ici ? demanda-t-il à Mr. Mason.

— Non, non. Allons-nous-en », répondit ce dernier, d'un ton anxieux.

Et sans attendre de pouvoir prendre congé de Mr. Rochester, ils sortirent par la porte du vestibule. Le pasteur resta pour adresser à son hautain paroissien quelques avis ou reproches ; ce devoir accompli, il partit aussi.

Je m'étais à ce moment retirée dans ma chambre et, par la porte entrouverte près de laquelle je me tenais, je l'entendis s'éloigner. Comme il n'y avait plus personne, je fermai ma porte, poussai le verrou afin que nul ne vînt m'importuner, et me mis, non à pleurer, non à gémir — j'étais encore trop maîtresse de moi —, mais... à enlever machinalement ma toilette de mariée pour la remplacer par la robe de lainage que, la veille, j'avais cru porter pour la dernière fois. Puis, me sentant faible et lasse, je m'assis. Appuyant mes bras sur la table, j'y laissai tomber ma tête et commençai à réfléchir. Jusque-là, je m'étais contentée d'écouter, de regarder, d'aller où l'on m'avait conduite ou entraînée, suivant partout, en haut, en bas ; j'avais vu les événements se précipiter, les révélations succéder aux révélations ; à présent je réfléchissais.

La matinée avait été assez tranquille, à l'exception de la courte scène avec la folle ; le débat à l'église s'était passé sans bruit ; il n'y avait eu ni éclat de violence, ni vives altercations, pas de querelle, pas de défi ni de provocation, pas de larmes, pas de sanglots. Peu de paroles avaient été prononcées : une objection contre le mariage, élevée avec calme, quelques brèves et sévères questions posées par Mr. Rochester, des réponses, des explications, puis l'évidence ; mon maître avait franchement avoué la vérité, nous en avions vu la preuve vivante, les intrus étaient repartis, tout était terminé.

J'étais dans ma chambre comme d'habitude, toujours la même, sans changement apparent ; je n'avais reçu ni coup ni blessure, j'avais bien tous mes membres. Et cependant, où était la Jane Eyre d'hier ? Qu'était devenue sa vie ? Qu'étaient devenues ses perspectives d'avenir ?

Jane Eyre, femme ardente, pleine d'espoir, sur le point d'être épouse, était redevenue une froide jeune fille solitaire dont la vie était terne, les rêves détruits. Les frimas de Noël avaient fait leur apparition en plein été ; une tourmente de neige de décembre avait soufflé en juin ; les pommes mûres étaient recouvertes de glace ; la neige amoncelée avait écrasé les roses épanouies ; un linceul de gel était étendu sur le foin des prairies et sur le blé des champs ; les sentiers, resplendissants de fleurs la nuit précédente, disparaissaient sous une neige où nul pas n'avait frayé le passage ; les bois feuillus et embaumés, tels des bosquets des tropiques, qui, il y avait douze heures, se balançaient au vent, s'étendaient à présent dévastés, tristes et aussi blancs que les forêts de pins de la froide Norvège. Toutes mes espérances étaient mortes, frappées par un impitoyable destin, ainsi que le furent en une nuit les premiers-nés des Égyptiens. Je considérais mes désirs tant caressés, hier si joyeux, si ardents, gisant raides, froids et livides comme des cadavres dont la vie avait à jamais disparu. Cet amour que m'avait inspiré mon maître m'apparaissait comme son bien propre : il frissonnait dans mon cœur, comme un enfant malade dans un berceau glacé ; la souffrance, l'angoisse s'étaient emparées de lui ; il ne pouvait plus se réfugier dans les bras de Mr. Rochester, se réchauffer sur sa poitrine. Oh ! jamais plus il ne lui serait permis de se tourner vers lui ; la foi était flétrie, la confiance détruite ! Mr. Rochester n'était plus pour moi ce qu'il avait été, car il n'était pas tel que je l'avais cru. Je ne voulais pas l'accuser, ni dire qu'il m'avait trompée, mais je ne pouvais plus le voir paré d'une irréprochable loyauté ; il fallait fuir sa présence, cela était bien évident. A quel moment, comment, pour aller où ? je ne le voyais pas encore ; mais lui-même, je n'en doutais pas, me presserait de quitter Thornfield. Il ne pouvait avoir pour moi, semblait-il, une affection véritable, il avait été la proie d'une passion passagère ; un obstacle s'était dressé, et je n'étais plus rien pour lui. J'allais jusqu'à redouter de le rencontrer, ma vue ne pouvant manquer de lui être insupportable. Oh ! que j'avais été aveugle ! Que ma conduite avait été légère !

Mes yeux fermés étaient comme voilés ; l'obscurité paraissait tourbillonner autour de moi et le flot de mes pensées n'était ni moins ténébreux ni moins confus. Indifférente à moi-même, prostrée, m'abandonnant, j'avais l'impression d'être étendue dans le lit desséché d'un grand fleuve ; j'entendais au loin, dans les montagnes, d'abondantes eaux se donner libre cours, je sentais le torrent dévaler, mais la volonté me manquait pour me relever, l'énergie pour fuir. Je demeurais là, épuisée, désirant ardemment mourir. Une seule pensée, tel un souffle de vie, faisait encore vibrer mon être : celle de Dieu, qui me suggéra une muette prière, dont les mots erraient çà et là dans mon esprit enténébré, prêts à être murmurés, mais que je n'avais pas la force d'articuler : « Ne vous éloignez pas de moi, car le danger est proche, nul ne viendra me secourir. » Il était proche, en effet, et comme je n'avais pas joint les mains, ni fléchi les genoux, ni remué les lèvres pour supplier le Ciel de l'écarter, il vint. Le torrent débordant, impétueux, fondit sur moi ; sa masse sombre et puissante, qui m'écrasa, n'était autre que la clairvoyante conscience de ma vie désolée, de mon amour perdu, de mes espérances détruites, de ma foi frappée à mort. Il est impossible de décrire cette heure cruelle ; en vérité : « Les eaux pénétrèrent jusqu'à mon âme, j'enfonçai dans la vase de l'abîme, je perdis pied, j'entrai dans les eaux profondes et les flots me submergèrent [1]. »

CHAPITRE XXVII

Au cours de l'après-midi je levai la tête et regardai autour de moi. Voyant que le soleil couchant projetait sur le mur l'or de ses derniers rayons, je me demandai : « Que vais-je

---

1. *Cf.* Bible : Psaume LXIX, versets 2, 3. (*N.D.T.*)

faire ? » Mais, si soudaine, si redoutable fut la réponse de mon esprit : « Il faut quitter immédiatement Thornfield », que je me bouchai les oreilles. Je ne pouvais encore supporter de telles paroles. « Ne pas être la femme d'Edward Rochester, c'est le moindre de mes malheurs, alléguai-je ; me réveiller après de si merveilleux rêves pour m'apercevoir de leur vaine illusion, est quelque chose d'affreux que je puis cependant supporter, dominer ; mais le quitter résolument, sur-le-champ, complètement, cela est intolérable, je ne le puis. » Cependant une voix intérieure m'assura alors que je pouvais le faire, me prédit que je le ferais. Je luttai contre ma propre détermination ; j'aurais voulu être sans force, pour éviter le terrible passage que je voyais s'ouvrir devant moi, les nouvelles souffrances qui m'y attendaient. Mais ma conscience, muée en tyran, saisit la passion à la gorge et lui dit d'un ton railleur qu'elle n'avait fait que plonger son pied délicat dans le gouffre, et jura que, d'un bras implacable, elle allait la précipiter dans des profondeurs insondables d'atroces souffrances.

« Que l'on m'arrache d'ici, alors, m'écriai-je ! que quelqu'un vienne à mon secours !

— Non, tu partiras sans l'aide de personne ; tu arracheras ton œil droit, tu te couperas la main droite, toi-même ; ton cœur sera la victime, tu seras le prêtre qui le transpercera. »

Je me levai soudain, épouvantée par la solitude que hantait un juge aussi inexorable et le silence qu'une voix aussi terrible remplissait.

La tête me tourna lorsque je fus debout ; je compris que l'excitation, l'inanition, étaient les causes de mon malaise, car je n'avais bu ni mangé de la journée, ni même pris un petit déjeuner. Enfermée depuis si longtemps, je ressentis une singulière angoisse à la pensée que personne ne s'était inquiété de moi ou ne m'avait invitée à descendre ; la petite Adèle, elle-même, n'avait pas frappé à ma porte ; Mrs. Fairfax n'était pas venue me chercher. « Les amis oublient toujours ceux que la fortune abandonne », murmurai-je, en tirant le verrou pour sortir. Je trébuchai contre un obstacle ; j'avais encore le vertige, ma vue était obscurcie, mes membres affaiblis ; je fus incapable de me ressaisir aussitôt, je tombai, mais ce ne fut pas par terre, un bras étendu me reçut ; je relevai la tête... j'étais soutenue par Mr. Rochester, assis sur une chaise devant la porte de ma chambre.

« Enfin, vous sortez ! dit-il. Voilà longtemps que je vous attends et que j'écoute, mais je n'ai entendu aucun mouvement, pas un sanglot ; encore cinq minutes de ce silence de mort, et j'aurais forcé la serrure comme un voleur. Ainsi, vous m'évitez ? Vous vous enfermez et vous souffrez seule ! J'aurais préféré vous voir m'adresser des reproches véhéments. Vous êtes violente, aussi m'attendais-je à une scène quelle qu'elle fût. J'étais préparé à la chaude pluie des larmes, mais j'aurais voulu qu'elles fussent versées sur ma poitrine ; or, c'est un insensible plancher qui les a recueillies, ou bien votre mouchoir, qui doit en être trempé. Mais je me trompe, vous n'avez pas pleuré du tout ! Je vois des joues pâles, des yeux ternis, mais aucune trace de larmes. Votre cœur n'a-t-il pas répandu des larmes de sang ? Eh bien ! Jane, pas une parole, pas un reproche ? Rien d'amer, rien de poignant ? Pas un mot pour fendre le cœur ou exciter la colère ? Vous restez tranquillement assise à la place où je vous ai mise et vous me regardez avec des yeux las, inertes. Jane, je n'ai jamais eu l'intention de vous blesser ainsi. Si l'homme qui ne possédait qu'une seule petite brebis, aussi chère à son cœur que sa propre fille, mangeant de son pain, buvant dans sa coupe, reposant sur son sein, l'avait, par erreur, tuée à l'abattoir, il n'aurait pas plus regretté sa sanglante méprise que je ne regrette la mienne. Me pardonnerez-vous jamais ? »

Lecteur, je lui pardonnai à l'instant même. Il y avait un remords si profond dans ses yeux, une pitié si sincère dans le ton de sa voix, une énergie si virile dans ses manières, enfin, un tel amour inchangé dans l'expression de son visage et dans son attitude, qu'il eut tout mon pardon ; pas en paroles, cependant, pas en manifestations extérieures, mais au tréfonds de mon cœur.

« Me tenez-vous pour un misérable, Jane ? » demanda-t-il bientôt d'un air pensif ; surpris, je le suppose, de mon silence persistant ainsi que de ma passivité, dus plutôt à la faiblesse qu'à la volonté.

« Oui, monsieur.

— Alors, dites-le-moi franchement, de façon incisive, ne me ménagez pas.

— Je ne le puis, je suis lasse et malade. Je voudrais un peu d'eau. »

Il poussa une sorte de soupir frémissant, me prit dans ses bras et me porta en bas. Je ne me rendis pas compte, tout d'abord, dans quelle pièce il m'avait amenée ; j'avais comme un voile sur les yeux, tout me semblait nuageux ; je sentis bientôt la chaleur vivifiante d'un feu, car un froid glacial m'avait envahie dans ma chambre bien que ce fût l'été. Il porta du vin à mes lèvres ; après en avoir bu un peu, je me sentis ranimée ; je mangeai ensuite quelque chose qu'il m'offrit et repris vite mes sens. Ceci se passait dans la bibliothèque, j'étais assise dans son fauteuil, il était tout près de moi. Je songeai que s'il m'était possible de quitter la vie en ce moment, sans éprouver une trop violente angoisse, ce serait une bonne chose pour moi. « Je n'aurais pas à faire l'effort nécessaire pour déchirer les liens qui attachent mon cœur à celui de Mr. Rochester. Il faut que je le quitte, semble-t-il. Je ne veux pas le quitter... Je ne peux pas le quitter. »

« Comment vous sentez-vous maintenant, Jane ?

— Beaucoup mieux, monsieur, je serai bientôt tout à fait remise.

— Reprenez un peu de vin, Jane. »

Je lui obéis. Il posa ensuite le verre sur la table, se tint debout devant moi et me regarda attentivement. Soudain, sous le coup de quelque impulsion passionnée, il se détourna en poussant une exclamation inarticulée, traversa rapidement la pièce, revint, et se pencha vers moi comme pour m'embrasser ; mais je me souvins que les caresses n'étaient plus désormais permises. Je détournai mon visage et repoussai le sien.

« Comment ! Qu'est-ce que cela veut dire ? dit-il brusquement. Oh ! je comprends ! vous ne voulez pas embrasser le mari de Bertha Mason ? Vous estimez que mes bras sont remplis, que mes étreintes lui appartiennent.

— De toute façon, je n'ai aucun droit à être dans vos bras où il n'y a pas de place pour moi.

— Pourquoi, Jane ? Je vais vous éviter la peine de parler, je vais répondre pour vous. « C'est parce que j'ai déjà une femme », me direz-vous. Ai-je deviné juste ?

— Oui.

— Si telle est votre pensée, vous devez avoir une singulière opinion de moi. Je dois être à vos yeux un astucieux débauché, un indigne et vil libertin qui a feint un amour désintéressé pour vous attirer dans un piège préparé de propos délibéré, vous ravissant ainsi l'honneur, vous dérobant votre dignité. Que répondez-vous à cela ? Je vois que vous ne pouvez rien dire ; vous êtes encore faible et vous avez même quelque peine à respirer ; enfin, vous ne pouvez vous faire à l'idée de m'accuser, de m'adresser des reproches ; et puis, les écluses des larmes sont ouvertes, elles afflueraient dans vos yeux si vous faisiez un long discours. Vous n'avez d'ailleurs aucun désir de me réprimander, de me blâmer, de faire une scène ; vous songez à ce qu'il convient de *faire* ; toute *parole* vous paraît inutile. Je vous connais ; je suis sur mes gardes.

— Je ne veux rien faire contre vous, monsieur », dis-je.

Ma voix mal assurée m'avertit de ne pas poursuivre.

« Vous projetez de m'anéantir, non pas dans le sens que *vous* donnez à ce mot, mais dans celui que *je* lui attribue. Vous venez de me laisser entendre que je suis un homme marié ; comme tel, vous voulez m'éviter, me fuir ; à l'instant, vous m'avez refusé un baiser. Votre intention est de devenir une étrangère pour moi, de vivre sous ce toit uniquement en qualité d'institutrice d'Adèle. Si jamais je vous adresse une parole amicale, si jamais vous éprouvez encore un sentiment d'affection pour moi, vous direz : « Cet « homme avait presque réussi à faire de moi sa maîtresse, je « dois être de glace et de roc avec lui. » Et, en conséquence, vous deviendrez de glace et de roc. »

J'éclaircis et raffermis ma voix pour lui répondre :

« Tout est changé, autour de moi, monsieur, il faut que je change aussi, cela ne fait aucun doute ; donc, pour éviter les luttes sentimentales, les continuels combats avec les souvenirs, les suggestions, il n'y a qu'un moyen... il faut qu'Adèle ait une autre institutrice, monsieur.

— Oh ! Adèle ira en pension, je l'ai déjà décidé ; je ne veux pas vous tourmenter avec ces horribles suggestions et souvenirs de Thornfield-Hall, ce lieu maudit, cette tente d'Achan[1], cet insolent sépulcre qui offre à la lumière du plein ciel la hideur de la mort vivante, cet étroit enfer de pierre qu'habite un vrai démon, pire, à lui seul, qu'une légion de ceux que nous sommes à même d'imaginer. Jane, vous ne resterez pas ici, ni moi non plus. Je n'aurais jamais dû vous laisser venir à Thornfield, sachant, comme je le savais, qui le hantait. Avant même de vous connaître, j'avais ordonné que l'on vous cachât tout ce qui avait trait à la malédiction qui pèse sur cette demeure, simplement parce que je craignais qu'Adèle n'eût jamais une institutrice qui accepterait d'y vivre si elle savait avec qui il lui faudrait cohabiter. J'étais résolu à ne pas installer la démente dans un autre endroit, bien que je possède une vieille maison, le manoir de Ferndean, plus retiré, plus dissimulé que celui-ci, où j'aurais pu la loger en sûreté ; mais j'ai eu des scrupules, et ma conscience s'est refusée à cette solution, en raison de

1. *Cf.* Bible, Josué, chapitre VII, versets 18 à 26. (*N.D.T.*)

l'insalubrité de sa situation au cœur d'une forêt. Ces murs humides m'auraient sans doute vite débarrassé de mon fardeau, mais à chaque scélérat son vice, et je ne suis nullement porté à l'assassinat par des moyens détournés, fût-ce de la personne que je hais le plus. Vous tenir dans l'ignorance du voisinage de la folle, c'était un peu comme de vêtir un enfant d'un manteau et de le déposer au pied d'un upas[1] : tout ce qui entoure ce démon est empoisonné, et l'a toujours été. Mais je vais fermer Thornfield-Hall ; je condamnerai la porte d'entrée, je ferai boucher les fenêtres du bas ; je donnerai deux cents livres par an à Mrs. Poole pour vivre ici avec *ma femme*, comme vous appelez cette effroyable furie. Grace entreprendra beaucoup pour de l'argent ; elle aura son fils, le garde de Grimsby Retreat, pour lui tenir compagnie et être à même de l'aider quand, au paroxysme de la folie, et poussée par son mauvais génie, *ma femme* brûle les gens dans leur lit pendant la nuit, les poignarde, arrache la chair de leurs os avec ses dents, etc.

— Monsieur, interrompis-je, vous êtes sans pitié pour cette infortunée, vous en parlez avec haine, avec une aversion vindicative. C'est cruel, elle n'est pas responsable de sa folie.

— Jane, ma petite chérie — je vous appelle ainsi, car vous êtes ma chérie —, vous ne savez pas de quoi vous parlez, vous me jugez mal une fois de plus ; ce n'est pas parce qu'elle est folle que je la hais. Si vous étiez folle, croyez-vous que je vous haïrais ?

— Oui, monsieur, bien sûr.

— Alors, vous vous trompez, vous ne me connaissez pas du tout, et vous ne savez pas de quel amour je suis capable. Chaque atome de votre chair m'est aussi précieux que ma propre chair ; dans la souffrance, dans la maladie, j'y attacherais autant de prix. Votre intelligence est un trésor pour moi ; si elle était ruinée, elle resterait toujours mon trésor. Si vous étiez folle, je vous emprisonnerais dans mes bras, non dans une camisole de force ; votre étreinte, même furieuse, aurait un charme pour moi. Si vous vous jetiez sur moi aussi férocement que cette femme l'a fait ce matin, je vous presserais sur mon cœur avec autant d'amour que de force pour vous contenir. Je ne m'éloignerais pas de vous avec dégoût, comme je l'ai fait devant elle ; dans vos moments d'apaisement, vous n'auriez pas d'autre garde, pas

---

1. Arbre dont le suc est vénéneux. (*N.D.T.*)

d'autre nurse que moi ; je me pencherais sur vous avec une inlassable tendresse, même si vous ne me donniez pas un sourire en retour ; je ne me fatiguerais jamais de plonger mon regard dans vos yeux, même s'ils n'avaient plus une lueur de conscience pour me reconnaître. Mais pourquoi me laisser entraîner par toutes ces pensées ? Je parlais de vous faire quitter Thornfield. Vous savez que tout est prêt pour un prompt départ ; vous partirez demain. Je vous demande seulement de consentir à passer encore une nuit sous ce toit, Jane ; et alors, adieu à jamais à toutes ces misères, à toutes ces terreurs ! J'ai une retraite, qui va devenir un sanctuaire à l'abri des odieux souvenirs, des fâcheux indiscrets, aussi bien que du mensonge et de la calomnie.

— Emmenez Adèle avec vous, monsieur, dis-je, elle sera pour vous une compagne.

— Que voulez-vous dire, Jane ? Je vous ai déclaré que j'allais envoyer Adèle en pension ; qu'ai-je besoin d'une enfant pour me tenir compagnie, d'une enfant qui n'est même pas ma fille, mais la bâtarde d'une danseuse française ? Pourquoi m'importunez-vous à propos d'elle ? Pourquoi, je vous le demande, voulez-vous me donner Adèle comme compagne ?

— Vous avez parlé d'une retraite, monsieur ; une retraite, la solitude, c'est bien triste, trop triste pour vous.

— La solitude ! La solitude ! répéta-t-il avec irritation. Je vois qu'il va falloir m'expliquer. Je ne sais quelle expression de sphinx vient de prendre votre visage. C'est *vous* qui partagerez ma solitude. Comprenez-vous ? »

Je hochai la tête. Il fallait un certain courage, dans la surexcitation qui s'emparait de lui, pour risquer jusqu'à ce signe muet de dissentiment. Après avoir marché rapidement de long en large dans la pièce, il s'arrêta, comme s'il avait soudain pris racine à l'endroit où il se trouvait. Il me regarda longuement, avec dureté. Je détournai les yeux et les fixai sur le feu, essayant de prendre un air tranquille et de garder mon sang-froid.

« Me voici à présent aux prises avec le nœud gordien qui se trouve dans votre caractère, dit-il enfin, avec plus de calme que son regard ne me l'avait laissé espérer. La bobine de soie s'est déroulée assez aisément jusqu'ici, mais j'ai toujours pensé qu'un nœud surgirait, embrouillant tout ; le voici. Et à présent, que d'ennuis, que d'exaspérations, que de tourments sans fin ! Par Dieu ! je brûle de déployer un peu de la force de Samson pour déchirer, comme de l'étoupe, cet enchevêtrement. »

Il recommença à marcher, mais s'arrêta de nouveau bientôt, et, cette fois, juste devant moi.

« Voulez-vous entendre raison, Jane ? (Il se pencha, approchant ses lèvres de mon oreille.) Si vous refusez, j'emploierai la violence. »

Sa voix était rauque ; son regard, celui d'un homme prêt à rompre un insupportable lien et à se jeter tête baissée dans une licence effrénée. Encore un moment, encore une nouvelle impulsion frénétique, et je ne pourrais plus rien faire de lui. Le présent, l'instant qui passait, était tout ce qui me restait pour le refréner, pour le contenir ; un mouvement de répulsion, de fuite, de crainte, aurait scellé mon destin et le sien. Mais je n'avais pas peur, pas le moins du monde. Je me sentais soutenue par une force intérieure, par le sentiment de mon pouvoir sur lui. Cette crise pleine de périls n'était pas sans charme, un charme peut-être semblable à celui qu'éprouve l'Indien quand, pour franchir le rapide, il se laisse glisser dans son canot. Je saisis sa main crispée, desserrai ses doigts contractés et lui dis avec douceur :

« Asseyez-vous, je vais causer avec vous aussi longtemps que vous voudrez, j'entendrai tout ce que vous avez à me dire, que ce soit raisonnable au non. »

Il s'assit, mais n'eut pas aussitôt la liberté de parler. Depuis quelque temps déjà je luttais contre mes larmes, j'avais fait de gros efforts pour les refouler, sachant qu'il n'aimerait pas me voir pleurer. Mais maintenant, je pensai que le moment était venu de les laisser couler sans contrainte, aussi longtemps qu'il leur plairait. Si ce déluge le contrariait, ce n'en était que mieux. Je ne me contins plus et pleurai à chaudes larmes.

Je l'entendis bientôt me supplier ardemment de me calmer. Je lui dis que tant qu'il serait dans une telle fureur, cela serait impossible.

« Je ne suis pas en fureur, Jane, mais je vous aime trop ; votre petite figure pâle était devenue d'acier, elle avait pris une expression si résolue, si glaciale, que je n'ai pu supporter cela. Calmez-vous, voyons, et séchez vos yeux. »

Sa voix plus douce me prouva qu'il s'était maîtrisé ; à mon tour, je retrouvai mon calme. Il tenta de poser sa tête sur mon épaule, mais je ne le permis point. Il chercha alors à m'attirer à lui ; mais, non.

« Jane ! Jane ! dit-il avec un tel accent d'amère tristesse que tous mes nerfs en frémirent, vous ne m'aimez pas, alors ! Vous n'attachiez de prix qu'à ma situation et à la qualité d'épouse ! Maintenant que vous me jugez indigne d'être votre mari, vous reculez comme au contact d'un crapaud ou d'un singe. »

Ces mots me fendirent le cœur ; mais que pouvais-je dire ou faire ? Sans nul doute me taire, m'abstenir ; cependant, j'étais tellement torturée par le remords de l'affliger ainsi, que je ne pus réprimer le désir de verser un baume sur la blessure que j'avais faite :

« Je vous aime, m'écriai-je, je vous aime plus que jamais, mais je ne dois ni laisser paraître ce sentiment, ni m'abandonner à lui ; et c'est la dernière fois que je puis l'exprimer.

— La dernière fois, Jane ! Comment ! Pensez-vous pouvoir vivre avec moi, me voir chaque jour et, tout en continuant de m'aimer, rester toujours froide et distante ?

— Non, monsieur, je ne le pourrai certainement pas, c'est pourquoi je ne vois qu'un moyen, mais si je vous en parle, vous allez vous fâcher.

— Oh ! dites-le-moi ! Si je me mets en colère, vous possédez l'art des larmes.

— Monsieur Rochester, il faut que je vous quitte.

— Pour combien de temps, Jane ? Pour quelques minutes, le temps de lisser vos cheveux qui sont quelque peu en désordre et de baigner votre visage qui à l'air fiévreux ?

— Il faut que je quitte Adèle et Thornfield. Il faut que je me sépare de vous pour toute la vie et que je commence une nouvelle existence, parmi des visages inconnus, en d'autres lieux.

— Bien entendu ! je vous l'ai déjà dit ; quant à vous séparer de moi, je passe sur cette folie. Vous voulez dire que vous deviendrez une part de moi-même. Oui, il faut commencer une nouvelle existence ; je ne suis pas marié, donc vous serez ma femme ; vous serez Mrs. Rochester, virtuellement aussi bien que de nom ; je vous serai fidèle aussi longtemps que vous et moi vivrons. Vous irez dans une propriété que je possède dans le midi de la France, une villa aux murs blancs, sur les bords de la Méditerranée. Vous y vivrez, sous ma sauvegarde, heureuse et innocente. Ne craignez point que je veuille vous entraîner dans l'erreur... faire de vous ma maîtresse. Pourquoi hochez-vous la tête ? Jane, soyez raisonnable ou je vais redevenir furieux. »

Sa voix, ses mains tremblaient ; ses larges narines se dilatèrent ; ses yeux lancèrent des flammes ; j'eus pourtant le courage de dire :

« Monsieur, votre femme vit, c'est là un fait que vous avez

vous-même reconnu ce matin. Si je vivais avec vous comme vous le désirez, je serais alors votre maîtresse ; dire le contraire est un leurre ; un mensonge.

— Jane, je ne suis pas un homme doux de mon naturel ; vous oubliez que je ne suis pas très patient, que je ne suis ni froid ni sans violence. Par pitié pour moi et pour vous-même, posez le doigt sur mon pouls, sentez comme il bat, et... prenez garde ! »

Il découvrit son poignet et me l'offrit ; le sang s'était retiré de ses joues et de ses lèvres devenues livides. Ma détresse était complète. Il était cruel de le bouleverser aussi profondément par une résistance qu'il abhorrait à ce point ; céder était hors de question. Je fis ce que font instinctivement les humains quand ils sont poussés à bout, j'invoquai le secours de Celui qui règne sur nous ; et les mots : « Mon Dieu, venez à mon aide ! » s'échappèrent involontairement de mes lèvres.

« Je suis stupide ! s'écria soudain Mr. Rochester. Je lui répète sans fin que je ne suis pas marié, sans donner d'explication. J'oublie qu'elle ignore tout du caractère de cette femme, des circonstances qui ont entouré cette infernale union. Oh ! je suis sûr que vous serez d'accord avec moi, Jane, lorsque vous saurez tout ce que je sais. Mettez seulement votre main dans la mienne, afin que je sois certain de votre présence auprès de moi aussi bien par le toucher que par la vue, et je vais, en quelques mots, vous exposer ce qu'il en est exactement. Pouvez-vous m'écouter ?

— Oui, monsieur, pendant des heures, si vous voulez.

— Je ne demande que des minutes. Avez-vous entendu dire, savez-vous que je ne suis pas l'aîné de la famille ? J'avais un frère, plus âgé que moi.

— Je me souviens que Mrs. Fairfax me l'a dit, un jour.

— Avez-vous jamais entendu dire que mon père était un homme cupide, avare ?

— J'ai compris quelque chose de ce genre.

— Eh bien ! Jane, cela étant, mon père voulut garder la propriété intacte ; il ne pouvait supporter l'idée de la morce-ler pour m'en laisser une part équitable ; aussi décida-t-il que tout devait revenir à mon frère Rowland. Pourtant, il ne se faisait pas davantage à l'idée qu'un de ses fils fût pauvre. Il fallait donc assurer mon avenir par un riche mariage. Sans retard, il me chercha une femme. Il connaissait depuis longtemps Mr. Mason, un planteur des Antilles, faisant aussi du commerce, qu'il savait, de source certaine, posses-seur de biens immobiliers considérables. Or, Mr. Mason, qui avait un fils et une fille, avait dit lui-même à mon père qu'il était en mesure de donner, et donnerait, trente mille livres à sa fille en mariage. Cela suffisait. A ma sortie du collège je fus envoyé à la Jamaïque pour y épouser une fiancée que l'on avait prédisposée en ma faveur. Mon père ne me parla pas de sa fortune, il me dit seulement que Miss Mason était l'orgueil de Spanish-Town pour sa beauté ; et ce n'était pas un mensonge. Je la trouvai belle. C'était une femme dans le genre de Miss Ingram, grande, brune, avec de la majesté. Sa famille avait jeté son dévolu sur moi, comme elle-même, parce que j'étais de bonne souche. Je la vis dans des soirées, splendidement vêtue, rarement seule d'ailleurs, je n'eus avec elle que fort peu d'entretiens privés. Elle me flattait, déployait à profusion pour me plaire, ses charmes, ses talents. Tous les hommes de son entourage semblaient l'admirer et m'envier. Je fus ébloui, piqué au jeu, troublé dans mes sens et, ignorant comme je l'étais, naïf, sans expérience, je crus que je l'aimais. Il n'y a pas de folie, si ridicule soit-elle, que les stupides rivalités mondaines, les désirs fougueux, la témérité, l'aveuglement de la jeunesse, ne poussent un homme à commettre. Ses parents m'encourageaient, les rivaux me provoquaient, elle m'attirait ; le mariage fut accompli avant même que j'aie pu me rendre compte de ce qu'il en était. Oh ! je n'ai aucun respect pour moi-même quand je pense à ce que j'ai fait ! Le mépris que je ressens en mon âme me cause une angoisse qui m'accable. Je ne l'ai jamais aimée, ni estimée, je ne la connaissais pas. Je n'étais pas même certain qu'elle possédât une seule vertu ; je n'avais jamais remarqué ni modestie, ni bonté, ni franchise, ni distinction dans son esprit ou dans ses manières, et je l'ai épousée, moi, imbécile grossier, abject, aveugle comme une taupe ! J'eusse été moins coupable si... mais je ne dois pas oublier à qui je parle.

« Je n'avais jamais vu la mère de ma femme, je la croyais morte. La lune de miel terminée, j'appris mon erreur : elle était folle, et enfermée dans un asile d'aliénés. Il y avait aussi un frère cadet, muet, et complètement idiot. Vous avez vu l'aîné. Je ne puis le haïr, tandis que je déteste tous les siens, parce que ce faible esprit a en lui certaines possibilités d'affection qu'il a manifestées par l'intérêt qu'il n'a cessé de porter à sa malheureuse sœur, et par un attachement de caniche qu'il eut jadis pour moi. Il aura sans doute un jour le même sort que les autres. Mon père et mon frère Rowland étaient au courant de tout cela, mais, ne pensant qu'aux trente mille livres, ils avaient pris part au complot ourdi contre moi.

« Abjectes découvertes dont je n'aurais cependant fait aucun grief à ma femme, n'eût été la traîtrise de sa dissimulation. D'une nature tout à fait étrangère à la mienne, ses goûts m'étaient odieux ; son esprit vulgaire, bas, étroit, était singulièrement incapable d'élévation et de noblesse. Je ne pouvais passer agréablement avec elle une seule soirée, pas même une heure ; toute conversation cordiale était impossible entre nous ; quel que fût le sujet abordé, elle lui donnait aussitôt un tour grossier, banal, incohérent, pervers. Je vis que je n'aurais jamais un foyer tranquille, bien organisé, car aucun domestique ne pouvait supporter les continuels accès de violence de ce caractère extravagant, ses ordres vexants, absurdes, tyranniques et contradictoires. Même après avoir découvert tout ceci, je me contins, j'évitai les reproches, je fis peu de remontrances ; j'essayai de dévorer en secret mes regrets et mon dégoût ; je réprimai la profonde antipathie que j'éprouvais.

« Jane, je ne veux pas vous importuner par d'horribles détails, quelques mots vigoureux suffiront pour exprimer ce que j'ai à dire. J'ai vécu quatre ans avec la femme qui est là-haut, et, bien avant ce temps, elle m'avait mis à dure épreuve. Ses instincts mûrirent, croissant avec une effrayante rapidité ; ses vices ne cessèrent de se développer avec tant de puissance et de force que, seule, la cruauté eût pu les refréner ; mais je ne voulais pas avoir recours à la cruauté. Pygmée par l'intelligence, ses mauvais instincts étaient gigantesques ! Quelles terribles malédictions firent tomber sur moi ces déplorables penchants ! Bertha Mason, digne fille d'une mère infâme, me fit subir tous les tourments hideux et dégradants qui sont la rançon de l'union d'un homme avec une femme sans tempérance, ni chasteté.

« Mon frère était mort dans l'intervalle, et vers la fin de la quatrième année mon père mourut aussi. Je me trouvais donc riche, pauvre pourtant, d'une affreuse indigence ; la nature la plus grossière, la plus impure, la plus dépravée que j'aie jamais vue, était unie à la mienne, et la loi, la société, la reconnaissaient comme une partie de moi-même. Je ne pouvais m'en débarrasser par aucun moyen légal, car les médecins découvrirent alors que *ma femme* était folle... ses excès avaient prématurément développé les germes de la démence. Jane, ce récit ne vous est pas agréable, on dirait que vous n'êtes pas bien ; dois-je remettre la suite à un autre jour ?

— Non, monsieur, achevez-le maintenant. J'ai pitié de vous, j'ai sincèrement pitié de vous.

— La pitié, Jane, venant de la part de certaines personnes, est une sorte de tribut blessant et insultant qui donne le droit de le rejeter à la face de ceux qui l'offrent. C'est le genre de pitié propre aux cœurs endurcis qui rapportent tout à leur personne ; c'est un sentiment hybride, une peine égoïste, avec une part d'inconscient mépris pour ceux qui ont subi les malheurs dont il leur a été parlé. Telle n'est pas votre pitié, Jane ; ce n'est pas le sentiment dont est empreint en ce moment votre visage, qui vous donne envie de pleurer, fait palpiter votre cœur et trembler votre main dans la mienne. Votre pitié, ma chérie, est la mère douloureuse de l'amour, son angoisse est l'agonie même dont naît la divine passion. Je l'accepte, Jane ; que l'enfant s'avance librement, mes bras sont prêts à recevoir l'amour !

— Continuez, monsieur. Qu'avez-vous fait lorsque vous vous êtes aperçu qu'elle était folle ?

— Je fus presque au désespoir ; seul, un reste de respect de moi-même m'a retenu au bord du gouffre. Aux yeux de la société, j'étais, sans nul doute, couvert d'un noir déshonneur, mais je résolus de rester pur à mes propres yeux, et jusqu'à la fin, je réussis à me mettre à l'abri de la souillure de ses excès, à m'arracher à l'influence des vices de son esprit. Cependant, le monde continuait à associer nos noms et nos personnes ; je la voyais, je l'entendais chaque jour ; quelque chose de son haleine (pouah !) se mêlait à l'air que je respirais ; enfin, je ne pouvais m'empêcher de penser que j'avais été un jour son mari, et ce souvenir m'était, et m'est resté, indiciblement odieux. Au surplus, je savais que, tant qu'elle vivrait, je ne pourrais épouser une autre femme, meilleure qu'elle ; et, bien que de cinq ans mon aînée — sa famille et mon père m'avaient trompé jusque sur ce détail de son âge —, elle n'avait pas de moindres chances de vivre que moi, étant aussi robuste de corps qu'infirme d'esprit. Aussi, à l'âge de vingt-six ans, étais-je sans espoir.

« Une nuit, je fus réveillé par ses hurlements — depuis que les médecins l'avaient reconnue folle, elle était enfermée, bien entendu — ; c'était une de ces nuits brûlantes des Antilles qui, sous ces climats, précèdent souvent les ouragans ; incapable de dormir dans mon lit, je me levai et ouvris la fenêtre. L'air était semblable à des vapeurs de soufre, nulle fraîcheur où que ce fût. Les moustiques firent irruption, remplissant la pièce de leur bourdonnement monotone ; la mer, que j'entendais, et au-dessus de laquelle de sombres nuages s'amoncelaient, grondait sourdement comme un tremblement de terre ; la lune, large et rouge comme un boulet de canon incandescent, plongeait dans les vagues, jetant un dernier rayon sanglant sur un monde que le ferment de la tempête faisait frémir. J'étais physiquement sous l'influence de cette atmosphère et de ce spectacle ; les cris de la folle, lançant ses imprécations, me remplissaient les oreilles. Elle y mêlait sans cesse mon nom, avec des accents de haine vraiment démoniaque ; son langage était tel que jamais prostituée n'en eut de plus immonde. Bien que séparés par deux pièces, chacune de ses paroles me parvenait, les minces cloisons des maisons antillaises n'opposant qu'un trop léger obstacle à ses hurlements de louve.

« Cette vie, dis-je enfin, est un enfer ! Cet air, ces cla-
« meurs, sont ceux de l'abîme sans fond ! J'ai le droit de
« m'en affranchir, si je le peux. Avec cette chair pesante qui
« alourdit mon âme disparaîtront les souffrances, lot de
« l'homme mortel. Je ne suis pas de ces fanatiques apeurés
« par le feu éternel ; il n'y a pas d'état futur pire que le
« présent. A moi de me libérer pour aller dans ma patrie,
« vers Dieu ! »

« En disant ces mots, je m'étais mis à genoux pour ouvrir un coffre contenant une paire de pistolets chargés. Je voulais me tuer. Cette intention ne dura qu'un moment ; je n'étais pas fou, et la crise de désespoir aigu, total, qui avait fait naître en moi le désir et le projet de me donner la mort, s'évanouit en une seconde.

« Un vent frais venant d'Europe souffla sur l'océan, s'engouffra par la fenêtre ouverte ; l'orage éclata, ruissela, tonna, flamboya, l'air devint plus pur. Je pris alors une résolution inébranlable. Tout en marchant sous les orangers dégouttants de pluie de mon jardin inondé, parmi les grenades, les ananas gonflés d'eau, tandis qu'autour de moi l'aurore resplendissante des tropiques embrasait le ciel, voici, Jane, quelles furent mes pensées. Écoutez-moi bien, car ce fut la véritable Sagesse qui, à cette heure, me consola en me montrant le chemin sans détours qu'il fallait suivre.

« En entendant le doux vent d'Europe poursuivre ses murmures dans le feuillage rafraîchi, tandis que grondait l'Atlantique dans la splendeur de sa liberté, mon cœur, depuis longtemps flétri, desséché, se mit à l'unisson, se gonfla et s'emplit d'un sang vivifiant ; mon être brûlait de se renouveler, mon âme avait soif d'un pur breuvage. Je vis renaître l'Espoir, je sentis la possibilité d'une régénération. Du fond de mon jardin, sous une voûte fleurie, je contemplais la mer, plus bleue que le ciel. Au-delà était le vieux monde ; un avenir plus serein s'ouvrait devant moi.

« Va, disait l'Espoir, retourne vivre en Europe. On ignore,
« là-bas, la souillure de ton nom, le répugnant fardeau que
« tu portes. Tu peux emmener la démente avec toi, en
« Angleterre, la claustrer sous bonne garde à Thornfield en
« t'entourant des précautions nécessaires, voyager à ta fan-
« taisie et, selon ton désir, former de nouveaux liens. Cette
« femme, qui a tant insulté à ta longue souffrance, qui a sali
« ton nom, outragé ton honneur, flétri ta jeunesse, n'est pas
« ta femme, pas plus que tu n'es son époux. Veille à ce
« qu'elle ait les soins que son état réclame, et tu auras fait
« tout ce que Dieu, tout ce que l'humanité exigent de toi. Ce
« qu'elle est, ce qui l'unit à toi, plonge-le dans l'oubli ; tu n'es
« tenu d'en faire part à aucun être vivant. Mets-la en
« sécurité, assure-lui le bien-être, enferme sa déchéance
« dans le secret, et quitte-la. »

« Je suivis fidèlement cette suggestion. Mon père et mon
frère n'avaient fait savoir mon mariage à aucune des personnes de leurs relations, car dans la toute première lettre
où je leur faisais part de cette union je leur avais instam-
ment enjoint de la tenir secrète. Quel dégoût, en effet,
n'éprouvais-je pas déjà en pensant à ses conséquences : à
l'avenir horrible qui s'offrait à moi, en raison du caractère
et des tares de cette famille ! Bientôt, la conduite de la
femme que mon père m'avait choisie fut telle qu'il eût rougi
de la reconnaître pour belle-fille. Loin de vouloir répandre
la nouvelle de ce mariage, il devint, autant que moi, soucieux de la cacher.

« Je la conduisis donc en Angleterre ; ce fut pour moi un
épouvantable voyage avec un pareil monstre sur le bateau.
Je fus heureux de la voir enfin arrivée à Thornfield, et
installée en sécurité, dans cette chambre du troisième étage
dont, depuis dix ans, elle a transformé le réduit dérobé en
un antre de bête sauvage, en un repaire démoniaque. J'eus
quelque peine à lui trouver une garde ; il fallait en choisir
une d'une fidélité à toute épreuve, car mon secret allait être
inévitablement trahi par ses divagations ; en outre, elle avait
des périodes de lucidité de quelques jours, de quelques
semaines, parfois, qu'elle passait à m'injurier. J'engageai
finalement Grace Poole, de Grimsby Retreat. Elle et le
docteur Carter — celui qui a pansé les blessures de Mason
la nuit où il reçut un coup de couteau et fut mordu — sont
les deux seules personnes à qui j'aie jamais fait des confidences. Mrs. Fairfax a certainement soupçonné quelque
chose, sans arriver cependant à une connaissance précise
des faits. Grace, dans l'ensemble, s'est révélée bonne garde,

bien qu'en raison d'un défaut inhérent à sa rude profession et dont rien, semble-t-il, n'a pu la guérir, sa vigilance ait été plus d'une fois émoussée et déjouée. La folle est à la fois rusée et méchante ; elle n'a jamais manqué de profiter des défaillances passagères de sa garde : une fois, pour cacher le couteau avec lequel elle frappa son frère, et deux fois, pour s'emparer de la clef de sa cellule et s'en échapper pendant la nuit. A la première de ces occasions, elle a tenté de me brûler dans mon lit, à la seconde, elle vous a fait cette terrifiante visite. Votre toilette nuptiale a dû lui rappeler vaguement le jour de son propre mariage, et sa rage s'est exercée sur elle ; la Providence veillait sur vous, je l'en remercie. Je ne puis penser à ce qui aurait pu arriver ! Quand je me représente cette créature qui, ce matin, me sauta à la gorge, penchant sa face noirâtre, écarlate, sur le nid de ma colombe, mon sang se fige...

— Qu'avez-vous fait, monsieur, après l'avoir installée ici ? lui demandai-je, le voyant s'interrompre. Où êtes-vous allé ?

— Ce que je fis, Jane ? Je me changeai en feu follet. Où suis-je allé ? J'entrepris des courses vagabondes, aussi fantasques que celles du Juif errant. Je gagnai le continent et me mis à parcourir toutes ses contrées. Je n'avais qu'un désir : chercher, trouver une femme bonne, intelligente, que je pourrais aimer ; tout l'opposé de la furie que j'avais laissée à Thornfield.

— Mais vous ne pouviez pas vous marier, monsieur.

— J'y étais décidé, convaincu que je pouvais le faire, que je devais le faire. Je n'avais pas, tout d'abord, l'intention de cacher la vérité, comme je l'ai fait avec vous. Je me proposais de dire clairement ce qui m'était arrivé et de faire franchement ma demande. Il me paraissait si conforme à la raison d'être tenu pour libre d'aimer et d'être aimé que jamais je n'ai douté de trouver une femme capable de comprendre mon cas et prête à m'accepter, en dépit de la malédiction qui pesait sur moi.

— Eh bien, monsieur ?

— Chaque fois que vous vous montrez curieuse, Jane, vous me faites sourire. Vous ouvrez les yeux comme un oiseau avide, vous avez, de temps en temps, des mouvements d'impatience, comme si les réponses n'arrivaient pas assez vite à votre gré et que vous vouliez lire dans le cœur même de celui qui vous parle. Mais avant de poursuivre, dites-moi ce que vous entendez par votre « Eh bien, monsieur ? » C'est une petite formule dont vous faites un fréquent usage, et qui, bien des fois, je ne sais trop pourquoi, m'a entraîné dans d'interminables discours.

— Je veux dire : Que s'est-il passé ensuite ? Qu'avez-vous fait ? Qu'est-il résulté de cela ?

— Très bien. Que désirez-vous savoir à présent ?

— Si vous avez rencontré une femme qui vous plaisait, si vous lui avez demandé de vous épouser, ce qu'elle vous a répondu.

— Je puis vous dire si j'ai rencontré une femme qui m'a plu, si je lui ai demandé de m'épouser, mais ce qu'elle a répondu est encore à inscrire dans le livre du Destin. Pendant dix longues années j'ai erré, vivant d'abord dans une capitale, puis dans une autre ; quelquefois à Saint-Pétersbourg ; plus souvent à Paris ; de temps en temps à Rome, à Naples, à Florence. Abondamment pourvu d'argent, porteur d'un vieux nom en guise de passeport, je pouvais choisir mes relations, aucun cercle ne m'était fermé. Je me mis en quête de la femme selon mon idéal, parmi les ladies anglaises, les comtesses françaises, les signoras italiennes et les gräfinnen allemandes, sans la trouver nulle part. Parfois, l'espace d'un moment, j'ai cru surprendre un regard, entendre une voix, voir une silhouette qui me laissait espérer la réalisation de mon rêve, mais j'étais bientôt désabusé. N'allez pas croire que je cherchais la perfection, tant de l'esprit, que de la personne. Je désirais seulement un être selon mes goûts ; c'est-à-dire entièrement autre que la créole ; ce fut en vain. Même si j'avais été libre, il ne s'en est pas trouvé une seule que j'eusse demandée en mariage, averti, comme je l'étais, des risques, des horreurs, des dégoûts d'une union mal assortie. Le désappointement me rendit indifférent. J'essayai de la dissipation, mais jamais de la débauche qui me faisait et me fait encore horreur. C'était là l'attribut de ma Messaline des Antilles, pour laquelle j'éprouvais une aussi profonde répulsion que pour la débauche elle-même, ce qui me fut un puissant frein, même dans le plaisir. Toute réjouissance qui confinait à l'orgie semblait me rapprocher d'elle et de ses vices, aussi la fuyais-je.

« Cependant, je ne pouvais vivre seul ; j'en vins à prendre des maîtresses. La première que je choisis fut Céline Varens ; encore un de ces actes dont un homme ne peut se souvenir sans se mépriser. Vous savez déjà ce qu'elle était, comment se termina ma liaison avec elle. Deux autres lui succédèrent : une Italienne, Giacinta, et une Allemande, Clara, toutes deux réputées pour leur singulière beauté. Que devint pour moi leur beauté, au bout de quelques semaines ? Giacinta était violente, sans principes ; au bout de trois mois j'en fus las. Clara était honnête, douce, mais lourde, sans esprit, indifférente, ne répondant pas à mes goûts. Je fus heureux de m'en débarrasser décemment en lui donnant une somme suffisante pour s'établir convenablement. Mais je vois à votre visage, Jane, que vous n'avez pas très bonne opinion de moi, présentement. Vous me prenez pour un libertin sans cœur et sans moralité, n'est-ce pas ?

— A vrai dire, je ne vous juge pas aussi favorablement que je l'ai fait parfois. N'aviez-vous donc pas la moindre idée qu'il était répréhensible de vivre ainsi, avec une maîtresse, puis avec une autre ? Vous parlez de cela comme d'une chose toute naturelle.

— C'était naturel pour moi, sans pour cela me plaire. C'est un genre de vie abject auquel je ne voudrais jamais revenir. Avoir une maîtresse est la pire chose qui soit après l'achat d'une esclave. L'une et l'autre, souvent par leur nature, toujours par leur position, sont inférieures ; or, il est dégradant de vivre avec des inférieurs. Le souvenir du temps passé avec Céline, Giacinta et Clara m'est, à présent, odieux. »

Je sentis la vérité de ces paroles et il m'apparut clairement que si, sous un prétexte quelconque, avec toutes les excuses possibles et sous l'empire de n'importe quelle tentation, j'allais jusqu'à m'abandonner au point de ne plus tenir compte des principes qui m'avaient toujours été inculqués, il m'arriverait ce qu'il advint à ces pauvres filles : un jour viendrait où, dans son esprit, ma mémoire serait aussi souillée que la leur aujourd'hui. Je n'exprimai pas ma pensée, il suffisait qu'elle fût en moi. Je la gravai dans mon cœur pour l'y fixer, afin de l'appeler à mon aide au moment de l'épreuve.

« Allons, Jane, pourquoi ne dites-vous pas : « Eh bien, monsieur ? » Je n'ai pas fini mon récit. Vous avez un air grave. Vous me jugez encore avec sévérité, je le vois bien. Mais j'arrive au fait. En janvier dernier, libéré de toutes mes maîtresses, l'âme sombre et emplie par l'amertume d'une vie inutile, errante et solitaire, rongé de déceptions, aigri contre le genre humain, en particulier contre la gent féminine — car, j'en étais venu à considérer l'idée d'une femme intelligente, fidèle, aimante, comme un simple rêve —, je revins en Angleterre où mes affaires m'appelaient.

« Par un après-midi glacial d'hiver, j'arrivai à cheval en

vue de Thornfield-Hall. Ce lieu abhorré ! Je n'espérais y trouver nulle paix, nul plaisir. Dans le chemin de Hay, j'aperçus une petite personne assise sur un échalier, seule et tranquille. Je passai devant elle sans y faire plus attention qu'au saule étêté qui était en face ; je n'eus pas le moindre pressentiment de ce qu'elle allait être pour moi ; nulle voix intérieure ne me suggéra que l'arbitre de ma vie, le génie de mon bonheur, ou de mon malheur, m'attendait là sous cette humble apparence ; je n'en eus même pas conscience lorsque, après l'accident de Mesrour, elle vint gravement m'offrir son aide. C'était une créature frêle qui avait l'apparence d'une enfant. On eût dit une linotte qui sautillait jusqu'à mes pieds pour proposer de me porter sur ses ailes menues. Je fus bourru ; cela ne la fit pas s'éloigner ; elle resta auprès de moi avec une singulière persistance, tout en me regardant, me parlant, avec une sorte d'autorité. Il fallait que je fusse secouru, et par cette main ; je le fus.

« Lorsque j'eus pressé cette épaule fragile, quelque chose de nouveau, la sensation d'une fraîche sève, s'insinua en moi. Par bonheur, je venais d'apprendre que cet elfe devait me retrouver, qu'il faisait partie de ma maison, celle-là même, en bas, où j'allais. Le sentir s'échapper de ma main et le voir disparaître derrière la haie qui s'estompait, quel singulier regret n'en eussé-je pas eu ! Je vous entendis rentrer ce soir-là, Jane ; vous ne vous doutiez probablement pas que je pensais à vous et que je vous attendais. Le jour suivant, je vous ai observée pendant une demi-heure, sans être vu, tandis que vous jouiez avec Adèle dans la galerie. Il neigeait, je m'en souviens, et vous ne pouviez sortir. J'étais dans ma chambre dont la porte était entrouverte ; je pouvais à la fois vous voir et vous entendre. Adèle occupa votre attention pendant quelque temps, mais j'eus l'impression que vos pensées étaient ailleurs. Vous avez eu beaucoup de patience avec elle, ma petite Jane, vous lui avez parlé, vous l'avez amusée longtemps. Lorsque, enfin, elle vous eut quittée, vous êtes aussitôt tombée dans une rêverie profonde ; vous vous êtes mise à marcher lentement dans la galerie. De temps à autre, quand vous passiez devant une fenêtre, vous jetiez un coup d'œil au-dehors, sur la neige qui tombait en épais flocons ; vous écoutiez les sanglots du vent, et vous repreniez doucement vos allées et venues tout en poursuivant vos rêveries. Je crois que ces visions en état de veille n'étaient pas sombres ; il y avait parfois dans vos yeux une lueur de plaisir, et dans votre aspect, une légère agitation qui n'indiquaient aucune méditation amère, chagrine, mélancolique, mais révélaient plutôt les agréables songes de la jeunesse quand l'esprit tout prêt à étendre les ailes suit l'Espérance dans son vol vers un paradis idéal. La voix de Mrs. Fairfax qui parlait à un domestique dans le vestibule vous ramena à la réalité ; vous avez alors souri de vous, Janet, à vous-même, de curieuse façon. Ce sourire était plein de bon sens, de finesse, et semblait faire peu de cas de vos pensées. Il semblait dire : « Mes belles visions sont « merveilleuses, mais je ne dois pas oublier qu'elles sont « absolument irréelles. Il est dans mon imagination, un ciel « rose, un Éden verdoyant et fleuri, mais au-dehors, je le « sais très bien, s'étend à mes pieds un chemin qui sera rude « à parcourir, et s'amoncellent autour de moi de noirs « orages qu'il me faudra affronter. » Vous êtes alors descendue en courant et vous avez demandé quelque occupation à Mrs. Fairfax, les comptes de la semaine à régler, je crois, ou quelque chose de ce genre. Je vous en voulais pour vous être ainsi soustraite à ma vue.

« J'attendis le soir avec impatience, afin de pouvoir vous appeler auprès de moi. Je pressentais en vous une nature d'exception, tout à fait nouvelle pour moi ; j'avais le désir de la pénétrer davantage, de la mieux connaître. Vous êtes entrée dans le salon d'un air à la fois timide et indépendant. Vous étiez habillée bizarrement, à peu près comme vous l'êtes en ce moment. Je vous ai fait parler et j'eus bientôt découvert que vous étiez pleine de contrastes étranges. Votre extérieur et vos manières témoignaient d'une contrainte disciplinée ; votre attitude, souvent craintive, révélait le naturel raffiné d'une personne sans aucun usage du monde, redoutant terriblement que quelque faute de langage, ou quelque maladresse ne la fît remarquer de façon défavorable. Toutefois, quand on vous adressait la parole, vous leviez sur le visage de votre interlocuteur des yeux vifs, audacieux et ardents ; il y avait de la pénétration et de la puissance dans chacun de vos regards ; pressée de questions que vous ne pouviez éluder, vous aviez toujours une réponse prompte et décisive. Très vite, vous avez paru vous habituer à moi ; je crois que vous avez senti la sympathie qui existait entre vous-même et ce maître sévère, peu aimable, Jane ; ce fut, en effet, une chose surprenante de voir avec quelle rapidité une certaine aisance pleine de charme vous rendit sereine. Quelque grognon que je fusse, vous ne montriez ni surprise, ni crainte, ni ennui, ni déplaisir, devant ma mauvaise humeur ; parfois, vous m'observiez en me souriant avec une grâce simple et pourtant perspicace que je ne saurais décrire. Ce spectacle me rendait heureux et avivait ma curiosité ; ce que je connaissais de vous me plaisait et je désirais en savoir davantage. Cependant, je vous tins longtemps à distance, recherchant rarement votre compagnie. Épicurien d'esprit, je voulais prolonger le plaisir de faire cette nouvelle et piquante connaissance. Puis je fus un moment hanté par la crainte de voir la fleur se faner, le charme exquis de sa fraîcheur disparaître, si je la prenais selon mon gré dans la main. Je ne savais pas alors qu'elle n'était pas éphémère, mais plutôt semblable à la fleur étincelante taillée dans une pierre précieuse indestructible. Je voulais voir également si, lorsque je vous évitais, vous me rechercheriez ; mais vous êtes demeurée dans la salle d'étude, aussi tranquille que votre pupitre et votre chevalet ; si, par hasard, je vous rencontrais, vous ne ralentissiez pas plus le pas et ne me donniez pas plus de marques d'intérêt que ne l'exigeait le respect. Vous aviez alors, presque toujours, un air pensif, mais non découragé ; vous étiez en effet, en bonne santé, mais, sans grande espérance, sans plaisir véritable, vous n'étiez point exubérante. Je me demandais ce que vous pensiez de moi, ou si même vous pensiez jamais à moi. Pour le savoir, je vous témoignai à nouveau quelque sollicitude. Il y avait quelque chose d'heureux dans votre regard, de l'enjouement dans vos manières, lorsque vous me parliez ; je vis que vous aimiez la société et que c'était le silence de la salle d'étude et la monotonie de votre vie qui vous rendaient triste. Je m'offris le plaisir d'être bon pour vous ; cette bonté éveilla bientôt l'émotion, votre visage prit une expression de douceur, votre voix devint caressante ; j'aimais entendre mon nom prononcé par vos lèvres avec un accent de reconnaissance et de bonheur. En ce temps-là, Jane, j'étais heureux quand le hasard me faisait vous rencontrer ; vous manifestiez alors une curieuse hésitation, vous me regardiez d'un air légèrement perplexe, embarrassé, ne sachant pas quel serait mon caprice : si j'allais jouer au maître et me montrer sévère ou jouer à l'ami et me montrer bienveillant. Je vous aimais déjà trop pour feindre souvent d'avoir la première de ces fantaisies ; et quand je vous tendais cordialement la main, un tel éclat, une telle illumination, une telle félicité se répandaient sur votre jeune et sérieux visage, que j'avais souvent bien du mal à me retenir de vous serrer sur mon cœur à cet instant.

— Ne parlez plus de ce temps-là, monsieur », interrompis-je, essuyant furtivement quelques larmes.

Ses paroles me mettaient à la torture, car je savais ce qu'il me restait à faire, et sans retard ; tant de souvenirs, ces sentiments révélés par mon maître, rendaient mon devoir plus difficile.

« Non, Jane, répliqua-t-il. Pourquoi, en effet, s'appesantir sur le passé, quand le présent est tellement plus certain, l'avenir tellement plus merveilleux ? »

Je frémis en entendant cette folle assertion.

« Vous voyez bien, maintenant, quelle est la situation ? continua-t-il. Après une jeunesse et une vie d'homme passées d'abord dans une misère morale inexprimable, puis dans une affreuse solitude, j'ai, pour la première fois, trouvé ce que je puis sincèrement aimer, je *vous* ai trouvée. Vous êtes mon amour, le meilleur de moi-même, mon bon ange, je vous suis attaché par un profond sentiment. Je vous sais bonne, riche de dons, séduisante ; une passion fervente et sacrée, née dans mon cœur, me fait tendre vers vous, vous attire au centre, à la source même de ma vie, vous enrobe dans mon existence, et, brûlant d'une pure et puissante flamme, fond nos deux êtres en un seul.

« C'est parce que j'éprouvais et savais tout cela que j'ai résolu de vous épouser. Me dire que j'avais déjà une femme est une raillerie vide de sens ; vous savez à présent que cette femme est un hideux démon. J'ai eu tort de chercher à vous abuser, mais je craignais l'obstination de votre caractère, je redoutais les préjugés qui vous ont été inculqués dès l'enfance. Je voulais m'assurer de vous, avant de m'aventurer à vous faire des confidences. C'était lâche. J'aurais dû en appeler d'abord à votre noblesse, à votre magnanimité, comme je le fais à présent ; vous dire, en toute franchise, simplement, ce qu'avait été ma douloureuse vie, combien j'avais faim et soif d'une existence plus élevée, plus digne, vous montrer, non pas mon *intention* d'aimer — le mot est trop faible —, mais la *force* irrésistible qui me poussait à aimer fidèlement, de tout mon être, celle qui m'aimait avec la même constance et le même amour. C'est alors que j'aurais dû vous prier d'accepter mon serment de fidélité en échange du vôtre. Jane... faites-le maintenant. »

Il y eut un moment de silence.

« Pourquoi ne répondez-vous rien Jane ? »

Je subissais une épreuve terrible ; une main de fer rougi m'étreignait le cœur. Instant terrifiant, rempli de luttes, de ténèbres, de flammes dévorantes ! Jamais créature humaine n'avait pu désirer être aimée davantage que je ne l'étais ; celui qui m'aimait ainsi, je l'adorais absolument ; et il me fallait renoncer à l'amour, à mon idole ! Mon intolérable devoir était contenu dans ce mot unique : « Partir. »

« Jane, vous comprenez ce que j'attends de vous ? Faites-moi seulement cette promesse : « Je serai à vous, monsieur « Rochester. »

— Monsieur Rochester je ne serai *pas* à vous. »

Il y eut un autre long silence.

« Jane », reprit-il, avec une douceur qui me brisa de douleur et, par son terrifiant présage, me fit devenir froide comme la pierre, car cette voix calme était le halètement d'un lion prêt à bondir. « Jane ! voulez-vous dire que vous suivrez un chemin dans la vie, et que vous me laisserez en prendre un autre ?

— Oui.

— Jane, (il se pencha sur moi et me prit dans ses bras) le voulez-vous encore ?

— Oui.

— Et maintenant ? continua-t-il, baisant avec douceur mon front, mes joues.

— Oui, dis-je, me dégageant rapidement et complètement de son étreinte.

— Oh ! Jane, c'est cruel ! c'est... mal. Ce ne serait pas mal de m'aimer.

— Il serait mal de vous obéir. »

Un regard sauvage arqua ses sourcils, bouleversa ses traits ; il se leva, mais se contint encore. Je posai la main sur le dossier d'une chaise, pour me soutenir ; je tremblais, j'avais peur, mais j'étais résolue.

« Un instant, Jane. Considérez mon horrible vie quand vous serez partie. Si vous me quittez, tout bonheur me sera ravi. Que me restera-t-il, alors ? Je n'ai pour femme que la démente, là-haut ; vous pourriez aussi bien me laisser avec quelque cadavre du cimetière voisin. Que ferai-je, Jane ? Où chercher une compagne, un peu d'espoir ?

— Faites comme moi, ayez confiance en Dieu et en vous-même ; il faut croire au ciel et espérer nous y retrouver.

— Alors, vous ne voulez pas céder ?

— Non.

— Vous me condamnez donc à vivre misérable, à mourir maudit ? »

Sa voix s'élevait.

« Je vous conseille de vivre sans pécher et vous souhaite de mourir en paix.

— Vous emportez l'amour, l'innocence, vous ne me laissez pour passion que la débauche, que le vice pour passe-temps.

— Monsieur Rochester, je ne vous contrains pas plus à ce destin que je ne m'y condamne moi-même. Nous sommes nés pour lutter et souffrir, vous, aussi bien que moi ; soumettez-vous. Vous m'oublierez avant que je ne vous oublie.

— Vous faites de moi un menteur en parlant ainsi, vous flétrissez mon honneur. Je vous ai déclaré que je ne pouvais pas changer, et vous me dites en face que je changerai bientôt. Votre conduite prouve à quel point votre jugement est déformé, combien vos idées sont erronées ! Est-il mieux de pousser un de ses semblables au désespoir, que de transgresser une simple loi humaine, quand cette violation ne porte préjudice à personne, puisque n'ayant ni parents, ni amis, vous ne pouvez craindre d'offenser qui que ce soit en vivant avec moi. »

C'était vrai. Et tandis qu'il parlait, ma conscience et ma raison elles-mêmes me trahissaient, me reprochant comme un crime de lui résister. Elles parlaient presque aussi haut que le sentiment qui lançait ses clameurs passionnées : « Oh ! cède, disait-il, songe à sa misère, au danger qui le guette ; considère quelle sera sa vie quand il se retrouvera seul ; n'oublie pas son tempérament fougueux ; représente-toi la témérité dont est suivi le désespoir. Console-le, sauve-le, aime-le ; dis-lui que tu l'aimes et que tu veux être à lui. Qui donc au monde se soucie de *toi* ? A qui feras-tu du tort, en agissant ainsi ? »

Mais la réponse était toujours aussi inexorable.

« C'est à *moi* de me soucier de moi. Plus je suis isolée, privée d'amis, sans soutien, plus je dois me respecter. Je suivrai la loi que Dieu a dictée et à laquelle l'homme est assujetti. Je serai fidèle aux principes que j'ai reçus quand j'avais ma raison, quand je n'étais pas folle comme je le suis maintenant. Les lois, les principes ne servent à rien dans les périodes où la tentation ne nous assaille pas, ils sont faits pour des instants tels que celui-ci : lorsque le corps et l'âme se révoltent contre leurs exigences. Si rigoureux soient-ils, je ne les violerai pas. Si je pouvais les enfreindre au gré de mes désirs, quelle serait leur valeur ? Or, ils ont une valeur, je l'ai toujours cru ; si je ne puis le croire en ce moment, c'est que j'ai perdu la raison, oui, complètement, c'est que du feu coule dans mes veines, que mon cœur bat si vite qu'il m'est impossible d'en compter les pulsations. Les préjugés, les décisions toutes faites, sont, à cette heure, tout ce qui me reste, le seul point d'appui sur lequel mon pied peut se poser. »

Ma résolution était prise. Mr. Rochester la lut sur mon visage. Sa fureur fut à son comble ; et, quelles qu'en fussent les conséquences, il dut y céder, un instant ; il traversa la pièce, me saisit le bras, et me prit par la taille. Ses yeux flamboyants semblaient me dévorer ; je me sentis alors aussi impuissante, physiquement, qu'un brin de paille exposé au souffle ardent d'une fournaise ; mentalement, je demeurais maîtresse de moi, gardant la certitude que je finirais par échapper au péril. L'âme, heureusement, a un interprète souvent inconscient, mais toujours fidèle, dans le regard. Mes yeux rencontrèrent les siens ; tout en les fixant sur son visage courroucé, je poussai un soupir involontaire ; son étreinte était douloureuse, et mes forces, soumises à trop rude épreuve, étaient presque épuisées.

« Jamais, dit-il, en grinçant des dents, jamais il n'y eut créature plus fragile et plus indomptable. Ce n'est qu'un roseau dans ma main ! (Et il me secoua de toute la force de ses bras.) Je pourrais la tordre entre le pouce et l'index ; mais à quoi cela me servirait-il de la ployer, de la briser, de la broyer ? Voyez ces yeux, voyez l'âme résolue, farouche, libre, qui s'y reflète, qui me défie, non seulement avec courage, mais avec un amer triomphe. Quoi que je puisse faire de sa cage, je ne puis atteindre ce sauvage et merveilleux esprit ! Si je brise, si je détruis la légère prison, mon outrage ne fera que libérer le captif. Je pourrais conquérir la demeure, mais son hôte s'évaderait vers le ciel avant même que je ne fusse en possession de son abri d'argile. Et c'est toi, esprit, avec ta volonté, ton énergie, ta vertu, que je veux, et non pas seulement ta fragile enveloppe. Tu pourrais de toi-même venir d'un vol léger te blottir contre mon cœur, si tu le voulais ! Saisi malgré toi, tu échapperais à mes embrassements, tu t'évanouirais, telle une essence, avant que je n'aie respiré ton parfum. Oh ! viens, Jane, viens ! »

En disant ces mots, il relâcha son étreinte, se contentant de me regarder. Il me fut bien plus difficile de résister à ce regard qu'à ses élans frénétiques. Il aurait cependant fallu être insensée pour succomber en ce moment. J'avais bravé et vaincu sa fureur, il ne me restait qu'à fuir sa douleur. Je me retirai vers la porte.

« Vous partez, Jane ?

— Oui, monsieur, je pars.

— Vous me quittez ?

— Oui.

— Vous ne voulez pas venir ? Vous ne voulez pas être ma consolatrice, mon sauveur ? Mon amour profond, ma peine extrême, mes supplications désespérées ne sont rien pour vous ? »

Quelle inexprimable émotion il y avait dans sa voix ! Comme il était dur de répéter avec fermeté « Je m'en vais » !

« Jane !

— Monsieur Rochester !

— Retirez-vous donc, j'y consens ; mais n'oubliez pas dans quelle détresse vous me laissez. Remontez dans votre chambre, réfléchissez à tout ce que je vous ai dit, et puis, Jane, jetez un regard sur mes souffrances... pensez à moi. »

Il se détourna et se jeta sur le sofa où il enfouit son visage. « Oh ! Jane ! mon espoir, mon amour, ma vie !... » laissat-il échapper de ses lèvres dans un cri d'angoisse. Puis il eut un profond et violent sanglot.

J'avais déjà gagné la porte ; mais je revins sur mes pas, lecteur, je revins aussi résolument que je m'étais éloignée. Je me mis à genoux près de lui, je tournai vers moi son visage perdu dans les coussins, baisai sa joue, caressai ses cheveux de la main.

« Dieu vous bénisse, mon cher maître ! dis-je ; Dieu vous garde de toute peine, de tout mal ; qu'Il vous guide, vous console et vous récompense largement pour la bonté que vous m'avez témoignée.

— L'amour de ma petite Jane eût été ma meilleure récompense, répondit-il ; sans lui, j'ai le cœur brisé. Mais Jane va me donner son amour, oui, noblement, généreusement. »

Le sang afflua à ses joues, le feu jaillit de ses yeux ; d'un bond il se releva, tendit les bras ; mais, me dérobant à son étreinte, je sortis aussitôt de la pièce.

« Adieu ! » fut le cri de mon cœur lorsque je le quittai. Dans mon désespoir, j'ajoutai : « Adieu pour toujours ! »

....

Je n'aurais jamais pensé dormir cette nuit-là ; cependant je m'assoupis dès que je fus dans mon lit. Transportée en songe dans les lieux de mon enfance, je rêvais que j'étais à Gateshead, couchée dans la chambre rouge ; la nuit était noire, et mon esprit en proie à une étrange terreur. Réapparaissant dans ce rêve, la lueur qui m'avait autrefois fait perdre connaissance semblait glisser le long du mur, jusqu'au plafond obscur, et s'arrêter, tremblante, en son milieu.

Je levai la tête pour regarder, mais le plafond avait fait place à de hauts nuages, assez vagues, et la lueur ressemblait à celle que la lune répand sur les vapeurs qu'elle va disperser. Je guettais sa venue avec les plus singuliers pressentiments, comme si le mot de mon destin allait être écrit sur son disque. Jamais lune ne surgit ainsi des nuages : une main plongea d'abord dans leurs plis sombres, les écarta, puis, au lieu de la lune, une blanche forme humaine brilla dans l'azur, inclinant vers la terre son front radieux. Elle me contempla longuement ; sa voix infiniment lointaine et cependant proche murmura dans mon cœur, me pénétrant l'âme :

« Ma fille, fuis la tentation.

— Mère, je la fuirai. »

Ainsi avais-je répondu tout en m'éveillant de ce rêve semblable à une vision. Il faisait encore nuit, mais les nuits de juillet sont courtes, l'aube apparaît peu après minuit. « Il ne peut être trop tôt pour entreprendre la tâche que j'ai à accomplir », pensai-je. Je me levai donc. J'étais habillée, car je n'avais ôté que mes souliers. Je savais où trouver dans mes tiroirs un peu de linge, un médaillon, une bague. En cherchant ces objets, mes doigts rencontrèrent les perles d'un collier que Mr. Rochester m'avait contrainte d'accepter quelques jours auparavant. Je le laissai ; il n'était pas à moi, mais à la chimérique fiancée qui s'était évanouie dans l'air. Je fis un paquet des autres choses et mis dans ma poche ma bourse qui contenait vingt shillings, toute ma fortune ! J'attachai ma capote de paille, épinglai mon châle, pris le paquet ainsi que mes souliers que je ne voulais pas mettre encore, et sortis doucement de ma chambre.

« Adieu, bonne Mrs. Fairfax ! murmurai-je, en glissant devant sa porte. Adieu, mon Adèle chérie », dis-je, en jetant un regard vers la nursery.

Je ne pouvais songer à y entrer pour la serrer dans mes bras. Il me fallait tromper une fine oreille, car rien ne prouvait qu'il n'en était pas une à l'écoute.

J'aurais voulu passer devant la chambre de Mr. Rochester sans m'arrêter ; mais au seuil de cette pièce mon cœur cessa de battre un instant, et mes pieds s'immobilisèrent. Pas de sommeil ici, l'hôte allait et venait d'un mur à l'autre avec agitation, et je l'entendais pousser de nombreux soupirs. Là, dans cette chambre, si je le voulais, était un paradis pour moi, un paradis sur cette terre. Il me suffisait d'entrer et de dire : « Monsieur Rochester, je vous aimerai et vivrai avec vous toute ma vie, jusqu'à la mort », pour que jaillît tout près de mes lèvres une source de délices. Telles étaient mes pensées. Mais je me représentais aussi ce maître plein de bonté qui ne pouvait dormir en ce moment, et attendait impatiemment le jour. Au matin, il me ferait appeler, et je serais partie. Vainement il me ferait rechercher. Se sentant abandonné, son amour rejeté, il souffrirait, se désespérerait peut-être. Ma main fit un mouvement pour saisir le loquet de la porte, mais je la retins, et m'éloignai doucement.

Je poursuivis tristement mon chemin jusqu'en bas. Je savais ce que j'avais à faire et le fis machinalement. Je pris dans la cuisine la clef de la petite porte, ainsi qu'une petite fiole d'huile et une plume, pour huiler clef et serrure. Je pris aussi un peu d'eau, et un peu de pain, car j'aurais peut-être à marcher longtemps ; il importait que mes forces, déjà durement éprouvées, ne vinssent pas à me trahir. Je fis tout cela sans le moindre bruit. J'ouvris la porte, la franchis et la refermai avec précaution. L'aube grise éclairait faiblement la cour. Les grandes grilles étaient fermées à clef, mais un guichet dans l'une d'elles n'avait qu'un loquet, c'est par là que je sortis ; l'ayant refermé, je me trouvai donc hors de Thornfield.

A un mille plus loin, au-delà des prés, dans la direction opposée à celle de Millcote, passait une route que je n'avais jamais prise, mais que j'avais souvent remarquée en me demandant où elle menait ; ce fut de ce côté que je dirigeai mes pas. Le moment n'était plus aux tergiversations, aux regards en arrière, ni même en avant. Il ne fallait penser ni au passé ni à l'avenir. Le passé était une page si divinement douce, si mortellement triste, que la lecture d'une seule de ses lignes aurait suffi à faire évanouir mon courage, à briser mon énergie. L'avenir était un néant affreux, quelque chose comme le monde après le déluge.

Je longeai les champs, les haies, les sentiers, jusque après le lever du soleil. Je crois que c'était une radieuse matinée d'été, j'ai souvenir que les souliers que j'avais mis en quittant la maison furent bientôt tout humides de rosée. Mais je ne regardais ni le soleil qui apparaissait à l'horizon, ni le ciel bienveillant, ni la nature à son réveil. Celui que l'on conduit à l'échafaud à travers un paysage charmant, ne pense pas aux fleurs qui lui sourient au passage, mais au billot, au tranchant de la hache, à la rupture de ses os, de ses veines, à la tombe qui s'ouvre au bout du chemin. Je pensais à ma triste fuite, à ma course vagabonde, sans abri ; je pensais, et avec quelle angoisse ! à ce que je quittais. C'était plus fort que moi. Je voyais Mr. Rochester dans sa chambre, guettant le lever du soleil, espérant que j'allais bientôt venir lui dire que je resterais avec lui, que je serais à lui. Je désirais ardemment être à lui, je brûlais de revenir en arrière ; il n'était pas trop tard, je pouvais encore lui épargner la douleur amère de la séparation. J'étais sûre que ma fuite n'était pas encore découverte. Je pouvais revenir pour être sa consolation, son orgueil, le sauver d'une vie misérable, de la ruine, peut-être. Ah ! cette terreur de le voir s'abandonner lui-même — chose pire que l'abandon où je l'avais laissé —, à quel point elle m'aiguillonnait ! C'était une flèche acérée qui me déchirait la poitrine quand je tentais de l'extirper, et qui me faisait défaillir quand le souvenir l'enfonçait plus avant. Les oiseaux commencèrent à chanter dans les halliers, dans les taillis ; fidèles à leurs compagnes, ils étaient le symbole de l'amour. Et moi, qu'étais-je ? Le cœur accablé de souffrance, faisant de frénétiques efforts pour m'en tenir à mes principes, je me faisais horreur. Je n'avais pas la consolation que donne l'approbation de soi, et pas davantage celle de mon amour-propre. J'avais offensé, blessé, abandonné mon maître. Je me trouvais odieuse. Cependant, un retour à Thornfield était impossible, je ne pouvais revenir sur un seul de mes pas. Ce devait être Dieu qui me conduisait, car mon tourment passionné avait écrasé ma volonté, étouffé ma conscience. Tout en suivant ma route solitaire je pleurais amèrement, marchant vite, vite, comme quelqu'un en proie au délire, lorsque, ressentant une faiblesse qui gagna mes membres, je tombai et demeurai quelques minutes étendue sur le sol, pressant mon visage contre l'herbe humide. Je craignis, ou plutôt j'espérai que j'allais mourir là ; mais je me relevai bientôt, et me traînant en avant sur les mains et les genoux, je finis par me remettre debout, plus impatiente, plus résolue que jamais à atteindre la route.

Quand j'y parvins, je dus m'asseoir sous une haie pour me reposer ; tandis que j'étais là, assise, j'entendis un bruit de roues et vis une diligence qui s'approchait. Je me levai et fis signe de la main ; elle s'arrêta. Je m'informai où elle allait ; le cocher nomma une localité éloignée, où j'étais sûre que Mr. Rochester ne connaissait personne. Je lui demandai quelle somme il prendrait pour m'y conduire : c'était trente shillings ; lui ayant répondu que je n'en avais que vingt, il me dit qu'il essaierait de s'en contenter ; comme le véhicule était vide, il m'autorisa même à m'asseoir à l'intérieur ; j'y montai ; la portière fut refermée sur moi, et la diligence reprit sa route.

Puissiez-vous, aimable lecteur, ne jamais éprouver ce que j'éprouvai alors ! Puissent vos yeux ne jamais répandre de larmes aussi délirantes, brûlantes que celles versées par mon âme tourmentée. Puissiez-vous ne jamais adresser au Ciel des prières aussi désespérées, aussi douloureuses que celles qui, à cette heure, s'échappèrent de mes lèvres ; puissiez-vous ne jamais redouter, comme moi, d'être un instrument de malheur pour celui que vous aimez de toute votre âme !

CHAPITRE XXVIII

Deux jours ont passé. C'est un soir d'été ; le cocher m'a fait descendre en un endroit appelé Whitcross : il ne pouvait m'emmener plus loin pour la somme que je lui avais donnée, et je ne possédais plus un shilling.

La diligence est à présent à un mille d'ici et je suis seule. C'est à ce moment que je m'aperçois que j'avais oublié de retirer de la pochette de la diligence le paquet que j'y avais mis pour qu'il fût en sûreté. Il y est resté et y restera : me voici donc dénuée de tout.

Whitcross n'est pas une ville, ni même un hameau ; ce n'est qu'un pilier de pierre érigé au carrefour de quatre routes, badigeonné de blanc, sans doute pour être plus visible à distance et dans l'obscurité. Quatre bras partent de son sommet ; d'après leurs indications, la ville la plus proche est distante de dix milles, la plus éloignée, d'au moins vingt. Par les noms bien connus de ces villes, je sais que je me trouve dans un comté des North-Midlands, je vois que c'est une région de mornes landes avec des montagnes en bordure. Derrière moi, de part et d'autre, s'étendent de vastes landes ; au loin, au-delà de la profonde vallée que j'ai à mes pieds, apparaissent des ondulations montagneuses. La population doit être clairsemée, je ne vois aucun voyageur sur ces routes allant vers l'est, l'ouest, le nord et le sud, blanches, larges, solitaires, qui sont toutes découpées dans la lande ; une bruyère haute et sauvage croît jusque sur leurs bords. Mais un voyageur peut, par hasard, passer ; je ne voudrais, en ce moment, être vue de personne ; des étrangers se demanderaient ce que je fais à m'attarder devant ce poteau indicateur, visiblement sans but, et perdue. On me questionnerait peut-être et mes réponses, assez peu croyables, éveilleraient des soupçons. Présentement, pas un lien ne me rattache à l'humanité ; aucun attrait, aucun espoir ne me porte vers mes semblables ; personne en me voyant n'aurait pour moi une pensée bienveillante, un souhait aimable. Je n'ai d'autre parent que la nature, notre mère commune : c'est sur son sein que je chercherai le repos.

M'engageant dans une dépression qui formait un profond sillon au bord de lande brune, j'allai droit dans la bruyère, m'enfonçant jusqu'aux genoux dans sa sombre végétation. En suivant ses contours, je découvris, caché dans un repli, un rocher de granit, noir de mousse, sous lequel je m'assis ; de hauts talus de bruyère m'entouraient, le rocher protégeait ma tête ; au-dessus, il y avait le ciel. Il me fallut un certain temps pour me sentir en sécurité, même en cet endroit ; je redoutais vaguement la présence, dans le voisinage, de quelque bétail sauvage, ou d'être découverte par un chasseur, un braconnier. Un coup de vent soufflait-il sur ces étendues, je levais la tête, craignant de voir bondir un taureau ; un pluvier sifflait-il, je me figurais que c'était un homme. Mais voyant que mes appréhensions n'étaient pas fondées, et calmée par le profond silence qui régnait dans la nuit tombante, je pris confiance. Jusqu'ici je n'avais pas pensé, je n'avais fait qu'écouter, guetter, éprouver la peur ; à présent, j'avais retrouvé la faculté de réfléchir.

Qu'allais-je faire ? Où fallait-il aller ? Oh ! les intolérables questions, alors que je ne pouvais rien faire, aller nulle part, alors que mes membres las et tremblants avaient encore un long chemin à parcourir avant d'atteindre une habitation humaine. Ne me faudrait-il pas recourir à la froide charité avant de trouver un refuge ; importuner une sympathie hésitante, aller au-devant de refus à peu près certains avant d'être entendue, ou que l'un de mes besoins fût satisfait ?

Je touchai la bruyère ; elle était sèche, tiède encore de la chaleur de ce jour d'été. Je regardai le ciel ; il était pur, une étoile bienveillante scintillait juste au-dessus du bord du ravin. La rosée tombait, mais avec une bienfaisante douceur ; aucune brise ne murmurait. La nature me parut compatissante et bonne, j'eus l'impression que, dans cet exil, elle m'entourait d'affection ; et moi, qui n'avais que méfiance, rebuffades et insultes à attendre des hommes, je m'en remis à elle avec une tendresse filiale. Cette nuit, du moins, je serais son hôte ; puisque j'étais son enfant, ma mère m'hébergerait pour rien, sans attendre quelque chose en retour. J'avais encore un morceau de pain, le reste d'un petit pain acheté avec un penny retrouvé par hasard — ma dernière pièce de monnaie — dans une ville où nous étions passés à midi. Je vis, çà et là, luire dans la bruyère, semblables à des grains de jais, des myrtilles mûres, j'en cueillis une poignée que je mangeai avec mon pain. Ma faim dévorante fut, sinon satisfaite, du moins apaisée par ce repas d'ermite. Quand je l'eus terminé, je fis mes prières du soir puis je choisis ma couche.

A côté du rocher, la bruyère était très profonde ; quand je m'étendis, mes pieds y furent enfouis ; elle s'élevait haut, de chaque côté, ne laissant qu'un étroit espace ouvert à l'air de la nuit. Je pliai mon châle en deux et le mis sur moi en guise de couverture ; une légère saillie garnie de mousse me servit d'oreiller. Ainsi, à l'abri, je n'eus pas froid, du moins au début de la nuit.

Mon cœur angoissé ne me permit pas de jouir parfaitement d'un repos qui m'eût été favorable. Il souffrait de ses blessures ouvertes, de ses fibres déchirées ; il saignait intérieurement. Il tremblait sur le sort de Mr. Rochester, pleurait sur lui avec une amère pitié, le réclamait, en proie à un incessant désir, tel un oiseau aux ailes brisées, fracassées, qui, dans son impuissance, continuerait à les agiter convulsivement en de vains efforts pour voler jusqu'à lui.

Épuisée par ces torturantes pensées, je me mis à genoux. La nuit était venue avec ses étoiles, une nuit apaisante, calme, trop sereine pour laisser place à la peur. Nous savons que Dieu est partout, mais c'est certainement lorsque ses œuvres se déploient devant nous dans toute leur grandeur que sa présence est sentie le plus intensément. C'est pendant la nuit, dans un ciel sans nuages, où les mondes qu'Il a créés roulent en silence, que nous constatons avec le plus d'évidence son infinité, sa puissance souveraine, sa présence en tous lieux. Je priai à genoux pour Mr. Rochester. Levant vers le ciel mes yeux obscurcis par les larmes, je vis la merveilleuse Voie lactée ; songeant à ce qu'elle représentait, à ces innombrables univers, qui, rapides, parcourent l'espace sous les apparences d'une délicate traînée de lumière, je sentis la grandeur, la puissance de Dieu. Je fus certaine qu'il était en son pouvoir de sauver son ouvrage, j'eus de plus en plus la conviction que la terre ne périrait pas, non plus qu'une seule des âmes dont elle avait la garde. Ma prière se changea en action de grâces : la Source de la Vie était aussi le Sauveur des esprits. Mr. Rochester était en sécurité, il appartenait à Dieu, c'est par Dieu qu'il serait protégé. Je me blottis de nouveau sur le sein de la colline, et, bientôt, le sommeil me fit oublier mon chagrin.

Mais le lendemain, la pâle pauvreté m'apparut dans toute sa nudité. Longtemps après que les petits oiseaux eurent quitté leurs nids, longtemps après que les abeilles, dans la douceur de l'aurore et avant que ne fût séchée la rosée, furent venues butiner les bruyères pour faire leur miel, alors que les longues ombres du matin se font courtes et que le soleil inonde la terre et le ciel, je me levai et regardai autour de moi.

Quelle admirable journée, calme, chaude ! La lande s'étendait comme un désert doré. Partout, le soleil. Je souhaitais pouvoir vivre là, y trouver une subsistance. Je vis un lézard courir le long du rocher, une abeille s'affairer parmi les myrtilles sucrées. Comme j'aurais voulu alors devenir abeille ou lézard pour trouver en ces lieux la nourriture à ma convenance, une retraite définitive ! Mais j'étais un être humain, j'en avais les besoins et je ne pouvais m'attarder là où il n'y avait rien pour les satisfaire. Je me levai et jetai un coup d'œil derrière moi, sur le lit que je venais de quitter. Sans espoir pour l'avenir, je regrettais que mon Créateur n'eût pas jugé bon de rappeler mon âme à Lui, cette nuit, pendant mon sommeil, pour permettre à mon corps épuisé, affranchi par la mort d'une nouvelle lutte contre le destin et tranquillement réduit en poussière, de se mêler en paix au sol de cette lande. La vie, cependant, me restait avec toutes ses exigences, ses peines, ses responsabilités. Il fallait reprendre le fardeau, pourvoir aux besoins, supporter les souffrances, assumer les responsabilités. Je me mis en route.

Ayant regagné Whitcross, je pris une route dans la direction opposée à celle du soleil, maintenant haut sur l'horizon, et ardent. Sans volonté, je n'avais d'autre raison pour fixer mon choix. Après une longue marche, dans un état de fatigue proche de l'anéantissement, je crus que j'avais assez fait pour y céder et relâcher mon effort ; je m'assis donc sur une pierre que j'aperçus près de moi, et m'abandonnai sans résister à l'apathie dont mon courage et mes membres subissaient l'entrave. C'est alors que j'entendis le son d'une cloche, d'une cloche d'église.

Je tournai la tête dans la direction d'où provenait le son, et là, parmi les romantiques collines dont j'avais cessé depuis une heure d'observer les aspects changeants, je vis un petit village et un clocher. Toute la vallée, sur ma droite, était couverte de pâturages, de champs de blé et de bois ; un ruisseau scintillant zigzaguait à travers les teintes variées des blés mûrissants, des bois sombres, des prairies claires et ensoleillées. Un bruit de roues attira mon attention : devant moi, sur la route, je vis une charrette lourdement chargée qui montait péniblement la côte ; un peu plus loin il y avait deux vaches et un bouvier. La vie humaine et son labeur étaient proches. Il fallait lutter encore, m'efforcer de vivre et de peiner comme les autres.

Vers deux heures de l'après-midi, j'entrai dans le village. Au bas de son unique rue il y avait une petite boutique avec quelques pains dans la vitrine. J'en aurais bien voulu un pour retrouver quelque énergie, sans laquelle il me serait difficile de poursuivre ma route. Le désir de reprendre un peu de force, de vigueur, me revint aussitôt que je fus parmi mes semblables. Je sentais qu'il serait humiliant de tomber d'inanition dans la rue d'un village. N'avais-je rien sur moi à proposer en échange de l'un de ces petits pains ? Je réfléchis. J'avais un petit foulard de soie noué à mon cou, j'avais mes gants. Je ne savais trop ce que pouvaient faire des gens réduits à un dénuement quasi total. Accepterait-on l'un ou l'autre de ces objets ? Il était probable que non : il fallait pourtant essayer.

J'entrai dans la boutique, où se tenait une femme. A la vue d'une personne bien habillée, une dame, sans doute, elle s'avança avec empressement. Qu'y avait-il pour mon service ? Je fus saisie de confusion, ma langue se refusa à formuler la requête que j'avais préparée. Je n'osai lui offrir mes gants à moitié usés, le foulard chiffonné ; d'ailleurs, je me rendais compte que ce serait absurde. Je ne lui demandai que la permission de m'asseoir un instant parce que j'étais fatiguée. Désappointée de ne pas trouver en moi la cliente qu'elle attendait, elle accéda froidement à ma demande. Elle désigna du doigt un siège sur lequel je me laissai tomber. J'avais une terrible envie de pleurer, mais je me contins, voyant combien une telle manifestation serait déplacée ; je lui demandai sans tarder s'il y avait dans le village des couturières, des lingères.

Oui, il y en avait deux ou trois ; bien assez pour ce qu'il y avait à faire.

Je me mis à réfléchir. Il fallait en venir au fait. J'étais acculée face à la nécessité, sans ressources, sans amis, sans argent. Il fallait faire quelque chose, mais quoi ? m'adresser quelque part, mais où ?

Connaissait-elle dans le voisinage une maison où l'on aurait besoin d'une servante ?

Non, elle n'en connaissait point.

Quelle était la principale industrie de la région ? que faisaient la plupart des gens ?

Quelques-uns travaillaient dans les fermes, beaucoup étaient employés à la fabrique d'aiguilles de Mr. Oliver, et à la fonderie.

Mr. Oliver engageait-il des femmes ?

Non, ce n'était que du travail pour les hommes.

« Que font les femmes ?

— J'sais pas, répondit-elle. Y en a qui font une chose, y en a qui en font une autre. L' pauv' monde y doit s'débrouiller comme y peut. »

Elle paraissait lasse de mes questions ; quel droit avais-je, en effet, de l'importuner ? Une voisine ou deux entrèrent ; on avait évidemment besoin de ma chaise ; aussi pris-je congé.

Je montai la rue, examinant, tout en marchant, chaque maison à droite et à gauche, sans trouver aucun prétexte, aucune raison pour y pénétrer. J'errai autour du village, m'en éloignant parfois quelque peu et revenant sur mes pas, pendant une heure ou davantage. Sérieusement épuisée, et souffrant à présent cruellement de la faim, je fis un détour pour prendre un chemin où je m'assis sous une haie. Mais avant peu de temps j'étais de nouveau debout à la recherche d'un viatique, ou tout au moins de quelqu'un qui pût me renseigner. En haut de ce chemin, il y avait une jolie maisonnette, précédée d'un jardin extrêmement bien tenu et resplendissant de fleurs. Je m'y arrêtai. Pourquoi m'approcher ainsi de la porte blanche, poser la main sur le heurtoir luisant ? En quoi les habitants de cette demeure pouvaient-ils avoir intérêt à me rendre service ? Je m'avançai, pourtant, et frappai à la porte. Une jeune femme à l'air doux, proprement vêtue, vint m'ouvrir. D'une voix pitoyable, basse et tremblante, celle d'un cœur désespéré et d'un corps défaillant, je demandai si l'on avait besoin d'une servante.

« Non, me répondit-elle, nous n'avons pas de servante.

— Pouvez-vous me dire, continuai-je, où je pourrais trouver un emploi quelconque ? Je suis étrangère à ce pays, je n'y connais personne, et j'ai besoin de trouver du travail, peu importe lequel. »

Mais ce n'était pas son affaire de résoudre mes difficultés, de me chercher une place ; d'ailleurs, mon comportement, ma situation, mon récit, devaient lui paraître fort suspects. Elle hocha la tête en disant qu'elle regrettait de ne pouvoir me renseigner et la porte blanche se referma, très doucement, très poliment, mais j'étais tout de même congédiée. Si elle l'eût laissée ouverte un peu plus longtemps, je crois que j'aurais mendié un morceau de pain, car j'étais maintenant très affaiblie.

Je ne pouvais me faire à l'idée de retourner dans ce sordide village, où, d'ailleurs, je n'entrevoyais aucun espoir de secours. J'aurais bien préféré faire un détour et aller dans un bois que j'apercevais non loin de là, dont l'ombre épaisse semblait offrir un accueillant abri ; mais j'étais si déprimée, si faible, tellement rongée par une faim dévorante que, d'instinct, je continuai à rôder autour des habitations où il y avait quelque chance de trouver de la nourriture. La solitude ne serait pas la solitude, le repos ne serait pas le repos, tant que le vautour de la faim m'enfoncerait dans le flanc son bec et ses griffes.

Je me rapprochais des maisons, je m'en éloignais, je revenais, puis me retirais de nouveau, toujours arrêtée par l'idée que je n'avais aucun titre, aucun droit pour demander ou espérer de la sollicitude en faveur d'une abandonnée. Tandis que j'errais ainsi comme un chien perdu et affamé, l'après-midi s'avançait. En traversant un pré, je vis devant moi le clocher de l'église et me hâtai dans cette direction. Près du cimetière, au milieu d'un jardin, s'élevait une maison bien bâtie, quoique petite, qui, je n'en doutai pas, était le presbytère. Je me souvins que les étrangers en quête d'un emploi, lorsqu'ils arrivent dans un lieu où ils ne connaissent personne, s'adressent parfois au pasteur, pour obtenir de lui aide et recommandation. C'est le rôle du pasteur d'aider, au moins de ses avis, ceux qui veulent s'aider eux-mêmes. Il me semblait avoir en quelque sorte le droit de m'adresser là pour y chercher un conseil. Reprenant donc courage, rassemblant le peu de forces qui me restaient, je poursuivis mon chemin. J'arrivai à la maison et frappai à la porte de la cuisine. Une vieille femme l'ouvrit ; je lui demandai si c'était bien le presbytère.

« Oui, me répondit-elle.

— Le pasteur était-il là ?

— Non.

— Reviendrait-il bientôt ?

— Non, il était parti.

— Loin ?

— Pas si loin, p'têt' ben à trois milles. »

Il avait été appelé là-bas par la mort subite de son père ; il était à présent à Marsh End où il resterait probablement encore une quinzaine de jours.

« Y avait-il une dame dans la maison ?

— Non, personne d'autre qu'elle, qui était la gouvernante. »

Je ne pus me résigner, lecteur, à demander à cette femme

le secours qui m'eût empêchée de défaillir ; je ne pouvais pas encore me résoudre à mendier, et, une fois de plus, je m'éloignai péniblement.

Une fois encore, j'enlevai mon foulard, une fois encore je pensai aux pains de la petite boutique. Oh ! rien qu'une croûte ! rien qu'une bouchée pour calmer la torture de la faim ! Instinctivement je revins au village, je retrouvai la boutique, j'y entrai, et, bien qu'il y eût d'autres personnes avec la marchande, je me risquai à lui demander si elle voulait me donner un petit pain en échange de ce foulard.

Elle me dévisagea d'un air visiblement soupçonneux.

Non, elle ne vendait jamais rien dans ces conditions.

Presque désespérée, je lui demandai la moitié d'un petit pain. Elle refusa encore, disant qu'elle ne savait pas d'où provenait ce foulard.

Voulait-elle accepter mes gants ?

Non, qu'en ferait-elle ?

Il n'est pas agréable, lecteur, de s'appesantir sur ces détails. Certains disent que c'est un plaisir de se rappeler les malheurs passés ; quant à moi, il m'est presque insupportable, même aujourd'hui, d'évoquer les jours auxquels je fais allusion ; l'humiliation morale, jointe à la souffrance physique, constitue un souvenir trop pénible pour s'y complaire. Je ne blâmais aucun de ceux qui me repoussaient. Je voyais qu'il fallait s'y attendre, qu'il ne pouvait en être autrement ; un mendiant ordinaire est fréquemment suspect ; un mendiant bien mis l'est inévitablement. A dire vrai, c'était un emploi que je mendiais ; mais, qui était chargé de m'en procurer ? Certainement pas les personnes qui me voyaient pour la première fois et qui ne savaient rien de moi. Cette femme qui ne voulait pas prendre mon foulard en échange de son pain, avait raison, ma foi, si l'offre lui paraissait équivoque ou le troc peu avantageux. Laissez-moi résumer, maintenant, ce sujet m'indispose. Un peu avant la nuit, je passai devant une ferme ; le fermier était assis près de sa porte ouverte, en train de manger son souper de pain et de fromage. Je m'arrêtai et lui dis :

« Voulez-vous me donner un morceau de pain ? j'ai grand-faim. »

Il me regarda avec surprise, mais, sans répondre, coupa une épaisse tranche de son pain et me la tendit. J'imagine qu'il ne m'avait pas prise pour une mendiante, mais simplement pour une excentrique qui avait pris fantaisie de goûter à son pain noir. Dès que je ne fus plus en vue de sa maison, je m'assis pour le manger.

Ne pouvant espérer coucher sous un toit, je cherchai un abri dans le bois dont j'ai déjà parlé. J'y passai une nuit affreuse, mon repos fut sans cesse interrompu, le sol était humide, l'air froid ; plusieurs fois des fâcheux passèrent près de moi, m'obligeant à changer de place ; je n'éprouvai aucun sentiment de tranquillité, de sécurité propre à me réconforter. Vers le matin, il se mit à pleuvoir et il en fut de même toute la journée. Ne me demandez pas, lecteur, de vous en faire un compte rendu détaillé. Comme la veille, je cherchai du travail, comme la veille je fus repoussée et j'eus faim ; à l'exception d'une fois, aucune nourriture n'effleura mes lèvres. A la porte d'une chaumière, je vis une petite fille qui était sur le point de jeter un reste de porridge froid dans l'auge à cochons.

« Voulez-vous me le donner ? » lui demandai-je.

Elle me regarda d'un air ébahi.

« Maman, s'écria-t-elle, y a là une femme qui veut que j'y donne c' porridge.

— Eh ben ! ma fille, répondit une voix de l'intérieur, donne-z-y, si c'est une mendiante. L' cochon, il en a pas b'soin. »

La fillette me versa dans la main la masse figée que je dévorai avec avidité.

Je suivais depuis plus d'une heure un petit sentier cavalier solitaire, lorsque, voyant le crépuscule s'assombrir, je m'arrêtai.

« Mes forces m'abandonnent, me dis-je. Je sens que je n'irai pas beaucoup plus loin. Vais-je encore passer cette nuit à vagabonder ? Me faudra-t-il, sous cette pluie battante, poser ma tête sur la terre froide et détrempée ? J'ai bien peur de ne pouvoir faire autrement ; qui voudra me recevoir ? Mais ce sera affreux, avec cette sensation de faim, de faiblesse, de froid et cette impression de désolation, ce complet désespoir. Il est probable, il est vrai, qu'au matin je serai morte. Pourquoi ne puis-je me réconcilier avec l'idée de la mort ? Pourquoi lutter pour conserver une inutile vie ? Parce que je sais, parce que je crois que Mr. Rochester vit encore ; et puis, mourir de faim et de froid est un sort auquel la nature ne peut se soumettre sans protester. Oh ! Providence ! soutiens-moi encore un peu ! Aide-moi, sois mon guide ! »

Mes yeux voilés errèrent sur le paysage indistinct et brumeux. Je vis que je m'étais très éloignée du village qui était complètement hors de vue ; les cultures même qui l'entouraient avaient disparu. Par des chemins de traverse, de petits sentiers, je m'étais une fois de plus rapprochée de la lande ; entre moi et la noire colline, il n'y avait plus que quelques champs, presque aussi sauvages et stériles que le terrain couvert de bruyère sur lequel ils avaient été à peine regagnés.

« J'aimerais mieux mourir là-bas que dans une rue ou sur une route passante, songeai-je. Il vaut mieux que corneilles et corbeaux — s'il y a des corbeaux dans ces régions — becquettent la chair de mes os, que de les savoir emprisonnés dans un cercueil d'hospice pour tomber en poussière dans la tombe de l'indigent. »

Je me dirigeai donc vers la colline. Quand j'y parvins, je n'eus plus qu'à trouver un creux pour m'étendre et me sentir, sinon en sécurité, du moins, cachée. Mais la lande paraissait plate dans toute son étendue, n'offrant à la vue que des différences de teintes : du vert, dans les endroits où les roseaux et la mousse recouvraient les marécages, du noir, là où la bruyère seulement poussait sur le sol desséché. Malgré l'obscurité croissante, je pouvais encore discerner ces variétés de nuances, réduites à de simples alternances de lumière et d'ombre, car la couleur s'était évanouie en même temps que la lumière du jour.

Mes yeux se portaient encore sur ces mornes hauteurs, sur les bords de la lande qui se perdaient dans un décor extrêmement sauvage, lorsque, au loin, au milieu des marécages et des crêtes, en un point imprécis, une lumière apparut. Je la pris tout d'abord pour un feu follet, et m'attendais à la voir s'évanouir aussitôt. Elle continua cependant à briller fixement, sans s'éloigner, sans se rapprocher. « Est-ce donc un feu de joie que l'on vient d'allumer ? » me demandai-je, tout en guettant s'il allait s'étendre ; mais non ; s'il ne diminuait pas, il n'augmentait pas davantage. « Il se peut que ce soit une chandelle dans une maison, conjecturai-je alors ; mais s'il en est ainsi, je ne pourrai jamais l'atteindre, elle est beaucoup trop éloignée ; et quand elle serait à moins d'un mètre de moi, à quoi cela me servirait-il ? Je ne frapperais à la porte que pour la voir se refermer devant moi. »

Je m'affaissai sur place et me cachai le visage contre le sol. Je restai un instant immobile ; le vent de la nuit soufflant sur la colline passa sur moi et alla mourir au loin en gémissant ; la pluie tombait dru, me trempant de nouveau jusqu'aux os. Que ne pouvais-je me raidir sous ce froid implacable, ce bienfaisant engourdissement de la mort ! La pluie aurait pu continuer à tomber à verse, je ne l'aurais pas sentie ; mais ma chair encore vivante frissonnait à son contact. Je ne tardai pas à me relever.

La lumière était toujours là, brillant faiblement à travers la pluie, mais sans jamais disparaître. J'essayai de reprendre ma marche, traînant lentement mes membres épuisés dans cette direction. Elle me conduisit de biais, par-delà la colline, à travers un vaste marécage qui eût été impraticable en hiver, et qui même alors, en plein cœur de l'été, était bourbeux et mouvant. J'y tombai à deux reprises, me relevant chaque fois, rassemblant toute mon énergie. Cette lumière était mon faible et seul espoir, il fallait l'atteindre.

Après avoir traversé la tourbière, je vis sur la lande une trace blanche vers laquelle je m'avançai ; c'était une route, ou une piste, qui montait tout droit vers la lumière dont les rayons partaient d'une sorte de tertre, au milieu d'un bouquet d'arbres — des sapins, apparemment, à en juger par ce que je distinguais dans l'obscurité de leur forme et de leur feuillage. En m'approchant, mon étoile disparut ; quelque obstacle avait surgi entre elle et moi. J'étendis la main pour toucher la masse sombre qui était devant moi ; je reconnus les pierres rugueuses d'un mur bas surmonté d'une sorte de palissade, et, par-derrière, une haie haute et épineuse. Je continuai à avancer à tâtons. De nouveau, quelque chose de blanchâtre apparut, c'était une barrière, un portillon qui tourna sur ses gonds quand je le poussai. De part et d'autre se dressait un noir buisson : des houx ou des ifs. Après avoir franchi la barrière et dépassé les arbustes, la silhouette d'une maison se dressa devant moi, noire, basse, plutôt allongée ; mais la lumière qui m'avait guidée ne brillait nulle part. Tout était obscur. Les habitants étaient-ils allés se coucher ? J'en eus peur. En cherchant la porte, je contournai un angle : la lueur amie reparut à travers les vitres en losange d'une minuscule fenêtre à petits carreaux, située à moins d'un pied du sol, et que rétrécissait encore un lierre épais, ou quelque plante grimpante, dont le feuillage touffu recouvrait ici le mur de la maison. L'ouverture était si dissimulée, si étroite, que tout rideau, tout volet, avait été jugé inutile. En me baissant et en écartant les branches du feuillage qui la masquaient, je vis ce qu'il y avait à l'intérieur. Je pus nettement distinguer une pièce au dallage soigneusement entretenu et recouvert de sable, un dressoir en noyer garni de rangées d'assiettes d'étain où se reflétait la radieuse lueur rouge d'un splendide feu de tourbe, une horloge, une table en bois blanc, quelques chaises. La chandelle, dont les rayons m'avaient servi de phare, brûlait sur la table ; à sa clarté, une femme d'un certain âge, à l'air un peu rude, mais d'une méticuleuse propreté, comme tout ce qui l'entourait, tricotait un bas.

Je jetai sur tout cela un coup d'œil rapide, il n'y avait là rien d'extraordinaire. Un groupe, assis tranquillement près du feu dans la paix rassérénante et la chaleur qui en émanait, retint davantage mon attention. Deux gracieuses jeunes femmes — des dames en tout point — étaient assises, l'une sur une chaise basse à bascule, l'autre sur un tabouret plus bas encore ; toutes deux en grand deuil, portaient des robes de bombasin et de crêpe, sombre mise, qui faisait singulièrement ressortir la blancheur de leurs cous et de leurs visages. Un vieux pointer de haute taille reposait sa tête massive sur les genoux de l'une, tandis qu'un chat noir se pelotonnait sur ceux de l'autre.

Quel singulier endroit que cette humble cuisine pour de telles occupantes ! Qui étaient-elles ? Elles ne pouvaient être les filles de la personne assez âgée assise près de la table, qui avait l'air d'une paysanne ; elles semblaient distinguées et de bonne éducation. Je n'avais vu nulle part de visages semblables aux leurs, et pourtant, en les regardant, chacun de leurs traits me semblait familier. Je ne puis les qualifier de jolies, elles étaient trop pâles, trop austères, pour mériter cette épithète ; penchées chacune sur un livre, leur expression de gravité allait presque jusqu'à la sévérité. Sur une petite table placée entre elles, il y avait une seconde chandelle ainsi que deux gros volumes qu'elles consultaient souvent, ayant l'air de les comparer aux livres plus petits qu'elles tenaient à la main ; ainsi fait-on d'un dictionnaire pour s'aider dans une traduction. Cette scène n'était pas moins silencieuse que si tous les personnages eussent été des ombres, et la pièce éclairée par le feu, un tableau. Tout était si tranquille que j'entendais tomber les cendres de la grille et battre le tic-tac de l'horloge, dans son coin obscur ; il me sembla même percevoir le cliquetis des aiguilles à tricoter de la femme. Aussi, lorsqu'une voix rompit enfin ce curieux silence, rien ne m'en échappa.

« Écoutez, Diana, dit l'une de ces jeunes filles studieuses et appliquées : Franz et le vieux Daniel se trouvent ensemble, la nuit, et Franz raconte un rêve dont il s'est éveillé terrifié ; écoutez ! »

Et elle lut à mi-voix quelque chose, dont je ne comprenais pas un mot, car c'était dans une langue inconnue, ni en français, ni en latin. Était-ce du grec ou de l'allemand ? je n'en savais rien.

« C'est puissant, dit-elle, quand elle eut terminé, je m'en délecte. »

L'autre jeune fille, qui avait levé la tête pour écouter sa sœur, répéta, tout en contemplant le feu, ce qui venait d'être lu. Plus tard j'appris cette langue et je lus ce livre ; aussi, vais-je citer ce vers qui, lorsque je l'entendis pour la première fois, n'eut pas plus de sens pour moi qu'un coup porté sur l'airain sonore.

« *Da trat hervor Einer anzusehen wie die Sternen-Nacht*[1].

— C'est bien ! c'est bien ! s'exclama-t-elle, tandis que ses yeux noirs et profonds étincelaient. Voici bien campé devant vous un archange sombre et puissant ! Ce vers vaut une centaine de pages de galimatias. « *Ich wäge die Gedan-* « *ken in der Schale meines Zornes und die Werke mit dem* « *Gemichte meines Grimms*[2]. » Que j'aime cela ! »

Toutes deux se turent de nouveau.

« Y a donc un pays où on parle comme ça ? demanda la vieille femme en levant les yeux de son tricot.

— Oui, Hannah, un pays bien plus grand que l'Angleterre, où l'on ne parle pas autrement.

— Ben, j'sais vraiment pas comment y font pour s'comprendre ; et si vous y alliez, l'une ou l'autre, sans doute ben qu' vous sauriez c' qu'y disent ?

— Sans doute comprendrions-nous quelque chose, mais pas tout, car nous ne sommes pas aussi instruites que vous le croyez, Hannah. Nous ne parlons pas l'allemand, et nous sommes incapables de le lire sans l'aide d'un dictionnaire.

— A quoi ça vous sert-y ?

— Nous avons l'intention de l'enseigner quelque jour, ou du moins ses éléments, comme l'on dit, et alors, nous gagnerons plus d'argent qu'à présent.

— J' veux ben l' croire ; mais vous avez assez étudié ; c'est assez pour ce soir.

— Je le crois aussi, du moins, je suis fatiguée ; et vous, Mary ?

— Mortellement. Après tout c'est un travail ardu de piocher une langue sans autre maître qu'un dictionnaire.

— Oui, et surtout une langue comme cet admirable et rébarbatif allemand... Je me demande quand St.-John va rentrer ?

— Il ne tardera certainement pas maintenant, il est juste

---

1. « L'un d'eux s'avança pour voir les étoiles dans la nuit. » (*N.D.T.*)
2. « Je pèse les pensées dans la balance de ma colère et les œuvres avec le poids de mon courroux. » (*N.D.T.*)

dix heures, dit-elle, regardant une petite montre en or qu'elle avait tirée de sa ceinture. Il pleut beaucoup. Hannah, voulez-vous avoir l'obligeance d'aller surveiller le feu du petit salon ? »

La femme se leva, ouvrit une porte, à travers laquelle j'aperçus vaguement un couloir ; bientôt je l'entendis tisonner un feu dans une pièce à l'intérieur de la maison, d'où elle revint aussitôt.

« Ah ! mes p'tites, dit-elle, ça m' fait ben de la peine d'aller dans la pièce là-bas ; elle a l'air si triste avec l' fauteuil vide et poussé dans un coin. »

Elle essuya ses yeux avec son tablier ; les deux jeunes filles, déjà graves auparavant, avaient maintenant l'air triste.

« Mais il est ben mieux où il est, reprit Hannah ; on souhaiterait pas qu'y r'vienne ici. Et puis, personne pourrait avoir une mort plus calme que la sienne.

— Vous dites qu'il n'a jamais parlé de nous ? demanda l'une des jeunes demoiselles.

— Il a pas eu l' temps, ma p'tite ; il a passé en une minute, vot' père. Il avait été un peu malade, disons la veille, mais rien pour inquiéter ; et quand Mr. St.-John a demandé s'il voulait qu'on vous envoie chercher l'une ou l'autre, il y a ben ri au nez. L' lendemain — y a d' ça quinze jours — il a commencé à avoir la tête un peu lourde, puis il s'est endormi pour pus jamais s' réveiller. Il était presque raide quand vot' frère est entré dans la chambre. Ah ! mes p'tites, c'était l' dernier d' la vieille lignée ; car vous et Mr. St.-John, vous êtes d'une aut' espèce que ceux qui sont partis. Mais vot' mère était beaucoup dans vot' genre, elle avait presque autant appris dans les livres. C'était vot' portrait, Mary ; Diana tient davantage de vot' père. »

Je leur trouvais une telle ressemblance que je ne savais pas comment la vieille servante — car j'avais conclu que telle elle était — pouvait les différencier. Elles étaient l'une et l'autre élancées, de teint clair, avec un visage plein d'intelligence et de distinction. L'une, il est vrai, avait les cheveux légèrement plus foncés que l'autre, et leur manière de se coiffer n'était pas la même : les cheveux châtain clair de Mary étaient séparés par une raie, et soigneusement nattés ; ceux de Diana, plus sombres, tombaient en boucles épaisses sur son cou.

L'horloge sonna dix heures.

« Vous d'vez avoir besoin d' souper, fit remarquer Hannah ; comme Mr. St.-John, quand il va rentrer. »

Elle se mit à préparer le repas. Les demoiselles se levèrent et se disposèrent à aller au petit salon. Jusqu'alors j'avais été si occupée à les regarder ; leur aspect, leur conversation avaient suscité en moi un tel intérêt, que j'en avais à moitié oublié ma misérable situation. J'en repris conscience cependant, et, par contraste, elle me parut plus triste, plus désespérée que jamais. Il semblait impossible d'éveiller en ma faveur la compassion des hôtes de cette maison, de les convaincre de la réalité de mes besoins et de mes malheurs, de les amener à me donner un abri pour me reposer après mes courses errantes. Tandis que je cherchais la porte à tâtons, et que j'y frappais avec hésitation, je sentis que cette dernière idée n'était qu'une simple chimère. Hannah vint ouvrir.

« Qu'est-ce que vous voulez demanda-t-elle d'une voix étonnée, en m'examinant à la lueur de la chandelle qu'elle tenait.

— Puis-je parler à vos maîtresses ?

— Vous feriez mieux de me dire ce que vous avez à leur faire savoir. D'où venez-vous ?

— Je suis étrangère.

— Que faites-vous ici à pareille heure ?

— Je voudrais un abri pour la nuit, dans un hangar, ou n'importe où, et un morceau de pain pour me nourrir. »

Je lus sur le visage d'Hannah ce que je redoutais le plus : la méfiance.

« J' vas vous donner un morceau de pain, dit-elle, après une pause, mais nous pouvons pas donner asile à une vagabonde. Ça, y a pas moyen.

— Laissez-moi parler à vos maîtresses, je vous en prie.

— Non, j'en ferai rien. Qu'est-ce que vous voulez qu'elles fassent pour vous ? Vous devriez pas rôder par les chemins, à c't' heure ; ça ne dit rien qui vaille.

— Mais où irai-je si vous me chassez ? que deviendrai-je ?

— Oh ! je suis sûre que vous savez où aller, et quoi faire. Prenez seulement garde de rien faire de mal ; c'est tout. Voici un penny, à présent, partez...

— Un penny ne me donnera pas de quoi manger ; je n'ai pas la force d'aller plus loin. Ne fermez pas la porte... Oh ! ne la fermez pas, pour l'amour de Dieu !

— Il le faut, la pluie entre dans la maison.

— Parlez aux jeunes demoiselles. Laissez-moi les voir.

— Non, j' veux pas. Vous êtes pas ce que vous devriez être sinon vous feriez pas tant de bruit. Allez-vous-en !

— Mais je vais mourir, si vous me chassez.

— Mais non ! J'ai peur que vous maniganciez des mauvais plans, pour venir comme ça autour des maisons, à c't' heure de la nuit. Si y a avec vous une bande — des cambrioleurs ou quéq' chose comme ça — dans l' voisinage, vous pouvez leur dire que nous sommes pas toutes seules dans la maison ; nous avons un monsieur, des chiens, de fusils. »

Sur quoi, l'honnête, mais inflexible servante, claqua la porte et poussa le verrou intérieur.

C'était le comble. Un sursaut de détresse extrême — un accès de vrai désespoir — me déchira, me souleva le cœur. J'étais complètement épuisée, incapable de faire un pas. Je m'affaissai sur le seuil mouillé, me tordis les mains en gémissant, et, d'angoisse éperdue, me mis à pleurer. Oh ! ce spectre de la mort ! Oh ! cette heure dernière dont l'approche se faisait si horrible ! Cet isolement, hélas ! ce bannissement loin de mes semblables ! Non seulement il me fallait renoncer à jeter l'ancre, je n'avais même plus, alors, de raison pour garder mon courage, ce que je m'efforçai de retrouver sans tarder.

« Il ne me reste qu'à mourir, et puisque je crois en Dieu, je dois essayer d'attendre en silence l'accomplissement de sa volonté », dis-je à voix haute, ne me contentant pas de le penser. Je refoulai alors toute ma misère en mon cœur et fis effort pour la contraindre à y demeurer, muette et silencieuse.

« Tous les hommes doivent mourir, dit une voix très proche, mais tous ne sont pas condamnés à affronter une mort lente et prématurée, comme serait la vôtre si vous périssiez ici d'inanition.

— Qui parle ? Quelle est cette voix ? » demandai-je, terrifiée, en entendant ces paroles surprenantes en ce moment où tout espoir de secours, d'où qu'il vînt, semblait banni. Une forme était près de moi, mais la nuit noire comme la poix, et ma vue affaiblie, m'empêchaient de rien distinguer. Le nouveau venu frappa à la porte un coup fort et prolongé.

« Est-ce vous, Mr. St.-John ? cria Hannah.

— Oui, oui, ouvrez vite.

— Vous devez être tout trempé, et avoir froid, par une nuit épouvantable comme ça ! Entrez ; vos sœurs sont très inquiètes de vous et j' crois qu'y a des mauvais sujets dans le voisinage. Il est venu une mendiante... tenez, elle est pas encore partie ! La voilà couchée là. Levez-vous ! Vous n'avez pas honte ! Filez, je vous dis.

— Taisez-vous, Hannah ! J'ai un mot à dire à cette

femme. Vous avez fait votre devoir en lui interdisant la porte, laissez-moi à présent faire le mien en l'accueillant. J'étais tout près, je vous ai donc entendues l'une et l'autre. Je crois qu'il s'agit d'un cas spécial ; je dois au moins l'examiner. Jeune femme, relevez-vous ; entrez devant moi dans la maison. »

Je lui obéis avec peine. Peu après je me trouvai à l'intérieur de cette cuisine propre et reluisante — devant l'âtre même —, tremblante, presque défaillante, consciente de mon aspect affreux autant qu'on peut l'imaginer, l'air égaré, harassé. Les deux demoiselles, leur frère Mr. St.-John, la vieille servante, tous avaient les yeux fixés sur moi.

J'entendis l'une d'elles demander :

« St.-John, qui est-ce ?

— Je n'en sais rien, je l'ai trouvée à la porte, répondit-il.

— Comme elle est pâle ! dit Hannah.

— Pâle comme l'argile, ou comme la mort, fut-il répondu. Elle va tomber, faites-la asseoir. »

La tête me tournait, en effet, et je m'affalai sur un siège. Je n'avais pas perdu connaissance, mais pour le moment j'étais incapable de parler.

« Peut-être qu'un peu d'eau lui ferait du bien ; allez-en chercher, Hannah. Mais elle est réduite à rien, comme elle est maigre et exsangue !

— Ce n'est plus qu'un spectre !

— Est-elle malade, ou seulement affamée ?

— Je crois qu'elle est affamée. Est-ce du lait qui est là, Hannah ? Donnez-le-moi, avec un morceau de pain. »

Diana — je la reconnus aux longues boucles qui retombaient devant le feu tandis qu'elle se penchait sur moi — cassa un peu de pain, le trempa dans le lait et le porta à mes lèvres. Je vis de la pitié dans son visage qui était près du mien, et je sentis dans sa respiration haletante, de la sympathie.

« Essayez de manger », me dit-elle.

Ces simples paroles trahissaient la même émotion, qui fut pour moi comme un baume.

« Oui, essayez », répéta doucement Mary qui m'enleva ma capote trempée et me souleva la tête. Je goûtai à ce qu'elles m'offraient, mollement d'abord, puis bientôt avec voracité.

« Pas trop, pour commencer, modérez-la, dit son frère ; c'est assez. »

Et il retira la tasse de lait et l'assiette de pain.

« Encore un peu, St.-John ; regardez ces yeux avides.

« — Pas davantage pour l'instant, ma sœur. Voyez si elle peut parler à présent ; demandez-lui son nom. »

Je sentis que je pouvais parler et répondis :

« Je m'appelle Jane Elliot. »

Toujours soucieuse d'éviter d'être découverte, j'avais résolu d'avance de prendre un nom d'emprunt.

« Où habitez-vous ? Où sont vos parents ? »

Je gardai le silence.

« Pouvons-nous faire prévenir quelqu'un de votre connaissance ? »

Je hochai la tête.

« Que pouvez-vous nous dire sur vous-même ? »

Sans savoir trop pourquoi, à présent que j'avais franchi le seuil de cette demeure, me trouvant face à face avec ses hôtes, je ne me sentais plus exilée, vagabonde, au ban de l'humanité. J'eus le courage de me dépouiller du personnage de la mendiante, de reprendre ma personnalité et les manières qui m'étaient familières. Je commençai à me reconnaître ; aussi, lorsque Mr. St.-John m'eut demandé des explications, que j'étais bien trop faible pour lui donner présentement, je lui répondis après une courte pause :

« Monsieur, je ne puis vous donner aucun détail ce soir.

— Mais alors, dit-il, qu'attendez-vous de moi ?

— Rien », répliquai-je.

Je n'avais que la force de faire de brèves réponses.

Diana prit la parole :

« Voulez-vous dire, demanda-t-elle, que nous vous avons maintenant donné le secours dont vous aviez besoin, et que nous pouvons vous renvoyer dans la lande et la nuit pluvieuse ? »

Je la regardai, et lui trouvai une physionomie remarquable, respirant à la fois l'énergie et la bonté. Je pris soudain courage, et répondant par un sourire à son regard plein de compassion, je lui dis :

« Je m'en remets à vous. Je sais que si j'étais un chien perdu, sans maître, vous ne me chasseriez pas cette nuit de votre foyer ; étant donné cela, je n'ai réellement rien à craindre. Faites de moi, pour moi, ce que vous voudrez ; mais veuillez m'épargner les longs discours, je respire avec peine et ressens un spasme dès que je me mets à parler. »

Tous trois m'observèrent en silence.

« Hannah, dit enfin Mr. St.-John, laissez-la se reposer ici, pour le moment, ne lui posez aucune question. Dans dix minutes, vous lui donnerez le reste de ce lait et de ce pain. Mary, Diana, venez avec moi au salon, nous causerons de tout cela. »

Ils se retirèrent. Bientôt l'une des jeunes filles revint, je ne puis dire laquelle. Une agréable torpeur me gagnait devant ce feu réconfortant. A voix basse elle donna des instructions à Hannah ; peu après, avec l'aide de la servante, je parvins à monter un escalier ; on me retira mes vêtements trempés ; bientôt un lit chaud et sec me reçut. Dans mon inexprimable épuisement, j'eus un transport de joie reconnaissante, je remerciai Dieu et m'endormis.

CHAPITRE XXIX

Le souvenir des trois jours et des trois nuits qui suivirent est resté très confus dans ma mémoire. Je me rappelle quelques sensations éprouvées pendant ce laps de temps où j'étais réduite à l'inaction, mais peu de pensées parvinrent à se préciser dans mon esprit. Je savais que j'étais dans une petite chambre, dans un lit étroit. Il me semblait faire corps avec ce lit où j'étais étendue immobile comme une pierre ; m'en arracher eût presque équivalu à me faire mourir. Je n'avais aucune conscience de la fuite du temps, je ne faisais pas de différence entre le matin, l'heure de midi et le soir. Si quelqu'un entrait dans ma chambre, ou en sortait, je m'en rendais compte, j'aurais même pu dire qui c'était ; je comprenais ce que l'on disait, lorsque la personne qui parlait était près de moi, mais je n'étais pas à même de répondre ; il m'était aussi impossible d'ouvrir les lèvres que de mouvoir un membre. C'est Hannah, la servante, qui venait me voir le plus souvent ; ses visites ne manquaient pas de troubler mon repos, j'avais le sentiment qu'elle aurait voulu me savoir partie, qu'elle ne me comprenait pas, non plus que les conjonctures dans lesquelles je me trouvais, qu'elle avait des préventions contre moi. Diana et Mary venaient dans ma chambre une ou deux fois par jour. Je les entendais chuchoter près de mon lit des phrases comme celles-ci :

« Nous avons bien fait de la recueillir.

— Oui, si elle avait passé la nuit dehors, on l'aurait certainement trouvée morte, au matin, sur le pas de la porte. Je me demande ce qui lui est arrivé ?

— J'imagine que cette pauvre créature, errante, pâle, au visage émacié, a dû subir de singulières épreuves.

— A en juger sur sa façon de parler, elle n'est pas sans éducation, son accent est très pur ; les vêtements qu'elle a quittés, bien qu'éclaboussés de boue et tout mouillés, étaient peu usagés et de belle qualité.

— Elle a une figure curieuse, décharnée, hagarde, qui me plaît cependant ; je crois que si elle était bien portante et pleine d'entrain, sa physionomie serait agréable. »

Pas une fois je ne surpris dans leurs dialogues un mot de regret à propos de l'hospitalité qu'elles m'avaient offerte ; de suspicion ou d'aversion à mon égard. J'en étais réconfortée.

Mr. St.-John ne vint qu'une fois. Après m'avoir regardée, il déclara que mon état léthargique était la conséquence d'une fatigue excessive et prolongée. Il jugea inutile de faire venir un médecin ; la nature, il en était sûr, reprendrait bien mieux le dessus si on la laissait faire. Il ajoutait que, pour une raison ou pour une autre, mes nerfs avaient subi une tension trop grande, que tout le système nerveux avait besoin de se détendre dans cette torpeur pendant un certain temps. Selon lui, je n'avais aucune maladie, et il était convaincu que mon rétablissement serait rapide dès qu'il aurait commencé. Il émit ces opinions en quelques mots, d'une voix calme, grave ; et, après s'être tu un instant, finit par dire, du ton d'un homme peu habitué à d'expansifs commentaires :

« C'est un visage peu commun et qui, certainement, ne révèle ni vulgarité ni dégradation.

— Bien au contraire, répondit Diana. A vrai dire, St.-John, mon cœur se sent attiré vers cette pauvre petite âme. Je voudrais que nous puissions l'aider toujours.

— Cela est peu probable, répondit St.-John. Vous allez découvrir que c'est une jeune personne qui, à la suite d'un malentendu avec les siens, les a sans doute quittés sans réfléchir. Nous réussirons peut-être à la leur rendre, si elle n'est pas trop obstinée ; mais je vois dans son visage les signes caractéristiques d'une telle volonté que je doute de sa docilité. »

Il resta à m'observer pendant quelques minutes et dit encore :

« Elle a l'air intelligent, mais n'est pas du tout jolie.

— Elle est si malade, St.-John.

— Malade ou bien portante, elle sera toujours laide. Il n'y a dans ces traits ni la grâce ni l'harmonie de la beauté. »

Le troisième jour, je me sentis mieux ; le quatrième, je pus parler, me remuer, me soulever dans mon lit, me retourner. A l'heure du déjeuner, je le suppose, Hannah m'apporta du gruau et du pain grillé bien sec que je mangeai avec plaisir ; cette nourriture était bonne, sans le goût de fièvre qui avait, jusque-là, empoisonné tout ce que j'avais avalé. Quand Hannah fut partie, je me sentis relativement forte, ranimée ; bientôt, je fus lasse du repos et j'éprouvai le besoin d'agir. Je voulus me lever ; mais de quoi me vêtir ? Je n'avais que les vêtements qui avaient été trempés et tachés de boue lorsque j'avais dormi sur le sol et que j'étais tombée dans le marécage. J'aurais eu honte de paraître ainsi vêtue devant mes bienfaiteurs. Cette humiliation me fut épargnée. Tous mes vêtements, propres et secs, étaient posés sur une chaise auprès de mon lit. Ma robe de soie noire suspendue au mur ne portait aucune trace de la boue de la tourbière, non plus que des faux plis provenant de l'humidité, elle était tout à fait décente ; mes souliers eux-mêmes et mes bas, bien nettoyés, étaient redevenus présentables. Il y avait dans la chambre tout le nécessaire pour faire sa toilette, ainsi qu'un peigne et une brosse pour se coiffer. D'étape en étape, péniblement, en me reposant toutes les cinq minutes, je réussis enfin à m'habiller. Mes vêtements flottaient sur moi, car j'avais beaucoup maigri, mais je masquai cet état en m'enveloppant dans un châle. Propre à nouveau, convenable, sans qu'il restât une tache de boue, une trace de ce désordre que je détestais tant, et qui, à mes propres yeux, était avilissant, je parvins, en m'aidant de la rampe, à descendre l'escalier de pierre qui aboutissait à un couloir étroit et bas conduisant à la cuisine.

Une odeur de pain frais et la chaleur d'un feu bienfaisant l'emplissaient. Hannah cuisait le pain. On sait combien il est difficile d'arracher les préjugés d'un cœur dont l'éducation n'a pas élargi ou enrichi les dispositions ; ils y sont aussi fortement enracinés que les mauvaises herbes dans les pierres. Hannah s'était montrée froide et hostile, certes, dès l'abord ; récemment, elle avait commencé à se radoucir un peu ; et lorsqu'elle me vit entrer, propre et bien mise, elle alla jusqu'à me sourire.

« Comment ! vous vous êtes levée ? dit-elle. C'est donc que vous allez mieux. Vous pouvez vous asseoir dans mon fauteuil près du feu, si vous voulez. »

Elle me désigna le fauteuil à bascule, que je pris. Tout en s'affairant çà et là, elle m'examinait de temps à autre du coin de l'œil. Tandis qu'elle retirait quelques pains du four, elle se tourna vers moi et me demanda à brûle-pourpoint :

« Est-ce que vous aviez déjà mendié avant de venir ici ? »

Sur le moment, je fus indignée. Mais réfléchissant qu'il

serait hors de propos de me fâcher, et qu'en réalité je lui étais apparue comme une mendiante, je répondis avec calme, mais non sans une certaine fermeté voulue :

« Vous vous trompez quand vous me prenez pour une mendiante. Je ne suis pas plus une mendiante que vous, ou vos jeunes maîtresses. »

Au bout d'un instant elle reprit :

« Ça, j'y comprends rien, vous avez, comme qui dirait, point d' maison, ni d' magot, pas vrai ?

— On peut n'avoir ni maison, ni magot — par quoi vous voulez sans doute dire de l'argent —, sans être pour cela une mendiante, dans le sens où vous l'entendez.

— Vous avez sans doute étudié dans les livres ?

— Oui, beaucoup.

— Mais vous avez jamais été en pension ?

— J'ai été en pension pendant huit ans. »

Elle ouvrit de grands yeux.

« Alors, pourquoi vous pouvez pas gagner vot' vie ?

— J'ai toujours subvenu à mes besoins, et j'espère bien continuer. Qu'allez-vous faire de ces groseilles à maquereau ? lui demandai-je, la voyant apporter un panier de ces fruits.

— J' vas en faire des tartes.

— Donnez-les-moi, je vais les éplucher.

— Non, j' veux pas qu' vous fassiez rien.

— Mais il faut bien que je m'occupe ; passez-les-moi. »

Elle y consentit, et m'apporta même une serviette propre pour l'étaler sur ma robe, de peur, disait-elle, que je ne la salisse.

« Vous n'avez pas été habituée au travail d'une servante, remarqua-t-elle, j' vois ça à vos mains. Vous êtes sans doute couturière ?

— Non, vous vous trompez. Et maintenant, peu importe ce que j'ai été ; ne vous cassez pas la tête à mon sujet, mais dites-moi le nom de la maison où nous sommes.

— Y en a qui l'appellent Marsh-End[1], y en a qui l'appellent Moor-House[2].

— Et le monsieur qui habite ici s'appelle Mr. St.-John ?

— Non, il habite pas ici ; il est là seulement en passant. Il demeure dans sa paroisse, à Morton.

— Ce village à quelques milles d'ici ?

— Oui.

1. *Marsh-End* signifie : la Fin du marais. (*N.D.T.*)
2. *Moor-House* signifie : la Maison de la lande. (*N.D.T.*)

— Que fait-il ?

— Il est pasteur. »

Je me souvins de la réponse de la vieille gouvernante du presbytère, quand je lui avais demandé à voir le pasteur.

« Alors, c'est ici qu'habitait son père ?

— Oui, l' vieux Mr. Rivers vivait ici, et son père, son grand-père, son arrière-grand-père, avant lui.

— Ce monsieur s'appelle donc Mr. St.-John Rivers ?

— Oui, St.-John est, comme qui dirait, son nom d' baptême.

— Ses sœurs s'appellent Diana et Mary Rivers ?

— Oui.

— Leur père est mort ?

— Il est mort, v'là trois s'maines, d'une attaque.

— Ils n'ont plus leur mère ?

— La maîtresse est morte y a ben des années.

— Y a-t-il longtemps que vous êtes dans la famille ?

— J'y suis depuis trente ans. J' les ai élevés tous les trois.

— Cela prouve que vous avez été une honnête et fidèle servante. Je n'hésite pas à vous dire cela, bien que vous ayez eu l'incivilité de me traiter de mendiante. »

Elle me considéra de nouveau avec surprise.

« Vrai, dit-elle, j' me suis complètement trompée su' vot' compte, mais y a tant d' fripons qui rôdent partout, qu'y faut me pardonner.

— Et bien que, continuai-je avec quelque sévérité, vous ayez voulu m'interdire la porte, par une nuit où vous n'auriez pas mis un chien dehors.

— Oui, c'était dur, mais qu'est-ce que vous voulez qu'on fasse ? j' songeais plus aux p'tites qu'à moi, les pauv' créatures. Elles ont guère que moi pour avoir soin d'elles. Faut ben qu' j'ouvre l'œil. »

Je gardai un grave silence pendant quelques minutes.

« Faut pas m' juger trop sévèrement, dit-elle encore.

— Je vous juge sévèrement, dis-je, et je vais vous dire pourquoi. Ce n'est pas tant pour m'avoir refusé l'hospitalité, ou prise pour un imposteur, que parce que vous m'avez presque reproché de n'avoir ni « magot » ni maison. Parmi les gens les meilleurs qui aient jamais existé, il en est qui se sont trouvés dans un dénuement comparable au mien ; si vous êtes chrétienne, vous ne devez pas considérer la pauvreté comme un crime.

— C'est vrai, j' devrais pas, dit-elle. Mr. St.-John m' dit la même chose, et j' vois qu' j'ai eu tort. Mais, à présent, j' me fais une tout autre idée d' vous qu' celle que j' m'en f'sais.

Vous m'avez l'air d'être une p'tite personne ben comme y faut.

— Cela suffit ; maintenant je ne vous en veux plus. Serrons-nous la main. »

Elle mit dans la mienne sa main calleuse et blanche de farine ; un nouveau sourire encore plus cordial illumina son rude visage, et, depuis ce moment, nous fûmes amies.

Il était évident qu'Hannah aimait à bavarder. Pendant que j'épluchais les fruits et qu'elle préparait la pâte pour les tartes, elle se mit en devoir de me donner divers détails sur son maître et sa maîtresse défunts, sur les « p'tits », comme elle appelait les jeunes gens.

Le vieux Mr. Rivers, disait-elle, était un homme tout simple, mais c'était un gentleman, d'une famille aussi ancienne qu'il était possible d'en trouver. La maison de Marsh-End avait toujours appartenu aux Rivers depuis qu'elle existait, et elle avait, affirmait-elle, « p't'êt' ben deux cents ans, quand ben même elle paraissait une p'tite maison toute modeste qui pouvait pas s' comparer au magnifique manoir de Mr. Oliver, à Morton Vale ». Mais elle se souvenait d'avoir « connu l' père à Bill Oliver, qu'était simple ouvrier à la fabrique d'aiguilles, tandis qu' les Rivers étaient de la gentry[1] au temps des Henry, comme n'importe qui pouvait s'en rend' compte en r'gardant les registres d' la sacristie, à l'église de Morton ». Elle reconnaissait, pourtant, que « l' vieux maître était comme les autres ; il avait ren d' ben estraordinaire : c'était un enragé chasseur, qu'aimait aussi s'occuper de la ferme et d' toutes les choses de c' genre-là ». La maîtresse était différente. Elle lisait et s'occupait beaucoup à s'instruire, et les « p'tits » tenaient d'elle. Il n'y avait pas, et il n'y avait jamais eu leurs pareils dans ces parages ; ils avaient montré du goût pour l'étude, tous trois, presque aussitôt qu'ils avaient commencé à parler, ils avaient toujours été d'une « espèce » à eux. Quand Mr. St.-John fut grand, il voulut aller au collège et devenir pasteur ; et dès que les jeunes filles eurent quitté la pension, elles cherchèrent à se placer comme institutrices. Elles lui avaient dit que, quelques années plus tôt, leur père avait perdu beaucoup d'argent, par suite de la faillite d'un homme en qui il avait mis sa confiance ; et comme il n'était plus assez riche pour les doter, elles auraient à se tirer d'affaire elles-mêmes. Depuis longtemps, elles ne vivaient

---

1. *Gentry* signifie : petite noblesse. (*N.D.T.*)

que très peu à la maison ; elles étaient seulement venues pour quelques semaines, en raison de la mort de leur père. Mais comme elles aimaient Marsh-End, Morton, la lande et les collines environnantes ! Elles étaient allées à Londres et dans bien d'autres grandes villes, mais elles avaient toujours dit que l'on n'est nulle part aussi bien que chez soi. Puis, ils s'entendaient si bien, tous, ne se querellant, ne « s'ostinant » jamais. Elle ne savait pas où l'on pourrait trouver une famille aussi unie.

Quand j'eus fini de préparer les groseilles, je lui demandai où étaient les deux demoiselles et leur frère.

Ils étaient allés se promener jusqu'à Morton, mais seraient de retour dans une demi-heure, pour le thé.

Ils revinrent avant le temps prévu par Hannah et rentrèrent par la porte de la cuisine. Mr. St.-John, quand il m'aperçut, se contenta de me saluer tout en traversant la pièce ; les deux demoiselles s'arrêtèrent. Mary, en quelques mots, m'exprima avec bonté et avec calme, le plaisir qu'elle éprouvait à me voir suffisamment remise pour avoir pu descendre. Diana me prit la main et hocha la tête en me regardant :

« Vous auriez dû attendre ma permission pour descendre, dit-elle. Vous êtes encore bien pâle et bien amaigrie ! Pauvre enfant ! Pauvre petite ! »

La voix de Diana résonnait à mon oreille comme le roucoulement d'une tourterelle. Elle avait des yeux dont j'étais ravie de rencontrer le regard. Tout son visage était plein de charme pour moi ; Mary, dont la physionomie était aussi intelligente, avec d'aussi jolis traits, avait une expression plus réservée ; ses manières, quoique douces, étaient plus distantes. Il y avait une certaine autorité dans l'air, dans la façon de parler de Diana ; il était évident qu'elle avait de la volonté. Il était dans ma nature de me soumettre avec plaisir à une autorité justifiée comme la sienne, de me plier, lorsque ma conscience et ma dignité me le permettaient, devant une volonté agissante.

« Que faites-vous ici ? continua-t-elle. Ce n'est pas votre place. Mary et moi, nous nous asseyons quelquefois dans la cuisine, parce que, à la maison, nous aimons à être libres, au point même d'en abuser, mais vous, vous êtes notre hôte, et c'est au salon que vous devez aller.

— Je suis très bien ici.

— Non, vous n'êtes pas bien du tout, avec Hannah qui s'affaire en tous sens et vous couvre de farine.

— Et puis le feu est trop vif pour vous, fit remarquer Mary.

« — Certainement, reprit sa sœur. Venez, il faut être obéissante. »

Me tenant toujours par la main, elle me fit lever et me conduisit dans la pièce qui se trouvait au centre de la maison.

« Asseyez-vous là, dit-elle, en m'installant sur le canapé, pendant que nous allons enlever nos vêtements et faire le thé, car c'est un autre privilège dont nous jouissons dans notre petite maison de la lande que de préparer nous-mêmes nos repas, quand cela nous fait plaisir, ou quand Hannah est occupée à faire le pain, brasser la bière, faire la lessive ou repasser le linge. »

Elle ferma la porte, me laissant seule avec Mr. St.-John, assis en face de moi, un livre ou un journal à la main. J'examinai d'abord le salon, puis celui qui l'occupait.

Le salon était une pièce plutôt petite, meublée très simplement, mais propre et bien tenue, ce qui la rendait confortable. Les chaises anciennes reluisaient et la table en noyer brillait comme un miroir. Quelques vieux portraits curieux, d'hommes et de femmes d'autrefois, décoraient les murs peints. Une armoire aux portes vitrées renfermait quelques livres et un service de porcelaine ancien. Il n'y avait aucun ornement superflu dans la pièce, pas un meuble moderne, à l'exception de deux boîtes à ouvrage et d'un pupitre en bois de rose posés sur une petite table. Tout, y compris le tapis et les rideaux, était à la fois très usagé et bien conservé.

Mr. St.-John, aussi immobile que l'un des sombres portraits accrochés aux murs, les yeux fixés sur la page qui l'absorbait, les lèvres scellées dans le mutisme, se prêtait à un examen facile, aussi facile que s'il avait été une statue au lieu d'être un homme. Il était jeune — il pouvait avoir de vingt-huit à trente ans —, grand, mince ; son visage retenait le regard, un visage grec d'un contour très pur : un nez droit, tout à fait classique, une bouche et un menton athéniens. Il est vraiment rare qu'une physionomie anglaise s'approche à ce point des modèles antiques. L'irrégularité de mes traits avait bien pu le choquer ; les siens étaient si harmonieux ! Il avait de grands yeux bleus, avec des cils bruns ; des mèches folles de blonds cheveux rayaient en partie son haut front d'une blancheur d'ivoire.

Voilà un charmant portrait, n'est-il pas vrai, lecteur ? Cependant, celui qu'il décrit ne donnait guère l'impression d'avoir une nature douce, souple, sensible, ni même calme. Tranquillement assis comme il l'était en ce moment, je décelais dans l'expression de ses narines, de sa bouche, de son front, des signes d'agitation, de dureté, de fougue. Il ne m'adressa pas la parole, ne jeta même pas un regard sur moi, jusqu'au retour de ses sœurs. Diana, qui ne faisait qu'entrer et sortir en préparant le thé, m'apporta un petit gâteau que l'on avait fait cuire sur le four.

« Mangez-le tout de suite, me dit-elle, vous devez avoir faim. Hannah me dit que vous n'avez pris qu'un peu de gruau depuis le petit déjeuner. » Je ne le refusai pas, car mon appétit s'était réveillé et devenait vorace Mr. Rivers ferma alors son livre, s'approcha de la table, et, tout en s'asseyant, fixa droit sur moi ses yeux bleus, semblables à ceux d'un portrait. Son regard, sans le moindre souci des formes, s'était fait à présent direct, scrutateur, obstinément résolu, et indiquait clairement que c'était avec intention, et non par timidité, qu'il l'avait jusque-là détourné de l'étrangère.

« Vous avez grand-faim, dit-il.

— Oui, monsieur. »

Il était dans ma manière, et cela de tout temps, d'être instinctivement brève avec ceux qui l'étaient avec moi, et de répondre avec franchise à des questions sans détours.

« Il est heureux pour vous qu'une légère fièvre vous ait obligée à garder la diète pendant ces trois derniers jours ; ce n'eût pas été sans péril de céder plus tôt aux exigences de votre appétit. Maintenant, vous pouvez manger, mais sans excès toutefois.

— J'espère bien ne pas me nourrir longtemps à vos dépens, monsieur. »

Telle fut la réponse maladroite et impolie qui me vint à l'esprit.

« Non, dit-il froidement. Lorsque vous nous aurez fait connaître la résidence de vos parents, nous leur écrirons et vous pourrez regagner votre maison.

— Cela, je dois nettement vous le dire, n'est pas en mon pouvoir, car je suis absolument sans foyer, sans amis. »

Tous trois me regardèrent, mais sans la moindre méfiance ; je me rendais compte que leurs yeux n'exprimaient aucun soupçon, mais simplement de la curiosité. Je parle plus particulièrement des jeunes filles, car les yeux de St.-John, bien qu'assez limpides, au sens littéral du mot, étaient en réalité difficiles à pénétrer. Ils lui servaient plutôt d'instrument pour chercher à deviner les pensées d'autrui, que de moyen pour révéler les siennes, et ce mélange de perspicacité et de réserve était bien plus fait pour intriguer que pour encourager.

« Voulez-vous dire, demanda-t-il, que vous êtes complètement seule au monde ?

— Oui, aucun lien ne m'attache à un être vivant ; il n'est pas un toit en Angleterre où j'ai droit d'accès.

— C'est une situation extrêmement singulière, à votre âge. »

Je vis alors qu'il portait son regard sur mes mains croisées devant moi sur la table. Je me demandais ce qu'il y cherchait ; ses paroles me le firent bientôt comprendre :

« Vous n'avez jamais été mariée ? Vous êtes célibataire ? »

Diana se mit à rire.

« Voyons, St.-John, elle ne peut avoir plus de dix-sept ou dix-huit ans, dit-elle.

— J'en ai près de dix-neuf, mais je ne suis pas mariée. Non. »

Je sentis une vive rougeur me monter au visage, car cette allusion au mariage avait réveillé des souvenirs amers et bouleversants. Tous remarquèrent mon embarras et mon émotion. Diana et Mary vinrent à mon secours en détournant leurs yeux de ma figure cramoisie, mais leur frère, plus impassible, plus impitoyable, continua à me fixer jusqu'à ce que le trouble qu'il avait fait naître en moi m'eût également arraché des larmes.

« Où demeuriez-vous en dernier lieu ? demanda-t-il encore.

— Vous êtes trop curieux, St.-John », murmura Mary à voix basse.

Mais il se pencha sur la table et, par un nouveau regard, résolu, pénétrant, exigea une réponse.

« Le nom de l'endroit où j'habitais, et celui de la personne chez qui j'étais, sont mon secret, répondis-je simplement.

— Secret qu'à mon avis vous avez le droit de garder, si cela vous plaît, sans le révéler ni à St.-John ni à tout autre questionneur, fit observer Diana.

— Cependant, dit-il, si je ne sais rien de vous, rien de ce qui vous est arrivé, je ne pourrai vous aider. Et vous avez besoin d'aide, n'est-ce pas ?

— J'en ai besoin et je la cherche, monsieur, dans la mesure où je puis attendre d'un véritable philanthrope le moyen de trouver un travail que je sois capable de faire, et dont le salaire soit suffisant pour m'assurer au moins l'indispensable.

— Je ne sais si je suis un véritable philanthrope, pourtant je suis disposé à vous aider de tout mon pouvoir pour parvenir à un but aussi honorable. Dites-moi donc d'abord ce que vous avez eu l'habitude de faire, et ce que vous êtes *capable* de faire. »

Je venais de prendre mon thé, je me sentais aussi puissamment ranimée par ce breuvage qu'un géant l'eût été après avoir bu du vin ; en donnant à mes nerfs ébranlés une vigueur nouvelle, il me permit de répondre avec assurance à ce juge jeune et sagace.

« Monsieur Rivers, dis-je, me tournant vers lui et le regardant comme il me regardait lui-même, ouvertement et sans embarras, vous et vos sœurs m'avez rendu un grand service, le plus grand qu'un homme puisse rendre à son semblable : vous m'avez, par votre généreuse hospitalité, sauvée de la mort. Ce bienfait que vous m'avez accordé vous donne un droit illimité à ma reconnaissance et, jusqu'à un certain point, à ma confiance. Je vais tout vous dire sur la vagabonde que vous avez recueillie, sauf ce qui pourrait compromettre ma tranquillité d'esprit, ma propre sécurité physique et morale, et celle des autres.

« Je suis orpheline, fille d'un pasteur. Mes parents sont morts avant que j'aie pu les connaître. J'ai été élevée à la charge d'autrui, et mise dans une institution de charité pour y faire mon éducation. Je vais même vous dire le nom de cet établissement où j'ai passé six ans comme élève, et deux comme maîtresse : c'est l'orphelinat de Lowood dans le comté de... Vous devez en avoir entendu parler, monsieur Rivers ? C'est le révérend Robert Brocklehurst qui en est le trésorier.

— J'ai entendu parler de Mr. Brocklehurst et j'ai visité l'école.

— J'ai quitté Lowood il y a près d'un an pour devenir institutrice dans une famille. J'avais trouvé une bonne situation, j'étais heureuse. Mais j'ai dû la quitter quatre jours avant mon arrivée ici. Je ne puis, ni ne dois vous donner la raison de mon départ ; ce serait inutile, dangereux, et paraîtrait incroyable. Je n'ai rien à me reprocher et je suis aussi innocente que n'importe lequel de vous trois. Mais je suis profondément malheureuse, et je n'ai pas fini de l'être, car la catastrophe qui m'a chassée d'une maison devenue pour moi le paradis est d'une nature étrange et terrible. En préparant ma fuite, je n'ai pensé qu'à deux choses : agir vite et en secret ; pour y arriver, j'ai dû laisser derrière moi tout ce que je possédais, sauf un petit paquet que, dans ma précipitation, mon agitation, j'ai oublié de retirer de la diligence qui m'a amenée à Whitcross. C'est ainsi que je suis arrivée dans cette région, dépourvue de tout. J'ai dormi deux nuits à la belle étoile, j'ai erré deux jours sans franchir le seuil d'une maison ; deux fois seulement, en ce laps de temps, j'ai pu prendre quelque nourriture. J'étais sur le point de mourir de faim, d'épuisement, de désespoir, lorsque vous, monsieur Rivers, m'avez mise à l'abri sous votre toit, m'empêchant ainsi de périr de misère à votre porte. Je sais tout ce que vos sœurs ont fait pour moi depuis lors, je n'avais pas perdu conscience durant mon apparente torpeur, et j'ai une aussi grande dette envers leur compassion spontanée, sincère, cordiale, qu'envers votre charité évangélique.

— Ne la faites pas parler davantage maintenant, St.-John, dit Diana, lorsque je me tus ; elle n'est évidemment pas encore en état de supporter les émotions. Venez à présent vous asseoir sur le canapé, Miss Elliot. »

J'eus un petit sursaut involontaire en l'entendant m'appeler ainsi ; j'avais oublié mon nom d'emprunt. Mr. Rivers, à qui rien ne semblait échapper, le remarqua aussitôt.

« Vous avez bien dit que vous vous appeliez Jane Elliot ? fit-il observer.

— Je l'ai dit, en effet ; c'est le nom que je trouve expédient de porter pour le moment ; mais ce n'est pas mon nom véritable, et il résonne singulièrement à mes oreilles quand je l'entends prononcer.

— Vous ne voulez pas dire votre nom véritable ?

— Non, je redoute par-dessus tout d'être découverte, et j'évite de faire connaître tout ce qui pourrait me trahir.

— Vous avez parfaitement raison, j'en suis persuadée, dit Diana. Et à présent, mon frère, je vous en prie, laissez-la un peu tranquille. »

Mais St.-John, après être resté quelques instants songeur, reprit aussi imperturbablement et avec autant de perspicacité que jamais :

« Vous ne voudriez pas nous être longtemps à charge, vous voudriez, je le vois, vous libérer aussi vite que possible de la compassion de mes sœurs, et, surtout, de ma *charité* — j'ai très bien senti la différence, et je ne m'en froisse pas, elle est juste. Vous voulez retrouver votre indépendance.

— Oui, je l'ai déjà dit. Indiquez-moi une occupation, ou comment m'en procurer une, c'est tout ce que je demande, à présent ; puis laissez-moi partir, fût-ce dans la plus pauvre chaumière ; mais, en attendant, permettez-moi de rester ici ; je redoute d'affronter à nouveau les horreurs du dénuement d'une existence sans abri.

— Il *faut* que vous restiez ici, bien sûr, dit Diana en posant sa main blanche sur ma tête.

— Il le *faut*, répéta Mary, du ton de sincérité peu démonstrative qui semblait lui être naturel.

— Mes sœurs, vous le voyez, ont plaisir à vous garder, dit Mr. St.-John, comme elles auraient plaisir à garder et à soigner un oiseau à demi mort de froid que le vent d'hiver aurait projeté sur leur fenêtre. Quant à moi, ce que je veux, c'est vous aider à chercher le moyen de gagner votre vie, et je vais m'en occuper. Mais sachez bien que le champ de mes possibilités est restreint ; je ne suis que le pasteur d'une pauvre paroisse de campagne ; mon aide sera nécessairement très limitée ; et si vous deviez vous refuser à une humble besogne journalière, il vous faudrait chercher un appui plus efficace que celui que je puis vous donner.

— Elle a déjà dit qu'elle était prête à faire n'importe quel travail honnête qu'elle est *capable* de faire, répondit pour moi Diana ; et vous savez bien, St.-John, qu'elle n'a pas le choix entre ceux qui peuvent l'aider, et qu'elle doit se contenter de quelqu'un aussi rébarbatif que vous.

— Je serai couturière, lingère, servante, bonne d'enfants, si je ne trouve rien de mieux, répondis-je.

— Bon, dit froidement St.-John. Si telles sont vos dispositions, je vous promets de vous aider, à mon heure et à ma façon. »

Il reprit alors le livre qu'il lisait avant le thé. Je ne tardai pas moi-même à me retirer, car mes forces ne me permettaient pas de parler et de rester plus longtemps.

CHAPITRE XXX

Plus je connaissais les hôtes de Moor-House, plus je les aimais. Au bout de quelques jours je fus suffisamment rétablie pour rester levée toute la journée et sortir de temps en temps. Je partageais les occupations de Diana et de Mary, je causais avec elles autant qu'elles le désiraient, et les aidais quand elles le permettaient. Je trouvais dans ce commerce un plaisir réconfortant et nouveau pour moi, plaisir résultant d'un parfait accord de goûts, de sentiments et de principes.

J'aimais lire les livres qu'elles aimaient ; ce qui leur plaisait faisait mes délices ; j'avais de la considération pour leurs jugements. Elles affectionnaient leur maison isolée, et je trouvais, moi aussi, un charme puissant, et de tous les instants, à cette modeste et vieille bâtisse grise, au toit bas, aux fenêtres à petits carreaux, aux murs croulants, avec son avenue de vieux sapins, tous inclinés du même côté par la poussée violente des vents de la montagne, son jardin assombri par les ifs et les houx et dans lequel ne s'épanouissaient que les fleurs des espèces les plus robustes. Elles s'étaient attachées à la lande violette qui enserrait leur demeure, au vallon creux vers lequel descendait le sentier cavalier caillouteux partant de leur porte et qui serpentait d'abord entre des talus de fougères, puis au milieu de quelques petits pacages, les plus sauvages qui aient jamais bordé un désert de bruyères, ou donné pâture à un de ces troupeaux de moutons gris, comme il y en a dans ces landes, avec leurs petits agneaux au museau couvert d'une laine mousseuse. Elles aimaient ce paysage, dis-je, avec un vif enthousiasme. Je comprenais ce sentiment et le partageais dans toute sa force et sa sincérité. Je voyais ce que ces lieux avaient de fascinant ; je sentais le caractère sacré de leur solitude ; mes yeux se plaisaient à contempler le contour des collines et des vallées, l'ardente coloration que donnaient aux crêtes et aux creux, la mousse, la bruyère, le gazon fleuri, les fougères lustrées, les roches de granit tendre. Tous ces détails étaient exactement pour moi ce qu'ils étaient pour elles : autant de sources de plaisir pures et douces. Le vent soufflant en rafales, la brise légère, les jours âpres, les jours sereins, le lever ou le coucher du soleil, les clairs de lune, les nuits nuageuses, tout, dans cette contrée, exerçait sur nous un semblable attrait ; j'étais prise dans le même réseau magique qui les ensorcelait.

A la maison, l'entente était aussi parfaite. Elles avaient l'une et l'autre plus de talents que moi, elles étaient plus instruites, mais, dans ce sentier du savoir où elles m'avaient devancée, c'est avec ardeur que je suivais leurs traces, et le soir, c'était un vrai plaisir que de discuter avec elles sur mes lectures de la journée. Nous avions les mêmes idées, les mêmes opinions ; bref, nous étions en parfaite harmonie.

S'il y en avait une dans notre trio qui surpassait les autres, et dont l'influence était plus manifeste, c'était Diana. Belle, pleine de vigueur, elle m'était, physiquement, bien supérieure. Dans l'influx nerveux de son être il y avait une richesse de vie, une exubérance sans aucune défaillance, qui soulevaient mon admiration, tout en déconcertant mon entendement. Je tenais bien la conversation, pendant un certain temps au début de la soirée, mais, le premier élan d'enthousiasme et de volubilité passé, j'étais heureuse de m'asseoir sur un tabouret, aux pieds de Diana, la tête sur ses genoux, et de les écouter, elle et Mary, approfondir le sujet que je n'avais fait qu'effleurer. Diana m'offrit de m'enseigner l'allemand. J'aimais étudier avec elle, je voyais que son rôle de professeur lui plaisait et lui convenait ; celui d'élève ne me plaisait et ne me convenait pas moins. Nos natures s'accordaient à merveille, aussi en résulta-t-il une affection réciproque très profonde. Quand elles eurent découvert que je savais dessiner, leurs crayons et leurs boîtes de couleurs furent aussitôt à ma disposition. Mon talent, supérieur au leur dans ce seul domaine, les surprit et les ravit. Mary restait assise à me regarder travailler pendant des heures, puis elle prit des leçons ; et ce fut une élève docile, intelligente, assidue. Du fait de ces occupations et de ces distractions mutuelles, les jours semblaient des heures, et les semaines, des jours.

L'intimité qui s'était établie si naturellement et rapidement entre ses sœurs et moi, ne s'étendait pas jusqu'à Mr. St.-John. Une des causes de la distance qui nous séparait encore venait de ce qu'il restait relativement peu à la maison ; une grande partie de son temps était consacrée à la visite des malades et des pauvres de sa paroisse dont la population était disséminée.

Aucune intempérie ne l'empêchait jamais de faire ses tournées pastorales ; qu'il plût ou qu'il fît beau, ses heures d'étude du matin terminées, il prenait son chapeau et, suivi de Carlo, le vieux pointer de son père, partait pour accomplir sa mission d'amour ou de devoir, — je ne sais pas très bien sous quel jour il l'envisageait. Parfois, quand le temps était particulièrement mauvais, ses sœurs protestaient. Il leur répondait alors avec un curieux sourire, plutôt solennel que joyeux :

« Si je me laissais détourner de ces tâches faciles par la moindre bourrasque ou par une simple ondée, comment une telle mollesse me préparerait-elle à l'avenir auquel je me destine ? »

Diana et Mary avaient l'habitude de répondre à cette interrogation par un soupir et demeuraient tristement songeuses durant quelques instants.

Mais, en dehors de ses fréquentes absences, il y avait un autre empêchement à se lier d'amitié avec lui ; il était d'un caractère réservé, distant, sombre même. Plein de zèle dans l'exercice de son ministère, irréprochable dans sa vie, dans ses mœurs, il ne paraissait pourtant pas jouir de cette sérénité d'esprit, de ce contentement intérieur, qui devraient être la récompense du chrétien sincère et du philanthrope agissant. Il lui arrivait souvent, le soir, lorsqu'il était assis à la fenêtre, son pupitre et ses papiers devant lui, de cesser de lire ou d'écrire, de prendre son menton dans sa main, et de s'abandonner à je ne sais quelle rêverie qui le troublait, l'agitait, comme le révélaient ses yeux aux pupilles dilatées lançant de fréquents éclairs.

Je crois aussi que la nature n'était pas pour lui la même source de joies que pour ses sœurs. Il exprima une fois, une fois seulement en ma présence, la forte impression que lui faisait éprouver l'âpre charme des collines et l'attachement inné qu'il avait pour le toit sombre et les vieux murs gris qu'il appelait sa maison ; mais il y avait plus de mélancolie que de plaisir dans le ton et les mots qui traduisaient ces sentiments. Il n'errait jamais dans la lande pour le plaisir de son silence rassérénant ; il ne recherchait jamais, pour s'y laisser prendre, les mille enchantements tranquilles qu'elle offrait.

Comme Mr. St.-John était peu communicatif, il se passa un certain temps avant que j'eusse l'occasion de scruter son esprit. C'est en l'entendant prêcher dans sa propre église, à Morton, que j'eus un premier contact avec la nature même de cet esprit. Je voudrais pouvoir rapporter ce sermon, mais cela dépasse mes moyens. Je ne puis même pas rendre facilement l'effet qu'il produisit sur moi.

Ce sermon débuta calmement, et vraiment, si l'on ne considère que le débit et le ton de la voix, il se termina aussi calmement. Un zèle ardent, mais contenu avec rigueur, se manifesta bientôt dans les accentuations et communiqua à sa parole nerveuse une force sans cesse réprimée, condensée, maîtrisée. Le cœur vibrait, l'esprit était étonné par la puissance du prédicateur, mais ni l'un ni l'autre n'en recevait le moindre apaisement. Tout le sermon était imprégné d'une étrange amertume, sans la moindre douceur consolatrice ; les allusions aux sévères doctrines calvinistes sur le libre arbitre, la prédestination, la réprobation, étaient fréquentes ; chacune résonnant comme un arrêt du destin. Quand il eut terminé, loin de me sentir meilleure, plus calme, mieux éclairée, j'éprouvai une indicible tristesse, car il me semblait — j'ignore si les autres eurent la même impression — que la source d'où cette éloquence jaillissait était troublée par le limon des espoirs déçus, agitée par les inquiétantes impulsions de fougueux désirs insatisfaits et d'aspirations tourmentées. J'étais certaine que St.-John

Rivers, malgré la pureté de sa vie, sa haute conscience, le zèle qu'il déployait, n'avait pas encore trouvé cette paix de Dieu qui dépasse tout entendement. Il ne l'avait pas plus trouvée que moi, songeai-je, moi qui, devant mon idole brisée et mon paradis perdu, étais secrètement torturée par des regrets dont j'avais évité de faire état ces derniers temps, regrets qui m'obsédaient, me tyrannisaient impitoyablement.

Un mois s'était alors écoulé. Diana et Mary allaient bientôt quitter Moor-House pour reprendre dans un décor bien différent la vie tout autre qui les attendait, celle d'institutrices dans une grande ville mondaine du sud de l'Angleterre. Chacune y avait sa situation dans des familles opulentes, mais pleines de morgue, où elles étaient tenues pour d'humbles subalternes par des personnes qui n'avaient pas la moindre idée de leurs qualités naturelles exceptionnelles, et ne se souciaient pas de les découvrir. Leurs talents y étaient appréciés au même titre que l'habileté de la cuisinière ou le bon goût de la femme de chambre. Mr. St.-John ne m'avait rien dit encore de l'emploi qu'il avait promis de me trouver ; il était pourtant urgent que j'eusse une occupation, quelle qu'elle fût. Un matin, restée seule avec lui dans le salon durant quelques minutes, je me hasardai à m'approcher de l'embrasure de la fenêtre, que sa table, son fauteuil et son pupitre, transformaient en une sorte de cabinet de travail. J'étais sur le point de lui adresser la parole, sans trop savoir comment formuler ma requête, car il est toujours difficile de briser cette réserve glaciale qui isole les natures comme la sienne, lorsqu'il m'évita cette peine en parlant le premier.

« Vous avez quelque chose à me demander ? fit-il, relevant la tête tandis que je m'approchais.

— Oui ; je voudrais savoir si vous avez entendu parler d'un emploi qui pourrait me convenir.

— J'ai trouvé, ou plutôt je vous ai organisé quelque chose, voici déjà trois semaines, mais comme vous paraissiez heureuse ici où vous avez su vous rendre utile, comme mes sœurs se sont visiblement attachées à vous et trouvent un rare plaisir en votre compagnie, j'ai jugé inopportun de mettre fin à votre commun bonheur, avant que leur proche départ de Marsh-End ne rendît le vôtre inévitable.

— Elles vont partir dans trois jours, répondis-je.

— Oui, et quand elles ne seront plus là, je regagnerai le presbytère de Morton où Hannah m'accompagnera, et cette vieille maison sera fermée. »

J'attendis quelques instants, pensant qu'il allait poursuivre la conversation sur le sujet que nous venions d'aborder ; mais ses pensées semblaient avoir pris un autre cours ; je vis à son air qu'il n'avait plus conscience de ma présence, ni de ce qui me préoccupait. Je fus obligée de rappeler son attention sur un sujet qui était nécessairement d'un intérêt primordial pour moi et motivait mon anxiété.

« Quel emploi aviez-vous en vue, monsieur Rivers ? J'espère que ce retard ne l'aura pas rendu plus difficile à obtenir ?

— Oh non ! puisqu'il ne tient qu'à moi de vous le donner, qu'à vous de l'accepter. »

Il s'arrêta de nouveau, comme s'il lui était pénible de poursuivre. L'impatience me gagna ; les quelques mouvements que je fis dans mon agitation, le regard vif et pressant que je fixai sur son visage, lui exprimèrent ce que je ressentais aussi clairement que l'eussent fait des paroles, et ce fut bien plus facile.

« Il n'y a pas lieu pour vous d'être si pressée de savoir, continua-t-il ; laissez-moi vous dire franchement que je n'ai rien d'enviable ou d'avantageux à vous proposer. Avant que je m'explique, veuillez, je vous prie, vous rappeler que je vous ai nettement prévenue que, si je vous aidais, ce serait dans la mesure où un aveugle aide un paralytique. Je suis pauvre, car je sais que lorsque j'aurai payé les dettes de mon père, tout ce qui me restera de mon patrimoine sera cette maison qui tombe en ruine, la rangée de sapins ravagés qui se trouvent derrière, et le lopin de lande, avec les ifs et les houx, qui est devant. Je suis obscur, Rivers est un vieux nom, mais des trois seuls descendants de la race, deux gagnent le pain du salarié au milieu d'étrangers, et le troisième ne se sent chez lui dans son pays natal ni pour y vivre ni même pour y mourir. Oui, il estime celui-ci, et il est tenu de croire, qu'un tel destin l'honore ; aussi n'aspire-t-il qu'au jour où sera posée sur ses épaules la croix qui rompra les liens des attaches charnelles, lorsque le Chef de cette Église militante dont il est l'un des membres les plus humbles, ordonnera : « Lève-toi et suis-moi ! »

St.-John avait prononcé ces paroles comme il prononçait ses sermons, d'une voix calme et profonde ; aucune rougeur n'avait monté à ses joues, mais ses yeux rayonnaient, lançaient des éclairs. Il reprit :

« Et puisque je suis moi-même pauvre et obscur, je ne puis offrir qu'un emploi pauvre et obscur. Il se peut que vous le trouviez humiliant, car je le vois à présent, vous avez des habitudes que le monde qualifie de raffinées, vos goûts vous portent vers un idéal, et vous avez pour le moins vécu avec des personnes de bonne éducation ; toutefois, je pense qu'aucun travail n'est dégradant s'il peut améliorer nos semblables. Plus aride et inculte est le terrain où s'exerce l'effort du chrétien, plus restreinte est la récompense de son dur labeur, plus grand en est l'honneur qui lui revient. En de telles conjonctures, sa destinée est celle du pionnier ; or, les premiers pionniers de l'Évangile ont été les Apôtres ; leur chef a été Jésus, le Sauveur lui-même.

— Eh bien ! dis-je, le voyant s'arrêter de nouveau, continuez. »

Avant de poursuivre il me regarda ; on eût dit qu'il lisait tout à loisir sur mon visage, comme si lignes et traits eussent été des caractères imprimés sur une page. Les conclusions qu'il tira de cet examen, il les exprima partiellement dans les déclarations suivantes :

« Je crois que vous allez accepter la situation que je vous offre, que vous la garderez pendant un certain temps, mais pas toujours, de même que je ne pourrais remplir, toute ma vie, la fonction paisible et modeste, restreinte autant que restrictive, de pasteur dans un village d'Angleterre, car en vous comme en moi il est un élément qui, pour être différent, n'en fait pas moins obstacle au repos.

— Expliquez-vous, fis-je avec insistance, comme il s'arrêtait encore.

— Je vais le faire, et vous allez apprendre combien ce que je vous propose est humble, médiocre, assujettissant. Je ne resterai pas longtemps à Morton, alors que mon père est mort et que je suis mon propre maître. Je quitterai ce village, probablement d'ici un an ; mais, jusqu'à mon départ, j'entends faire tous mes efforts pour l'améliorer. Morton, quand j'y suis arrivé, il y a deux ans, n'avait pas d'école, tout espoir de progrès était refusé aux enfants des pauvres. J'ai fondé une école de garçons ; j'ai l'intention d'en ouvrir une seconde, à présent, pour les filles. J'ai loué un local à cet effet, avec une petite maison de deux pièces, attenante, pour y loger l'institutrice dont le salaire sera de trente livres par an ; la maison est déjà meublée, très simplement, mais de façon suffisante, grâce à la bonté d'une demoiselle, Miss Oliver, la fille unique du seul homme riche de ma paroisse, Mr. Oliver, le propriétaire d'une fabrique d'aiguilles et d'une fonderie dans la vallée. Cette demoiselle paiera l'éducation et l'habillement d'une orpheline de l'hospice qui, en retour, devra seconder la maîtresse dans la tenue de sa maison comme de l'école, les occupations de l'institutrice ne lui laissant pas le temps de faire elle-même ces travaux. Voulez-vous être cette maîtresse d'école ? »

Il m'avait posé cette question avec précipitation, semblant s'attendre à voir repousser son offre avec indignation, sinon avec dédain. Il ne connaissait pas toutes mes pensées, tous mes sentiments, bien qu'il les eût devinés quelquefois, et ne pouvait prévoir les perspectives sous lesquelles j'envisagerais cette situation. Elle était, certes, bien humble, mais me donnait un abri ; or, j'avais besoin d'un abri sûr ; elle exigeait un patient labeur, mais était indépendante si on la comparait à la situation d'une institutrice dans une famille ; et la crainte de la servitude chez des étrangers pénétrait dans mon cœur à la façon d'un glaive. Ce n'était pas une situation dégradante, sans dignité, ni moralement avilissante. Ma décision fut prise.

« Je vous remercie de votre proposition, monsieur Rivers ; je l'accepte de grand cœur.

— Mais m'avez-vous bien compris ? dit-il. C'est une école de village, vous n'aurez comme élèves que des filles pauvres, des filles de paysans, tout au plus, des filles de fermiers. Tricoter, coudre, lire, écrire, compter, voilà tout ce que vous aurez à leur enseigner. A quoi serviront vos talents et la plus grande part de tout ce qui alimente votre esprit, vos sentiments, vos goûts ?

— Je les réserverai pour le moment où ils pourront redevenir utiles ; ils se conserveront.

— Vous rendez-vous bien compte de ce que vous allez entreprendre ?

— Mais oui. »

Il sourit alors, non d'un sourire amer ou triste, mais avec une évidente satisfaction et d'un air enchanté.

« Quand voulez-vous entrer en fonctions ?

— Je prendrai possession de ma maison demain, et, si vous le voulez, j'ouvrirai l'école la semaine prochaine.

— Très bien, c'est entendu ainsi. »

Il se leva et se mit à marcher dans la pièce. S'arrêtant, il me regarda de nouveau, hochant la tête :

« De quoi n'êtes-vous pas satisfait, monsieur Rivers, demandai-je.

— Vous ne resterez pas longtemps à Morton ; non, non !

— Pourquoi ? Quelle raison avez-vous de parler ainsi ?

— Je vois cela dans vos yeux ; ils ne sont pas de ceux qui promettent de garder toujours la même vie uniforme.

— Je ne suis pas ambitieuse. »

A ce mot, il tressaillit et répéta :

« Non. Qui parle d'ambition ? Qui a de l'ambition ? Je sais que j'en ai ; mais comment l'avez-vous découvert ?

— Je parlais de moi.

— Si vous n'êtes pas ambitieuse, vous êtes... »

Il s'arrêta court.

« Quoi donc ?

— J'allais dire, passionnée, mais peut-être ce mot, mal interprété, vous eût-il offensée ? Je veux dire que les affections, les sympathies humaines, exercent sur vous un très grand pouvoir. Je suis certain que vous ne pourrez vous contenter longtemps de passer vos loisirs dans la solitude et de consacrer vos heures de travail à des occupations monotones, sans le moindre stimulant, pas plus que je ne puis me contenter, ajouta-t-il avec insistance, de vivre ici, embourbé dans ces marécages, enfermé dans ces montagnes, où ma nature, celle que Dieu m'a donnée, est contrecarrée, où les facultés dont le Ciel m'a fait présent, sont paralysées, inutiles. Vous voyez maintenant jusqu'à quel point je suis en contradiction avec moi-même. Moi, qui ai prêché de se contenter d'un humble sort et justifié la vocation de ceux-là mêmes qui s'occupent à couper le bois et à puiser l'eau au service de Dieu ; moi, son ministre ordonné, voilà que l'appétit d'action me fait presque délirer. Il faudra trouver le moyen de concilier les inclinations et les principes. »

Il quitta la pièce. En ces courts instants, j'en avais plus appris sur lui que durant tout le mois précédent ; toutefois, il m'intriguait encore.

Diana et Mary Rivers devenaient plus tristes, plus silencieuses à l'approche du jour où elles allaient quitter leur frère et leur maison. Toutes deux s'efforçaient de ne rien laisser paraître, mais le chagrin qu'elles devaient combattre était un de ceux que l'on ne peut surmonter ou cacher complètement. Diana laissait entendre que cette séparation serait bien différente de toutes celles qu'elles avaient connues jusque-là. En ce qui concernait St.-John, ce serait une séparation de plusieurs années, peut-être même une séparation définitive.

« Il sacrifiera tout, ses affections familiales, des sentiments encore plus forts, à la décision qu'il a prise depuis longtemps, disait-elle. St.-John, tout en ayant l'air calme, Jane, cache une nature essentiellement agitée. On le croirait doux, et pourtant, en certains cas, il est inexorable comme la mort. Ce qu'il y a de plus grave, est que ma conscience ne me permet guère de le détourner de son austère décision

411

qui est belle, noble, chrétienne, bien qu'elle me brise le cœur ; évidemment, il ne peut être question de l'en blâmer, ne fût-ce qu'un seul instant. »

Et de ses beaux yeux les larmes jaillirent. Mary inclina davantage la tête sur son ouvrage.

« Nous n'avons plus de père, nous n'aurons bientôt plus de foyer ni de frère », murmura-t-elle.

Un petit incident survint alors, qui semblait avoir été décrété par le destin pour démontrer la vérité de cet adage : « Un malheur ne vient jamais seul », et accroître leur peine de toute l'amertume de cet autre adage : « Il y a loin de la coupe aux lèvres ». St.-John passa devant la fenêtre en lisant une lettre, et entra :

« Notre oncle John est mort », dit-il.

Les deux sœurs parurent frappées, sans, toutefois, être bouleversées ou consternées ; la nouvelle semblait leur paraître plus importante qu'affligeante.

« Il est mort ? répéta Diana.

— Oui. »

Elle fixa sur le visage de son frère un regard scrutateur.

« Et alors ? demanda-t-elle à voix basse.

— Et alors, Die ? répliqua-t-il, ses traits conservant une immobilité de marbre. Et alors ? Mais... rien. Tenez, lisez. »

Il lui jeta la lettre sur les genoux. Elle la parcourut et la passa à Mary. Mary la lut en silence et la rendit à son frère. Tous trois se regardèrent, échangeant un sourire ; un sourire triste et rêveur.

« Amen ! Nous vivrons quand même, dit enfin Diana.

— De toute façon, notre situation n'en sera pas aggravée, remarqua Mary.

— Cela ne fait qu'aviver en esprit la vision de ce qui eût pu être, dit Mr. Rivers ; le contraste avec la réalité s'en trouve un peu trop accusé. »

Il plia la lettre, la mit dans son pupitre qu'il ferma à clef, et sortit de nouveau.

Durant quelques minutes personne ne parla. Diana se tourna alors vers moi et me dit :

« Jane, vous devez être étonnée par notre mystérieux comportement et croire que nous avons le cœur bien dur, en ne nous voyant pas plus émues par la mort d'un aussi proche parent qu'un oncle ; mais nous ne le connaissions pas ; nous ne l'avions jamais vu. Il était le frère de ma mère. Mon père et lui s'étaient brouillés depuis longtemps. Ce fut sur son conseil que mon père risqua la majeure partie de ses biens dans la spéculation qui l'a ruiné. Ils se firent mutuellement des reproches, se séparèrent fâchés et ne se réconcilièrent jamais. Mon oncle se lança ensuite dans des entreprises plus heureuses, et il a, paraît-il, réalisé une fortune de vingt mille livres. Ne s'étant jamais marié, il n'avait d'autres proches parents que nous et une personne qui lui est alliée au même degré. Mon père avait toujours caressé l'espoir que mon oncle réparerait son erreur en nous laissant ce qu'il possédait. Cette lettre nous informe qu'il a tout légué jusqu'au dernier penny à cette autre parente, à l'exception de trente guinées à partager entre St.-John, Diana et Mary Rivers, pour l'achat de trois bagues de deuil. Bien entendu, il avait le droit d'agir à sa guise ; et pourtant, la réception de cette nouvelle nous jette un froid passager. Nous nous serions estimées riches, Mary et moi, avec un millier de livres chacune ; quant à St.-John, pareille somme lui eût été précieuse pour ses bonnes œuvres. »

Ceci dit, il n'en fut plus parlé, et ni Mr. Rivers ni ses sœurs n'y firent d'autres allusions.

Le lendemain, je quittai Marsh-End pour Morton. Le jour suivant, Diana et Mary partirent pour la ville éloignée de B... Une semaine plus tard, Mr. Rivers et Hannah regagnèrent le presbytère, et la vieille demeure fut abandonnée.

CHAPITRE XXXI

Ma maison, puisque j'ai enfin trouvé une maison, est un cottage ; une petite pièce aux murs blanchis à la chaux, au sol recouvert de sable, contenant quatre chaises peintes, une table, une horloge, un bahut garni de deux ou trois assiettes, de plats, et d'un service à thé en faïence de Delft. Au-dessus, une chambre de même dimension que la cuisine, avec un lit en bois blanc, et une petite commode, encore trop grande pour être remplie par ma garde-robe sommaire, bien que la gentillesse de mes aimables et généreuses amies l'aient augmentée d'un apport modeste d'objets indispensables.

C'est le soir. J'ai congédié la petite orpheline qui me tient lieu de servante, après lui avoir donné une orange pour salaire. Je suis assise seule près de l'âtre. J'ai ouvert ce matin l'école du village avec vingt élèves. Trois seulement savent lire ; aucune ne sait écrire, ni compter. Plusieurs tricotent, quelques-unes font un peu de couture. Elles parlent avec l'accent le plus accusé de la région. Pour le moment, nous avons de la peine à nous comprendre mutuellement. Certaines ont des manières frustes, elles sont rudes, intraitables aussi bien qu'ignorantes ; mais d'autres sont dociles, ont le désir d'apprendre et montrent des dispositions qui me font plaisir. Je ne dois pas oublier que ces petites paysannes, grossièrement vêtues, ne sont pas d'une chair et d'un sang moins bons que les rejetons des familles dont la généalogie atteste la plus haute noblesse. Les germes de qualités natives exceptionnelles, de délicatesse, d'intelligence, de sentiments généreux, peuvent aussi bien exister dans leurs cœurs que dans celui des enfants les mieux nés. Mon devoir sera de développer ces germes, et j'arriverai bien à trouver quelque bonheur dans l'accomplissement de cette tâche. Je n'attends pas beaucoup de plaisir de la vie qui s'ouvre devant moi, mais elle m'en procurera sans doute suffisamment pour vivre au jour le jour, si je sais discipliner mon esprit et exercer mes talents comme je le dois.

Avais-je été heureuse, calme, satisfaite, durant les heures que j'avais passées ce matin et cet après-midi, là-bas, dans l'humble salle de classe dénudée ? Afin de ne pas me faire illusion à moi-même, je dois répondre : Non. Je m'étais sentie extrêmement seule. J'avais eu, oui, sotte que je suis, j'avais eu l'impression d'un avilissement. Je me demandais si je n'étais pas descendue d'un degré dans l'échelle sociale, au lieu de m'y élever. J'avais la faiblesse d'être effrayée par l'ignorance, la pauvreté, la vulgarité de tout ce que j'entendais et voyais autour de moi. Mais je ne vais pas m'accabler de reproches, ni me mépriser pour avoir éprouvé ce sentiment ; je sais que ce n'était pas bien, c'est déjà un grand pas de fait ; je vais m'efforcer de le dominer ; demain, je l'espère, j'en triompherai en partie, et, d'ici quelques semaines, peut-être l'aurai-je complètement maîtrisé ? Dans quelques mois, la chose est possible, le plaisir de constater les progrès et le perfectionnement de mes élèves aura-t-il changé mon aversion en satisfaction ?

En attendant, il est bon que je me pose cette question : eût-il mieux valu céder à la tentation, écouter la passion et, sans effort, sans lutte, m'être laissé prendre dans le piège soyeux, m'être endormie sur les fleurs qui le dissimulaient, me réveiller sous le ciel du Midi, dans le luxe d'une villa de plaisance, vivre aujourd'hui en France, être la maîtresse de Mr. Rochester et passer la moitié de mon temps dans des transports d'amour ? — car il m'eût aimée, oh oui ! il m'eût beaucoup aimée pendant quelque temps. Il m'aimait réellement, nul ne m'aimera plus jamais ainsi ; plus jamais je ne recevrai le doux hommage rendu à la beauté, à la jeunesse, à la grâce, car jamais d'autres yeux que les siens ne trouveront ces charmes en moi ; de moi, il était amoureux et fier ; nul autre homme ne le sera plus jamais... — Mais où va s'égarer mon esprit ? Que signifient ces divagations, que signifient surtout les sentiments qui m'envahissent ? Eût-il mieux valu, je le demande, vivre à Marseille et, esclave insensée, enfiévrée d'un bonheur illusoire, jouir pendant une heure de paradisiaques délices, puis, l'instant d'après, suffoquer de remords, de honte, en pleurant des larmes amères, ou être institutrice de village, libre et honnête, dans un coin perdu de montagne et balayé des vents, au cœur de la roborative Angleterre ?

Oui, je sens à présent que j'ai eu raison de m'en tenir aux principes, à la Loi, de repousser le fol entraînement d'un moment de délire et de lui résister. Dieu m'a guidée dans ce juste choix, j'en rends grâces à sa Providence.

Lorsque j'en fus là de ma rêverie vespérale, je me levai et gagnai le pas de la porte, afin de contempler le coucher du soleil en ce jour de moisson, ainsi que les champs tranquilles qui s'étendaient devant mon cottage ; celui-ci, comme l'école, était à un demi-mille du village. Les oiseaux faisaient entendre leurs derniers chants.

« L'air était doux, la rosée embaumée. »

Devant ce spectacle je me croyais heureuse et fus toute surprise de me trouver bientôt en larmes. Pourquoi pleurais-je ? Je pleurais devant le destin qui m'avait arrachée à l'amour profond de mon maître, je pleurais sur lui, que je ne reverrais plus, sur la douleur désespérée, l'inévitable fureur causées par mon départ, qui allaient peut-être l'entraîner loin du droit chemin, trop loin pour laisser l'espoir d'un ultime retour. Cette pensée me fit me détourner du splendide ciel crépusculaire et de la vallée solitaire de Morton ; je dis qu'elle était *solitaire*, car dans la partie qui m'était visible, rien d'autre n'apparaissait que l'église et le presbytère, à demi cachés dans les arbres, et, tout au loin, le toit de Vale-Hall, où le riche Mr. Oliver et sa fille habitaient. J'appuyai mon front contre l'encadrement en pierre de ma porte, détournant ainsi les yeux, lorsqu'un bruit léger, venant de la barrière qui séparait mon minuscule jardin de la prairie voisine, me fit relever la tête. Un chien, le vieux Carlo, le pointer de Mr. Rivers, reconnu aussitôt, poussait de son museau le portillon sur lequel St.-John se tenait appuyé, les bras croisés. Les sourcils froncés, il fixait sur moi un regard si grave qu'il trahissait presque du mécontentement. Je le priai d'entrer.

« Non, je ne puis rester ; je vous apportais seulement un petit paquet que mes sœurs ont laissé pour vous ; je crois qu'il contient une boîte de couleurs, des crayons et du papier. »

Ce présent était le bienvenu et je m'approchai pour le prendre. Il examina mon visage avec gravité, me sembla-t-il, tandis que je m'avançais vers lui ; les traces de mes larmes s'y remarquaient sans doute encore.

« Votre première journée de travail vous a-t-elle paru plus pénible que vous ne vous y attendiez ? demanda-t-il.

— Oh non ! au contraire, je crois qu'avec le temps je m'entendrai fort bien avec mes élèves.

— Mais peut-être votre installation, votre cottage, votre mobilier, ont-ils déçu votre attente ? Tout cela est, en vérité, bien modeste, mais...

— Mon cottage, interrompis-je, est propre, j'y suis bien à l'abri ; mon mobilier est suffisant et commode. Tout ce qui m'entoure m'inspire de la reconnaissance, non de la tristesse. Je ne suis ni assez sotte ni assez sybarite pour regretter tapis, sofas et argenterie ; d'ailleurs, il y a cinq semaines, exilée, mendiant et errant, je ne possédais rien ; à présent, je ne suis plus seule au monde, j'ai un foyer et de quoi m'occuper. Je suis émerveillée de la bonté de Dieu, de la générosité de mes amis, de mon sort enviable. Je ne me plains de rien.

— Mais la solitude ne vous accable-t-elle pas ? La petite maison, là, derrière vous, est sombre et vide.

— A peine ai-je eu le temps de jouir de ma tranquillité, je n'ai donc pu souffrir de mon isolement.

— Très bien ; j'espère que vous éprouvez la satisfaction que vous exprimez ; en tout cas, votre bon sens vous dira qu'il est encore trop tôt pour vous abandonner aux craintes hésitantes de la femme de Loth[1]. Naturellement, j'ignore ce que vous veniez de quitter quand je vous ai rencontrée ; mais je vous conseille de résister avec fermeté à la tentation de regarder en arrière. Poursuivez avec persévérance la tâche que vous venez d'entreprendre ; poursuivez-la, au moins pendant quelques mois.

1. *Cf.* Bible : Genèse, chapitre XIX, verset 26.

— C'est bien ce que j'ai l'intention de faire », répondis-je.

St.-John reprit :

« C'est un dur effort de maîtriser l'impulsion de ses inclinations, de contrarier ses penchants naturels, mais je sais par expérience que ce n'est pas impossible. Dieu nous a donné, dans une certaine mesure, le pouvoir de forger notre destinée ; quand nos énergies réclament une subsistance qui leur est refusée, quand notre volonté nous pousse avec force vers un chemin qu'il ne nous est pas permis de suivre, nous ne devons ni mourir d'inanition, ni nous immobiliser, en proie au désespoir, mais chercher pour notre esprit une autre nourriture aussi substantielle, peut-être plus pure que le fruit défendu auquel il aurait tant voulu goûter, et construire pour nos pas aventureux une route qui, pour être plus raboteuse, n'en sera pas moins droite, moins large que celle dont le sort nous a interdit l'accès.

« Il y a un an, j'ai été très malheureux, moi aussi, je croyais m'être trompé en entrant dans les ordres ; l'uniformité des devoirs que j'avais à remplir m'ennuyait à périr. Je brûlais de mener dans le monde une vie plus active, de me livrer au labeur stimulant d'une carrière littéraire, de devenir artiste, écrivain, orateur, tout, plutôt que prêtre. Oui, sous mon surplis de pasteur battait le cœur d'un homme politique, d'un soldat, d'un adorateur de la gloire, d'un amoureux de la renommée, d'un passionné du pouvoir. Je descendis en moi-même. Ma vie était si misérable qu'il fallait la modifier ou mourir. Après une période d'obscurité et de lutte, la lumière se fit, le secours me vint ; mon existence rétrécie, s'élargissant soudain, me sembla une plaine sans limites. En entendant l'appel du Ciel, mes facultés prirent leur essor, rassemblèrent leurs forces, étendirent leurs ailes et s'élevèrent vers l'infini ! Dieu allait me confier un message ; mais pour le porter au loin, le transmettre dignement, le talent, la force, le courage et l'éloquence, toutes les plus hautes qualités requises du soldat, de l'homme d'État ou de l'orateur étaient nécessaires ; le bon missionnaire doit les posséder toutes.

« Je résolus donc de devenir missionnaire. Dès lors, mon état d'esprit ne fut plus le même ; les liens qui paralysaient mes facultés se relâchèrent, ne laissant rien de la servitude, si ce n'est sa douleur irritante que le temps, seul, pourrait guérir. Mon père, il est vrai, s'opposa à ma détermination ; mais depuis sa mort, je n'ai plus de véritable obstacle à surmonter. Quelques affaires à régler encore, trouver un successeur pour Morton, me libérer, par l'évasion ou la rupture, d'un ou deux réseaux où je suis pris au piège des sentiments — suprême conflit avec la faiblesse humaine, mais dont je suis sûr de sortir vainqueur, parce que j'ai juré de vaincre — et je quitterai l'Europe pour l'Orient. »

Il avait dit cela du ton contenu, mais énergique, qui lui était particulier. Quand il eut cessé de parler, ses yeux se fixèrent, non pas sur moi, mais sur le soleil couchant, vers lequel se portaient aussi mes regards. Nous tournions tous deux le dos au sentier qui, à travers les prés, aboutissait à la barrière. De ce sentier envahi par l'herbe aucun bruit de pas n'était parvenu jusqu'à nous ; et à cette heure, dans ce décor, le murmure berceur de l'eau coulant dans la vallée se faisait seul entendre ; aussi sursautâmes-nous lorsqu'une voix joyeuse, douce comme le tintement d'une cloche argentine, s'écria :

« Bonsoir, monsieur Rivers. Et bonsoir, mon vieux Carlo. Votre chien est plus prompt à reconnaître ses amis que vous, monsieur ; il a dressé l'oreille et remué la queue dès que je suis arrivée au bas de la prairie, et vous, vous continuez à me tourner le dos. »

C'était vrai. Bien que Mr. Rivers eût tressailli aux premiers accents de cette voix mélodieuse, comme si la foudre avait déchiré un nuage au-dessus de sa tête, il était demeuré à la fin de la phrase, les bras posés sur la barrière, le visage vers l'ouest, dans la même attitude où l'avait surpris celle qui lui parlait. Il se retourna enfin avec une lenteur voulue. J'eus l'impression qu'une vision avait surgi à ses côtés. A trois pieds de lui, penchée sur Carlo qu'elle caressait, apparut une forme vêtue de blanc, svelte, jeune et gracieuse, aux contours arrondis. Lorsqu'elle releva la tête, après avoir rejeté son long voile en arrière, il put voir un visage d'une fraîche et parfaite beauté. Parfaite beauté ! C'est là une expression péremptoire ; je la maintiens pourtant, sans autre qualification, car les traits les plus charmants que le climat tempéré d'Albion ait jamais formés, le teint de lis et de rose le plus pur que ses brises humides et ses ciels vaporeux aient jamais produit et protégé, justifiaient présentement ce terme. Cette jeune fille, à la physionomie régulière et délicate, sans la moindre imperfection, possédait tous les attraits : de grands yeux sombres, expressifs, de même forme et de même couleur que ceux des tableaux de maître, bordés de longs cils noirs ombreux qui leur donnaient un pouvoir de douce fascination ; des sourcils tracés au pinceau, rehaussant l'éclat de ces yeux ; un front blanc et lisse qui ajoutait une grande sérénité à la beauté plus vive de son teint éclatant ; des joues d'un pur ovale, fraîches et veloutées ; des lèvres non moins fraîches, vermeilles de santé et d'un dessin charmant ; des dents régulières, étincelantes, sans le moindre défaut ; un petit menton rempli de fossettes ; une abondante chevelure, somptueux ornement ; ce visage, en un mot, réunissait tous les éléments de l'idéale beauté. Je regardais cette belle créature avec émerveillement, je l'admirais de toute mon âme. Certes, la nature l'avait traitée en enfant gâtée et, oubliant son habituelle parcimonie de marâtre dans la distribution de ses dons, avait, telle une généreuse aïeule, comblé son enfant chéri.

Que pensait St.-John Rivers de cet ange terrestre ? Je me posai tout naturellement cette question en le voyant se tourner vers elle et la regarder ; tout naturellement aussi, j'en cherchai la réponse sur son visage. Ses yeux s'étaient déjà détournés de la péri pour se fixer sur une touffe de marguerites qui avait poussé près de la barrière.

« C'est une soirée délicieuse, mais il est bien tard pour vous promener seule, dit-il, écrasant sous son pied les corolles neigeuses des fleurs qui s'étaient refermées.

— Oh ! je ne suis revenue de S... (elle nomma une grande ville, distante d'une vingtaine de milles) que cet après-midi. Papa m'a dit que vous aviez ouvert votre école et que la nouvelle institutrice était arrivée ; aussi, après le thé, ai-je mis ma capote et grimpé jusqu'ici pour la voir. C'est elle ? fit la jeune fille en me désignant.

— Oui, dit St.-John.

— Croyez-vous que vous vous plairez à Morton ? demanda-t-elle, avec une simplicité naïve et directe qui, bien qu'enfantine, était agréable.

— Je l'espère, et j'ai tout lieu de le croire.

— Avez-vous trouvé vos élèves aussi appliquées que vous le souhaitiez ?

— Mais oui.

— Votre maison vous plaît-elle ?

— Beaucoup.

— L'ai-je gentiment meublée ?

— Très gentiment, certes.

— Ai-je fait un bon choix en vous donnant Alice Wood pour vous aider ?

— Oh oui ! elle est docile et adroite. »

« C'est Miss Oliver, l'héritière, songeai-je ; aussi dotée par la fortune que par la nature ! Je me demande quelle heureuse conjonction de planètes a présidé à sa naissance. »

« Je monterai quelquefois vous aider à faire votre classe,

ajouta-t-elle. Ce sera pour moi une distraction de vous rendre visite de temps en temps ; j'aime bien les distractions. Que je me suis amusée, monsieur Rivers, pendant mon séjour à S... ! Hier soir, ou plutôt ce matin, j'ai dansé jusqu'à deux heures. Depuis les émeutes, le ... ème régiment y est en garnison, et les officiers sont bien les hommes les plus agréables du monde ; ils font honte à tous nos jeunes rémouleurs, à tous nos marchands de ciseaux. »

Je crus remarquer, l'espace d'un moment, que tout en avançant sa lèvre supérieure Mr. St.-John esquissait de sa lèvre inférieure une moue dédaigneuse. Il est certain qu'en entendant parler ainsi la rieuse jeune fille, sa bouche se contracta fortement et le bas de son visage prit une sévérité et une rigidité inaccoutumées. Il leva les yeux, qu'il tenait fixés sur les marguerites, et les tourna vers elle. Ce fut un regard sans sourire, scrutateur, plein de signification. Elle lui répondit par un nouveau rire ; le rire convenait bien à sa jeunesse, à son teint rose, à ses fossettes, à ses yeux brillants.

Comme il demeurait là, muet et grave, elle se remit à caresser Carlo.

« Pauvre Carlo, il m'aime, *lui*, il n'est ni sévère ni distant avec ses amis ; s'il pouvait parler, il ne garderait pas le silence. »

Tandis qu'elle caressait la tête du chien, se penchant avec la grâce qui lui était naturelle devant son maître, jeune et austère, je vis une rougeur envahir le visage de ce maître, je vis ses yeux graves, troublés par un irrésistible émoi, s'adoucir sous l'effet d'une flamme soudaine. Sa beauté d'homme, alors qu'il était ainsi transporté d'ardeur, ne le cédait guère à celle de la visiteuse. Sa poitrine se souleva, comme si son vaste cœur, lassé d'une despotique contrainte, s'était dilaté en dépit de sa volonté et avait bondi avec force pour parvenir à la liberté. Mais il le refréna, à la façon, semble-t-il, d'un cavalier résolu, qui veut maîtriser le coursier qui se cabre. Il ne prononça pas un mot, ne fit pas un geste en réponse aux gracieuses avances qui lui étaient faites.

« Papa dit que vous ne venez plus jamais nous voir, reprit Miss Oliver, en relevant la tête. Vous êtes devenu tout à fait étranger à Vale-Hall. Il ne va pas très bien ce soir, et il est seul. Voulez-vous revenir avec moi pour lui rendre visite ?

— Ce n'est pas l'heure de déranger Mr. Oliver, répondit St.-John.

— Ce n'est pas l'heure ! Mais je vous dis que c'est juste-

420

ment le moment où papa a le plus besoin de compagnie ; l'usine est fermée et il n'a plus rien à faire. Je vous en prie, monsieur Rivers, venez. Pourquoi demeurez-vous dans une pareille réserve, pourquoi êtes-vous si sombre ? »

Elle rompit le silence dans lequel il s'enfermait, s'exclamant en secouant sa jolie tête bouclée, comme outrée d'elle-même :

« J'oubliais ! Je suis si légère, si étourdie ! Veuillez m'excuser, je vous en supplie. Il m'était sorti de la mémoire que vous aviez de bonnes raisons pour n'avoir pas envie de prendre part à mon bavardage : Diana et Mary viennent de vous quitter, Moor-House est fermée et vous voilà bien seul. Je vous assure que je vous plains sincèrement. Venez donc voir papa.

— Non, pas ce soir, Miss Rosamond, pas ce soir ! »

Mr. St.-John parlait presque comme un automate, lui seul savait l'effort que lui coûtait ce refus.

« Eh bien ! puisque vous êtes si obstiné, je vais vous quitter ; je n'ose rester plus longtemps, la rosée commence à tomber. Bonsoir. »

Elle lui tendit sa main qu'il effleura à peine.

« Bonsoir », répéta-t-il, d'une voix basse et creuse comme un écho.

Elle partit, puis revint aussitôt.

« Vous n'êtes pas souffrant ? » demanda-t-elle.

Elle était bien fondée à poser cette question, il avait le visage aussi blanc que la robe de la jeune fille.

« Je vais très bien », articula-t-il, et, s'inclinant devant elle, il s'éloigna du portillon.

Ils partirent chacun de leur côté. Tout en descendant la prairie de son pas léger, telle une fée, elle se retourna deux fois pour le voir ; lui, marchant d'un pas ferme et allongé, ne se retourna pas.

Ce spectacle de la souffrance, du sacrifice d'autrui, m'arracha à l'exclusive méditation de ma propre souffrance, de mon propre sacrifice. Diana avait dit que son frère était « inexorable comme la mort ». Elle n'avait pas exagéré.

CHAPITRE XXXII

Je poursuivis ma tâche à l'école du village avec toute l'activité et la loyauté dont j'étais capable. Au début, ce fut vraiment une rude besogne. Il me fallut quelque temps, malgré tous mes efforts, pour arriver à comprendre le caractère de mes écolières. Complètement incultes, avec des facultés tout à fait en sommeil, elles me parurent désespérément stupides et, à première vue, toutes également stupides ; je m'aperçus bientôt de mon erreur. Il y avait entre elles les mêmes différences qu'entre des enfants qui ont fait des études, et ces différences devinrent rapidement plus marquées quand nous arrivâmes à nous connaître mutuellement. Quand l'étonnement suscité par ma personne, mon langage, la discipline imposée, mes manières, eut cessé, je me rendis compte que quelques-unes de ces paysannes à la bouche bée, d'aspect lourd, devenaient des fillettes à l'esprit vif et prompt. Beaucoup d'entre elles se montraient obligeantes, aimables, et je découvris parmi elles maints exemples de politesse naturelle, de respect inné de soi-même, tout autant que de remarquables dispositions, qui leur acquirent ma bienveillance et mon admiration. Ces élèves prirent bientôt plaisir à bien faire leur travail, à être soignées de leur personne, à apprendre régulièrement leurs leçons et à devenir posées, ordonnées. La rapidité de leurs progrès, dans certains cas, fut même surprenante, et j'en tirai une légitime et heureuse fierté ; je commençais, d'ailleurs, à m'attacher personnellement aux meilleures de ces fillettes, qui s'attachaient, elles aussi, à moi. J'avais, parmi ces élèves, plusieurs filles de fermiers, presque des jeunes filles, qui savaient déjà lire, écrire et coudre ; je me mis à leur enseigner les éléments de la grammaire, de la géographie, de l'histoire, ainsi que de délicats travaux de couture. Certaines avaient des caractères dignes d'estime, des caractères avides de savoir, tout prêts à se perfectionner ; je passais avec elles bien des heures agréables, le soir, dans leurs propres maisons où leurs parents, le fermier et sa femme, me comblaient d'attentions. C'était une joie pour moi d'accepter leur gentillesse pleine de simplicité, de leur témoigner, en retour, des égards et une scrupuleuse considération pour leurs sentiments, considération à laquelle ils n'étaient peut-être pas habitués, mais qui les charmait, leur faisait du bien et, tout en les élevant à leurs propres yeux, suscitait en eux l'émulation nécessaire pour justifier cette déférence.

Je sentais que l'on commençait à m'aimer dans le voisinage. Chaque fois que je sortais, de cordiales salutations me parvenaient de tous côtés ; j'étais accueillie par des sourires amicaux. Être l'objet de la sympathie générale, émanât-elle de simples travailleurs, donne l'impression « d'être assis au soleil, dans le calme et la douceur » ; une sérénité intime se forme et s'épanouit à ses rayons. A cette période de ma vie, j'eus bien plus souvent le cœur gonflé de reconnaissance qu'accablé de découragement. Et cependant, lecteur, pour tout vous dire, au sein de cette existence paisible et utile, après une journée passée en efforts louables avec mes écolières, après une soirée consacrée à dessiner ou à lire tout en jouissant de ma solitude, il m'arrivait souvent, la nuit, d'être précipitée dans des rêves étranges, bigarrés, tourmentés, où tout était idéalisé : des rêves remplis de choses émouvantes, orageuses, chargés d'aventures où, dans d'extraordinaires décors, avec des risques bouleversants, une chance romanesque, je rencontrais toujours Mr. Rochester, et toujours au moment le plus angoissant. J'éprouvais alors, de nouveau, dans toute sa force et son ardeur premières, la sensation d'être dans ses bras, d'entendre sa voix, de rencontrer son regard, de toucher sa main, sa joue, de l'aimer, d'être aimée de lui, d'avoir l'espoir de passer ma vie à ses côtés. Puis, c'était le réveil. Je reprenais conscience de l'endroit où je me trouvais, ainsi que de ma situation ; et, tremblante, frémissante, je me dressais sur mon lit sans rideaux ; la nuit silencieuse et obscure était alors témoin de ces convulsions du désespoir et retentissait de l'explosion de la douleur. Le lendemain matin, à neuf heures exactement, j'ouvrais l'école, calme, ressaisie, toute prête à accomplir les devoirs réguliers de la journée.

Rosamond Oliver tint sa promesse de me rendre visite. Elle passait généralement à l'école le matin, au cours de sa promenade à cheval. Elle arrivait sur son poney, au petit galop jusqu'à la porte, suivie d'un domestique en livrée, également à cheval. Il eût été difficile d'imaginer quelque chose de plus exquis que de la voir apparaître dans son habit rouge, avec son chapeau d'amazone en velours noir posé gracieusement sur les longues boucles qui caressaient sa joue et flottaient sur ses épaules. C'est ainsi qu'elle pénétrait dans la rustique maison et s'avançait, légère, au milieu des rangées des enfants du village, éblouies. Elle venait, d'ordinaire, à l'heure où Mr. Rivers faisait le catéchisme quotidien. Le regard de la visiteuse perçait vivement, je le crains bien, le cœur du jeune pasteur. Une sorte d'instinct semblait l'avertir de son entrée, même quand il ne la voyait pas ; lorsqu'elle paraissait à la porte, même s'il regardait dans une tout autre direction, ses joues s'empourpraient, ses traits de marbre, tout en refusant de se détendre, s'altéraient d'une façon indescriptible, leur impassibilité exprimant alors une ferveur contenue, plus intense que ne l'auraient pu faire des muscles libérés ou des yeux pleins de feu.

Bien entendu, elle connaissait son pouvoir. En vérité, s'il ne le lui laissait pas ignorer, c'est qu'il ne pouvait faire autrement. En dépit de son stoïcisme chrétien, quand elle allait à lui et lui parlait avec un sourire joyeux, encourageant, et même tendre, la main de Mr. Rivers tremblait, ses yeux s'embrasaient, et si ses lèvres restaient muettes, son regard triste et résolu semblait dire :

« Je vous aime, et je sais que c'est moi que vous préférez. Ce n'est pas parce que je désespère du succès que je garde le silence. Si je vous offrais mon cœur, je crois que vous m'accepteriez. Mais ce cœur est déjà déposé sur un autel sacré, le feu du sacrifice est préparé, qui, bientôt, sera consommé. »

Elle faisait alors la moue, comme un enfant désappointé ; un nuage de mélancolie assombrissait sa radieuse gaieté ; elle retirait vivement sa main de celle de Mr. Rivers, et, dans un mouvement d'impatience passagère, se détournait de lui, dont l'aspect était à la fois si héroïque et si semblable à celui d'un martyr. Sans aucun doute, lorsqu'elle le quittait ainsi, St.-John aurait donné le monde entier pour la suivre, la rappeler, la retenir ; mais il ne voulait pas perdre une seule chance de gagner le ciel, ni abandonner pour l'élysée de son amour un seul espoir du vrai paradis éternel. Au surplus, il ne pouvait enfermer dans les limites d'une seule passion tout ce qui constituait sa propre nature : l'aventurier, l'ambitieux, le poète, le prêtre. Il ne pouvait pas, il ne voulait pas échanger le champ en friche où il livrerait le combat du missionnaire, contre les salons et la paix de Vale-Hall. Tout ceci, je l'appris de lui-même par les confidences que mon audace lui arracha un jour, en dépit de sa réserve.

Miss Oliver me faisait l'honneur de venir me voir souvent dans mon cottage. J'avais pu observer son caractère, qui était sans mystère, sans déguisement. Elle était coquette, mais ne manquait pas de cœur, exigeante, mais sans bas égoïsme ; bien que choyée depuis sa naissance, elle n'était pas absolument une enfant gâtée. Elle était vive, mais avait bon caractère ; vaniteuse — pouvait-elle s'en défendre, alors que son miroir ne manquait jamais de lui renvoyer l'image d'une beauté parfaite ? —, mais dépourvue d'affectation ; généreuse, sans le moindre orgueil de sa richesse ; ingénue, assez intelligente, gaie, pleine de vie, insouciante ; en un mot, elle était tout à fait charmante, même pour une froide observatrice de son sexe, telle que moi. Elle n'éveillait pas, toutefois, un grand intérêt, elle ne produisait pas une profonde impression. Son esprit était très différent, par exemple, de celui des sœurs de St.-John. Pourtant, je l'aimais presque autant qu'Adèle, mon élève, à cette seule différence que l'on éprouve une affection plus profonde pour l'enfant que l'on a élevée et instruite, que pour une personne adulte non moins attachante.

Elle s'était prise pour moi d'un aimable caprice. Elle disait que je ressemblais à Mr. Rivers — seulement, il était certain, convenait-elle, que, bien que je fusse une délicieuse et gentille petite créature, je ne possédais pas un dixième de sa beauté ; mais, lui, était un ange. J'étais cependant bonne, intelligente, calme et résolue, comme lui. Elle affirmait que, pour une maîtresse d'école de village, j'étais un *lusus naturae*[1] ; elle était sûre que l'histoire de ma vie passée, si elle était connue, ferait un merveilleux roman.

Un soir, où elle furetait dans le bahut et dans le tiroir de la table de ma petite cuisine, avec sa vivacité enfantine habituelle et sa curiosité irréfléchie mais nullement offensante, elle découvrit d'abord deux livres français, un volume de Schiller, une grammaire et un dictionnaire allemands, puis mon matériel de dessin, quelques croquis, dont la tête, au crayon, d'une de mes élèves, une jolie petite fille ressemblant à un chérubin, et divers paysages d'après nature, pris dans la vallée de Morton et la lande environnante. Elle fut d'abord frappée d'étonnement, puis transportée de plaisir.

Avais-je donc fait ces dessins ? Connaissais-je le français, l'allemand ? Quel amour, quel prodige j'étais ! Je dessinais mieux que son maître, professeur dans l'institution la plus en vue de S... Voudrais-je faire son portrait ?

« Volontiers », répliquai-je, tressaillant d'un plaisir d'artiste à la pensée d'avoir un modèle d'une perfection aussi accomplie. Elle portait ce jour-là une robe de soie bleu foncé ; elle avait le cou et les bras nus et, pour tout ornement, ses cheveux châtains naturellement bouclés flottant sur ses épaules avec une grâce sans recherche. Je pris une feuille de bristol et fis une esquisse très soignée, me réservant la satisfaction de la peindre ; comme il se faisait tard, je la priai de revenir poser un autre jour.

1. Un être que la nature s'est amusée à enfanter, c'est-à-dire un phénomène.

Elle parla de moi à son père dans des termes tels que Mr. Oliver, lui-même, l'accompagna le lendemain soir. C'était un homme de haute taille, d'âge moyen, aux traits massifs, aux cheveux gris : tourelle chenue, auprès de qui sa ravissante fille avait l'air d'une fleur éblouissante. Il paraissait taciturne, et devoir être un orgueilleux personnage ; il fut très aimable avec moi. L'esquisse du portrait de Rosamond lui plut infiniment. Il fallait, disait-il, que j'en fisse un tableau achevé. Il me pria aussi avec insistance de venir passer la soirée du lendemain à Vale-Hall.

Je m'y rendis. C'était une vaste et belle demeure, où de nombreux témoignages affirmaient la richesse du propriétaire. Rosamond se montra très heureuse et pleine de gaieté au cours de ma visite. Son père fut affable, et lorsqu'il se mit à causer avec moi après le thé, il exprima en termes chaleureux son approbation pour ce que j'avais fait à l'école de Morton, ajoutant qu'il se rendait compte, cela lui étant venu aux oreilles, que j'étais bien supérieure à la situation que j'occupais ; il craignait de me voir bientôt la quitter pour une autre plus à ma convenance.

« C'est vrai, papa ! s'écria Rosamond, elle est assez instruite pour être institutrice dans une grande famille. »

Quant à moi, je pensais que j'aimais mieux être là où je me trouvais que dans n'importe quelle grande famille de la terre.

Mr. Oliver me parla de Mr. Rivers et de la famille Rivers avec beaucoup de respect. Il me dit que ce nom était très ancien dans le pays, que les ancêtres de la maison avaient été riches, que, jadis, tout Morton leur avait appartenu ; maintenant encore, il estimait que le descendant de cette maison pouvait, s'il le voulait, contracter une alliance avec les meilleures familles. Il jugeait très regrettable qu'un jeune homme à ce point remarquable, doué de tant de talent, eût conçu le dessein de partir comme missionnaire ; c'était sacrifier inutilement une vie précieuse. Je compris alors que le père de Rosamond ne mettrait aucun obstacle à l'union de sa fille avec St.-John. Aux yeux de Mr. Oliver, la naissance, le vieux nom, la profession sacrée du jeune pasteur, étaient de suffisantes compensations à son manque de fortune.

C'était le 5 novembre, jour de congé[1]. Ma petite servante, après m'avoir aidée à nettoyer ma maison, était partie, bien

---

1. Anniversaire de la Conspiration des poudres. *Cf.* note, page 38.

contente du penny que je lui avais donné pour salaire. Tout était propre et reluisant autour de moi : le dallage net, la grille du foyer brillante, les chaises bien astiquées. Je m'étais également habillée avec soin, et je pouvais présentement disposer à ma guise de tout l'après-midi.

La traduction de quelques pages d'allemand m'occupa pendant une heure ; je pris ensuite ma palette et mes pinceaux en vue d'achever le petit portrait de Rosamond Oliver ; le travail en était plus aisé, partant, plus agréable. La tête était déjà terminée, il ne restait que le fond à teinter, la draperie à nuancer, et, çà et là, une touche de carmin à ajouter sur les lèvres vermeilles, une boucle légère, à la chevelure, à accuser un peu plus l'ombre des cils sous la paupière azurée. J'étais absorbée par l'exécution de ces détails charmants, lorsque, après un coup rapide frappé à ma porte, elle s'ouvrit, laissant entrer St.-John Rivers.

« Je viens voir comment vous passez votre jour de congé, dit-il. Pas en rêveries, j'espère ? Non, voilà qui est bien ; pendant que vous dessinez vous ne vous sentez pas seule. Vous voyez, je doute encore de vous, malgré la surprenante vaillance dont vous avez fait preuve jusqu'ici. Je vous apporte un livre pour égayer vos soirées. »

Et il posa sur la table une publication nouvelle : un poème, un de ces authentiques chefs-d'œuvre dont était si souvent gratifié l'heureux public de cette époque, l'âge d'or de la littérature moderne. Hélas ! les lecteurs de notre temps sont moins favorisés. Mais, courage ! je ne vais pas m'attarder pour accuser, ou me plaindre. Je sais que la poésie n'est pas morte, que le génie n'a pas disparu et que Mammon[1] ne peut ni les réduire en esclavage, ni les exterminer ; tous deux réaffirmeront quelque jour leur existence, leur présence, leur liberté, leur force. Anges puissants, en sécurité dans le ciel, ils sourient quand triomphent les esprits vils, quand les âmes faibles pleurent sur leur destruction. La poésie anéantie ? le génie banni ? Non ! Médiocrité, non ! ne laisse pas l'envie te souffler cette pensée ! Non ! Ils vivent, et plus encore, ils règnent, et font œuvre de rédemption ; sans leur divine influence partout répandue, tu serais en enfer, l'enfer de ta propre petitesse.

Tandis que je jetais un coup d'œil avide sur les pages éblouissantes de *Marmion*[2] — car c'était *Marmion* —,

---

1. Mammon : dieu des richesses chez les Syriens. Les Évangiles donnent ce nom au démon des richesses ou au démon en général.
2. *Marmion* : poème en six chants de Walter Scott (1771-1832).

St.-John se pencha pour examiner mon tableau, et, dans un sursaut, tout en gardant le silence, redressa d'un bond sa haute silhouette. Je levai les yeux sur lui, mais il évita mon regard. Je savais bien quelles étaient ses pensées, je lisais clairement dans son cœur. J'étais alors plus calme que lui, plus maîtresse de moi-même, j'avais donc momentanément l'avantage ; aussi eus-je le désir de lui faire un peu de bien, si cela m'était possible.

« Avec toute sa fermeté, son empire sur lui-même, songeai-je, il se soumet à trop dure épreuve ; il enferme en lui tout sentiment, toute angoisse ; il n'exprime rien, ne confesse rien, ne s'épanche jamais. Je suis sûre qu'il serait bon pour lui de parler un peu de cette délicieuse Rosamond qu'il ne croit pas devoir épouser. Je vais le faire parler. »

Je commençai par lui dire de s'asseoir ; mais il répondit, comme il le faisait toujours, qu'il ne pouvait pas rester. « C'est bon, répliquai-je en moi-même, restez debout si cela vous plaît, mais vous ne partirez pas tout de suite, j'y suis résolue ; la solitude vous est au moins aussi funeste qu'à moi. Je veux essayer de voir si je ne puis découvrir la source de votre confiance, et trouver dans cette poitrine de marbre une faille par laquelle je pourrai vous verser une goutte du baume de la sympathie. »

« Ce portrait est-il ressemblant ? demandai-je inopinément.

— Ressemblant ! Ressemblant à qui ? Je ne l'ai pas examiné de près.

— Mais si, monsieur Rivers, vous l'avez examiné. »

Il eut l'ombre d'un tressaillement devant la soudaineté de cette apostrophe abrupte, étrange, et me regarda, étonné.

« Oh ! ce n'est encore rien, murmurai-je intérieurement, je ne me laisserai pas déconcerter par un peu de raideur de votre part ; je suis prête à pousser bien plus avant. » Je repris donc :

« Vous l'avez examiné de près et avec attention ; mais je ne fais aucune objection à ce que vous le regardiez encore. » Je me levai pour le lui mettre dans la main.

« Ce portrait est bien exécuté, dit-il, le coloris en est doux, lumineux, le dessin gracieux et précis.

— Oui, oui, je sais tout cela ; mais la ressemblance ? A qui ce portrait ressemble-t-il ? »

Surmontant quelque hésitation, il répondit :

« A Miss Oliver, je présume.

— Bien sûr. Et maintenant, monsieur, pour vous récompenser d'avoir deviné juste, je vous promets de vous faire une copie fidèle et soignée de ce même portrait si, toutefois, ce présent peut vous être agréable, car je ne tiens pas à perdre mon temps et ma peine pour vous offrir quelque chose qui serait sans valeur à vos yeux. »

Il continua à contempler le portrait ; plus il le regardait, plus il le tenait d'une main ferme, et plus il semblait le convoiter.

« Il est ressemblant ! murmura-t-il ; les yeux sont bien rendus, la couleur, l'éclat, l'expression sont parfaits. Il est souriant.

— Si vous en possédiez un semblable, en auriez-vous quelque réconfort, ou en éprouveriez-vous de la peine ? Répondez-moi. Quand vous serez à Madagascar, au Cap ou aux Indes, ce portrait serait-il pour vous une consolation, ou n'évoquerait-il que des souvenirs capables de vous amollir, de vous faire souffrir ? »

Il leva furtivement les yeux, me regarda, hésitant, troublé, et se remit à contempler le portrait.

« Je voudrais le posséder, bien sûr ; mais que ce soit judicieux ou sage, c'est là une autre question. »

Depuis que j'avais acquis la certitude que Rosamond avait une réelle inclination pour St.-John et que son père ne s'opposerait vraisemblablement pas à ce mariage, moins exaltée que lui dans mes aspirations, j'étais fort tentée, au fond de moi-même, de plaider en faveur de leur union. Il me semblait que si St.-John devenait possesseur de la grosse fortune de Mr. Oliver, il pourrait faire ici autant de bien qu'en allant sous le soleil des tropiques où son génie s'atrophierait, où ses forces s'épuiseraient. Telle étant ma conviction, je répondis :

« Autant que je puis en juger, il serait bien plus sage et plus judicieux de prendre l'original tout de suite. »

Il s'était assis entre-temps, avait posé le portrait devant lui sur la table, et, le front appuyé sur ses deux mains, se penchait vers lui avec amour. Je vis qu'il n'était ni fâché, ni outré de mon audace ; bien plus, je me rendis compte qu'à se voir ainsi interpellé franchement, avec une telle liberté, sur un sujet qui lui avait paru inabordable, il commençait à éprouver un plaisir nouveau, un soulagement inespéré. Les personnes réservées ont souvent, beaucoup plus que celles de tempérament expansif, un réel besoin de parler en toute franchise de leurs sentiments, de leurs peines. Le stoïcien à la mine la plus austère est un homme, après tout ; et « faire irruption », avec audace et bienveillance, dans « la mer silencieuse[1] » de son âme, c'est souvent lui accorder le premier des bienfaits.

« Elle vous aime, j'en suis sûre, dis-je, debout derrière sa chaise, et son père vous respecte. En outre, c'est une jeune fille charmante, un peu légère, mais vous auriez de la réflexion pour deux. Vous devriez l'épouser.

— M'aime-t-elle *vraiment* ? demanda-t-il.

— Certainement ; plus qu'aucun autre. Elle parle de vous sans cesse ; il n'y a point de sujet qui lui donne autant de plaisir et auquel elle revienne plus souvent.

— Voilà une chose bien agréable à entendre, dit-il, bien agréable ; continuez encore pendant un quart d'heure. »

Il sortit effectivement sa montre qu'il posa sur la table pour mesurer le temps.

« Mais à quoi bon continuer, demandai-je, alors que vous préparez sans doute des objections massue, ou que vous forgez de nouveaux fers pour enchaîner votre cœur ?

— N'imaginez pas des choses aussi dures. Essayez de me voir tel que je suis, attendri, m'abandonnant à l'amour humain qui jaillit en mon âme comme une source nouvelle et débordante, dont les doux flots inondent entièrement le champ que j'avais préparé avec tant de soin, tant de labeur, que j'avais si assidûment ensemencé des graines de mes bonnes intentions et de mes projets de renoncement. Des eaux douces comme le nectar le recouvrent à présent, les jeunes pousses sont submergées, rongées par un délicieux poison. Je me vois étendu sur une ottomane dans le salon de Vale-Hall, aux pieds de ma fiancée Rosamond Oliver ; elle me parle de sa voix suave, elle abaisse sur moi ces yeux que votre main habile a si bien reproduits, elle me sourit de ces lèvres de corail. Elle est à moi, je suis à elle ; cette vie présente, ce monde qui passe, me suffisent. Chut ! ne dites rien, mon cœur déborde de délices, mes sens sont extasiés. Que s'écoule en paix le temps que j'ai marqué ! »

Me pliant à son caprice, je demeurai muette. Sa respiration était faible et haletante tandis que la montre continuait son tic-tac. Dans ce silence, le quart d'heure passa ; il reprit sa montre, laissa le portrait, se leva et se tint debout devant l'âtre.

« Je viens, dit-il, de consacrer ce court instant au délire, à l'illusion. J'ai reposé ma tête sur le sein de la tentation et mis volontairement mon cou sous son joug fleuri ; j'ai bu à sa coupe. L'oreiller était brûlant, un aspic se cachait sous les fleurs de la guirlande, le vin avait une saveur amère ; ses promesses sont vides, ses offres trompeuses. Je vois, je sais tout cela. »

1. Cf. *The Rime of the Ancient Mariner*, de Coleridge (1772-1834).

Je le regardai, étonnée.

« C'est étrange, continua-t-il, alors que j'aime aussi éperdument Rosamond Oliver, avec toute la violence d'une première passion dont l'objet est d'une beauté merveilleuse,
gracieuse, fascinatrice, j'ai la conscience, claire et précise,
qu'elle ne serait pas une bonne épouse pour moi, qu'elle
n'est pas la compagne qui me convient, que j'en ferais la
découverte après moins d'un an de mariage, qu'à ces douze
mois d'ivresse succéderait toute une vie de regrets. Voilà qui
est certain.

— C'est étrange, en effet, ne pus-je m'empêcher de
m'écrier.

— Tandis que quelque chose en moi, reprit-il, est si vivement sensible à ses charmes, je suis non moins profondément impressionné par ses défauts ; ils sont tels qu'elle ne
pourrait partager aucune de mes aspirations, collaborer à
aucune de mes entreprises. Rosamond, mener une vie de
souffrance, de dur labeur, d'apôtre ? Rosamond, la femme
d'un missionnaire ? Non !

— Mais vous n'êtes pas obligé d'être missionnaire ; vous
pourriez renoncer à ce projet ?

— Renoncer à quoi ? à ma vocation ? Renoncer à ma
noble tâche ? Renoncer à jeter sur terre les fondations de
ma demeure céleste ? Renoncer à l'espoir d'être du nombre
de ceux dont toutes les ambitions se sont confondues avec
celle, si glorieuse, d'améliorer l'humanité, de porter le
savoir dans les royaumes de l'ignorance, de substituer la
paix à la guerre, la liberté au servage, la religion à la
superstition, l'espérance du ciel à la crainte de l'enfer ?
Dois-je renoncer à ce qui m'est plus cher que le sang de mes
veines ? C'est tout cela qui va combler mon attente, me
donner ma raison de vivre. »

Après un long silence je lui dis :

« Et Miss Oliver ? Sa déception, son chagrin, ne vous
touchent-ils point ?

— Miss Oliver est sans cesse entourée de soupirants et de
flatteurs ; avant un mois, mon image sera effacée de son
cœur. Elle m'oubliera, épousera sans doute quelqu'un qui la
rendra bien plus heureuse que je ne le ferais.

— Vous en parlez d'un ton bien détaché ; mais vous
souffrez dans ce conflit, vous vous consumez.

— Non, si j'ai quelque peu maigri, c'est que je suis
anxieux au sujet de mes projets, encore incertains, de mon
départ, continuellement différé. Ce matin encore, j'ai été
avisé que mon successeur, dont j'attends depuis si long-

temps la venue, ne pourra pas me remplacer avant trois mois, qui en deviendront peut-être six.

— Vous trembliez, vous rougissiez, chaque fois que Miss Oliver entre dans la salle de classe. »

La même expression de surprise passa de nouveau sur son visage. Il n'avait jamais imaginé qu'une femme eût osé parler ainsi à un homme. Quant à moi, je me sentais à l'aise dans ce genre d'entretien. Je n'ai jamais pu jouir du plaisir d'être en communication avec des âmes fortes, discrètes et élevées, qu'il s'agisse d'hommes ou de femmes, avant d'avoir franchi les derniers retranchements conventionnels de la réserve, d'avoir pénétré sur le seuil de leur confiance et mérité une place au foyer même de leur cœur.

« Vous êtes originale et point timide. Votre âme ne manque pas de courage, non plus que vos yeux de pénétration ; mais permettez-moi de vous assurer que vous vous trompez en partie dans l'interprétation de mes émotions. Vous les croyez plus profondes et plus puissantes qu'elles ne sont ; je n'ai pas droit à toute la sympathie que vous m'accordez. Quand je rougis, quand je frémis devant Miss Oliver, je n'ai aucune pitié pour moi, je n'ai que du mépris pour ma faiblesse. Je sais que c'est indigne, que c'est une simple fièvre de la chair, et non, je le déclare, un transport de l'âme. *Mon âme* est aussi ferme qu'un rocher solidement ancré dans les profondeurs d'une mer agitée. Connaissez-moi tel que je suis : un homme froid, dur. »

Je souris d'un air incrédule.

« Vous avez pris d'assaut ma confiance, continua-t-il, à présent, elle est toute à votre service. Dépouillé de cette robe purifiée par le sang du Christ qui masque les difformités humaines, je ne suis, par nature, qu'un homme froid, dur, ambitieux. De tous les sentiments, seules les affections familiales exercent sur moi un pouvoir constant. La raison est mon guide, non la sensibilité ; mon ambition est sans limite, mon désir de m'élever au-dessus des autres, de les éclipser par mes actes, est insatiable. J'honore l'endurance, la persévérance, l'activité, le talent, parce que ce sont là les moyens grâce auxquels les hommes accomplissent de grands desseins et atteignent à de sublimes hauteurs. Je suis avec intérêt ce que vous faites, parce que je vous considère comme un modèle de femme diligente, ordonnée, énergique, non parce que j'éprouve une compassion profonde pour vos épreuves passées, ou pour ce que vous souffrez encore.

— Le portrait que vous faites de vous n'est autre que celui d'un philosophe païen, dis-je.

— Non. Il y a entre les philosophes païens et moi cette différence : je crois ; et je crois en l'Évangile. Vous avez mal choisi votre épithète, je ne suis pas un philosophe païen, mais un philosophe chrétien, un adepte de la secte de Jésus. En ma qualité de disciple, j'ai fait miennes ses doctrines de pureté, de miséricorde, de bonté ; je les défends, j'ai fait serment de les répandre. Acquis dès ma jeunesse à la religion, elle a fait fructifier mes qualités originelles : en partant de ce germe minuscule qu'est l'affection familiale, elle a fait croître l'arbre à l'ombre propice de la philanthropie ; en partant des racines sauvages et fibreuses de la justice humaine, elle a fait s'épanouir une notion exacte de la justice divine ; de l'ambition d'acquérir le pouvoir et la renommée pour ma misérable personne, elle a fait naître l'ambition d'étendre le royaume de mon maître, de remporter des victoires pour l'étendard de la croix. Voilà ce que la religion a fait de moi, tirant le meilleur parti des dispositions infuses avec la vie, élaguant, disciplinant la nature, sans pouvoir la détruire, car la nature ne sera détruite qu'au jour où ce qui est mortel sera revêtu d'immortalité. »

Cela dit, il prit son chapeau qui était posé sur la table à côté de ma palette. Une fois encore, il regarda le portrait.

« Elle est vraiment ravissante, murmura-t-il. Rose du monde ! Que son nom lui convient bien !

— Ne puis-je vous en faire une copie ?

— *Cui bono*[1] ? Non. »

Il recouvrit le portrait de la feuille de mince papier sur laquelle j'appuyais d'ordinaire la main en peignant, pour éviter de ternir le bristol. Ce qu'il vit soudain sur cette feuille blanche, je n'aurais pu le dire ; mais quelque chose y avait attiré son regard. Il la souleva brusquement, en examina le bord, puis me jeta un coup d'œil d'une inexprimable étrangeté et tout à fait énigmatique ; un coup d'œil qui semblait saisir et noter jusqu'aux moindres détails de ma personne, de mon visage, de mes vêtements, parcourant tout, rapide, vif comme l'éclair. Ses lèvres s'entrouvrirent comme pour parler, mais, quelle que fût la phrase qu'il se préparait à dire, il la retint.

« Qu'y a-t-il ? demandai-je.

— Rien du tout », répliqua-t-il.

Il remit le papier à sa place, et je vis qu'il déchirait adroitement une bande étroite de la marge qu'il fit dispa-

1. A quoi bon ?

raître dans son gant ; puis, me saluant avec hâte tout en me disant bonsoir, il disparut.

« Eh bien ! » m'exclamai-je, employant une expression de la région. « C'est un comble ! »

A mon tour j'examinai la feuille de papier ; mais je n'y vis rien d'autre que quelques traînées de peinture, là où j'avais essayé les couleurs avec mon pinceau. Pendant une ou deux minutes, je tentai de pénétrer ce mystère, mais, ne pouvant y arriver, persuadée, d'ailleurs, de son peu d'importance, j'y renonçai, et cessai bientôt d'y penser.

CHAPITRE XXXIII

Quand Mr. St.-John partit, il commençait à neiger ; la tourmente continua toute la nuit. Le lendemain, un vent glacial amena de nouvelles chutes aveuglantes ; dès le crépuscule, la vallée obstruée était presque impraticable. J'avais fermé mon volet, mis un paillasson devant la porte pour empêcher la neige de s'engouffrer en dessous ; j'attisai le feu, et après être restée assise près d'une heure devant l'âtre à écouter la fureur assourdie de la tempête, j'allumai une chandelle, je pris *Marmion* et me mis à lire :

> Le jour finissant s'attardait sur l'escarpement du châ-
> [teau de Norham,
> Sur la rivière Tweed, belle, large, profonde,
> Sur les monts Cheviots solitaires.
> Une lumière dorée baignait les tours massives,
> Le donjon, et les murailles qui les flanquaient...

La musique des vers me fit bientôt oublier l'ouragan.

J'entendis un bruit. « C'est le vent, pensai-je, qui secoue la porte. » Non, c'était St.-John Rivers qui, soulevant le loquet, surgissait de la froide bourrasque, de l'obscurité hurlante, et se tenait debout devant moi ; le manteau qui couvrait sa haute silhouette était aussi blanc qu'un glacier. Je fus presque atterrée, je m'attendais si peu à ce que quelqu'un vînt ce soir, de la vallée bloquée.

« Y a-t-il de mauvaises nouvelles ? demandai-je. Est-il arrivé quelque chose ?

— Non. Comme vous vous alarmez vite ! » répondit-il en

434

enlevant son manteau, qu'il suspendit derrière la porte contre laquelle il repoussa tranquillement le paillasson déplacé en entrant. Il secoua la neige de ses bottes et dit :

« Je vais salir votre dallage si propre, mais il faut m'excuser pour cette fois. »

Il s'approcha du feu.

« J'ai eu bien du mal à arriver jusqu'ici, je vous assure, fit-il observer, en se chauffant les mains au-dessus de la flamme. J'ai été pris jusqu'à la ceinture dans un amoncellement de neige ; elle est, heureusement, encore très molle. »

Je ne pus m'empêcher de lui dire :

« Mais pourquoi êtes-vous venu ?

— Voilà une question peu hospitalière à poser à un visiteur, mais puisque vous la posez, je vous répondrai que c'est simplement pour causer un instant avec vous ; j'étais las du mutisme de mes livres, du vide de ma maison. En outre, depuis hier, j'éprouve l'impatience de celui à qui l'on a raconté la moitié d'une histoire et qui brûle d'en connaître la suite. »

Il s'assit. Je me rappelai sa singulière conduite de la veille et commençai à craindre sérieusement pour sa raison. S'il était fou, sa folie était en tout cas bien froide, bien calme ; ce beau visage ne m'était jamais apparu plus semblable à du marbre sculpté qu'en ce moment où il rejetait de son front ses cheveux mouillés de neige, tandis que la lueur du feu éclairait librement ce front et les joues d'une égale pâleur, sur lesquels je découvris, non sans chagrin, les traces profondes, nettement gravées des soucis et de la souffrance. J'attendis, espérant qu'il allait dire quelque chose que, du moins, je pourrais comprendre ; mais il avait posé la main sur son menton, un doigt sur ses lèvres, et s'abandonnait à ses pensées. Je fus frappée de voir que sa main était aussi amaigrie que son visage. Un flot de pitié, peut-être inutile, déborda de mon cœur et me fit dire :

« Je voudrais que Diana, ou Mary, vînt vivre avec vous ; c'est bien triste pour vous d'être tout seul, et vous êtes d'une imprudence téméraire, en ce qui concerne votre santé.

— Pas du tout, dit-il, je prends soin de moi quand cela est nécessaire. En ce moment je me sens bien. Qu'est-ce qui ne va pas, d'après vous ? »

Il avait dit cela avec une indifférence insouciante et distraite, qui montrait que ma sollicitude était, du moins à son avis, tout à fait superflue. Je gardai donc le silence.

Il continuait à passer lentement le doigt sur sa lèvre supérieure, les yeux toujours fixés, comme en un rêve, sur le brasier de la grille. Je crus indispensable de dire quelque chose, et lui demandai bientôt s'il ne sentait pas un courant d'air froid venant de la porte qui était derrière lui.

« Non, non », répondit-il d'un ton bref, avec un peu d'humeur.

« Eh bien ! pensai-je, si vous ne voulez pas parler, vous n'avez qu'à vous taire ; je vais maintenant vous laisser tranquille et retourner à mon livre. »

Sur quoi je mouchai la chandelle, et repris la lecture de *Marmion*. Je l'entendis bientôt remuer, et, instantanément, ses mouvements attirèrent mes regards. Il se contenta de tirer de sa poche un portefeuille en maroquin pour y prendre une lettre qu'il lut en silence ; après quoi il la replia, la remit à sa place, et retomba dans sa méditation. Il était inutile d'essayer de lire, alors qu'il était là, devant moi, aussi impénétrable qu'un meuble ; et, à bout de patience, il me fut impossible de rester muette plus longtemps ; libre à lui, s'il le voulait, de m'envoyer promener, mais j'étais décidée à parler.

« Avez-vous de récentes nouvelles de Diana et de Mary ?

— Aucune, depuis la lettre que je vous ai montrée, il y a huit jours.

— Il n'y a pas eu de changement dans les dispositions que vous avez prises ? N'allez-vous pas être appelé à quitter l'Angleterre plus tôt que vous ne vous y attendiez ?

— Je crains bien que non ; une telle chance ne m'arrivera pas. »

Échouant encore, je changeai de conversation. J'eus l'idée de lui parler de l'école et de mes élèves.

« La mère de Mary Garret va mieux, dis-je, Mary est revenue en classe ce matin ; la semaine prochaine, j'aurai quatre nouvelles fillettes de Foundry-Close, elles seraient même venues aujourd'hui si la neige ne les en avait empêchées.

— Vraiment !

— C'est Mr. Oliver qui paiera pour deux d'entre elles.

— Ah !

— A l'occasion de Noël, il a l'intention d'organiser une fête pour toute l'école.

— Je sais.

— Est-ce vous qui le lui avez suggéré ?

— Non.

— Qui, alors ?

— Sa fille, je suppose.

— C'est bien d'elle, elle a si bon cœur.

— Oui. »

De nouveau il y eut une pause ; l'horloge sonna huit coups. Cela le fit se ressaisir ; il décroisa les jambes, se redressa sur sa chaise et se tourna vers moi.

« Laissez là votre livre un moment et approchez-vous davantage du feu », dit-il.

Étonnée, et ne revenant pas de mon étonnement, je fis ce qu'il me demandait.

« Il y a une demi-heure, poursuivit-il, je vous ai dit mon impatience d'entendre la suite d'une histoire. A la réflexion, je crois que tout se passera mieux si, assumant le rôle de narrateur, vous devenez mon auditrice. Avant de commencer, il n'est que juste de vous avertir que ce récit va vous paraître quelque peu usé ; mais il arrive souvent que des détails dont l'intérêt s'était estompé reprennent quelque peu de fraîcheur en passant par une autre bouche. Au surplus, banal ou original, ce récit sera court.

« Il y a vingt ans, un pasteur sans fortune, peu importe son nom pour l'instant, s'éprit de la fille d'un homme riche, qui s'était, elle aussi, éprise de lui ; elle l'épousa, malgré l'opposition de toute sa famille qui, en conséquence, la désavoua aussitôt après le mariage. A peine deux années s'étaient-elles écoulées que ce couple téméraire avait cessé de vivre. Tous deux reposent tranquillement côte à côte sous la même dalle — je l'ai vue —, c'est une de celles qui recouvrent le vaste cimetière autour de la vieille et austère cathédrale, noire de suie, d'une ville manufacturière surpeuplée du comté de... Ils laissaient une fille que, dès sa naissance, la charité reçut en son giron, froid comme la neige amoncelée dans laquelle j'ai failli être enseveli ce soir. La charité conduisit la petite créature abandonnée dans la demeure de sa riche famille maternelle où elle fut élevée par sa tante par alliance qui s'appelait — j'en arrive à présent aux noms — Mrs. Reed de Gateshead... Vous sursautez... Avez-vous entendu du bruit ? Sans doute n'est-ce qu'un rat escaladant les poutres de la salle de classe, à côté ; elle servait de grange, avant que je ne la fisse réparer et transformer, et les granges sont généralement infestées de rats. Je reprends. Mrs. Reed garda l'orpheline chez elle pendant dix ans. La petite fut-elle heureuse ou non avec sa tante, je n'en sais rien, personne ne me l'a jamais dit. Après ce temps, Mrs. Reed l'envoya dans un endroit que vous connaissez et qui n'est autre que Lowood, où vous êtes vous-même restée si longtemps. Elle y a fait, dit-on, une carrière fort honorable ; après avoir été élève, elle devint maîtresse, comme vous. Je suis vraiment frappé des points communs entre son histoire et la votre. Elle quitta alors Lowood pour être institutrice dans une famille — là encore, vos destins sont semblables — et y entreprit l'éducation de la pupille d'un certain Mr. Rochester.

— Monsieur Rivers ! interrompis-je.

— Je devine vos sentiments, dit-il, mais contenez-les un instant, j'ai presque terminé ; écoutez-moi jusqu'au bout. Du personnage de Mr. Rochester j'ignore tout, si ce n'est qu'il eut la prétention d'offrir à cette jeune fille un mariage honorable, et qu'à l'autel même elle découvrit qu'il avait déjà une femme qui vivait encore, mais qui était folle. On ne peut que conjecturer ce que furent par la suite la conduite et les intentions de Mr. Rochester. Mais quand survint un événement qui rendit nécessaire de faire une enquête sur l'institutrice, on constata qu'elle était partie ; nul ne savait quand, où, ni comment. Elle avait quitté Thornfield-Hall la nuit. Toutes les recherches pour la retrouver furent vaines ; la contrée fut battue de long en large, sans que l'on pût recueillir la moindre trace d'information. Pourtant, il devient sérieusement urgent de la retrouver ; on a publié des annonces dans tous les journaux ; moi-même, j'ai reçu une lettre d'un certain Mr. Briggs, avoué, me communiquant les détails que je viens de vous donner. N'est-ce pas une étrange histoire ?

— Vous êtes si bien renseigné que vous devez certainement être en mesure de me dire seulement ceci : Qu'est-il advenu de Mr. Rochester ? Comment va-t-il ? Où est-il ? Que fait-il ? Va-t-il bien ?

— Je ne sais absolument rien concernant Mr. Rochester ; la lettre n'en fait mention que pour relater la tentative illégale et de mauvaise foi à laquelle je viens de faire allusion. Vous devriez plutôt me demander le nom de l'institutrice, la nature de l'événement qui exige sa présence.

— Personne n'est donc allé à Thornfield-Hall ? Personne n'a vu Mr. Rochester ?

— Sans doute que non.

— Mais on lui a écrit ?

— Bien entendu.

— Qu'a-t-il répondu ? Qui possède ses lettres ?

— Mr. Briggs me fait savoir que la réponse à sa requête n'était pas de Mr. Rochester, mais d'une dame ; elle était signée : ALICE FAIRFAX. »

Je me sentis frissonnante, atterrée. Sans doute mes pires craintes s'étaient-elles réalisées ; il avait dû quitter l'Angleterre et, dans la folie du désespoir, fuir en hâte vers quelque endroit du continent qu'il fréquentait jadis. Quel adoucissement à ses vives souffrances, quel objet pour satisfaire à la violence de ses passions avait-il tenté d'y trouver ? Je n'osais répondre à cette question. Oh ! mon pauvre maître, qui avait été presque mon époux, que j'avais souvent appelé « mon cher Edward » !

« Ce devait être un homme peu recommandable, observa Mr. Rivers.

— Vous ne le connaissez pas ; n'émettez pas d'opinion sur lui, dis-je avec chaleur.

— Très bien, répondit-il tranquillement ; du reste, j'ai l'esprit préoccupé d'autre chose que de lui, j'ai mon histoire à terminer. Puisque vous ne voulez pas demander le nom de cette institutrice, il faut que je le dise, de moi-même ; attendez, je l'ai là ; il est toujours préférable que les choses importantes soient loyalement couchées par écrit, noir sur blanc. » Une fois de plus il prit résolument son portefeuille, l'ouvrit, y chercha quelque chose, et sortit d'une des poches un petit bout de papier usagé, déchiré à la hâte, dans lequel je reconnus, par sa contexture et les taches de bleu d'outremer, de laque et de vermillon, le bord arraché du papier qui recouvrait le portrait. Il se leva, l'approcha de mes yeux, et j'y lus, tracés à l'encre de Chine, et de ma propre écriture, les mots : *Jane Eyre*, conséquence, sans nul doute, d'un instant de distraction.

« Briggs m'avait écrit au sujet d'une Jane Eyre, dit-il ; les annonces recherchaient une Jane Eyre. Je connaissais une Jane Elliot. J'avoue que j'ai eu des soupçons, mais c'est seulement hier après-midi qu'ils se sont soudain mués en certitude. Reconnaissez-vous que c'est votre nom ? Renoncez-vous à votre nom d'emprunt ?

— Oui, oui, mais où est Mr. Briggs ? Il en sait peut-être plus long que vous sur Mr. Rochester.

— Briggs est à Londres ; je doute qu'il sache quoi que ce soit sur Mr. Rochester ; ce n'est pas Mr. Rochester qui l'intéresse. En attendant, vous oubliez le point essentiel pour vous arrêter à des vétilles ; vous ne demandez pas pourquoi Mr. Briggs vous a recherchée ; ce qu'il vous voulait.

— Eh bien ! que me voulait-il donc ?

— Simplement vous dire que votre oncle, Mr. Eyre, de Madère, est mort, qu'il vous a laissé tous ses biens, que vous êtes maintenant riche ; simplement cela, rien de plus.

— Moi, riche ?

— Oui, vous êtes riche, une héritière authentique. »

Un silence s'ensuivit.

« Bien entendu, vous aurez à prouver votre identité, reprit bientôt St.-John, et c'est là une démarche qui ne présentera aucune difficulté ; vous pourrez alors entrer en possession immédiate de votre fortune qui est investie dans des fonds d'État anglais ; Briggs a le testament et les documents nécessaires. »

Une nouvelle carte venait d'être retournée ! C'est une chose merveilleuse, lecteur, que de s'élever d'un seul bond de la pauvreté à la richesse... oui, vraiment merveilleuse, mais dont on ne peut jouir sur-le-champ parce que, dans l'immédiat, elle dépasse l'entendement. Il y a dans la vie des aventures beaucoup plus palpitantes, et qui, bien davantage, vous transportent de plaisir. *Celle-ci* est tangible, propre au monde présent, sans rien d'idéal ; tout ce qu'elle évoque a quelque chose de matériel, de mesuré, et ne donne lieu qu'à des manifestations du même ordre. On ne se met pas à sauter, à bondir, à crier : hourra ! en apprenant que l'on est devenu riche ; on commence à réfléchir aux responsabilités, à penser aux affaires ; sur un fond de joies solides, de graves soucis surgissent, et l'on se contient, considérant son bonheur d'un front grave.

De plus, les mots : legs, testament, vont de pair avec les mots : mort, funérailles. Je venais d'apprendre que mon oncle, mon seul parent, était mort. Depuis que j'avais eu connaissance de son existence, j'avais caressé l'espoir de le voir quelque jour, ce qui, désormais, était devenu impossible. Enfin, cette fortune ne revenait qu'à moi, non pas à moi et à une famille qui s'en serait réjouie, elle revenait à moi toute seule. Sans doute était-ce là grande faveur ; je me rendais compte que l'indépendance allait être une chose magnifique, et à cette pensée mon cœur se gonflait.

« Votre front se détend enfin, dit Mr. Rivers. J'ai cru que Méduse avait fixé sur vous son regard et que vous vous trouviez changée en pierre. Peut-être allez-vous me demander, à présent, à combien s'élève votre fortune ?

— A combien s'élève donc ma fortune ?

— Oh ! une bagatelle ! Rien, bien entendu, qui vaille qu'on en parle : vingt mille livres — je crois que c'est le chiffre mentionné —, mais qu'est-ce que cela ?

— Vingt mille livres ? »

Ce fut un nouveau coup de massue. J'avais songé à quatre ou cinq mille livres. Un instant, cette nouvelle me coupa réellement le souffle. Mr. St.-John, que je n'avais jamais encore entendu rire, s'esclaffa.

« Ma foi, dit-il, si vous aviez commis un meurtre et que je sois venu vous apprendre que votre crime a été découvert, vous n'auriez guère l'air plus effaré.

— C'est une somme considérable ; ne pensez-vous pas qu'il y a erreur ?

— Il n'y a pas la moindre erreur.

— Peut-être avez-vous mal lu les chiffres ; ce doit être deux mille.

— C'est écrit en lettres, non pas en chiffres : vingt mille. »

Je me fis alors l'effet de quelqu'un, ayant des capacités gastronomiques moyennes, qui se trouverait assis tout seul à festoyer devant une table couverte de vivres pour cent personnes. Mr. Rivers se leva alors et mit son manteau.

« Si la tempête n'était pas aussi déchaînée cette nuit, je vous enverrais Hannah pour vous tenir compagnie. Vous avez l'air si terriblement triste que l'on ne peut vous laisser seule. Mais Hannah, la pauvre femme, serait incapable d'enjamber comme moi les monceaux de neige ; elle n'a pas les jambes aussi longues ; en sorte qu'il faut que je vous abandonne à vos chagrins. Bonsoir. »

Il soulevait déjà le loquet, quand, soudain, une idée me vint à l'esprit.

« Attendez une minute ! m'écriai-je.

— Eh bien !

— Je suis intriguée, je voudrais bien savoir pourquoi Mr. Briggs vous a écrit à mon sujet. Comment a-t-il eu connaissance de vous, et a-t-il pu s'imaginer que, vivant dans un endroit aussi perdu, vous seriez en mesure de l'aider à me découvrir ?

— Oh ! parce que je suis pasteur, dit-il, et que l'on a souvent recours au clergé pour des cas extraordinaires. »

De nouveau il y eut un bruit de loquet.

« Non, cela ne me satisfait pas ! » m'écriai-je.

Il y avait en effet quelque chose dans cette réponse hâtive et évasive qui, au lieu de calmer ma curiosité, la piquait plus que jamais.

« C'est une affaire bien singulière, ajoutai-je ; il faut que j'en sache plus long.

— Une autre fois.

— Non, ce soir ! ce soir ! »

Et comme il s'éloignait de la porte, je lui en barrai l'accès. Il avait l'air assez embarrassé.

« Vous ne partirez certainement pas avant de m'avoir tout dit, repris-je.

— Je préférerais n'en rien faire pour le moment.

— Vous parlerez ! Il le faut !

— J'aimerais mieux que vous soyez informée par Diana ou par Mary. »

Bien entendu, ces réticences excitaient au plus haut point mon désir de savoir, il fallait qu'il fût satisfait, et sans délai ; je le lui dis.

« Mais, répondit-il, je vous ai avertie que j'étais un homme dur, difficile à persuader.

— Moi aussi, je suis une femme dure ; impossible de différer.

— Et puis, poursuivit-il, je suis froid, aucune ardeur ne me touche.

— Tandis que moi je suis ardente ; or, le feu fait fondre la glace. La flamme a dissous toute la neige de votre manteau, et en conséquence, l'eau a ruisselé sur le dallage ; on croirait voir une rue où l'on n'a fait que piétiner. Si vous voulez que je vous pardonne le crime épouvantable, le délit, d'avoir sali une cuisine sablée, dites-moi ce que je désire savoir.

— Qu'il en soit ainsi, dit-il ; je me rends ; sinon à votre ardeur, du moins à votre persévérance, tout comme la pierre se laisse user par l'eau qui tombe sur elle continûment, goutte à goutte. D'ailleurs, il faudra bien que vous le sachiez quelque jour. Autant vous le dire maintenant que plus tard. Vous vous appelez Jane Eyre ?

— Mais oui, c'est un fait déjà établi.

— Vous ne savez peut-être pas que je porte le même nom que vous ? Que j'ai été baptisé St.-John Eyre Rivers ?

— Non, vraiment !... Je me souviens à présent d'avoir vu la lettre E, parmi les initiales écrites sur des livres qu'à plusieurs reprises vous m'aviez prêtés ; mais je ne me suis jamais demandé quel nom elle représentait. Mais alors ?... Voyons... »

Je m'arrêtai, n'osant concevoir, et moins encore exprimer, la pensée qui venait de surgir dans mon esprit, qui y prenait corps, et, en une seconde, était devenue une forte et sérieuse probabilité. Les faits se combinaient, concordaient, s'ordonnaient ; la chaîne qui, jusque-là, gisait en un amas informe d'anneaux, se tendait toute droite ; chacun de ses maillons était parfait, leur jonction, complète. D'instinct, et avant que St.-John eût prononcé un autre mot, je savais ce qu'il en était. Mais ne pouvant attendre du lecteur la même perception intuitive, je vais répéter l'explication qu'il me donna :

« Ma mère s'appelait Eyre ; elle avait deux frères, l'un pasteur, qui épousa Miss Jane Reed de Gateshead, l'autre,

John Eyre Esq.[1], négociant, décédé à Funchal, Madère. Mr. Briggs, en sa qualité d'avoué de Mr. Eyre, nous a écrit, au mois d'août dernier, pour nous faire part de la mort de notre oncle, et nous apprendre qu'il avait laissé sa fortune à la fille de son frère — le pasteur — qui était orpheline. Il nous déshéritait par suite d'une querelle, jamais pardonnée, qu'il avait eue avec mon père. Mr. Briggs m'a écrit de nouveau, il y a quelques semaines, pour nous informer de la disparition de l'héritière et nous demander si nous possédions quelques indications à son sujet. Un nom écrit par hasard sur un bout de papier m'a permis de la découvrir. Vous savez le reste. »

Une fois encore il voulut partir, mais je m'adossai à la porte.

« Laissez-moi parler, je vous en prie ; mais accordez-moi un instant pour reprendre haleine et réfléchir. »

Je demeurai silencieuse. Il se tenait devant moi, son chapeau à la main, paraissant assez calme. Je repris alors :

« Votre mère était la sœur de mon père.

— Oui.

— Elle était donc ma tante. »

Il s'inclina.

« Mon oncle John était votre oncle ? Vous, Diana et Mary, vous êtes les enfants de sa sœur, comme je suis l'enfant de son frère ?

— Sans aucun doute.

— Vous êtes donc tous les trois mes cousins ; la moitié de notre sang, de votre côté comme du mien, vient de la même source ?

— Oui, nous sommes cousins ; oui. »

Tandis que je le regardais, j'avais l'impression d'avoir trouvé un frère, un frère dont je pouvais être fière et que je pouvais aimer ; deux sœurs, dont les qualités étaient telles qu'elles m'avaient inspiré une affection et une admiration profondes, alors qu'elles n'étaient encore pour moi que des étrangères. Ces jeunes filles, que j'avais contemplées avec un mélange si amer d'intérêt et de désespoir, à genoux sur la terre humide, à travers les petits carreaux de la fenêtre basse de la cuisine de Moor-House, étaient mes proches parentes ; ce noble jeune homme qui m'avait trouvée presque mourante sur son seuil, m'était allié par le sang.

1. Esq. : Esquire, titre autrefois donné aux magistrats anglais, aujourd'hui étendu à tout homme qui exerce une profession libérale, aux propriétaires, aux négociants, etc.

Quelle merveilleuse découverte pour moi, l'infortunée, l'isolée ! C'était cela la véritable richesse ! la richesse du cœur ! mine d'affections pures et consolatrices, éblouissant présent, qui transporte d'ardeur et de joie, non à la façon de l'or, don magnifique et bienvenu à sa manière, sans doute, mais pesant, et dont le fardeau même atténue le plaisir qu'il donne. Ce bonheur imprévu me fit battre des mains, mon pouls se mit à bondir, le sang tressaillait dans mes veines.

« Oh ! je suis heureuse ! Je suis heureuse ! » m'écriai-je.

St.-John sourit.

« Ne vous ai-je pas dit que vous négligiez les points essentiels pour vous arrêter à des vétilles ? reprit-il. Vous êtes demeurée grave lorsque je vous ai appris que vous veniez d'hériter d'une fortune, et voici qu'à présent vous êtes tout en émoi pour une chose sans importance.

— Que *pouvez*-vous vouloir dire ? C'est peut-être une chose sans importance pour vous qui avez des sœurs et vous souciez peu d'une cousine ; mais moi, je n'avais personne, et trois cousins — ou deux, si vous préférez ne pas être du nombre — que je n'ai pas vus grandir, viennent de naître dans mon univers ! Je ne puis que redire combien je suis heureuse. »

Je me mis à marcher rapidement dans la pièce, et finis par m'arrêter, à demi suffoquée par des pensées qui jaillissaient trop vite pour les faire miennes, les pénétrer, les ordonner. J'entrevoyais ce qui était réalisable, et qui se réaliserait, ce qui allait, et devait se passer. En regardant le mur nu, je crus voir un ciel couvert d'étoiles dont chacune dans sa course ascendante éclairait mes projets, mon ravissement. J'allais pouvoir faire bénéficier de ma bonne fortune ceux qui m'avaient sauvé la vie, et à qui, dans mon dénuement, je n'avais donné jusqu'ici que mon affection. Ils étaient sous un joug dont je pouvais les libérer, ils étaient dispersés, je les réunirais ; ils devaient partager l'indépendance, l'opulence dont je me trouvais favorisée. N'étions-nous pas quatre ? En partageant équitablement vingt mille livres, chacun en aurait cinq mille, c'était suffisant, et plus qu'il ne fallait ; justice serait ainsi faite ; notre bonheur mutuel assuré. A présent, la richesse ne me pesait plus ; ce n'était pas de pièces d'or qu'il s'agissait, mais d'un héritage de vie, d'espoir et de félicité.

Je ne puis dire quel était mon comportement tandis que toutes ces idées m'assaillaient, mais je m'aperçus bientôt que Mr. Rivers avait placé une chaise derrière moi et qu'il essayait gentiment de m'y faire asseoir. Il m'exhortait aussi au calme, mais, ses insinuations quant à mon état de faiblesse, de folie, ne m'inspiraient que mépris ; je repoussai sa main et repris ma marche à travers la pièce.

« Écrivez dès demain à Diana et à Mary, lui dis-je, et dites-leur de revenir sans retard à la maison. J'ai entendu dire à Diana que sa sœur et elle s'estimeraient riches avec un millier de livres ; avec cinq mille livres, elles seront tout à fait à l'aise.

— Dites-moi où je puis vous trouver un verre d'eau, dit St.-John. Il faut vraiment que vous fassiez un effort pour maîtriser vos sentiments.

— Sottise ! Et vous, quel genre d'effet ce legs va-t-il avoir sur vous ? Vous retiendra-t-il en Angleterre ? Vous incitera-t-il à épouser Miss Oliver et à vous établir comme tout autre mortel ?

— Vous divaguez, votre tête se trouble, je vous ai communiqué cette nouvelle avec trop de brusquerie, l'excitation que vous en ressentez est au-dessus de vos forces.

— Monsieur Rivers, vous me faites perdre toute patience ; je sais parfaitement ce que je dis, c'est vous qui ne comprenez pas, ou plutôt qui affectez de ne pas comprendre.

— Si vous étiez un peu plus explicite, peut-être vous comprendrais-je mieux.

— Explicite ! mais qu'y a-t-il à expliquer ? Vous ne pouvez pas ne pas voir qu'en partageant également vingt mille livres, la somme en question, entre le neveu et les trois nièces de notre oncle, il en reviendra cinq mille à chacun ? Ce que je désire, c'est que vous écriviez à vos sœurs pour les informer de la fortune qui leur revient.

— Qui vous revient, voulez-vous dire.

— Je vous ai déjà fait connaître mon opinion sur ce sujet, je suis incapable d'en changer. Je ne suis pas d'un égoïsme inhumain, d'une injustice aveugle, d'une ingratitude infernale. Qui plus est, je suis résolue à avoir un foyer, une famille. J'aime Moor-House et je veux vivre à Moor-House ; j'aime Diana et Mary, je veux m'attacher à elles pour la vie. Si c'est un bienfait pour moi, un bonheur, d'avoir cinq mille livres, ce serait un tourment, une oppression d'en posséder vingt mille qui, d'ailleurs, ne m'appartiendraient jamais en toute équité, même si la loi me les attribue. Je vous abandonne donc ce qui m'est absolument superflu. Qu'il n'y ait pas d'opposition, pas de discussion là-dessus, que ce soit entendu entre nous et décidé dès à présent.

— C'est là agir sur une première impulsion. Il est nécessaire que vous réfléchissiez à cela durant quelques jours, pour que vos paroles soient considérées comme valables...

— Oh ! si vous ne doutez que de ma sincérité, je suis tranquille. Vous n'êtes pas sans voir que ce n'est que justice.

— Je reconnais là, en effet, une certaine justice, mais elle est contraire à toutes les coutumes. En tout état de cause vous avez droit à la fortune entière ; mon oncle l'a gagnée par ses propres efforts, il était bien libre de la laisser à qui bon lui semblait, et c'est à vous qu'il l'a léguée. Vous pouvez, en somme, la garder en toute justice, en toute tranquillité de conscience ; la considérer comme absolument vôtre.

— Pour moi, dis-je, c'est autant une question de sentiment que de conscience, et il faut que je cède à mes sentiments, j'en ai eu si rarement l'occasion. Même si vous discutiez, si vous me faisiez des objections, si vous m'importuniez pendant toute une année, je ne pourrais renoncer au plaisir délicieux que je viens d'entrevoir : celui de m'acquitter, en partie, d'une immense dette de reconnaissance, de me faire des amis pour toute la vie.

— Vous pensez ainsi maintenant, répliqua St.-John, parce que vous ignorez ce que c'est que posséder, et, par conséquent, jouir de la fortune. Vous ne pouvez vous représenter l'importance que vous donneraient vingt mille livres, de la place qu'il vous serait possible d'occuper dans la société, des perspectives qui vous seraient ouvertes. Vous ne pouvez...

— Et vous, interrompis-je, vous ne pouvez vous imaginer mon ardent désir d'amour fraternel. Je n'ai jamais eu de foyer, je n'ai jamais eu de frères ni de sœurs ; il me les faut, et je les aurai. Refusez-vous de m'accepter, de me reconnaître pour votre sœur ?

— Jane, je serai votre frère, mes sœurs seront vos sœurs, sans qu'il soit nécessaire d'aller jusqu'au sacrifice de vos justes droits.

— Mon frère ! oui, à mille lieues d'ici. Mes sœurs ! esclaves au milieu d'étrangers ! Moi, riche... gorgée d'un or que je n'ai pas gagné, que je ne mérite pas. Vous, sans un penny ! fameuse égalité ! belle fraternité ! étroite union ! profond attachement !

— Mais, Jane, vos aspirations à vous créer des liens familiaux, à jouir du bonheur domestique, peuvent se réaliser autrement que par les moyens que vous envisagez ; vous pouvez vous marier.

— Sottise, encore ! Me marier ! Je ne veux pas me marier, et ne me marierai jamais.

— C'est trop vous avancer ; des affirmations aussi imprudentes sont la preuve de la surexcitation où vous êtes.

— Je ne m'avance pas trop ; je sais ce que j'éprouve, et avec quelle aversion mon esprit s'éloigne de l'idée même du mariage. Personne ne m'épouserait par amour, et je ne veux pas que l'on me considère comme l'objet d'une simple spéculation financière. Je ne veux pas d'un étranger, de quelqu'un différent de moi, avec qui je ne pourrais sympathiser ; je veux mes parents, ceux avec qui je me sens en parfaite communauté de sentiments. Redites-moi que vous voulez bien être mon frère ; lorsque vous avez prononcé ces mots ils m'ont donné satisfaction, ils m'ont rendue heureuse ; répétez-les, s'il est possible, répétez-les avec sincérité.

— Je le puis certainement. Je sais que j'ai toujours aimé mes sœurs ; et je sais sur quoi est fondée mon affection pour elles : sur le respect de leur valeur et l'admiration de leurs talents. Vous aussi, vous avez des principes, vous êtes intelligente ; vous avez les mêmes goûts, les mêmes habitudes que Diana et Mary ; votre présence m'est toujours agréable ; et voilà quelque temps déjà que je trouve dans votre conversation un réconfort salutaire. Je sens qu'il me sera facile et tout naturel, de faire place dans mon cœur à ma troisième et plus jeune sœur.

— Je vous remercie ; voilà de quoi me contenter pour ce soir. A présent, il vaut mieux que vous partiez ; car si vous restez plus longtemps, il se peut que vous m'irritiez encore ; je me méfie de vos scrupules.

— Et l'école, Miss Eyre ? Il ne reste qu'à la fermer, je suppose ?

— Non. Je garderai mon poste d'institutrice jusqu'à ce que vous ayez une remplaçante. »

Il sourit d'un air approbateur ; nous nous serrâmes la main, et il s'en alla.

A quoi bon raconter en détail les luttes que j'eus à soutenir, les arguments que je dus faire valoir pour arriver à régler la question de l'héritage selon mon désir. Ma tâche fut très ardue ; mais ma décision était prise sans retour. Mes cousins, qui avaient bien dû sentir au fond d'eux-mêmes le bon droit de mon intention, avoir instinctivement conscience qu'à ma place ils auraient agi de même, finirent par se rendre compte que j'étais sérieusement et irrévocablement résolue à faire un partage équitable de cette fortune, et en vinrent enfin à consentir à un arbitrage. On choisit Mr. Oliver et un avocat compétent pour juger cette affaire ; tous deux partagèrent mes vues. Je fus donc victorieuse. Les actes officiels de transmission furent passés, et St.-John, Diana, Mary et moi, devînmes ainsi chacun possesseur d'une petite fortune.

CHAPITRE XXXIV

Lorsque tout fut réglé, Noël était proche ; la période des vacances s'avançait. Je fermai alors l'école de Morton, prenant soin que ce départ ne fût pas stérile en ce qui me concernait. La bonne fortune fait ouvrir aussi merveilleusement les mains que le cœur ; et donner un peu, quand on a largement reçu, ne fait qu'offrir une issue au débordement inaccoutumé des sensations que l'on éprouve. Depuis longtemps j'avais senti avec plaisir que bon nombre de mes élèves, ces petites campagnardes, m'aimaient, mais j'en fus davantage persuadée quand, au moment de nous séparer, elles me manifestèrent leur affection avec autant de force que de simplicité. Je fus profondément touchée de voir que j'avais réellement une place dans ces cœurs candides. Je leur promis qu'à l'avenir je ne laisserais jamais passer une semaine sans venir les voir et leur donner une heure de cours dans leur école.

Toute la classe, qui comptait à présent soixante élèves, avait défilé devant moi. Je venais de fermer la porte et, debout, la clef en main, j'échangeais quelques paroles d'adieu plus spéciales avec une demi-douzaine de mes meilleures élèves, lorsque Mr. Rivers arriva. Il n'y en avait pas de plus correctes, de plus respectables, de plus modestes et cultivées, parmi la paysannerie anglaise. Ce n'est pas peu dire, car, après tout, la paysannerie anglaise est la plus instruite, la mieux élevée, la plus digne de toute l'Europe. J'ai vu depuis lors des *paysannes*[1], des *Bäuerinnen* ; mais les meilleures d'entre elles m'ont paru ignorantes, grossières et sottes, comparées à mes filles de Morton.

« Estimez-vous avoir obtenu la récompense d'un trimestre d'efforts ? demanda Mr. Rivers lorsqu'elles furent parties. Cela ne vous fait-il pas plaisir de voir que vous avez réellement fait du bien à vos semblables, à votre moment ?

---

1. En français dans le texte.

— Sans doute.

— Et votre labeur n'a duré que quelques mois ! Une vie consacrée à la tâche de régénérer votre race ne serait-elle pas bien employée ?

— Oui, répondis-je, mais je ne pourrais pas continuer indéfiniment ainsi. J'ai besoin de jouir de mes facultés, aussi bien que de cultiver celles des autres. Il faut que j'en jouisse à présent ; ne me parlez plus de l'école d'où je me suis évadée corps et âme ; je suis d'humeur à profiter pleinement de mes vacances. »

Il prit un air grave.

« Eh bien ! dit-il, qu'est-ce donc ? Que signifie l'ardeur soudaine que vous manifestez ? Qu'avez-vous donc l'intention de faire ?

— Je veux être active, aussi active que je le pourrai ; pour commencer, il faut que je vous supplie de rendre sa liberté à Hannah, de trouver quelqu'un d'autre pour vous servir.

— Avez-vous besoin d'elle ?

— Oui, pour m'accompagner à Moor-House. Diana et Mary seront à la maison dans une semaine, et je désire que tout soit en ordre pour les recevoir.

— Je comprends. Je croyais que vous vouliez partir faire quelque voyage. Je préfère cela ; Hannah vous accompagnera.

— Alors, dites-lui d'être prête pour demain. Voici la clef de l'école ; je vous remettrai celle de mon cottage demain matin. »

Il prit la clef.

« Vous me la rendez bien gaiement, dit-il, je ne comprends pas très bien que vous ayez le cœur aussi léger ; il est vrai que j'ignore la tâche que vous vous proposez d'accomplir en remplacement de celle que vous abandonnez. Quel but, quels projets, quelle ambition avez-vous ?

— Mon intention est de faire, pour commencer, *un nettoyage à fond* — saisissez-vous bien toute la force de cette expression ? —, *un nettoyage à fond* de Moor-House, de la cave au grenier ; puis de tout y frotter avec de la cire d'abeilles, de l'huile, et je ne sais combien de torchons de laine, jusqu'à ce que tout y reluise de nouveau ; la troisième opération consistera à disposer chaque chaise, chaque table, les lits, les tapis avec une rigoureuse précision. Après cela, c'est tout juste si je ne vous ruinerai pas en charbon, en tourbe, pour entretenir un bon feu dans chaque pièce. Et enfin, pendant les deux jours qui précéderont l'arrivée de vos sœurs, nous nous mettrons, Hannah et moi, à battre des œufs, à trier des raisins de Corinthe, à râper des épices, à préparer des gâteaux de Noël, à hacher menu les ingrédients pour les pâtés, tout en accomplissant avec solennité d'autres rites culinaires que les mots ne peuvent expliquer qu'imparfaitement à un profane comme vous. Bref, mon intention est que tout soit absolument prêt avant jeudi prochain pour recevoir Diana et Mary ; j'ambitionne de les accueillir aussi parfaitement que possible. »

St.-John eut un léger sourire ; il ne paraissait toujours pas satisfait.

« Tout cela est très bien pour le moment, dit-il, mais, sérieusement, j'espère qu'une fois passé ce premier accès de zèle, vous porterez votre regard au-dessus des plaisirs domestiques et des joies de la famille.

— Il n'y a rien de meilleur au monde ! interrompis-je.

— Non, Jane, non, ne cherchez pas à faire de ce monde un lieu de délices, il n'en est pas un, non plus qu'un lieu de repos. Ne vous laissez pas aller à l'indolence.

— Bien au contraire, je veux être active,

— Jane, je vous excuse pour le moment, je vous accorde deux mois de répit pour jouir pleinement de votre nouvelle situation, et vous abandonner au plaisir que vous venez seulement de découvrir : avoir une famille ; mais *alors*, j'espère que votre vue ira au-delà de Moor-House, de Morton, de la société de mes sœurs, de la tranquillité égoïste, du confort voluptueux que donne l'opulence du monde civilisé ; j'espère que la vigueur de votre énergie vous troublera de nouveau. »

Je le regardai avec surprise.

« St.-John, dis-je, je trouve qu'il est presque pervers de me parler ainsi. Tandis que je me dispose à être heureuse comme une reine, vous essayez de réveiller mon inquiétude. Dans quel dessein ?

— Dans le dessein de tirer parti des talents que Dieu vous a confiés, et dont il vous demandera certainement un compte exact un jour. Je vais vous surveiller de près et avec anxiété, soyez-en avertie, Jane. Tâchez de modérer la ferveur exagérée avec laquelle vous vous plongez dans les joies banales du foyer. Ne vous laissez pas aussi étroitement enchaîner par les liens charnels ; gardez votre constance et votre enthousiasme pour une cause qui en soit digne ; évitez de les gaspiller pour des objets vulgaires et éphémères. Entendez-vous, Jane ?

— Oui, mais c'est exactement comme si vous me parliez grec. Je trouve que j'ai des raisons suffisantes pour être heureuse ; je veux être heureuse. Au revoir ! »

Je fus heureuse à Moor-House, et j'y travaillai dur ; Hannah de même. Elle était ravie de me voir de si bonne humeur dans le remue-ménage d'une maison mise sens dessus dessous, et si experte pour brosser, épousseter, nettoyer, faire la cuisine. Après un jour ou deux d'extrême confusion, ce fut réellement délicieux de faire renaître peu à peu l'ordre dans le chaos que nous avions créé. J'avais commencé par me rendre à S... pour y acheter quelques nouveaux meubles, mes cousins m'ayant donné *carte blanche*[1] pour effectuer toutes les modifications à ma convenance, dans les limites d'une certaine somme mise de côté à cette intention. Je laissai à peu près tels quels le salon où nous nous tenions d'ordinaire, ainsi que les chambres à coucher, car je savais que Diana et Mary auraient plus de plaisir à retrouver les tables anciennes, les chaises, les lits qui leur étaient familiers, que d'y voir les plus élégantes nouveautés. Certaines innovations étaient cependant nécessaires pour donner, comme je le désirais, une note imprévue à leur retour. De beaux tapis neufs de couleur foncée, ainsi que des rideaux, quelques objets d'art anciens en porcelaine et en bronze soigneusement choisis et disposés avec goût, des garnitures d'étoffe pour les tables de toilette, de nouveaux miroirs et des nécessaires répondaient à ce but ; le tout, frais, sans être trop voyant. Je remeublai entièrement, avec un mobilier en vieil acajou recouvert de tissu cramoisi, une chambre et un petit salon de réserve. Je posai une grosse toile dans le corridor, des tapis dans les escaliers. Quand tout fut terminé, Moor-House me parut en cette saison un modèle aussi parfait d'honnête et gai confort à l'intérieur, qu'un spécimen de désolation hivernale et de tristesse désertique à l'extérieur.

Ce mémorable jeudi vint enfin. Tous trois devaient arriver à la tombée de la nuit, mais bien avant le crépuscule les feux avaient été allumés en haut et en bas ; la cuisine était dans un ordre parfait ; Hannah et moi étions habillées ; tout était prêt.

St.-John arriva le premier. Je l'avais prié de rester éloigné de la maison jusqu'à ce que tout fût bien rangé ; mais la seule idée de l'agitation, à la fois vaine et banale, qui régnait dans ses murs suffisait à l'effaroucher et à le tenir à distance. Il me trouva dans la cuisine où je surveillais la cuisson des gâteaux pour le thé. S'approchant de l'âtre, il

---

1. En français dans le texte.

me demanda si j'étais enfin satisfaite de ces travaux ména-gers. Je lui répondis en l'invitant à m'accompagner pour passer une inspection générale et voir le résultat de mon labeur. Ce ne fut pas sans difficulté que je le décidai à faire ce tour de maison. Il se contenta de jeter un coup d'œil dans les pièces par les portes que j'ouvrais ; après avoir parcouru le premier étage et le rez-de-chaussée il me dit que je devais avoir eu bien de la peine et de la fatigue, pour effectuer des changements aussi importants en si peu de temps ; il ne prononça pas une syllabe exprimant le plaisir de voir sa demeure embellie.

Ce silence me refroidit. Je pensai que mes transforma-tions avaient peut-être troublé quelques vieux souvenirs auxquels il attachait du prix. Je lui demandai d'un ton sans doute un peu découragé s'il en était ainsi.

Pas du tout ; il avait remarqué, au contraire, que j'avais scrupuleusement respecté tous les souvenirs. Ce qu'il crai-gnait, c'était seulement que j'eusse accordé à ce travail plus de soin qu'il n'en méritait. Combien de minutes, par exemple, avais-je pu consacrer à étudier l'arrangement de cette pièce ?

A ce propos, pouvais-je lui dire où se trouvait tel livre ? Je lui montrai le volume sur l'étagère ; il le prit, se retira comme d'habitude dans l'embrasure de la fenêtre et se mit à lire.

Tout cela ne me plut pas, lecteur. St.-John était un homme vertueux, mais je commençais à croire qu'il avait dit vrai sur son compte lorsqu'il avait déclaré qu'il était dur et froid. Les douceurs, les délicatesses de l'existence n'avaient pour lui aucun attrait ; ses joies paisibles, aucun charme. L'ambition était, à proprement parler, le seul but de sa vie ; sans doute, n'aspirait-il qu'à ce qui était bon et grand, mais il n'admettait pas le repos, pas plus pour son entourage que pour lui-même. En regardant son haut front calme et pâle comme une blanche pierre, ses beaux traits figés dans l'étude, je compris soudain qu'il ferait difficile-ment un bon mari, que ce serait une chose redoutable d'être sa femme. Une sorte de clairvoyance me fit alors comprendre la nature de son amour pour Miss Oliver, et comme lui, je pensai que ce n'était qu'un amour sensuel. Je me rendis compte à quel point il devait se mépriser quand il subissait sa troublante influence, combien il devait désirer étouffer, détruire, cet amour ; comme il devait douter qu'il pût jamais assurer, à l'un et à l'autre, un bonheur durable. St.-John était fait, je le voyais, de ces matériaux dans lesquels la nature taille ses héros — chrétiens ou païens —, ses législateurs, ses hommes d'État, ses conquérants : rempart inébranlable pour la défense des grandes causes, mais trop souvent colonne froide, austère, encombrante, peu à sa place au coin du feu.

« Ce salon n'est pas un milieu pour lui, songeai-je ; la chaîne de l'Himalaya, la brousse cafre, voire la côte marécageuse de la Guinée, lieu maudit où règne la peste, lui conviendraient mieux. Rien d'étonnant à ce qu'il veuille fuir la tranquillité de la vie domestique ; ce n'est pas là son élément ; ses facultés s'y engourdissent sans pouvoir s'y développer ou se montrer à leur avantage. C'est au milieu de la lutte et du danger, quand il faut faire preuve de courage, déployer de l'énergie, avoir de la fermeté, qu'il parlera et agira en chef, en supérieur. Ici, devant l'âtre, un simple enfant plein de gaieté l'emporterait sur lui ! Il a raison de vouloir être missionnaire, je le vois à présent. »

« Les voilà qui arrivent ! Les voilà qui arrivent ! » cria Hannah en ouvrant toute grande la porte du salon.

Au même moment, le vieux Carlo se mit à aboyer joyeusement. Je me précipitai dehors. Il faisait déjà sombre, mais on entendait un bruit de roues. Hannah eut vite fait d'allumer une lanterne. Le véhicule s'étant arrêté devant la barrière, le conducteur en ouvrit la portière : une silhouette bien connue sortit d'abord, suivie bientôt d'une autre. L'instant d'après j'avais le visage enfoui sous leurs capotes, pressant la joue douce de Mary, les boucles flottantes de Diana. Elles riaient, m'embrassaient, embrassaient Hannah, caressaient Carlo, à demi fou de joie, demandaient avec empressement si tout allait bien, et, rassurées par une réponse affirmative, se hâtèrent d'entrer dans la maison.

Elles venaient de Whitcross en voiture, tout engourdies par ce long et cahotant parcours, transies par l'air glacial du soir ; mais leurs aimables visages s'épanouirent devant la gaie lueur du feu. Tandis que le conducteur et Hannah apportaient les malles, elles demandèrent St.-John. Il sortait à ce même moment du salon et s'avançait vers elles. Toutes deux jetèrent aussitôt leurs bras autour de son cou. Il donna à chacune un baiser paisible, leur adressa d'un ton grave quelques mots de bienvenue, resta un moment à les écouter et leur dit qu'il espérait qu'elles allaient bientôt le rejoindre dans le salon, où il se retira comme dans un refuge.

J'avais allumé leurs chandelles pour monter à l'étage, mais Diana eut d'abord à donner des instructions pour que le conducteur fût convenablement traité. Toutes deux me suivirent alors, se montrant ravies de la remise à neuf et de la décoration de leurs chambres, des nouvelles tentures, des frais tapis, des vases en porcelaine aux riches teintes, et m'exprimèrent avec enthousiasme leur satisfaction. J'eus le plaisir de sentir que les aménagements que j'avais faits répondaient précisément à leurs désirs, que toutes mes réalisations ajoutaient beaucoup d'agrément à leur joyeux retour.

Cette soirée fut bien douce. Mes cousines, débordantes d'entrain, furent si éloquentes dans leurs récits et leurs commentaires que leur volubilité masqua l'humeur taciturne de St.-John. Il était sincèrement heureux de voir ses sœurs, mais ne pouvait partager l'ardeur de leur flamme, l'effusion de leur joie. L'événement du jour, l'arrivée de Diana et de Mary, lui faisait plaisir, mais l'heureux tumulte, le gai bavardage de la réception, lui étaient pénibles ; je vis qu'il aspirait à des lendemains plus calmes. Une heure environ après le thé, alors que nous jouissions au plus haut point de cette veillée, nous entendîmes frapper à la porte. Hannah entra pour nous faire savoir « qu'un pauv' garçon était venu à cette heure indue chercher Mr. Rivers pour aller auprès de sa mère qu'était en train de passer ».

« Où habite-t-elle, Hannah ?

— Tout en haut, à Whitcross Brow, à près de quatre milles d'ici, rien que des marécages et des mousses tout le long du chemin.

— Dites-lui que je vais y aller.

— Vraiment, monsieur, vous f'riez mieux d'pas y aller. Y a pas d'trajet plus mauvais la nuit, pas même un sentier à travers la tourbière. Et puis, la nuit est si affreuse, un vent perçant comme vous en avez jamais senti. Vous f'riez mieux, monsieur, d'faire dire que vous irez d'main matin. »

Mais il était déjà dans le corridor, mettant son manteau ; et sans la moindre objection, sans un murmure, il partit. Il était alors neuf heures. Il ne revint qu'à minuit, transi, las, certes, mais paraissait plus heureux que lorsqu'il s'était mis en route. Il avait accompli son devoir, fait un effort, éprouvé son énergie dans l'action et le renoncement, et était en meilleurs termes avec lui-même.

J'ai bien peur que la semaine suivante n'ait mis sa patience à l'épreuve. C'était la semaine de Noël ; nous n'avions entrepris aucun travail suivi et passions notre temps dans une sorte de joyeuse oisiveté domestique. L'air de la lande, la liberté du foyer, la prospérité naissante, agissaient sur l'esprit de Diana et de Mary comme un élixir vivifiant ; elles n'étaient que gaieté du matin au soir. Elles avaient toujours quelque chose à dire ; leur conversation, spirituelle, substantielle, originale, avait tant de charme pour moi que rien ne me faisait plus plaisir que de la suivre et d'y prendre part. St.-John ne nous reprochait pas notre animation, mais il s'en éloignait ; sa paroisse était étendue, la population dispersée, et chacune de ses journées se passait à visiter les malades et les pauvres des différents districts ; il était rarement à la maison.

Un matin, au petit déjeuner, Diana, après être demeurée pensive pendant quelques instants, lui demanda si ses plans demeuraient inchangés.

« Inchangés et inchangeables », fut la réponse.

Et il se mit alors en devoir de nous informer que son départ d'Angleterre était maintenant définitivement fixé pour l'année suivante.

« Et Rosamond Oliver ? » insinua Mary.

Ces mots semblaient s'être échappés involontairement de ses lèvres ; à peine les eut-elle prononcés, qu'elle fit un geste comme pour les retenir. St.-John avait un livre à la main, — il avait l'habitude peu sociable de lire pendant les repas — ; il le ferma et releva la tête.

« Rosamond Oliver, répondit-il, est sur le point d'épouser Mr. Granby, homme très estimable, qui appartient à l'une des meilleures familles de S..., petit-fils et héritier de Sir Frederic Granby. J'ai appris cette nouvelle hier, par son père. »

Ses sœurs se regardèrent, puis leurs yeux se posèrent sur les miens ; nous nous mîmes alors toutes trois à l'observer : il avait la sérénité du cristal.

« Ce mariage a dû se décider bien vite, dit Diana ; ils ne se connaissaient pas depuis longtemps.

— Depuis deux mois seulement ; ils se sont rencontrés en octobre, au bal du comté, à S..., mais lorsqu'il n'y a aucun obstacle à une union — tel est le cas présent — et que cette union est en tous points souhaitable, les délais sont inutiles. Ils se marieront dès que la résidence de S... Place, que Sir Frederic met à leur disposition, sera en état de les recevoir. »

La première fois que je revis St.-John seul après cette communication, je fus tentée de lui demander s'il n'était pas peiné de cet événement ; mais il donnait si peu l'impression d'avoir besoin de sympathie que, bien loin de m'aventurer à lui en offrir, j'éprouvai quelque honte au souvenir de ce que j'avais osé lui dire. D'ailleurs, j'avais perdu l'habitude de lui parler, car il s'était enfermé de nouveau dans une froide réserve qui glaçait ma franchise. Il n'avait pas tenu sa promesse de me traiter comme ses sœurs, il faisait sans cesse entre nous de petites différences qui réprimaient mes élans et ne contribuaient pas du tout au développement de la cordialité. Bref, à présent qu'il m'avait reconnue comme sa parente, que je vivais sous le même toit que lui, je sentais que la distance entre nous était bien plus grande qu'à l'époque où il ne voyait en moi que la maîtresse d'école du village. Quand je me rappelais à quel point j'avais jadis gagné sa confiance, je n'arrivais pas à comprendre son actuelle froideur. Je ne fus donc pas peu surprise de le voir lever soudain la tête, qu'il tenait penchée sur son pupitre, et de l'entendre dire :

« Vous voyez, Jane, j'ai livré combat, et j'en suis sorti victorieux. »

Je tressaillis en m'entendant ainsi interpeller et ne répondis pas tout de suite ; après un moment d'hésitation, je répliquai :

« Êtes-vous bien sûr de ne pas être dans la situation de ces conquérants qui paient leur triomphe un peu cher ? Une autre victoire comme celle-ci n'entraînerait-elle pas votre perte ?

— Je ne le crois pas ; et même si je le croyais, cela serait sans grande importance ; je n'aurai plus à mener semblable lutte. Le résultat du conflit est décisif, ma route est facile à suivre à présent, j'en remercie Dieu. »

En disant cela, il retourna à ses papiers et retomba dans son silence.

Lorsque notre mutuel bonheur — c'est-à-dire celui de Diana, de Mary et le mien — devint plus paisible, que nous eûmes repris nos habitudes et nos études régulières, St.-John resta davantage à la maison où il passait parfois des heures entières avec nous dans la même pièce. Tandis que Mary dessinait, que Diana poursuivait une série de lectures encyclopédiques, entreprise qui avait suscité mon admiration, mais aussi un certain effroi, et que, de mon côté, je continuais à piocher l'allemand, il était plongé dans un mystérieux travail personnel : l'étude de certaine langue orientale, qu'il jugeait nécessaire à la réalisation de ses projets.

Assis dans le coin qu'il se réservait, occupé comme je l'ai dit, paraissant calme et absorbé, ses yeux bleus quittaient cependant souvent la grammaire rébarbative pour errer, et même quelquefois se fixer sur nous, ses compagnes d'étude, avec une curieuse intensité d'observation. Se laissaient-ils surprendre, ils se détournaient aussitôt, mais, de temps à autre, revenaient se poser, scrutateurs, sur notre table. Je me demandais ce que cela pouvait signifier ; j'étais également étonnée de la satisfaction qu'il ne manquait jamais de témoigner à l'occasion d'une chose qui me paraissait de peu d'importance : à savoir ma visite hebdomadaire à l'école de Morton. Ce qui, plus encore m'intriguait c'est que, s'il neigeait, pleuvait, ou faisait grand vent, la sollicitude de ses sœurs qui me pressaient de n'y pas aller, ne manquait jamais de le faire sourire ; il m'incitait alors à accomplir ce devoir sans me soucier des éléments.

« Jane n'est pas un être aussi fragile que vous voulez le laisser entendre, disait-il ; elle peut supporter une rafale de la montagne, une averse, ou quelques flocons de neige, aussi bien que n'importe lequel d'entre nous. Elle est d'une constitution solide et qui s'adapte facilement, mieux faite pour supporter des variations de température que beaucoup d'autres, plus robustes. »

Aussi, quand je rentrais, parfois bien fatiguée, très éprouvée par le mauvais temps, je n'osais jamais me plaindre, sachant combien de tels propos l'irriteraient ; en toutes circonstances, il aimait l'énergie ; et le contraire lui déplaisait tout particulièrement.

Un après-midi, pourtant, je fus autorisée à rester à la maison, parce que j'avais effectivement un rhume ; ses sœurs allèrent à Morton à ma place. J'étais installée à lire du Schiller tandis qu'il déchiffrait ses abrupts textes orientaux. Au moment où je laissais ma traduction pour faire un exercice, je regardai par hasard de son côté et me rendis compte qu'il m'examinait de ses yeux bleus toujours vigilants. Depuis combien de temps se livrait-il à ces profondes investigations ? Je ne saurais le dire ; ce regard était si pénétrant, et pourtant si froid, que je me sentais envahie par une crainte superstitieuse, engendrée, eût-on dit, par une présence surnaturelle.

« Que faites-vous, Jane ?

— J'apprends l'allemand.

— Je voudrais que vous abandonniez l'allemand et que vous appreniez l'hindoustani.

— Parlez-vous sérieusement ?

— Si sérieusement que je veux qu'il en soit ainsi ; je vais vous dire pourquoi. »

Il se mit alors à m'expliquer qu'il étudiait en ce moment

l'hindoustani ; qu'au fur et à mesure qu'il allait plus avant, il avait tendance à oublier ce qu'il avait appris au début ; que ce serait une aide précieuse d'avoir une élève avec laquelle il pourrait voir et revoir les éléments, et les fixer ainsi d'une façon définitive dans son esprit. Il avait hésité un certain temps entre ses sœurs et moi ; il m'avait choisie parce qu'il avait jugé que, des trois, j'étais la plus susceptible d'assiduité dans le travail. Lui ferais-je cette faveur ? Peut-être n'aurais-je pas bien longtemps à faire ce sacrifice ; il restait à peine trois mois avant son départ.

St.-John n'était pas un homme auquel on pouvait opposer un refus à la légère ; on sentait que, chez lui, toute impression, agréable ou pénible, restait à jamais profondément gravée. J'y consentis donc. Lorsque Diana et Mary revinrent, Diana se mit à rire en voyant son élève devenue celle de son frère, et toutes deux furent d'accord pour déclarer que St.-John n'aurait jamais pu les persuader d'entreprendre pareille chose. Il répondit tranquillement :

« Je le savais. »

Je trouvai en lui un maître très patient, très indulgent, mais exigeant. Il attendait beaucoup de moi ; mais quand je lui donnais pleine satisfaction, il me témoignait, à sa manière, une entière approbation. Peu à peu, il prit sur moi un certain ascendant qui m'enleva ma liberté d'esprit ; ses louanges, l'attention dont j'étais de sa part l'objet, exerçaient sur moi une contrainte plus forte que son indifférence. Je ne pouvais plus parler ni rire spontanément lorsqu'il était là ; j'étais importunée, harcelée par l'intuition du désagrément que lui causait, venant de moi, la moindre vivacité. J'étais si convaincue que des occupations sérieuses et un état d'esprit adéquat lui étaient seuls supportables, qu'en sa présence tout effort était vain dont l'entreprise ou la poursuite eussent été autres. J'étais comme figée sous l'emprise d'un charme. Quand il me disait : « Allez », je partais ; « Venez », je venais ; « Faites cela », je le faisais. Cette servitude me pesait cependant ; bien souvent, j'aurais préféré qu'il eût continué à ne pas se soucier de moi.

Un soir, au moment d'aller se coucher, tandis que ses sœurs et moi étions debout autour de lui pour lui souhaiter le bonsoir, il les embrassa et me tendit la main selon son habitude. Diana, par hasard d'humeur espiègle — elle n'était pas sous le pénible contrôle de la volonté de son frère, car la sienne, dans un plan différent, était tout aussi forte —, s'exclama :

« St.-John, vous dites que Jane est votre troisième sœur,

mais vous ne la traitez pas comme telle ; vous devriez l'embrasser aussi. »

Elle me poussa vers lui. Ce geste de Diana m'exaspéra ; je me sentis désagréablement confuse, et, tandis que je demeurais absorbée par mes pensées et mes impressions, St.-John, penchant la tête, abaissa son profil grec à hauteur de mon visage, ses yeux interrogeant les miens d'un regard perçant et m'embrassa. Il n'existe point de baisers de marbre, de baisers de glace, sinon je dirais que le baiser de mon cousin le pasteur appartenait à l'une de ces catégories. S'il y a des baisers expérimentaux, le sien en était un. Après me l'avoir donné il me regarda pour en voir l'effet ; mais il ne découvrit rien de bien frappant. Je suis sûre de ne pas avoir rougi ; peut-être avais-je pâli légèrement. J'avais eu la sensation que ce baiser était comme un sceau apposé sur mes chaînes. Depuis ce jour, il n'omit jamais cette cérémonie, et la gravité, le calme avec lesquels je la subissais paraissaient la revêtir d'un certain charme, à ses yeux.

Quant à moi, de jour en jour je désirais lui faire davantage plaisir, mais de jour en jour je sentais plus vivement que pour y arriver il me faudrait renier à demi ma nature, étouffer à demi mes facultés, lutter contre l'inclination naturelle de mes goûts, m'obliger à poursuivre un but pour lequel je n'avais aucune vocation.

St.-John voulait m'entraîner vers des hauteurs que je ne pouvais atteindre ; c'était un incessant supplice que de poursuivre cet idéal qu'il dressait devant moi. C'était une chose aussi impossible que de façonner les traits irréguliers de mon visage selon le modèle achevé et classique du sien, de donner à mes yeux d'un vert changeant la teinte bleu de mer et l'éclat solennel de ses propres yeux.

Toutefois, ce n'était pas seulement son ascendant qui, pour le moment, me tenait en esclavage. Depuis quelque temps il m'avait été facile d'avoir l'air triste ; mon cœur était rongé par un chagrin qui tarissait mon bonheur à sa source, le chagrin de l'incertitude.

Vous pensez peut-être, lecteur, qu'au milieu de ces changements de lieu, de fortune, j'avais oublié Mr. Rochester. Non, pas un instant. Son souvenir était en moi, non à la façon d'une de ces vapeurs que le soleil dissipe, ou d'une image tracée sur le sable que l'orage efface, mais d'un nom destiné à durer aussi longtemps que la stèle de marbre sur laquelle il est gravé. Le violent désir de savoir ce qu'il était devenu m'obsédait sans cesse ; c'était pour évoquer ce destin que, lors de mon séjour à Morton, je rentrais chaque soir

dans mon cottage ; et c'était encore pour y songer tristement que chaque soir je regagnais ma chambre à Moor-
House.

Au cours de mon inévitable correspondance avec
Mr. Briggs à propos du testament, je lui avais demandé s'il
pouvait me renseigner sur la résidence actuelle de
Mr. Rochester et sur l'état de sa santé ; mais, comme
St.-John l'avait présumé, il ignorait tout ce qui concernait
sa personne. J'écrivis alors à Mrs. Fairfax, la suppliant de
me dire ce qu'elle savait ; j'étais persuadée que cette
démarche me permettrait d'atteindre mon but, que je ne
pouvais manquer de recevoir une prompte réponse. Je fus
bien étonnée quand, au bout d'une quinzaine de jours, je
n'avais toujours rien reçu ; mais lorsque deux mois se
furent écoulés, et que, jour après jour, le facteur passa sans
rien apporter, je fus en proie à la plus poignante anxiété.

J'écrivis de nouveau ; ma première lettre pouvait s'être
égarée. Cette nouvelle tentative me redonna un espoir qui
m'illumina comme la première fois pendant plusieurs
semaines ; puis il faiblit et vacilla : pas une ligne, pas un
mot ne me parvint. Après que la moitié d'une année eut été
perdue en vaine attente, mon espoir mourut et je me sentis
envahie de tristesse.

Un merveilleux printemps dont j'étais incapable de jouir
resplendissait autour de moi. L'été approchait ; Diana
essayait de m'égayer ; elle prétendait que j'avais l'air
malade, et voulait m'accompagner au bord de la mer.
St.-John s'y opposa, disant que je n'avais pas besoin de
distractions, que c'était une occupation qu'il me fallait, que
ma vie actuelle était trop vide, sans but. Pour suppléer, je
pense, à ce qui me manquait, il prolongea encore mes
leçons d'hindoustani et se fit plus pressant au cours de cette
étude ; et moi, insensée, je ne songeai même pas à lui
résister... j'étais incapable de lui résister.

Un jour, je me mis au travail plus déprimée encore que de
coutume. Ce reflux de peines avait été causé par une déception cruellement ressentie : Hannah m'avait dit, ce matin-là,
qu'il y avait une lettre pour moi, et quand j'étais descendue
pour la prendre, à peu près certaine que les nouvelles
depuis si longtemps attendues arrivaient enfin, je n'avais
trouvé qu'une note sans importance de Mr. Briggs concernant nos affaires. Cet amer désappointement m'avait arraché quelques pleurs ; et penchée à présent pour déchiffrer
les difficiles caractères et les tropes fleuris d'un scribe hin-
dou j'avais de nouveau les yeux pleins de larmes.

St.-John m'appela auprès de lui pour faire la lecture. Je fis un effort, mais la voix me manqua ; les mots se perdirent dans mes sanglots. Nous étions seuls, lui et moi, dans le salon. Diana étudiait son piano dans le petit salon, Mary s'occupait au jardin ; c'était un beau jour de mai, clair et ensoleillé, avec une brise légère. Mon compagnon ne témoigna aucune surprise devant mon émotion, ne m'en demanda pas la cause ; il se contenta de dire :

« Attendons quelques instants, Jane, prenez le temps de retrouver votre calme. »

Et tandis que je réprimais rapidement cet accès, il demeura assis, penché sur son pupitre, tranquille, résigné, tel un médecin qui, au cours de la maladie de son patient, surveille d'un œil averti une crise prévue et parfaitement intelligible pour lui. Après avoir étouffé mes sanglots, essuyé mes yeux, murmuré que je ne me sentais pas très bien ce matin-là, je repris ma tâche et réussis à aller jusqu'au bout. St.-John rangea mes livres et les siens, ferma son pupitre à clef et dit :

« A présent, Jane, il faut que vous fassiez une promenade ; venez avec moi.

— Je vais appeler Diana et Mary.

— Non. Je ne désire qu'une compagne ce matin, et il faut que ce soit vous ; habillez-vous, sortez par la porte de la cuisine, prenez le chemin qui monte vers le sommet de Marsh-Glen ; je vous y rejoindrai dans un instant. »

Je ne connais pas de moyen terme, et n'en ai jamais pris dans mes rapports avec des caractères durs, positifs, opposés au mien entre la soumission absolue et la révolte déclarée, j'ai toujours été fidèlement docile, jusqu'au moment où, semblable à un volcan qui explose, je me précipite avec violence dans la rébellion. Comme, dans les circonstances présentes il n'y avait rien qui m'autorisât à m'insurger, que j'y étais, d'ailleurs, peu disposée, je suivis exactement les instructions de St.-John, et dix minutes plus tard je marchais le long du sentier sauvage du vallon, à ses côtés.

La brise venant de l'ouest nous arrivait par-dessus les collines, chargée des suaves senteurs de la bruyère et des roseaux ; le ciel était d'un bleu limpide, le torrent descendant le long du ravin, grossi par les dernières pluies printanières, roulait ses eaux abondantes et claires, qui reflétaient les rayons d'or du soleil et les teintes de saphir du firmament. Nous avions quitté le sentier et marchions à présent sur l'herbe douce, fine comme de la mousse et d'un vert d'émeraude, délicatement émaillée de minuscules fleurs blanches, parsemée de fleurs jaunes ressemblant à des étoiles. Le vallon, suivant un cours sinueux, s'enfonçait et se perdait au cœur même des collines qui maintenant nous enserraient.

« Reposons-nous ici », dit St.-John, comme nous atteignions quelques rochers isolés, premiers éclaireurs d'un bataillon qui gardait une sorte de défilé au-delà duquel le torrent se précipitait en cascades. Un peu plus loin, la montagne se dépouillait de son gazon et de ses fleurs, ne conservant qu'un revêtement de bruyères et une parure de rocs ; le paysage inculte devenait sauvage ; sa fraîche vigueur, menaçante. Ce lieu semblait défendre ces solitudes désespérées et être le dernier refuge du silence.

Je m'assis. St.-John resta debout près de moi. Il leva les yeux dans la direction du col, puis les abaissa vers le creux de la vallée ; son regard suivit le torrent dans la fantaisie de son cours, puis s'éleva vers le ciel sans nuages qui s'y reflétait ; il enleva alors son chapeau, laissant la brise jouer dans ses cheveux et caresser son front. Il paraissait être en communion avec le génie de ce site ; ses yeux semblaient dire adieu à quelque chose.

« Je reverrai tout cela en rêve, dit-il à voix haute, quand je dormirai sur les bords du Gange, puis encore, dans un avenir plus lointain, lorsqu'un autre sommeil me terrassera, sur la rive d'un fleuve plus sombre. »

Étrange expression d'un étrange amour ! Passion austère du patriote pour la patrie de ses pères ! Il s'assit ; pendant une demi-heure, aucun de nous deux ne parla. Il reprit enfin :

« Jane, je pars dans six semaines ; j'ai retenu ma couchette sur un navire de la Compagnie des Indes qui mettra à la voile le 20 juin.

— Dieu vous protégera, car vous avez entrepris son œuvre, répondis-je.

— Oui, dit-il, c'est ma gloire, ma joie. Je suis le serviteur d'un maître infaillible. Je ne vais pas au loin sous la conduite d'un guide de ce monde, je n'obéis pas à des lois imparfaites, aux directives trompeuses des faibles vers de terre que sont mes semblables ; mon roi, mon législateur, mon capitaine, c'est le Tout-Parfait. Il est curieux qu'autour de moi chacun ne brûle pas de s'enrôler sous la même bannière, de se joindre à la même entreprise.

— Tout le monde n'a pas votre énergie ; et ce serait folie de la part des faibles que de vouloir suivre les forts.

— Ce n'est pas aux faibles que je m'adresse, ce n'est pas à

eux que je pense, mais à ceux qui sont dignes de cette tâche, et capables de l'accomplir.

— Ceux-là sont peu nombreux, et il n'est pas aisé de les découvrir.

— Vous dites vrai ; mais lorsqu'on les a trouvés, il est juste de les stimuler, de les presser, de les exhorter à l'effort, de leur montrer ce que sont leurs dons, pourquoi ils leur ont été donnés ; de leur faire entendre le message céleste, de leur offrir directement de la part de Dieu, une place dans les rangs des élus.

— S'ils sont réellement qualifiés pour remplir cette mission, leur propre cœur ne sera-t-il pas le premier à les en informer ? »

J'eus l'impression qu'un effroyable réseau magique se tissait autour de moi ; je tremblais d'entendre prononcer le mot fatal qui lui donnerait son pouvoir et me riverait à son charme.

« Et que dit votre cœur ? demanda St.-John.

— Mon cœur est muet... mon cœur est muet, répondis-je toute frémissante, frappée d'épouvante.

— Je dois donc parler pour lui, continua la voix profonde, inexorable. Jane, venez avec moi aux Indes, venez pour m'y aider, pour y être ma collaboratrice. »

Le vallon et le ciel se mirent à tourner autour de moi, les collines se soulevèrent ! Il me semblait avoir entendu un appel du ciel, un messager imaginaire, tel celui de Macédoine[1], qui aurait dit :

« Viens et aide-nous ! »

Mais je n'étais pas un apôtre, je ne voyais pas le héraut, je ne pouvais recevoir son message.

« Oh ! St.-John ! m'écriai-je, ayez pitié ! »

Celui que j'implorais ne connaissait ni merci ni remords dans l'accomplissement de ce qu'il croyait être son devoir. Il poursuivit :

« Dieu et la nature vous ont créée pour être la femme d'un missionnaire. Ce ne sont pas des avantages extérieurs que vous en avez reçus, mais des dons de l'esprit. Vous êtes faite pour l'effort, non pour l'amour. Il faut que vous soyez la femme d'un missionnaire ; et vous le serez. Vous serez la mienne. J'y prétends, non pour mon plaisir, mais pour le service de mon Souverain.

— Je ne suis pas faite pour cela ; je n'ai aucune vocation. »

1. Allusion à une vision de saint Paul.

Il avait prévu ces premières objections et ne s'en irrita point. En le voyant s'adosser au rocher qui se trouvait derrière lui, croiser les bras sur sa poitrine, prendre un visage impassible, je compris qu'il était préparé à soutenir une longue et pénible résistance, qu'il avait fait provision de patience pour aller jusqu'au bout, résolu à être enfin victorieux.

« L'humilité, Jane, est la base de toutes les vertus chrétiennes ; vous avez raison de dire que vous n'êtes pas faite pour cette destinée. Qui prétend l'être ? Qui donc, parmi ceux qui ont reçu réellement cet appel, s'en est jamais cru digne ? Moi, par exemple, je ne suis que poussière et cendre. Avec saint Paul, je me reconnais le plus grand des pécheurs, mais je ne me laisse pas décourager par ce sentiment de mon indignité. Je sais quel est mon chef, dont la justice égale la puissance ; et, puisqu'il a choisi un faible instrument pour accomplir une grande tâche, les ressources infinies de sa Providence suppléeront à l'insuffisance des moyens pour atteindre le but. Partagez ces pensées, Jane ; comme moi, ayez confiance. C'est sur le Rocher des âges que je vous demande de vous appuyer ; il supportera, n'en doutez pas, le poids de vos faiblesses humaines.

— Je ne me rends pas compte de ce qu'est une vie de missionnaire ; je ne suis pas instruite de ce que les missionnaires doivent faire.

— Là, tout humble que je sois, je pourrai vous apporter le secours dont vous avez besoin, vous tracer votre besogne d'heure en heure, être toujours auprès de vous, vous aider à chaque instant. Ceci ne sera d'ailleurs nécessaire qu'au début ; bientôt — je sais ce dont vous êtes capable — vous serez aussi vaillante, aussi experte que moi, et vous n'aurez plus besoin de mon aide.

— Mais où sont mes aptitudes pour cette entreprise ? Elles ne se manifestent pas. Tandis que vous me parlez, rien en moi ne s'émeut et ne répond à votre appel. Aucune lumière ne se fait en mon âme, je ne ressens aucune nouvelle impulsion de vie, nulle voix ne me conseille ou ne m'encourage. Oh ! que ne pouvez-vous voir quel obscur cachot est devenu mon esprit en ce moment ; la peur qui recule, gît là, enchaînée dans ses profondeurs : la peur de me laisser persuader par vous d'entreprendre ce que je ne puis accomplir.

— Voici ce que j'ai à vous répondre, écoutez-moi. Depuis notre première rencontre, je n'ai jamais cessé de vous observer ; depuis dix mois j'ai fait de vous l'objet de mon étude. Durant ce temps, je vous ai soumise à diverses épreuves ; et qu'ai-je vu ? quelle découverte ai-je faite ? A l'école du village, j'ai constaté que vous pouviez accomplir avec ponctualité, loyauté, une bonne besogne qui n'était, cependant, ni dans vos habitudes ni dans vos goûts ; j'ai vu que vous pouviez l'accomplir avec tact et intelligence, en vous faisant aimer tout en imposant votre volonté. Le calme avec lequel vous avez appris que vous étiez soudain devenue riche m'a révélé une âme indemne du péché de Demos ; le lucre n'exerçait pas sur vous un excessif empire. A vous voir résolument empressée à partager votre fortune en quatre parts, n'en conservant qu'une pour vous-même, abandonnant les trois autres au nom d'une justice abstraite, j'ai reconnu une âme qui se délectait dans la ferveur et l'exaltation du sacrifice. Dans la docilité avec laquelle, selon mon désir, vous avez renoncé à une étude qui vous intéressait pour en entreprendre une autre parce qu'elle m'intéressait ; dans l'assiduité sans défaillance que vous n'avez cessé d'y apporter ; dans l'énergie inébranlable, l'humeur égale au milieu des difficultés, j'ai trouvé le complément des qualités que je cherchais. Jane, vous êtes docile, active, désintéressée, constante, courageuse, vous êtes très douce et tout à fait héroïque. Ne doutez plus de vous. J'ai moi-même en vous une confiance sans réserve. Votre concours sera pour moi du plus haut prix pour diriger les écoles et pour me seconder auprès des femmes de l'Inde. »

Le linceul de fer se resserrait autour de moi ; la persuasion s'avançait d'un pas lent, mais sûr. J'avais beau fermer les yeux, ces derniers mots avaient réussi à frayer le chemin qui, jusque-là, paraissait impraticable. L'œuvre à accomplir, si vague en apparence, si désespérément confuse, se précisait tandis qu'il parlait, et prenait sous sa main qui la façonnait une forme bien définie. Il attendait une réponse. Je lui demandai un quart d'heure pour réfléchir, avant de me hasarder à parler encore.

« Bien volontiers », répliqua-t-il.

Il se leva, fit quelques enjambées en montant vers le col, et se jeta sur un tertre de bruyère où il demeura immobile.

« Je suis bien obligée de voir, de reconnaître que je *peux* faire ce qu'il me propose, pensai-je ; du moins, si la vie m'est conservée ; je sens bien que mon existence n'est pas de celles qui doivent résister longtemps au soleil des Indes. Et alors ? Il n'a cure de cela ; quand mon heure sera venue de mourir, il me remettra à Dieu qui m'avait donnée à lui avec la sérénité d'un saint ; je vois clairement ce qui se passera. En quittant l'Angleterre, je laisserais un pays aimé, mais vide. Mr. Rochester n'y est pas ; même s'il y était, quelle importance cela a-t-il, ou aura-t-il jamais pour moi ? Il me faut désormais vivre sans lui ; rien ne serait aussi absurde, aussi faible, que de languir jour après jour dans l'attente d'un événement qui, à la faveur d'un impossible changement, me réunirait à lui. Il est évident, comme me l'a dit un jour St.-John, que je dois chercher un nouvel intérêt dans la vie, pour remplacer celui que j'ai perdu. La tâche qu'il m'offre n'est-elle pas, en vérité, la plus glorieuse que Dieu puisse assigner, que l'homme puisse accepter ? N'est-elle pas, par ses nobles efforts, ses sublimes résultats, la mieux faite pour combler le vide laissé par les affections brisées, par les espoirs détruits ? Je crois que je dois dire « Oui » ; mais j'en frémis. Hélas ! si je me joins à St.-John, je renoncerai à la moitié de moi-même ; si je vais aux Indes, j'irai à une mort prématurée. Que se passera-t-il entre mon départ d'Angleterre pour les Indes et la tombe ? Oh ! je le sais bien ! Cela aussi, je le vois nettement. Pour satisfaire St.-John, je me ferai violence jusqu'à l'épuisement de mes nerfs ; je *parviendrai* à le satisfaire, comblant le cercle de ses espoirs de son centre le plus ténu jusqu'à la plus lointaine périphérie. Si je vais avec lui, si je fais le sacrifice qu'il me presse d'accomplir, ce sera sans réserve, je déposerai tout sur l'autel : cœur, entrailles, la victime entière. Il ne m'aimera jamais, mais il approuvera tout ce que je ferai. Je lui révélerai des énergies qu'il ignore, des ressources qu'il n'a jamais soupçonnées. Oui, je suis capable de travailler aussi durement que lui, et sans me plaindre davantage.

« Il m'est donc possible d'accepter sa proposition, sauf sur un point, un point redoutable... il me demande d'être sa femme, et n'a pas plus pour moi le cœur d'un époux que ce gigantesque et menaçant rocher d'où le torrent écumant s'élance dans la gorge. Il m'estime, comme un soldat estime une bonne arme, voilà tout ; si je ne suis pas sa femme, je n'en souffrirai pas ; mais puis-je le laisser aller au bout de ses calculs, mettre froidement ses plans à exécution, subir la cérémonie du mariage, toutes les formes de l'amour — qu'il observera sans nul doute avec scrupule —, tout en sachant que l'âme en est entièrement absente ? Puis-je, à ce prix, recevoir de lui l'anneau nuptial ? Comment supporter l'idée que chacune de ses caresses sera un sacrifice consenti par principe ? Non, pareil martyre serait monstrueux ; je ne m'y soumettrai jamais. Je consens à l'accompagner comme sa sœur, non comme sa femme, et je vais le lui dire. »

Je regardai dans la direction du tertre. Il était là, étendu, aussi immobile qu'une colonne renversée, le visage tourné vers moi, l'œil vif, brillant, attentif. Il se leva d'un bond, et s'approcha de moi.

« Je suis prête à aller aux Indes, si je demeure libre.

— Votre réponse a besoin d'une explication, dit-il, elle n'est pas claire.

— Vous avez été jusqu'ici mon frère adoptif, et moi, votre sœur adoptive, restons ainsi ; nous ferons mieux l'un et l'autre de ne pas nous marier. »

Il hocha la tête.

« Une fraternité d'adoption ne peut convenir dans ce cas. Si vous étiez ma véritable sœur, ce serait différent, je vous emmènerais sans avoir à chercher une épouse. Mais les choses étant ce qu'elles sont, notre union doit être consacrée et scellée par le mariage, ou elle ne peut exister ; des obstacles matériels s'opposent à tout autre plan. Ne le voyez-vous pas, Jane ? Réfléchissez un instant, votre grand bon sens vous guidera. »

Je me mis à réfléchir ; mais mon bon sens, tel qu'il était, ne cessait d'évoquer en moi cet unique fait : que nous ne nous aimions pas comme doivent s'aimer mari et femme, et concluait qu'il ne fallait pas nous marier ; je lui dis donc :

« St.-John, je vous considère comme un frère, vous me regardez comme une sœur, continuons ainsi.

— C'est impossible, c'est impossible, répondit-il résolument, d'un ton bref et tranchant ; cela ne peut convenir. Vous avez dit que vous viendriez aux Indes avec moi ; ne l'oubliez pas, vous l'avez dit.

— Sous condition.

— Bien, bien. Le point important c'est que vous ne faites aucune objection à quitter l'Angleterre avec moi pour collaborer à mes futurs travaux. Vous avez déjà, pour ainsi dire, mis la main à la charrue, et vous êtes trop constante pour l'en retirer. Il ne vous reste qu'à examiner la façon dont vous pourrez le mieux accomplir l'œuvre entreprise. Vos intérêts, vos sentiments, vos pensées, vos désirs, vos aspirations, sont trop compliqués ; simplifiez-les ; que toutes ces considérations se perdent en un seul but : celui de remplir avec fruit, avec autorité, la mission que vous a confiée notre Maître suprême. Pour y arriver, il vous faut quelqu'un qui vous aide, non un frère, le lien est trop lâche, mais un mari. En ce qui me concerne, ce n'est pas une sœur, qui pourrait m'être enlevée d'un moment à l'autre, dont j'ai besoin ; c'est une épouse qu'il me faut, la seule collaboratrice sur laquelle je puisse exercer un ascendant efficace durant sa vie et dont je ne serai séparé que par la mort. »

Je frissonnai en l'écoutant, son influence pénétrait jusqu'à la moelle de mes os, je sentais son emprise sur tout mon être.

« Ne cherchez pas cette épouse en moi, St.-John ; cherchez-en une qui vous convienne mieux.

— Qui convienne mieux à mes projets, à ma vocation, voulez-vous dire ? Je vous répète que ce n'est pas pour l'individu privé, qui ne compte pas, pour l'homme en un mot, avec ses sens égoïstes, que je désire une compagne, c'est pour le missionnaire.

— Je veux bien donner au missionnaire toute mon énergie, il ne demande pas autre chose, mais je ne lui ferai pas le don de moi-même, ce ne serait qu'ajouter l'enveloppe, l'écorce, à l'amande. Il n'en a que faire, aussi les garderai-je.

— Vous ne le pouvez pas, vous ne le devez pas. Croyez-vous que Dieu se contentera d'une demi-oblation ? Acceptera-t-il un sacrifice incomplet ? C'est la cause de Dieu que je défends ; c'est sous son étendard que je veux vous enrôler. En son nom, je ne puis accepter une soumission partielle ; elle doit être totale.

— Oh ! c'est à Dieu que je donnerai mon cœur, dis-je ; vous n'en avez pas besoin. »

Je ne jurerais pas, lecteur, qu'il n'y eût quelque sarcasme contenu, aussi bien dans le ton sur lequel je prononçai ces mots que dans le sentiment qui les dictait. Jusqu'alors j'avais redouté St.-John en silence, parce que je ne le comprenais pas ; il m'avait tenue dans la crainte, parce qu'il m'avait tenue dans le doute. Quelle part de sainteté, quelle part d'humanité y avait-il en lui ? Je n'avais pu encore le discerner ; mais bien des choses venaient de m'être révélées par cette conversation ; l'analyse de sa nature se poursuivait sous mes yeux ; je voyais ses faiblesses, elles m'étaient intelligibles. Assise sur ce banc de bruyère, avec cet être si beau devant moi, je me rendis compte que j'étais assise aux pieds d'un homme sujet à l'erreur comme moi-même. Le voile tombait, découvrant sa dureté, son despotisme. Après avoir décelé ses qualités, je découvrais ses imperfections, et je repris courage. Je pouvais discuter d'égal à égal, et résister, si je le jugeais bon.

Il demeura silencieux après que j'eus prononcé cette dernière phrase. Me risquant à jeter un regard sur son visage, je vis que ses yeux, baissés sur moi, exprimaient à la fois un grand étonnement et une intense interrogation ; ils semblaient dire :

« Est-ce du sarcasme ? Suis-je l'objet de son sarcasme ? Que signifie tout ceci ? »

« N'oublions pas, reprit-il bientôt, qu'il s'agit d'une chose solennelle à laquelle on ne peut penser et dont on ne peut parler à la légère, sans pécher. J'espère, Jane, que vous parlez sérieusement quand vous dites que vous donnerez votre cœur à Dieu ; je n'en demande pas davantage. Arrachez votre cœur à tout ce qui est humain pour le remettre à votre Créateur, et le développement du royaume de Dieu sur la terre sera le principal objet de vos satisfactions et de vos efforts ; vous serez alors prête à faire ce qui tend vers ce but. Vous verrez quelle impulsion sera donnée à votre action et à la mienne, par une union physique et spirituelle dans le mariage, la seule qui donne un caractère de constante soumission au destin des hommes et à leurs entreprises : passant sur tous les caprices sans importance, sur toutes les difficultés banales, les délicatesses de sentiment, sur tous les scrupules au sujet du degré, de la nature, de la force ou de la tendresse de simples inclinations personnelles, vous vous empresserez de consentir à cette union.

— Croyez-vous ? » dis-je, sans rien ajouter.

Je regardais ses traits, si beaux dans leur harmonie, mais singulièrement redoutables dans leur calme sévérité ; son front imposant, mais impénétrable ; ses yeux étincelants, profonds, scrutateurs, mais jamais doux ; la majesté de sa personne, sa haute stature ; et je m'imaginais en esprit que j'étais sa *femme*. Oh ! cela était impossible ! Mais si j'étais son vicaire, son camarade, tout irait bien ; en cette qualité, j'étais prête à traverser les océans avec lui, à peiner sous les soleils de l'Orient, dans les déserts d'Asie ; à admirer son courage, son ardeur, son énergie, à essayer d'être son émule ; à accepter tranquillement sa domination ; à sourire, impassible, devant son indéracinable ambition ; à distinguer entre le chrétien et l'homme, estimant profondément l'un, pardonnant de bon cœur à l'autre. Sans nul doute, ne lui étant attachée qu'à ce titre, j'aurais souvent à souffrir, mon corps serait soumis à un joug rigoureux, mais mon cœur, mon esprit, demeureraient libres. Dans mes moments de solitude, je pourrais toujours me réfugier en moi-même pour y retrouver toute ma fraîcheur d'âme, faire de mes pensées préservées de tout esclavage mes propres confidentes. Il y aurait dans mon esprit des replis qui ne seraient qu'à moi, où il ne pénétrerait jamais, où croîtraient, à l'abri, des sentiments spontanés que son austérité ne pourrait ternir, ni ses pas cadencés de guerrier, piétiner. Mais être sa femme, toujours à ses côtés, toujours contrainte, toujours tenue en échec, forcée de maintenir très bas le feu de ma nature, de l'obliger à brûler intérieurement sans pousser jamais un cri, dût la flamme emprisonnée consumer mes forces vives l'une après l'autre, cela serait intolérable !

« St.-John ! m'exclamai-je, quand je fus arrivée à ce point de mes réflexions.

— Eh bien ! répondit-il d'un ton glacial.

— Je le répète, je consens volontiers à partir avec vous comme la collaboratrice de votre vie de missionnaire, non comme votre femme ; je ne peux pas vous épouser et devenir partie de vous-même.

— Il vous faut devenir partie de moi-même, répondit-il avec fermeté ; autrement, rien ne peut se conclure. Comment puis-je, moi qui n'ai même pas trente ans, emmener avec moi aux Indes une jeune fille de dix-neuf ans, si elle n'est ma femme ? Comment voulez-vous que nous soyons toujours ensemble, parfois dans les solitudes, parfois au sein de tribus sauvages, si nous ne sommes pas mariés ?

— Cela se peut très bien, dis-je d'un ton bref ; tout aussi bien, étant donné les circonstances, que si j'étais votre sœur véritable, ou un homme, un pasteur, comme vous-même.

— On sait que vous n'êtes pas ma sœur, je ne puis vous faire passer pour telle, ce serait attirer sur nous deux d'injurieux soupçons que de le tenter ; quant au reste, si vous avez le cerveau vigoureux d'un homme, vous avez un cœur de femme et... cela serait impossible.

— Cela serait possible, affirmai-je avec quelque dédain, cela serait parfaitement possible. J'ai un cœur de femme, mais non pas en ce qui vous concerne ; je n'éprouve pour vous que l'attachement fait de franchise, de fidélité que l'on a pour un camarade, un compagnon de combat, si vous voulez ; le respect et la soumission d'un néophyte pour son hiérophante, rien de plus ; soyez sans crainte.

— C'est bien ce dont j'ai besoin, dit-il en aparté, c'est précisément ce dont j'ai besoin. Il faut supprimer les obstacles qui se trouvent sur le chemin, Jane, vous ne regretteriez pas de m'avoir épousé, soyez-en sûre. Je le répète, nous *devons* nous marier, il n'y a pas d'autre voie ; et il n'est pas douteux qu'assez d'amour suivrait notre union pour la justifier, même à vos propres yeux.

— Je n'ai que mépris pour l'idée que vous vous faites de l'amour, ne pus-je m'empêcher de dire en me levant, me dressant debout devant lui et m'appuyant le dos au rocher, je n'ai que mépris pour le sentiment simulé que vous m'offrez, oui, St.-John, et je n'ai que mépris pour vous, de me l'avoir offert. »

Il me regarda fixement, tout en serrant ses lèvres bien dessinées. Était-il courroucé ou surpris, ou je ne sais quoi encore ? Ce n'était pas facile à dire, tant il avait le pouvoir de commander à son visage.

« Je ne m'attendais guère à vous entendre parler ainsi, dit-il. Il me semble que je n'ai rien fait ni rien dit, pour mériter le mépris. »

Je fus touchée par la douceur de sa voix, subjuguée par son air noble et calme.

« Pardonnez-moi mes paroles, St.-John ; c'est votre faute si je me suis laissée aller à parler aussi inconsidérément. Vous avez abordé un sujet sur lequel, nos natures étant en désaccord, nous ne devrions jamais discuter ; le nom même de l'amour est une pomme de discorde entre nous ; s'il s'agissait réellement d'amour que ferions-nous, quelle serait notre situation ? Mon cher cousin, abandonnez votre projet de mariage, oubliez-le.

— Non, dit-il, c'est un projet caressé depuis longtemps, le seul qui puisse assurer le succès de ma grande entreprise. Mais je ne veux pas vous presser davantage en cet instant. Je pars demain pour Cambridge où j'ai de nombreux amis auxquels je désire dire adieu ; je serai absent pendant une quinzaine ; prenez tout ce temps pour réfléchir à ma demande, et n'oubliez pas que si vous la repoussez, ce n'est pas à moi que vous vous déroberez, mais à Dieu. Par mon entremise, il ouvre devant vous une noble carrière où vous ne pourrez accéder si vous n'êtes pas ma femme. Refusez d'être ma femme, et vous vous confinez à jamais dans les limites d'un bien-être égoïste et d'une stérile obscurité. Tremblez, dans ce cas, d'être du nombre de ceux qui ont renié leur foi, et sont pires que des infidèles. »

Il avait terminé. Se détournant de moi, il « contempla la rivière, contempla la colline », une fois encore. Mais cette fois, ses sentiments restèrent enfermés dans son cœur, je n'étais plus digne de les lui entendre exprimer. Tout en marchant près de lui en regagnant la maison, son lourd silence me révéla les pensées que j'avais fait naître en lui : la déception d'une nature austère et despotique qui avait rencontré une résistance là où elle s'attendait à trouver la soumission ; la désapprobation d'un jugement froid et inflexible, qui avait découvert chez autrui des sentiments, des opinions qu'il ne pouvait partager. Bref, l'homme en lui aurait voulu me contraindre à l'obéissance ; seul le vrai chrétien supportait avec patience ma perversité et m'accordait pour réfléchir et me repentir, un tel délai.

Ce soir-là, après avoir embrassé ses sœurs, il jugea bon d'aller jusqu'à oublier de me serrer la main, et quitta la pièce en silence. Bien que ne l'aimant pas d'amour, j'avais pour lui beaucoup d'affection, aussi fus-je peinée par cette omission sensible ; si peinée, que les larmes m'en vinrent aux yeux.

« Je vois Jane, que vous vous êtes querellés, St.-John et vous, au cours de votre promenade sur la lande, dit Diana ; mais il s'attarde dans le corridor à vous attendre, allez le rejoindre et il fera la paix avec vous. »

Je n'ai pas beaucoup d'orgueil en pareil cas ; j'ai toujours préféré être heureuse plutôt que de garder les distances. Je courus vers lui ; il était debout au pied de l'escalier.

« Bonne nuit, St.-John, dis-je.

— Bonne nuit, Jane, répliqua-t-il avec calme.

— Serrons-nous la main », ajoutai-je.

Combien froide et légère fut la pression de sa main, effleurant à peine mes doigts ! Il était profondément mécontent de ce qui venait de se passer et ne se laissait pas réchauffer par la cordialité, ni toucher par les larmes. Point de réconciliation douce au cœur avec lui, pas un sourire réconfortant, pas un mot de bonté ; mais le chrétien était patient et placide ; lorsque je lui demandai s'il me pardonnait, il me répondit qu'il n'avait pas l'habitude de se complaire dans le souvenir de ce qui l'avait contristé ; que n'ayant pas été offensé il n'avait rien à pardonner.

Il me quitta sur ces mots. Oh ! comme j'eusse mieux aimé qu'il me jetât à terre !

CHAPITRE XXXV

Il ne partit pas pour Cambridge le lendemain, comme il l'avait annoncé. Il différa son départ durant toute une semaine, ne cessant de me faire sentir quelle sévère punition un homme bon, mais dur, consciencieux, mais implacable, peut infliger à qui l'a offensé. Sans un seul acte d'hostilité ouverte, sans un mot de reproche, il réussit à me faire sentir, à chaque instant, que de toute évidence, je n'étais plus dans ses bonnes grâces.

Non que St.-John se plût à entretenir un esprit vindicatif, sentiment peu chrétien, ou qu'il eût voulu nuire à un seul cheveu de ma tête, si cela avait été en son pouvoir ; par nature aussi bien que par principe il était au-dessus des mesquines satisfactions de la vengeance. Il m'avait pardonné de lui avoir dit que je le méprisais, lui et son amour, mais il n'avait pas oublié ces paroles, et ne les oublierait pas aussi longtemps que lui et moi serions en vie. Je voyais à son regard, lorsqu'il se tournait de mon côté, qu'elles restaient écrites dans l'air entre lui et moi ; chaque fois que je lui parlais, ma voix les faisait résonner à son oreille, et leur écho me revenait dans chacune de ses réponses.

Il n'évitait pas de s'entretenir avec moi ; il m'appelait même chaque matin auprès de lui à son pupitre comme d'habitude ; et je crains bien que l'homme faillible qui était en lui n'ait pris plaisir, en dehors et à l'insu du pur chrétien, à montrer avec quelle habileté il arrivait, tout en agissant et en parlant apparemment comme à l'ordinaire, à enlever de chacun de ses actes, de chacune de ses phrases l'intérêt et l'approbation qui avaient jusque-là communiqué un certain charme austère à son langage et à son comportement. En réalité, il n'était plus pour moi une créature de chair, mais de marbre ; ses yeux bleus, froids, brillants, m'apparaissaient comme des pierres précieuses ; sa langue, comme l'instrument de la parole, rien de plus.

J'en éprouvais une torture, une torture lente et raffinée qui entretenait en moi une flamme d'indignation couvant sous la cendre ; je frémissais sous l'influence du chagrin qui me troublait, me harassait, m'écrasait complètement. Je voyais comment, si j'étais devenue sa femme, cet homme vertueux, aussi pur qu'une source profonde abritée des rayons du soleil, m'eût tuée rapidement, sans avoir fait couler de mes veines une seule goutte de sang, sans que sa conscience aussi limpide que le cristal fût entachée par le moindre crime. Cela apparaissait surtout lorsque je tentais de regagner sa faveur. Nulle compassion ne répondait à la mienne. La distance qui existait entre nous ne lui causait aucune souffrance ; il n'avait aucun désir de réconciliation ; et bien que plus d'une fois j'eusse versé d'abondantes larmes qui boursouflaient la page sur laquelle nous étions l'un et l'autre penchés, elles ne produisaient pas plus d'effet sur lui que si son coeur avait été réellement de pierre, ou de métal. Envers ses soeurs, cependant, il se montrait plutôt plus affectueux que de coutume, ajoutant ainsi à sa froideur la force du contraste, comme s'il eût craint qu'elle ne fût insuffisante pour me convaincre à quel point j'étais en disgrâce et bannie. Il faisait cela, non par méchanceté, j'en suis sûre, mais par principe.

La veille de son départ, au moment où le soleil allait se coucher, je le vis par hasard se promener dans le jardin, et me rappelant que cet homme, si étranger qu'il me fût devenu, m'avait sauvé la vie, que nous étions proches parents, je me sentis poussée à faire une dernière tentative pour reconquérir son amitié. Je sortis et m'approchai de lui, alors appuyé sur la barrière : j'en vins tout de suite au fait.

« St.-John, je suis malheureuse de voir que vous êtes encore fâché avec moi. Soyons amis.

— J'espère bien que nous sommes amis. »

Telle fut l'impassible réponse qu'il me fit, tout en continuant à contempler le lever de la lune.

« Non, St.-John, nous ne sommes plus amis comme autrefois. Vous le savez bien.

— Vraiment ? Vous vous trompez. Pour ma part, je ne vous souhaite aucun mal, mais tout le bien possible.

— Je vous crois, St.-John, car je suis sûre que vous êtes incapable de souhaiter du mal à qui que ce soit ; mais, à titre de parente, je voudrais un peu plus d'affection que cette sorte d'universelle bienveillance que vous accordez même à de simples étrangers.

— Certes, répondit-il, votre désir est raisonnable ; je suis loin de vous considérer comme une étrangère. »

Ces paroles, dites d'un ton calme, indifférent, étaient assez mortifiantes et décourageantes ; si je n'avais écouté que les suggestions de l'orgueil et de la colère, je l'aurais aussitôt laissé. Mais quelque chose de plus fort que ces sentiments se manifestait en moi : je vénérais profondément la valeur, la haute moralité de mon cousin ; son amitié m'était précieuse ; la perdre était une douloureuse épreuve et je ne voulais pas abandonner si vite ma tentative de la reconquérir.

« Faut-il que nous nous séparions ainsi, St.-John ? Et quand vous partirez pour les Indes, me quitterez-vous sans une parole plus amicale ? »

Il se détourna alors complètement de la lune et me regarda en face.

« Comment ! Lorsque je partirai pour les Indes, aurai-je à vous quitter, Jane ? Ne viendrez-vous pas aux Indes ?

— Vous avez dit que c'était impossible, à moins de vous épouser.

— Et vous ne voulez pas m'épouser ? Vous vous en tenez à cette décision ? »

J'ignore, lecteur, si vous savez comme moi quelle terreur ces gens de glace peuvent inclure dans leurs froides questions, et à quel point leur colère est comparable à la chute d'une avalanche, leur mécontentement, à la débâcle de la mer Arctique ?

« Non, St.-John, je ne veux pas vous épouser. Je m'en tiens à ma décision. »

L'avalanche s'ébranlait, elle avait glissé légèrement, mais ce n'était pas encore le craquement de la chute.

« Une fois encore, pourquoi ce refus ? demanda-t-il.

— Autrefois, j'aurais répondu : « Parce que vous ne m'aimez pas » ; maintenant, je vous dis : « Parce que c'est tout juste si vous ne me haïssez pas ». Si je vous épousais, vous me feriez mourir ; en ce moment même, vous me faites mourir. »

Ses lèvres, ses joues devinrent livides, tout à fait livides.

« Je vous ferais mourir... en ce moment même, je vous fais mourir ! Vos paroles sont de celles qui ne devraient jamais être prononcées ; elles sont violentes, indignes d'une femme, ne correspondent à aucune vérité. Elles trahissent un état d'esprit regrettable, méritent de sévères reproches et seraient inexcusables, si ce n'était le devoir de l'homme de pardonner à son prochain, jusqu'à septante et sept fois. »

Il n'y avait plus rien à faire à présent. Bien que désirant ardemment effacer de son esprit la trace de ma précédente offense, je venais d'imprimer au fer rouge, sur une surface très réceptive, une nouvelle et bien plus profonde empreinte.

« Vous allez me haïr réellement, à présent, dis-je. Il est inutile de chercher une réconciliation avec vous dont je vois que je me suis fait un ennemi éternel. »

Ces mots étaient pour lui une nouvelle injure, d'autant plus grave qu'ils touchaient juste. Ses lèvres exsangues tremblèrent en un spasme passager. Je me rendis compte de l'inexorable colère que j'avais suscitée, et j'en eus le cœur serré.

« Vous vous méprenez totalement sur le sens de mes paroles, m'écriai-je, saisissant aussitôt sa main ; je n'ai pas eu l'intention de vous blesser ou de vous faire de la peine, je vous assure. »

Il eut un sourire plein d'amertume et, résolument, retira sa main de la mienne.

« Et maintenant vous revenez sur votre promesse ; vous

ne voulez absolument plus aller aux Indes, je suppose ? dit-il, après une très longue pause.

— Si, je veux bien y aller, comme votre assistante », répondis-je.

Un très long silence s'ensuivit, pendant lequel je ne puis dire quel combat se livrait en lui entre la nature et la grâce ; mais ses yeux lançaient de singuliers éclairs, d'étranges ombres passaient sur son visage. Il parla enfin :

« Je vous ai déjà démontré l'absurdité de votre proposition : une jeune fille de votre âge ne peut accompagner à l'étranger un jeune homme comme moi. Je vous l'ai démontré en termes tels que je les croyais suffisants pour vous empêcher de faire de nouveau allusion à ce projet. Je regrette pour vous que vous l'ayez fait. »

Je l'interrompis. Tout ce qui ressemblait à un réel reproche me donnait du courage.

« Tenez-vous-en au bon sens, St.-John, vous êtes sur le point de déraisonner. Vous prétendez être choqué par ce que je vous ai dit, mais en réalité vous ne l'êtes pas ; un esprit supérieur comme le vôtre ne peut être ni assez borné ni assez vaniteux pour se méprendre sur mes intentions. Je serai votre vicaire, je le répète, si vous le voulez, mais votre femme, jamais. »

Encore une fois son visage devint pâle au point d'en être livide ; encore une fois il maîtrisa parfaitement sa colère et répondit avec énergie, mais non sans calme :

« Je ne puis avoir pour vicaire une femme qui ne soit pas mon épouse. Il semble donc bien que vous ne pouvez pas partir avec moi. Mais si votre offre est sincère, lorsque je serai à Londres je parlerai à un missionnaire qui est marié et dont la femme a besoin d'une collaboratrice. Votre fortune personnelle vous permettra d'agir librement, sans le secours des œuvres missionnaires ; ainsi vous sera épargné le déshonneur de manquer à votre promesse et de déserter les rangs de ceux que vous vous étiez engagée à rejoindre. »

Or, jamais, le lecteur le sait, je n'avais fait de promesse formelle, ni pris aucun engagement, et, en l'occurrence, ce langage était beaucoup trop dur, trop tyrannique.

« Il n'y a, en l'espèce, nulle promesse reniée, nulle désertion. Je n'ai pas la moindre obligation d'aller aux Indes, surtout avec des étrangers. Avec vous, j'aurais beaucoup osé parce que je vous admire, parce que j'ai confiance en vous et que je vous aime comme si j'étais votre sœur. D'ailleurs, à quelque moment que je parle, et quels que soient ceux avec qui je m'en irai, je suis convaincue que je ne vivrai pas longtemps sous ce climat.

— Ah ! vous avez peur pour vous-même, dit-il, retroussant sa lèvre avec dédain.

— Sans doute. Dieu ne m'a pas donné la vie pour l'exposer en vain ; je commence à croire qu'agir selon votre désir équivaudrait à peu près à un suicide. En outre, avant de me résoudre à quitter définitivement l'Angleterre, je veux savoir de façon certaine si je ne me rendrais pas plus utile en y restant.

— Que voulez-vous dire ?

— Il serait vain d'essayer de vous l'expliquer ; mais il y a un point sur lequel je suis depuis longtemps dans une douloureuse incertitude ; je ne puis aller nulle part avant d'avoir, d'une façon ou d'une autre, dissipé ce doute.

— Je vois où va votre cœur, et à quoi il s'accroche. L'idée que vous chérissez, est contraire à la loi, elle est immorale, vous auriez dû la bannir depuis longtemps ; et maintenant, vous devriez rougir d'y faire allusion. Vous pensez à Mr. Rochester. »

C'était vrai. Mon silence en faisait l'aveu.

« Allez-vous partir à sa recherche ?

— Il faut que je sache ce qu'il est devenu.

— En conséquence, dit-il, il ne me reste qu'à me souvenir de vous dans mes prières, à supplier Dieu très ardemment pour que vous ne deveniez pas effectivement une réprouvée. J'avais cru reconnaître en vous un de ses élus. Mais Dieu ne voit pas du même œil que l'homme. Que *Sa* volonté soit faite ! »

Il ouvrit la barrière, se dirigea vers le vallon et fut bientôt hors de vue.

En rentrant dans le salon, je trouvai Diana debout devant la fenêtre, l'air pensif. Diana, beaucoup plus grande que moi, mit sa main sur mon épaule et se pencha pour examiner mon visage.

« Jane, dit-elle, vous êtes toujours pâle et agitée, maintenant. Je suis sûre qu'il se passe quelque chose. Dites-moi ce qu'il y a entre St.-John et vous. Voici une demi-heure que je vous observe par la fenêtre ; pardonnez-moi cette surveillance, mais depuis longtemps déjà, je ne sais que penser. St.-John est un être étrange... »

Elle s'arrêta. Je restai moi-même silencieuse. Elle reprit bientôt :

« Mon frère caresse quelque surprenant projet à votre égard, j'en suis certaine ; ce n'est pas d'aujourd'hui que vous avez attiré son attention et qu'il vous accorde un intérêt qu'il n'a jamais témoigné à personne. Dans quel but ? Je serais heureuse s'il vous aimait. Vous aime-t-il ? »

Je mis sa main fraîche sur mon front brûlant.

« Non, Die, pas le moins du monde.

— Alors pourquoi vous suit-il ainsi des yeux, pourquoi cherche-t-il à vous avoir si souvent seule avec lui et vous retient-il toujours à ses côtés ? Nous en avions conclu, Mary et moi, qu'il voulait vous épouser.

— C'est vrai, il m'a demandé d'être sa femme. »

Diana battit des mains.

« C'est justement ce que nous pensions, ce que nous espérions ! Et vous allez l'épouser, n'est-ce pas, Jane ? Ainsi restera-t-il en Angleterre.

— Bien loin de là, Diana, sa seule idée en voulant faire de moi sa femme est de s'assurer une compagne de labeur, capable de l'aider à accomplir sa mission aux Indes.

— Comment ! Il veut que vous alliez aux Indes ?

— Oui.

— Quelle folie ! s'écria-t-elle. Je suis sûre que vous n'y vivriez pas trois mois. N'y allez jamais. Je pense que vous n'avez pas accepté, Jane ?

— J'ai refusé de l'épouser.

— Et, en conséquence, vous l'avez offensé ? insinua-t-elle.

— Profondément ; je crains bien qu'il ne me pardonne jamais. Pourtant, je lui ai offert de l'accompagner au titre de sœur.

— C'était le comble de la folie de faire cela, Jane ! Songez à la tâche harassante, incessante que vous auriez eue à entreprendre, et dans un pays où les plus robustes meurent de fatigue ; or, vous êtes fragile. St.-John — vous le connaissez — vous demanderait l'impossible. Avec lui, vous n'auriez même pas le loisir de vous reposer pendant les heures chaudes de la journée ; et, malheureusement, j'ai remarqué que vous vous croyiez tenue de satisfaire à toutes ses exigences. Je suis étonnée que vous ayez eu le courage de refuser sa main. Vous ne l'aimez donc pas, Jane ?

— Pas comme on doit aimer un mari.

— C'est cependant un bel homme.

— Tandis que moi, voyez-vous, Die, je suis tellement dépourvue de beauté ; nous ne sommes pas faits l'un pour l'autre.

— Dépourvue de beauté ! vous ? Pas du tout ! Vous êtes bien trop jolie, bien trop bonne pour aller vous faire griller vive à Calcutta. »

De nouveau elle me supplia ardemment d'abandonner toute idée de partir avec son frère.

« Il le faut bien, dis-je ; quand, à l'instant, je lui ai renouvelé mon offre de l'aider en qualité de diaconesse, il s'est montré choqué de mon manque de pudeur. Sans doute pensait-il que c'était une inconvenance de ma part de lui avoir proposé de l'accompagner sans être sa femme, comme si, dès le début, je n'avais pas espéré trouver en lui un frère, comme si je ne l'avais pas toujours regardé comme tel ?

— Pourquoi dites-vous qu'il ne vous aime pas, Jane ?

— Il vous faudrait l'entendre sur ce sujet. Il m'a fait comprendre mainte et mainte fois que ce n'était pas pour lui qu'il voulait une compagne, mais pour l'œuvre qu'il avait à accomplir. Il m'a dit que j'étais faite pour le travail, non pour l'amour, ce qui est sans doute vrai ; mais, à mon avis, si je ne suis pas faite pour l'amour, il s'ensuit que je ne suis pas faite pour le mariage. Ne serait-il pas singulier, Die, d'être enchaînée pour la vie à un homme qui ne verrait en vous qu'un bon outil ?

— Ce serait insupportable, contre nature ; il ne peut en être question.

— Et puis, continuai-je, bien que présentement je n'éprouve pour lui qu'une affection de sœur, il est possible, et je l'imagine aisément, que si j'étais forcée de devenir sa femme je conçoive pour lui une sorte d'amour inévitable, étrange, torturant ; St.-John est riche de talents ; son regard, ses manières, sa conversation, sont souvent empreints d'une héroïque grandeur. Dans ce cas, mon sort serait misérable au-delà de toute expression ; il n'aurait pas besoin de mon amour ; et si je laissais paraître ce sentiment, il ne manquerait pas de me suggérer que c'est là chose superflue, dont il n'a que faire, et qui ne me sied guère. Je sais qu'il agirait ainsi.

— Pourtant, St.-John est bon, dit Diana.

— Il est bon, il est grand, mais dans la poursuite de ses vastes desseins il est oublieux des sentiments et des droits des petits. Il vaut donc mieux que les médiocres s'éloignent de son chemin par crainte que dans sa marche en avant il ne les piétine. Le voici qui vient. Je vous laisse Diana. »

En le voyant entrer dans le jardin, je me hâtai de monter.

Je fus cependant obligée de me retrouver avec lui au dîner. Pendant le repas, il se montra aussi calme qu'à l'ordinaire. J'avais cru qu'il me parlerait à peine, et j'étais persuadée qu'il avait renoncé à ses projets matrimoniaux. La suite me fit voir que je m'étais trompée sur chacun de ces points. Il s'adressa à moi tout à fait comme il en avait l'habitude, ou du moins, avec la scrupuleuse politesse qu'il observait depuis ces derniers temps. Sans doute avait-il invoqué le secours de l'Esprit-Saint pour dominer la colère que j'avais fait naître en lui, et croyait-il maintenant m'avoir pardonné, une fois de plus !

Pour la lecture du soir, précédant les prières, il choisit le vingt-et-unième chapitre de l'Apocalypse. C'était toujours un plaisir d'entendre les paroles de la Bible prononcées par ses lèvres. Jamais sa belle voix n'avait une sonorité à la fois plus douce et plus pleine, jamais il n'avait l'air plus émouvant dans sa noble simplicité que lorsqu'il nous rapportait les oracles de Dieu. Ce soir-là, sa voix prit un ton plus solennel, son attitude eut une expression plus saisissante. Assis au milieu du cercle de famille, — la lune de mai brillait à travers la fenêtre sans rideaux, si bien que la lumière de la chandelle posée sur la table était presque inutile —, penché sur la grande Bible d'autrefois, il faisait surgir à nos yeux, de ses pages, la vision du nouveau ciel, de la terre nouvelle, nous disait comment Dieu viendrait habiter parmi les hommes, comment il essuierait toutes les larmes de leurs yeux, leur promettant que la mort, la douleur, les pleurs, l'effort ne seraient plus, car ce qui était auparavant se trouvait révolu.

Les paroles qui suivirent m'impressionnèrent étrangement, et d'autant plus que j'eus conscience, à la légère et indescriptible altération de sa voix, qu'en les formulant ses yeux s'étaient tournés vers moi.

« Celui qui vaincra possédera toutes ces choses ; et je serai son Dieu et il sera mon fils [1].

« Mais (et ceci fut lu lentement et distinctement) les timides, les incrédules, etc., auront leur part dans le lac de feu et de souffre, ce qui est une seconde mort [2]. »

Je sus alors quel destin St.-John redoutait pour moi.

Il lut les admirables derniers versets de ce chapitre avec un accent de triomphe contenu, mêlé d'une ardeur impatiente. Il croyait déjà voir son nom écrit dans le livre de vie de l'Agneau, soupirait après l'heure où il serait admis dans la Cité où les rois de la terre apportent leur gloire et leur honneur, « et qui n'a pas besoin que le soleil ou la lune y brillent, parce que la gloire de Dieu l'illumine, et que l'Agneau en est le flambeau [3]. »

1. Verset 7.
2. Verset 8.
3. Verset 23.

Dans la prière qui suivit cette lecture, toute son énergie se manifesta, tout son zèle austère s'éveilla ; il était dans une profonde exaltation, luttant avec Dieu, et résolu à vaincre. Il implorait la force pour les faibles de cœur, un guide pour les brebis égarées loin du bercail, le retour, fût-ce à la onzième heure, de ceux que les tentations du monde et de la chair entraînent hors de l'étroit chemin. Il suppliait, se faisait pressant, demandant comme une faveur qu'un brandon fût arraché à la fournaise. Une telle véhémence ne peut jamais manquer d'être très solennelle ; en écoutant sa prière, j'en fus tout d'abord émerveillée, puis au fur et à mesure qu'elle se développait en s'animant, je ressentis un trouble qui finit par se changer en terreur. Il était si sincèrement pénétré de la grandeur et de la droiture de sa cause que ceux qui l'entendaient la plaider y étaient gagnés.

La prière terminée, nous prîmes congé de lui : il devait partir de très bonne heure le lendemain matin. Diana et Mary, sans doute pour répondre à une suggestion qu'il avait dû leur murmurer, l'embrassèrent et quittèrent la pièce. Je lui tendis la main en lui souhaitant un bon voyage.

« Je vous remercie, Jane. Comme je vous l'ai dit, je reviendrai de Cambridge dans une quinzaine de jours ; il vous reste donc encore tout ce temps pour réfléchir. Si j'écoutais l'orgueil humain, je ne vous parlerais plus de ce mariage, mais je ne me préoccupe que de mon devoir et ne perds pas de vue mon unique but : tout faire pour la gloire de Dieu. Mon maître fut patient dans la souffrance, je le serai comme lui. Je ne puis pas vous abandonner à la perdition comme un vase de colère[1] ; repentez-vous, prenez une résolution tandis qu'il en est temps encore. Souvenez-vous que nous sommes invités à travailler pendant qu'il fait jour et avertis que la nuit viendra quand aucun homme ne travaillera. Rappelez-vous le sort de *Dives*[2], qui reçut le bonheur en cette vie. Que Dieu vous donne la force de choisir cette meilleure part qui ne vous sera point ôtée ! »

En prononçant ces dernières paroles, il posa sa main sur ma tête. Il avait parlé avec gravité, avec douceur ; à vrai dire, son regard n'était pas celui d'un amoureux contemplant sa bien-aimée, mais celui d'un pasteur rappelant une brebis errante, mieux encore, celui d'un ange gardien veillant sur l'âme qui lui a été confiée. Tous les hommes supérieurs, qu'ils soient sensibles ou non, qu'ils soient fana-

---

1. *Cf.* Bible : Épître de saint Paul aux Romains, chapitre IX, verset 22.
2. *Dives* : le mauvais riche de l'Évangile.

tiques, ambitieux ou despotes, pourvu seulement qu'ils soient sincères, ont leurs instants sublimes où ils subjuguent et règnent en maîtres. Je me sentis de la vénération pour St.-John, une vénération si forte que son impulsion m'emporta droit au point que j'avais si longtemps évité. Je fus tentée de cesser la lutte, de me précipiter dans le torrent de sa volonté, dans l'abîme de son existence, pour m'y perdre. Je subissais de sa part un assaut aussi pénible que celui qui m'avait déjà été donné une fois, d'une façon différente, par un autre. Dans l'un et l'autre cas, j'étais devenue insensée. Avoir cédé autrefois eût été manquer aux principes ; céder alors eût été une erreur de jugement. Ainsi pensai-je à présent sous l'influence apaisante du temps, en jetant un regard en arrière pour considérer cette crise. Je n'avais, en cet instant, nullement conscience de ma folie.

Sous le contact de la main de mon hiérophante je demeurai immobile. J'oubliai mes refus, mes craintes se dissipèrent, je ne pouvais plus lutter. L'Impossible, je veux dire mon mariage avec St.-John, devenait rapidement le Possible. Tout se transformait de fond en comble, d'un mouvement soudain. La religion me lançait son appel ; les anges me faisaient signe ; Dieu ordonnait ; la vie se déroulait comme un parchemin ; les portes de la mort s'ouvraient sur les perspectives de l'éternité ; et il m'apparaissait que pour y jouir de la sécurité et du bonheur, tout, ici-bas, pouvait être sacrifié en un moment. La pièce obscure était emplie de visions.

« Vous serait-il possible de prendre une décision dès à présent ? » demanda le missionnaire.

Il avait posé cette question d'une voix douce, il m'attira à lui avec la même douceur. Oh ! cette douceur ! Combien elle était plus puissante que la violence ! Je pouvais résister au courroux de St.-John ; je devenais souple comme un roseau sous l'effet de sa bienveillance. Je ne cessai cependant d'avoir conscience que si je cédais présentement je n'en serais pas moins contrainte à me repentir, quelque jour, d'avoir différé ma soumission. Une heure de prière solennelle n'avait fait qu'exalter sa nature, sans la changer.

« Si j'avais la certitude, si j'étais convaincue que c'est la volonté de Dieu que je devienne votre femme, répondis-je, je ferais le serment, ici même et maintenant, de vous épouser, advienne ensuite que pourra !

— Mes prières ont été entendues ! » s'écria St.-John.

Il pressa plus fortement sa main sur ma tête, comme s'il avait des droits sur moi, m'entoura de son bras, *presque* comme s'il m'aimait — je dis *presque*, car je sentais la différence, je savais ce que c'était que d'être aimée ; mais, comme lui, j'avais maintenant mis l'amour hors de question, pour ne penser qu'au devoir. Je luttais contre le flot de nuages qui obscurcissaient encore ma vision intérieure. J'avais un désir sincère, profond, ardent, de faire ce qui était bien, et cela seulement. « Montre-moi, montre-moi le chemin ! » dis-je, implorant le Ciel. Jamais je ne m'étais sentie bouleversée pareillement, et le lecteur jugera si ce qui suivit fut, ou non, le résultat de ce bouleversement. Toute la maison était silencieuse, car je crois que, sauf St.-John et moi, tout le monde s'était alors retiré pour se reposer. L'unique chandelle se mourait, le clair de lune emplissait la pièce. Mon cœur battait rapidement et avec violence, j'entendais ses pulsations. Soudain il s'arrêta, sous l'effet d'une sensation inexprimable qui le fit tressaillir, et me parcourut aussitôt de la tête aux pieds. Cette sensation n'était en rien comparable à un choc électrique, mais elle était aussi aiguë, étrange, saisissante ; tous mes sens en subirent l'influence comme si leur activité la plus intense n'avait été, jusque-là, qu'une torpeur dont ils étaient sommés de sortir pour s'éveiller réellement. Ils se tendirent dans l'attente : les yeux, les oreilles aux aguets, ma chair tremblant sur mes os.

« Qu'avez-vous entendu ? Que voyez-vous ? » me demanda St.-John.

Je n'avais rien vu ; mais j'avais entendu, je ne sais où, une voix me crier :

« Jane ! Jane ! Jane !... » Rien de plus.

« Oh ! Dieu ! Qu'est-ce ? » dis-je, haletante.

J'aurais pu dire « Où est-ce ? » car cela ne semblait être ni dans la pièce, ni dans la maison, ni dans le jardin, et ne venait pas davantage de l'air, de la terre, ni du ciel. D'où provenait ce que j'avais entendu ? — il serait à jamais impossible de le savoir ! C'était la voix d'un être humain, une voix connue, aimée, dont je me souvenais bien ; celle d'Edward Fairfax Rochester ; elle exprimait l'angoisse, la détresse ; elle était ardente, mystérieuse, pressante.

« Je viens ! m'écriai-je. Attendez-moi ! Oh ! je vais venir ! »

Je me précipitai vers la porte et regardai dans le couloir, il était sombre. Je courus dans le jardin, il était vide.

« Où êtes-vous ? » m'écriai-je.

Les collines au-delà de Marsh-Glen me répondirent en renvoyant faiblement l'écho de mes paroles : « Où êtes-vous ? » J'écoutai. Le vent soupirait doucement dans les sapins. Partout la lande solitaire, partout le silence de la nuit.

« Éloigne-toi, superstition, crus-je devoir dire, sombre spectre qui m'apparais près de l'if noir, à la barrière. Ce n'est pas là un de tes artifices, un de tes sortilèges, c'est l'œuvre de la nature. Elle était en éveil, et, sans produire un miracle, elle a fait merveille. »

J'échappai à St.-John qui m'avait suivie et cherchait à me retenir. Mon tour était venu d'exercer un ascendant. Mes énergies étaient en jeu, en pleine force. Je lui dis de s'abstenir de toute question, de tout commentaire et le priai de me quitter ; il me fallait à tout prix être seule. Il m'obéit aussitôt. Quand un ordre est donné avec une volonté suffisante, il ne manque jamais d'être obéi. Je montai dans ma chambre où je m'enfermai à clef ; tombant à genoux, je me mis à prier à ma manière, une manière bien différente de celle de St.-John, mais efficace, à sa façon. J'eus l'impression d'être en communion intime avec un Esprit tout-puissant, et mon âme reconnaissante s'élança au pied de son trône. Après cette action de grâces je me relevai ; je pris une résolution et me couchai, délivrée de toute crainte, y voyant clair, impatiente seulement de voir le jour se lever.

CHAPITRE XXXVI

Le jour parut. Levée dès l'aube, je m'occupai pendant une heure ou deux à ranger mes affaires dans ma chambre, dans mes tiroirs et mon armoire, désirant que tout soit en ordre durant ma courte absence. Dans l'intervalle, j'entendis St.-John sortir de sa chambre et s'arrêter devant la mienne ; j'eus peur qu'il ne frappât ; mais non, il se contenta de glisser un feuillet sous la porte. Je le ramassai. Il contenait ces mots : « *Vous m'avez quitté trop brusquement hier soir. Si vous étiez restée tant soit peu plus longtemps, vous auriez posé la main sur la croix du chrétien et sur la couronne de l'ange. A mon retour, d'aujourd'hui en quinze, je compte bien connaître la décision que vous aurez prise. Pendant ce temps, veillez et priez afin de ne pas céder à la tentation ; l'esprit, je le crois, est résolu, mais je vois que la chair est faible. Je prierai pour vous à toute heure. A vous,* St.-John. »

« Mon esprit, répondis-je en moi-même, est décidé à faire

ce qui est bien ; ma chair, je l'espère, est assez forte pour accomplir la volonté du Ciel, quand cette volonté me sera clairement révélée. En tout cas, elle sera assez forte pour faire des recherches, pour s'informer, pour essayer de trouver à tâtons, à travers ce nuage du doute, une issue sur le grand jour de la certitude. »

Bien que ce fût le 1ᵉʳ juin, le temps était couvert et froid ce matin-là, la pluie fouettait les vitres. J'entendis la porte d'entrée s'ouvrir, St.-John sortir. Regardant par la fenêtre, je le vis traverser le jardin et prendre, à travers la lande brumeuse, le chemin en direction de Whitcross où il devait retrouver la diligence.

« Encore quelques heures, mon cousin, et je suivrai la même voie, pensai-je. Moi aussi, j'ai une diligence à prendre à Whitcross, moi aussi, j'ai quelqu'un à voir en Angleterre de qui je dois m'informer avant de partir pour toujours. »

Il me restait encore deux heures avant le petit déjeuner ; je les passai à marcher sans bruit dans ma chambre tout en réfléchissant à la révélation qui m'avait suggéré le nouveau projet que j'allais mettre à exécution. Je me remémorais la sensation que j'avais éprouvée au fond de moi-même ; je pouvais, en effet, me la remémorer malgré son indicible étrangeté.

Il me semblait réentendre la voix, et, une fois de plus, mais toujours en vain, je me demandais d'où elle venait ; j'avais l'impression qu'elle était en *moi* et non pas dans le monde extérieur. Était-ce un simple effet nerveux ? une illusion ? Je ne pouvais ni l'imaginer, ni le croire ; cela ressemblait plutôt à une inspiration. Le choc merveilleux qu'avait reçu ma sensibilité s'était produit à la façon du tremblement de terre qui avait ébranlé les fondations de la prison de Paul et de Silas[1] ; il avait ouvert les portes de la cellule où mon âme était enfermée et rompu ses liens ; il l'avait tirée du sommeil, d'où elle s'était élancée, tremblante, aux aguets, épouvantée. Un cri, par trois fois répété, avait alors retenti à mon oreille frémissante, jusque dans mon cœur troublé et dans mon esprit qui, nullement effrayé, ni bouleversé, fut comme transporté de joie devant le succès de l'effort qu'il avait eu le privilège de faire, sans que l'enveloppe encombrante de son corps eût à intervenir.

« Avant peu, me dis-je en achevant ma rêverie, je saurai quelque chose sur celui dont la voix semblait faire appel à

1. *Cf.* Bible, Acte des Apôtres, chapitre XVI, versets 19, 23, 26.

moi hier soir. Mes lettres n'ont servi de rien, je vais maintenant faire une enquête personnelle. »

Au petit déjeuner, j'annonçai à Diana et à Mary que je partais en voyage et que je resterais absente au moins quatre jours.

« Vous partez seule, Jane ? demandèrent-elles.

— Oui, répondis-je ; il s'agit de voir un ami dont je suis depuis quelque temps inquiète, ou, tout au moins, de chercher à avoir de ses nouvelles. »

Elles auraient pu me dire, comme sans nul doute elles le pensaient, que, exception faite de leurs personnes, elles me croyaient sans amis, ainsi que je le leur avais en réalité souvent dit. Mais leur délicatesse, vraie, innée, fit qu'elles s'abstinrent de toute remarque. Diana se contenta de me demander si j'étais bien sûre d'être en état de voyager, me faisant observer que j'étais d'une très grande pâleur. Je lui répondis que je n'avais rien, que seul mon esprit était dans une anxiété dont j'espérais bientôt le délivrer.

Il me fut facile d'achever mes préparatifs ; je ne fus troublée par aucune question, aucun soupçon. Leur ayant expliqué, une fois pour toutes, qu'il m'était impossible présentement d'être plus explicite sur mes projets, elles admirent avec bienveillance et sagesse de me les voir poursuivre en silence, m'accordant ainsi le privilège de la liberté d'action, comme je l'aurais fait moi-même à leur égard en de semblables circonstances.

Je quittai Moor-House à trois heures de l'après-midi et, peu après quatre heures, je me tenais au pied du poteau indicateur de Whitcross, attendant l'arrivée de la diligence qui devait me conduire à Thornfield, situé à longue distance. Dans le silence de ces routes solitaires, de ces collines désertes, je l'entendis venir de très loin. C'était le même véhicule duquel, voici un an, j'étais descendue ici même un soir d'été, combien désolée, désespérée, et sans aucun but ! Je fis signe, et la diligence s'arrêta. J'y montai sans être obligée, cette fois, de donner toute ma fortune pour prix de ma place. En me retrouvant sur cette route de Thornfield, je me crus un pigeon voyageur revenant à son colombier.

Le voyage dura trente-six heures. J'étais partie de Whitcross un mardi après-midi, et le jeudi suivant, de bon matin, la diligence s'arrêta, pour faire boire les chevaux, dans une auberge en bordure de la route, dans un paysage dont les haies vertes, les vastes champs et les collines peu élevées, couvertes de pâturages — quelles lignes douces, quels tons verdoyants, comparés aux landes sévères de Morton, dans le North-Midland ! — apparurent à mes yeux comme les traits d'un visage jadis familier. Oui, je connaissais le caractère de cette région ; j'étais sûre que nous étions tout près de ma destination.

« A quelle distance sommes-nous, ici, de Thornfield-Hall ? demandai-je au valet.

— Tout juste à deux milles, madame, en prenant à travers champs. »

« Mon voyage est terminé », pensai-je, et je descendis de la diligence. Je chargeai le valet de garder ma malle jusqu'à ce que je vienne la reprendre, réglai ma place, donnai un pourboire au cocher, et me mis en route. L'enseigne de l'auberge brillait dans le jour dont la luminosité croissait sans cesse ; j'y lus en lettres dorées : *Aux Armes des Rochester*. Mon cœur bondit ; j'étais déjà sur les terres de mon maître ; mais cet élan fut arrêté net par cette idée qui le frappa :

« Ton maître lui-même est peut-être de l'autre côté de la Manche, qu'en sais-tu ? Et s'il est à Thornfield-Hall vers lequel tu te hâtes, qui s'y trouve avec lui ? Sa femme folle ; tu n'as rien à faire avec lui, tu n'oseras pas lui parler, ni rechercher sa présence. Peine perdue que tout cela. Tu ferais mieux de ne pas aller plus loin, insistait vivement ce mentor. Renseigne-toi auprès des gens de l'auberge, ils pourront te dire ce que tu désires savoir et dissiper aussitôt tes doutes. Approche-toi de cet homme, demande-lui si Mr. Rochester est chez lui. »

Cette suggestion était pleine de bon sens ; je ne pus cependant me résoudre à la suivre tant je redoutais une réponse qui m'accablerait de désespoir. Prolonger le doute, c'était prolonger l'espérance. J'allais pouvoir, une fois encore, contempler le manoir sous le rayonnement de son étoile. Voici devant moi l'échalier, les champs, que, en grande hâte, n'y voyant plus, n'entendant plus, éperdue, poursuivie par une furie vengeresse qui me fustigeait, j'avais traversés le matin de ma fuite de Thornfield. Avant de bien savoir à quoi j'allais me résoudre, j'étais déjà au milieu de ces champs. Comme je marchais vite ! Je courais même de temps en temps tout en regardant devant moi, pour avoir un premier aperçu des bois bien connus. Avec quelle émotion je saluais les arbres isolés que je reconnaissais, les échappées familières de prairies et de collines qui s'étendaient entre eux !

Enfin, les bois apparurent ; le groupe d'arbres où nichaient les corneilles faisait une tache sombre ; un bruyant croassement rompait la tranquillité du matin. Animée d'une joie étrange, je pressai le pas. J'avais encore traversé un champ, suivi un nouveau sentier, j'apercevais les murs de la cour, les dépendances derrière la maison qui, elle, était encore cachée par le groupe d'arbres. « Je veux d'abord voir la façade dont les fiers créneaux frappent tout à coup le regard par leur air de noblesse, j'y distinguerai la fenêtre de mon maître, peut-être s'y tiendra-t-il debout ; il se lève tôt ; à moins qu'il ne se promène dans le verger ou sur la terrasse, devant la maison. Oh ! le revoir ! un seul instant ! Serais-je alors assez folle pour courir vers lui ? Certainement non. Je n'en sais cependant rien ; je n'en ai pas la certitude. Et si je courais vers lui... Alors, quoi ? Que Dieu le bénisse ! Alors, quoi ? Si une fois encore je goûtais cet enchantement de vivre que dispense son regard, qui en souffrirait ? Mais je divague ; peut-être, en ce moment, contemple-t-il le soleil qui se lève sur les Pyrénées ou sur la mer sans marée du Sud ? »

J'avais longé le mur du verger dans sa partie la moins élevée, j'en avais contourné l'angle où se trouvait justement un portail flanqué de deux piliers en pierre surmontés de boules qui donnait accès à la prairie. Masquée par un de ces piliers, je pouvais risquer tranquillement un coup d'œil sur toute la façade ; j'avançai donc la tête avec précaution, désireuse de voir si les fenêtres de certaines chambres avaient déjà leurs jalousies relevées ; de là, tout allait apparaître à ma vue : créneaux, fenêtres, longue façade.

Les corneilles qui planaient au-dessus de ma tête m'observaient peut-être tandis que j'étais plongée dans cette contemplation. Je me demande ce qu'elles pensaient ; ne se disaient-elles pas que j'avais été très prudente, très timide au début, pour devenir peu à peu hardie, téméraire même. J'avais d'abord jeté un coup d'œil, puis longuement regardé ; j'étais enfin sortie de ma retraite pour errer dans la prairie et m'arrêter soudain devant la vaste demeure, ne pouvant en détacher mon regard audacieux. Intriguées, ne pensaient-elles pas : « Quelle réserve affectée pour commencer et quelle stupide indifférence pour finir ! »

Écoutez cette comparaison, lecteur :

Un amoureux trouve sa bien-aimée endormie sur un talus de mousse et désire entrevoir son joli visage, sans la réveiller. Il se glisse doucement sur le gazon, soucieux de ne faire aucun bruit, s'arrête, s'imaginant qu'elle a remué, et recule ; il ne voudrait, pour rien au monde, être découvert. Tout demeure silencieux ; il s'avance de nouveau, se penche sur elle, soulève le voile léger qui recouvre ses traits ; il se penche un peu plus ; ses yeux croient déjà jouir de la vue de cette charmante et fraîche beauté, épanouie dans le repos. Avec quelle hâte s'échange leur premier regard ! mais en lui quelle fixité ! Comme l'amoureux tressaille ! Avec quelle soudaineté, avec quelle fougue il serre dans ses bras cette forme qu'un instant auparavant il osait à peine effleurer de ses doigts ! Avec quelle force il prononce un nom tout en laissant tomber son fardeau sur lequel il porte des yeux égarés ! S'il l'étreint ainsi, s'il pousse des cris, s'il se perd dans la contemplation, c'est qu'il sait qu'aucun bruit, aucun mouvement ne pourra réveiller son amie ; il la croyait doucement endormie, et s'aperçoit qu'elle est morte.

Avec une joie craintive, je m'attendais à voir une imposante résidence, ce fut une ruine noircie qui s'offrit à mes yeux.

Il n'était pas besoin de se tapir derrière un pilier, vraiment ! de jeter un coup d'œil furtif sur les fenêtres à petits carreaux, craignant de découvrir derrière elles des manifestations de vie ! Il n'était pas besoin de prêter l'oreille pour entendre les portes s'ouvrir, pour imaginer un bruit de pas sur la terrasse, ou sur l'allée sablée ! La pelouse, le parc, étaient piétinés, dévastés, le portail d'entrée n'était qu'un trou béant. La façade n'était plus, comme je l'avais vue une fois en rêve, qu'un pan de mur très haut, mince comme une coquille, d'aspect très fragile, troué de fenêtres sans vitres ; plus de toit, plus de créneaux, plus de cheminées ; tout s'était effondré.

Partout régnait un silence de mort, partout la solitude, la désolation d'un désert. Rien d'étonnant à ce que les lettres adressées en ce lieu fussent restées sans réponse ; autant envoyer des épîtres dans un tombeau d'une nef d'église. La sinistre noirceur des pierres révélait quel avait été le sort du manoir dont la destruction provenait d'un incendie. Mais comment celui-ci s'était-il produit ? Quelle était l'histoire de ce désastre ? La maçonnerie, les marbres, les boiseries, étaient-ce là les seules pertes qu'il avait entraînées ? Avec le manoir, des vies humaines y avaient-elles sombré ? Et, dans ce cas, lesquelles ? Angoissante question à laquelle personne, ici, ne pouvait répondre, nul signe, nul témoignage, fussent-ils muets.

Errant autour des murs écroulés et dans l'intérieur dévasté, je me rendis compte que cet incendie n'était pas tout récent. Les neiges de l'hiver avaient dû s'amonceler sous cette voûte ouverte, songeai-je ; les pluies avaient été fouettées par le vent à travers ces fenêtres vides, car, au milieu de tas de décombres détrempés, le printemps avait fait éclore toute une végétation : du gazon, des mauvaises herbes, croissaient ici et là entre les pierres et les poutres écroulées. Oh ! où donc pouvait être, à cette heure, l'infortuné possesseur de ces ruines ? Dans quel pays ? Sous quels auspices ? Involontairement mes yeux se tournèrent vers la tour grise de l'église près des grilles, et je me demandai s'il n'était pas là avec Damer de Rochester, partageant l'abri de son étroite demeure de marbre.

Il fallait une réponse à ces questions, et je ne pouvais la trouver qu'à l'auberge, où je revins sans plus tarder. Ce fut l'aubergiste lui-même qui me servit le petit déjeuner dans la petite salle. Je le priai de fermer la porte et de s'asseoir, car j'avais quelques questions à lui poser. Quand il eut acquiescé à ma demande, je sus à peine par où commencer tant l'idée de ce qu'il pourrait m'apprendre m'épouvantait par avance. Et, pourtant, le spectacle désolé que je venais de quitter m'avait préparée, dans une certaine mesure, à entendre une lamentable histoire. Cet homme était déjà d'un certain âge et d'apparence respectable.

« Bien entendu, vous connaissez Thornfield-Hall ? finis-je par dire.

— Oui, madame, j'y ai vécu autrefois.

— Vraiment ? »

« Pas de mon temps, songeai-je, car vous êtes un étranger pour moi. »

« J'étais le maître d'hôtel de feu Mr. Rochester », ajouta-t-il.

Feu Mr. Rochester ! J'avais l'impression d'avoir reçu, dans toute sa violence, le coup que j'avais cherché à éviter.

« Feu Mr. Rochester ! murmurai-je haletante. Est-il mort ?

— Je parle du père de Mr. Edward Rochester, le maître actuel », expliqua-t-il.

Je repris souffle, mon sang se remit à circuler. Ces mots me donnaient la certitude que Mr. Edward, Mr. Rochester, *le mien* — que Dieu le protège ! en quelque lieu qu'il se trouve — était du moins vivant, en un mot, qu'il était « le maître actuel ». Merveilleuses paroles ! Il me semblait à présent pouvoir entendre toute la suite du récit, quelles que soient ses révélations, avec un calme relatif. Puisqu'il n'était pas dans la tombe, je crus même avoir la force d'apprendre qu'il se trouvait aux antipodes.

« Mr. Rochester habite-t-il actuellement Thornfield-Hall ?

demandai-je, sachant, bien entendu, quelle serait la réponse, mais désireuse cependant de différer encore la question directe sur le lieu réel de sa résidence.

— Non, madame... Oh non ! Personne n'y habite plus. Vous devez être étrangère à ce pays, autrement vous auriez entendu dire ce qui est arrivé l'automne dernier. Thornfield-Hall n'est plus qu'une ruine, il a été complètement détruit par un incendie, juste à l'époque de la moisson. Quelle terrible catastrophe ! Tant de biens précieux anéantis ! C'est à peine si quelques meubles ont pu être sauvés. L'incendie a éclaté en pleine nuit, et quand les pompes arrivèrent de Millcote tout le bâtiment était la proie des flammes. Je fus témoin de ce spectacle terrifiant. »

« En pleine nuit, murmurai-je. Oui ! c'était toujours là le moment fatal, à Thornfield.

« Sait-on comment le feu a pris ? demandai-je.

— On l'a deviné, madame, on l'a deviné. Je devrais même dire que c'est devenu une certitude. Vous ne savez peut-être pas, reprit-il, approchant sa chaise de la table, et parlant à voix basse, qu'une dame... une... folle était enfermée à Thornfield ?

— J'en ai vaguement entendu parler.

— Elle était très étroitement gardée, madame ; aussi, pendant des années, on n'était pas absolument sûr de son existence. Personne ne la voyait, et ce n'était que par des rumeurs que l'on connaissait la présence d'une telle femme au manoir ; on se perdait en conjectures pour savoir qui elle était, ce qu'elle était. On disait que Mr. Edward l'avait amenée de l'étranger ; il y en a même qui croyaient qu'elle avait été sa maîtresse. Mais, il y a un an, il s'est passé quelque chose de curieux, de bien curieux. »

Craignant, à présent, d'entendre raconter ma propre histoire, je m'efforçai de le ramener au fait essentiel.

« Et cette dame ? fis-je.

— On finit par savoir que cette dame était la femme de Mr. Rochester ! On en a fait la découverte d'une façon bien bizarre. Il y avait une jeune fille au manoir, une institutrice, dont Mr. Rochester était devenu...

— Mais l'incendie ? insinuai-je.

— Je vais y arriver, madame... dont Mr. Rochester était devenu amoureux. Les domestiques disent qu'ils n'avaient jamais vu quelqu'un aussi amoureux, il la recherchait continuellement ; ils s'étaient mis à l'épier — les domestiques font ça, vous le savez bien, madame. Il en faisait un cas extraordinaire, et pourtant, il était bien le seul à la trouver si jolie. C'était une toute petite personne, presque une enfant, à ce qu'on dit. Moi, je ne l'ai jamais vue, mais je l'ai entendu dire par Leah, la femme de chambre, qui l'aimait bien. Mr. Rochester avait une quarantaine d'années et cette institutrice en avait à peine vingt, et vous savez, quand des hommes de son âge deviennent amoureux de filles aussi jeunes, c'est souvent comme s'ils étaient ensorcelés. Enfin, il voulait l'épouser.

— Vous me raconterez cette partie de l'histoire une autre fois, dis-je, j'ai maintenant une bonne raison pour désirer connaître tout ce qui a trait à l'incendie. A-t-on soupçonné cette folle, Mrs. Rochester, d'y être pour quelque chose ?

— Vous tombez juste, madame ; il est bien certain que c'est elle, et personne d'autre, qui a mis le feu. Elle avait, pour s'occuper d'elle, une femme appelée Mrs. Poole, une femme capable dans son genre, très sûre, mais qui avait un défaut... un défaut assez répandu parmi les gardes et les infirmières, *elle avait toujours, en secret, une bouteille de gin auprès d'elle*, et de temps à autre en prenait une goutte de trop. C'est excusable, car elle menait une vie dure, mais n'empêche que c'était dangereux ; en effet, quand Mrs. Poole était bien endormie après avoir pris son gin à l'eau, la folle, aussi rusée qu'une sorcière, lui prenait les clefs dans sa poche, sortait de sa chambre, et s'en allait rôder dans la maison, où elle faisait tous les méchants tours qui lui passaient par la tête. On dit, qu'une fois, elle avait failli brûler son mari dans son lit ; mais, je n'en sais rien. Quoi qu'il en soit, cette nuit-là, elle a d'abord mis le feu aux tentures de la chambre voisine de la sienne, puis elle est descendue à l'étage inférieur, pour aller dans la pièce qui avait été la chambre de l'institutrice — on aurait dit qu'elle était au courant de ce qui s'était passé, qu'elle lui en gardait rancune —, et a mis le feu au lit ; personne n'y couchait, heureusement. L'institutrice s'était enfuie deux mois auparavant. Malgré toutes les recherches qu'il a faites, comme si elle avait été la chose la plus précieuse qu'il eût au monde, Mr. Rochester n'en a jamais retrouvé trace. Il fut si déçu qu'il en devint sauvage, oui, tout à fait sauvage. Il n'avait jamais été un homme bien doux, mais après l'avoir perdue, il devenait dangereux et voulait toujours être seul. Il a envoyé la gouvernante, Mrs. Fairfax, chez des amis qu'elle avait au loin ; mais il l'a fait avec générosité, lui allouant une rente viagère qu'elle méritait bien, car c'était une excellente femme. Miss Adèle, la pupille de Mr. Rochester, a été mise en pension. Il a rompu toutes ses relations avec l'aristocratie et s'est enfermé au manoir, comme un ermite.

— Comment ! Il n'a pas quitté l'Angleterre ?

— Quitter l'Angleterre ? Ma foi, non ! Il ne voulait même plus franchir le seuil de la maison, sauf la nuit, où il se promenait ainsi qu'un revenant dans le parc et le verger, comme s'il avait perdu la raison, et, à mon avis, il l'avait bien perdue, car vous n'avez jamais vu gentleman plus allant, plus audacieux, plus vivant que lui, madame, avant qu'il n'ait rencontré ce moucheron d'institutrice. Ce n'était pas un homme adonné à la boisson, aux cartes ou aux courses, comme il y en a. Il n'était pas tellement beau, mais il avait un courage et une volonté qui n'étaient qu'à lui. Je l'ai connu tout enfant, voyez-vous, et, pour ma part, j'ai souvent regretté que Miss Eyre ne se soit pas noyée dans la mer avant de venir à Thornfield-Hall.

— Alors, Mr. Rochester était là lorsque l'incendie a éclaté ?

— Mais oui, bien sûr. Pendant que, de haut en bas, tout brûlait, il est monté dans les mansardes, a fait sortir les domestiques de leur lit et les a lui-même aidés à descendre ; puis il est retourné pour faire sortir sa femme folle de sa cellule. On lui a crié qu'elle était sur le toit, où elle se tenait debout, agitant les bras au-dessus des créneaux, poussant de tels cris qu'on l'entendait à un mille à la ronde. Je l'ai entendue, et vue de mes propres yeux. C'était une grande femme, avec de longs cheveux noirs qui flottaient dans les flammes. J'ai vu, et d'autres aussi ont vu, Mr. Rochester qui montait sur le toit par la lucarne. Nous l'avons entendu appeler : « Bertha ! » Nous l'avons vu s'approcher d'elle ; alors, madame, elle s'est mise à hurler, a fait un bond et, l'instant d'après, elle gisait écrasée sur le pavé.

— Morte ?

— Morte ? Aussi inerte que les pierres sur lesquelles sa cervelle et son sang étaient répandus.

— Grand Dieu !

— Vous pouvez le dire, madame, c'était effroyable ! »

Il frémit.

« Et ensuite ? insistai-je.

— Eh bien, madame, ensuite, la maison brûla de fond en comble, seuls, quelques pans de murs sont encore debout.

— Y a-t-il eu d'autres victimes ?

— Non, et pourtant cela aurait peut-être mieux valu.

— Que voulez-vous dire ?

— Pauvre Mr. Edward ! s'exclama-t-il ; je n'avais jamais pensé une pareille chose ! Il y en a qui disent que c'est un juste châtiment pour avoir tenu secret son mariage et avoir

493

voulu prendre une autre femme alors que la première vivait encore ; mais, moi, pour ma part, je le plains.

— Vous avez dit qu'il était vivant ? m'écriai-je.

— Oui, oui, il est vivant, mais beaucoup pensent que la mort eût été préférable.

— Pourquoi ? Comment ? »

De nouveau mon sang se glaça dans mes veines.

« Où est-il ? demandai-je. Est-il en Angleterre ?

— Oui... oui, il est en Angleterre, et, à mon avis, il ne peut guère en sortir... Il ne peut pas plus bouger qu'un meuble, à présent. »

J'étais au supplice ! Et cet homme semblait résolu à le prolonger.

« Il est complètement aveugle, dit-il enfin. Oui, Mr. Edward est complètement aveugle. »

J'avais craint pis que cela. J'avais craint qu'il ne fût devenu fou. Je m'armai de tout mon courage pour demander quelle avait été la cause de ce malheur.

« C'est uniquement sa bravoure, madame, et, on peut le dire aussi, sa bonté. Il n'a pas voulu quitter la maison avant que tout le monde n'en fût sorti. Comme il descendait le grand escalier, après que Mrs. Rochester se fut précipitée du haut des créneaux, il y a eu un formidable craquement, et tout s'est écroulé. On l'a retiré vivant de dessous les décombres, mais affreusement blessé ; une poutre était tombée, le protégeant en partie, mais il avait un œil arraché, et une main tellement écrasée que Mr. Carter, le médecin, a dû la lui amputer sur-le-champ. L'autre œil s'est enflammé, et il en a perdu également l'usage. Le voilà donc à la merci d'autrui maintenant, aveugle, mutilé.

— Où est-il ! Où habite-t-il actuellement ?

— Il habite au manoir de Ferndean, dans un de ses domaines, à une trentaine de milles d'ici ; c'est un endroit bien désolé.

— Qui est avec lui ?

— Le vieux John et sa femme ; il n'a voulu personne d'autre. On dit qu'il est bien abattu.

— Avez-vous un véhicule quelconque ?

— Nous avons un cabriolet, madame, un très joli cabriolet.

— Faites-le préparer immédiatement ; si votre postillon peut me conduire à Ferndean aujourd'hui même, avant la nuit, je vous paierai, à vous et à lui, le double du tarif ordinaire. »

CHAPITRE XXXVII

Le manoir de Ferndean était une construction fort ancienne, de dimensions moyennes, sans prétentions architecturales, profondément enfouie dans les bois. Je connaissais son existence. Mr. Rochester en parlait souvent et y allait quelquefois. Son père avait acquis ce domaine pour ses taillis giboyeux. Il aurait bien loué la maison, mais n'avait pu trouver de locataire, en raison du peu d'agrément et de l'insalubrité du lieu. Ferndean resta donc inhabité et vide, à l'exception de deux ou trois pièces qui furent aménagées pour recevoir le propriétaire quand il y séjournait au moment de la chasse.

J'arrivai à cette demeure juste avant la nuit, dans l'ambiance d'un soir au ciel triste, avec un vent froid et une petite pluie fine, pénétrante, qui tombait sans discontinuer. Je fis le dernier mille à pied, après avoir renvoyé cabriolet et conducteur avec la double rémunération promise.

Même à très faible distance on ne pouvait rien distinguer du manoir, tant les arbres du bois obscur qui l'entourait étaient drus et noirs. Des grilles en fer, entre des piliers de granit, m'indiquèrent l'entrée. L'ayant franchie, je me trouvai aussitôt dans la pénombre de rangées d'arbres très serrés. En bordure de la forêt, entre les troncs noueux et grisâtres, sous les branches qui formaient voûte, il y avait un sentier envahi par l'herbe, que je suivis en espérant atteindre bientôt la maison ; mais il continuait toujours à s'enfoncer, à serpenter, et rien n'annonçait ni parc, ni habitation. Je crus avoir pris une fausse direction et perdu mon chemin. La nuit tombait ; autour de moi, dans ce bois sombre, l'obscurité grandissait. Je regardai à droite, à gauche, cherchant un autre sentier. Il n'y en avait pas ; partout des branches entrelacées, des troncs pareils à des colonnes, un luxuriant feuillage d'été, sans une clairière. Je continuai. Le sentier finit par se découvrir, les arbres s'éclaircirent un peu ; j'aperçus bientôt une clôture, puis la maison qui, dans la faible clarté, se distinguait à peine des arbres tant ses murs délabrés étaient verdâtres et humides. J'ouvris un portail fermé seulement par un loquet et me trouvai dans un espace clos dont le bois s'écartait en formant un demi-cercle. Il n'y avait ni fleurs, ni parterres, mais seulement une large allée sablée entourant une pelouse enchâssée dans le cadre sévère de la forêt. La façade offrait à la vue deux pignons pointus ; les fenêtres à petits carreaux étaient étroites, ainsi que la porte d'entrée à laquelle on accédait par une marche. Tout cela avait bien l'aspect d'un lieu désolé, comme l'avait dit l'aubergiste des *Armes des Rochester*. Il y régnait un silence comparable à celui d'une église un jour de semaine. Le seul bruit perceptible, à l'entour, était celui de la pluie tombant sur le feuillage de la forêt.

« Se peut-il qu'il y ait de la vie ici ? » me demandai-je.

Oui, de quelque façon que ce fût, il y avait de la vie, car j'entendis un mouvement, celui de la porte qui s'entrebâillait ; une forme humaine semblait vouloir sortir de cette bâtisse.

La porte s'ouvrit lentement. Quelqu'un s'avança dans le crépuscule et se tint debout sur le seuil ; c'était un homme, tête nue, qui étendit la main comme pour se rendre compte s'il pleuvait. Si sombre qu'il fût, je l'avais reconnu, c'était mon maître, Edward Fairfax Rochester lui-même.

Je retins mes pas, mon souffle, et restai là à le guetter, à l'observer sans être vue, invisible pour lui, hélas.! Soudaine rencontre ! La souffrance tenait en échec les transports de joie ! Il ne m'était pas difficile de retenir mes exclamations, mes pas empressés.

Sa silhouette était aussi puissante et vigoureuse qu'autrefois, son port aussi droit, ses cheveux toujours noirs comme du jais, ses traits n'étaient ni altérés, ni ravagés. Non, aucun chagrin n'avait pu en l'espace d'une année venir à bout de sa force athlétique, ni flétrir sa robuste jeunesse. Je notai toutefois un changement dans sa physionomie sombre, désespérée, qui évoquait pour moi un animal ou quelque oiseau sauvage blessé et prisonnier dont la morne douleur rend l'approche redoutable. L'aigle en cage aux yeux cerclés d'or, éteints par la cruauté humaine, devait avoir l'aspect de ce Samson privé de la vue.

Et pensez-vous, lecteur, que j'avais peur de lui malgré son air farouche d'aveugle ? Si vous le croyez, vous me connaissez peu. A mon chagrin se mêlait le doux espoir que, bientôt, je n'hésiterais plus à mettre un baiser sur ce front de roc et sur ces lèvres si sévèrement closes. Mais ce n'était pas le moment, je ne voulais pas encore l'aborder.

Il descendit l'unique marche et s'avança lentement, à tâtons, sur la pelouse. Qu'était devenue son audacieuse démarche ? Il s'arrêta, comme s'il ne savait de quel côté se tourner. Il leva la main, ouvrit ses paupières, et, avec un effort visible, dirigea son regard vide vers le ciel et l'amphithéâtre des arbres ; pour lui tout n'était qu'obscurité déserte. Il étendit sa main droite — il tenait son bras gauche, celui qui était mutilé, caché sur sa poitrine — ; il semblait vouloir, par le seul toucher, se faire une idée de ce qui l'entourait, mais il n'étreignait que le vide, car les arbres étaient à quelques mètres de l'endroit où il se tenait. Il abandonna sa tentative, croisa les bras et demeura immobile, muet, sous la pluie qui, à présent, tombait dru sur sa tête nue. A ce moment, John survint, et s'avança vers lui.

« Voulez-vous prendre mon bras, monsieur, dit-il. Une grosse averse se prépare, ne feriez-vous pas mieux de rentrer ?

— Laissez-moi seul », répondit-il.

John se retira sans m'avoir remarquée. Mr. Rochester essaya alors, mais en vain, d'aller et venir, tout était trop incertain. Toujours en tâtonnant, il retrouva le chemin de la maison, rentra, et referma la porte.

Je finis par m'en approcher à mon tour et frappai. Ce fut la femme de John qui vint m'ouvrir.

« Mary, dis-je, comment allez-vous ? »

Elle sursauta comme si elle avait vu un revenant. Je la rassurai.

« Est-ce bien réellement vous, Miss, qui venez ainsi à cette heure tardive, dans cet endroit perdu ? » me demanda-t-elle avec précipitation.

Je répondis en lui prenant la main, et la suivis dans la cuisine où John était assis près d'un bon feu. Je leur expliquai en quelques mots que j'avais appris tout ce qui était arrivé depuis mon départ de Thornfield, et que j'étais venue voir Mr. Rochester. Je demandai à John de descendre jusqu'au bureau de péage[1] où j'avais congédié mon équipage, et d'y prendre la malle que j'y avais laissée ; puis, tout en retirant ma capote et mon châle, je demandai à Mary si je pourrais passer la nuit au manoir. Voyant que, malgré bien des difficultés, il ne serait pas impossible de prendre des dispositions à cet effet, je lui dis que j'allais rester. Juste à ce moment, la sonnette du salon retentit.

« Lorsque vous entrerez, vous direz à votre maître que quelqu'un désire lui parler ; mais ne lui donnez pas mon nom.

— Je ne crois pas qu'il vous reçoive, répondit-elle, il ne veut voir personne. »

Quand elle revint, je m'enquis de ce qu'il avait dit.

---

1. Il y avait alors en Angleterre des routes appartenant à des compagnies privées, dont l'usage était soumis à une redevance. (N.D.T.)

« Il faut que vous fassiez connaître votre nom, et que vous disiez ce que vous voulez », répondit-elle.

Elle se mit à remplir un verre d'eau qu'elle plaça sur un plateau, avec des chandelles.

« Est-ce pour cela qu'il a sonné ? demandai-je.

— Oui ; bien qu'il soit aveugle, il faut toujours lui apporter des chandelles quand il fait nuit.

— Donnez-moi le plateau, c'est moi qui vais le porter. »

Je le lui pris des mains, et elle me montra du doigt la porte du salon. Le plateau que je tenais tremblait, l'eau du verre se répandit ; mon cœur battait violemment et à coups précipités contre mes côtes ; Mary m'ouvrit la porte et la referma derrière moi.

Ce salon avait un aspect lugubre ; un maigre feu achevait de se consumer dans la grille sans qu'on le ranimât. Penché au-dessus, la tête appuyée contre la haute cheminée à la mode d'autrefois, apparut l'aveugle qui occupait la pièce. Son vieux chien Pilot était couché d'un côté, à l'écart, replié sur lui-même comme s'il avait peur d'être piétiné par inadvertance. A mon entrée, Pilot dressa les oreilles, sauta sur ses pattes, poussa un aboiement plaintif, puis, bondissant vers moi, me fit presque tomber le plateau des mains. Je le posai sur la table, et me mis à caresser le chien, en lui disant doucement : « Couche-toi ! » Mr. Rochester se tourna machinalement pour *voir* ce qui se passait, mais ne *voyant* rien, reprit sa position, et poussa un soupir.

« Donnez-moi de l'eau, Mary », dit-il.

Je m'approchai de lui avec le verre qui n'était plus qu'à moitié rempli. Pilot me suivit, toujours surexcité.

« Qu'est-ce qu'il y a ? demanda-t-il.

— Couche-toi, Pilot ! » dis-je de nouveau.

Mr. Rochester, qui portait le verre à ses lèvres, interrompit son geste et parut écouter ; puis il but, et posa le verre.

« C'est bien vous, Mary, n'est-ce pas ?

— Mary est dans la cuisine », répondis-je.

Il étendit la main d'un geste rapide ; mais, ne voyant pas où je me tenais, ne put m'atteindre.

« Qui est là ? Qui est là ? » demanda-t-il, s'efforçant, apparemment, de *voir*, avec ses yeux éteints. Tentative vaine et désolante ! « Répondez-moi... parlez encore ! ordonna-t-il, d'une voix impérieuse et forte.

— Voulez-vous encore un peu d'eau, monsieur ? J'ai répandu la moitié de ce qui était dans le verre, dis-je.

— *Qui* est-ce ? *Qu'*est-ce que c'est ? Qui parle ?

— Pilot me reconnaît, John et Mary savent que je suis ici. Je viens d'arriver, répondis-je.

— Grand Dieu ! Quelle est l'illusion qui m'assaille ? Quelle douce folie s'est emparée de moi ?

— Ce n'est pas une illusion, ce n'est pas une folie. Votre esprit, monsieur, est trop robuste pour être le jouet d'une illusion, votre santé, trop vigoureuse pour être la proie de la folie.

— Où est la personne qui parle ? N'est-ce qu'une voix ? Oh ! puisque je ne puis voir, il faut que je reconnaisse au toucher, sinon mon cœur va cesser de battre et mon cerveau va éclater ! Quoi que vous soyez, qui que vous soyez, laissez-moi vous identifier au toucher, ou je ne puis plus vivre ! »

J'arrêtai sa main qui errait à tâtons et l'emprisonnai dans les deux miennes.

« Ce sont bien ses doigts ! s'écria-t-il, ses doigts fins et légers ! S'il en est ainsi, il n'y a pas que cela. »

La main musclée échappa à mon étreinte et saisit mon bras, mon épaule... mon cou... ma taille... et m'enlaça, me pressant contre lui.

« Est-ce Jane ? Est-ce bien elle ? Elle est ainsi faite, c'est bien sa stature...

— Et c'est là sa voix, ajoutai-je. Elle est là tout entière, avec son cœur aussi. Que Dieu vous bénisse, monsieur ! Je suis heureuse de me retrouver si près de vous.

— Jane Eyre !... Jane Eyre !... »

Il ne disait pas autre chose.

« Mon cher maître, répondis-je. Je suis Jane Eyre. Je vous ai découvert, je suis revenue à vous.

— En réalité ? En chair ? Ma Jane vit ?

— Vous me touchez, monsieur, vous me tenez, vous me tenez ferme ; je ne suis pas froide comme un cadavre, je ne suis pas impalpable comme l'air. Qu'en dites-vous ?

— Ma chérie est vivante ! Ce sont là ses bras, et ce sont ses traits ! Mais puis-je avoir un tel bonheur après tant de détresse ! Ce n'est qu'un rêve, semblable à ces rêves que j'ai faits, la nuit, lorsque je la serrai une nouvelle fois sur mon cœur, comme je le fais à présent, que je l'embrassais, comme cela, sentant qu'elle m'aimait, croyant qu'elle ne me quittait pas.

— Ce que je ne ferai plus jamais à dater de ce jour.

— Plus jamais ! disait aussi la vision de mon rêve ; mais, au réveil, je ne manquais jamais de découvrir que ce n'était qu'une vaine duperie ; malheureux, abandonné, ma vie

499

sombre et solitaire restait sans espoir ; mon âme assoiffée ne pouvait se désaltérer, mon cœur affamé, se rassasier. Vision douce et charmante, tu vas t'envoler, toi aussi, comme toutes tes sœurs l'ont fait avant toi ; mais donne-moi tes baisers avant de t'enfuir, serre-moi sur ton cœur.

— Comme ceci, monsieur, comme ceci ! »

Je pressai mes lèvres sur ses yeux autrefois si brillants, maintenant obscurcis ; j'écartai les cheveux de son front, que je baisai aussi. Il parut soudain se ressaisir, convaincu de la réalité de tout cela.

« C'est donc bien vous, c'est Jane ? Vous m'êtes revenue ?

— Oui.

— Vous n'êtes pas étendue au fond d'un fossé, ou d'une rivière ? Vous n'êtes pas en exil, languissant au milieu d'étrangers ?

— Non, monsieur, je suis à présent une femme indépendante ?

— Indépendante ! Que voulez-vous dire, Jane ?

— Mon oncle de Madère est mort, me laissant cinq mille livres.

— Ah ! voilà qui est positif, voilà qui est réel ! s'écria-t-il. Jamais je n'aurais pu rêver cela. Enfin, il y a cette voix, qu'elle seule possède, si vive, piquante, et si douce à la fois ; elle réjouit mon cœur désolé, elle lui rend la vie. Ainsi, Janet, vous êtes indépendante ; vous êtes riche !

— Oui, tout à fait riche, monsieur. Et si vous ne voulez pas me permettre de vivre avec vous, je pourrai me faire construire une maison bien à moi, juste à votre porte, et, le soir, lorsque vous aurez besoin de compagnie, vous viendrez vous asseoir dans mon salon.

— Mais puisque vous êtes riche, Jane, vous avez certainement des amis, qui vont veiller sur vous et ne supporteront pas que vous vous consacriez à un aveugle grincheux comme moi.

— Ne vous ai-je pas dit que j'avais l'indépendance en même temps que la richesse ; je suis donc mon seul maître.

— Et vous voulez bien rester avec moi.

— Bien sûr, à moins que vous n'y fassiez une objection. Je serai votre voisine, votre nurse, votre gouvernante. Vous êtes seul, je vous tiendrai compagnie, je vous ferai la lecture, je me promènerai avec vous, ou m'assoirai à vos côtés, je vous servirai, je serai vos yeux, vos mains. Mon cher maître, n'ayez plus l'air désolé ; aussi longtemps que je vivrai vous ne serez plus jamais seul. »

Il ne répondit rien, il paraissait grave, absorbé ; il soupira et entrouvrit les lèvres comme s'il allait parler, puis les referma. Je me sentis un peu confuse. Peut-être avais-je trop inconsidérément outrepassé les conventions, et voyait-il, comme St.-John, quelque inconvenance dans mes manières désinvoltes. En réalité, j'avais fait cette proposition avec la conviction qu'il désirait m'avoir pour femme et me demanderait de l'être, animée aussi par l'espoir inexprimé, mais qui n'en était pas moins pour moi une certitude, qu'il allait sur-le-champ prétendre à moi comme à son propre bien. Mais voyant qu'il ne faisait aucune allusion à cela et que son visage s'assombrissait de plus en plus, j'eus soudain l'idée que je m'étais, peut-être, complètement abusée, et inconsciemment rendue ridicule ; aussi, commençai-je à me dégager doucement de ses bras ; mais de toute son ardeur il resserra son étreinte.

« Non, non, Jane, il ne faut pas me quitter. Non, ma main s'est posée sur vous, j'ai entendu votre voix, j'ai goûté au réconfort de votre présence, à la douceur de vos consolations, je ne puis renoncer à ces joies. Il m'est laissé bien peu, il faut que vous soyez à moi. Le monde pourra rire, me trouver absurde, égoïste, peu importe ! C'est mon âme même qui vous réclame ; si elle n'est pas satisfaite, elle se vengera mortellement sur le corps qui l'enferme.

— Eh bien ! monsieur, je resterai avec vous, je l'ai déjà dit.

— Oui, mais en disant que vous resterez avec moi, vous entendez une chose, et j'en entends une autre. Vous pourriez peut-être vous résoudre à être toujours près de moi, à m'entourer de vos soins comme une bonne petite nurse — car vous avez un cœur tendre, un esprit généreux, qui vous portent à vous sacrifier pour ceux dont vous avez pitié — et cela devrait sans doute me suffire. Je suppose qu'à l'avenir il ne me faudra éprouver pour vous que des sentiments paternels ; est-ce que vous pensez ? Allons, dites-le-moi.

— Je penserai ce qui vous fera plaisir, monsieur ; je me contenterai d'être votre nurse, si vous le jugez préférable.

— Mais vous ne pourrez pas être indéfiniment ma nurse, Janet, vous êtes jeune ; un jour, vous vous marierez.

— Je ne désire pas me marier.

— Il faut le désirer, Janet. Si j'étais ce que je fus autrefois, je m'efforcerais de vous le faire désirer, mais... une ruine, un aveugle ! »

Il retomba dans sa tristesse. Je repris, au contraire, gaieté et courage ; ses dernières paroles m'ayant montré où se trouvait l'obstacle, qui n'en était pas un pour moi, je me sentis complètement libérée de tout embarras. Je fis alors prendre à la conversation un tour plus enjoué.

« Il est temps que quelqu'un entreprenne de vous humaniser de nouveau, dis-je, séparant ses longs cheveux épais qu'il n'avait plus fait couper depuis longtemps ; je vois que vous vous êtes métamorphosé en lion ou en quelque chose du même genre. Vous avez un *faux air*[1] de Nabuchodonosor aux champs[2], cela est certain. Votre chevelure me fait penser à des plumes d'aigle. Je n'ai pas encore remarqué si vos ongles ne sont pas devenus semblables à des griffes d'oiseau[2].

— A ce bras-ci, je n'ai plus ni main, ni ongles, dit-il, tirant de sa poitrine le membre mutilé qu'il me montra. Ce n'est qu'un moignon horrible à voir. Ne trouvez-vous pas, Jane ?

— C'est pitié de le voir, c'est pitié de voir vos yeux, comme aussi les marques du feu sur votre front. Et ce qu'il y a de pire, c'est que l'on court le risque de trop vous aimer à cause de tout cela, d'attacher trop de prix à votre personne.

— Je pensais que vous reculeriez en voyant mon bras et les cicatrices de ma figure.

— Vous avez eu cette idée ! Ne me dites pas cela, de peur que je n'incrimine votre jugement. A présent, laissez-moi vous quitter un instant, afin de ranimer le feu et de balayer l'âtre. Vous rendez-vous compte s'il y a un bon feu ?

— Oui, de l'œil droit je discerne une lueur, un brouillard rougeâtre.

— Voyez-vous les chandelles ?

— Bien faiblement, chacune d'elles est pour moi comme un nuage lumineux.

— Et moi, me voyez-vous ?

— Non, ma fée ; mais il est déjà si beau de vous entendre, de vous toucher.

— A quelle heure dînez-vous ?

— Je ne dîne jamais.

— Vous dînerez ce soir, car j'ai faim, et vous aussi, j'en suis sûre ; seulement vous oubliez les repas. »

J'appelai Mary, et j'eus bientôt fait de remettre la pièce en ordre, de lui donner un aspect plus riant ; je fis également préparer un copieux repas. J'étais pleine d'entrain ; je causai avec lui pendant le dîner et longtemps après encore, avec plaisir, en toute liberté. Avec lui, pas de pénible

---

1. En français dans le texte.
2. *Cf.* Bible. Allusion au verset 30 du chapitre IV du Livre de Daniel.

contrainte, nul besoin de réprimer ma joie, ma vivacité ; je me sentais parfaitement à l'aise, sachant que je lui étais agréable ; tout ce que je disais, tout ce que je faisais, semblait le réjouir ou le stimuler. Impression délicieuse, qui répandait vie et clarté dans tout mon être. Je me sentais réellement vivre en sa présence, comme il vivait lui-même en la mienne. Tout aveugle qu'il fût, des sourires se jouaient sur son visage, la joie naissait sur son front, ses traits s'adoucissaient et retrouvaient leur flamme.

Après le dîner, il me posa une foule de questions, me demandant où j'étais allée, ce que j'avais fait, comment je l'avais retrouvé ; je ne lui fis que des réponses incomplètes, il était trop tard pour entrer dans des détails ce même soir. D'ailleurs, je ne voulais mettre en vibration aucune corde trop sensible, ni faire jaillir en son cœur aucune source nouvelle d'émotion ; mon seul dessein, pour le moment, était de le réjouir. J'ai dit qu'il paraissait réconforté, mais ce n'était encore que par intervalles ; si pendant un instant le silence interrompait la conversation, il devenait inquiet, me touchait, et disait :

« Jane, êtes-vous vraiment un être humain ? En êtes-vous bien sûre ?

— En toute conscience, je le crois, monsieur Rochester.

— Comment donc avez-vous pu, par cette sombre et morne soirée, surgir ainsi soudain à mon foyer désert ? J'ai tendu la main pour prendre un verre d'eau que m'apportait une servante, et c'est vous qui me l'avez donné ; j'ai posé une question, pensant que la femme de John allait me répondre, et c'est votre voix que mon oreille entendit.

— Parce que j'étais entrée porter le plateau à la place de Mary.

— L'heure que je passe avec vous, n'est-elle pas l'effet d'un charme ?

« Qui pourrait dire quelle vie lamentable, désolée, désespérée, j'ai traînée tous ces derniers mois, ne faisant rien, n'attendant rien, confondant la nuit et le jour, éprouvant seulement une sensation de froid lorsque j'avais laissé le feu s'éteindre, de faim lorsque j'avais oublié de manger. Outre cela, une douleur sans trêve, et parfois un tel désir de revoir ma Jane qu'un vrai délire s'emparait de moi. Oui ! je désirais plus ardemment qu'elle me fût rendue que de recouvrer la vue. Comment peut-il se faire que Jane soit auprès de moi, qu'elle dise qu'elle m'aime ? Ne va-t-elle pas disparaître aussi soudainement qu'elle est venue ? J'ai peur de ne plus la retrouver demain. »

Dans l'état d'esprit où il se trouvait, une réponse banale, positive, en dehors de tout le cortège des idées qui le troublaient, était assurément la meilleure et la plus rassurante à lui donner. Passant mon doigt sur ses sourcils, je lui fis remarquer qu'ils étaient brûlés, que j'y appliquerais quelque chose qui les ferait repousser aussi épais et aussi noirs que jamais.

« A quoi sert de m'entourer d'attentions, de quelque manière que ce soit, esprit bienfaisant, quand le moment fatal viendra encore où vous m'abandonnerez de nouveau, disparaissant comme une ombre, je ne sais comment, pour aller je ne sais où, sans que je puisse jamais vous découvrir.

— Avez-vous sur vous un peigne de poche, monsieur ?

— Pour quoi faire, Jane ?

— Simplement pour peigner cette noire crinière emmêlée. Quand je vous examine de plus près, je vous trouve quelque peu effrayant ; vous dites que j'ai l'air d'une fée, mais vous, c'est à un gnome, sans nul doute, qu'il faut vous comparer.

— Suis-je d'une laideur repoussante ?

— Oui, vous l'avez toujours été, vous le savez bien.

— Hum ! Où que vous ayez séjourné, vous n'y avez pas laissé votre malice.

— J'étais pourtant chez d'excellentes personnes, bien meilleures que vous, cent fois meilleures, avec des idées, des vues bien plus raffinées, plus élevées et qui vous sont, d'ailleurs, totalement étrangères.

— Chez qui, diable, étiez-vous donc ?

— Si vous faites de telles contorsions, je vais vous arracher les cheveux, alors, vous cesserez, je pense, de douter de la réalité de mon existence.

— Chez qui étiez-vous, Jane ?

— Vous n'arriverez pas à me le faire dire ce soir, monsieur, il faudra que vous attendiez à demain ; laisser mon récit ainsi inachevé, n'est-ce pas en quelque sorte vous assurer que je reparaîtrai à votre table au petit déjeuner, pour le terminer. A ce sujet, j'aurai soin de ne pas surgir à votre foyer avec un simple verre d'eau, mais au moins avec un œuf, sans parler du jambon frit.

— Petite fée moqueuse, substituée à un enfant au berceau par une autre fée et élevée parmi les humains ! Vous me faites éprouver ce que je n'ai pas éprouvé depuis douze mois. Si Saül vous avait eue à la place de David, il n'y aurait pas eu besoin de harpe pour exorciser l'esprit malin.

— Là, monsieur, vous voilà peigné et rendu présentable.

A présent, je vais vous quitter, j'ai voyagé durant ces trois derniers jours, je me sens fatiguée. Bonsoir.

— Encore un mot, Jane, n'y avait-il que des dames dans la maison où vous étiez ? »

Je me mis à rire et m'esquivai, riant encore en montant l'escalier. Voilà une bonne idée, songeai-je, toute joyeuse ; je vois que j'ai là un moyen de le tirer de sa mélancolie pendant quelque temps.

Le lendemain matin, je l'entendis se lever de très bonne heure, s'agiter, errer d'une pièce à l'autre, et questionner Mary dès qu'elle fut descendue.

« Miss Eyre est-elle ici ? »

Puis encore :

« Quelle chambre lui avez-vous donnée ? N'était-elle pas humide ? Miss Eyre est-elle levée ? Allez lui demander si elle a besoin de quelque chose, et quand elle compte descendre. »

Je descendis au moment où je crus que le petit déjeuner allait être prêt. J'entrai tout doucement dans la pièce et je pus le regarder avant qu'il ne découvrît ma présence. C'était vraiment pitoyable de voir ainsi ce vigoureux esprit sous le joug d'une infirmité corporelle. Il était assis dans son fauteuil, immobile, mais non en repos, il attendait manifestement ; son habituelle tristesse laissait une empreinte sur ses traits énergiques. Son aspect faisait penser à une lampe éteinte, attendant d'être rallumée ; mais, hélas ! ce n'était pas lui qui pouvait maintenant ranimer l'éclat d'une vivante expression, il dépendait d'autrui pour cela ! J'aurais voulu être gaie, insouciante, mais l'impuissance de cet homme si vaillant me fendait le cœur. Je l'abordai cependant avec tout l'entrain dont j'étais capable.

« La matinée est radieuse, ensoleillée, monsieur dis-je. La pluie a cessé pour faire place à une douce lumière, vous allez bientôt venir faire une promenade. » J'avais ranimé son ardeur, son visage rayonna.

« Oh ! vous voici, mon alouette ! Venez à moi. Vous n'êtes pas partie, vous ne vous êtes pas envolée ? Il y a une heure, haut dans le ciel, au-dessus des bois, j'ai entendu chanter une de vos sœurs, mais je ne percevais pas plus la musique de son chant que je ne percevais les rayons du soleil levant. Pour moi, toute la mélodie de la terre est concentrée dans la voix de ma Jane qui, j'en suis heureux, se fait aisément entendre. Je ne jouis que du soleil de sa présence. »

Les larmes me vinrent aux yeux en entendant cet aveu de sa dépendance, comme si un aigle royal, enchaîné à un perchoir, était réduit à supplier un moineau de devenir son pourvoyeur. Mais je ne voulais pas me laisser aller à la tristesse, j'essuyai rapidement mes larmes amères et je me mis activement à préparer le petit déjeuner.

Nous passâmes la plus grande partie de la matinée en plein air. Je le fis sortir du bois humide et sauvage et le conduisis dans des champs d'aspect riant, lui décrivant leur brillante verdure, lui disant comme les fleurs, les haies, avaient une fraîcheur nouvelle, comme le bleu du ciel était éclatant. Dans un endroit charmant et secret, je cherchai une souche d'arbre, bien sèche, pour lui servir de siège, et ne lui refusai pas, lorsqu'il s'y fut assis, de me prendre sur ses genoux. Pourquoi lui aurais-je refusé quand nous étions plus heureux près l'un de l'autre que séparés ? Pilot resta couché à côté de nous ; tout était silencieux.

Soudain il s'écria, en me serrant dans ses bras :

« Cruelle, cruelle, qui m'avez abandonné ! Oh ! Jane, que n'ai-je pas éprouvé en découvrant que vous vous étiez enfuie de Thornfield, en ne vous retrouvant nulle part, en voyant, après être allé dans votre chambre, que vous n'aviez emporté ni argent, ni rien qui pût en tenir lieu. Un collier de perles dont je vous avais fait présent était là, intact, dans son petit écrin ; vos malles aussi étaient restées là, fermées à clef, cordées, telles que vous les aviez préparées pour le voyage de noces. Que pouvait faire ma bien-aimée, dénuée de tout, sans un penny, me demandais-je. Qu'a-t-elle fait ? Dites-le-moi maintenant. »

Ainsi pressée, je me mis à lui faire le récit de ce qui m'était advenu au cours de l'année qui venait de s'écouler. J'adoucis considérablement ce qui se rapportait aux trois jours pendant lesquels j'avais erré, affamée. Ne lui aurais-je pas causé une peine inutile en lui racontant tout ? Le peu que je lui en dis lacérait son cœur fidèle plus que je ne l'aurais voulu.

Il me disait que je n'aurais pas dû le quitter de la sorte, sans moyens pour atteindre un but ; j'aurais dû lui faire part de mon intention, avoir confiance en lui, jamais il ne m'aurait contrainte à être sa maîtresse. Quelle que fût la violence de son désespoir, son amour pour moi était bien trop profond, trop tendre, pour qu'il voulût devenir mon tyran. Il m'aurait donné la moitié de sa fortune, sans même exiger un baiser en retour, plutôt que de me savoir ainsi lancée dans ce vaste monde sans un ami. J'avais dû bien plus souffrir, il en était certain, que je ne consentais à l'avouer.

« Eh bien ! répondis-je, quelles qu'aient été mes épreuves, elles furent de courte durée. »

Je me mis alors à lui parler de l'accueil que j'avais reçu à Moor-House, comment j'avais obtenu le poste de maîtresse d'école, etc. Puis, dans l'ordre où les faits s'étaient produits, je le mis au courant de l'héritage que j'avais fait, ainsi que de la découverte de ma famille. Bien entendu, le nom de St.-John Rivers revint souvent au cours de mon récit. Aussi, lorsque j'eus terminé, ce nom fut-il immédiatement relevé.

« Alors, ce St.-John est votre cousin ?

— Oui !

— Vous en avez parlé souvent ; vous plaisait-il ?

— C'est un excellent homme, monsieur, qui ne pouvait manquer de me plaire.

— Un excellent homme ? Cela veut-il dire un homme respectable, un homme rangé, d'une cinquantaine d'années ? Qu'entendez-vous par là ?

— St.-John n'a que vingt-neuf ans, monsieur.

— *Jeune encore* [1], comme on dit en français. Est-ce un homme flegmatique, laid et de petite taille ? Quelqu'un dont la bonté consiste plutôt en une absence de vices qu'en une ardente vertu ?

— Il est d'une inlassable activité, et ne vit que pour accomplir de grandes et nobles choses.

— Mais son intelligence ? Elle est sans doute assez faible ? Il a de bonnes intentions, mais en l'entendant parler on hausse les épaules ?

— Il parle peu, monsieur, mais ce qu'il dit est toujours judicieux. Son intelligence, à mon avis, est de premier ordre, sans souplesse, mais vigoureuse.

— Alors, est-ce un homme capable ?

— Vraiment capable.

— Est-il très cultivé ?

— St.-John est un véritable et parfait érudit.

— Ses manières, je crois vous l'avoir entendu dire, n'étaient pas de votre goût ; il est suffisant et a trop l'air d'un pasteur.

— Je n'ai pas parlé de ses manières, mais il faudrait que j'eusse bien mauvais goût pour n'en avoir pas été satisfaite ; ses manières sont polies, pondérées, dignes d'un gentleman.

— Et son aspect ? J'oublie quelle description vous m'en avez faite ; une sorte de pasteur novice, à moitié étranglé

_____

1. En français dans le texte.

par sa cravate blanche, perché sur ses bottines aux épaisses semelles, comme sur des échasses, hein ?

— St.-John s'habille bien. C'est un bel homme, grand, blond, avec des yeux bleus, et un profil grec.

— Le diable l'emporte ! » dit-il à part.

Puis, s'adressant à moi, il ajouta :

« Vous plaisait-il, Jane ?

— Oui, monsieur Rochester, il me plaisait ; mais vous me l'avez déjà demandé. »

Je me rendais compte où mon interlocuteur voulait en venir. La jalousie s'était emparée de lui ; elle l'aiguillonnait ; mais ce dard lui était salutaire, c'était un répit à la morsure de la tristesse qui le rongeait, aussi ne voulus-je pas charmer le serpent immédiatement.

« Peut-être préféreriez-vous ne pas rester plus longtemps assise sur mes genoux, Miss Eyre ? »

Telle fut la remarque assez inattendue qui suivit.

« Pourquoi cela, monsieur Rochester ?

— Le portrait que vous venez de me faire suggère un contraste un peu trop accablant. Vos paroles ont évoqué de façon charmante l'image d'un gracieux Apollon toujours présent à votre imagination : grand, blond, avec des yeux bleus et un profil grec. Vous n'avez sous les yeux qu'un Vulcain, un vrai forgeron bruni, aux larges épaules, aveugle et manchot, par-dessus le marché.

— Cela ne m'était encore jamais venu à l'esprit ; mais il est certain que vous ressemblez assez à Vulcain, monsieur.

— Eh bien ! vous pouvez me quitter, madame, mais avant de partir, ajouta-t-il, resserrant plus que jamais son étreinte, vous voudrez bien répondre à une ou deux questions que je vais vous poser. »

Il s'arrêta.

« Quelles questions, monsieur Rochester ? »

Suivit alors ce nouvel interrogatoire.

« St.-John vous a-t-il donné le poste de maîtresse d'école de Morton avant de savoir que vous étiez sa cousine ?

— Oui.

— Le voyiez-vous souvent ? Visitait-il l'école de temps en temps ?

— Tous les jours.

— Approuvait-il vos projets qui, j'en suis sûr, étaient intéressants, car vous êtes très intelligente, Jane ?

— Oui, il les approuvait.

— Il a dû découvrir en vous maintes choses qu'il ne s'était pas attendu à y trouver ? Vous avez des dons qui sortent de l'ordinaire ?

— Je n'en suis pas juge.

— Vous aviez un petit cottage près de l'école, dites-vous, ne venait-il jamais vous y rendre visite ?

— Si, de temps à autre.

— Le soir ?

— Une fois ou deux. »

Il y eut une pause.

« Pendant combien de temps, reprit-il, avez-vous habité avec lui et ses sœurs après avoir découvert que vous étiez cousins ?

— Pendant cinq mois.

— Rivers passait-il beaucoup de temps avec les dames de sa famille ?

— Oui, le salon était à la fois son cabinet de travail et le nôtre ; il s'installait près de la fenêtre, et nous, autour de la table.

— Étudiait-il beaucoup ?

— Énormément.

— Quoi ?

— L'hindoustani.

— Que faisiez-vous pendant ce temps ?

— Au début, j'étudiais l'allemand.

— Ne vous enseignait-il rien ?

— Un peu d'hindoustani.

— Rivers vous enseignait l'hindoustani ?

— Oui, monsieur.

— A ses sœurs aussi ?

— Non.

— Ne l'enseignait-il qu'à vous seule ?

— Oui, à moi seule.

— Lui aviez-vous demandé de vous l'enseigner ?

— Non.

— C'est lui qui a eu ce désir ?

— Oui. »

Il y eut une seconde pause.

« Pourquoi le désirait-il ? A quoi pouvait vous servir l'hindoustani ?

— Il voulait m'emmener avec lui, aux Indes.

— Ah ! je touche le fond du problème. Il voulait vous épouser ?

— Il m'a demandé de l'épouser.

— C'est une fable, une impudente invention pour me tourmenter.

— Je vous demande pardon, c'est la pure vérité, il me l'a demandé plus d'une fois, et avec autant d'insistance que vous-même.

— Miss Eyre, je le répète, vous pouvez me quitter. Combien de fois me faudra-t-il dire la même chose ? Pourquoi restez-vous si obstinément perchée sur mes genoux quand je vous ai signifié de partir ?

— Parce que je m'y trouve bien.

— Non, Jane, vous ne pouvez pas vous y trouver bien, parce que votre cœur est avec votre cousin, ce St.-John, et non avec moi. Oh ! jusqu'en cet instant, j'ai cru que ma petite Jane était toute à moi ! J'ai eu foi en son amour, même lorsqu'elle m'a quitté, et c'était un atome de douceur au milieu de tant d'amertume. Malgré la longueur de notre séparation, les larmes brûlantes qu'elle m'a fait répandre, je n'ai jamais pensé que, tandis que je la pleurais, Jane en aimait un autre. Inutiles regrets ! Laissez-moi, Jane, partez pour épouser Rivers.

— Défaites-vous de moi, repoussez-moi, je ne vous quitterai pas de mon plein gré.

— Jane, j'aime toujours le son de votre voix, elle a un tel accent de sincérité qu'elle ranime l'espoir. A cette voix, je reviens une année en arrière, j'oublie que vous avez formé un nouveau lien. Mais je ne suis pas fou... Partez...

— Où dois-je aller, monsieur ?

— Suivez votre chemin, avec l'époux de votre choix.

— Qui est cet époux ?

— Vous le savez bien... Ce St.-John Rivers.

— Il n'est pas mon époux, et ne le sera jamais. Il ne m'aime pas et je ne l'aime pas davantage. Il aime — comme il *peut* aimer, ce n'est pas un amour comme le vôtre — une ravissante jeune fille qui s'appelle Rosamond ; il n'a voulu m'épouser que parce qu'il pensait trouver en moi la femme qui convenait à un missionnaire, ce qu'il n'avait pas trouvé en elle. Il est bon, il est grand, mais sévère et, pour moi, froid comme un iceberg. Il n'est pas comme vous, monsieur ; je ne suis pas heureuse en sa présence, près de lui, avec lui. Il n'a, à mon égard, nulle indulgence, nulle tendresse. A part quelques qualités d'esprit, qui lui seraient utiles, il ne voit en moi rien d'attrayant, pas même ma jeunesse. Dois-je donc vous quitter pour aller à lui, monsieur ? »

Et malgré moi, toute frémissante, je me serrai instinctivement, plus étroitement encore, contre mon maître aveugle, mais adoré. Il eut un sourire.

« Comment, Jane ! Est-ce vrai ? Est-ce bien ainsi qu'il en va entre Rivers et vous ?

— Absolument, monsieur. Oh ! vous n'avez pas lieu

d'être jaloux ! J'ai voulu vous taquiner un peu, pour chasser votre tristesse. J'ai pensé que la colère valait mieux que le chagrin. Si vous désirez mon amour, que ne pouvez-vous savoir à quel point je vous aime ! vous en seriez heureux et fier. Tout mon cœur est à vous, monsieur, il vous appartient, il est avec vous et y restera, dût le sort m'exiler de votre présence pour toujours. »

De nouveau, tandis qu'il m'embrassait, de douloureuses pensées assombrissaient son visage.

« Ma vue perdue ! ma force amoindrie ! » murmura-t-il d'un ton de regret.

Je le caressai pour le calmer. Je savais à quoi il pensait, j'aurais voulu parler à sa place, mais je ne l'osai. Il détourna un instant son visage, et je vis une larme glisser sous sa paupière close, puis couler le long de sa joue virile. Mon cœur se gonfla.

« Je ne vaux pas mieux que le vieux marronnier foudroyé du verger de Thornfield, fit-il remarquer bientôt. Et de quel droit cette ruine demanderait-elle au chèvrefeuille encore en bouton de la recouvrir de sa fraîcheur ?

— Vous n'êtes pas une ruine, monsieur, ni un arbre foudroyé, vous êtes jeune et vigoureux. Les plantes croîtront autour de vos racines, que vous le vouliez ou non, pour avoir le bonheur de jouir de votre ombre bienfaisante ; en se développant, elles s'inclineront vers vous, s'enrouleront autour de vous, car votre force leur offre le soutien qui ne se dérobe pas. »

Il sourit de nouveau ; je l'avais réconforté.

« Vous parliez d'amis, Jane ? demanda-t-il.

— Oui, d'amis », répondis-je, un peu hésitante ; je savais que ma pensée allait au-delà sans trouver le mot pour l'exprimer.

Il vint à mon secours.

« Oh ! Jane. C'est une femme qu'il me faut.

— Vraiment, monsieur ?

— Oui, en êtes-vous surprise ?

— Bien sûr ; vous ne m'en avez encore rien dit.

— Cette nouvelle n'est-elle pas la bienvenue pour vous ?

— Cela dépend des circonstances, monsieur... cela dépend de votre choix...

— C'est vous qui le ferez pour moi, Jane. Je m'en tiendrai à votre décision.

— Alors, monsieur, choisissez *celle qui vous aime le mieux*.

— Je vais au moins choisir *celle que j'aime le mieux*. Jane, voulez-vous m'épouser ?

— Oui, monsieur.

— Un pauvre aveugle, qu'il vous faudra conduire par la main ?

— Oui, monsieur.

— Un infirme, de vingt ans plus âgé que vous, qu'il vous faudra servir ?

— Oui, monsieur.

— Sincèrement, Jane ?

— On ne peut plus sincèrement, monsieur.

— Oh ! ma bien-aimée ! Que Dieu vous bénisse et vous récompense !

— Monsieur Rochester, si j'ai jamais fait une bonne action dans ma vie, si j'ai jamais eu une pensée élevée, un noble désir, si j'ai jamais adressé au Ciel une prière pure et sincère, j'en suis récompensée en cet instant. Être votre femme, est le plus grand bonheur que je puisse avoir sur terre.

— Parce que vous aimez à vous sacrifier.

— Me sacrifier ! Où est mon sacrifice ? J'avais faim, je serai rassasiée ; j'attendais, mon attente sera comblée. Avoir le privilège d'entourer de mes bras ce qui est sans prix pour moi, presser de mes lèvres l'objet aimé, me reposer en celui qui a ma confiance, est-ce là un sacrifice ? S'il en est ainsi, je me complais, en effet, dans le sacrifice.

— Mais n'aurez-vous pas à supporter mes infirmités, Jane, à fermer les yeux sur mes déficiences ?

— Qui, pour moi, monsieur, n'existent pas. Je vous aime plus, maintenant que je puis vraiment vous être utile, qu'au temps de votre orgueilleuse indépendance où, dédaignant tout le reste, vous ne vouliez jouer que le rôle de bienfaiteur, de protecteur.

— Jusqu'ici, je ne pouvais souffrir que l'on m'aidât, que l'on me conduisît ; je sens qu'à l'avenir il n'en sera plus ainsi. Je n'aimais pas mettre ma main dans celle d'un mercenaire, mais il m'est agréable de la sentir enclose dans les petits doigts de Jane. Je préférais la solitude complète au service incessant des domestiques ; mais la douce assistance de Jane me sera une joie continuelle. Jane est faite pour moi. Suis-je fait pour elle ?

— Oui, et jusqu'à la fibre la plus intime de mon être, monsieur.

— S'il en est ainsi, nous n'avons aucune raison au monde d'attendre ; il faut nous marier tout de suite. »

Il parlait avec chaleur, son expression était ardente, sa fougue d'antan lui revenait.

« Il faut sans plus de délai que nous devenions une même chair, Jane ; il ne nous reste qu'à faire publier les bans, et nous nous marierons.

— Monsieur Rochester, je viens de m'apercevoir que le soleil a bien dépassé son zénith et approche de son déclin ; Pilot est déjà rentré à la maison pour déjeuner. Laissez-moi regarder votre montre.

— Fixez-la à votre ceinture, Janet, et gardez-la désormais ; je n'en ai plus besoin.

— Il est près de quatre heures de l'après-midi, monsieur ; n'avez-vous pas faim ?

— Il faut que le troisième jour à partir d'aujourd'hui soit celui de nos noces, Jane. Peu importe, à présent, les beaux atours et les bijoux ; tout cela ne vaut pas une chiquenaude.

— Le soleil a bu toutes les gouttes de pluie, la brise est tombée, il fait tout à fait chaud.

— Savez-vous, Jane, qu'autour de mon cou osseux et bronzé, sous ma cravate, je porte votre petit collier de perles. Je le porte depuis le jour où j'ai perdu mon unique trésor, en souvenir de vous.

— Rentrons à la maison en passant par le bois, c'est là que nous trouverons le plus d'ombrage. »

Il poursuivit ses propres pensées sans m'entendre.

« Jane ! Sans doute me prenez-vous pour quelque chien mécréant, alors qu'en cet instant même mon cœur déborde de reconnaissance envers le Dieu bon qui règne sur terre. Il ne voit pas comme l'homme voit ; il a, des choses, une vue bien plus nette ; il ne juge pas comme l'homme juge, mais avec beaucoup plus de sagesse. J'ai mal agi ; j'allais flétrir mon innocente fleur, souiller sa pureté de mon souffle coupable ; le Tout-Puissant me l'arracha. Dans ma révolte endurcie, j'ai presque maudit sa volonté ; au lieu de m'incliner devant son décret, je l'ai défié. La justice divine a poursuivi son cours ; les malheurs fondirent sur moi ; j'ai été contraint de traverser la vallée des ombres de la mort[1]. Les châtiments de Dieu sont terribles ; sous le coup de l'un d'eux, je suis à jamais humilié. Vous savez combien j'étais fier de ma force ; qu'est-elle devenue, à présent que je dépends d'autrui comme un faible enfant ? Il y a peu de temps, Jane, très peu de temps, j'ai commencé à apercevoir, à reconnaître la main de Dieu dans mon destin. J'ai enfin éprouvé le remords, le repentir ; j'ai eu le désir de me

1. Vallée que Christian, le héros du *Pilgrim's Progress* de John Bunyan, doit traverser avant d'atteindre la Cité Céleste. *Cf.* note 1, page 181. (*N.D.T.*)

réconcilier avec mon Créateur. Je me suis mis quelquefois à prier, de façon très brève, mais très sincèrement.

« Il y a quelques jours, je puis même dire combien de jours, il y en a quatre, c'était lundi soir, je me suis trouvé dans un singulier état d'esprit ; la fureur avait fait place au chagrin ; la révolte, à la tristesse. J'avais depuis longtemps l'impression que vous deviez être morte, puisque je ne pouvais vous retrouver nulle part. Tard, ce soir-là, il devait être entre onze heures et minuit, avant de me retirer pour mon lamentable repos, je suppliai Dieu, s'Il le jugeait bon, de me rappeler bientôt de cette vie pour m'admettre dans le monde futur, où l'espoir me restait encore de rejoindre Jane.

« Ceci se passait dans ma chambre, j'étais assis près de la fenêtre ouverte ; bien que les étoiles fussent invisibles à mes yeux, et que seul un vague brouillard lumineux me révélât la présence de la lune, je me sentais apaisé par l'air embaumé de la nuit. Je te désirais, Janet ! Ah ! je te désirais de toute mon âme, de toute ma chair ! Dans une angoisse mêlée d'humilité, je demandai à Dieu s'il n'y avait pas assez longtemps que j'étais délaissé, affligé, tourmenté, s'il ne me serait pas bientôt permis de goûter une fois encore le bonheur et la paix. Je reconnaissais avoir mérité tout ce que j'endurais, mais je plaidais ma cause, disant qu'il me serait sans doute impossible d'en supporter davantage ; et ces mots, l'alpha et l'oméga des désirs de mon cœur, s'échappèrent involontairement de mes lèvres : « Jane ! Jane ! Jane ! »

— Les avez-vous prononcés à haute voix ?

— Oui, Jane, et avec une ardeur tellement frénétique que si quelqu'un m'avait entendu, il m'aurait cru fou.

— Et c'était lundi dernier, aux environs de minuit ?

— Oui, peu importe le jour ou l'heure, ce qui est étrange, c'est ce qui a suivi. Vous allez me croire superstitieux ; j'ai en effet quelque superstition dans le sang, j'en ai toujours eu ; cependant, ceci est vrai ; du moins, il est vrai que j'ai entendu ce que je vous rapporte maintenant. Au moment où je m'écriais : « Jane ! Jane ! Jane ! » une voix — je ne saurais dire d'où elle venait, mais je la reconnaissais bien — me répondit : « Je viens, attendez-moi » ; et, l'instant d'après, la brise m'apporta ces mots qui n'étaient qu'un murmure : « Où êtes-vous ? »

« Je vais vous dire, si j'en suis capable, l'idée, le tableau, que ces paroles évoquèrent dans mon esprit ; mais cela est bien difficile à exprimer. Ferndean, comme vous le voyez, est enfoui dans un bois épais où le son est sourd et meurt sans se répercuter. Les mots : « Où êtes-vous ? » me semblaient venir des montagnes, car des collines m'en renvoyèrent l'écho. Le vent qui passa alors sur mon front me parut plus vivifiant, plus rafraîchissant ; j'avais l'impression que nous nous étions rencontrés, Jane et moi, dans quelque lieu sauvage et solitaire. Je crois que nos esprits se sont effectivement rejoints. A cette heure-là, vous étiez sans nul doute plongée dans un inconscient sommeil, Jane ; peut-être votre âme s'était-elle libérée de son enveloppe afin de rechercher la mienne pour la réconforter, car c'était votre voix ; aussi vrai que j'existe, c'était la vôtre. »

Lecteur, c'était ce lundi soir, vers minuit, que j'avais entendu, moi aussi, le mystérieux appel ; ces mots étaient bien ceux par lesquels j'y avais répondu. J'écoutai le récit de Mr. Rochester, mais je ne lui fis aucun aveu en retour ; j'étais trop frappée par cette impressionnante et inexplicable coïncidence pour la lui révéler ou en discuter. Si j'en avais parlé, ce que j'aurais dit n'eût pas manqué d'émouvoir profondément l'esprit de mon auditeur que ses malheurs rendaient encore trop enclin à la tristesse, et qui n'avait pas besoin d'être plongé dans les ténèbres du surnaturel. Je gardai donc toutes ces choses pour moi, et les méditai dans mon cœur.

« Vous n'avez plus à être surprise à présent, continua mon maître, si, à votre apparition tellement inattendue, hier soir, j'ai eu de la peine à ne pas croire que vous n'étiez qu'une simple voix, une vision, quelque chose qui allait s'évanouir dans le silence, dans le néant, comme les murmures entendus à minuit, comme l'écho venu des montagnes. Maintenant, je rends grâces à Dieu ! Je sais qu'il en est autrement. Oui, je rends grâces à Dieu ! »

Il me fit descendre de ses genoux, se leva, découvrit respectueusement son front, puis, inclinant vers la terre ses yeux sans regard, demeura dans une muette adoration. Seuls les derniers mots de sa prière furent perceptibles.

« Je remercie mon Créateur de s'être souvenu de sa miséricorde à l'heure de son jugement. Je supplie humblement mon Rédempteur de me donner la force de mener désormais une vie plus pure que par le passé. »

Puis il étendit sa main pour que je le conduise. Je pris cette main chérie que je tins pressée un moment contre mes lèvres et la laissai entourer mon épaule. J'étais beaucoup plus petite que lui, et je lui servais à la fois de soutien et de guide. Nous entrâmes dans le bois et nous dirigeâmes vers la maison.

CHAPITRE XXXVIII

Je l'épousai, lecteur. Notre mariage se fit sans bruit ; nous étions seuls, lui et moi, avec le pasteur et le sacristain. En rentrant de l'église, je passai à la cuisine du manoir où Mary préparait le déjeuner tandis que John nettoyait les couteaux ; je dis à Mary :

« Ce matin, j'ai épousé Mr. Rochester. »

La gouvernante et son mari appartenaient l'un et l'autre à cette catégorie de gens posés et flegmatiques, à qui l'on peut, à tout moment et avec une parfaite sécurité, faire part d'une nouvelle extraordinaire sans courir le risque d'avoir le tympan percé par de stridentes exclamations et d'être ensuite abasourdi par un flot de paroles traduisant leur surprise. Mary releva la tête et fixa sur moi de grands yeux étonnés ; la cuiller à pot avec laquelle elle arrosait une paire de poulets qui rôtissaient dans le feu resta suspendue en l'air pendant quelque trois minutes ; et durant le même temps les couteaux de John échappèrent aux opérations du polissage ; alors, Mary, se penchant de nouveau sur le rôti, se contenta de dire :

« Ah ! par exemple ! »

Peu après elle ajouta :

« Je vous avais vu sortir avec le maître, mais je ne savais pas que vous étiez partie à l'église pour vous marier. »

Et elle se remit à arroser ses poulets.

En me tournant vers John, je vis qu'il riait, la bouche ouverte jusqu'aux oreilles.

« J'avais ben dit à Mary à l'avance c'qui vient d'arriver ; j'savais ben c'que Mr. Edward (John était un vieux serviteur, et avait connu son maître alors qu'il était le cadet de la famille ; aussi l'appelait-il souvent par son prénom), j'savais ben c'que Mr. Edward allait faire ; j'étais ben sûr qu'il attendrait pas longtemps ; et m'est avis qu'il a eu raison. J'vous souhaite d'être heureuse, Miss. »

Et il releva poliment la mèche de cheveux qu'il avait sur le front.

« Merci, John, Mr. Rochester m'a dit de vous donner ceci, pour vous et pour Mary. »

Je lui mis dans la main un billet de cinq livres, et, sans plus rester pour en entendre davantage, je sortis de la cuisine. En passant devant la porte de ce sanctuaire, quelque temps après, je saisis ces paroles :

« Elle f'ra p'têt' ben mieux son affaire qu'une grande dame. »

Et puis :

« Si elle est pas des pu jolies, elle est pas sotte, et a très bon cœur, puis aux yeux du maître, elle est ben belle ; ça, n'importe qui peut s'en rendre compte. »

J'écrivis aussitôt à Moor-House et à Cambridge, pour annoncer ce que je venais de faire, expliquant en détail pourquoi j'avais agi ainsi. Diana et Mary m'approuvèrent sans réserve. Diana me dit qu'elle m'accordait juste le temps de passer notre lune de miel avant de venir me voir.

« Elle fera mieux de ne pas attendre jusque-là, Jane, dit Mr. Rochester quand je lui lus la lettre, sinon elle arrivera trop tard, car notre lune de miel resplendira durant toute notre vie, ses rayons ne pâliront que sur votre tombe ou sur la mienne. »

Quant à St.-John, je ne sais comment il accueillit la nouvelle ; il ne répondit jamais à la lettre par laquelle je l'en avais informé. Six mois plus tard, il m'écrivit cependant, mais sans mentionner le nom de Mr. Rochester, ni faire allusion à mon mariage. Sa lettre, empreinte de sérénité, était aimable en dépit de son ton fort sérieux. Depuis lors, il a correspondu avec moi d'une façon régulière, sinon fréquente. Il pense que je suis heureuse, et que je ne suis pas du nombre de ceux qui vivent loin de Dieu, avec la seule préoccupation des biens terrestres.

Sans doute, lecteur, n'avez-vous pas oublié la petite Adèle. Je lui avais gardé un souvenir fidèle, et je demandai bientôt à Mr. Rochester la permission, qu'il m'accorda, d'aller la voir dans la pension où il l'avait envoyée. Sa joie frénétique en me revoyant me toucha profondément ; mais je la trouvai pâle et maigre ; elle me confia qu'elle n'était pas heureuse. Le règlement de l'établissement me parut trop sévère, le programme des études trop dur, pour une enfant de son âge ; aussi la ramenai-je à la maison avec l'intention de redevenir son institutrice. Mais je me rendis vite compte que cela n'était pas possible ; un autre avait besoin de tout mon temps, de tous mes soins, à présent, c'était mon mari. Je me mis donc en quête d'une école dirigée avec moins de rigueur, et assez proche pour me permettre d'aller la voir souvent et de la faire venir de temps en temps chez nous. J'eus soin que rien ne manquât jamais à son bien-être ; elle s'habitua vite à sa nouvelle demeure, y devint très heureuse, et fit de réels progrès dans ses études. En grandissant, une solide éducation anglaise corrigea dans une large mesure les défauts qu'elle tenait de son origine française. Lorsqu'elle eut quitté l'école, elle fut pour moi une agréable compagne, dévouée, docile, ayant bon caractère et d'excellents principes. Sa reconnaissante sollicitude pour moi, pour les miens, m'a depuis longtemps payée de toutes les petites attentions dont je l'avais entourée.

Mon récit touche à sa fin. Un mot encore sur ce que m'a révélé la vie conjugale ; un rapide coup d'œil sur la destinée de ceux dont les noms sont revenus le plus fréquemment au cours de cette histoire, et j'en aurai terminé.

Je suis mariée depuis dix ans. Je sais ce qu'est le don de sa vie à l'être aimé plus que tout au monde. Pour moi c'est le suprême bonheur, un bonheur inexprimable : mon mari est toute ma vie, je suis toute sa vie. Jamais femme ne fut plus près de son époux ; aucune n'a été davantage os de ses os, chair de sa chair. Je ne suis jamais lasse de la compagnie de mon cher Edward, jamais il n'est las de la mienne, pas plus qu'aucun de nous ne se lasse des pulsations du cœur qui bat dans chacune de nos poitrines ; ainsi sommes-nous toujours ensemble. Être ensemble, c'est, pour nous, être à la fois libres comme dans la solitude, joyeux comme en société. Je crois bien que nous causons tout le long du jour, notre conversation n'est que l'expression à haute voix d'une pensée plus animée. Il a entièrement ma confiance, et j'ai toute la sienne. Nos caractères sont absolument faits l'un pour l'autre ; il en résulte un parfait accord.

Mr. Rochester demeura aveugle pendant les deux premières années de notre mariage. Peut-être est-ce cette circonstance qui nous a tant rapprochés, nous a si étroitement unis ! J'étais alors ses yeux, comme je reste sa main droite. Ainsi qu'il le disait souvent, j'étais à proprement parler la prunelle de ses yeux. Il voyait la nature, il voyait les livres à travers moi. Pour lui, je n'étais jamais fatiguée de regarder, de décrire l'aspect des champs, des arbres, des villes, des rivières, des nuages, des rayons du soleil, du paysage qui s'étendait devant nous, du temps ; le son portait à son oreille ce que la lumière ne révélait plus à ses yeux. Je ne me lassais pas de lui faire la lecture, de le conduire où il voulait aller, d'accomplir à sa place, et selon son désir, toute besogne. En lui rendant ces tristes services, j'éprouvais le plaisir le plus profond, le plus exquis, parce qu'il me les demandait sans honte affligeante, sans humiliation pénible. Il m'aimait avec une telle sincérité qu'il n'avait aucune répugnance à bénéficier de mon aide ; il sentait que mon amour pour lui était si tendre que je répondais à mes plus chers désirs en l'entourant de cette sollicitude.

Un matin, à la fin de la seconde année, tandis que j'écrivais une lettre sous sa dictée, il s'approcha et se pencha sur moi en disant :

« Jane, avez-vous quelque chose de brillant autour du cou ? »

J'avais une chaîne de montre en or ; je répondis :

« Oui.

— N'avez-vous pas une robe bleu pâle ? »

C'était exact. Il m'apprit que, depuis quelque temps, il lui semblait que l'obscurité dans laquelle il était plongé devenait moins dense ; c'était à présent devenu une certitude.

Nous allâmes ensemble à Londres pour y consulter un oculiste éminent, et il finit par recouvrer la vue de cet œil. Il ne voit pas encore très nettement, il ne peut guère lire ou écrire, mais il se dirige sans être conduit par la main ; le ciel, la terre, ne sont plus pour lui un espace vide. Lorsqu'on lui mit dans les bras son premier-né, il vit que l'enfant avait hérité de ses yeux, tels qu'ils étaient autrefois : grands, brillants et noirs. A cette occasion, il reconnut encore, le cœur débordant, que Dieu avait tempéré son châtiment de miséricorde.

Edward et moi, nous sommes heureux, et d'autant plus que ceux qui nous sont très chers le sont également. Diana et Mary Rivers sont mariées. Chaque année elles viennent nous voir, et nous leur rendons leur visite. Le mari de Diana est officier de marine, vaillant capitaine, excellent homme. Celui de Mary est pasteur, ami de collège de son frère, digne de l'amitié de St.-John par ses talents et sa haute moralité. Le capitaine Fitzjames et Mr. Wharton aiment leurs femmes et sont aimés d'elles.

Quant à St.-John Rivers, il a quitté l'Angleterre pour aller aux Indes. Il s'est engagé dans la voie qu'il avait choisie, et continue d'y avancer. Jamais pionnier plus résolu, plus infatigable, ne lutta parmi les écueils et les périls. Inflexible, fidèle et dévoué, plein d'énergie, de zèle, de sincérité, il œuvre pour l'humanité ; il lui débroussaille la voie difficile du progrès ; pareil à un géant, il abat les préjugés de croyance, de caste, qui l'encombrent. Il peut être austère, exigeant, ambitieux même, son austérité est celle du guerrier Grand-Cœur qui protège le convoi des pèlerins contre les attaques d'Apollyon[1]. Ses exigences sont celles de l'Apôtre répétant les paroles du Christ : « Que celui qui veut

---

1. Apollyon : un des plus terribles monstres infernaux contre lequel Christian, le héros du *Pilgrim's Progress*, de John Bunyan, a soutenu un combat victorieux. (*Cf.* note, page 181.)

venir après moi renonce à lui-même ; qu'il prenne sa croix et me suive[1]. » Son ambition est celle d'un esprit élevé qui aspire à prendre place au premier rang des rachetés de la terre qui, purs de toute souillure, se tiennent devant le trône de Dieu pour prendre part aux dernières et prodigieuses victoires de l'Agneau : les appelés, les élus, les fidèles.

St.-John ne s'est pas marié ; il ne se mariera jamais. Seul, jusqu'ici, il a suffi à sa tâche, et cette tâche touche à sa fin. Son glorieux astre décline rapidement. Sa dernière lettre m'a tiré des yeux d'humaines larmes tout en me remplissant le cœur d'une céleste joie. Il jouissait déjà de sa récompense, de son immortelle couronne. Je sais que la prochaine lettre sera écrite de la main d'un étranger, pour me dire que le bon et fidèle serviteur a été enfin rappelé dans la joie de son Seigneur. Pourquoi pleurer ? Nulle crainte de la mort n'assombrira la dernière heure de St.-John, son esprit verra la lumière, son cœur demeurera intrépide, son espérance sera certaine, sa foi inébranlable. Ses propres paroles en sont le témoignage :

« Mon maître m'a averti. De jour en jour son message se fait plus net : « J'arrive bientôt, sache-le. » Et, d'heure en heure, je réponds avec plus de ferveur : « Amen ; viens donc, Seigneur Jésus. »

1. Marc, chapitre VIII, verset 34.

COMMENTAIRES

par

Raymond Las Vergnas

L'originalité de l'œuvre

L'insularisme

Un Français, s'il lit pour la première fois *Jane Eyre*, ne manquera pas d'être surpris par l'agressivité dont témoigne l'auteur à l'égard de notre pays. Bien que cet ouvrage ne reflète pas aussi pleinement que d'autres écrits de Charlotte Brontë l'ensemble des positions politiques de l'écrivain — en particulier *Shirley*, son deuxième roman, où à propos des émeutes provoquées dans le Yorkshire par l'introduction des machines dans les filatures s'affirme une angoisse devant le désordre accrue par la rigueur du milieu familial et l'influence d'un penseur comme Carlyle —, son insularisme apparaît ici de manière flagrante. Un insularisme aux confins de la xénophobie, lequel, par sa démesure, situe Charlotte Brontë à la pointe d'un John-Bullisme typique des plus solides préjugés victoriens. A travers les opinions systématiquement chauvines de Jane, l'auteur se présente en héritière directe de William Makepeace Thackeray, un satiriste qu'elle admirait sans réserves — elle devait lui dédier la seconde édition de son livre — et qui, dans son *Paris Sketch Book* de 1840, s'était fait le champion de la croisade contre les vaincus de Waterloo.

La cible la plus en vue de l'« anti-gallisme » affiché dans *Jane Eyre* se trouve être, par prédestination pourrait-on dire, l'ex-maîtresse de Rochester, la ballerine parisienne Céline Varens. Le portrait de la « sylphide gauloise » est tracé par Charlotte Brontë d'une plume si crissante qu'il en devient outré et superficiel. Les termes mêmes employés pour la dépeindre sont d'un conventionnel à mi-chemin entre le cliché et l'injure gratuite, qui détonnent chez une observatrice aussi pénétrante que Charlotte Brontë. La scène du balcon où Rochester assiste aux ébats — verbaux

— de Céline et de son amant, le cavalier en uniforme d'officier, est d'un goût si douteux qu'on comprend que plusieurs critiques de l'époque en aient condamné non seulement l'inclination vers un libertinage assez proche des estampes grivoises à la mode du XVIIIᵉ siècle, mais une véritable fausse note dans l'harmonie qui préside au cheminement sentimental puis à l'ascension spirituelle de l'héroïne du récit.

Sans aller aussi loin on peut, aujourd'hui encore, regretter que l'autre Française malmenée dans *Jane Eyre* soit la jeune et innocente Adèle. Sans doute a-t-elle le tort d'être née d'une femme entretenue et de ne pas savoir qui est son père — Rochester non plus ne le sait pas, ce qui lui permet de pencher totalement vers l'hypothèse commode de quelque autre responsable —, mais les rebuffades qu'elle subit n'en paraissent que plus injustes. Elle a toutes les peines du monde à se concilier les faveurs de son institutrice et, plus encore, celles de son tuteur. Rochester n'avoue-t-il pas, page 168, qu'il lui arrive de souhaiter « se débarrasser » de sa « fleurette » de France ? Et la tentation n'est-elle pas grande de penser que le vœu de Jane n'est pas tellement différent ?

La révolte sociale

Convaincue et fière de la supériorité de l'Empire britannique, Charlotte Brontë se dissocie cependant des courants de forces qui, à l'intérieur de la nation, conditionnent et favorisent l'oppression sociale. Ceci à un point tel que certains commentateurs récents n'ont pas craint de s'interroger sur l'affleurement dans ses écrits d'idéologies qui ne sont que beaucoup plus tard devenues monnaie courante. Non sans risques on a cherché à apprécier la rébellion de Jane contre les inégalités à la lumière d'une approche marxiste de la lutte des classes [1]. Même si la conclusion s'avère, en ce qui concerne Charlotte, relativement modérée, le seul fait d'associer son nom à celui de l'auteur du *Capital* surprend par sa témérité.

Il n'en est pas moins vrai que, toutes proportions gardées, l'accent est mis dans *Jane Eyre* sur les conditions scandaleuses dans lesquelles les pauvres subissent la loi des riches.

1. Terry Eagleton, *Myths of Power. A Marxist Study of the Brontës*, 1975.

La situation de gouvernante notamment, qui, à la suite d'expériences décevantes, tenait à cœur à Charlotte Brontë, est dénoncée avec une énergie passionnée nourrie d'amers souvenirs personnels et d'une fureur vengeresse contre l'esprit de caste. L'élan impulsif y est même si emporté qu'il amène l'écrivain à revenir sur certains de ses partis pris. Mieux vaut encore, finit par déclarer Jane, être une bâtarde de Française qu'une de ces insolentes filles de la bourgeoisie anglaise qui n'ont pas la moindre pitié pour leurs institutrices. L'image que dessine la romancière de la hautaine Blanche Ingram, lorsqu'elle explique à Rochester, page 208, que toutes les gouvernantes qu'elle a connues étaient soit détestables soit ridicules, et toutes « de véritables cauchemars », en dit long sur le ressentiment qu'avait voué l'auteur à ce genre de sottes : « Je n'ai qu'un mot à dire de toute la tribu, termine Blanche : c'est un fléau », et on a l'impression que toutes les rancœurs accumulées par Charlotte depuis son séjour chez les abominables Sidgwick se nouent en elle et l'étouffent. Car il n'y a pas de remède à une telle exploitation. Jane le sait fort bien. Elle s'insurge, mais en fin de compte elle se domine. Charlotte Brontë a beau savoir que le système bourgeois paie les gouvernantes « au quart de leur valeur[1] », elle se contente d'accuser par des paroles qui restent en deçà de l'anathème. Tout se passe comme si une pudeur chrétienne — elle n'était pas pour rien fille de pasteur — l'empêchait d'aller trop loin dans l'iconoclastie. Les pages où Jane relate ses malheurs de fugitive errant sur la lande sans argent et sans abri, en butte à la répulsion des « gens comme il faut », sont caractéristiques de sa résignation et finalement de son pardon des offenses. Loin de blâmer ceux qui la rejettent, elle s'efforce de comprendre leurs réactions et elle attribue à une bien naturelle « peur des pauvres » la dureté des nantis. Il y a là une sorte de logique à rebours, une logique pourrie comme l'amour au Danemark : tout cet épisode, en fait, a une résonance très shakespearienne.

Le féminisme

La présence au centre de *Jane Eyre* du problème de la femme pauvre dans une société fondée sur l'adulation de la fortune nous conduit à l'examen des idées de Charlotte

---

1. Elle l'écrit dans une lettre de mai 1848.

Brontë sur les femmes, à ce « féminisme » donc en lequel tant de commentateurs ont vu son apport décisif à la littérature. Et il est exact que sa hardiesse — pour l'époque — dans l'évocation des rapports des couples a pu paraître se situer en tête des libérations à venir. Les chroniqueurs victoriens, en tout cas, n'apprécièrent guère deux passages qui leur semblèrent suprêmement inconvenants : l'un où, alors qu'il vient de lui annoncer qu'elle doit quitter Thornfield parce que sa future épouse va s'y installer, Rochester embrasse ardemment Jane sur la bouche (page 292) ; l'autre où le même Rochester, assis sur une souche d'arbre, s'enhardit jusqu'à prendre Jane sur ses genoux (page 506). Semblables entorses aux conventions les plus respectables firent alors figure de provocations. Aussi insupportables que, quarante-quatre ans plus tard, devait l'être l'épisode de *Tess of the D'Urbervilles* où Angel Clare fait traverser un gué à des « personnes du sexe » en les portant dans ses bras. Le tollé fut tel chez les responsables du magazine où le récit devait paraître en feuilleton que Thomas Hardy estima prudent de muer le contact corps à corps en un charroi en brouette.

Mais ce sont là des vétilles. Le féminisme de Charlotte Brontë se manifeste de manière beaucoup plus impressionnante sur le plan social et psychologique. Avec tant de vigueur même qu'il n'est pas étonnant qu'une authentique amazone des lettres comme Virginia Woolf ait dans l'une de ses conférences de Cambridge, publiées en 1929 sous le titre de *A Room of One's Own*[1], réservé une place de choix au morceau de bravoure du chapitre XII de *Jane Eyre* où l'héroïne, s'efforçant d'élucider les raisons de son comportement de révoltée, aboutit à ce qui, en quelque sorte, constitue, page 133, une Déclaration des droits de la femme et de la citoyenne : « [...] c'est étroitesse d'esprit chez leurs compagnons plus privilégiés que de déclarer qu'elles doivent se borner à faire des puddings, à tricoter des bas, à jouer du piano, à broder des sacs. Il est léger de les blâmer, de les railler, lorsqu'elles cherchent à étendre leur champ d'action ou à s'instruire plus que la coutume ne l'a jugé nécessaire à leur sexe. »

La féminité

Éclatement donc du féminisme dans *Jane Eyre*, mais cela veut-il dire pour autant qu'il y ait eu explosion de féminité ? Non, sans doute, et ici se retrouve l'empreinte laissée dans

1. La version française, *Une chambre à soi*, due à Clara Malraux, a paru en 1951 chez Robert Marin.

l'esprit de l'auteur par la stricte discipline religieuse observée dans sa famille. Le terme « passion » est pour Jane une expression à double entente où les souffrances d'un calvaire prolongé l'emportent en espace et en durée sur la félicité de l'harmonie amoureuse. Elle viendra, cette félicité, mais au bout d'un chemin de douleur au long duquel la femme aura cruellement pâti de devoir, encore et toujours, s'effacer. Le bonheur de Jane, pour exalté qu'il soit, ne se déploie vraiment que dans le domaine du rêve. Sur le plan du réel tout lui reste interdit. Il faudra un double miracle pour qu'elle puisse, plus chanceuse en cela que sa créatrice, éperdument éprise — en vain — de son professeur belge, M. Héger, cesser de brûler pour Rochester des uniques feux de l'imagination. Hors de ces instants oniriques les élans du désir ne sauraient avoir ici d'existence, régis qu'ils sont par les tabous d'une morale du renoncement.

Encore faudrait-il s'entendre car s'il y a renoncement chez Jane à l'accomplissement charnel de la passion, elle ne renonce en rien à son vœu d'union totale des esprits et des cœurs. Personne au monde, pas même Dieu, ne saurait empêcher le tumulte de l'amour. C'est une fulguration sublime qui porte en soi sa justification et dont l'ardeur purifie tout l'être, de telle manière qu'au regard de cette fusion suprême des destins de l'homme et de la femme toute notion de supériorité apparaît dérisoire. Charlotte Brontë insiste à plusieurs reprises dans *Jane Eyre* sur ce qui a été pour elle une idée-force. En particulier au chapitre XXI lorsque Jane repense à Helen Burns et que lui revient en mémoire la doctrine de la mourante « sur l'égalité des âmes dans la désincarnation » (page 276) et aussi au chapitre XXIII où elle déclare à Rochester : « Vous vous trompez ! J'ai une âme comme vous [...] c'est mon esprit qui s'adresse à votre esprit, absolument comme si nous nous trouvions tous les deux de l'autre côté de la tombe, devant Dieu, égaux... comme nous le sommes ! » (page 294). A la lumière d'une telle unité spirituelle l'étreinte physique ne saurait être que peu de chose. Tout s'arrête donc au seuil du scandale. Car malheur à celui — à celle surtout — par qui le scandale arrive.

Les enfants

Si la féminité se voit limitée dans *Jane Eyre* par les interdits de l'obédience chrétienne, elle l'est également par un remarquable manque d'intérêt pour la procréation.

L'attitude de Jane envers les enfants est assez déconcertante, comme l'était celle de Charlotte elle-même. Elle n'avait qu'aversion pour les bébés, si bien que Rochester semble être son porte-parole lorsqu'il déclare, page 156, « ne pas aimer le babil des enfants » et considérer comme intolérable l'idée « de passer une soirée entière en tête-à-tête avec un marmot ». Même vis-à-vis de sa fille adoptive les sentiments du maître de Thornfield sont des plus ambigus. Il avoue n'éprouver que peu d'affection pour sa pupille et s'il la garde, précise-t-il, « c'est un peu d'après le principe catholique de l'expiation des péchés ». Quant à Jane, ses réactions envers l'élève confiée à sa sollicitude ne sont pas non plus très chaleureuses. Elle est souvent agacée par la frivolité d'Adèle et se contraint, moins par affection que par bonté d'âme, à la protéger. De toute manière elle ne se sent de plain-pied qu'avec les adultes. Lorsque, à l'avant-dernière page du livre, la romancière se décide à faire une laconique allusion au nouveau-né qui vient de voir le jour au foyer des Rochester, il est on ne peut plus significatif que cet épisode capital de la vie d'une femme la retienne si peu qu'elle l'escamote purement et simplement. N'est-il pas révélateur aussi que Jane, parlant du bébé, ne dise pas « notre » fils, mais « son » fils, comme si personnellement elle n'était pas concernée ? Y avait-il là prescience d'un événement funeste ? On ne saurait oublier qu'à la page 257 il est fait mention d'un rêve de Bessie, la servante des Reed, au cours duquel celle-ci a vu un petit enfant — « ce qui, ajoute la narratrice, était un signe certain de malheur, pour soi-même ou pour les siens ». On ne saurait oublier non plus que, devenue en 1854 l'épouse du révérend Arthur Bell Nicholls, Charlotte Brontë allait mourir, enceinte, quelques mois plus tard et que sa fin, tout autant qu'aux atteintes de la tuberculose héréditaire, fut due à son acheminement vers la maternité.

L'étude des personnages

Les thèmes chers à Charlotte Brontë ne sont pas dans *Jane Eyre* présentés de façon didactique. L'ouvrage est un bouillonnant roman d'aventures où les personnages, quelque reflet qu'ils portent en eux d'un éparpillement du moi contemplatif de l'auteur, sont entraînés par les incessants rebondissements d'un récit compact, traversé d'incidents multipliés avec une sorte de frénésie et surpeuplé d'acteurs dont certains ne peuvent que jouer les utilités, se bornant à être des esquisses, parfois sommaires. C'est ainsi que la présentation de l'aristocratie campagnarde qui, sous les traits notamment de Blanche Ingram et de sa mère, suscite la curiosité puis le mépris, enfin la jalousie féroce de Jane est trop rapide et trop malveillante pour ne pas sonner creux, voire faux. Les chapitres XVII à XX où l'on assiste aux divertissements et aux conversations des distingués hôtes de Rochester donnent plutôt à sourire qu'à réfléchir. Les minauderies de Blanche, les sarcasmes de Lady Ingram, témoignent d'une distorsion caricaturale où se mêlent avec emphase la vulgarité et l'ostentation. Il est trop clair que Charlotte Brontë ignorait tout des gens du monde et qu'elle a été très imprudente en se hasardant à les tourner en ridicule.

Même ignorance et même gaucherie dans l'évocation de l'ex-maîtresse de Rochester, Céline Varens. Au chauvinisme signalé plus haut vient s'ajouter la répulsion de Charlotte à l'égard d'une courtisane dont, pour une prude Victorienne, la seule pensée est insupportable. Tout cela compose un portrait sans vie, une espèce de poncif si superlativement irréel que Rochester lui-même ne parvient à y croire que lorsqu'il recrée l'illusion en surchargeant ses souvenirs d'une profusion de banalités. Adèle, qui n'existe en fait que par un phénomène de réfraction, souffre comme sa mère d'être exsangue. D'où l'attitude instable de Jane vis-à-vis d'elle et le caractère chimérique de ses remarques sur l'enfant.

Les demoiselles Reed : Eliza la calculatrice, avec ses dispositions pour le commerce et son goût marqué pour l'épargne ; Georgiana la coquette, qui passe des heures devant son miroir à admirer la régularité de ses traits, sont trop antithétiques pour ne pas être simplifiées à l'extrême. Leur mère a plus d'épaisseur. Sa conviction d'être dans le vrai, son dédain pour les faibles et les humbles, l'indulgence coupable qu'elle accorde à son fils, ce tyranneau sadique, la dureté d'âme qu'elle conserve jusqu'à l'heure du trépas, font d'elle une figure plus accusée mais qui au total manque de relief. Elle sert surtout à plaquer dès le début du livre les accords de l'enfance martyre avec le cri de la petite Jane, qui restera sans effet : « Oh tante, pitié ! »

Aux antipodes de ces trois femmes mais également peu fouillées, les demoiselles Rivers nous sont proposées comme parangons de vertu. Elles rivalisent de perfections, mais ne parviennent guère à convaincre. Rosamond Oliver, la jeune fille accomplie à tous égards : fortune, distinction, générosité, beauté, apparaît, elle, sur le chemin de St.-John Rivers à la manière d'un « ange terrestre ». La regardant, confondue, Jane pense que la nature, « oubliant son habituelle parcimonie de marâtre dans la distribution de ses dons » a « comblé son enfant chérie ». Or, bizarrement, alors que, de toute évidence, St.-John devrait s'éprendre d'elle, Rosamond n'est là que pour occuper une niche dans la galerie des figures idéales mais futiles. Au fond, Jane ne lui pardonne pas d'être, comme Georgiana, trop jolie. Elle lui en veut d'irradier un tel charme et, insidieusement, la condamne à l'inefficacité.

Brocklehurst a plus de consistance, non pas tellement en épaisseur — il me paraît appartenir à la catégorie des personnages « plats[1] » — mais en pouvoir de suggestion. Son intransigeance dans le combat qu'il mène pour inculquer à ses pensionnaires la peur de la loi divine, la brutalité avec laquelle il applique ses méthodes éducatives, ont une virulence qui sans doute s'inscrit dans une tradition anglaise déjà riche, mais qui doit beaucoup de sa force à une source circonstancielle. Brocklehurst n'est pas seulement le glacial adepte de la religion qui terrorise, il sort tout droit du détestable souvenir que l'écrivain gardait de l'école de Cowan Bridge et de son directeur, le révérend William Carus Wilson. A cette période affreuse appartient aussi l'impressionnante Helen Burns. Cette adolescente, gravée ici à l'eau-forte, est due à des réminiscences directes de la courte existence de Maria, la sœur aînée de Charlotte, morte à douze ans à Cowan Bridge. Helen Burns a une telle dignité devant la souffrance, une foi si ardente dans la justice de l'au-delà qu'elle continue de vivre dans notre mémoire bien après l'achèvement de son rôle dans le récit.

Une mention spéciale doit être faite des domestiques que l'auteur manie avec précision et beaucoup de naturel. La joviale Bessie, la sévère Abbott, la vigoureuse Hannah et, à un niveau plus élevé, la bienveillante Mrs. Fairfax, bavarde et aisément apeurée, s'agitent à travers les pages pour nous rappeler que, si le cercle des relations de la famille Brontë était, à Haworth, des plus limités, la place prise par les servantes dans le train-train quotidien des trois futures romancières était d'autant plus importante et enrichissante.

---

1. E.M. Forster, dans son *Aspects of the Novel* (1927), un livre de critique littéraire qui a fait date, distingue entre les personnages « ronds » et les personnages « plats ».

L'essentiel de la psychologie de l'écrivain n'en demeure pas moins consacré aux trois personnages fondamentaux de *Jane Eyre* : Rochester, St.-John Rivers et Jane elle-même — Rochester étant des deux protagonistes masculins le plus saisissant. St.-John, en effet, est surtout là pour servir de repoussoir au maître de Thornfield pendant toute la durée de l'intermède où Jane, bouleversée par la découverte de la bigamie de celui qu'elle allait épouser, s'enfuit et est recueillie par les Rivers. Inspiré lui aussi par des souvenirs de personnes réelles, au premier rang desquelles Henry Nussey, un jeune pasteur qui, jadis, avait demandé la main de Charlotte, St.-John est sublimé dans le roman en une manière de chevalier — servant d'une cause si austère et si exigeante que tout autre objectif, y compris l'amour humain, doit lui être subordonné. Jane ne s'y trompe pas. Méditant sur l'offre qu'il vient de lui faire de l'accompagner aux Indes en qualité d'épouse-collaboratrice, elle conclut qu'il n'a en rien pour elle le cœur d'un mari, qu'il la considère seulement comme un soldat son arme. Son refus, dès lors, est inévitable.

Mais s'il y a quelque chose de puissamment pathétique dans l'apparente aridité de St.-John et si — hommage inattendu — les toutes dernières lignes du livre sont consacrées à l'exaltation de son exemple, il ne peut qu'être éclipsé par le flamboyant Rochester qui, plus âgé, plus meurtri par le destin, trahi et même piégé dans son mariage avec une démente dépravée, bafoué par sa maîtresse parisienne, s'émerveille devant la fraîcheur de cette implacable jeune fille qui, contre vents et marées, a décidé de l'adorer. Le roué qu'il est devenu, le voyageur en perpétuel exil, le Don Juan malgré lui qu'il se sent être et dont il se défie, autant de traits qui font de lui un héros à la Byron, un être fatal et maudit, et pourtant plein de générosité. Et sans doute dans sa démesure de surhomme n'est-il pas d'une vérité totalement persuasive. Mais il serait vain de nier l'envoûtement surnaturel, la fascination quasiment satanique, qu'il exerce et sur Jane et sur le lecteur.

Jane, face à Rochester, apparaît, elle, infiniment humaine. Elle n'est pas seulement l'ambassadrice des thèmes réformateurs de la féministe qu'était Charlotte Brontë, elle est une petite fille malheureuse, battue et humiliée, et qui souffre par-dessus tout d'être laide — la hantise de la disgrâce physique court comme un leitmotiv à travers tout le roman —, puis une jeune femme asservie, contrainte de gagner son pain en se soumettant à la loi des maîtres.

Éminemment autobiographique pour tout ce qui touche à la condition d'orpheline, de gouvernante sans ressources et d'éducatrice frustrée[1], le récit déroule en revanche toute une série d'évasions vers de mirobolantes aventures grâce à l'intervention tantôt d'un commode *deus ex machina*, tantôt de l'intuition imaginative de l'héroïne en personne.

Jane, en effet, s'affirme à la fois comme une observatrice minutieuse des détails réalistes qui font la trame de la vie au jour le jour et comme une visionnaire aux confins parfois de la voyance. On a beaucoup épilogué sur le passage du chapitre XXXV où Jane Eyre reçoit l'appel télépathique qui la relie par-delà l'espace à Rochester, frappé par la Némésis, mutilé dans sa chair et désormais aveugle. Mais Charlotte avait eu une expérience de cet ordre et pour elle les deux univers, celui de la logique et celui de l'inexplicable, s'interpénétraient étroitement. C'est pourquoi ce qu'on appellerait aujourd'hui le parapsychisme tient dans *Jane Eyre* une place aussi considérable. Nous nous y trouvons assez souvent plongés dans la frange supra-sensible où les loups-garous, les fantômes, les voix issues du néant, ont autant valeur de signe que les prédictions d'une bohémienne, même s'il s'agit en l'occurrence d'un Rochester travesti, ou encore le *gytrash* et le marronnier foudroyé. Dans cette perspective, les rires démentiels d'une Grace Poole ne se doivent point interpréter comme des stratagèmes médiocres destinés à provoquer chez le lecteur des frissons grand-guignolesques. Sans doute a-t-on pu, à juste titre, y voir une reprise des procédés plus ou moins mécaniques en honneur chez les maîtres de l'« école du cauchemar » : Ann Radcliffe, Gregory Lewis, et même avant eux Horace Walpole (l'atmosphère de Thornfield a été comparée à celle du château d'Otrante), mais c'est faire trop bon marché de l'impérieux sens du mystère, inné chez Charlotte Brontë. Peu importe au fond de savoir si, comme il est possible, pour ne pas dire probable, elle avait lu le roman de Joseph Le Fanu, petit-fils de Sheridan et écrivain connu de

---

1. Charlotte Brontë rêvait de créer pour les filles une école libératrice qui permettrait à celles-ci de sortir de l'ornière de la routine et des préjugés. Jane se met à l'œuvre dans la dernière partie du roman, entreprise qui par le biais de la fiction compense l'échec des efforts de l'auteur dans la réalité. Ayant rédigé au nom de ses sœurs et d'elle-même un prospectus annonçant un projet d'ouverture d'un établissement modèle pour jeunes filles où les lettres et les arts auraient autant de place que la couture et la cuisine, elle ne reçut jamais la moindre réponse.

son temps, où une folle épouvante la jeune femme aimée de son époux bigame, l'essentiel est de sentir combien Charlotte est obsédée par le problème que pose pour elle la menace de la folie, elle qui a sous les yeux le spectacle de Branwell, son frère, en train de sombrer peu à peu dans la déchéance de l'alcool et de la drogue. D'où peut-être la vitalité de Bertha Mason, l'épouse de Rochester aliénée et séquestrée — une vitalité si contagieuse qu'elle a inspiré à une romancière anglaise contemporaine, Jean Rhys, un ouvrage de fiction[1], si l'on peut dire au second degré, puisqu'on y retrouve, dans le cadre même de Thornfield, Bertha Mason, placée sous la surveillance d'une certaine Grace Poole, et dont l'auteur déroule pour nous le passé jamaïcain lors de sa jeunesse à Spanish Town.

Si dans les veines des protagonistes de *Jane Eyre* coule une sève aussi vigoureuse, c'est probablement parce qu'ils participent d'une forme de vie qui, pour ne pas être nécessairement irrationnelle, dépasse les contours stricts de leur individualité. Les commentateurs de Charlotte Brontë n'auraient pu, avec tant de concordance, vanter son romantisme si le livre, effectivement, ne baignait dans une atmosphère très wordsworthienne. La majesté, la transparence secrète de la campagne environnante, les emblèmes cachés au cœur des nuages, du vent, du vol des oiseaux, des avatars de la lune — véritable divinité aux visages changeants — agissent sur Jane à la faveur d'une espèce de connivence lyrique qui la laisse au seuil d'une espérance ravagée par l'angoisse. Lorsque, au chapitre XXVIII, elle s'écrie : « Je n'ai d'autre parent que la nature, notre mère commune : c'est sur son sein que je chercherai le repos », consciemment ou non elle est au bord de l'anéantissement dans le Grand Tout. Trop chrétienne pour qu'on puisse l'accuser d'abandon au panthéisme, elle n'en est pas moins, à de tels moments, étourdie et comme égarée par la pensée de l'omniprésence collective du trépas. La mort, dans *Jane Eyre*, est le seul lien indestructible entre les êtres les plus dissemblables, au fond la seule fraternité. Rochester le comprend d'instinct, lui qui, lorsque Jane lui explique qu'elle a été absente parce que sa tante était morte, s'écrie : « Voilà une réponse digne de Jane ! » (page 284).

J'hésiterais en revanche à aller aussi loin que la poignée de critiques qui, influencés par la vogue de la psychanalyse,

---

1. *Wild Sargasso Sea*, 1966. Traduction française d'Yvonne Davet : *La Prisonnière des Sargasses*, 1971, Denoël.

ont récemment voulu voir en *Jane Eyre* un récit dont le narcissisme serait à base de pulsions sexuelles mal dominées. Sans doute y a-t-il dans ce roman des accents d'une sensualité énigmatique, notamment lorsque Jane évoque, au chapitre XIII, les tableaux qu'elle faisait à Lowood dans son enfance, ces aquarelles de l'indescriptible où la main, précise-t-elle, n'a exécuté qu'« un pâle reflet » de ce qu'elle avait ressenti. Il y a là une étoile du soir couronnant le buste d'une femme plongé dans un crépuscule bleuté qu'agite une brise vaporeuse ; un cadavre qui glisse dans l'eau verdâtre d'une mer d'où émerge un mât sur lequel s'est posé un grand cormoran noir souillé d'écume ; la pointe d'un iceberg trouant un ciel polaire hivernal strié à l'horizon par les lances blafardes des rayons arctiques — une tête colossale s'inclinant vers le glacier, dont on ne voit que le front immense totalement exsangue et les yeux creux et fixes, immobiles dans leur désespoir. Et, scintillant sur l'ensemble de tous leurs feux, rutilent des bijoux d'or et des pierres précieuses, scellant l'alliance du péché et de la mort. On conçoit que Rochester ait été médusé.

De là cependant à échafauder, comme on l'a tenté ces dernières années, des théories freudiennes ou jungiennes sur la projection dans les personnages du roman de la « psyché » de l'auteur il y a, semble-t-il, ambition excessive, pour ne rien dire du risque de distorsion. Certaines de ces théories, celle en particulier qui discerne dans le triangle Rochester-Bertha-Jane un parfait transfert de l'« inconsciente perception archétypale de la mauvaise mère par la fille incestueuse [1] », n'ont pas manqué de soulever des réserves. Mais la tendance reste vivace. Même si on refuse d'admettre que Jane possède des « motivations sexuelles à l'état brut » et plus encore qu'elle ait pour objet de « castrer les hommes qui l'entourent [2] », on n'en est pas moins très tenté de voir dans *Jane Eyre* un ouvrage « profondément et salutairement sado-masochiste dans sa présentation des désirs ambivalents [3] » de l'héroïne, et de leur satisfaction.

Dont acte. Il est probable toutefois que l'on reviendra peu à peu à une approche moins spécialisée des structures mythiques sous-jacentes dans *Jane Eyre*. La vérité n'est pas

1. David Smith, « Her Master's Voice : *Jane Eyre* and the Incest Taboo », dans *Literature and Psychology*, 1965.
2. Dale Kramer, « Thematic Structure in *Jane Eyre* », dans *Papers on Language and Literature*, 1968.
3. Geoffrey Wagner, *Five for Freedom. A Study of Feminism in Fiction*, 1972.

dans l'outrance doctrinaire des systèmes. Elle est, disait Renan, « dans une nuance ».

Le travail de l'écrivain

De l'aveu général Charlotte Brontë, en écrivant *Jane Eyre*, a travaillé vite et bien. Commencé en août 1846, le roman fut achevé juste un an plus tard, trois semaines exactement après la réception par Charlotte d'une lettre des éditeurs londoniens Smith & Elder qui, tout en écartant le manuscrit du *Professor* qu'elle venait de leur envoyer, lui suggéraient, au vu de certaines qualités de son texte, de persévérer mais en s'attaquant à un sujet plus susceptible de plaire au grand public. C'était la septième fois que le *Professor* était refusé et il est indispensable, si l'on veut comprendre dans quel esprit la romancière s'est mise à la tâche dans *Jane Eyre*, de songer aux défauts qu'on lui avait signalés.

Or, que reprochait-on unanimement au *Professor* sinon sa fadeur, son prosaïsme, la banalité aussi de son style ? Ce qu'il fallait, c'était prendre le contre-pied et du fond et de la forme, ce à quoi Charlotte s'employa avec prodigalité. Mais par périodes seulement. Toute une partie et de l'intrigue et de la technique est, dans *Jane Eyre*, encore fidèle aux habitudes patiemment acquises. L'expérience vécue de l'élève craintive, de l'institutrice bafouée, de la femme amoureuse d'un homme marié et inaccessible, est à la source de chapitres entiers, écrits presque toujours dans un style simple, direct, volontairement retenu et qui s'efforce d'échapper aux deux démons innés de la redondance et du pédantisme. Mais, bien sûr, il y a le reste. Et là, quel changement !

Dès le chapitre II, nous sommes jetés dans l'insolite. Nous voici avec Jane enfermés dans la « chambre rouge », prélude à la terreur que feront naître ensuite les ricanements hystériques, les bruits étranges, la tentative d'assassinat, l'incendie, le coup de théâtre du mariage manqué, l'errance sur la lande, l'atroce punition de Rochester. Mais le mélodrame ne règne pas que sur l'infortune. Il se manifeste aussi en testaments mirifiques et en guérisons enchanteresses. Jane héritera de vingt mille livres et Rochester, après deux ans de cécité, reconnaîtra un jour la couleur bleu pâle de la robe de sa femme. Tout, donc, est bien qui finit bien dans ce récit échevelé, sorti pour l'essentiel du bric-à-brac picaresque du XVIIIe siècle et dont le rythme accéléré donne un *tempo* irrésistible à la narration. L'héroïne a beau déambuler péniblement sur des chemins qui ressemblent à des manèges de montagnes russes, tellement y alternent les ascensions vertigineuses et les retombées à pic, l'intérêt ne faiblit pas. Les événements vont si vite, et de manière si imprévisible, qu'on est soi-même pris dans le tourbillon, impatient de connaître les lendemains. Qu'on est loin ici du lent, prudent, classique itinéraire de la Carte de Tendre cher à Madeleine de Scudéry ou des colorations en demi-teinte de la peinture sur ivoire de Jane Austen ! Charlotte, elle, brûle les étapes et, sans transition, passe du déroulement linéaire de la fable à l'instantanéité dramatique — procédé rare pour l'époque et qui atteint le maximum de ses effets dans la substitution brutale du présent de l'indicatif au prétérit. Nous étions dans le passé et voici que le rideau se lève sur une scène de théâtre où, soudain, nous participons à l'acte. Ces changements de temps, fort nombreux dans le cours de l'intrigue, ne témoignent pas seulement de la sincérité de l'émotion de l'auteur, ils sont la marque d'une technique novatrice qui brise la rétrospective, un peu comme dans une fresque ces verticales qui — lances de soldats ou mâts d'une flottille en partance — cassent les horizontales de la passivité.

Ici encore on pourrait parler d'influences. De celle de la Bible assurément et aussi de Bunyan, dont l'imagerie dans *Le Voyage du pèlerin* sous-tend de ses formules proverbiales la propension de Charlotte Brontë à l'allégorie. De George Sand également, que Charlotte admirait beaucoup et dont le personnage de Consuelo fut rapproché de Jane par les critiques d'alors. Comparaison, cependant, n'est pas raison et ce qui importe, c'est la fulguration dans ce livre d'une personnalité littéraire hors du commun, dont la cohésion artistique tient pour une large part à l'emploi, de bout en bout, du « Je ». Roman écrit à la première personne, *Jane Eyre* a une allure d'impétueuse confession qui lui assure, en dépit de ses constantes fugues, l'homogénéité. C'est un roman plein des fureurs du monde, mais c'est autant, sinon plus, un roman-soliloque où le récitant met des guillemets à des réflexions muettes. D'où un artisanat parfois déficient, avec — par une espèce de compensation — des apostrophes (au lecteur notamment) trop criardes, des allitérations trop pesantes, des paraphrases trop ampoulées et un abus presque maniaque de l'inversion. De ces fautes Sylvère Monod, avec une rigueur très pertinente, s'est fait, il y a peu, le caustique comptable [1]. Il n'en est pas moins vrai — et Monod n'en disconvient pas — que Charlotte Brontë était

1. Dans l'introduction à sa traduction de *Jane Eyre*, Garnier, 1966.

une conteuse-née et que ses dons dans le domaine de la description, de l'analyse et du dialogue étaient, comme le note Charlotte Maurat dans sa belle préface, ceux d'une magicienne.

Le livre et son public

Le succès de *Jane Eyre* fut immédiat et si contagieux qu'il entraîna la publication sur-le-champ des romans des deux sœurs de Charlotte : Emily et Anne. *Les Hauts de Hurle-Vent* et *Agnes Grey*, bien qu'acceptés par l'éditeur Newby dès l'été de 1847, étaient en effet encore en attente de parution lorsque, devant la réception enthousiaste du récit de Charlotte, Newby se décida à les « sortir » en décembre de la même année — avec une note où il prenait soin de souligner les liens étroits de parenté avec l'autre « Bell ».

L'identité des trois romancières demeura assez longtemps secrète. Elles s'étaient résolues, de concert, à choisir des prénoms masculins dont l'initiale correspondait à celle de leur prénom réel : Acton pour Anne, Currer pour Charlotte, Ellis pour Emily. Ceci parce qu'elles estimaient qu'une femme était *a priori persona ingrata* en littérature et, de toute manière, incomprise. Le choix leur porta chance : aucun des trois « frères Bell » n'eut à se plaindre de l'accueil réservé à sa production.

Le ralliement du public à *Jane Eyre* fut, en tout cas, spontané et sans réserve. Le défi lancé par cette jeune fille en marge, déshéritée à tous égards puisque sans fortune et laide — une héroïne petite, gauche et sans la moindre beauté, quel pari ! — enflamma l'imagination de myriades de lectrices, elles-mêmes frustrées et révoltées contre l'injustice du sort. C'était l'histoire d'une demoiselle en détresse, pis encore, d'une espèce de Cendrillon qui, pourtant, par le seul génie de son obstination, subjuguait le seigneur qu'elle s'était choisi. Et quel seigneur ! Un homme, comme elle disgracié physiquement, mais viril et terriblement attirant, avec sa crinière sauvage, ses yeux profonds et sur son visage les traces envoûtantes du malheur, bref l'archange de ce paradoxe : le laid ténébreux. Oui, un être possédé du démon, un débauché, un brutal, mais en même temps un personnage de légende, tenant de l'aigle, du lion — superbe déjà et généreux —, d'un principe divin, d'on ne sait quoi encore de maléfiquement irrésistible, et dispensant, comme malgré lui, « le vrai soleil de la tendresse » (page 285).

Les critiques des journaux, des magazines et des revues, tout en étant, comme la moyenne des lecteurs, sensibles aux éléments les plus populaires du livre, le jugèrent, eux, en professionnels, c'est-à-dire selon un éventail de critères à dominante intellectuelle. Quelques-uns se montrèrent nettement hostiles. Ils reprochèrent à l'auteur tantôt sa grossièreté et son goût aberrant, tantôt son absence de vertu et le caractère antipathique de ses personnages. Scandalisé par l'inconvenance des situations, l'un d'eux n'hésitait pas à conclure que « ces trois frères Bell » ne pouvaient être que « des tisserands du Lancashire ». Mais d'autres, la majorité en fait, soulignèrent la hardiesse de la présentation psychologique de Jane qui, contrairement aux errements victoriens, ne craint pas de devancer l'homme dans le choix du partenaire et qui, alors qu'elle le sait désormais bigame, continue d'aimer éperdument le pervers interdit. Ceux-là louèrent la force de l'auteur, la verdeur toujours renouvelée de son inspiration et même son « jacobinisme moral ».

Il se peut que la période de relative morte-eau où parut *Jane Eyre* — entre la disparition de Walter Scott et de Jane Austen et le triomphe, coup sur coup, en 1848 de *La Foire aux vanités* de Thackeray et en 1849 du *David Copperfield* de Dickens — ait profité à Currer Bell. Mais vint sa mort en 1855 et, à partir de cette date, un progressif déclin de sa popularité au bénéfice de sa sœur Emily et aussi d'une nouvelle venue : George Eliot qui fera sa percée vers les années 1860. Mais l'obscurcissement de la gloire de Charlotte sera passager. Au xxᵉ siècle, elle connaît un regain de faveur. Les études sur elle se multiplient, notamment au cours des années récentes, surtout en ce qui concerne les aspects militants et psychanalytiques de l'œuvre.

Les rebondissements dramatiques de l'intrigue ne pouvaient que tenter les adaptateurs et c'est ainsi que, dès 1848, paraissait une version théâtrale de *Jane Eyre*. Le cinéma, à son tour, s'est emparé du livre. On compte actuellement plus de dix films tirés de *Jane Eyre*, le plus connu restant celui de Robert Stevenson (1943) avec Orson Welles, Elizabeth Taylor (Helen Burns) et dans le rôle de l'héroïne, Joan Fontaine, qui avait dû s'enlaidir pour mieux ressembler à Jane.

La France n'a pas manqué de se passionner très tôt pour cet ouvrage — l'un des admirateurs les plus fervents de Charlotte Brontë, Émile Montégut, ayant dès 1857 publié dans la *Revue des Deux-Mondes* une étude où il déclarait voir en *Jane Eyre* le plus beau roman de l'époque. Rien de surprenant à ce que les traductions en notre langue aient été spécialement nombreuses. Depuis le *Jane Eyre, ou les Mémoires d'une institutrice*, dû en 1854 à Mme Lesbazeilles-Souvestre et constamment réédité depuis, les versions françaises n'ont cessé de foisonner. Sur les trente-trois années allant de 1946 à 1979 on a pu en dénombrer — impressions ou réimpressions — trente-quatre, dont dix de 1946 à 1950 et onze de 1960 à 1969.

Phrases clefs

Pourquoi ne pouvais-je jamais réussir à plaire ? (p. 26).

[...] si c'était une petite fille jolie et aimable, on pourrait compatir à son abandon, mais, véritablement, il n'est guère possible de se soucier d'un tel petit crapaud (p. 39).

Pour la première fois, j'avais goûté à la vengeance ; c'était comme un vin aromatisé (p. 52).

[...] je préfère mourir, plutôt que vivre, si les autres ne m'aiment pas (p. 87).

[...] à dix-huit ans, qui ne désire plaire ? Aussi la conviction que l'on n'a pas un extérieur propre à favoriser ce désir procure tout autre chose que de la satisfaction (p. 112).

Un nouveau chapitre est comparable dans un roman à une nouvelle scène dans une pièce de théâtre (p. 114).

[...] j'ai toujours désiré [...] paraître à mon avantage et plaire autant que le permettait mon manque de beauté (p. 120).

Ce langage [...] va paraître froid à ceux qui professent de prétentieuses doctrines sur la nature angélique des enfants et sur le devoir des éducateurs de les aimer jusqu'à l'idolâtrie (p. 132).

Les pressentiments, les affinités, les signes, sont choses étranges qui, en se combinant, forment un mystère dont l'humanité n'a pas encore trouvé la clef (p. 256).

Bons anges, secourez-moi ! Elle [Jane] vient de l'autre monde, du séjour des morts [...]. Si j'osais, je vous toucherais afin de m'assurer si vous êtes une réalité ou un esprit, elfe que vous êtes !... mais autant essayer de saisir la lueur bleue d'un feu follet des marais (p. 284) !

Je ne suis pas un oiseau, je ne suis prise en aucun filet ; je suis un être humain, libre, avec une volonté indépendante (p. 294).

Mon futur époux devenait mon univers, plus encore que mon univers : presque une espérance du ciel (p. 319).

Ce n'était pas sans un certain plaisir sauvage que je courais dans le vent : ce torrent d'air infini qui grondait comme un tonnerre à travers l'espace libérait mon esprit troublé (p. 320).

Je vous aime, [...] je vous aime plus que jamais, mais je ne dois ni laisser paraître ce sentiment, ni m'abandonner à lui (p. 352).

[...] ces petites paysannes, grossièrement vêtues, ne sont pas d'une chair et d'un sang moins bons que les rejetons des familles dont la généalogie atteste la plus haute noblesse (p. 414).

Il n'avait jamais imaginé qu'une femme eût osé parler ainsi à un homme (p. 432).

C'était cela la véritable richesse ! la richesse du cœur ! (p. 444).

[...] la paysannerie anglaise est la plus instruite, la mieux élevée, la plus digne de toute l'Europe. (p. 448).

[...] être sa femme [de St.-John], toujours à ses côtés, toujours contrainte, toujours tenue en échec, forcée de maintenir très bas le feu de ma nature, de l'obliger à brûler intérieurement sans jamais pousser un cri, dût la flamme emprisonnée consumer mes forces vives l'une après l'autre, cela serait intolérable ! (p. 470).

Et pensez-vous, lecteur, que j'avais peur de lui malgré son air farouche d'aveugle ? Si vous le croyez, vous me connaissez peu (p. 496).

Biographie

Charlotte Brontë est née en 1816 à Thornton dans le Yorkshire. Elle était la troisième fille du révérend Patrick Brontë et de Maria Branwell, ses sœurs Maria et Elizabeth l'ayant précédée en 1813 et 1815. Devaient naître ensuite : en 1817, un garçon, Branwell, puis en 1818, Emily Jane. Le dernier enfant, Anne, vint au monde en 1820 à Haworth où le pasteur Brontë exerçait désormais son ministère.

En 1821, Mme Brontë mourait et sa sœur vint de Cornouailles pour tenir la maison de son beau-frère et s'occuper des enfants. Trois ans plus tard, les quatre filles aînées étaient envoyées à l'école de Cowan Bridge (ici Lowood), mais en 1825, Maria et Elizabeth succombaient à une attaque de fièvre maligne à un mois d'intervalle. Les quatre autres enfants se retrouvèrent à Haworth où, sous la houlette de Charlotte, ils s'adonnèrent à la composition littéraire. Charlotte et Branwell rédigèrent les chroniques d'Angria ; Emily et Anne, celles de Gondal, écrites toutes avec la même application en lettres imitant les caractères d'imprimerie, et consignées sur d'innombrables petits cahiers d'écolier.

De 1835 à 1845, les trois sœurs s'efforcèrent, sans y réussir vraiment, de gagner leur vie comme professeurs ou comme gouvernantes. Afin de s'entraîner à ouvrir une école, Charlotte et Emily séjournèrent une année à Bruxelles, en 1842, pour y apprendre le français et l'allemand. Interrompu par un retour à Haworth en raison de la mort de la tante de Cornouailles, le contact avec la Belgique fut renoué par Charlotte, seule cette fois, mais les relations avec son maître, M. Héger, ne tardèrent pas à se détériorer, par suite vraisemblablement de la jalousie de sa femme, et Charlotte retourna en Angleterre où elle ne put que constater que Branwell s'enlisait dans le jeu et dans l'ivrognerie.

Renonçant définitivement à leur projet de fonder un établissement d'éducation, les trois sœurs se tournèrent résolument vers la fiction. Publiés à frais d'auteur, les poèmes d'Emily, d'Anne et de Charlotte virent le jour sous le nom d'emprunt de Bell, pour ne se vendre finalement qu'à deux exemplaires. Fiasco qui ne les découragea pas. Elles décidèrent simplement de tenter désormais leur chance dans le roman. D'où *Les Hauts de Hurle-Vent*, *Agnes Grey* et *Le Professeur*.

Il a été dit plus haut comment ces volumes avaient connu un sort inégal et comment au *Professor* s'était substitué *Jane Eyre*. Dès le mois de décembre 1847, date où parut la seconde édition du roman, dédiée à Thackeray, Charlotte commença à penser à ce qui allait être son second récit en prose : *Shirley*. Le livre fut publié en octobre 1849, juste après la mort, à la fin de 1848, de Branwell et d'Emily, et, au printemps 1849, d'Anne. Il fit l'objet d'une seconde édition en août 1852.

Le troisième roman, *Villette*, entrepris au début de 1851 et terminé en novembre 1852, fut publié le 24 janvier 1853.

Quant au *Professor*, ses nouvelles révisions ayant été refusées par Smith & Elder, Charlotte y renonça définitivement. Il parut cependant après sa mort, grâce à Mrs. Gaskell, auteur en 1857 de la première — et mémorable — *Vie de Charlotte Brontë*.

Charlotte, qui avait dans sa jeunesse éconduit deux prétendants, céda en 1854 aux instances d'Arthur Bell Nicholls, vicaire de son père, lequel — survivant morose et souvent acariâtre de l'hécatombe familiale — était à présent presque aveugle. Mariée et bientôt enceinte, elle devait disparaître en mai 1855.

Bibliographie

Les études consacrées à la vie et à l'œuvre de Charlotte Brontë sont trop nombreuses pour qu'on puisse les mentionner toutes ici. Nous renvoyons donc le lecteur aux bibliographies de :

T. J. WISE, *A Bibliography of the Writings in Prose and Verse of the Members of the Brontë Family*, 1917 (nouvelle édition en 1965),

YABLON G. ANTHONY AND JOHN R. TURNER, *A Brontë Bibliography*, 1978,

ANNE PASSEL, *Charlotte and Emily Brontë. An Annotated Bibliography*, 1979,

nous contentant de signaler ci-dessous quelques-unes des publications les plus importantes concernant l'auteur de *Jane Eyre*.

GASKELL, Elizabeth Cleghorn, Mrs., *The Life of Charlotte Brontë*, 1857.

SHORTER, Clement, *The Brontës. Life and Letters*, 1908.

DIMNET, Ernest, *Les Sœurs Brontë*, 1910.

BRONTË, Charlotte, *Lettres et Poèmes d'Amour*, traduits par Pierre Verdier, texte bilingue, 1946.

LANE, Margaret, *The Brontë Story. A Reconsideration of Mrs. Gaskell's Life of Charlotte Brontë*, 1953.

BLUTEAU, Jeanne, *La Vie passionnée des Brontë*, 1960.

MARTIN, R. B., *The Accents of Persuasion. Charlotte Brontë's Novels*, 1966.

GÉRIN, Winifred, *Charlotte Brontë. The Evolution of Genius*, 1967.

MAURAT, Charlotte, *Le Secret des Brontë ou Charlotte Brontë d'après les Juvenilia, ses lettres et ceux qui l'ont connue*, 1967.

HANNAH, Barbara, *Striving towards Wholeness*, 1971.

GREEN, Julien, *Suite anglaise*, 1972.

ALLOTT, Miriam, *Jane Eyre and Villette. A Casebook*, 1973.

BURKHART, Charles, *Charlotte Brontë. A Psychosexual Study of her Novels*, 1973.

BJÖRK, Harriett, *The Language of Truth. Charlotte Brontë : the Woman Question and the Novel*, 1974.

PETERS, Margot, *Unquiet Soul. A Biography of Charlotte Brontë*, 1975. Traduction française de Guy Le Clec'h : *Charlotte Brontë : Une âme tourmentée*, 1979.

EAGLETON, Terry, *Myths of Power. A Marxist Study of the Brontës*, 1975.

PETERS, Margot, *Romantic Imagery in the Novels of Charlotte Brontë*, 1978.

Victorian Fiction. A Second Guide to Research, 1978 (l'étude sur les Brontë est de Herbert J. Rosengarten).

TABLE

COMMENTAIRES

Composition réalisée par EURONUMÉRIQUE

Achevé d'imprimer en février 2007 en France sur Presse Offset par

CPI

Brodard & Taupin

La Flèche (Sarthe).
N° d'imprimeur : 38437 – N° d'éditeur : 80930
Dépôt légal 1re publication : mars 1964
Édition 44 – février 2007
LIBRAIRIE GÉNÉRALE FRANÇAISE – 31, rue de Fleurus – 75278 Paris cedex 06.